Eric Berg
Das Schicksal der Blankenburgs

*Autor*

Eric Berg zählt seit vielen Jahren zu den beliebtesten deutschen Autoren und begeistert Kritiker und Leser immer wieder aufs Neue. Neben seinen Kriminalromanen – fast allesamt SPIEGEL-Bestseller –, in denen er bereits starke Frauenfiguren ins Zentrum rückt, widmet er sich jetzt dem historischen Roman und beeindruckt mit detailreichen Schilderungen, pointierten Dialogen und hervorragender Recherche. »Die Blankenburgs« erzählt vom Aufstieg und Fall einer imposanten Porzellandynastie und von den Frauen der Familie, die dem Schicksal die Stirn bieten und im Angesicht großer Not über sich hinauswachsen.

*Von Eric Berg bereits erschienen*

Historische Romane: Die Blankenburgs (1) · Das Schicksal der Blankenburgs (2) · Die Herrin der Päpste
Kriminalromane: Das Nebelhaus (Doro Kagel 1) · Das Küstengrab · Die Schattenbucht · Totendamm · Die Mörderinsel (Doro Kagel 2) · Die Toten von Fehmarn (Doro Kagel 3)

ERIC BERG

# Das Schicksal der Blankenburgs

## Band 2

Roman

blanvalet

FSC www.fsc.org MIX Papier | Fördert gute Waldnutzung FSC® C014496

Klimaneutral* Druckprodukt ClimatePartner.com/14044-1912-1001

Penguin Random House Verlagsgruppe FSC® N001967

1. Auflage 2023

Redaktion: Angela Troni
Umschlaggestaltung: Johannes Wiebel | punchdesign,
unter Verwendung von Motiven von Richard Jenkins Photography,
stock.adobe.com (Andrey Kiselev, Piotr Wawrzyniuk, sforzza),
Shutterstock.com (wacomka, Be_your_self, Ysbrand Cosijn)
und Colin Thomas/bookcoversphotolibrary.com
WR · Herstellung: DiMo
Satz: KCFG – Medienagentur, Neuss
Druck und Bindung: GGP Media GmbH, Pößneck
Printed in Germany
ISBN 978-3-7341-1288-1

www.blanvalet.de

*Für Mutsch.*
*Ich liebe Dich, und ich wünschte,*
*ich könnte viel mehr für Dich tun.*

»Jeder Mensch ist ein Abgrund,
es schwindelt einem, wenn man hinabsieht.«

*Georg Büchner,* deutscher Literat

# Erster Teil

## *In der Falle (1936)*

# 1

Es war der Tag der Eröffnung der Olympischen Sommerspiele in Berlin, der Tag, an dem die Welt ein großes Fest veranstaltete, und Elise stand vor der grausamsten Entscheidung, die ein Mensch treffen konnte – jener zwischen ihrem Mann und ihrem Kind.

Immer wieder durchmaß sie die Suite des Hotels *Adlon* mit schnellen Schritten, blieb am Fenster stehen, schob die Gardine zur Seite und warf einen Blick auf das Brandenburger Tor, als sei von dort Hilfe zu erwarten. Die Straßen waren mit zahllosen Hakenkreuzfahnen und den Flaggen der neunundvierzig Nationen geschmückt, die an der Olympiade teilnahmen. Ein Strom von Menschen bewegte sich auf dem Boulevard Unter den Linden von Ost nach West. Die Euphorie drang von allen Seiten an Elises Ohren, von draußen durch die Fenster und von den Fluren des *Adlon* durch die Tür. Es war wie ein stechender Schmerz, zusätzlich zu den anderen Leiden, die Elise gerade ausstand.

Sie griff zum Telefon. »Empfang? Ich erwarte ein Gespräch, das mir für neun Uhr avisiert wurde. Nun ist es bereits zehn, und ich … Was meinen Sie mit überlastet? Das Telefonat ist äußerst wichtig.«

Ungeduldig lauschte sie den nichtssagenden Beschwichtigungen des Rezeptionisten.

»Die Olympischen Spiele sind mir egal, hören Sie? Mein Mann versucht, mich zu erreichen, es geht um Leben und Tod … Nein, ich werde mich nicht beruhigen. Tun Sie einfach Ihre Arbeit.«

Sie warf den Hörer auf die Gabel. Natürlich war sie ungerecht. Hunderte von Hotelgästen wollten ihre ersten Eindrücke von den Feierlichkeiten nach Hause melden. Das Hotel war ausgebucht. Für zwei Wochen war Berlin so etwas wie die Welthauptstadt, und das *Adlon* war die beste Adresse. Absichtlich hatte Elise übertrieben, als sie von Leben und Tod sprach, und zudem verschwiegen, dass der Anruf, den sie erwartete, aus dem Gefängnis kommen würde. Dieses Detail wäre einer bevorzugten Bearbeitung durch die Telefonzentrale gewiss nicht förderlich gewesen. Der Gedanke jedoch, dass Isaac sie wegen einer pompösen Nazi-Parade nicht erreichte und sie seine Stimme, die sie seit Monaten entbehrte, nicht hörte, ließ sie fast verrückt werden.

Im Zimmer nebenan quengelte ihr Sohn, der kleine Noah. Mit seinen zwei Monaten war er in einem Alter, in dem selbst seine Quengelei Elises Mutterherz höherschlagen ließ.

Sie öffnete die Tür zum Nebenzimmer. »Alles in Ordnung?«, fragte sie.

»Er hat schon wieder Hunger«, antwortete Biene und legte den Säugling an die Brust. Sie war für eine Frau recht groß und korpulent und hatte Wangen so rot wie Weihnachtssterne.

Elise hätte Noah gerne selbst gestillt, aber das war eines der Dinge, in der sie ihre Erziehung über ihren Instinkt stellte. Eine Frau ihres Standes tat so etwas nun mal nicht selbst, schon gar nicht, wenn sie Mitte vierzig war und bereits Großmutter hätte sein können. Biene, die eigentlich Eberhardine hieß, war eine mehr als würdige Stellvertreterin. Seit vielen, vielen Jahren in den Diensten der Familie Blankenburg, hatte sie sich zum ersten Hausmädchen und, mehr noch, zum Faktotum entwickelt. Ihr konnte Elise alles sagen, jede Wahrheit und jede Schmach anvertrauen.

»Immer noch nichts?«, fragte Biene, während sie ihre üppige Brust an Noahs Lippen führte.

»Da draußen ist die Hölle los«, sagte Elise kopfschüttelnd.

»Ein wahres Wort, gnädige Frau. Das ist wirklich die Hölle: ein Fest des Friedens, ausgerichtet von Raubrittern. Eine Schande, dass kein Land diese Scharade boykottiert, nicht einmal die Franzosen und Engländer, denen Hitler seit Jahren auf der Nase herumtanzt.«

»Ach, als ob ein Boykott etwas ändern würde …«

Es war schon Ironie, dass Biene, die sich noch vor ein paar Jahren nicht im Mindesten für Politik interessiert hatte, sich plötzlich als Aufwieglerin verstand, wohingegen Elise als Tochter eines zeitlebens hochpolitischen Wirtschaftsmagnaten die Politik am liebsten mit all dem anderen stinkenden Zeug auf den Kompost geworfen hätte. Seit dem Börsensturz von 1929, dem »Schwarzen Freitag«, der ihren ersten Mann und ihren Vater das Leben gekostet hatte, stand Elises Welt Kopf – zuerst der drohende Ruin der ererbten Porzellanmanufaktur, die hoch verschuldet war, dann die Nazis, die ihre Familie spalteten und zerpflückten. Sie wollte der Politik einfach nicht verzeihen, dass sie sich in ihre intimsten Belange einmischte, vor allem in ihre noch junge Ehe mit einem Juden.

Im Türrahmen stehend, schweifte Elises Blick über Bienes Dienstbotenzimmer, das obligatorisch war für ein Hotel wie das *Adlon*, in dem kaum ein Gast ohne Hausangestellte anreiste. Die Einrichtung war solide, aber unpersönlich: Bett, Schrank, Tisch und Stuhl aus ungeöltem Kiefernholz. Die Wiege des kleinen Noah stach daraus hervor wie eine Schwarzwälder Torte zwischen lauter Rührkuchen. Für einen kurzen Moment erfasste Elise die Diskrepanz der beiden Zimmer – früher hatte sie sich um solche Dinge keine Gedanken gemacht –, und sie verstand, warum die Nazis mit ihrer Idee der Gleichheit und der Abschaffung der Stände einen solchen Erfolg bei den Massen hatten. Doch dann klingelte das Telefon, und alles andere war vergessen.

»Isaac«, rief sie in die Sprechmuschel. »Liebster.«

»Ein Gespräch für Sie, Frau Löwenkind. Aus dem Gefängnis Moabit.« Der Unterton des Rezeptionisten troff von unverhohlener Verachtung. Auch das war die neue Zeit: Die Privilegien des Respekts und der Höflichkeit genossen nur diejenigen, die mitspielten. Frauen, deren Ehemänner im Gefängnis saßen, gehörten zu den Spielverderbern.

In der Leitung knackte es, woraufhin Elise erneut rief: »Isaac? Bist du es? Liebster?«

»Kriminalsekretär Koppe.« Die Stimme des Gestapo-Mannes klang kühl und distanziert, war jedoch frei von Herablassung. »Man hat Ihrem Gatten gestattet, mit Ihnen zu sprechen. Sie haben fünf Minuten, die Zeit läuft.«

»Isaac«, presste sie hervor. »Liebster?«

»Ich bin hier.«

»Isaac!«

»Ja.«

Einige Sekunden lang brachte sie kein Wort hervor, nur Laute, die sich in ihren Ohren seltsam anhörten, als stammten sie nicht von ihr, von überhaupt keinem menschlichen Wesen.

»Was …?«, begann sie endlich, hielt sich jedoch im letzten Augenblick zurück, ihn zu fragen, was sie mit ihm gemacht hatten. Gewiss hörten sie mit.

»Wie geht es dir?«

»Gut. Aber erzähl mir lieber von unserem Kind.«

Seit Isaacs Verhaftung war viel passiert, weshalb Elise manchmal vergaß, dass er seinen Sohn noch nie zu Gesicht bekommen hatte, ja, noch nicht einmal wusste, welches Geschlecht sein Kind hatte.

»Wir haben einen Sohn, Isaac. Er ist gesund. Er hat andauernd Hunger. Er schläft sehr viel, fast zu viel für meinen Geschmack. Ich mag es, wie er mit seinen Ärmchen fuchtelt. Und wie er lächelt. Er lächelt für drei. Er ist … ist so … wunderschön.«

Obwohl Elise sich vorgenommen hatte, auf keinen Fall zu weinen, brach sie in Tränen aus. Sie bemühte sich zwar, es zu überspielen, doch den Mann, der sie aufrichtig liebte, konnte sie nicht täuschen.

»Du musst nicht tapfer sein«, sagte Isaac, der seinerseits versuchte, etwas vor ihr zu verbergen, und ebenso scheiterte.

Die Erschöpfung lag wie ein öliger Film auf seiner Stimme, sosehr er sich auch bemühte, sie mittels übertriebener Lautstärke zu verhüllen. Elise schob seinen Zustand auf die Haft, weil der Gedanke, dass er noch Schlimmeres über sich ergehen lassen musste, sie zu sehr niedergedrückt hätte. Es gab Gerüchte.

»Vier Minuten«, rief der Gestapo-Mann dazwischen.

»Er heißt Noah«, berichtete sie weiter, wischte sich die Tränen von den Wangen und nannte Isaac das Gewicht, die Farbe der Augen, der Haare, der Gesichtshaut … »Er kommt sehr nach dir.«

Das war nicht ganz die Wahrheit, man könnte auch sagen, es war geschwindelt. Eine Lüge, um der Liebe willen.

»Noah«, wiederholte er, als handele es sich um eine Verheißung.

»Ja. Ich hoffe, der Name gefällt dir. Wir haben vorher ja nie darüber gesprochen.«

»Ja, er gefällt mir. Noah, der Neubeginn.«

»Drei Minuten.«

Elise ertappte sich dabei zu hassen. Es war ein neuartiges Gefühl für sie, so unangenehm wie kratzende Wäsche. Den Gestapo-Mann, seine Behörde, deren Erfinder, den vorherrschenden Ungeist und die Unmoral – alles zusammen wünschte sie zum Teufel. Genau das wollten diese Leute. Sie beschränkten sich nicht darauf zu verhaften, zu verhören, auszugrenzen, sie drängelten sich nicht nur in das Leben der Missliebigen, sondern auch in ihre Gedanken und Gefühle. Sie sollten werden wie diese Leute selbst, verachtend.

»Geht es dir wirklich gut?«, fragte sie.

»Ja. Erzähl mir von dir.«

»Sie wollen dich in Kürze vor Gericht stellen.«

»Ich weiß. Sprechen wir lieber von dir.«

Die Nachricht hatte Elise eine Woche zuvor brieflich erreicht, und seltsamerweise war sie daraufhin für eine Minute getröstet, ja, geradezu glücklich gewesen. Isaac lebte. Und nicht nur das, er verschwand nicht einfach, so wie einige Jahre zuvor sein Sohn Esra oder wie kürzlich Elises Schwägerin Chen Lu, die von den Nazis verschleppt worden waren. Erst ein paar Atemzüge später war ihr bewusst geworden, dass dieses Gerichtsverfahren nur Makulatur sein und zu einem Schauprozess gegen den »verbrecherischen Juden« verkommen würde.

»Ich werde dabei sein«, sagte sie.

»Nein.«

»Doch, Isaac. Deswegen bin ich nach Berlin gekommen.«

»Du bist in Berlin?«

»Um in deiner Nähe zu sein. Und um für dich auszusagen.«

»Nicht doch!«

»Aber ja. Die Anschuldigungen sind lächerlich. Drogenschmuggel, so ein Mumpitz. Wir wissen beide, wer der wahre Übeltäter ist. Ich zumindest bin mir sicher. Am Abend deiner Verhaftung hatte ich eine Unterredung mit …«

»Zwei Minuten«, blaffte der Gestapo-Offizier dazwischen.

»Hör mir bitte zu, Elise«, bat Isaac in jenem Tonfall, in den sie sich sechs Jahre zuvor als Erstes verliebt hatte: sanft und friedlich, ohne alles Belehrende. Ein paar Worte nur, das warme Timbre seiner Stimme, und Elise erlebte all die Gefühle für ihn aufs Neue, die Erinnerungen an die schönen Tage und den Schmerz über deren nahenden Verlust.

Sie setzte sich und schloss die Augen.

»So ist es gut«, sagte er, als befände er sich im Raum und sähe sie vor sich, als blicke er auf sie nieder, streichle ihre Haare … »Liebste, du musst nach Frankreich fahren, zu deiner Schwester. Dort allein bist du sicher. Tu es für Noah. Tu es für mich.«

»Aber der Prozess …«

»… ist bedeutungslos. Seien wir ehrlich, ich bin verloren.«

Dieses Wort stach tief in ihr Herz, wo es erbarmungslos wütete. Schlimmer als alles, was die Gestapo ihr antun konnte, war die Tatsache, dass Isaac sich aufgab. Objektiv hatte er allen Grund dazu. Doch war die Objektivität der Feind der Hoffnung, und Elise konnte nicht verhindern, dass sich in ihre Liebe für Isaac nun auch ein wenig Groll mischte.

»Verloren bist du erst, wenn du tot bist«, erwiderte sie bockig. »Und das bist du nicht.«

»Glaub mir, ich bin es.«

»Wie kannst du das nur sagen!«, fuhr sie auf, bereit und willens, ihren Mann mit Durchhalteparolen zu traktieren.

»Eine Minute«, rief der Gestapo-Mann.

Es war nicht der Moment, um zu grollen. Ein furchtbarer Gedanke, dass sie die letzte Minute mit Isaac, vielleicht die letzte Minute für immer, im Streit verbrachte.

Was sagt man einem geliebten Menschen, wenn einem nur noch wenige Augenblicke bleiben?

»Isaac, ich …«

»Bitte, Elise. Erfüll mir diesen letzten Wunsch und fahre mit unserem Sohn nach Frankreich. Wenn das bisschen Leben, das ich noch habe, für irgendetwas gut ist, dann dafür, euch fortzuschicken.«

Sie schwieg. Die Sekunden rauschten an ihr vorbei, beinahe greifbar.

»Elise?«

»Ja.«

»Versprichst du es mir?«

Sie schwieg.

Plötzlich nahm sie die stickige Luft wahr, die den Raum unter sich begrub. Es war der erste August, und sie spürte, dass sie diesen Tag mit seiner drückenden Hitze, den zahllosen Fliegen, den Aufmärschen, Hakenkreuzfahnen, falschen Reden und Desillusionen nie vergessen würde. Er stellte sich in eine Reihe mit dem 25. Oktober 1929, als ihr erster Mann Richard an einem Schlaganfall starb und ihr Vater Adalmar an einer Kugel, die er sich in den Kopf jagte. In eine Reihe mit dem 22. Februar 1933, als sie den einzigen Mann geheiratet hatte, den sie je wirklich liebte. Mit dem 7. März 1933, als sie in den Flitterwochen mit Isaac zusammen einen Kuchen buk in dem einfachen Bauernhaus auf Fehmarn und sie abends mit einem Glas Glögg am Kamin saßen. Es waren die besonders blauen und die besonders schwarzen Tage, die aus dem hell- bis dunkelgrauen, oft diffusen Alltag hervorstachen. Dieser Tag war ein rabenschwarzer.

»Versprichst du es mir?«, wiederholte er.

Mit der flachen Hand wischte sie sich den Schweiß von der Stirn. Die Suite, stellte sie fest, war mit cremefarbenen Möbeln bestückt, die viktorianisch wirkten und zugleich seltsam beruhigend, vielleicht weil sie an eine gemütlichere Zeit erinnerten. Das Parkett war kürzlich frisch abgezogen worden. Ein dicker blutroter Teppich, in dem eine Münze sich verlieren könnte, lag zu ihren Füßen.

»Elise.«

Es war vielleicht die letzte Gelegenheit, Isaac all das zu sagen, was er zu hören verdient hätte, doch sie kämpfte nur mit dem Schweiß. Sie betrachtete die Einrichtung und die Gemälde von Pissarro an der Wand, stand auf, fuhr mit der linken Hand am Telefonkabel entlang, öffnete den Mund und schloss ihn wieder. Es war die letzte selbstlose Bitte eines Todgeweihten, mit der sie rang.

»Ich liebe dich«, flüsterte sie.

»Das Gespräch ist beendet«, sagte der Gestapo-Mann.

Dreimal so lange, wie das Telefonat gedauert hatte, knapp eine Viertelstunde, blieb Elise auf dem Sessel sitzen, fassungslos, ihrem Mann das abverlangte Versprechen nicht gegeben zu haben. Vielleicht, wenn er noch einen Moment länger gebettelt hätte … Doch nein, auch dann wäre sie stark geblieben. Oder nicht? Es war ein klassisches Dilemma, mit lauter schlechten Lösungen und ohne eine gute. Was immer sie tat, es wäre zum Schaden eines Menschen, den sie liebte. Liebe ließ sich nicht gewichten. Den einen liebte man mehr, den anderen weniger – das gab es für sie nicht. Liebe war immer gleich stark, sonst war es keine Liebe. Noah und Isaac, Isaac und Noah, das war untrennbar für Elise. Ebenso hätte man sie fragen können, ob sie lieber einen Arm oder ein Bein verlieren wolle.

Zwei Pagen betraten das Zimmer und baten darum, etwas anschließen zu dürfen. Elise fragte gar nicht, um was es sich handelte. Sie war in Gedanken ganz woanders und nahm die blutjungen Hotelangestellten erst wieder wahr, als sie eine Art Schranktür öffneten, hinter der sich ein seltsames Gerät befand.

»Alle unsere Suiten werden jetzt damit ausgestattet«, sagte der eine Page stolz.

»Es ist eine Neuerung, Madame, Sie werden staunen«, fügte der andere fröhlich hinzu.

Sie betätigten einen Schalter, und einige Sekunden später erschien das Olympiastadion auf einer Glasscheibe, wie im Kino, nur deutlich kleiner. Was für ein seltsames Ding.

»Es nennt sich Fernsehgerät. Über Drähte wird ein Bild von anderswo übertragen«, erklärte der eine.

»Über Funk«, korrigierte sein Kollege.

»Drähte.«

»Nein, Funk.«

Plötzlich erschien Hitler. Er war ganz nah, wie in den Kino-*Wochenschauen*, in die sie seit einiger Zeit nicht mehr ging. Und nun suchte dieser Unmensch sie in ihrem Hotelzimmer heim.

Sie erschrak. »Machen Sie das weg.«

»Aber das ist der Führer. Er wird gleich die Olympiade eröffnen.«

»Sie sollen das wegmachen, hören Sie nicht!«

Besonders erbaut wirkten die Pagen nicht von dem Befehl, doch der Gast war König, zumindest vorläufig noch, und so betätigte einer der beiden erneut einen Schalter, woraufhin das Bild verschwand.

Elise fiel in den Sessel zurück. »Bitte gehen Sie.«

Der Anblick Hitlers lag ihr wie Klumpen aus halbgarem Maisgrieß im Magen. Doch er bewirkte seltsamerweise auch etwas Gutes.

Taktvoll hatte Biene zu Beginn des Telefonats die Tür zum Dienstbotenzimmer geschlossen, nun öffnete Elise sie wieder. Noah schlief in den schweren, weichen Armen seiner Amme. Es war das Glück der Ahnungslosen, das seinem Gesicht Schönheit verlieh. Eine Schönheit, die Elise die Sprache verschlug. Lange stand sie schweigend da und betrachtete dieses Wunder.

Irgendwann gab sie Biene ein Zeichen, woraufhin diese Noah in seine Wiege legte. Nacheinander gingen die beiden Frauen leise in die Suite, und nur ein Türspalt zum Dienstbotenzimmer blieb offen.

»Schlimm?«, fragte Biene, obwohl sie die Antwort bereits von Elises Gesichtsausdruck abgelesen hatte.

»Sehr schlimm.«

Biene nahm sich das Privileg heraus, welches sie sich durch die Dauer und Wertigkeit ihres Dienstes erworben hatte, und ließ sich in Anwesenheit von Elise auf die Chaiselongue plumpsen. Das Möbelstück ächzte unter ihrem Gewicht.

»Was hat er gesagt?«

»Er will, dass ich mit Noah nach Frankreich zu Ophélie fahre.«

Biene zog eine Schnute und nickte anerkennend. »Ich dachte nicht, dass ich das mal über einen Mann sagen würde, aber je länger ich Ihren Gatten kenne, umso mehr Bewunderung ringt er mir ab. Er steckt mittendrin in der Scheiße, und alles, woran er denkt, ist seine Familie.«

Elise hatte sich schon vor langer Zeit mit Bienes derber Ausdrucksweise abgefunden, wenn auch widerstrebend. Sie nahm das in Kauf. Die beiden waren gleich alt, aber Biene war die Weisere, vielleicht weil sie zwischen der Welt der Armen und jener der Reichen pendelte, wohingegen Elise von Ersterer kaum Ahnung hatte.

»Mag sein, dass er Bewunderung verdient«, entgegnete Elise. »Ich bin sogar ziemlich sicher. Nichtsdestotrotz werde ich ihn nicht im Stich lassen.«

»Was?«

»Wer, wenn nicht seine Ehefrau, vermag für ihn einzutreten? Er benötigt meine Fürsprache.«

»Wie kommen Sie bloß darauf, dass ihm das irgendetwas nützt? Das sind Gauner, die treten Ihre Fürsprache in die Tonne.«

Elise seufzte. »Genau das hat mir zu denken gegeben. Ja, die Nationalsozialisten sind Gauner, die weder Recht noch Anstand kennen, trotzdem haben sie Isaac erlaubt, mit mir zu sprechen. Warum wohl? Er sollte mich auffordern, das Land zu verlassen.«

»Sie meinen, die haben Ihren Mann gezwungen, das zu sagen?«

»Eher nicht. Aber sie haben seine Ansichten erkannt und sie sich zunutze gemacht. Vergraulen wollen sie mich, denn wenn ich fliehe, können sie sich doch noch unter den Nagel reißen, was sie schon so lange haben wollen.«

Elise musste ihrer Vertrauten die Umstände nicht näher erläutern. Seit Jahren schon versuchte die SS unter Heinrich Himmler, gegen den Widerstand Isaacs, Elises und ihrer Schwester, die vereinigten Porzellanmanufakturen von Blankenburg und Löwenkind zumindest teilweise zu übernehmen. Vermutlich aus Prestigegründen. Zunächst hatten sie dafür Tankred instrumentalisiert, Elises jungen Neffen, der in der Hierarchie dieser Truppe aufgestiegen war, dreißig Prozent der Firmenanteile hielt, aber die volle Kontrolle anstrebte. Doch je länger ein martialisches Regime im Sattel sitzt, umso arroganter schwingt es die Peitsche. Sie hatten Elise finanziell in die Ecke gedrängt und den großen Coup geplant. Erst wenige Wochen war das her, und nur dank des Zusammenhalts aller Mitglieder, was äußerst selten vorkam, war es der Familie gelungen, das Vorhaben in buchstäblich letzter Minute zu durchkreuzen. Elises Schwester Ophélie hielt jetzt die Mehrheit der Anteile, Elise war als Geschäftsführerin eingesetzt. Würde sie Deutschland verlassen, bedeutete das mit Sicherheit das Ende der Unabhängigkeit für das rund einhundertsiebzig Jahre alte Familienunternehmen.

»Irgendjemand muss den Räubern doch die Stirn bieten«, schloss sie ihre Rechtfertigung ab. »Dann übernehmen das eben Isaac und ich.«

»Über Ihre Stirn lachen die sich doch kaputt«, widersprach Biene. »Damit bringen Sie sich selbst, Ihren Neffen und den kleinen Noah nur in Gefahr, weiter erreichen Sie nichts.«

»Was mich selbst angeht, bin ich mir des Risikos bewusst. Tankred ist einer von *denen*, die hacken sich gegenseitig kein Auge aus. Außerdem wissen sie weder, dass Tankred uns geholfen hat, die Übernahme zu vereiteln, noch, dass eigentlich er hinter dem Schmuggel der Anti-Opium-Pillen steckt.«

Im letzten Moment hatte sich Tankred, bevor es zur Übernahme durch die SS gekommen wäre, seines Gewissens und seines Blutes besonnen und hinter Himmlers Rücken agiert, sodass dessen Plan scheiterte. Dem vorausgegangen waren allerdings Tankreds zahlreiche Versuche, die alleinige Kontrolle über Blankenburg zu erlangen. Weil er sich als unehelicher Sohn beim Erbe benachteiligt fühlte, hatte er sich auf kriminelle Machenschaften eingelassen, um sich die Taschen zu füllen, eben jenen Pillenschmuggel, der nun Isaac zur Last gelegt wurde.

»Im Übrigen ist er ein Schlingel, der sich aus allem herauswindet«, schloss Elise das Thema ab. »Was nun Noah betrifft …«

Sie steckte ihren Kopf durch den Türspalt und lauschte den friedlichen, gleichmäßigen Atemzügen des Winzlings. Schlafende Kinder haben etwas Beruhigendes, und sie verleiten zum Träumen. Elise stellte sich vor, wie Noah eingeschult würde. Er hätte ein zartes, etwas scheues Gesicht und klammerte sich fest an sie, während er verwundert auf die vielen anderen Kinder und ihre Mütter blickte. Er wäre gut im Schönschreiben – alle Löwenkinds hatten eine bewundernswerte Handschrift – und im Lesen. Vor allem Huckleberry Finn und Jim Hawkins, der Junge aus der *Schatzinsel*, hätten es ihm angetan. Er würde sehr jung heiraten, mit Anfang zwanzig …

Elise war sich im Klaren darüber, dass diese Szenen noch weniger als Mutmaßungen waren, reine Fantasien, die jeder Grundlage entbehrten. Vor mehr als zwanzig Jahren hatte sie schon einmal vor einer Wiege gestanden und sich ein Leben ausgemalt, das von ihrer Tochter Emma. Am Ende war alles ganz anders gekommen. Und doch schöpfte sie Trost aus diesen Luftschlössern, denn es war gut möglich, dass sie weder Noahs Hochzeit noch seine Einschulung, vielleicht nicht einmal seinen ersten Geburtstag erlebte.

Sie ging wieder zu Biene. »Du wirst mit dem Kleinen zu Ophélie an die Loire fahren, noch heute Abend. Ich buche euch ein Schlafwagenabteil nach Paris und schicke ein Telegramm, dass jemand euch abholen soll.«

Biene fiel aus allen Wolken. »Sie … Sie wollen Ihren Sohn weggeben?«

»Nicht weg. Ich gebe ihn in die Obhut meiner Schwester. Sie hat drei Kinder großgezogen, nennt ein Schloss auf dem Land ihr Eigen, lebt in Saus und Braus …«

»Aber Ihre Schwester hasst Sie. Schon vergessen? Sie haben ihr als Kind ein Auge ausgestochen.«

»Wir haben uns versöhnt.«

»Oberflächlich und auch nur, um den Nazis ein Schnippchen zu schlagen.«

»Sollte Ophélie noch einen Groll gegen mich hegen, wird sie ihn gewiss nicht an Noah auslassen. Sie hat zwar Haare auf den Zähnen, aber auch Gold im Herzen.«

»Na schön, wie Sie meinen, aber ich bleibe hier bei Ihnen.«

»Und wie soll Noah nach Frankreich gelangen? Ich kann ihn schlecht als Paket hinschicken. Wenigstens solange er gestillt wird, musst du bei ihm bleiben. Danach sehen wir weiter.«

»Ich kümmere mich um alles, außer um das Stillen.« Die Stimme kam aus der Diele, und einen Augenblick später trat eine vornehme Dame mit pompösem Hut in den Türrahmen, die einen Hauch von neunzehntem Jahrhundert versprühte.

»Tante Arabella!« Elise ging ihr entgegen. »Was machst du denn hier? Und wie bist du hereingekommen?«

»Ich habe den beiden Bengels, die aus deiner Suite kamen, eine Münze in die Hand gedrückt, woraufhin sie glatt vergaßen, die Tür hinter sich zu schließen.

Zufällig war ich gerade unten an der Rezeption, als sie Isaac zu dir durchgestellt haben, und wurde neugierig. Zu lauschen schickt sich zwar nicht, aber es ist immer noch die beste Methode, Dinge zu erfahren, die alten Tanten gerne verheimlicht werden.«

Sie küssten sich auf die Wangen. »Bist du wegen des Prozesses in Berlin?«

»Sie erlauben mir nicht, daran teilzunehmen. Meine *connections* in die USA, denen ich meinen diplomatischen Status verdanke, sind äußerst hilfreich, um mich gegen Übergriffe der Nazi-Bande zu schützen. Nur leider verhindert eben dieser Status, dass ich dem Gerichtsverfahren beiwohnen darf. Das Außenministerium der Vereinigten Staaten nennt das Nichteinmischung. Ich nenne es verbissenes Wegsehen. Nein, ich bin hier, weil ich Damian begleite, Ophélies Ältesten. Seine Schwester Marie habe ich auch mitgebracht.«

Elise hatte völlig vergessen, dass ihr Neffe als Stabhochspringer an den Olympischen Spielen teilnahm.

»Hat er denn Chancen?«

»Aber ja. Auf einen Platz zwischen eins und zweiunddreißig … so viele Männer nehmen nämlich an diesem irrwitzigen Wettbewerb teil, von dem mir bisher niemand überzeugend erklären konnte, wofür er gut sein soll. Aber lass uns endlich über dich und Isaac sprechen. Und über die Manufaktur.«

»Ich will nicht nur dabei sein, wenn Isaac angeklagt wird, sondern auch für ihn aussagen.«

»Und ich bin dagegen«, rief Biene aus dem Hintergrund. »Man darf sein Kind nicht alleinelassen.«

»Soso. Und Sie sind?«

»Das ist Biene, Tante Arabella. Du weißt schon, das

Faktotum in der Villa Vanora, unser langjähriges Hausmädchen und neuerdings Noahs Amme.«

»Jetzt erinnere ich mich.« Sie hob pikiert eine Augenbraue. »Vielleicht, liebe Elise, möchtest du noch jemanden von der Rezeption nach seiner Meinung in dieser Sache fragen?«

»Ich bin sehr enttäuscht von dir, Tante Arabella. Du kannst Biene doch nicht mit wildfremden Menschen gleichsetzen. Ihre Meinung bedeutet mir sehr viel.«

»Und was ist mit meiner Meinung?«

»Die natürlich auch.«

Arabella trat zwischen Biene und Elise und wandte sich an alle beide. »Ich finde, dass weder Tanten noch Faktoten in dieser existenziellen Frage mitreden sollten. Es zählt nur das, was dein Herz dir sagt. Die Entscheidung liegt allein bei dir, der Ehefrau und Mutter, und du bist alt und reif genug, sie zu fällen.«

»Natürlich bin ich hin- und hergerissen.«

»Wärst du es nicht, würde etwas nicht mit dir stimmen.«

Elise dachte noch einmal darüber nach. Mit Isaac waren das Glück und die Liebe in ihr Leben getreten. Er hatte Besseres verdient als eine Frau, die beim ersten Sirenengeheul ins Rettungsboot hüpfte. »Mein Sohn wird es eines Tages verstehen.«

»Das bleibt abzuwarten«, wandte Biene ein.

Arabella fuhr sie an. »Können Sie das Unken nicht lassen?«

»Ich habe die gnädige Frau früher selbst dazu gedrängt, mehr Widerstand zu zeigen. Aber da hatte sie noch nicht den ganzen Nazi-Apparat gegen sich, und genau das wird passieren, wenn ...«

»Die Nazis lassen Sie mal meine Sorge sein, meine Teure.«

»Na, da bin ich gespannt, wie die zittern werden.«

»Passen Sie bloß auf. Wenn Sie noch mehr solcher galligen Bemerkungen machen, wird die Milch sauer. Außerdem gibt es bei dieser Entscheidung etwas zu berücksichtigen, von dem Sie nichts verstehen.«

»Und was wäre das, Tante Arabella?«, hakte Elise nach.

»Dass ausgerechnet du mich das fragst … Welcher Name ist auf deiner Geburtsurkunde eingetragen? Wessen Tochter, wessen Enkelin, wessen Urenkelin bist du? Blankenburg, meine Liebe, ein Name, der seit fast zweihundert Jahren für exquisites Porzellan steht, tatsächlich aber noch für sehr viel mehr … für Werte, Fürsorge, Anstand, Loyalität, Zusammenhalt. Deine Schwester hat dich zur Geschäftsführerin gemacht, was bedeutet, dass du die Geschäfte führen sollst. Also tu es gefälligst.«

»Unmöglich, ich muss für Isaac da sein.«

»Die Manufakturen von Löwenkind und Blankenburg gehören jetzt zusammen, dadurch hat sich deine Verantwortung verdoppelt.«

»Die Mehrheit gehört immer noch Ophélie. Soll sie doch herkommen und sich selbst darum kümmern. Ich habe es satt, nach ihrer Pfeife zu tanzen.«

Elise ließ ihre Tante stehen und begann demonstrativ, Noahs Sachen zusammenzusuchen, während er weiterhin schlief. Murrend füllte Biene die Koffer. Einen Teil behielt Elise zurück, einen gelb-weiß gestreiften Strampler, der nach Noah und Puder duftete. Ewig würde der Geruch nicht daran haften, doch Elise konnte sich einreden, dass es so war.

Einhunderttausend Menschen im Olympiastadion, die tosten, als der letzte Fackelläufer mit schwebenden Schritten über die vierhundert Meter lange Aschenbahn lief. Einhunderttausend Menschen, die mit einer Stimme zu jubeln schienen. Einhunderttausend Menschen, deren Begeisterung sich brüllend in den Äther erhob, als wolle sie die ganze Welt erobern. Die über dem Stadion kreiste, an- und abschwoll und wieder auf die Ränge zurückglitt, als der Läufer die Treppenstufen zum Feueraltar erreichte.

Der Moment war feierlich, heilig beinahe. Stille erfüllte den Ort, der eben noch gebebt hatte, und es war dieses Schweigen, das Tankred einen Schauer über den Rücken jagte. Der Flügelschlag der Tauben war zu hören, die den Himmel über der Sportstätte umrundeten.

Stufe um Stufe erklomm der germanisch blonde Modellathlet, bis er die gigantische Schale erreichte. Er blieb stehen, hob den Arm mit der Fackel, grüßte die Massen und entzündete das Feuer. Erneut brandeten Beifall und Freudengeschrei auf, eine Glocke ertönte, und vom Altar schlugen Flammen in die Höhe.

»Heil!«, hörte auch Tankred sich rufen. Hundertmal am Tag benutzte er dieses Wort, gedankenlos und ohne Stolz, so wie früher »guten Tag« und »auf Wiedersehen«. Das ständige Strammstehen und Hackenschlagen ging ihm inzwischen sogar auf die Nerven. Doch in jenem Augenblick fühlte er sich tatsächlich als Teil der Gesamtheit, als Teil einer großen Idee und Ordnung.

Der Einmarsch der Athleten begann. Das Deutsche Reich stellte das größte Kontingent, mehr noch als die Amerikaner. Viele Mannschaften entboten den olympischen Gruß, der dem deutschen Gruß ähnelte: den Arm ausgestreckt, doch die Faust geballt.

»Es ist einsam auf dem Olymp, und jetzt weiß ich auch, warum«, ertönte eine Stimme, und er wandte sich um.

Seine Großtante Arabella schleppte sich die Stufen zu seinem Sitzplatz ganz oben hinauf, deutlich übertrieben angezogen für den Anlass und den warmen Sommertag und auch deswegen völlig aus der Puste.

»Was machen Sie denn hier?«

»Wenn ich diese Frage heute noch einmal höre, stürze ich mich in die Spree.«

Tankred lachte. »Was machen Sie denn hier?«

Sie zog eine Schnute, er stand auf und half ihr die letzten Stufen hinauf.

»Ihre Manieren haben sich verbessert«, stellte sie fest. »Sie brechen mir zwar fast den Arm mit Ihren Teutonenhänden, aber vor ein paar Jahren wären Sie nicht mal aufgestanden, wenn eine Dame sich Ihnen nähert.«

»Ich glaube, Sie sind schwerer geworden, Tante Arabella. Und Sie hinken ein wenig.«

»Ich habe mich geirrt, was Ihre Manieren betrifft. Abgesehen davon wird eine Dame nicht schwerer, wenn sie zunimmt, sondern würdevoller.«

»Ich werde es mir merken. So, wir wären da.«

Sie blickte sich um. »Die Aussicht auf das Stadion ist grandios. Aber wo sind die Sportler? Sind das etwa diese winzigen Ameisen da unten?«

Nun zog er eine Schnute. »Diesen Sitzplatz habe ich unserer Scharade vor zwei Monaten zu verdanken.«

»Hat Ihr Herr Himmler gemerkt, dass Sie sein Vorhaben absichtlich torpediert haben?«

»Dann hätte ich jetzt einen Sitzplatz im Zuchthaus. Dass wir ihn hinters Licht geführt haben, hat er nicht bemerkt. Aber da er sein Ziel nicht erreicht hat und die SS die Manufaktur Blankenburg nicht übernehmen konnte, hat er mich nun auf dem Kieker. Meine gleichrangigen Kameraden haben weit bessere Plätze bekommen.«

»Nicht jammern, bitte. Sie haben ein traditionsreiches Familienunternehmen vor der Übernahme durch eine Bande von Nichtskönnern in schwarzen Strampelhosen bewahrt.«

»Ich trage normalerweise selbst so eine Strampelhose.«

»Heute nicht, wie ich sehe.«

»Wir wurden aufgefordert, in Zivil zu erscheinen, damit das internationale Publikum nicht denkt …«

»Damit es nicht sieht, dass es sich in einem Polizeistaat befindet. Plump, aber wirkungsvoll, wie alle Maßnahmen der Nazis. Möchten Sie mir vielleicht einen Platz anbieten, oder wäre es Ihnen lieber, wenn ich hier Wurzeln schlage und austreibe?«

Er wies auf die fast leere, lange Reihe. »Suchen Sie sich einen Sitz aus. Sie sind alle gleich unbequem.«

Arabella ließ sich nieder und entfaltete einen Sommerschirm, den sie bisher als Stock genutzt hatte.

Tankred freute sich, sie zu sehen, auch wenn sie fast immer, wenn sie sich begegneten, Ärger mitbrachte. Obwohl sie wie ein Relikt der Kaiserzeit daherkam, scheute sie das offene Wort nicht – vermutlich ein Nebeneffekt jener zehn Jahre, die sie nach dem Tod ihres Mannes und dem Ende des Weltkrieges in den Vereinigten Staaten verbracht hatte. Sie hatte ihm in der

Vergangenheit mehr als einmal die Leviten gelesen, und zwar nicht zu knapp. Dennoch hatte er stets das Gefühl, dass sie ihn eigentlich nicht verletzen wollte, sondern im Gegenteil um ihn besorgt war.

»Welches Land läuft da unten gerade ein?«, fragte sie. »Ich kann es nicht erkennen. Gar nichts erkennt man von hier oben. Die Athleten könnten Gorillas sein, und man würde sie für Boxer halten.«

»Dänemark.«

»Gut, dann dauert es nicht mehr lange, bis Frankreich dran ist. Ihr Cousin Damian ist einer der Teilnehmer, wissen Sie?«

»Ja, ich weiß.«

»Schon seltsam … Ich halte seinen Sport, nein, eigentlich jeden Sport, für ausgemachten Unsinn. Aber wenn der eigene Großneffe zusammen mit weiteren fünfzig Hampelmännern in ein Stadion einläuft, kribbelt es einen dann doch.«

»Mich kribbelt es auch, und zwar weil ich ahne, dass Sie die zweihundert Stufen nicht zu mir hinaufgeklettert sind, um mir Ihren Schirm ins Gesicht zu halten.«

»Oh, Pardon.« Sie wechselte ihn in die andere Hand. »Recht haben Sie, ich will mit Ihnen über Isaac und den Prozess sprechen. Gehen wir das mal durch. Sie und Ihr Kumpel Schimmi haben im Auftrag einiger Chinesen mitgeholfen, eine verbotene Pille nach Europa zu schmuggeln, die die Opiumsucht heilt und durch eine Heroinsucht ersetzt.«

»Das wussten wir damals nicht.«

»Ruhe, jetzt rede ich. Ist das da unten die französische Olympiamannschaft?«

»Nein, die estnische.«

»Also weiter. Sie haben mit Ihren krummen Geschäften einen Batzen Geld gemacht, den Sie dafür verwendet haben, sich zuerst den Stammsitz der Familie, die Villa Vanora, und schließlich einen Teil der Manufaktur anzueignen. Bis dahin bin ich ganz bei Ihnen. Die chinesische Pille geht mich nichts an, und dass ein uneheliches Kind versucht, das Erbe seines Vaters an sich zu reißen, ist in meinen Augen noch kein Verbrechen. Wenn dafür aber ein Unschuldiger büßen soll, der mir sehr am Herzen liegt, werde ich grantig.«

»Das war Schimmis Werk, ich hatte nichts damit zu tun. Ich würde Onkel Isaac niemals …«

»Das ist der springende Punkt, mein Guter. Er ist Ihr Onkel. Also verhalten Sie sich tunlichst wie ein guter Neffe und holen Sie ihn da wieder heraus. Egal wie, aber sehen Sie zu, dass es bald passiert. Denn wenn nicht, steuert alles auf eine Katastrophe zu, die sich auf die ganze Familie ausweiten könnte.«

»Wie meinen Sie das?«

»Ist das die französische Mannschaft?«

»Die finnische. Wieso auf die ganze Familie?«

»Elise hat vor auszusagen.«

»Ist sie verrückt? Das bringt sie in Teufels Küche.«

»Sie ist schon mittendrin. Und Sie stehen in der Küchentür. Elise weiß genug, um Ihnen zu schaden. Allein Ihre Rolle bei der vereitelten Übernahme der Manufaktur durch die SS. Natürlich kann sie Ihnen nichts beweisen, und selbst wenn … Dummerweise, mein Bester, leben Sie in einem Land, in dem Beweise etwa so viel gelten wie Nieten auf einem Jahrmarkt. Umgekehrt reicht bereits ein Verdacht, und man ist weg vom Fenster. Wem erzähle ich das?«

Aus vielerlei Gründen hatte Tankred gehofft, dass Elise den Prozess gegen Isaac Löwenkind nicht abwarten, sondern das Land vorher verlassen würde. Der geringste Grund war, dass ihre Abwesenheit es ihm erleichterte, die Geschicke der Manufaktur zu bestimmen. Mehr denn je sah er sich als der einzig wahre und alleinige Erbe, und wäre er nicht illegitimer Herkunft gewesen, hätte das gewiss auch niemand bestritten. Hart hatte er dafür gekämpft, überhaupt als Blankenburg zu gelten und auch diesen Namen zu tragen. Andererseits, wenn er der wahre Erbe war, dann war er auch das Familienoberhaupt. Dass die Nationalsozialisten seine Angehörigen bedrohten, verfolgten, verschleppten und vor Gericht stellten, traf ihn zunehmend in seinem Selbstverständnis und seiner Ehre als Beschützer und Bewahrer. Und nicht zuletzt – das war der wichtigste Grund – mochte er seine Tante Elise. Sollte sie tatsächlich in dem Prozess aussagen, würde das am Urteil nur wenig ändern, sie selbst aber in Gefahr bringen.

Und ihn ebenfalls, da lag Arabella nicht falsch.

»Sie wissen um meine besondere Rolle.« Arabella sah ihn eindringlich an. »Da Isaac der Neffe meines verstorbenen Mannes ist und Elise die Tochter meines verstorbenen Bruders, betrachte ich mich gewissermaßen als Scharnier oder vielmehr Patin dieser Verbindung. Ich werde alles daransetzen, meine Liebsten zu beschützen. Ich bin wie ein Wirbelsturm, mein Bester. Dass ich kurz weg bin, bedeutet keineswegs, dass ich nicht zurückkomme. Sollte Isaac oder Elise Unrecht geschehen, werden Sie, mein lieber Tankred, Ihres Lebens nicht mehr froh. Dafür sorge ich, und ich werde jeden, den ich zu fassen bekomme, in diesen Kampf hineinziehen.

Sie werden keine Familie mehr haben, ganz egal, ob Sie den Krieg gewinnen oder verlieren … Ist das jetzt die französische Mannschaft?«

»Ja.«

Die Franzosen zeigten den Olympischen Gruß, den das deutsche Publikum mit dem deutschen Gruß verwechselte, woraufhin das Stadion erbebte. Zehntausende, die aufsprangen und deren Stimmen sich zu einem ohrenbetäubenden Tosen vereinten, so als würde eine Fliegerstaffel über die Arena hinwegdüsen.

»Erstaunlich«, sagte Tankred. »Unser erstes Gespräch, bei dem wir nicht über die Manufaktur und das vergiftete Erbe sprechen.«

»Ich wusste, dass Sie davon anfangen würden, daher musste ich es nicht tun.«

Sie sahen sich gegenseitig mit listigem Blick an, eine alte Füchsin und ein junger Wolf. Von der ganzen Familie mochte Tankred seine Großtante am liebsten, obwohl oder gerade, weil sie ihm Paroli bot. Doch hatten ihre Scharmützel, die sie in vorhersagbarer Regelmäßigkeit austrugen, nichts von der Feindseligkeit und Herablassung, mit der Tante Ophélie ihm begegnete, oder von der vorwurfsvollen Traurigkeit, die Elise ihm gegenüber an den Tag legte. Arabella war imposant, eine aristokratisch anmutende weißhaarige Dame, die sich für Schrotschüsse nicht zu schade war. Vielleicht hatte sie das in Amerika gelernt, wo sie die zehn Jahre nach dem Großen Krieg bis zum Schwarzen Freitag verbracht hatte. Wie auch immer, sie war genau sein Kaliber, auch wenn man es ihr nicht ansah.

»Beabsichtigen Sie immer noch, eines Tages Blankenburg und Löwenkind zu kontrollieren?«, fragte sie.

»Unsere Allianz gegen die Nazis war zu erfolgreich, um sie durch neuerlichen Zwist zu gefährden.«

»Halten Sie mich für blöd?«

»Ich halte Sie für vieles, aber nicht für blöd.«

»Ich bin der Sohn des ältesten Sohnes meines Großvaters Adalmar, Ihres Bruders. Das Erbe steht mir zu. Das ist nicht etwa meine persönliche Meinung, sondern Fakt. Im Moment sieht es so aus, als hätte Ophélie gewonnen, aber glauben Sie mir, dieser Eindruck täuscht.«

Arabella seufzte. »Stellen Sie sich vor, ich wäre eine gute Fee.«

Er lachte, sie schmunzelte.

»Raffen Sie alle Fantasie zusammen, die Sie haben, dann bekommen Sie das hin. Ich bin also die gute Fee, und Sie können von mir verlangen, was Sie wollen, unter der Bedingung, dass Sie den Erbstreit für alle Zeit beilegen ... Nun ja, was man so alle Zeit nennt. Wenigstens fürs Erste.«

»Was ich will?«

»Ganz genau.«

Dafür schätzte er Arabella besonders. Sie begegnete ihm stets auf Augenhöhe, eine Kaufmannstochter ohne Allüren, aber immer mit einem gefüllten Sack, von dem man nicht wusste, was sich darin verbarg.

»Darüber muss ich erst nachdenken.«

»Das wird bei Geschäften allgemein empfohlen. Damians Wettbewerb findet erst in einer Woche statt.«

»So lange bleibe ich nicht in Berlin, ich muss in Kürze zurück nach Königstein.«

»Gut, dann treffen wir uns dort. Sie erinnern sich an das Café auf der Zeil, wo wir unser erstes Geschäft abgeschlossen haben? Café *Kaiser*, diesen Freitag, vier Uhr nachmittags. Bringen Sie gute Manieren mit, einen realistischen Vorschlag und vor allem einen anständigen Anzug. Was Sie gerade tragen, kann man vielleicht auf der Hunderennbahn anziehen, aber unmöglich zum Tee im *Kaiser*.«

Schimmi saß gut dreißig Ränge weiter unten, nur einen Steinwurf von der Führerloge entfernt. Sein schicker Zweireiher war maßgeschneidert, der Hut vom besten Berliner Hutmacher, und er trug Schuhe, in denen man sich spiegeln konnte.

»Der Anzug steht dir gut«, sagte Tankred, der den Freund auf Anhieb gefunden hatte, und befühlte den feinen Stoff des Sakkos. »Mein eigener wurde gerade als schäbig kritisiert.«

Wie niedlich der kleine Schimmi darin aussah, irgendwie nicht ganz ernst zu nehmen. Doch Tankred wusste, dass der Eindruck täuschte. Sein Freund hatte ihn in fast jeder Hinsicht überflügelt. Sie teilten jede Menge Erinnerungen und Gemeinsamkeiten, wie etwa das Schicksal, ein Bastard zu sein – Tankred der einer reichen, Schimmi der einer armen Familie. Zusammen hatten sie nicht nur das Elend der Zwanziger Jahre, sondern auch den eher zufälligen Einstieg in die Nazi-Hierarchie Anfang der Dreißiger erlebt und ein paar äußerst gewagte Unternehmungen hinter sich, von denen einige ihrer Karriere, andere ihrer Börse gutgetan hatten. Ebenso einte sie der Verlust ihres gemeinsamen Freundes Dubbe, der vor zwei Jahren der Ausschaltung der SA zum Opfer gefallen war. Noch keine dreißig Jahre alt waren sie und hatten bereits so einiges zusammen durchgemacht. Schimmi hatte letztendlich immer zu Tankred gehalten. Dafür hatte Tankred ihn mit einem Anteil von zehn Prozent an der Porzellanmanufaktur belohnt. Dreißig Prozent hielt er selbst, die restlichen sechzig seine ungeliebte Tante Ophélie, die im sicheren Frankreich unangreifbar war.

»Wir müssen reden, Schimmi. Aber nicht hier.«

Sie verließen die Ränge auf der Suche nach einem ruhigen Plätzchen, das innerhalb des Olympiastadions jedoch unmöglich zu finden war. Also gingen sie hinaus auf das Reichssportfeld, wo in den kommenden Tagen viele der Wettkämpfe stattfinden sollten, das zurzeit aber noch für die Zuschauer gesperrt war. Einhundertzwölftausend Quadratmeter, konzipiert für zweihundertfünfzigtausend Besucher, sollten für ein Gespräch unter vier Augen genügen. Schimmis Ausweis öffnete ihnen die Tore. Der Polizist am Eingang salutierte.

Schimmi zündete sich eine Zigarette an und gönnte sich einen Schluck aus dem Flachmann, den er aus dem Sakko zog. Seit drei Jahren trank er zu viel, aber dass er rauchte, war neu. Tankred lehnte die ihm angebotene Zigarette mit einer Handbewegung ab. Manchmal hatte er Angst vor Schimmi. Nicht, dass er glaubte, der Freund könnte sich eines Tages gegen ihn wenden. Im Gegenteil, er fürchtete, Schimmi könnte ihn eines Tages dazu bringen, so zu werden, wie er war, oder besser, wie er geworden war.

»Ich versuche schon seit Wochen, dich zu erreichen«, sagte Schimmi. »Wird mal wieder Zeit für ein Bierchen unter alten Kumpels.«

»Ich war ständig unterwegs«, erwiderte Tankred.

In letzter Zeit hatten sie ihn, der eine wichtige Aufgabe in der Wirtschaftsabteilung der SS übernommen hatte, mit Arbeit überschüttet und quer durch das Reich geschickt, von Lübeck nach Breslau, weiter nach Heidelberg und Münster. Himmler wollte, dass die SS zum Staat im Staate wurde, und Tankred sollte alles aufkaufen, was seinem Chef gefiel, meist enteignetes jüdisches Eigentum zum kleinen Preis. Das war keine Aufgabe, der er etwas abgewinnen konnte, aber zumindest versetzte der Reichsführer SS ihn nicht auf einen Posten, der ihm noch weniger lag.

»Lass mich raten, du hast gerade erfahren, dass dein jüdischer Onkel vor Gericht gestellt wird«, sagte Schimmi. »Und dass deine Tante in den Zeugenstand treten will.«

»Woher weißt du das?«

Schimmi holte ein zerknittertes Telegramm aus der Tasche. »Vor einer halben Stunde bekommen.«

»Sie wird beschattet?«

»Und abgehört.«

»Was? Wie das?«

»Abhörgeräte sind die neueste Erfindung. Ein kleines Ding, das man in den Telefonhörer einsetzt, und schon sind wir dabei«, leierte Schimmi die Erklärung gelangweilt herunter.

»Ich werde mit ihr reden, vielleicht bekomme ich sie dazu …«

»Hast du Kartoffelbrei in den Ohren, Tanke? Man darf euch beide nicht im vertraulichen Gespräch sehen, das wirkt verdächtig. Nein, besser, du lässt dich in nächster Zeit nicht mit ihr blicken. Ich werde mit deiner Tante reden, das ist sicherer und wahrscheinlich auch erfolgreicher. Weißt du, mit gutem Zureden kommt man bei der nicht weiter. Ich habe die ganze Zeit mit solchen Leuten zu tun und weiß, wie man sie am besten packt.«

»Ich will aber nicht, dass man sie packt, Schimmi. Ich wollte auch nicht, dass man meinen Onkel packt.«

»Das war, um uns zu retten. Oder wärst du gerne aufgeknüpft worden?«

»Es hätte andere Optionen für uns gegeben, als meine Familie zu zerpflücken.«

Schimmi richtete sich zu voller Größe auf. »Ich bin nicht hier, um zwei Monate alte Wäsche mit dir zu waschen, du Flitzpiepe.«

Der gute alte Schimmi, einen Meter dreiundsiebzig groß und fünfundsechzig Kilo schwer, hatte neuerdings die Klappe eines Zwei-Meter-Mannes mit Oberarmen wie Max Schmeling.

»Es genügt, dass deine ach so geliebte Tante Zweifel streut, und wenn die Kollegen hinter den Kulissen erst mal eine Untersuchung einleiten …« Er kam ins Grübeln, zog an der Zigarette. »Lass mich das machen.«

»Immer, wenn du übernimmst, beißt irgendwer ins Gras oder löst sich in Luft auf, bevorzugt Mitglieder meiner Familie. Was ich jetzt sage, meine ich bitterernst, Schimmi. Du wirst Tante Elise kein Haar krümmen. Außerdem boxen wir Isaac da wieder raus, verstanden?«

Vom Stadion drang die martialische Stimme des Führers über Lautsprecher bis zu ihnen auf das Sportfeld.

»ICH VERKÜNDE DIE SPIELE VON BERLIN ZUR FEIER DER ELFTEN OLYMPIADE NEUER ZEITRECHNUNG ALS ERÖFFNET.«

Tankreds Freund zog erneut an der Zigarette, warf

den Stummel auf den Boden und zerquetschte ihn mit dem Fuß. »Lass mich das machen.«

Tankred verließ die Spiele bereits am zweiten Tag. Für Sport hatte er sich noch nie interessiert, und er wollte die beiden dienstfreien Wochen lieber nutzen, um sich verstärkt um die Manufaktur zu kümmern. Obwohl er bereits morgens losfuhr und sein SS-Chauffeur einen rasanten Fahrstil pflegte, kam er erst kurz vor Sonnenuntergang im hessischen Königstein an.

Die Villa Vanora war mit Hakenkreuzen beflaggt und herausgeputzt, wie es sich für den Wohnsitz eines Hauptsturmführers gehörte. Dem romantischen Charakter des Hauses konnte die pompöse Symbolik jedoch nichts anhaben. In der Gründerzeit erbaut, ruhte es auf einem soliden Steinfundament, über dem sich Mauer- und Fachwerk abwechselten und von hölzernen Türmchen und Treppengiebeln gekrönt wurden. Schottisches Landhaus, deutsches Märchen und spanisches Mobiliar verschmolzen zu einem Unikat, das auf einem gepflegten Rasen mit Blick auf die ferne Frankfurter Mainebene stand. Damit spiegelte das Gebäude die Familiengeschichte der Blankenburgs wider, in der lange Zeit die Männer urdeutsche Solidität und die Frauen ausländische Exotik verkörpert hatten.

Kaum angekommen, knöpfte Tankred die Uniformjacke auf und warf sie achtlos auf eines der Sofas. Dasselbe tat er mit dem Hemd. Gleich darauf goss er sich einen Brand ein, den er im Nu austrank. Den zweiten ließ er stehen. Er wollte Shuilian weder mit einer Fahne noch als Offizier gegenübertreten, sondern einfach nur als ihr Mann.

Er war müde, was aber nichts mit der langen Autofahrt zu tun hatte. Seit Wochen machte die Erschöpfung sich in seinem Kopf breit, genauer gesagt, seit Gitti ihn gebeten hatte, aus ihrem Leben zu verschwinden. Mehr als zehn Jahre lang war sie seine Freundin, Vertraute und Ratgeberin, zwischendurch immer auch mal seine Geliebte gewesen. Es gab einfach keinen Begriff für das, was sie ihm bedeutete. Doch dann, vor zwei Monaten, hatte sie unverhofft mit ihm gebrochen.

Zögernd griff er zum Telefon. »Vermittlung? Bitte Gallus eins-acht-zwo-drei. Ja, ich warte.«

Gitti selbst besaß keinen Fernsprechapparat, aber es gab einen in der Kneipe und dem Bordell, das sie betrieb. Noch nie hatte er mit ihr telefoniert, er war immer spontan bei ihr aufgekreuzt wie ein verlorener Sohn, und sie hatte ihn stets mit Liebe und Wärme empfangen. Nie hatte sie ihn weggeschickt, ihn niemals warten lassen. Eine Nacht bei ihr, ob im Bett, am Tresen oder am Küchentisch, bedeutete Kraft für mehrere Wochen.

»Hallo?«

Es war nicht ihre Stimme, und die Enttäuschung rann ihm vom Kopf abwärts in den Magen wie ein Schluck eiskalten Wassers an einem frostigen Tag.

»Hier ist Blank… Hier ist Tankred. Ist Gitti da?«

»Oh, hallo Tankred.« Die Frau nannte ihren Namen, aber er konnte sich nicht an sie erinnern. Gitti hatte ihm mal gesagt, dass die Hälfte ihrer »Mädchen« in ihn vernarrt sei, weil er sie nicht nur anständig behandelte, sondern auch Geld und ein hübsches Gesicht hatte – eine unschlagbare Kombination.

»Ist Gitti da?«, wiederholte er.

»Man hat sie vor ein paar Wochen abgeholt.«

»Abgeholt? Und wer ist *man*?«

»Die Polizei. Das Bordell haben sie geschlossen, nur die Kneipe ist noch geöffnet. Wegen Olympia und so.«

»Das darf doch wohl nicht wahr sein! Wohin hat man sie gebracht?«

»Als würden die uns so etwas verraten.«

»Danke.«

Er legte auf, stinkwütend. Sein Zorn richtete sich zunächst gegen die Polizei. Doch dabei blieb es nicht. Die Behörden taten nur, was von oben angeordnet wurde.

»Gitti«, murmelte er und sank auf den Schemel neben dem Telefon.

Der Gedanke, dass sie irgendwo eingesperrt war, lähmte ihn für Minuten. Ebenso wie das, was sie zuletzt zu ihm gesagt hatte: Früher sei er ein liebenswertes Schlitzohr gewesen, auf seine Weise aufrichtig, einer, der immer mit offenem Visier kämpfte, ein guter Verlierer und nachsichtiger Gewinner. Keiner, der nachtrat. Keiner, der Tiefschläge verpasste. Kein Arschloch. Das sei jetzt anders, deswegen wolle sie nichts mehr mit ihm zu tun haben.

Wie ein Gesteinsbrocken lagen ihre Worte in der einen Waagschale, während in der anderen seine Erfolge ins Gewicht fielen, das Geld und die Stellung, zu denen er gekommen war. Zu seinem Erstaunen wogen Gittis Worte schwerer, als er gedacht hatte, an diesem Tag mehr denn je.

Sie war von seinesgleichen verhaftet worden, von Männern, wie er einer war, und ihm wurde übel bei dem Gedanken.

Eines der Hausmädchen bemerkte ihn. »Brauchen Sie etwas, gnädiger Herr?«

Gnädiger Herr – vor ein paar Jahren noch hatten die Leute ihn wie einen lästigen Bettler fortgeschickt, und im Grunde genommen war er genau das gewesen: ein Bettler.

»Schläft sie schon?«, fragte er die junge Bedienstete.

»Fräulein Blankenburg hat noch nicht nach ihrer Zofe verlangt.«

Fräulein Blankenburg, Shuilian Blankenburg. Offiziell war sie Tankreds Cousine, die Tochter seines Onkels Wido, der in jungen Jahren nach China ausgewandert war und lange Zeit als verschollen gegolten hatte. Seine Heirat mit der Chinesin Chen Lu war absolut unstandesgemäß, weshalb es keine Rolle mehr spielte, dass ihre vermeintlich gemeinsame Tochter in Wahrheit ein Kuckuckskind und deswegen mit keinem Blutstropfen eine Blankenburg war. Außer Tankred, der immer seltener vor Ort war, lebte nur Shuilian in der Villa Vanora. Damit war sie so etwas wie die Dame des Hauses, eine Rolle, die sie nun offensichtlich einzunehmen gedachte, ebenso wie die Rolle als seine feste Geliebte. Das war keineswegs immer so gewesen …

»Soll ich ihr sagen, dass Sie da sind, gnädiger Herr?«

»Ich weiß nicht.«

Vor drei Wochen hatte er Shuilian zuletzt gesehen, und mit jedem Tag hatte er sich mehr nach ihr verzehrt. Es war ein Gefühl, als ginge ihm nach und nach die Luft aus. Sein Schlaf war kürzer, seine Müdigkeit größer geworden. Nach ein paar Tagen bereits war sie ihm irgendwie »verloren gegangen«, ihre Augen, ihre Lippen, ihre Brüste, all das rann ihm aus der Erinnerung wie Honig durch die Finger. Natürlich trug er immer ein Foto von ihr bei sich, doch das nutzte nichts, schließlich schwand nicht Shuilians Bild an sich, sondern ihre Wirkung auf ihn. Dazu brauchte er sie ganz nah bei sich.

Doch auf einmal war er sich nicht mehr sicher, ob er sie an diesem Abend wiedersehen wollte oder ob er sich lieber allein betrinken sollte.

Er schenkte sich einen Whisky ein, und durch die breite Terrassentür betrat er den Garten. Auf dem Rasen zog er Schuhe und Socken aus. Das Gras war warm und weich, die Nacht mild und mondlos, ohne Sterne am Firmament, jedoch am Horizont. Durch die Bäume südlich von ihm, phantomhafte Riesen, blitzten die Lichter Frankfurts, das etwa dreißig Kilometer entfernt war.

Früher, als Herumtreiber und Tunichtgut in Berlin, hatte Tankred sich für die Nacht nur deshalb interessiert, weil dann auch alle anderen lichtscheuen Herumtreiber und Tunichtgute der Hauptstadt unterwegs waren, mit denen er das eine oder andere Geschäft machte. Vor allem Glücksspiel. Seine kranke Mutter hatte sich so sehr gewünscht, dass er eine normale Arbeit annahm, aber er hatte ihr wieder und wieder versichert, dass er mehr verdiente, wenn er die Nacht und ihre Gesellen als Freunde hatte. Meistens stimmte das auch. Erst nach ihrem Tod hatte er ihr, geplagt von Reue, den Wunsch erfüllt. Gott, was war in den zehn Jahren seit ihrem Tod alles geschehen!

Es waren, überkam es ihn jäh, sogar schon zwölf.

Er wandte sich zur Villa um. Sein Urgroßvater hatte sie für seine aus Schottland stammende Urgroßmutter gebaut. Jeder der zahlreichen Erker und Türmchen hatte eine Geschichte, von denen Tankred die wenigsten kannte. Er war nicht im und mit dem Haus aufgewachsen, er hatte nie darin gespielt, war nicht in die Geheimnisse eingeweiht, hatte keinen seiner Vorfahren darin erlebt. Herrje, wie hart hatte er gekämpft, um seinen Platz als ältester männlicher Abkömmling der Blankenburgs einzunehmen, die Villa zu besitzen. Nun fragte er sich, ob das den Preis wert gewesen war. Fragte sich, ob seine Mutter stolz auf ihn wäre oder enttäuscht von ihm. Ob das, was er fühlte, schon wieder Reue war.

Tankred traute seinen Augen kaum, als er eine weibliche Gestalt in den hell erleuchteten Salon treten sah.

Shuilian bemerkte ihn nicht gleich, da er in der Dunkelheit des Gartens stand, nur schwach und indirekt von den Lampen des Hauses beleuchtet. Sie trug ein Abendkleid, keins von den flotten Teilen, in denen sie früher die Frankfurter Nachtclubs erobert hatte, sondern ein biederes cremefarbenes. Doch sie machte es allein mit ihrer exotischen Schönheit, den feuerrot geschminkten Lippen und der schwarzen Locke, die an ihrer Schläfe tänzelte, zum Ereignis. Als sie die offene Terrassentür bemerkte, trat sie ins Freie und starrte in die Nacht, ohne nach ihm zu rufen.

Er konnte es kaum erwarten, ihre Stimme zu hören, deren Anmut, die von einem dünnen, kalten Belag überzogen war, den sie sich in ihrer Jugend in den Ghettos von Shanghai angewöhnt hatte.

Da entdeckte sie ihn und schritt vornehm auf ihn zu, wobei sie das Abendkleid leicht mit den Händen raffte, wie es Baroninnen zu tun pflegen, und begleitet von einem würdevollen Lächeln. Als sie bemerkte, dass er nur ein Unterhemd trug, änderte sich ihr Gesichtsausdruck ins Begehrliche, und damit wusste er, dass sie sich entschieden hatte, seine Geliebte zu bleiben. Oder, man konnte das auch anders betrachten, es zum ersten Mal wirklich zu werden.

»Bitte sag etwas«, murmelte er.

»Wozu?«

»Mehr«, bat er nur.

»Du siehst furchtbar müde aus.«

»Und?«

»Ich bin froh, dass du da bist.«

»Und?«

»Ich liebe dich.«

Tankred zog die Brauen hoch. »Gleich die drei ganz großen Wörter? Nicht doch lieber eine abgespeckte Version davon?«

Sie wandte ihm den Rücken zu, wobei sie ihm mit einer Geste zu verstehen gab, was er als Nächstes tun sollte.

Eine Schlaufe nach der anderen zog er auf, bis das Kleid an ihr herab ins Gras glitt. Ihre goldfarbene Haut, von nichts mehr bedeckt, keinem Mieder, keinem noch so winzigen Fetzen Stoff, schimmerte ölig in dem Licht, das die Villa spendete. Shuilian war eine klassische Mätresse, die sich auf Verführung verstand. Eine andere Gabe besaß sie nicht. Das war ihr ganzes Kapital, und mit dem verstand sie zu wuchern.

Sie wandte sich zu ihm um und stand schutzlos vor ihm, wie Gott sie geschaffen hatte, doch ihr Blick sagte: Es ist mein tausendstes Mal. Tankred legte die Hände auf Shuilians Wangen, von wo sie auf ihre Schultern glitten. Dort hielten sie inne, so als wären sie unschlüssig. Der Moment dauerte an. Shuilians Mund öffnete sich leicht, und Tankred erwartete im nächsten Augenblick ihre Zunge, die hinter den strahlend weißen Zähnen spielte.

Da war sie.

Tankreds Hände glitten weiter an ihr hinab, die linke über ihre straffe Brust, die die Größe einer Reisschale hatte, die rechte an ihrem Rücken entlang, der so glatt war wie lackiertes Ebenholz.

Als er ihre Hüfte berührte, schloss sie kurz die Augen, und als sie ihn wieder ansah, war ihr Blick noch bereitwilliger als zuvor.

Langsam drückte er Shuilian ins Gras. Sie lag unter ihm, ohne dass er sie berührte, sein Gesicht schwebte eine Handbreit über dem ihren, seine Fäuste waren zu beiden Seiten in die Erde gerammt.

Geschickt öffnete sie die Knöpfe seiner Uniformhose, schob sie ein Stück an den Oberschenkeln hinunter. Sie hatte alles vorbereitet. Was ihm jetzt noch zu tun blieb, hatten er und sie schon oft gemeinsam getan.

Und sie war schöner als je zuvor. Nicht mehr die Kindfrau von vor sechs Jahren, die er mit Ausflügen ins Frankfurter Nachtleben beeindrucken wollte, wobei sie den Spieß zu seiner Überraschung umdrehte. Nicht mehr das quirlige Nachtclubsternchen, das die Mainmetropole aufmischte. Nicht mehr die Frau, die ihn bei Nacht und Nebel zugunsten eines anderen verließ, als ihr bewusst wurde, dass Tankred sie nie würde heiraten können. Nicht mehr das heulende, zitternde Elend, das vor einigen Monaten zu ihm zurückgekehrt war, nachdem man ihre Eltern und ihren neuen Beschützer kurzerhand ausgeschaltet hatte.

Shuilian hatte reichlich Zeit gehabt, ihre neue Rolle zu finden. Sie mimte jetzt die schutzlose, reuevolle

Frau, die ihm ausgeliefert war, aber so tat, als könnte sie ihn nach Belieben verführen. Sie versuchte, beides gleichzeitig zu sein, Sklavin und Herrscherin. Wie üblich spielte sie ihre Rolle sehr souverän.

Als er über ihr lag, nicht auf ihr, und ihre Hände an seinem Geschlecht spürte, als er in ihre perfekten schwarzen Augen blickte und ihr Atem seine Lippen streichelte, da erfasste ihn ein Gefühl, das er nicht kannte: Er hatte keine Lust mitzuspielen.

»Was ist?«, fragte sie, als er zur Seite rollte, bis er auf dem Rücken lag, und die Hose wieder hochzog. Da er nicht antwortete, ergänzte sie: »Ich habe zwar gesagt, dass du müde aussiehst. Aber doch nicht so müde.«

Da war es wieder, dieses Wort: Müdigkeit. Er hatte Shuilian endlich dort, wo er sie immer haben wollte. Sie war seine Geliebte, passte sich ihm an und stellte keine unerfüllbaren Forderungen. Er war ihr einziger sicherer Hafen, alle anderen, in denen sie Schutz hätte finden können, waren von Stürmen hinweggefegt worden, die er entfacht hatte. Sie gehörte ihm.

Doch das war nicht stimmig. Nicht so. Viel zu viel stimmte nicht mehr oder hatte noch nie gestimmt.

Er sah sie an, obwohl ihr Gesicht in Dunkelheit getaucht war. Ihr glattes schwarzes Haar war von dem gelblichen Lichtschein aus dem Haus umgeben wie bei einer Madonna.

»Ich habe dich zuerst zerbrochen und dann wieder zusammengesetzt«, sagte er leise. »Und jetzt bist du eine dienstbare Maschine.«

»Maschine?«, wiederholte sie. »Ich bin doch keine Maschine.«

Sie nahm seine Hand, führte sie an ihren Busen, der

warm und weich war wie ein Kissen. Mit sanfter Gewalt entwand er sie ihr wieder, und Shuilian verstand sichtlich die Welt nicht mehr.

»Ich dachte, du willst das.«

»Willst du es denn?«

»Sicherlich. Du bist der Mann, den ich liebe.«

»Vor einem Jahr hast du noch anders geredet.«

Vor einem Jahr war er vom Nürnberger Reichsparteitag zurückgekehrt, auf dem die neuen Rassengesetze beschlossen worden waren. Von da an galten nicht nur Juden, sondern auch Asiatinnen wie Shuilian als minderwertig. Tankred war an dieser Entscheidung nicht beteiligt gewesen, das war überhaupt nicht sein Ressort, aber Shuilian hatte sich von ihm, dem Nazi, abgewendet und sich in die Arme eines indischen Geschäftsmannes geflüchtet.

»Das Kapitel Rawat ist erledigt. Du hast dich als der Stärkere erwiesen«, sagte sie.

»Kommt es darauf an?«

»Worauf denn sonst?«

Als Kind und Jugendlicher hatte Tankred immer der Cleverste sein wollen. Er war ausgefuchst für sein Alter, mit allen Wassern gewaschen – alles Ehrentitel, die ihm schmeichelten, verliehen von ausgefuchsten und mit allen Wassern gewaschenen Gestalten der Berliner Halbwelt. Ihre Bewunderung war am Ende des Tages das Einzige, was zählte. Mehr als einmal übernahm er höchst gefährliche Botengänge und erhielt dafür nichts weiter als ein Schulterklopfen. Mehr verlangte er auch gar nicht, und die Typen, die ihn losschickten, wussten das.

Später in Frankfurt strebte er danach, endlich ein

Blankenburg zu sein, geachteter Sohn und Enkel, der den Namen der Vorfahren tragen durfte und auch zu tragen verstand. Stetig war er der Dynastie nähergekommen, erst als Bastard und Bittsteller, dann als Marionette und Gehilfe, schließlich als Verhandlungspartner, bis er sein Ziel erreichte. Letztendlich ging es mal wieder um Anerkennung.

Auf den Schmuggel der verbotenen Anti-Opium-Pille, in den Shuilians Mutter Chen Lu ihn später dann verwickelte, ging er nur ein, weil es dabei viel Geld zu verdienen gab, mit dem er sich immer mehr Anerkennung in Form von Statussymbolen kaufte.

Und sein Parteieintritt? Die Aufnahme in die SS? Stets ging es ums Schulterklopfen. Darum, dass jemand zu ihm sagte: »Du bist einer von uns.« So kam es schließlich. Er war einer von ihnen. In dieser Position musste man stark sein, vielleicht nicht der Stärkste, aber zur entscheidenden Zeit am entscheidenden Ort der Stärkere.

Seit einiger Zeit ging es nur noch darum, der Stärkere zu sein. Als er Elise seinerzeit die Villa Vanora abrang, indem er sie unter Druck setzte, da war es um Überlegenheit gegangen, nicht um Anerkennung. Das war nun anders. Jeden, der ihn bei einer Lüge erwischte, der ihm im Weg stand, ihm etwas wegnahm oder seiner Stellung gefährlich werden konnte, den stutzte er auf die eine oder andere Weise zurecht, einfach weil er die Kraft und die Möglichkeit dazu hatte. Und wenn er es nicht selbst tat, sah er dabei zu, wie Schimmi die Angelegenheit für ihn erledigte.

Zum Arschloch geworden. Gittis letzte Worte.

»Glaubst du, ich weiß nicht, dass du es warst, der

Rawat hat verhaften lassen? Und meine Mutter?«, fragte Shuilian und riss ihn aus seinen Gedanken.

»Das mit deiner Mutter, das war nicht ich, sondern Schimmi. Und was Rawat angeht … Du wirfst dich mir an den Hals, weil ich deinen Liebhaber in den Knast gebracht habe? Das ist ja mal … originell. Aber du irrst dich gewaltig. Schimmi hat Sündenböcke gebraucht, unser Pillenschmuggel war kurz vorm Auffliegen. Es war seine Idee, und ich konnte ihn nicht davon abbringen. Ich habe es versucht, ehrlich. So viel zu meiner Macht.«

»Dann hat er also im letzten Moment deinen Hals aus der Schlinge gezogen?«

»Und seinen eigenen. Darin sind wir spitze. Oder besser, er ist spitze, und ich war es mal.«

Sollte er Shuilian von Gitti erzählen? Nein, sie würde ihn nicht verstehen.

»Ich habe ihn heute Morgen ganz kurz in der *Wochenschau* gesehen, deinen Freund Schimmi. Als sie die Eröffnung der Olympischen Spiele gezeigt haben. Er saß im Publikum, gleich neben der Führerloge. Dich habe ich nicht entdeckt.«

»Ja, und bevor du darüber nachdenkst, ihn im Garten zu verführen, solltest du drei Dinge über ihn wissen. Erstens hat er keinen Garten. Zweitens wollte er zuerst auch dich als Komplizin bei dem Schmuggel verhaften lassen, aber nur, bis ich ihm beinahe eine in die Fresse gehauen hätte. Und drittens bist du nicht sein Typ.«

Tankred hielt es nicht für nötig, Shuilian über Schimmis Neigungen aufzuklären. Er war nicht bereit, seinen Freund in die Pfanne zu hauen, schließlich hatte er Schimmi in den Schmuggel hineingezogen, und auch sonst verband sie zu viel. Allerdings war er nicht länger bereit hinzunehmen, dass seine Familienmitglieder und Menschen, die er liebte, nach und nach verschluckt wurden.

Soviel er wusste, landeten sogenannte »missliebige« Personen in Lagern, von denen es inzwischen in jeder Region eins gab. Die Wahrscheinlichkeit, dass sich Gitti und Shuilians Mutter Chen Lu im selben Lager befanden, war demnach gar nicht gering.

»Sag mal«, begann er, richtete sich ein wenig auf und spielte mit einer Strähne ihres glänzenden Haars. »Von euch Chinesen gibt es doch nur ein paar Handvoll in diesem Land. Ihr haltet doch sicher zusammen, wisst, wo ihr euch gegenseitig findet, und so weiter. Kannst du dich nicht mal umhören, wohin sie deine Mutter gebracht haben? Schimmi weicht meinen Fragen aus, und ich selbst komme an die Informationen nicht heran.«

»Na klar. Dazu brauche ich nur ein bisschen Geld. Und ich müsste mal wieder nach Frankfurt fahren dürfen.«

»Stupsnase, du darfst fahren, wohin du willst und so oft du willst.«

»Alleine? Ohne Aufpasser?«

»So alleine, wie du sein möchtest.«

»Was verlangst du dafür?«

»Dass wir die Zeiten hinter uns lassen, in denen wir uns gegenseitig Bedingungen nennen, um einen Schritt aufeinander zuzumachen. Denn ich liebe dich, und ich hoffe, dass irgendwann der Tag kommt, an dem ich es dir beweisen kann.«

Shuilian stand auf, und als sie das biedere Kleid überzog, schien sie über seine Worte nachzudenken, womöglich aber auch über etwas ganz anderes. Sicher konnte man das bei ihr nie sagen.

Sie bat ihn, die Schlaufen am Rücken wieder zuzubinden, und während er das tat, neigte sie leicht den Kopf und fragte: »Willst du meine Mutter herausholen?«

Ihr von Gitti zu erzählen, hielt er immer noch für unnötig. »Ja. Hast du etwas dagegen«

»Natürlich nicht. Sie ist eine Sauergurke, aber sie bleibt meine Mutter.«

»Du hast mich nie gebeten, sie zu befreien.«

»Weil das gefährlich für dich ist, oder etwa nicht?«

»Ja, schon …«

»Du hast dich verändert, Tankred. Was ist passiert?«

Er schwieg, bis er die letzte Schleife gebunden hatte, und danach küsste er ihren Nacken, umarmte sie von hinten. Ihr Kopf schmiegte sich an seine Brust, sein Kinn berührte ihr Haar.

Sie hatte völlig Recht, er war nicht mehr der Gleiche wie vor drei Monaten, drei Jahren, zehn Jahren, und er fragte sich, warum. Er war noch immer nicht am Ziel. Die Hälfte der Familie Blankenburg erkannte ihn nach wie vor wegen seiner illegitimen Herkunft nicht als einen der ihren an, und an der Manufaktur hielt er kaum Anteile. Lediglich die Villa, das Haus seiner Vorväter, hatte er sich erfolgreich erkämpft, und das auch nur unter Einsatz von niederen Mitteln.

»Irgendwie bin ich auf halber Strecke stehen geblieben«, sagte er leise. »Da habe ich zurück auf meinen Weg geblickt und nichts als verbrannte Erde gesehen.«

Das noble Café auf der Zeil, der großen Frankfurter Einkaufsstraße, hatte sich verändert. Als Arabella sich dort einige Jahre zuvor zum ersten Mal mit Tankred verabredet hatte, um über die Fusion von Blankenburg und Löwenkind zu verhandeln, versprühte es noch den Charme der Kaiserzeit. Palmen und Orangenbäume standen zwischen den Tischen, livrierte Kellner schoben Servierwagen aus Messing vor sich her, auf denen sich die Kuchenplatten stapelten, und eine Kapelle spielte langsamen Walzer. Die meisten Gäste verstanden sich zu kleiden, Unterhaltungen wurden leise geführt. Inzwischen prägten Uniformen das Bild, an jedem dritten Tisch eine. Die Gäste lachten ungebührlich laut und brüllten Hitlergrüße durch das halbe Lokal. Statt Palmen gab es nun arische Kunst, zumeist Übermenschen in dominanten Posen, und selbst die Servierwagen mit den Kuchen suchte Arabella vergebens, sie waren einer übersichtlichen Speisekarte gewichen.

»Zweimal Blaubeerkuchen und ein Kännchen Orange Pekoe, bitte«, bestellte sie.

Der kaum zwanzigjährige Kellner verzog die Oberlippe. »Orangen … was?«

»Das ist schwarzer Tee, junger Mann.«

»Ich frag mal nach.«

»Und Stangenkandis dazu.«

»Ich frag mal nach.«

Nachdem er gegangen war, stieß Arabella einen lauten Seufzer aus. »Der ist ja noch ahnungsloser, als Sie es damals waren.«

»Wie habe ich den Stangenkandis damals genannt?«, fragte Tankred.

»Ein Spieß, an dem dunkler Zucker klebt.«

Er lachte, und selbst Arabella konnte sich ein Schmunzeln nicht verkneifen. Mit einem gewissen zeitlichen Abstand verloren die Dinge ihre Spitzen und Kanten, sie wurden rund, süß und weich wie der Kandis, den sie erwarteten. Aus Ereignissen wurden Anekdoten.

Dabei war an jenem Tag vor etwa sechs Jahren der Riss entstanden, der bis heute die Familie spaltete. Sie hatten sich auf die Modalitäten der Fusion geeinigt, die die beiden Manufakturen vor dem Bankrott retten sollte, und damit das Ziel erreicht. Der beachtliche Preis dafür, den keiner vorher bedacht hatte, war der Aufstieg Tankreds zum mächtigsten Mann der Manufaktur Löwenkind & Blankenburg. Nach und nach hatte er Elise, Isaac und dessen Sohn Esra an den Rand gedrängt, da er über dreierlei Dinge verfügte, welche die anderen entbehrten: viel Geld, absoluten Willen und allzu nachgiebige Gegner. Eine Handvoll Jahre später war er nahe daran gewesen, die Firma vollständig zu übernehmen, und er hätte sein Ziel auch erreicht, wäre ihm nicht die SS in die Quere gekommen. Vor die Wahl gestellt, die Mehrheit der Anteile Himmler zu überlassen oder Ophélie, hatte er sich notgedrungen für seine Tante entschieden. Doch Arabella wusste, dass der Waffenstillstand nur für kurze Zeit halten würde, und wollte unter allen Umständen einen neuen Krieg verhindern.

»Es ist viel passiert«, sagte sie. »Aus dem Flegel mit den zerbeulten Hosen ist ein Mann geworden.«

»Und was ist aus Ihnen geworden?«

»Etwas, womit ich nie gerechnet hätte: ein Familienmensch. Nachdem ich so viele Jahre mehr oder weniger alleine gelebt habe, genieße ich es inzwischen, als guter Geist zu fungieren. So eine Art Frau Holle.«

Blaubeerkuchen und Tee wurden serviert. Statt des

Stangenkandis stellte der Kellner recht provokant eine Dose mit Zuckerwürfeln auf den Tisch.

»Stängelkandes gibt's nicht.«

»Die Herrschaften da drüben haben welchen bekommen«, stellte Arabella fest.

Der Lümmel warf einen gleichgültigen Blick auf den Nachbartisch. »War der letzte.«

Tankred sagte: »Sehen Sie noch mal nach.«

»Ich sagte doch, war der letzte.«

Tankred stand auf. Er war einen halben Kopf größer als das Milchgesicht mit dem schlechten Benehmen. In einem Tonfall, der Arabella an einen kalten Winterwind erinnerte, sagte er: »Bring … uns … sofort … Kandis.« Und fügte hinzu: »Bitte.«

Etwas daran schien einen Meinungswechsel bei dem Kellner zu bewirken, denn er verschwand ziemlich kleinlaut und brachte kurz darauf, worum sie ihn »gebeten« hatten.

Arabella übernahm das Einschenken, und Tankred stocherte in den Blaubeeren herum, die er zerdrückte, ohne sie zu essen. Er schien weder stolz auf seine Heldentat zu sein noch wirkte er zufriedengestellt.

»Ich hatte nie Großeltern«, sagte er.

Arabella hatte alles erwartet, aber nicht eine derart melancholische Bemerkung.

»Was ist los?«, fragte sie.

»Sage ich doch. Ich hätte gerne eine Oma gehabt … und einen Opa.«

»Mein Bruder wäre Ihnen kein guter Großvater gewesen, und seine Frau Pilar … Nun denn, sie war sehr fürsorglich, aber in ihrer Ehe ist sie eingegangen wie eine Bougainvillea im deutschen Winter.«

»Es gibt so vieles, was ich nicht weiß von meinen Vorfahren. Ganz allein im Leben zu stehen, ohne eine Vorgeschichte, die zu einem gehört, ist kompliziert. Es fällt dann schwer, seine Position zu erkennen. Verstehen Sie, was ich meine?«

Die Sonne fiel in breiten Bahnen durch die großen Fenster und tauchte Arabella, Tankred und den Tisch in ein gleißendes, hoffnungsvolles Licht.

»Ich denke, schon … Wenn Sie wollen, werde ich Ihnen schreiben und in jedem Brief ein neues Kapitel näherbringen.«

»Das würde mir gefallen.«

»Na, dann ist es hiermit beschlossen.«

Sie lehnte sich zurück, nahm die Untertasse in die linke und die Tasse in die rechte Hand und trank den heißen Tee in kleinen Schlucken. Ein paar Rabauken in Uniformen, alles Inhaber niedriger Mannschaftsgrade der Wehrmacht, brachen in Kneipengelächter aus, schlugen auf den Tisch und begannen gar zu singen. Tankred schien drauf und dran, sie zurechtzuweisen.

»Lassen Sie es«, bat Arabella. »Eine Drohgebärde pro Tag genügt, finden Sie nicht?«

Er dachte einige Augenblicke darüber nach. »Vielleicht haben Sie Recht.«

»Noch mal die Frage: Was ist eigentlich los?«

»Ich weiß nicht, was Sie meinen.«

»So ein Kuchenstück verputzen Sie sonst in einer Minute. Was aber noch schwerer wiegt … Sie haben noch immer nicht das Angebot erwähnt, das ich Ihnen gemacht habe und wegen dem wir hier sitzen. Was verlangen Sie als Gegenleistung dafür, dass wir den innerfamiliären Streit ein für alle Mal beilegen?«

Sie beobachtete, wie er auch die letzte Blaubeere zerquetschte. Sein Kuchenteller glich einem Schlachtfeld.

Arabella schenkte sich nach. Er hatte seinen Tee noch nicht angerührt.

»Bereitet Ihnen der bevorstehende Prozess gegen Isaac Sorge?«, fragte sie. »Wie ernst ist Ihre Lage, falls Elise aussagt?«

»Schon ein wenig.«

»Das klingt nicht sehr dramatisch.«

»Ich habe mich da selbst reingeritten, also finde ich auch wieder heraus.«

Sie stellte die Tasse mit einem Knall ab. »Nun aber mal Hosen runter, werter Großneffe. So kenne ich Sie gar nicht. Ehrlich gesagt, habe ich einen levantinischen Teppichhändler erwartet, der mir eloquent die letzte Münze abzuknöpfen versucht. Stattdessen trinke ich Tee mit einem wortkargen Tropf, der noch elender aussieht als der Kuchen, den er gerade zu Brei zerdrückt hat.«

Was er ihr daraufhin erzählte, zunächst zögerlich, dann immer beredter, war äußerst besorgniserregend, und zwar in mehrfacher Hinsicht. Mit Shuilians Hilfe hatte Tankred den Aufenthaltsort von Chen Lu herausgefunden, ein Lager in der Nähe von Würzburg. Diskret hatte er Erkundigungen eingeholt und plante, Shuilians Mutter dort herauszuholen, was nicht ungefährlich war. Sollte der Coup misslingen, gestaltete sich die Lage für Chen Lu noch schwieriger. Und selbst, wenn er gelänge – wie würden Tankreds Vorgesetzte reagieren, wenn sie davon erfuhren? Und wie ließe sich Chen Lu möglichst rasch außer Landes bringen?

»Ich bin erstaunt, dass Sie dieses Risiko eingehen wollen«, sagte Arabella. »Tun Sie das für Shuilian? Meines Wissens war ihr Verhältnis zu Chen Lu nicht das beste. Eigentlich hatte keiner von uns ein gutes Verhältnis zu ihr. Sie macht es einem schwer, mit ihr warm zu werden.«

Er sank ein wenig tiefer in seinen Stuhl. »Offen gesagt, ich hoffe, dort auch eine Freundin von mir zu finden.«

»Wen denn?«

»Ihr Name ist Gitti. Sie ist … sie betreibt ein Bordell in Frankfurt. Es ist nicht so, wie Sie jetzt vielleicht denken. Gitti ist nicht meine … wir sind … Ach, es ist schwer zu erklären.«

»Ist es nicht. Wenn Sie für diese Frau Kopf und Kragen riskieren, weiß ich alles darüber, was sich zu wissen lohnt. Wann?«

»In drei Tagen.«

»Kann ich Ihnen irgendwie dabei helfen?«

»Danke, nein.«

»Ich werde viel an Sie denken.«

Er rutschte ein wenig höher auf seinem Stuhl. »Tatsächlich?«

»Frau Holle, schon vergessen?«

Sie lächelten sich an. Er trank einen Schluck Tee, der inzwischen in der Tasse kalt geworden war, und sagte: »Was die Manufaktur und die Familie angeht …«

»Wir müssen das jetzt nicht besprechen«, bot sie an. »Ihnen geht heute sicher anderes durch den Kopf.«

»Doch, doch. Ich bin bereit, den Status quo anzuerkennen. Ich bin Minderheitseigner, Ophélie die Mehrheitseignerin und Elise die Geschäftsführerin, bis hoffentlich Isaac wieder übernehmen kann. Ich will versuchen, mich irgendwie nützlich zu machen.«

»Entschuldigung, aber das kann ich nicht so recht

glauben. Nach all den Jahren des Kampfes, all den Schlachten, wollen Sie so mir nichts dir nichts einen Schlussstrich ziehen? Ohne Gegenleistung?«

»Alles, was ich dafür will …«, begann er.

Arabella lehnte sich erneut mit der Tasse in der Hand zurück. Aha, dachte sie, jetzt lässt er die Katze aus dem Sack.

Doch sie täuschte sich.

»Alles, was ich dafür will, ist … dass Ophélie mich endlich als Familienmitglied anerkennt.«

Das war keine zu hohe Forderung. Im Gegenteil, verglichen mit dem, was er hätte einfordern können, war es eine Lappalie. Im Übrigen auch eine Selbstverständlichkeit. Man konnte zu Tankred stehen, wie man wollte, und seine SS-Laufbahn bot mehr als genug Anlass zu Kritik, aber im entscheidenden Moment hatte er sich für die Familie, die Porzellanmanufaktur und damit gegen seine Kumpane entschieden. Ophélie würde eine Handvoll Dreck fressen und ihn mit Champagner hinunterspülen müssen, doch letztlich würde sie Tankred geben, was er wollte, und ihn als Neffen anerkennen. Zumal der Akt keine juristische, sondern lediglich eine symbolische Bedeutung hätte – eine Symbolik jedoch, die Tankred offenbar wichtig war.

Zum ersten Mal verspürte Arabella so etwas wie die berechtigte Hoffnung, Tankred möge sich eines Besseren besinnen und sich schrittweise von den Nazis abwenden. Natürlich musste er hierbei behutsam vorgehen, in seinem eigenen Sinne und dem der Manufaktur. Es gab zu viele Aasgeier unter den Nationalsozialisten, die sich die Finger nach dem veritablen Unternehmen eines Abtrünnigen leckten.

»Sobald ich in Frankreich bin, spreche ich mit Ophélie. Vielleicht weiß ich bereits mehr, wenn Sie von Ihrer Exkursion zurückkehren. Rufen Sie mich an, ob alles geklappt hat, oder schicken mir ein Telegramm? Ich glaube, ich bin genauso aufgeregt wie Sie.«

Sie legte ihre Hand auf seine, eine kurze Geste, die sie grundsätzlich äußerst sparsam einsetzte und bei Männern, vor allem deutlich jüngeren, noch sparsamer.

»Und jetzt«, sagte sie, »bestelle ich Ihnen einen neuen Blaubeerkuchen. Der auf Ihrem Teller taugt ja nur noch als Babybrei.«

Der Zug von Berlin nach Paris war nur mäßig gefüllt. Wegen der Olympiade war die deutsche Hauptstadt gefragter als die französische, und Arabella hatte, von ihrem Abstecher nach Frankfurt zurückgekehrt, gleich ein ganzes Abteil gebucht. Das Hotelmanagement hatte ihr einen Flug angeboten, aber Arabella hätte lieber auf einer Seilbrücke einen Vulkanschlund überquert, als sich in einen, wie sie es nannte, fliegenden Sarg zu quetschen.

Damians großen Auftritt hatte sie wegen des Gesprächs mit Tankred verpasst. Ihr Großneffe hatte die Marke von vier Meter fünfzehn übersprungen und sich damit den fünften Platz gesichert. Zwar fand sie, im Gegensatz zu Damian, dass vier Meter fünfzehn nicht wirklich eine Marke waren. Sie fand aber auch, dass Taupe keine Farbe war, und band das nicht jeder Frau in einem solchen Kleid auf die Nase. Damian saß ihr während der Zugfahrt gegenüber und strotzte nur so vor Stolz und Stärke, und beides wollte sie ihm gerne lassen.

Während ihrer Abwesenheit hatte Marie sich im Hotel mit einem Jungen ihres Alters angefreundet. Grégoire war der Sohn eines großen Weinhändlers in Paris. Zufällig saß er mit seinen Eltern im selben Abteilwagen wie sie und hatte Marie ins Zugrestaurant ausgeführt. Ihr erstes Rendezvous. Nicht, dass Arabella bereits die Hochzeitsglocken läuten hörte, obgleich der Aspekt, auf ewig mit edelstem Champagner versorgt zu sein, nicht zu verachten war. Nein, es war schon eine Sensation, dass dieses Mädchen sich überhaupt mit jemandem anfreundete, ganz gleich welchen Geschlechts.

Als Marie mit Haaren, zerzaust wie nach einem Tête-à-Tête im Heu, den Abteilwagen betrat, sprang Damian auf.

»*Merde*, was ist passiert?«

»Gar nichts ist passiert«, erwiderte Marie. »Er fand die Frisur interessant, die Mama mir aufgezwungen hat, und da wollte ich ihm zeigen, was ich schön finde.«

»Das findest du schön? Du siehst aus wie die Hafendirne von Brest.«

»Und du wie einer von diesen Helden aus einer Comic-Zeitschrift mit deinen Muskeln, dem engen Hemd und dem braven Seitenscheitel.«

Marie war so attraktiv, dass sie es sich leisten konnte, Schönheit zu verachten und sich auch mal zu verunstalten. Denn sosehr sie sich anstrengte – schlecht sitzende Kleider, keine Schminke, Schmuck nur, wenn er selbst gebastelt war –, brachte sie es dennoch nicht fertig, uninteressant für das männliche Geschlecht zu sein. Daher hatte sie es zum Sport gemacht, jedem ein Brett vor den Kopf zu hauen, der den Versuch unternahm, um sie zu werben.

Arabella fragte: »Wie hat Grégoire reagiert?«

»Er fand meine kleinen Albernheiten süß. Daraufhin habe ich ihn Mondgesicht genannt, er hat die Rechnung kommen lassen, und voilà, hier bin ich wieder.«

Damian ließ sich zurück auf den Sitzplatz fallen. »Unfassbar! Alle meine Freunde haben kleine Schwestern in deinem Alter, und jeder von ihnen muss mächtig hinterher sein, damit sie nicht schwanger werden. Und ich? Als älterer Bruder bin ich quasi arbeitslos.«

»Ich kann auf mich selbst aufpassen.«

»Sieh doch mal in den Spiegel. Wenn du noch einen Funken klaren Verstand hast, weißt du, dass das nicht stimmt. Aber ich kann schlecht mit einem Kamm und einem Sedativum um dich herumscharwenzeln, obwohl du beides dringend bräuchtest, Schwesterherz.«

Damian hing sehr an Marie, viel mehr als an seinem Zwillingsbruder Maxim, und sie hatte sich ihre bisherige Jugend hindurch nur Damian geöffnet. Hatte sie ein Problem, so ging sie zu ihrem ältesten Bruder. War sie glücklich, wollte sie das Hochgefühl mit ihm teilen. Erst in letzter Zeit zeigte sie auch ihm gegenüber ihre sperrige Seite, zumindest dann und wann.

Vielleicht hätten die beiden noch eine ganze Stunde weitergestritten, wäre nicht Biene mit dem schreienden Noah auf dem Arm hereingekommen.

»Bei mir hinten ist es so laut, da kann der Kleine nicht schlafen.«

»Es ist die dritte Klasse, was haben Sie erwartet?«, erwiderte Arabella mit einem Kopfschütteln. »Ich wollte Ihnen ja einen Platz hier bei uns besorgen, aber Sie haben es vorgezogen, zwischen Raufbolden und Volkslieder schmetternden Hitlerjungen zu sitzen.«

»Ich bin jetzt hier, oder nicht?«

»Das sind Sie allerdings.«

Damian überließ Biene seinen Platz am Fenster und wechselte zur Tür. Nach einigen Minuten beruhigte sich Noah und schlief bald tief und fest, wobei er so friedlich aussah, dass alle vier Anwesenden sein zartes Gesicht betrachteten.

»Ich habe Hunger«, sagte Damian zu seiner Schwester. »Lass uns in den Speisewagen gehen.«

»Da komme ich gerade her.«

»Ich aber nicht. Du wolltest, dass ich deinem Rendezvous fernbleibe.«

»Mit meinem großen, sportlichen Bruder im Nacken hätte Grégoire sicher Angst bekommen.«

»Mit dem Ergebnis, dass er nun mehr Angst vor dir hat als vor mir. Was ist jetzt, stoßen wir auf meinen fünften Platz an?«

Marie lächelte kokett. »Muss ich mich vorher kämmen?«

»Lass nur, ich bin adrett genug für uns beide.«

Es wurde still im Abteil, nachdem die beiden gegangen waren, da Biene offensichtlich keinen Grund sah, ein Gespräch mit der Tante ihrer Herrin zu führen, und Arabella immerzu an Tankred dachte. Es war der dritte Tag nach ihrem gemeinsamen Gespräch, etwa zu dieser Stunde unternahm er den Versuch, seine Tante Chen Lu und seine Freundin Gitti aus dem Lager zu befreien. Alles konnte passieren. Das schienen auch die Räder des Zuges zu besagen, deren Rattern immerzu wiederholte: Alles, alles, alles …

»Brauchen Sie ein Glas Wasser?«, fragte Biene. »Sie sehen erschöpft aus.«

»Nein, ich … Oder doch, ja.«

Biene schenkte ihr ein und reichte ihr das Glas. Zum ersten Mal war Arabella mit dem ersten Hausmädchen ihrer Nichte allein. Sie hatte schon vor Jahren bemerkt, dass Elise viel auf die Meinung dieser Person gab, und hatte ihre Vermutungen, woran das lag. Da Elises erste Ehe mit Richard Dobel nicht erfüllt gewesen war – von der Geburt ihrer Tochter Emma einmal abgesehen –, hatte sie sich dem Faktotum anvertraut. In ihren Kreisen war es unüblich, sich bei Freundinnen gleichen Standes auszuweinen, es sei denn, sie waren absolut verschwiegen. Allerdings gab es mehr verschlossene Miesmuscheln auf einer Servierplatte als ebensolche Kaufmannsgattinnen in einer Stadt wie Frankfurt.

Die innige Zuneigung der beiden Frauen war demnach nicht nur verständlich, sondern auch wünschenswert. Arabella ihrerseits hatte in den zehn Jahren in New York eine überaus loyale *maid* gehabt, die ihr durch den Dschungel der amerikanischen Geldaristokratie und ihre absurden Gesetze geholfen hatte.

Solche Menschen, wusste Arabella, waren wie Familienmitglieder, und eben dieses »wie« war der springende Punkt. Sie waren es nämlich nicht. Sie hatten ihre eigenen Familien, ihre eigene Herkunft, meist eine völlig andere Erziehung und andere Interessen. Auch wenn sie sich mit ihren Arbeitgebern identifizierten, was gar nicht so selten vorkam, unterschieden sich ihre Blickwinkel, ihre Nöte und Erwartungen oftmals erheblich. Das konnte durchaus hilfreich sein, bisweilen auch amüsant. Man musste es nur stets im Hinterkopf behalten.

Auch um sich abzulenken, aber nicht nur deswegen,

begann Arabella eine Unterhaltung mit dem Faktotum ihrer Nichte Elise.

»Warum wollten Sie, dass Elise meinen Neffen im Stich lässt?«

Biene, mit dem ruhig atmenden Noah im Arm, antwortete für ihre Verhältnisse leise. »Sie wird sich in die Bredouille bringen.«

»Das tun Menschen füreinander, wenn sie sich lieben. Haben Sie sich denn nie für jemanden in die Bredouille gebracht?«

Biene zögerte. »Doch, das ist schon vorgekommen.«

»Na also.«

»Aber ich konnte das ab.«

Arabella zog eine Augenbraue hoch. »Wie meinen Sie das bitte?«

Das rustikale Hausmädchen bemühte sich hörbar, etwas feiner zu sprechen. »Ich habe es ertragen können, gnädige Frau.«

»Und Elise kann es nicht ertragen?«

Biene legte Noah behutsam auf den Platz neben ihr, und kaum war das getan, schob sie die Ärmel ihrer Bluse hoch.

»Wir sollten mal etwas klarstellen, gnädige Frau. Sie wollen das Beste für Ihre Nichte, daran besteht kein Zweifel. Sie haben aber leider überhaupt keine Ahnung von Elises Wesen. Ich kenne sie nämlich sehr viel länger.«

»Das ist mir bewusst.«

»Nachdem ihr erster Mann und ihr Vater starben und sie sich von einem Tag auf den anderen mit der Leitung einer Manufaktur beschäftigen musste, da dachte ich, dass sie endlich ihren Kokon verlassen wird. Ich habe gehofft, sie zeigt allen, was sie kann, nämlich mehr als die Mahlzeiten der nächsten Woche mit der Köchin durchsprechen und schicke Kleider zur Schau tragen.«

Arabella nickte. »Ganz meine Meinung.«

»Aber dann hat sie sich zuerst von Ophélie und dann von dem windigen Tankred die Butter vom Brot nehmen lassen. Gut, sie hat irgendwann angefangen, sich in die Materie des Geschäftsbetriebs einzuarbeiten. Doch kaum war das geschafft, stürzte sie sich in die Ehe mit Isaac.«

»Ich weiß nicht, ob stürzen das richtige Wort für eine Frau von Mitte vierzig und einen Mann um die fünfzig ist.«

»Jedenfalls wurde sie wieder Hausfrau, kaum dass sie größere Verantwortung tragen sollte. Und solche Beispiele gibt es mehrere. Seit sieben Jahren macht sie immer dort, wo ich sie kämpfen sehen möchte, einen Rückzieher, sobald ihr das Schicksal eine Hintertür öffnet. Ich selbst habe ihr oft geraten, zupackender zu sein. Noch vor ein paar Monaten, als sie Isaac verhafteten und wegbrachten, habe ich ihr Mut zugesprochen. Ich wollte nicht, dass sie einfach so aufgibt.«

Sie fuhren durch einen Tunnel, es wurde schummrig und laut. Die fahl schimmernde Deckenlampe bemühte sich redlich, Licht zu spenden, doch ging ihr schnell die Energie aus.

Arabellas Gedanken wanderten erneut zu Tankred. Ob er bereits das Lager bei Würzburg erreicht hatte? War der Coup gelungen? Oder verhörten sie ihn gerade, weil er etwas Verbotenes versucht hatte? Wie erging es wohl Isaac in seinem Gefängnis? Und Elise, die beim Abschied des kleinen Noah bitterlich geweint hatte? Es war schwer, ganz normale Dinge zu tun, wie eine Zugfahrt zu machen oder ein Glas Wasser zu trinken, in dem Wissen, dass Mitglieder der Familie gerade trauerten, in Gefahr waren oder mit dem Feuer spielten.

Das helle Tageslicht unterbrach Arabellas Ausflug in die Unwägbarkeiten des Lebens.

»Meine liebe Eberhardine«, ergriff Arabella das Wort, wobei sie die Anrede Biene vermied, da sie ihr dann doch zu vertraulich erschien. »Es sieht so aus, als hätten wir keinerlei Dissens. Elise tut endlich genau das, was Sie und ich uns von ihr erhofft haben.«

»Nein, eben nicht. Denn ich habe etwas erkannt, das Ihnen verborgen geblieben ist, obwohl Sie viel klüger sind als ich.«

»Und das wäre?«

Biene holte tief Luft, ehe sie weiterredete. »Ihre Nichte ist nicht die Frau, die wir gerne in ihr sehen möchten. Sie wird nicht vom Schicksal wachgeküsst wie Dornröschen vom Prinzen, aus dem Dunkel zum Licht, eine Kämpferin, die es den Männern mal so richtig zeigt. Ich bin durch mehrere Krisen mit ihr gegangen, die sie alle irgendwie durchgestanden hat. Etwas durchstehen, ja, das schafft sie. Aber aus jedem Kampf ist sie schwächer, nicht etwa stärker hervorgegangen.«

»Ich sehe das nicht so schwarz wie Sie. Ich bemerke im Gegenteil die großen Talente meiner Nichte: weibliche Empathie verbunden mit Geduld und Beharrlichkeit.«

»Darf ich ganz offen sprechen?«

»Nicht ganz. Versuchen Sie es mit halb offen.«

»Sie wollen Elise, warum auch immer, in eine Rolle drängen, mit der sie überfordert ist. Wie gesagt, mir ging es genauso. Aber ich habe eingesehen, dass ich ihr schade, wenn ich darauf bestehe, dass sie jemanden spielt, der sie nicht ist. Dafür liebe ich sie zu sehr.«

Arabella war von dieser letzten Bemerkung überrascht. Hausmädchen liebten ihre Herrschaft gemeinhin nicht.

»Ich wollte sagen, ich bin Elise zu sehr zugeneigt, um sie ins Verderben zu jagen. Denn das wird mit Ihrer Nichte passieren, gnädige Frau. Sie wird an all diesen Kämpfen zugrunde gehen.«

# 2

*Anlässlich der Olympischen Spiele 1936, die im Sommer in Berlin und im Winter in Garmisch-Partenkirchen stattfinden, werden in Deutschland sämtliche judenfeindlichen Plakate abgehängt. Die einschüchternden Wachtposten, die dafür sorgen sollen, dass nur noch Juden in jüdischen Geschäften einkaufen, werden vorübergehend abgezogen.*

*Zur gleichen Zeit werden in aller Stille – Zitat – »Bettler, Landstreicher, Zigeuner, Arbeitsscheue, Müßiggänger, Prostituierte, Gewohnheitstrinker, Raufbolde, Verkehrssünder, Querulanten, Psychopathen, Geisteskranke« verhaftet und in Lager gesteckt, um das Erscheinungsbild im Ausland zu verbessern und von den Nazis ohnehin verachtete Personengruppen aus der öffentlichen Wahrnehmung zu entfernen.*

Tankred betrat Neuland. Seit er in der Wirtschaftsabteilung der SS arbeitete, war ihm der Begriff »Lager« schon etliche Male auf den Schreibtisch geflattert. Das lag daran, dass dort in geringem Umfang Güter produziert oder verarbeitet wurden, die dann anderen Firmen innerhalb der Organisation zugutekamen. Klinkersteine, Autoreifen, Uniformen, die jedoch alle nur in geringen

Stückzahlen verfügbar waren. Daher hatte es bisher keine Notwendigkeit für Tankred gegeben, einen solchen Ort zu besuchen. Er hatte sich über die Lager kaum Gedanken gemacht und sich höchstens kurz gefragt, wie es in ihnen zuging und wer überhaupt dort einsaß.

Das Lager, etwa zwanzig Kilometer von Würzburg entfernt, zu dem er nun unterwegs war, gehörte zu den kleinen, provisorisch errichteten Stützpunkten, die eigens für »missliebige Personen« vorgesehen waren, also jene Individuen, die in den Augen der Behörden die Moral untergruben oder undeutsch waren. Mit zweihundert bis dreihundert Insassen waren sie klein genug, um von einer einzigen dreißigköpfigen SS-Kompanie unter Führung eines Untersturmführers bewacht zu werden. Das war insofern bedeutsam, als Untersturmführer mehrere Ränge unter Tankred standen und zudem oft Mühe hatten, Entscheidungen zu fällen, die über das Wohl ihrer Kompanie hinausgingen.

Als Erstes fiel Tankred vor Ort die gestreifte Kleidung der Häftlinge auf, die manchen zu klein, anderen viel zu groß war und die etwas Elendes an sich hatte. Er begriff sofort, dass er es hier mit der untersten Schicht des Dritten Reiches zu tun hatte, den Verdammten, Ausgestoßenen. Während seiner Zeit als Herumtreiber und Kleingauner in Berlin war er so mancher armseligen Existenz begegnet, doch hatte er nur selten Mitleid empfunden, da diese Leute ihm glichen und er grundsätzlich nicht zu Selbstmitleid neigte. Harte Zeiten, in denen ihm dieses Gefühl trotzdem nie gänzlich fremd geworden war, dann und wann war es wie Sodbrennen in ihm aufgestiegen. Vor allem bei Menschen, deren

Traurigkeit er spürte, eine Traurigkeit, dessen Ausmaß sie selbst nur erahnten.

Was er jetzt fühlte, im Angesicht dieser Schar von Gefangenen, hatte mit Sodbrennen nichts mehr zu tun. Es war ein heißer Schmerz, der seine Brust ausfüllte. Augen aus tiefen Höhlen betrachteten seine gewienerte Nobelkarosse, die schwarze Uniform, den Fahrer, der ihm die Tür öffnete, die glänzenden Stiefel, seine lederne Aktentasche. Eine Minute lang hielten die Blicke ihn fest, als hätten sie die Macht dazu.

»Hauptsturmführer?«

»Wie?« Irritiert, als hätte man ihn aus einem Albtraum geweckt, sah er den SS-Mann an.

»Heil, Hauptsturmführer.«

»Heil.«

»Bitte hier entlang, Hauptsturmführer.«

Dem Verwaltungsgebäude haftete nichts Auffälliges an, außer, dass der Boden penibel sauber war.

Tankred betrat ein Büro, das ihn an sein früheres erinnerte, in den Anfangsjahren bei der Schutzstaffel. Eng, vollgepackt mit Akten und dazwischen kleine Inseln von Nahrungsmitteln: ein angebissener Käsekuchen hier, ein Kartoffelpuffer dort, daneben eine kalte Tasse Kaffee, auf der sich bereits eine schillernde Haut gebildet hatte. Damals hatte er noch geglaubt, der Nationalsozialismus tue dem Reich gut und befreie es aus der Umklammerung einerseits der Kommunisten und andererseits des Versailler Vertrags. Doch dann war die SA-Führung und mit ihr sein Freund Dubbe liquidiert worden, Verhaftungswellen waren über das Land geschwappt, eine nach der anderen, sie hatten Journalisten, Theaterleute, Sozialisten, Demokraten, Geschäftsinhaber und Glücksspieler mit sich gerissen. Wäre er noch der alte Kleingauner gewesen, wäre es ihm vielleicht ebenso ergangen.

Ich könnte, dachte er, einer von denen sein, die hier tagein, tagaus den Boden wischen.

»Untersturmführer Kummernich. Heil Hitler, Hauptsturmführer.«

»Heil.«

Tankred zog seine Lederhandschuhe aus und reichte Kummernich die Hand. Mit einem einzigen Blick schätzte er den etwa dreißigjährigen Mann ein: kleiner, runder Kopf, kleiner, runder Bauch, Wurstfinger, Kuchenkrümel im Mundwinkel, so als wäre er noch der Junge von früher an Mutters Küchentisch. Keine Frage, Kummernich gehörte zu den Brieftauben. So bezeichnete Tankred diejenigen, die sich am wohlsten fühlten, wenn man ihnen einen Befehl erteilte, dessen Ausführung ihnen nicht selbst oblag. Sie transportierten die Order nur von A nach B, wobei sie bei A ein devotes, bei B ein wichtiges Gesicht machten. Gab man solchen Leuten als Höherrangiger die Hand, fühlten sie sich aufgewertet und man nahm ihnen die Angst.

»Ihr Besuch war nicht angekündigt, Hauptsturmführer. Oder doch?« Kummernich blätterte fahrig im Kalender.

»Keineswegs«, erlöste ihn Tankred. »Ich bin spontan hier, eine eilige Angelegenheit. Es geht um …«Er zog einen Zettel hervor und tat, als lese er den Namen zum ersten Mal. »Um eine gewisse Tschen Lo.«

Sie hatten den Namen seiner Tante eingedeutscht geschrieben und ihm auch noch einen falschen Schlussbuchstaben verpasst. Nur dank Shuilians Kontakten in die chinesische Gemeinde war die Suche nach ihr erfolgreich verlaufen.

»Da muss ich erst nachsehen, Hauptsturmführer.«

»Sie ist Chinesin. Davon dürfte es hier wohl nicht allzu viele geben.«

»Ach, die.« Er blätterte in den Akten, fand nicht, was er suchte, blätterte woanders. »Nummer null, zwei, zwei, vier, zwei.«

Tankred musste sich verkneifen, dem Untersturmführer eine zu scheuern.

»Wenn Sie es sagen, Kummernich. Außerdem um eine gewisse Brigitte Salbach.«

Er hatte Gittis bürgerlichen Namen nie benutzt, ihn Jahre lang noch nicht einmal gekannt. Irgendwann hatte er ihn zufällig auf einem Brief in ihrer Wohnung gelesen.

Sie zu erwähnen, war ein Schuss ins Blaue. Er wusste nicht, ob sie im selben Lager war, doch lag diese Vermutung nahe.

»Salbach, Salbach«, murmelte Kummernich. »Nummer null, drei, eins, zwei, neun. Eine … sie ist eine Horizontale. Was wollen Sie denn mit so einer?«

»Darüber darf ich nicht sprechen. Können Sie mich jetzt bitte zu den beiden bringen?«

In der Baracke stank es barbarisch, ein Gemisch von Schweiß, klammer Kleidung und Erbrochenem. Die Etagenbetten standen in gleichmäßigen Abständen, wie Zinnsoldaten, und auf seltsame Weise ähnelten sich die Männer, die darin lagen: Stoppelfrisur, Furcht in den Augen und in den Knochen die Müdigkeit von alten Lasttieren. In jedem dritten Bett hustete sich jemand die Lunge aus dem Leib.

Weiter hinten wurde der Gestank geradezu unerträglich. Zum Glück hatte Tankred ein Taschentuch dabei, das er sich vor die Nase presste. Kummernich benötigte solche Hilfsmittel nicht.

»Ganz am Ende des Ganges links, oberes Bett, die andere rechts, unteres Bett«, erklärte er.

»Männer und Frauen schlafen zusammen in einer Baracke?«

»Wir haben nicht genügend Platz, um die Geschlechter zu trennen, Hauptsturmführer. Außerdem, einer Nutte und einer Chinesin macht das doch nichts aus. Die freuen sich eher über männliche Gesellschaft.«

Es war nicht der richtige Zeitpunkt, um Kummernich in den Schwitzkasten zu nehmen, aber im Geiste setzte Tankred den Widerling auf eine schwarze Liste.

Schließlich stand Tankred am dunkelsten Platz der Baracke, gut fünf Meter von der nächsten funzeligen Deckenlampe entfernt. Wohl nicht zufällig schliefen im Bett gegenüber zwei muskel- und fettbepackte Typen, wie Tankred sie zur Genüge aus seiner Berliner Jugend kannte. Zuhälter, Knochenbrecher und vermutlich auch Frauenschänder. Sie trugen einen grünen Winkel auf der Kluft und – im Gegensatz zu allen anderen Barackenbewohnern – eine Visage zum Fürchten.

Er trat zunächst an Gittis Bett. Sie schlief mit dem Gesicht zu ihm. Vor rund zehn Jahren, als er nach Frankfurt gekommen war, war sie der erste Mensch gewesen, für den er echte Zuneigung empfand, noch bevor er seine Freunde Schimmi und Dubbe kennenlernte. Bei Gitti fühlte er eine Geborgenheit wie nirgendwo sonst, genährt aus seinem Wunsch, sie zu beschützen, wie auch, ihr Welpe zu sein. Selbst jetzt, da sie hilflos und verschmutzt im hintersten Winkel der menschlichen Zivilisation vor ihm lag, war sie seine Königin.

Als sie sich bewegte, verrutschte die Decke ein wenig, und ihr kahl geschorenes Haupt kam zum Vorschein. Sie war immer so stolz gewesen auf ihre lockigen Haare. Marlene Dietrich war ihr Vorbild.

»Gitti«, flüsterte er.

Sie öffnete sogleich die Lider, ganz langsam, wie ein Kind am Morgen erwacht. Als wäre sie nicht überrascht, ihn zu sehen, lächelte sie zaghaft und streckte die Hand nach seiner Wange aus.

»Bubi.«

So hatte sie ihn früher immer genannt, als er noch ihr Geliebter, ihr kleiner Bruder, ihr Liebling, ihr Ritter und Vertrauter gewesen war, von allem etwas. Weder seine Freunde noch ihre Nutten hatten je verstanden, was sie aneinander fanden, die zehn Jahre ältere Puffmutter und der Nichtsnutz. Vielleicht hatten sie es selbst nicht durchschaut.

»Bubi.«

Gitti hatte sich von ihm getrennt oder vielmehr losgesagt. Zwischen seiner Liebe zu Shuilian und seinem Aufstieg in der SS hatte sie sich nicht mehr zurechtgefunden. Vor allem Letzteres hatte sie schließlich bewogen, mit ihm zu brechen. »Ich will dich nicht mehr sehen«, waren ihre letzten Worte gewesen, gefolgt von einem auf die Wange gehauchten Kuss. Kaum ein Vierteljahr war das her.

Er würde dieses Lager nicht ohne sie verlassen, ganz gleich, was es ihn kostete. Und das konnte im schlimmsten Fall sehr viel sein.

»Alles wird gut«, murmelte er, damit Kummernich, der ein gutes Stück Distanz hielt, ihn nicht hören konnte.

Schließlich trat er auch an Chen Lus Bett. Sie war wach und erkannte ihn gleich, und genau deswegen hütete sie sich, das Wort an ihn zu richten. Sie musste annehmen, dass er hinter ihrer Verhaftung stand, und nun fürchtete sie sich wie ein zu Tode erschöpfter Vogel, der sich in ein Haus verirrt und in eine Ecke verkrochen hatte, um zu sterben.

Es war besser, so wenig wie möglich mit den beiden zu sprechen, damit sie nicht etwas sagten, was Tankreds Plan gefährdete.

Er ging an Kummernich vorbei. »Auf ein Wort in Ihrem Büro, Kummernich«, sagte er. Kurz vorm Ausgang der Baracke fiel ihm ein Gesicht auf. Eines, von denen man weiß, dass man es schon einmal gesehen hat, ohne es zuordnen zu können. Eines von denen, die kaum wiederzuerkennen sind.

Er verlangsamte seinen Schritt, blieb stehen.

Der Mann, alterslos in seiner aschfahlen Farbe, den vielen Grinden und Wunden, wagte zunächst nicht, den Blick auf den Uniformierten zu richten, der sich ihm näherte. An seiner Kluft prangte ein roter auf einem gelben Winkel.

»Was bedeutet das?« Tankred fragte leise genug, dass der Häftling sicher sein konnte, persönlich angesprochen zu sein.

»Ich bin als politischer Widerstandskämpfer hier.«

Auch seine Stimme kam Tankred bekannt vor.

»Sieh mich an.«

Ein Augenblick, zwei Augenblicke, drei. Dann wusste er, wer da vor ihm stand.

Und sein Gegenüber erkannte ihn auch. Der Mann starrte ihn an, die Augen groß in ihrem Zorn und klein vor Betäubung. Zitternd hob er beide Arme, so als bräuchte es alles dafür, was er noch aufzubieten hatte, und schlurfte einen Schritt auf Tankred zu, dann noch einen.

»Null, null, neun, acht, eins zurücktreten«, befahl ein Wachoffizier.

Tankred rührte sich nicht, als er den Häftling auf sich zukommen sah. Schwer ging sein Atem, der des anderen ebenso.

Als die bebenden Hände des Mannes Tankreds Kehle umfassten, ging ein Schaudern durch sie beide – der einzige Gleichklang, den sie je gehabt hatten. Sie waren einst Feinde gewesen, und einer hatte verloren. Eine Geschichte, so alt wie die Welt.

»Das habe ich nicht gewollt«, flüsterte Tankred.

Der Häftling schaffte es gerade noch, einmal kurz zuzudrücken, bevor die Schläge des Wachoffiziers ihn trafen und er zu Tankreds Füßen zusammenbrach.

»Mitnehmen?« Kummernich sprach das Wort aus, als wäre es vom Baum direkt vor seine Füße gefallen. »Drei Gefangene mitnehmen?« Er blätterte in irgendwelchen Unterlagen, die zufällig gerade vor ihm lagen, in der unsinnigen Hoffnung, in einigen Sekunden schlauer zu sein. »Zwei schwarze Winkel und ein gelb-roter? Ich weiß nicht, also das …«

Tankred stand da und wartete ab.

Als sein Gegenüber zu dem Schluss kam, dass ihm die Proviantbestellung für den nächsten Monat bei dem Problem nicht weiterhelfen würde, schob er sie von sich und stand auf. Er wusste nicht, wohin mit den Händen. »Hauptsturmführer, wofür brauchen Sie die Häftlinge, wenn ich fragen darf?«

»Dürfen Sie nicht, Kummernich. Sagen Sie meinem Fahrer Bescheid, in fünf Minuten reise ich ab.«

Der Untersturmführer kam zumindest dieser Aufforderung nach, rieb sich die Handflächen an der Hose und sah ratsuchend die zwei niedrigeren Dienstgrade an, die sich mit ihm im Büro befanden. Diese fanden jedoch die Einrichtungsgegenstände und den Fußboden plötzlich ungemein interessant und wichen seinem Blick aus.

»Ohne Überstellungsbefehl?«

»Ich bin der leibhaftige Überstellungsbefehl, Untersturmführer.«

»Tja, also …

»Gibt es ein Problem, Kummernich?«

»Nein. Aber ich werde … Ich möchte erst meinen Vorgesetzten in München erreichen.«

Genau das hatte Tankred verhindern wollen.

»Wissen Sie was, Kummernich? Ich werde Ihnen die Entscheidung ganz leicht machen.« Tankred griff nach dem Hörer und wählte eine Nummer in Berlin. »Hier Hauptsturmführer Blankenburg«, sagte er mit wichtiger Stimme. »Geben Sie mir den Reichsführer SS … Ja, es ist dringend … Danke, ich warte.«

Kummernichs Blick schwebte zu Himmlers Porträt an der Wand, gleich über dem kärglichen Ofen, der im Winter nur mäßig wärmte. Er betrachtete das Bild wie einen entgegenkommenden Zug.

»Heil, Reichsführer«, sprach Tankred unterdessen in den Hörer. »Wie bitte? … Oh, es tut mir leid, dass ich

Sie aus einer Besprechung mit dem Führer geholt habe. Aber ich bin in besagtem Lager bei Würzburg, ein gewisser Untersturmführer Kummernich«, Tankred betonte jede Silbe des Namens, »weigert sich, mir die Gefangenen … Ja, das habe ich ihm zu erklären versucht, aber … Er wird sicherlich darauf bestehen, dass Sie ihm die Angelegenheit persönlich erläutern.«

Kummernich war nicht wiederzuerkennen. Es hatte den Anschein, als wäre er seiner Uniform beraubt, ein nackter, kleiner Kontorist, der einen schlimmen Zahlendreher zu verantworten hatte.

»Nicht doch, Hauptsturmführer, das ist ein … Missverständnis. Ich unterschreibe sofort die … Dingsda … die Papiere.«

Tankred nickte ihm zu. »Die Angelegenheit hat sich soeben erledigt, Reichsführer. Ich bitte nochmals um Entschuldigung. Heil.«

Ein alter Trick, heimlich den Finger auf die Gabel zu legen, nachdem man gewählt hat. Aber ein verdammt guter, der bei den Kummernichs dieser Welt eigentlich immer funktionierte.

Elise war überhaupt nicht danach, Einkäufe zu erledigen. Ihre Gedanken pendelten unentwegt zwischen Noah und Isaac hin und her. Immerhin war Biene mit dem Kleinen wohlbehalten in Chateau Villeny angekommen, und Ophélie hatte Elise in einem Brief versichert, dass sie ihrem Sohn die bestmögliche Fürsorge angedeihen lassen werde. Von Isaac hatte sie jedoch nichts mehr gehört seit jenem fünfminütigen Telefonat vor neun Tagen, sie wusste nur, dass der Prozess in einer Woche beginnen sollte.

Im Hotelzimmer fiel ihr die Decke auf den Kopf, sie vermochte sich nicht auf ihr Buch zu konzentrieren. Biene fiel als Unterhalterin weg, und aus dem grauenhaften Fernsehgerät kamen nichts anderes als die Lügen der Nazis und das Triumphgeschrei ihrer Siege bei den Olympischen Spielen. Außerdem hatte sie zu wenige Kleider eingepackt, das Hotel kam mit dem Waschen nicht hinterher. Einen Schneider zu beauftragen, wie es die Blankenburgs seit je taten, hätte zu lange gedauert, und im Übrigen hätte Elise auch nicht gewusst wen. Sie war zuvor erst zweimal in Berlin gewesen, noch zu Kaisers Zeiten und jeweils nur ein paar Tage.

Daher probierte sie etwas Neues aus und betrat ein sogenanntes Kaufhaus. Am Empfang des Hotels hatte man ihr das KaDeWe empfohlen.

Sie staunte, wie gut sortiert das Haus war. Die beflissenen Verkäuferinnen, überwiegend Frauen mit Haarknoten, brachten ihr ein Kleid nach dem anderen in die Umkleidekabine. Nach einer Stunde war alles erledigt.

»Mutter?«

Überrascht fuhr Elise herum und blickte in ein vertrautes Gesicht.

»Emma!«

Elise hatte ihre Tochter zuletzt vor einem Jahr gesehen. Sie trug inzwischen eine moderne Frisur, die nur noch knapp die Ohren bedeckte und leicht gewellt war, schminkte sich allerdings noch immer sparsam. Das Kirschblütenrosa auf ihren Wangen war echt.

»Komm her, mein Kind.« Sie umarmte Emma und war froh, als sie einen Gegendruck verspürte. Nicht, dass sie sich damals im Streit getrennt hätten. Aber Emma hatte nun einmal einen Weg eingeschlagen, den

Elise nicht billigte, und obwohl sie versuchte, darüber hinwegzusehen, stand der Lebenswandel ihrer Tochter zwischen ihnen.

»Ich wusste nicht, dass du in Berlin bist, sonst hätte ich mich natürlich bei dir gemeldet«, sagte Elise.

Emma leitete offiziell die Berliner Filiale der Blankenburg-Läden, das hatte Tankred so eingefädelt, um ihr einen Gefallen zu tun. Faktisch, so wusste Elise, war ihre Tochter so gut wie nie im Geschäft.

»Deine letzte Postkarte«, sagte Elise, »kam vor einem Monat aus dem Harz, als du mir zur Geburt deines Bruders gratuliert hast.«

»Meines Halbbruders«, korrigierte Emma, doch ohne Schärfe.

»Davor eine vom Oberrhein und davor eine aus Franken, dem Odenwald …«

»Das hängt natürlich mit Theo zusammen«, unterbrach Emma sie, und Elise bemühte sich, ihren Gesichtsausdruck nicht zu verändern. Entweder gelang es ihr schlecht, oder Emma bemerkte selbst, dass die Erwähnung dieses Namens unpassend war, solange die Verkäuferinnen noch um sie herumstanden. »Doch sag, wollen wir auf einen Tee nach oben gehen, Mutter?«

»Wieso oben?«

Emma lächelte und hakte sich bei Elise unter. »Komm, ich zeige dir das Beste an diesem Laden.«

Die Lebensmittelabteilung im obersten Stockwerk des Kaufhauses ließ nun wirklich keine Wünsche offen. Vom Aal bis zum Zander, von Baumkuchen über Melonenparfait bis zur Schweizer Schokolade und Tiroler Schinken gab es alles, was der Gaumen begehrte. Besonders hübsch waren das Café und das Restaurant, von wo aus man auf und teilweise auch über die Dächer von Berlin hinwegblickte.

»Als ich von Isaac hörte, war ich sehr traurig. Du weißt, ich habe deine zweite Ehe nie missbilligt«, sagte Emma, schien ihre Wortwahl jedoch im nächsten Moment zu bereuen. Sie versuchte sich, nachdem der Tee serviert worden war, in Wiedergutmachung. »Er ist ein feiner Mensch.«

»Lieb, dass du das sagst.«

»Ich habe mich damals gleich an einen Brief gesetzt«, fuhr Emma fort. »Aber dann fand ich nicht die richtigen Worte. Wir waren zu der Zeit in einem kleinen Dorf am Kaiserstuhl, und stell dir vor, dort gab es kein Telefon, sonst hätte ich natürlich angerufen. Ein Telegramm ist so unpersönlich. Und dann war so viel Zeit vergangen, dass ich …«

»Schon gut«, sagte Elise. »Das macht wirklich nichts.«

»Ganz sicher?«

»Sorge dich nicht darum, Liebes. Erzähl mir von dir.«

»Nein, lass uns noch über Isaac sprechen. Drogenschmuggel … ich kann mir nicht vorstellen, dass da wirklich etwas dran ist.«

»Ist es auch nicht. Aber bitte, Kind, ich wünsche mir nichts sehnlicher als ein bisschen Ablenkung. Dich schickt der Himmel.«

»Es verhält sich etwas profaner. Eigentlich schickt mich ein Bekannter, mit dem ich mich hier treffen wollte. Er kann jeden Moment eintreffen.«

»Dann haben wir einen Grund mehr, noch rasch all die Dinge zu erörtern, die unter uns bleiben sollten.«

»Du möchtest also über das sprechen, was du meinen Lebenswandel nennst?«

Elise war sich im Klaren darüber, dass dieses Thema gefährlich war, da sie Dinge zu hören bekommen könnte, die ihr nicht gefielen. Doch war es nun einmal das Dilemma der meisten Mütter, am Leben ihrer Kinder teilnehmen zu wollen und sich gleichzeitig vor Sorge zu verzehren, je mehr sie davon mitbekamen.

»Tja ... Ich bin mir nicht sicher, was du hören möchtest.«

»Wie geht es dir?«

Emma strahlte. »Prächtig. Ich fühle mich so gut wie noch nie.«

»Du siehst gesund aus.«

»Du meinst, gesünder als vor einem Jahr, ja?«

Wieso musste dieses Kind immer gleich zum Angriff übergehen? Elise hatte nicht vorgehabt, die Abtreibung zu erwähnen, auch wenn dies das bisher schrecklichste Ereignis im Leben ihrer Tochter gewesen war – zumindest von ihrer Warte aus betrachtet. Emma war danach wochenlang ein Wrack gewesen, körperlich wie seelisch, und Elises Entsetzen und Trauer hatten keine Grenzen gekannt. In erster Linie, weil sie sich um Emma sorgte, zugegebenermaßen aber auch, weil sie aufgrund ihrer katholischen Erziehung eine Abtreibung missbilligte. Vor allem jedoch machte sie sich schreckliche Vorwürfe, denn sie war es gewesen, die Emma in die Ehe mit Caspar von Lerch gedrängt hatte. Zwar hatte ihr Schwiegersohn sich als anständig, zuverlässig und wohlmeinend erwiesen und hätte Emma jeden Wunsch erfüllt. Doch ihre Tochter war einfach nicht die Frau, die an der Seite eines Mannes leben konnte, den sie nicht stürmisch liebte. Bald war sie eine Affäre mit dem mittellosen Maler Theo Schatt eingegangen, anfangs im Verborgenen, dann immer offener. Der heimlich und stümperhaft durchgeführte Abort war der traurige Höhepunkt dieser skandalösen Liaison, und zwar umso mehr, als das Kind von Emmas Ehemann gewesen war.

»Ich habe das alles hinter mir gelassen«, sagte Emma. »Wenn Caspar nur nicht so stur wäre und sich scheiden lassen würde.«

»Das hat nichts mit Sturheit zu tun, mein Kind, sondern mit Glauben und Ehre. Als Katholik und Offizier ist es deinem Mann unmöglich, in eine Scheidung einzuwilligen. Es wäre das Ende seiner Karriere, von seiner Familie ganz zu schweigen, die sich von ihm abwenden würde. Du verlangst sehr viel von diesem Menschen, der dir nicht den geringsten Anlass gegeben hat, dich gegen ihn zu wenden.«

»Du hast ihn schon immer verteidigt und nur das Positive an ihm gesehen.«

»Weil es mir schwerfällt, in Lauterkeit und Güte nachteilige Eigenschaften zu erkennen.«

»Und was ist mit seiner dünkelhaften Familie? Was ist mit seiner umständlichen, hölzernen Art? Außerdem hat er mich nicht ich selbst sein lassen.«

Elise schüttelte den Kopf. »Nicht einmal ich habe verstanden, was du selbst eigentlich bist … und willst.«

»Liebe, Mutter. Ich wollte immer einen Mann, den ich lieben kann. Ich weiß, das ist für dich schwer zu verstehen, weil du nie …«

Den zweiten Teil des Satzes verkniff Emma sich. Sie versuchte, einen Schluck Tee zu trinken, aber als sie merkte, dass ihre Hand zitterte, stellte sie die Tasse wieder ab.

Elise blieb äußerlich ruhig, aber innerlich war sie von Traurigkeit erfüllt. »Im Gegenteil, Liebes, ich weiß nur allzu gut, was Liebe und Liebesschmerz sind. In diesen Tagen bin ich sogar deren Königin.«

Emma bemühte sich sichtlich um Schadensbegrenzung. »Es tut mir leid, Mutter. Einen Augenblick lang habe ich nicht an Isaac gedacht. Für mich bist du noch immer Vaters Witwe, und ihn hast du nie geliebt. Du hast ein Leben geführt, das ich niemals führen könnte. Deswegen sind wir uns so fremd.«

Im Gleichklang tranken beide einen Schluck Tee, aßen eine Gabel von dem Kuchen, benutzten die Serviette.

»Ich wünschte nur«, ergänzte Emma, »dass du dich ein wenig für mein Glück freuen könntest, das ich mit Theo habe.«

Elise hätte sich nicht besser gefühlt, wenn Emma unglücklich gewesen wäre. Jedoch hielt sie nicht viel von Theo Schatt. Der Maler war ein Träumer und Romantiker, der zwar Frauenherzen zum Schmelzen brachte, den aber früher oder später die harte Wirklichkeit seiner Zeit einholen würde. Und Emma war kaum die Person, die Realismus in diese Beziehung brachte.

»Unser unverhofftes Wiedersehen«, sagte Elise, »das ist es, was mich wirklich froh stimmt.«

»Erlaubst du, dass ich dir von Theo erzähle?«

Nach kurzem Zögern nickte Elise.

»Die reine Wahrheit?«, fragte Emma nach.

»Verpackt mit einer Schleife, wenn möglich.«

»Ich werde mir Mühe geben. Wo fange ich bloß an?

Wie ich dich kenne, willst du sicher wissen, ob er mich ernähren kann. Das vermag er durchaus. Er arbeitet gerade an einer Serie namens ›Deutsche Landschaften‹, deswegen sind wir auch so viel unterwegs. Göring persönlich hat ihm den Auftrag gegeben. Ihm schmeichelte wohl das Porträt, das Theo von ihm angefertigt hat.«

»Wieso? Hat er ihn dreihundert Kilo leichter gemalt?«

»Mutter, bitte.« Emma setzte sich aufrecht hin und hob die Brauen.

»Ja, schon gut. Aber muss er denn unbedingt für diese braunen Bonzen arbeiten? Als Künstler steht ihm die Welt offen. Er könnte nach Frankreich gehen, nach Holland oder zurück in die Schweiz, wo er herkommt.«

»Er ist jetzt Deutscher«, erinnerte Emma sie. »Nächste Woche fahren wir in die Mark Brandenburg und anschließend weiter nach Danzig.«

»Danzig ist nicht deutsch.«

»Theo soll die Danziger Bucht malen, also malt er sie.«

Spöttisch verzog Elise die Lippen. »Würde er denn auch den Hintern eines Elchs malen, wenn man ihm sagt, der sei deutsch? Er ist nicht gerade ein van Gogh, dein Herr Schatt.«

»Weißt du, manchmal hörst du dich an wie Großtante Arabella.«

Bei der Erwähnung ihrer Tante überkam Elise ein Gefühl von Heimweh, und mit ihr verglichen zu werden machte sie stolz. Arabella hatte es geschafft, Tankreds Gewissen zu wecken, und damit das Familienunternehmen vor dem Zugriff der SS gerettet. Sie hatte Elise und Ophélie versöhnt, die sich immer nur mit

Misstrauen gegenübergestanden hatten. Drei Jahre zuvor hatte sie Dinge vorhergesagt, die nun eintraten. Vielleicht konnte sie ja eines Tages sogar das Wunder vollbringen, Emma zu kurieren.

»Ich werde es ihr ausrichten, wenn ich sie das nächste Mal sehe. Hoffentlich, wenn ich mit Isaac nach Frankreich gehe.«

»Du ziehst ernstlich in Erwägung, Deutschland zu verlassen? Was ist mit der Manufaktur? Tante Ophélie hat dich als Geschäftsführerin eingesetzt.«

»Die Nazis werden über kurz oder lang sowieso alles an sich reißen, woran ihnen etwas liegt, und darüber hinaus auch das, woran ihnen nichts liegt. Nimm doch nur dieses Kaufhaus hier als Beispiel. Es gehörte einem Juden, und nun haben sie ihn mit billigen Tricks kaltgestellt und enteignet, einfach so. Als bräuchten sie ganz dringend Damenoberbekleidung und Baumkuchen.«

Emma erwiderte nichts, sondern beschränkte sich auf das Teetrinken.

»Deinen Bruder … pardon, Halbbruder … habe ich von Biene und Arabella bereits nach Villeny in Sicherheit bringen lassen.«

»Das ist nun wirklich übertrieben, Mutter«, schalt Emma sie. »Noah ist noch ein Säugling, wer würde ihm denn etwas antun? Ich muss mich doch sehr über dich wundern. Du darfst nicht alles glauben, was dir Arabella und Ophélie an Propaganda auftischen.«

»Und was ist mit Isaac, der unschuldig im Gefängnis sitzt und einem Schauprozess entgegensieht? Oder mit deinem Onkel Wido, der keinen anderen Ausweg wusste, als sich seiner Verhaftung mit Gift zu entziehen? Mit seiner Frau Chen Lu, von der wir seither nichts mehr gehört haben? Die Ärmste sitzt vermutlich in irgendeinem Nazi-Loch ein.«

Emma fingerte am Besteck und der Serviette herum. »Tut mir leid, ich wusste nicht, dass es so schlimm steht.«

Woher auch?, dachte Elise.

Ihre Tochter hatte sich weitgehend von der Familie abgekoppelt, was aus ihrer Sicht nur konsequent war, da ihre unheilige Verbindung sie beinahe zwangsläufig zur Persona non grata machte. Mit Theo Schatt lebte sie vermutlich ein Leben, das Elise sich noch nicht einmal vorstellen konnte. Ja, vielleicht war sie sogar ein wenig eifersüchtig auf den Wagemut ihrer Tochter, die sich traute, die Liebe allem anderen vorzuziehen.

»Kann Tankred denn gar nichts tun?«, fragte Emma. »Er hat doch einen Draht nach ganz oben.«

»Du meinst den Menschen, der mir die Villa abgepresst hat, das Haus, in dem ich aufgewachsen bin? Der es mit eurer Cousine Shuilian treibt? Der sich am Schmuggel dieser fürchterlichen Anti-Opium-Pille eine goldene Nase verdient hat, wofür nun mein Mann bestraft werden soll?«

»Zu mir war er immer sehr nett.« Emma verzog keine Miene.

»Ja, er hat auch andere Seiten, so wie jeder Würfel. Denn genau das ist er. Man weiß bei ihm nie, was als Nächstes kommt. Ich glaube jedenfalls nicht, dass er …«

Elise stockte, als sie einen Schatten bemerkte, der über den Tisch zwischen Emma und ihr fiel. Als sie aufblickte, erkannte sie Jakob Meining, auch Schimmi genannt, Kriminalrat der Gestapo und seit Kurzem zehnprozentiger Anteilseigner der Porzellanmanufaktur. In Zivilkleidung wirkte er noch unscheinbarer als in Uniform, was nicht nur an seiner geringen Körpergröße lag, die mit einem Meter zweiundsiebzig exakt der von Emma entsprach. Seine milchbubihaften Gesichtszüge, der feingliedrige Körperbau und die blasse, seltsam durchsichtig wirkende Haut taten ihr Übriges. Er sah aus wie ein Bäckergeselle, Stallknecht oder Student der Jurisprudenz, harmlos jedenfalls. Doch Elise wusste, dass dieser erste Eindruck täuschte, und zwar nicht nur, weil Schimmi Meining als Mitglied der Geheimen Staatspolizei zwangsläufig ein Schuft sein musste. Sie hatte bereits ihre Erfahrungen mit ihm gemacht.

Nachdem Tankred ihr vor einigen Monaten in volltrunkenem Zustand gestanden hatte, hinter dem Schmuggel zu stecken, war ihr einiges klar geworden. Im Frühling 1933, kurz nach dem Reichstagsbrand, war Isaacs Sohn Esra unter dem Vorwand kommunistischer Umtriebe verhaftet worden. Der Vorwurf war lächerlich, da Verschwender und Glücksspieler, die vom Geld ihrer Väter lebten, Kapitalisten in Reinkultur und niemals Kommunisten waren. Esra hatte offenbar herausgefunden, dass und wie der Schmuggel vonstattenging, und daraufhin versucht, seinen Erzfeind Tankred zu erpressen oder zu verraten. Die beiden waren sich noch nie grün gewesen, hatten sich mehrfach bekämpft und geprügelt, wobei Esra immer den Kürzeren gezogen hatte. Seither war er verschwunden, drei Jahre inzwischen.

Schimmi Meining hatte sich damals hilfsbereit und zuversichtlich gegeben, dass Isaac seinen Sohn wenigstens würde besuchen können. Aber es war nie dazu gekommen, ebenso wenig wie zu einem Gerichtsverfahren. Gut zwei Jahre später hatte Meining sein wahres Gesicht gezeigt, als er in Himmlers Auftrag versuchte, den Verkauf von Elises Anteilen an der Manufaktur an ihre Schwester zu verhindern.

»Guten Tag, die Damen«, sagte er und machte Anstalten, sich zu ihnen zu setzen.

»Sie sind nicht willkommen«, erwiderte Elise steif. »Bitte gehen Sie.«

»Mutter!«, rief Emma. »Das ist Kriminalrat Meining, und ...«

»Ich weiß, wer er ist, Liebes. Und ich möchte, dass er unser Gespräch nicht stört.«

»Aber ich bin mit ihm verabredet. Er ist der Bekannte, den ich vorhin erwähnte habe.«

»Was, du wolltest dich mit diesem ...?«

»Na, na«, lachte Schimmi, bevor Elise ihrem Ärger Luft machen konnte. »Ich habe Sie immer für Ihre Contenance bewundert, gnädige Frau.«

»Es würde mich sehr wundern, wenn Sie wüssten, wie dieses Wort geschrieben wird.«

»Mutter!«, rief Emma erneut. »Sei gefälligst nicht so von oben herab. Bitte, Herr Kriminalrat, setzen Sie sich zu uns.«

»Danke sehr, gnädige Frau.«

Ohne zu fragen, zog er sich vom Nachbartisch einen Stuhl herüber und bestellte über das halbe Lokal hinweg Kaffee und Cognac.

Elise war bestürzt darüber, dass Emma sich mit einem jener Schergen verabredete, die Isaac gefangen hielten. Sie wusste, dass ihre Tochter sich gut mit Tankred verstand und Meining ein Freund Tankreds war, aber konnte sie wirklich so ahnungslos sein, was die Nazis anging? Hatte das romantische Vagabundieren mit ihrem Maler-Geliebten sie etwa blind gemacht für das, was um sie herum geschah?

»Haben Sie das eingefädelt?«, fragte Emma amüsiert und las von seinem Gesicht die Antwort ab. »Du musst wissen, Mutter, dass der Herr Kriminalrat mich in dieses Café gebeten hat. Er sagte, ich solle vorher in der Damenoberbekleidung vorbeischauen, weil dort eine Überraschung auf mich warte. Dort habe ich dich getroffen. Das war wirklich sehr aufmerksam von Ihnen, Herr Kriminalrat.«

»Bitte sagen Sie Schimmi zu mir, gnädige Frau. Tankreds Familie ist mir wie die eigene.«

»Dann nennen Sie mich bitte Emma.«

»Sehr gerne.«

Das Süßholzgeraspel machte Elise ganz krank, und sie hätte diesem Kerl am liebsten verboten, sich als Familienmitglied zu bezeichnen, bloß weil er sich einen Anteil an der Manufaktur ergaunert hatte. Nur hätte das nichts gebracht, außer noch mehr Ärger. Denn offensichtlich ließ die Gestapo sie überwachen, sonst hätte Meining nicht gewusst, dass sie heute Kleider im KaDeWe kaufen wollte.

»Was bezwecken Sie mit dieser Posse?«, fragte sie ihn, und bevor Emma wieder »Mutter!« rufen konnte, sagte sie zu ihr: »Du bist ruhig. Nun, Herr Kriminalrat, ich warte. Warum haben Sie uns drei an diesem Tisch versammelt? Ich nehme nicht an, dass sie uns aus reiner Nettigkeit zusammengeführt haben.«

Bevor er antwortete, drängte er den Kellner, ihm endlich die bestellten Getränke zu bringen, und untermauerte seine »Bitte«, indem er sein Sakko aufklappte, wo auf der Innenseite ein Abzeichen prangte. Keine halbe Minute später bekam er, was er wollte.

»Wir machen uns große Sorgen, Frau Löwenkind, dass Ihre Einstellung dem Prozess gegenüber die Lage Ihres Mannes verschlimmern könnte.«

Elise konnte ihre Abscheu kaum verbergen, als sie antwortete. »Das ist ja wirklich rührend von Ihnen, geradezu herzerweichend. Im Falle seiner Verurteilung droht ihm was genau? Die Todesstrafe? Wie könnte meine Aussage, die ihn entlastet, seine Lage da noch verschlimmern?«

»Es ist nicht gesagt, dass der Richter ihn derart hart bestraft. Ein paar Jahre Arbeitslager tun es vielleicht auch.«

»Meinen Sie eines jener Lager, in das Sie meinen Stiefsohn Esra vor einigen Jahren gesteckt haben? Sie glauben doch nicht etwa, dass Sie mich weiter mit Ihrem Honigbrei füttern können?«

Meining lächelte süffisant. »Besser Honigbrei als trocken Brot, meinen Sie nicht?«

»Soll das eine Drohung sein?«, fragte sie.

»Nicht doch, gnädige Frau, da haben Sie mich völlig missverstanden.« Er blickte betroffen, fast verlegen zu ihrer Tochter hinüber. »Könnten Sie Ihrer Mutter bitte erläutern, dass es besser wäre zu kooperieren.«

Emma beugte sich vor. »Vielleicht hat er Recht, Mutter. Er meint es doch nur gut.«

»Das wäre das erste Mal, seit ich ihn kenne«, gab Elise erregt zurück. Wie konnte Emma nur so naiv sein?

Dann fiel ihr ein, dass sie vor einigen Jahren selbst nicht anders gedacht hatte. Das Weihnachtsfest 1932 war ein gutes Beispiel dafür. Tante Arabella hatte sie alle höchst emotional vor den Nazis gewarnt, die im Begriff waren, die Regierung zu übernehmen. Sie selbst und Isaac hatten ihr seinerzeit vehement widersprochen. Die Nationalsozialisten kochten auch nur mit Wasser, glaubten sie übereinstimmend. Der Unterschied zu damals war, dass sie noch alle wohlauf gewesen waren, wohingegen inzwischen die halbe Familie tot oder im Schlund der Nazis verschwunden war.

»Gnädige Frau, ich bin autorisiert, Ihnen hiermit zu versprechen, dass Ihrem Mann nicht mehr als zwei Jahre Lagerhaft drohen, sollte er sich schuldig bekennen. Milde Haftbedingungen garantiert, für die ich persönlich sorgen werde.«

»Und ich entgegne«, rief Elise, »dass die Versprechen eines Nazis nicht die Luft wert sind, die Sie brauchen, um sie auszusprechen. Eher würde ich einer Klapperschlange vertrauen als Ihnen, und, was noch wichtiger ist, ich habe keine Angst vor Ihnen.«

Das Meiste war gelogen oder vielmehr geblufft. Sie machte sich fast in die Wäsche vor Angst, was diese Barbaren mit ihr anstellen könnten. Es gab Gerüchte über Foltergefängnisse. Menschen verschwanden, die Trödelmärkte quollen plötzlich über von Gütern des täglichen Bedarfs, die Auktionshäuser boten vier- bis fünfmal so viele Gemälde, Truhen und Silberbestecke an wie früher. Viele von Isaacs Freunden waren längst ins Ausland geflohen, wobei sie ihre Immobilien zurückließen – was die sofortige Beschlagnahmung zur Folge hatte – oder zu einem Spottpreis verkauften.

Waren diese Geschichten am Ende übertrieben?

Vermutlich, so dachte Elise, ging es den Nazis im Grunde nur darum, Juden und politische Gegner aus dem Land zu vertreiben und sich ihre Habe einzuverleiben. So geschehen in Spanien im fünfzehnten und sechzehnten Jahrhundert. Vielleicht benutzten sie Isaac lediglich als lebendes Warnschild, um Angst und Schrecken unter jüdischen Kaufleuten zu verbreiten und sie zum Exodus zu zwingen. Nach getaner Arbeit, in ein oder zwei Jahren, würden sie Isaac freilassen, so wie Meining ihr gerade versichert hatte, und sie könnten unbehelligt nach Frankreich auswandern.

Oder wollten diese Schurken nur, dass Elise das glaubte, es hoffte?

Schimmi zündete sich eine Zigarette an, schlug die Beine übereinander und blies den Rauch in einer langen blauen Säule in die Höhe, wo sie sich entfaltete und zu einer schweren Decke formte, die über dem Tisch schwebte.

»Gnädige Frau, Sie sind offenbar tatsächlich der Meinung, Ihrem Mann mit dieser feindseligen Einstellung zu helfen. Glauben Sie mir, ich hatte schon mit Dutzenden, nein, Hunderten wie Ihnen zu tun.« Er legte den Kopf in den Nacken und blies eine weitere Fontäne in die Höhe, wobei die Worte so gelangweilt aus seinem kleinen Mund quollen, als wären sie abgeschmackt und kurzlebig wie der blaue Dunst über ihnen. »Trotz, Stolz, Gegenwehr, Ehre, Haltung, Freiheitskampf …«

Als wolle er den schalen Geschmack überdecken, den die Begriffe einer längst vergangenen Epoche in seinem Mund hinterließen, setzte er den Cognacschwenker an und leerte ihn in einem Zug.

Elise lief ein Schauer über den Rücken.

»Ach, gnädige Frau«, seufzte er. »Tun Sie sich das nicht an.«

Eines musste Elise zugeben: Dieser junge, kleine Mann verstand sich prächtig darauf, Menschen nachdenklich zu stimmen, sie zu beirren. Und zwar so sehr, dass weder Elise noch Emma ein Wort herausbrachte. Wie zu Eis erstarrt, blickten sie ihn an und verfolgten, wie er gemächlich nach der Vase griff, die mitten auf dem Tisch stand. Er zog eine der Blumen heraus, eine rote Nelke, klemmte sie in seine Faust und drückte mit dem Daumen wieder und wieder dagegen. Da der Stiel biegsam war, passierte nichts weiter, als dass die Blume auf und ab wippte.

»Ober!«, rief Meining und deutete auf das leere Cognacglas.

Er drückte die Zigarette auf der Tischplatte aus, statt den Aschenbecher zu benutzen, und schnippte den Stummel achtlos weg. Wie in Zeitlupe griff er nach einem Glas mit Zahnstochern, zog einen heraus, klemmte ihn in seine Faust und drückte mit dem Daumen dagegen. Einen Atemzug später brach das dünne Hölzchen entzwei.

Die beiden Frauen zuckten bei dem Geräusch zusammen.

»Ein Freispruch ist ausgeschlossen«, fügte er lapidar hinzu. »Juden werden nicht freigesprochen. Das habe nicht ich mir ausgedacht, sondern das ist nun einmal so. Es gibt da einen Staatssekretär im Justizministerium, Freisler heißt er, der achtet ganz penibel darauf.« Er nahm den zweiten Cognac entgegen, nippte daran und stellte ihn auf dem Tisch ab. »Selbst, wenn er nur ein paar Jahre Arbeitslager bekommt …«

Ohne zu atmen, verfolgte Elise, wie Daumen und Zeigefinger von Meinings rechter Hand nun das Handgelenk seiner linken umschlossen. Die Fingerspitzen berührten sich nicht nur mühelos, es war sogar noch ein wenig Luft dazwischen.

»Ihr Mann hat ungefähr meine Figur. Na gut, er ist etwas größer«, scherzte er uneitel. »Aber er ist dünn wie ich, dazu fast doppelt so alt. Ich würde kein ganzes Jahr in einem Arbeitslager durchstehen. Was meinen Sie, wie lange es wohl dauert, bis er vor die Hunde geht? Drei Monate? Vier vielleicht? Sechs? Es sei denn, natürlich, er hätte jemanden, der seine schützende Hand über ihn hält. Das hieße unter anderem leichte Arbeit in der Küche oder der Wäscherei … Zwei Jahre sitzt er da doch auf einer Arschbacke ab.«

Was für ein Teufel, dachte Elise, während er sich die Nelke ins Knopfloch steckte, den Cognac trank und eine weitere Zigarette anzündete. Ein Menschenleben war für diesen Kerl nichts weiter als ein Gewicht auf einer Waagschale, die er nach Belieben füllte und leerte. Wie konnte man nur so werden? War Tankred etwa genauso?

Als ihr Neffe seinerzeit zum ersten Mal an die Tür der Villa Vanora geklopft hatte, kurz nach dem Börsencrash und dem Selbstmord von Elises Vater, da trug er außer der ausgebeulten Hose und den abgewetzten Schuhen nur noch eine gehörige Portion Frechheit mit sich herum. Die stand ihm gar nicht so schlecht, ebenso die Unsicherheit dahinter, da er sich in der Welt, die er betrat, nicht auskannte. Sein Freund Schimmi war sicherlich nicht anders gewesen, ein einfacher junger Mann ohne Habe in einer ausblutenden Zeit, die ihn mit Füßen trat. Nur wenige Jahre später und mit Macht ausgestattet, glich er einem Betrunkenen, der eine Waffe in Händen hielt.

Es war Emma, die als Erste die Sprache wiederfand. »Ich nehme an, Herr Kriminalrat …«

»Schimmi«, unterbrach er sie lächelnd.

»Ich nehme an, Schimmi«, begann sie von Neuem, »dass Sie meinen Cousin Tankred noch immer Ihren Freund nennen.«

»Stimmt.«

»Und dass Sie nichts tun würden, was seiner Tante … also meiner Mutter schadet.«

»Er hat mir sogar das Versprechen abgenommen, ihr kein Haar zu krümmen.«

Emma wandte sich zu Elise um.

In den Augen ihrer Tochter spiegelte sich ihr eigenes Entsetzen über die Kälte und Gleichgültigkeit, mit der dieser junge Mann sie unter Druck setzte. Wenn das Gespräch überhaupt etwas Gutes hatte, dann dass Emma einen Blick hinter die Fassade des Regimes werfen durfte. Dennoch schien sie ihr raten zu wollen, dass sie nachgab.

»Woher weiß ich, dass Sie sich an unsere Absprache halten werden?«, fragte Elise.

»Wenn es nur einen Ausweg gibt, hat es da Sinn zu fragen, wohin er führt?«, antwortete er kalt.

Sie hätte jetzt selbst einen Cognac vertragen. Was würde Isaac sagen, stünde er vor der Wahl? Lieber zwei Jahre in der Wäscherei eines Arbeitslagers oder der beinahe sichere Tod? Lieber aufrecht und wahrhaftig bleiben oder sich der Angst ergeben? Mit den Nazis handeln oder ihnen auf die Finger klopfen und den Preis dafür zahlen? Bleiben oder fliehen?

Ihren Mann konnte Elise leider nicht fragen, seine Meinung zu diesem unmoralischen Angebot nur erahnen. Er würde wollen, dass sie mit Sack und Pack nach Frankreich ging, ungeachtet der Verluste, sein eigenes Leben eingeschlossen. Am Ende jedoch musste sie die Entscheidung treffen. Eine Entscheidung, die nicht nur sein und ihr Leben, sondern auch das von Noah, Biene, Ophélie, Tankred und manch anderer Person beeinflussen würde.

»Was ist mit meiner Schwägerin Chen Lu?«, fragte sie und sah ihn dabei direkt an.

»Was soll mit ihr sein?«

»Können Sie für sie auch etwas tun?«

Er trank den zweiten Cognac leer. »Eine Messe lesen lassen.«

Elise stockte der Atem. »Sie ist …«

»Ja.«

»Wann?«

»Kürzlich.«

»Und das … sagen Sie mir so nebenbei, auf Anfrage?«

»Ich wusste nicht, dass Sie so sehr an ihr hängen, wo sie doch Chinesin ist und die Sache mit dem Schmuggel erst angeleiert hat.«

Meining bestellte den dritten Cognac.

»Esra?«, fragte sie.

»Was habe ich Ihnen denn gerade eben über die Arbeitslager erzählt? In Freiheit war Ihr Stiefsohn fett und faul, solche sterben noch vor den Hageren, Fleißigen, warum auch immer.«

Keine sechs Monate nach seiner Verhaftung hatte ihr Stiefsohn also noch gehabt, und all die Jahre, in denen Isaac für Esra gebetet hatte … Es war schändlich, geradezu empörend. Meining hatte ihnen die ganze Zeit über etwas vorgemacht, ihre Hoffnungen genährt. Dabei war er immer als die Höflichkeit selbst aufgetreten, nach außen hin stets seriös.

Dabei war er das Gegenteil davon, ein Pirat, keiner Moral verpflichtet.

Elise folgte ihrem Instinkt, als sie aufstand. »Ich muss Sie enttäuschen, Herr Meining, ich mache keine Geschäfte mit … wie Sie es vielleicht ausdrücken würden … Schweinehunden. Kommst du, Emma? Ich halte es keine Minute länger in diesem Gestank aus Cognac, Zigaretten und Lügen aus.«

Mit zitternden Fingern legte Elise einen Geldschein auf den Tisch, dann gingen sie und Emma ein paar Schritte auf den Ausgang zu.

»Einen Moment noch«, rief Schimmi, ohne sich umzudrehen. »Sie sind verhaftet.«

Emma ging zu ihm zurück, blickte auf ihn herab. »Schimmi, Sie haben meinem Cousin versprochen, meiner Mutter nichts zu tun.«

Er grinste breit. »Das ist richtig.«

»Und nun brechen Sie Ihre Zusicherung?«

»Ich habe nicht die Absicht.«

»Dann verstehe ich nicht …«

Er hob den Arm, in dem er das Glas hielt, woraufhin zwei Männer erschienen, ebenfalls in Zivil. Während er sich erhob, schüttete er den Weinbrand in sich hinein.

»Emma von Lerch«, sagte er leise, ohne die Aufmerksamkeit der anderen Gäste zu erregen. Seine graublauen, verschwommenen Augen funkelten sie an. »Hiermit verhafte ich Sie wegen Ehebruchs und Unzucht.«

Jedes Mal, wenn Arabella den kleinen, mit Tamarisken bewachsenen Hügel herunter auf das Chateau Villeny zufuhr, überkam sie ein tiefer Frieden. Mit dem Schloss selbst hatte das wenig zu tun. Ein Marquis hatte es vor vierhundert Jahren in einem würdevoll graziösen Stil errichtet, sein Sohn in einem verspielt selbstsüchtigen Stil weitergebaut und sein Enkel verschwenderisch vollendet. Es bedurfte einiges an Dummheit für einen französischen Adeligen des Absolutismus, um pleitezugehen, aber Eitelkeit und Glücksspiel haben noch jedermann in die Knie gezwungen, und so gelangte das Anwesen einige Jahre vor Ausbruch der Revolution in bürgerlichen Besitz.

Nein, was Chateau Villeny zu einem Idyll machte, war die Umgebung: weite Wiesen, von dunklen Eichenwäldern umgeben, dazu Gras und Blattwerk, wohin man sah. Nur der Garten, den Ophélie mit Arabellas Hilfe entworfen hatte, leuchtete wie ein geschliffener Diamant auf grünem Samt.

Als Arabella vorfuhr, bewunderte Ophélie vor dem Portal gerade ihren Sohn Maxim, der wie ein junger Baron herausgeputzt auf einem prachtvollen Schimmel saß. Während Ophélie jeden einzelnen Ankömmling, vor allem ihre Kinder Damian und Marie, herzlich in Empfang nahm und auch den kleinen Noah mit einem Stirnkuss begrüßte, blieb Maxim auf dem Pferd sitzen und hob nur kurz die Hand an den Reiterhut.

»Meine Güte, was für ein Glück ich habe«, sagte Ophélie. »Eine Mutter, die mit solchen Söhnen gesegnet ist. Der eine ein Achilles, der andere der wiedergeborene Graf von Saint Germain.«

Arabella verdrehte heimlich die Augen. Die gute Ophélie neigte zu Übertreibungen, insbesondere, was ihre Söhne anging. Darüber war mit ihr nicht zu verhandeln. Nun denn, es war das Vorrecht einer jeden Mutter, ihre Kinder zu verherrlichen, doch hatte Ophélie, ohne es zu merken, schlechte Vergleiche gewählt. Achilles war jung gestorben, und der Graf von Saint Germain war nichts weiter als ein begabter Hochstapler gewesen. Details waren für Arabellas älteste Nichte allerdings uninteressant, sie nahm generell nur die Dinge wahr, die in ihre Sichtweise passten.

»Kinder, geht schon mal ins Haus und begrüßt euren Vater«, sagte sie und wedelte mit der Hand.

Während Maxim losritt und Biene Noah aus der Sonne brachte, die an diesem Tag von einem wolkenlosen Himmel schien, hakte sich Ophélie bei Arabella ein, und sie schlenderten in gemächlichem Tempo in den Garten.

»Was willst du mir denn so brennend mitteilen?«, begann Ophélie und ließ Arabella keine Chance nachzufragen, wie sie darauf kam, dass es etwas Brennendes mitzuteilen gebe.

»Ich sehe es deinem Gesicht an, Tante Arabella. Deiner Nasenspitze.«

»Unfug, ich habe eine ganz normale Nasenspitze.«

»Eigentlich hast du mir immer etwas mitzuteilen, wenn du von irgendwo zurückkommst. Deine Reiselust, verbunden mit deiner Neigung, dich in alles einzumischen, hält die ganze Familie auf Trab.«

»Ich mische mich grundsätzlich nur in Familienangelegenheiten ein.«

»Gibt es überhaupt noch andere Angelegenheiten? Nun sag schon, was ist los? Geht es um Elise und meinen Schwager?«

Da Ophélie in den letzten Jahren deutlich zugenommen hatte, waren die Tage vorbei, da man Seite an Seite mit ihr die schmalen Gartenwege entlangschreiten konnte. Sie spazierten hintereinander an den Beeten vorbei, in denen jetzt im August so ziemlich alles in voller Blüte stand: feuerrote, meterhohe Gladiolen, gelber Sonnenhut, Blauraute, Ehrenpreis und Wolfsmilch, der letzte Lavendel und die ersten Dahlien. Ein Bienensummen lag über allem.

Es war eine Schande, umgeben von solcher Schönheit über derart traurige Dinge sprechen zu müssen.

»Ist heute ein Telegramm für mich angekommen?«

»Nein, Tante Arabella.«

»Ein Anruf?«

»Nicht, dass ich wüsste.«

Arabella blieb stehen und wandte sich zu Ophélie um. »Tankred versucht, Chen Lu aus dem Gefängnis zu holen.«

Erstaunlich, dass ein so voluminöses, weiches Gesicht derart harte Züge annehmen konnte.

»Dann hoffe ich, sie behalten ihn gleich da und stecken ihn zu ihr in die Zelle.«

»Ophélie!«

»Diese Person ist ein Biest, das meinen geliebten Bruder Wido zu einem drogensüchtigen Idioten gemacht hat. Und über den Bastard weigere ich mich zu sprechen.«

»Das wirst du wohl müssen. Tankred ist immerhin der Sohn deines Bruders Otto.«

»Und der eines Berliner Waschweibs.«

»Zählen die etwa nicht als Mütter?«

»Nur mit Trauschein.«

»Ach, auf einmal wirst du religiös, ja?«

»Das hat nichts mit Religion zu tun, sondern mit allgemeiner Tradition und normalem ethischem Empfinden.«

Arabella setzte sich auf den weißen schmiedeeisernen Gartenstuhl, von dem aus sie beste Sicht auf das Rosenbeet hatte, das geradezu überquoll von Blütenköpfen, die einen betörenden Duft verströmten.

»Allgemeine Tradition ist auch, meine liebe Ophélie, dass ausschließlich ein Mann das Familienoberhaupt sein kann, nur legst du darauf natürlich keinen Wert. Du zimmerst dir deine eigene Moral aus Bruchstücken einer untergegangenen Welt zurecht, und herauskommt genau das, was dir vorschwebt. Das ist keine Ethik, sondern Egoismus.«

»Blankenburg gehört mir. Löwenkind ebenfalls. Und Blancbourg ist mein ureigenstes Kind. Ich bin die Älteste. Trotzdem soll dieses Berliner Hinterhofkind, dieser Kleingauner, dieser Nazi unser Familienoberhaupt sein?«

»Du willst, dass wir die Aktiva von jedem von euch zusammenrechnen? Bitte sehr! Das Berliner Hinterhofkind, mit nichts als Dreck unter den Fingernägeln und Löchern in den Hosentaschen, hat es geschafft, sich den Namen und einen Anteil an einer der größten Porzellandynastien Europas zu sichern. Der Kleingauner hat ein Vermögen angehäuft und lebt jetzt in der Villa unserer Väter und Mütter. Der Nazi, dem ich öfter als du meine Meinung zu seiner Uniform und der ganzen braunen Bande direkt ins Gesicht gesagt habe, hat zu Blankenburg und damit zu uns gehalten, als es vor einigen Monaten um alles ging. Ohne sein Mitwirken wäre der ganze Laden jetzt Eigentum der SS. Tankred allein hat diesen grässlichen Himmler ausgetrickst, und zwar so geschickt, dass der es noch nicht einmal gemerkt hat.«

Ophélie ließ sich auf den Stuhl an Arabellas Seite fallen. »Das hast du mir nie gesagt.«

Arabella schluckte. Ihr glitt selten etwas aus Versehen über die Lippen, daran musste die Anspannung schuld sein. Zu viel hing davon ab, dass dieser unsägliche Erbstreit endlich beigelegt wurde. Sieben Jahre waren nun wirklich genug, zumal überall Feinde lauerten, die sich den Zwist zunutze machen konnten. Ophélie glaubte vielleicht sogar zu Recht, als Siegerin vom Platz gegangen zu sein, aber sie begriff nicht, dass die Beteiligten längst nicht mehr nach Regeln kämpften.

Arabella sah streng drein. »Ich habe Tankred versprochen, die Sache niemandem gegenüber zu erwähnen. Daher wirst du das bitte vertraulich behandeln.«

»Wir werden sehen.«

»Werden wir nicht. In diesem Punkt bin ich heikel und bitte mir Vertraulichkeit aus.«

»Ja, schon gut. Und da du mir ohnehin den Tag mit diesem Thema verdorben hast … was wolltest du mir denn eigentlich mitteilen? Die Sache mit Chen Lu und dem Gefängnis?«

Ein Dienstbote brachte ein Tablett mit Champagner, dem besten, den der Weinkeller zu bieten hatte.

Ophélie lebte auf großem Fuß, sie hatte ihren Willen durchgesetzt, und die Geschäfte liefen gut. Sie hatte immer schon zu den Menschen gehört, die das Leben genießen, und die Heirat mit dem begüterten Franzosen Edmond de Fleury hatte ein Übriges getan. Ein wenig erinnerte Arabella sie an ihre eigene Mutter Vanora, die ebenfalls willensstark und unabhängig gewesen war. Aber auch äußerlich ähnelten die beiden Frauen sich: die schwarzgrauen Haare, die sie zu einem dicken Knoten am Hinterkopf band, der kleine, energische Mund und die blasse, auf den Armen sommersprossige Haut. Wäre Ophélie sechzig Pfund schlanker und hätte ihr linkes Auge nicht verloren ... Die vielleicht einzige große Niederlage ihres Lebens war, dass Elise ihr als Kind diese Verletzung zugefügt hatte, eine für alle Zeit sichtbare Wunde, die nie verheilte, nur vernarbte. Ophélie bedeckte sie mit einer seidenen Maske, die zu ihrem Markenzeichen geworden war. Und so lebte sie in dem Bewusstsein, dass sie alles, was sie anpackte, letztendlich zu einem Erfolg machte.

Vielleicht, dachte Arabella, war sie genau an dieser Stelle zu packen. Ophélie hatte sich mit ihrer Schwester in jenem Moment versöhnt, als sie Elise im Erbstreit besiegt hatte. Mit Tankred könnte Ähnliches gelingen. Auf einen Fehdehandschuh reagierte Ophélie mit Trotz, auf Unterwerfung mit Nachsicht.

Arabella seufzte: »Ich glaube, Tankred hat erkannt, dass die Nazis sich auf einem Irrweg befinden und er gleich mit. Im Grunde hat er sich nur mit ihnen eingelassen, um Freunde und Verbündete zu gewinnen. Eine Waise hat nach einer Familie, ein armer Schlucker nach finanzieller Sicherheit gesucht.«

Ophélie trank einen Schluck Champagner und lächelte. »Jetzt zeichnest du ihn aber wirklich in sehr schönen Farben, Tante Arabella. Alles, was recht ist ... du hast ihm den Namen Blankenburg verschafft, Elise hat ihn als Ottos Sohn anerkannt. Und womit hat er es euch gedankt? Indem er mehr und immer noch mehr wollte.«

»Eine Zeit lang«, gestand Arabella zu. »Seine Prioritäten haben sich geändert. Dass er gerade Chen Lu zu retten versucht, ist der Beweis.«

»Er hat ein krummes Ding mit ihr gedreht und fürchtet nun, dass sie ihn verrät. Vermutlich bringt er sie um, kaum dass er sie herausgeholt hat.«

»Also das ist nun wirklich lächerlich. So ist er nicht.«

»Gut, dann wird es eben sein widerlicher Freund tun, dieser Flummi, dem er immerhin zehn Prozent der traditionsreichen Marke Blankenburg in den Rachen geworfen hat.«

»Der Mann heißt Schimmi, und ich gebe zu, er ist ein Problem. Ein Grund mehr, Tankred auf unsere Seite zu ziehen.«

»Wozu die Mühe? Tankred kann mir nichts anhaben. Er ist völlig unbedeutend.«

»Wenn das so ist, solltest du erst recht auf sein Angebot eingehen. Er möchte Frieden. Außerdem erkennt er den Status quo an und wird keine weiteren Schritte unternehmen, um die Manufaktur unter seine Kontrolle zu bringen. Im Gegenzug erwartet er nichts anderes von dir als seine Anerkennung als Ottos Sohn und rechtmäßiger Erbe. Ich finde, das ist kein allzu hoher Preis.«

Ophélie lehnte sich zurück, leerte das Glas und schmatzte. »Es geht noch billiger, Tante. Er bekommt gar nichts von mir, und ich will auch nichts von ihm.«

»Bedenke bitte, dass Elise in diesem Fall momentan als einziges Familienmitglied vor Ort über Löwenkind und Blankenburg wacht. Ihre ganze Aufmerksamkeit gilt dem Prozess gegen Isaac in Berlin, und sonst ist keiner da. Niemals in ihrer Geschichte wurde die Manufaktur von jemandem geleitet, der nicht zur Familie gehört. Das hat man dir eingebläut, genauso wie mir und allen Blankenburgs vor uns. Dabei würde ein einziger Federstrich von dir genügen, um das Problem zu lösen.«

Ophélie war der Appetit auf den Champagner vergangen, und sie hielt mitten im Einschenken inne. Schließlich stand sie sogar ohne Not auf. Normalerweise behielt sie so lange Platz, bis es nicht mehr anders ging. Sie begann, an einer Rosenknospe zu zupfen, die vorwitzig über die Mauer gewachsen war, die das Beet von der Terrasse trennte.

»Woher weiß ich, dass ich ihm vertrauen kann und er nicht hintenherum gegen meine Interessen handelt?«

»Du weißt es nicht, aber ich.«

»Bist du dir wirklich sicher?«

Arabella seufzte. »Ich kann Menschen recht gut einschätzen. Erinnere dich, als ich damals erstmals hier im Chateau aufgekreuzt bin, quasi aus dem Nichts, und ein Chaos in deinem Leben vorfand. Habe ich da nicht innerhalb weniger Wochen alles geradegerückt?«

Nicht zufällig erwähnte Arabella, dass Ophélie ihr so manches zu verdanken hatte, beispielsweise den Erhalt ihrer Ehe mit Edmond oder dass sie ihren Frieden mit Damian gemacht hatte, der seinen eigenen Weg gehen und nicht für Blancbourg arbeiten wollte.

»Also meinetwegen«, gab sich Ophélie einen Ruck. »Ich schreibe ihm einen netten Brief, nicht zu nett, aber nett, und erkenne ihn als Neffen an. Er wird zum zweiten Geschäftsführer neben Elise, und du garantierst mir, dass er nicht rückfällig wird. Falls doch, mache ich dich dafür verantwortlich, Tante Arabella.«

»Was würdest du dann tun? Mich hinauswerfen?«

Ophélie zupfte etwas zu heftig an dem Rosenstiel und stach sich an einem Dorn. Ein Blutstropfen erschien auf ihrem Daumen.

»Oh«, sagte sie. »Ein schlechtes Omen.«

*Theo, mein Liebster,*
*man hat mir erlaubt, Dir diesen einen Brief zu schreiben, und wie Du Dir denken kannst, werden sie ihn lesen, bevor Du ihn erhältst. Sie haben mich in ein Frauengefängnis in Berlin gebracht, nach Charlottenburg, glaube ich. Den Vorwurf kannst Du Dir denken, und ich akzeptiere ihn, da er der Wahrheit entspricht. Sie haben so viele Beweise, dass sie diesen Brief nicht zusätzlich benötigen, denn aus meiner Liebe zu Dir habe ich nie ein Geheimnis gemacht. Ich habe sie unter dem Himmel ausgebreitet, sichtbar für alle, und mit Dir auf ihr getanzt. Ich bereue keinen Tag, keine einzige Stunde.*
*Weißt Du noch, wie wir damals auf den Altkönig geritten sind? Die Erde war von der Sonne ganz warm, es duftete nach Wiesenkräutern und Steinen. Aus Gräsern hast Du einen Ring geflochten und ihn mir an den Finger gesteckt. Von diesem Moment an war ich mit Dir verheiratet. Dass ich bald darauf einen anderen zum Mann nahm – nehmen musste! –, hatte für mich keine Bedeutung, damals genauso wenig wie heute. Du bist mein Mann, und wenn Gott tatsächlich in die Herzen der Menschen blicken kann, wird er erkennen, dass die unseren rein sind, was die Liebe angeht.*
*So viele Erinnerungen ziehen vorüber, während ich diese Zeilen schreibe. Die Mark Brandenburg – wir*

*sind dort auf einen Birnbaum geklettert, wie Kinder, und später hast Du ein Bild gemalt, das schon bald in einem Museum ausgestellt werden soll: Frau unter dem Birnbaum. In Franken haben wir von den Trauben genascht und Wein aus diesen skurrilen Flaschen getrunken, ich glaube, wir waren beschwipst. Deiner Malerei hat das nicht geschadet, das Bild von der wogenden Landschaft im kupfernen Licht des Abends mit seinen hellen und dunklen Stellen gehört zu meinen liebsten. Es scheint mir eine Metapher des Lebens zu sein.*
*Liebster, allein für die letzten Monate hat es sich gelohnt zu leben. Ganz gleich, was nun kommen mag, das nimmt mir keiner mehr. So wenige Menschen haben, was wir beide hatten!*
*Sie haben mir nur diesen einen Bogen Papier gegeben, und es ist nicht mehr viel Platz. Darum ende ich mit einem Poem, das ich kürzlich erst in einem Gedichtband entdeckt habe. Es stammt von Lord Alfred Tennyson, ist ein wenig düster und leider viel zu passend.*

Die Liebe schritt, als voll ein Mondlicht schien,
Des Paradieses Thymianweg entlang
Und spähte fahl umher auf ihrem Gang.
Da sah sie unerwartet unterm Eibenbaum
Alleine wandelnd, sprechend wie ein Traum,
Den Tod; zum ersten Male überhaupt.
Flieh, rief der Tod; denn dieser Weg ist mein!
Die Liebe trauert' und wandte sich zur Flucht;
Doch fliehend sprach sie: Diese Stund ist dein;
Du bist des Daseins Schatten; wie der Baum

Im gleißend' Licht beschattet rings die Matten,
So wirft im sonnenhellen Weltenraum
Das wunderbare Leben rings des Todes Schatten;
Der Schatten vergeht mit des Baumes Fall,
Ich aber herrsche ewig ob dem All.

*Auf ewig Dein*
*Emma*

Ungeduldig wartete Elise ab, dass Theo Schatt den Brief zu Ende las. Sie hatte ihn, gleich nach dem Erhalt von Emmas Zeilen, ausfindig gemacht und ins Adlon bestellt.

Er konnte unmöglich schon fertig sein, als er die Arme sinken ließ und Elise über die Ränder seiner Lesebrille anblickte.

»Wieso haben Sie …? Er ist an mich gerichtet.«

»Man hat ihn mir zugestellt, gewissermaßen in die Hand gedrückt.«

»Wer?«

»Ein Polizist. Gestapo.«

»Haben Sie ihn gelesen?«

»Selbstverständlich.« Sie musste sich seines vorwurfsvollen Blickes erwehren. »Herrgott noch mal. Diese Barbaren haben Emma vor meinen Augen verhaftet. Ich bin fast gestorben vor Sorge, deshalb habe ich den Brief geöffnet. Geht Ihnen denn nichts anderes durch den Kopf? Emma ist in großer Gefahr.«

Schatt las weiter, während Elise abwechselnd hin und her lief und sich in den Sessel setzte, wo sie es keine drei Atemzüge lang aushielt.

Dass dieser Meining Emma erlaubt hatte, ein Lebenszeichen zu senden, das er ihr und nicht dem eigentlichen Adressaten übergab, war ein unverhüllter Hinweis auf seine Absichten. Die Verhaftung und der Brief sollten den Druck auf sie erhöhen, der in der Tat unmenschliche Dimensionen erreichte. Ein Folterinstrument hätte kaum weniger Wirkung gehabt. Sie hatte ihren Sohn vor den Schergen in Sicherheit gebracht und dabei übersehen, dass sie noch ein zweites Kind hatte. Übersehen? Nein. Es verging kein Tag, an dem sie nicht an Emma dachte. Dennoch hatte sie völlig naiv angenommen, ihrer Tochter werde schon nichts passieren, mit einem ranghohen Offizier als Ehemann und dem Porträtmaler der Nazis als Geliebten. Diese Leute machten vor nichts und niemandem Halt, ihre Macht überstieg offenbar bereits die der Militärs. Überstieg sie etwa auch die der Reichsführung?

»Sie haben Kontakte zu den höchsten Stellen«, unterbrach Elise ihr Schweigen. Schatt war inzwischen offenbar bei dem Gedicht angekommen, da sich seine Augen mit Tränen füllten. »Sie müssen sich an Göring wenden. Sagen Sie ihm, eine gute Freundin sei in Schwierigkeiten.«

Er klappte die Brille zusammen, steckte sie in die Innentasche seines Tweedsakkos und atmete ein paarmal tief durch.

»Wie konnte das passieren?«, erkundigte er sich.

»Das fragen Sie mich?«

Irritiert blickte er sie an. »Ja.«

Elise seufzte. Theo Schatt nach dem Tode ihres Mannes mit dessen Porträt für die Ahnengalerie zu beauftragen, war einer der größten Fehler ihres Lebens. Gerade solche tarnten sich besonders gut, kamen daher wie Kinder. Im Nachhinein schien es vorhersehbar, dass Emma sich in einen unbedeutenden, zehn Jahre älteren Schweizer Maler verliebte, der das Hemd zwei Knöpfe zu weit offen trug und dessen Hände voller Farbspritzer waren. Genau der Richtige für eine Romantikerin, die gerade ihren geliebten Vater verloren hatte. Doch Elise war damals so sehr mit dem Kampf gegen Ophélie und dem Überleben der Manufaktur beschäftigt gewesen, dass sie erst von der Affäre erfuhr, als es bereits zu spät war. Emma war in Schatt verliebt, doch die einzige Rettung für das Familienunternehmen und seine Beschäftigten war ihre Heirat mit dem reichen, angesehenen Caspar von Lerch.

Der Druck der Familie war zu viel für Emma gewesen, die ihn nur dadurch ertrug, dass sie das eine tat, ohne das andere zu lassen. Und nun, sechs Jahre später, gab Elise dem Liebhaber ihrer Tochter und sich selbst die Schuld daran.

»Emma ist kein Vorwurf zu machen«, sagte sie. »Aber Sie, Herr Schatt, sind zehn Jahre älter und zwanzig Jahre reifer als meine Tochter. Sie sind viel gereist, unzähligen Menschen begegnet, haben die Armut kennengelernt, sind lebenserfahren … Erzählen Sie mir ja nicht, dass Emma Ihr erstes Mädchen war. Sie hätten besser wissen müssen, dass dieses … Arrangement in einer Katastrophe enden würde. Sie kennen die Gesetze. Eine wilde Ehe, meine Güte, so etwas geht doch nur im Roman gut und selbst dort nicht immer.«

»Wir dachten, Lerch würde irgendwann aufgeben. Er …«

»Ritter von Lerch«, fuhr sie ihm über den Mund, »würde alles verlieren, gäbe er auf.«

»Das gilt für mich und Emma genauso, sollten wir uns einmal nicht mehr haben«, konterte er laut und scharf. »Aber so etwas verstehen Leute wie Sie nicht. Sie denken immer nur an Geld und Ansehen.«

Das Telefon klingelte, und Elise nahm den Hörer ab. Es war der Empfang.

»Ja, ich lasse bitten«, sagte sie.

Die kurze Unterbrechung war wie ein frischer Windstoß an einem drückend heißen Tag. Sie brachte so etwas wie Hoffnung.

Eine Weile lang schwiegen sie. Mit aller Kraft versuchte Elise, sich in Emmas und Schatts Lage zu versetzen, in zwei Menschen, die sich gegen alle Konventionen liebten. Das war schwerer als gedacht, da die beiden keine Figuren der Oper oder des Theaters waren, sondern – zumindest eine – ihr eigen Fleisch und Blut. Elise selbst war blutjung mit ihrem ersten Gatten verheiratet worden, einem aufstrebenden Kaufmann. Geliebt hatte sie ihn nie. Es hatte da mal einen Klavierlehrer gegeben, Emmas Klavierlehrer, der ihr außerdem Tanzen, Singen und Schönschrift beibrachte, bei dem Elise beinahe schwach geworden wäre. Am Ende hatte die Vernunft gesiegt, wie man so schön oder besser so fantasielos sagte. Eher als Vernunft waren es wohl fehlender Mut und mangelnde Hingabe gewesen. So manches Mal hatte sie sich in späteren Jahren bei dem Wunsch ertappt, der Pianist hätte sie verführt …

Auf Birnbäume zu klettern, durch abendliche Landschaften zu schlendern, einen Verlobungsring aus geflochtenen Gräsern angesteckt zu bekommen – all das waren auch einmal Elises Träume gewesen, vor langer, vor sehr langer Zeit. Deswegen hatte sie auch die Flitterwochen mit Isaac auf Fehmarn so sehr genossen, die paar Tage in dem einfachen Bauernhaus mit Selbstverpflegung. Ihre zweite Ehe war eine herbstliche Liebe, wie Elise das gerne nannte. Nicht weniger groß als eine junge Liebe, aber tiefer, weil der Frühling und der Sommer bereits hinter ihnen lagen. Sie stammten beide aus einer Industriellenfamilie, hatten erwachsene Kinder und teilten gemeinsame Vorlieben. Dass Isaac Jude war, kam Elise inzwischen wie ein nichtiges Detail vor.

»Es ist nicht so, dass ich alle Schuld auf Sie abwälzen will«, wirkte sie mildernd auf Schatt ein. »Ich trage meinen Teil daran, wie alles gekommen ist. Und ich glaube Ihnen auch, dass Sie Emma aufrichtig lieben. Aber ich bitte Sie, nehmen Sie sich zusammen, wenn gleich …« Sie zögerte, es auszusprechen.

Schatt runzelte die Stirn. »Was meinen Sie?«

»Er ist zufällig gerade in Berlin«, erläuterte sie. »Caspar, Emmas Mann.«

»Sie … meinen, er kommt hierher? Jetzt?«

»Allerdings. Er hat …«

»Er und ich im selben Raum? Niemals!« Der Maler wandte sich zur Tür um.

Elise riss der Geduldsfaden. »Sie hören sich an wie eine Figur aus einem Schmierenstück. Sofort setzen Sie sich in diesen Sessel hier. Trinken Sie, so viel Sie wollen, um Ihre Aversion zu betäuben, aber bleiben Sie. Wir werden gleich zu dritt überlegen, wie wir Emma aus diesem entsetzlichen Schlamassel heraushelfen.«

Kaum hatte Elise zu Ende gesprochen, klopfte Caspar auch schon an der Tür. Mit einer energischen Armbewegung verwies sie Schatt auf den Sessel, der die Aufforderung widerwillig befolgte.

Im Telegrammstil erläuterte sie im Hotelflur ihrem Schwiegersohn – dem offiziellen –, was geschehen war, und bereitete ihn auf das Zusammentreffen mit Theo Schatt vor. Dieser stellte sich unterdessen eine Flasche Genever neben den Sessel.

»Die Situation ist für keinen von uns angenehm«, schickte Elise der Vorstellung der beiden Herren voraus. »Ritter von Lerch … Herr Schatt.«

Sie setzte sich und bot auch ihrem Schwiegersohn einen Platz an, sodass sie ein Dreieck bildeten, in dem sie die Spitze einnahm. Sie kannte Caspar schon seit mehr als zehn Jahren, und auch mit dem Maler hatte sie gelegentlich zu tun gehabt, aber noch nie war ihr die Unterschiedlichkeit der beiden Männer so deutlich vor Augen geführt worden wie zu jener Stunde. Es war nicht bloß das Optische, das Elises Erfahrung nach nur unzureichend Aufschluss über den Charakter gab. Hier der Oberst der Wehrmacht, dort der freigeistige Künstler. Hier der alte Adel, dort der Schweizer Bauernsohn. Hier ein strenger brünetter Scheitel, dort die blonden Locken unter einem Hut, der auch Renoir gehört haben könnte. Vor allem jedoch unterschied ihre Haltung und das Temperament, wie sie mit der Krise umgingen, die beiden Kontrahenten.

»Uns alle drei verbindet«, begann Elise, »dass uns etwas an Emma liegt. Und wir haben Kontakte zu höheren Stellen. Ich werde mit meinem Neffen Tankred sprechen, der die Wirtschaftsabteilung der SS leitet. Er hat sich immer gut mit Emma verstanden. Leider habe ich ihn bisher weder in der Villa Vanora noch in seiner Dienststelle erreicht.«

Sie hatte nicht den Eindruck, dass ihr jemand zuhörte.

Die Antagonisten fixierten sich wie zwei Kater an der Schwelle ihres jeweiligen Reviers. Caspar zupfte an der Sessellehne herum, Schatt hielt sich an seinem Glas fest.

Elise ließ sich nichts von ihrer Ungeduld anmerken. »Caspar, wen kennen Sie, der uns von Nutzen sein könnte?«, begann sie.

Er ließ sich Zeit mit der Antwort, so als ginge er im Kopf Dutzende von Möglichkeiten eine nach der anderen durch. Seine Familie liebäugelte zwar nicht gerade mit der nationalsozialistischen Weltanschauung, stand dieser aber auch nicht ablehnend gegenüber. Caspar war Soldat in der x-ten Generation, legte jedoch ein geradezu ziviles Benehmen an den Tag und hatte eine feine, eher unsoldatische Stimme.

»Nun denn, ich habe unter Oberstleutnant Rommel gedient, der wiederum gute Beziehungen zur Wehrmachtsführung hat. Man munkelt, der Führer schätze ihn sehr. Außerdem arbeitet er eng mit der Reichsjugendführung zusammen.«

»Mit der Reichsjugendführung«, wiederholte Elise. »Die hat Baldur von Schirach inne, oder? Tankred ist auch mit ihm befreundet, er hat ihn mal in der Villa Vanora bewirtet. Und Sie, Herr Schatt, haben Sie Schirach nicht sogar gemalt?«

Der Angesprochene nickte, während er Genever trank. Die Bewegung, mit der er das Glas zum Mund führte und anschließend wieder auffüllte, war die einzige während dieser statischen, beklemmenden Unterhaltung.

»Das ist noch gar nicht so lange her«, sagte Schatt. »Zuerst ihn, ganz offiziell, danach ihn und seine Frau privat.«

»Gut, das ist sogar sehr gut«, fand Elise. »Damit steht der Mann ganz oben auf unserer Liste.«

Vor nicht allzu langer Zeit hatte Elise mit Tankred einen Streit vom Zaun gebrochen, weil er den Verführer der Jugend, der unzähligen Kindern mit seinen antisemitischen und kriegsverherrlichenden Parolen den Kopf verdrehte, zu sich in die Villa einladen wollte. Und nun, bittere Ironie, avancierte er genau deshalb zu einem ihrer Hoffnungsträger. In der Not frisst der Teufel Fliegen, sagte man. Wie könnte es auch gelingen, inmitten von Ungerechtigkeit und Willkür makellos zu bleiben? Das war ein Ding der Unmöglichkeit.

»Schirach, Göring oder sonst wer«, sagte Theo Schatt. »Von denen hilft uns keiner. Die haben alle viel zu viel Schiss vor der Gestapo.«

»Das wissen wir nicht«, widersprach Elise.

»Alle wissen das, die Spatzen pfeifen es von den Dächern. Ursprünglich sollte ich Göring zuerst malen, doch dagegen hatte Himmler etwas einzuwenden, und nun raten Sie mal, wer sich durchgesetzt hat.«

»Wir müssen es versuchen«, insistierte Elise. »Die Gestapo ist nicht unverwundbar. Wenn wir alle an einem Strang ziehen …«

»Wieso geben Sie denen nicht einfach, was sie wollen?«, fragte Schatt und legte damit den Finger in die Wunde.

Vor wenigen Tagen erst hatte Elise sich von ihrem kleinen Sohn verabschiedet, um ihrem Mann beizustehen. Und nun sollte sich das bei ihrer Erstgeborenen wiederholen? Lief es für sie wirklich darauf hinaus, sich zwischen Isaac und Emma zu entscheiden?

»Wenn ich wirklich hundertprozentig wüsste …«,

begann sie den Satz, den zu vollenden ihr mit jeder Faser ihres Körpers widerstrebte.

»Wie haben Sie selbst eben gesagt?«, fragte Schatt. »Wir müssen es versuchen. Wenn Sie in dem Prozess nicht aussagen, sondern abreisen, dann werden sie Emma freilassen. Und was Ihren Mann angeht … Wir können nur hoffen, dass die sich an Ihre Absprache halten.«

»Davon kann ich nur abraten«, mischte sich Caspar erstmals ein.

Er erhob sich und lief ein paar Schritte im Zimmer umher, eine Hand in der Hosentasche, in der anderen einen Zigarillo, wie Elise erst jetzt feststellte.

»Nach allem, was man hört, ist die Gestapo eine Art Inquisition. Wen sie erst einmal angeklagt hat, den lässt sie nicht mehr straffrei laufen. Denn das würde ja bedeuten, sie sei fehlerhaft oder hätte sich geirrt. Vielleicht erhält Ihr Gatte ein mildes Urteil, verehrte Schwiegermutter, und muss im Lager nicht so hart arbeiten wie manch anderer. Aber Emma? Nein, sie werden sie nicht mir nichts, dir nichts auf freien Fuß setzen, als sei nichts gewesen. Vergessen wir eines nicht: Im Gegensatz zu den Anschuldigungen gegen Isaac treffen die gegen Emma zu. Zumindest teilweise.«

»Mistkerl«, fauchte Schatt ihn an und verfiel ins Schweizerische. »Verdammte huere Sauaff.«

»Wie bitte?«

»Das kommt Ihnen gelegen, wie? Grüüzsatan. Emma derart in den Schmutz zu ziehen. Aber wir haben etwas, das Sie nie haben werden, weder mit meiner noch mit irgendeiner anderen Frau. Sie sind unfähig zu lieben, unfähig, eine Frau glücklich zu machen. Sie mit

Ihrem Schloss und den Spinnweben von tausend Jahren.«

Caspar drückte den Zigarillo in dem Aschenbecher auf dem Kaminsims aus. »Ich habe lediglich eine Feststellung getroffen«, erwiderte er und steckte nun auch die freie Hand in die Hosentasche. »Nach dem preußischen Landrecht, das hier gilt, steht auf Ehebruch eine sechs- bis zwölfmonatige Haftstrafe. Und zwar für beide ehebrecherischen Parteien, also auch für den Liebhaber.«

Schatt sprang auf. »Wollen Sie mir etwa drohen?«

»Weder drohe ich Zivilisten noch würde ich Ihnen etwas tun. Ich will lediglich auf einen Vorschlag hinaus, auch wenn Sie das in Ihrer Aufwallung nicht bemerkt haben.«

Elise schaltete sich wieder ein. »Und der wäre?«

»Emma gibt den Ehebruch zu«, antwortete Caspar. »Sie bereut ihren Irrtum …«

»Irrtum?«, blaffte Theo Schatt.

Caspar fuhr unbeirrt fort. »Ich sage zu ihren Gunsten aus, sie kehrt zu mir zurück. Keine Sorge, verehrte Schwiegermutter, Emma muss nicht nach Schloss Lerchenberg zu meiner Familie. Dort hat sie sich nie wohlgefühlt.«

»Gehasst hat sie diesen Ort«, rief Schatt dazwischen.

»Ich bin nach Ostpreußen versetzt worden und beabsichtige, mir ein kleines Gut zuzulegen.«

»Du verdammtes Schwein«, schimpfte Theo Schatt. »Du Mistbock nutzt Emmas Notlage aus, um sie zurück in dein Bett zu zwingen.«

Caspar ignorierte ihn einfach und wandte sich direkt an Elise. »Ich glaube, Sie kennen mich gut genug, um zu wissen, dass ich Emma niemals etwas aufzwingen würde. Mein Vorschlag ist jedoch die einzige reelle Chance, die ich für sie sehe.«

Mit jeder Minute erhöhte sich der Druck, der auf Elise lastete. Sie hatte eine hohe Meinung von ihrem Schwiegersohn, jedenfalls so hoch eine Mutter sie haben konnte. Er hatte Emma so manches verziehen, was fast jeden anderen Mann dazu gebracht hätte, etwas Dummes zu tun, und sicherlich wog dabei Emmas heimliche Abtreibung ihres gemeinsamen Kindes am schwersten. So sehr hatte sie sich nach Theo verzehrt, dass sie bereit gewesen war, den schwierigsten Schritt zu gehen, den eine Frau tun konnte. Diese grenzenlose Liebe musste Elise in ihre Entscheidung einbeziehen. Leichtfertig einen Handel einzugehen, den Emma nachher zunichtemachte, indem sie sich nicht daran hielt, war brandgefährlich. Sicherlich bekäme sie so etwas wie eine Bewährung, und die Konsequenzen bei einer Verletzung …

Es gab nur einen Weg.

»Ich danke Ihnen, Caspar.«

Elise begleitete ihren Schwiegersohn zur Tür, und als sie zurückkehrte, war Theo dabei, dem Genever endgültig den Garaus zu machen.

»Denken Sie über Caspar, was Sie wollen«, begann sie, nachdem sie seinen Gesichtsausdruck gedeutet hatte. »Auf seine Weise liebt er Emma nicht weniger, als Sie es tun.«

»Er ist ein Schnösel.«

Sie seufzte. »Nichtsdestotrotz ist seine Fürsprache ein Pfund. Es ist das Einzige, was wir wirklich vorbringen können. Da hilft alles Geschrei nichts. Er hat Recht, Emma hat Ehebruch begangen.«

»Was ist das für eine Gesellschaft, die Frauen verbietet, mit dem Mann zu leben, den sie sich aussuchen?«

»Es ist die Gesellschaft, in der wir leben, Herr Schatt.«

»Bitte nennen Sie mich Theo.«

Elise fand den Zeitpunkt für ein solches Angebot denkbar unpassend, eigentlich auch das Angebot an sich. Doch Stilfragen waren in dieser Stunde nachrangig. Außerdem brauchte sie Schatt noch.

Sie setzte sich zu ihm. »Ich weiß, wie es Ihnen geht. Einen geliebten Menschen in den Klauen eines unbarmherzigen Gegners zu wissen, ist das schlimmste Gefühl von allen. Das verbindet uns. Wir beide wollen das Beste für Emma.«

»Ja«, bestätigte er zögerlich, als sei er einer List auf der Spur. »Die Frage ist nur, ob wir darunter das Gleiche verstehen.«

»Emmas Freiheit natürlich.«

»Bedeutet es Freiheit, von einem Gefängnis in ein anderes zu wechseln? Ist es Freiheit, ein Jahr zu gewinnen, wenn man dafür fünfzig hergibt? Was ist schlimmer, Gefängnis oder die Gefangenschaft in einer Eishöhle von Ehe?«

»Nun hören Sie endlich auf, wie eine Romanfigur zu schwatzen«, fuhr sie ihn an. »Das ist ja nicht zum Aushalten. Wissen Sie überhaupt, wovon Sie da reden? Ein Jahr in einem Frauengefängnis ist für ein Geschöpf wie Emma gleichbedeutend mit zehn Jahren Zuchthaus für einen Mann.«

»Ihre Tochter ist viel stärker, als Sie glauben.«

Elise erhob sich abrupt und entwand Schatt die Flasche Genever. »Geben Sie her, Sie sind nicht mehr bei

Verstand. Emma ist so behütet aufgewachsen wie eine Zimmerpflanze, und die Jahre mit Ihnen auf Birnbäumen und unter Weinreben haben sie auch nicht abgehärtet. Sie wird in zwölf Monaten nicht mehr dieselbe Frau sein.«

Immerhin dieses Argument schien zu ihm durchzudringen. Er stand auf und ging ziellos umher, die Fäuste in den ausgebeulten Hosentaschen.

»Also gut«, gab er nach. »Dann holen wir sie da umgehend heraus. Aber sobald sie auf freiem Fuß ist, gehe ich mit ihr in die Schweiz. Ich bin zwar Deutscher geworden, der Malerei zuliebe, aber ich bin noch immer Schweizer. Es wird keine Probleme beim Grenzübertritt geben.«

Elise traf fast der Schlag. »Und wovon wollen Sie leben, Herr Schatt? Aus Deutschland werden Sie keine Aufträge mehr erhalten, und in der Schweiz kennt Sie kein Mensch.«

»Ich muss ja nicht unbedingt malen. In Graubünden lebt man bescheiden.«

»Jetzt sagen Sie bloß nicht ›Wir haben ja uns‹, sonst fange ich an zu schreien.«

Schatt beschleunigte seine Schritte. »Nun denn, für den Anfang werden wir vielleicht ein wenig Unterstützung benötigen.« Er blieb stehen und sah Elise direkt an.

Sie stand kurz vor einem Wutausbruch, fing sich jedoch im letzten Moment wieder.

»Verstehe ich Sie richtig?«, fragte sie mit leicht bebender Stimme. »Ich bewege meinen Schwiegersohn, zu Emmas Gunsten auszusagen und seine Hand für sie ins Feuer zu legen, und anschließend finanziere ich

Ihre und Emmas Flucht in die Schweiz. Caspar ist bestenfalls blamiert, schlimmstenfalls fällt er in Ungnade, während Sie und Emma in wilder Ehe auf einer Graubündner Alm leben, glücklich bis ans Ende Ihrer Tage. Habe ich das korrekt zusammengefasst?« Sie wartete die Antwort nicht ab. »Das ist der niederträchtigste Vorschlag, den mir je ein Mensch unterbreitet hat, der kein Nazi ist. Aber vielleicht hatte Ihre Nähe zu den Größen des Dritten Reiches bereits eine gewisse Wirkung auf Sie.«

Schatt setzte zu einer Erwiderung an, doch sie ließ einen Protest seinerseits nicht zu.

»Ihr Vorhaben ist nicht nur aberwitzig, sondern arglistig und charakterlos.«

»Das ist mir egal«, erwiderte er heftig. »Für Emma würde ich alles tun. Hören Sie? Alles!«

Die Situation drohte zu eskalieren. Um den Maler zu beruhigen, vor allem aber, um eine größere Nähe zu ihm herzustellen, nahm sie ihn an der Hand und führte ihn zurück zum Sessel. Dort angekommen, ließ sie ihn noch immer nicht los.

»Genau deswegen«, sagte sie sanft, »müssen Sie Ihre eigenen Wünsche zurückstellen.« Erneut wollte er ihr ins Wort fallen, doch sie sprach entschieden weiter. »Ich bin ein wenig älter als Sie, Theo, und die letzten Jahre waren besonders ereignisreich und voller unverhoffter Wendungen. Aus Erfahrung versichere ich Ihnen, dass niemand von uns die Zukunft planen kann. Ich so wenig wie Sie oder Caspar. Vielleicht wird eines Tages Ihre und Emmas Stunde kommen. Aber dann wird es sich einfach so ergeben, verstehen Sie? Und es wird keine Tücke und keine Niedertracht dafür nötig sein. Sie hatten eine wunderschöne Zeit mit Emma, die kann Ihnen keiner mehr nehmen. Das hat sie selbst in ihrem Brief geschrieben. Zehren Sie eine Weile davon, Theo, und nehmen Sie sich zurück. Tun Sie es für Emma.«

Theo befreite sich aus Elises mildem Griff, stand auf, ging umher, fand die Flasche, trank ein Glas, las noch einmal Emmas Brief, las das Gedicht, rieb sich müde die Augen …

Seltsam, er erinnerte Elise an jemanden, dem sie noch nie begegnet war, und sie wusste noch nicht einmal, an wen. Vielleicht war es tatsächlich eine Roman- oder Theaterfigur, vielleicht auch nur ein romantischer Traum.

»Wenn Emma die Wahl hat«, sagte er leise, »wird sie sich niemals für ein Leben mit Lerch, sondern immer für das Gefängnis entscheiden.«

Elise nickte traurig. »Ich weiß. Und darum müssen Sie, Theo, für Emma entscheiden.«

»Was?«, rief er. Und dann noch einmal: »Was?«

Nicht Elise, nicht Caspar oder Tankred, kein einziges gutes Argument würde Emma überzeugen. Einzig Theo könnte das gelingen, und so verlangte sie von ihm das größte denkbare Opfer. Er selbst musste Emma in ihre ungeliebte Ehe zurückstoßen.

Nach einer weiteren Minute, die er kaum anders zubrachte als die Minuten zuvor, mit trauern und trinken, schien er die Ausweglosigkeit der Situation zu erkennen.

»Ich sitze in der Falle, oder?«

Elise nickte. »Nicht nur Sie.«

Denn auch sie war sich inzwischen darüber im Klaren, dass ein Augenblick stolzen Widerstands gegen den übermächtigen Gegner den Preis dafür nicht wert war, nämlich Isaacs Leben. Ein Pakt mit dem Teufel war ihr lieber, als den geliebten Mann, den Vater ihres kleinen Sohnes, zu verlieren.

# 3

*Im Sommer 1936 wird Heinrich Himmler zum Chef der gesamten deutschen Polizei ernannt, also auch der Schupo, der Gendarmerie, der Gestapo und der Kripo. Offiziell zwar noch dem Innenministerium unterstellt, wird Himmler faktisch der zweitmächtigste Mann im Staat. In den Folgejahren strukturiert er die Polizeiverwaltung grundlegend um und gründet das Reichssicherheitshauptamt, die Schaltzentrale des künftigen Terrors.*

Es war eine unwirkliche, bizarre Szene, so als wäre sie einer unruhigen Nacht nach exzessivem Alkoholgenuss geschuldet. Jedenfalls fühlte es sich so an. Vier Menschen in einem Mercedes-Cabrio, am Steuer er, ein hoher SS-Offizier, neben ihm eine Nutte, die trotz monatelanger Lagerhaft noch immer schön war, auf dem Rücksitz eine Chinesin, die unverständliches Zeug brabbelte, und daneben ein frühzeitig gealterter, in eine Decke gehüllter Mann, der Tankred mit schlierigen Augen über den Rückspiegel anstarrte. Eine surrealistische Ausgeburt. Etwas, das in den Jahrtausenden menschlicher Geschichte so noch nie vorgekommen war.

Tankred hatte seinen Fahrer am nächsten Bahnhof aussteigen lassen und ihm mehr als genug Geld für die

Fahrt zur Dienststelle gegeben. Der Mann hätte sich zu viele Fragen gestellt, hätte zu viel mitbekommen. Die drei befreiten Insassen waren völlig erschöpft, sie achteten nicht darauf, was und wie viel sie sagten, und so dienstbar konnte das Ohr eines Untergebenen gar nicht sein, um alles zu überhören.

In Würzburg quartierte er sich, Gitti, Chen Lu und Isaacs Sohn Esra für eine Nacht in einem Gasthof ein, da er den dreien nicht zumuten wollte, die Nacht durchzufahren. Er schickte ein Telegramm nach Chateau Villeny und besorgte etwas zu essen, das die anderen gemeinsam aßen, während er allein auf seinem Zimmer blieb.

Schweigend, das chinesische Gesäusel Chen Lus einmal ausgenommen, bestiegen sie am nächsten Morgen Tankreds Dienstwagen. Chen Lu umklammerte ihren viel zu weiten Hosenbund, ihre Hand war schon ganz weiß. Gitti schlief oder tat so.

»Esra.«

Der Name quoll Tankred nach stundenlangem Schweigen und Sinnieren einfach so aus dem Mund, er war selbst überrascht. Bei ihrer letzten Begegnung war Esra kurz davor gewesen, seine Verstrickung in den Drogenschmuggel zu enthüllen. Schimmi hatte den Spieß umgedreht. Nein, Schimmi und er, so war es richtig. Tankred waren die Einzelheiten über das weitere Schicksal Esras nicht bekannt gewesen, aber er hatte gewusst, dass es Einzelheiten gab. Zwei schwache Versuche, Schimmi zur Rede zu stellen – für mehr hatte es nicht gereicht. Wieso auch? Esra hatte Tankred vom ersten Tag an als Rivalen betrachtet, und Tankred hatte sich achselzuckend darauf eingelassen. Mit Rivalität kannte er sich schließlich bestens aus.

»Was willst du? Soll ich Danke sagen?« Esra brummelte unter der Decke hervor, die er wie eine zu große Mönchskapuze über den Kopf geworfen hatte.

»Das bestimmt nicht.«

»Was dann? Willst du hören, dass ich noch lebe? Ich lebe noch, aber das verdanke ich nicht dir.«

Esras Tonfall hatte sich nicht verändert. Zwei Jahre Zuchthaus, und er war noch immer derselbe. Entweder er schleimte, er prahlte, oder er spie Galle. Dazwischen gab es nichts.

»Könntest du bitte versuchen, Chen Lus Hand vorsichtig von ihrem Hosenbund zu lösen?«

»Hä?«

So etwas hatte es zwischen ihnen nie gegeben – um einen kleinen Gefallen bitten oder überhaupt normal miteinander sprechen.

»Ihre Hand sieht aus, als würde sie jeden Moment aus Blutmangel abfallen. Bitte, Esra.«

Ebenso hätte man Esra das Cockpit eines Flugzeuges übergeben können. Er hatte keine Ahnung, wo anfangen. Hilflos zupfte er an den Ärmeln von Chen Lus Kluft herum, ohne sie dabei zu berühren.

Tankred beobachtete ihn im Rückspiegel. »Sie steht nicht unter Strom, Esra.«

»Aber sie ist nicht richtig im Kopf, oder?«

»Wer in diesem Auto ist das schon?«

»Wenn du es besser kannst, dann mach's doch selbst.«

»Wir fahren achtzig Stundenkilometer. Schlägst du ernsthaft vor, dass ich mit einer Hand Akrobatik betreibe?«

»Dann halt an.«

»Auf der Autobahn?«

»Ja, verdammte Scheiße. Ich weiß nicht, wie man mit Chinesinnen umgeht.«

Tankred verdrehte die Augen. »Versuch dir vorzustellen, sie wäre ein Mensch.«

Nach einigem Zögern entledigte sich Esra der Decke und hüllte seine Sitznachbarin ein wenig umständlich darin ein. Währenddessen redete er mit ihr, wie man mit einem alten, frierenden Mütterchen redet, das vor dem erlöschenden Kaminfeuer kauert. Vielleicht hatte er das mal in einem Film gesehen, denn so schlecht machte er seine Sache nicht.

Trotzdem ließ Chen Lu ihre Hose nicht los. Gut möglich, dass sie den Stoff schon seit Tagen oder Wochen festhielt. Kam es da auf ein paar Stunden an? Tankred wollte gerade vorschlagen, das Problem erst anzugehen, wenn sie die Villa Vanora erreicht hatten, als Esra einen in jeder Hinsicht neuen Versuch startete.

Er schrie so laut, dass Tankred beinahe das Steuer verriss. »Null, drei, eins, zwo, neun, sofort die Hose loslassen! Und jetzt beide Arme nach vorne ausstrecken. Wird's bald, null, drei, eins, zwo, neun!«

»Sag mal, hast du sie noch alle?«, rief Tankred.

»Was denn, hat doch funktioniert.«

Chen Lu streckte tatsächlich beide Arme aus. Sie zitterte und schluchzte, bis Esra ihre Hände ergriff und sie langsam, mit sanfter Gewalt an seinen Körper zog. Weinend fiel sie ihm entgegen, und er schlang die Arme um sie, so wie Tankred es im Lager getan hatte.

Gitti war von dem Geschrei aufgewacht, und Tankred warf ihr einige kurze Blicke zu. Sie war kein Mensch, der weinte. Manchmal glaubte Tankred, sie hatte alle Tränen in den ersten zwanzig Jahren ihres Lebens vergossen, von denen sie nie erzählte. Hätte sie noch Tränen übrig, dann würde sie sie in dieser Stunde vergießen, neben ihm im Auto, auf der Fahrt aus der Hölle in die Freiheit. Auch das verband sie und ihn miteinander – nicht weinen zu können.

»Es tut mir leid«, sagte er.

Ein Kaminfeuer im August, was für eine Idee. Tankred war mitten in der Nacht aufgestanden, ohne ein Auge zugetan zu haben. Ihn plagte eine unendliche Müdigkeit, die nicht mit Schlaf beseitigt werden konnte. Der Tag mit seinen abscheulichen Wahrheiten würgte jeden anderen Gedanken ab, ebenso den Wunsch, nicht mehr zu denken. Der brennende Kamin im Salon konnte und sollte keine Abhilfe schaffen, und das tat er auch nicht. Er ergab keinen Sinn, so wie alles in den letzten vierundzwanzig Stunden. So wie fast alles in den letzten Jahren.

Es fühlt sich falsch an, dachte Tankred plötzlich, als hätte er stundenlang nach diesem Satz gesucht. Und vielleicht hatte er das tatsächlich, ohne es zu bemerken.

Vor knapp sieben Jahren hatte er die Villa Vanora erstmals betreten, hungrig und in Schmuddelkleidung. Noch nicht einmal die Bahnfahrkarte von Frankfurt nach Königstein hatte er sich leisten können, weshalb er die fünfundzwanzig Kilometer gelaufen war. Genauso war er bei seiner Ankunft behandelt worden: wie ein Streuner. Nicht von Tante Elise, aber von ihrer älteren Schwester Ophélie. Damals hatte er nicht im Traum daran gedacht, die Villa eines Tages zu besitzen. Der Appetit war, wie so oft, erst beim Essen gekommen.

Die kunstvoll arrangierten Holzscheite krachten in

sich zusammen, Tankred legte nach und schürte das Feuer noch einmal an. Als er sich umdrehte, saß Gitti auf seinem Platz.

Sie trug ein umwerfendes kirschrotes Negligé, das in seiner Frivolität nur aus Frankreich stammen konnte. Die changierende Seide spielte um Gittis Kurtisanenkörper, und das Dekolletee war so tief, dass die Narbe auf ihrer Brust hervorlugte. Sie stammte von einem verrückten Kunden, der sie mit einem Messer attackiert hatte. Tankred hatte den Namen des Kerls herausbekommen und ihm, ohne Gittis Wissen, eine Narbe quer über das Gesicht verpasst.

»Von deiner Geliebten. Sie hat für jede Nacht des Monats ein anderes, wusstest du das? Ich trage das des neunten.«

Er versuchte zu lächeln. »Die Neun steht dir gut.«

»Ich habe abgenommen … zwangsläufig. Vor einem Vierteljahr wäre dieses Negligé einem Folterinstrument gleichgekommen.«

Tankred schlug die Augen nieder. Sie bemerkte seine Befangenheit angesichts dieses Wortes.

»Du trägst neuerdings Schlafanzüge und Morgenmäntel? Bei mir bist du immer herumgelaufen, wie Gott dich geschaffen hat.«

Wieder versuchte er zu lächeln. »Ja, bei dir. Aber nackt im Salon?«

»Dann hätte das Kaminfeuer wenigstens einen Sinn.«

»Was, wenn eines der Hausmädchen mich so sieht?«

»Wenn es um drei Uhr nachts im Salon erscheint, hat es vielleicht genau danach gesucht. Möchtest du mir nichts zu trinken anbieten?«

»Nimm mein Glas.« Er deutete auf den Rotwein, den

er sich aus dem Keller geholt und eingeschenkt, bisher aber nicht angerührt hatte.

Sie trank wie ein Vogel, benetzte kurz die Lippen und setzte das Glas wieder ab.

»Der ist zu gut für mich. Ich bevorzuge die sauren billigen Tropfen. Aber ein Margaux ist besser als gar nichts.«

Sein Lächeln wurde immer überzeugender und dadurch immer falscher. Während er die Luft ausblies, ließ er sich auf den freien Sessel neben Gitti fallen.

»Na, wie fühlt sich das an? Eingesperrt in einem Haus voller Frauen, die dir zu großem Dank verpflichtet sind? Wenn wir Shuilian mitrechnen, die du nach ihrem Abstecher in ein anderes Bett gnädig wieder aufgenommen hast, sind wir schon zu dritt. Das ist doch der Traum jedes Mannes.«

Tankred schüttelte den Kopf. »Meiner nicht.«

Sie nippte erneut am Wein, zuckte mit den Achseln und zwinkerte vielsagend. »Ach, Bubi.«

Es bedeutete ihm unglaublich viel, dass sie den Kosenamen benutzte, den sie ihm gegeben hatte. Niemand außer ihr verwendete ihn, und Tankred hatte schon befürchtet, ihn nie wieder zu hören.

Er schwieg, sah sie nur an. Sein Blick glitt über die aufgeschürften Fingerknöchel, die gelbliche Verfärbung am Hals, die bläuliche auf dem Unterarm, zwei schwarz unterlaufene Fingernägel.

Gitti hob abwehrend die Hand. »Tu das nicht, Bubi.«

»Was?«

»Ich will kein Mitleid von dir, hörst du? Das hat es nie zwischen uns gegeben.«

Ein weiterer ärgerlicher Blick von ihr, und er nickte.

Eine Weile starrten sie stumm in das lodernde Feuer im Kamin.

»Es fühlt sich falsch an«, sprach er seine Gedanken laut aus. »Alles hier. Der Kamin, der Rotwein, dieses Haus, das ganze Drumherum. Das ist … Es …«

Ihm fehlten die Worte, so als seien sie in alle Richtungen auseinandergestoben, und er hätte Mühe, sie einzufangen. Ja, Mühe, sie überhaupt als Worte zu erkennen. Die Bilder in seinem Kopf waren plötzlich übermächtig.

»Du bist da auf etwas gestoßen, Bubi. Dir ist das so neu, wie wenn ich auf einmal die Scham entdecken würde. Als ich sie zuletzt empfand, war ich so jung, dass ich mich nicht mehr an ihren Verlust erinnere. Etwas Ähnliches passiert nun mit dir. Du hast etwas entdeckt, von dem du glaubst, es nicht gesucht zu haben. Aber glaub mir, du hast es gesucht. Und es dich auch.«

Noch während sie sprach, begriff Tankred, dass sie seinen Zustand exakt beschrieb. Gitti wusste immer mehr über ihn als er über sie. Wahrscheinlich lag das an ihrem Beruf, möglicherweise auch an ihrem Geschlecht. Das Beste daran war, dass ihn ihre Überlegenheit nicht im Geringsten störte. Was ihr ein weiteres Alleinstellungsmerkmal verlieh, denn dergleichen verzieh er anderen Menschen nur widerwillig.

»Gibt es ein einfaches Wort dafür?«

»Gewissen.«

Sein Blick zuckte gemeinsam mit dem Feuerschein über das Mobiliar des Salons, den gemusterten Teppich, das Bordeauxrot der Tapeten. In dem einen Jahr, seit er Elise die Villa abgerungen hatte, hatte er so gut wie alles ausgetauscht, sämtliche floralen Muster und jede Ornamentik verbannt. Nicht, weil es ihm so besser gefiel, sondern weil er dachte, dass es Männern wie ihm gefiel, Parteigranden und SS-Leuten.

»Du nennst Gewissen ein einfaches Wort? Mich macht es fertig.«

»Du bist ein Instrument, das sich mit einem Mal fragt, ob es eine Seele hat. Ob es einen Sinn gibt über das hinaus, was es täglich tut. Du fragst dich, wer du bist. Wer du sein willst.«

Ein paar Stunden zuvor, am späten Abend, hatte Tankred seine drei Fahrgäste in ihrer gestreiften Kluft heimlich durch die Garage ins Haus und weiter in Shuilians Zimmer geschmuggelt. Die Hausangestellten sollten nicht sehen, dass er Gefängnisinsassen beherbergte. Als Chen Lu und Shuilian sich um den Hals fielen, war das ein gutes Gefühl, das er allerdings noch nicht mit sich in Verbindung brachte. Es war einfach nur eine wonnige Szene, der beizuwohnen er die Freude hatte. Shuilian kleidete ihre Mutter und Gitti neu ein, und er brachte Esra einige seiner Anzüge, von denen einer leidlich passte. Nur die Hosenbeine waren etwas zu lang.

Esras Lächeln, so flüchtig es auch war … Alle Feindschaft, die Tankred einst empfunden hatte, war wie weggewischt. Das hatte sich richtig angefühlt, und zugleich tat es verdammt weh.

Tankred seufzte. »Ohne Gewissen war es leichter, Gitti.«

»Steine haben es leichter. Aber wer möchte ein Stein sein?«

»Sieh dir Chen Lu an. Sie ist nicht wiederzuerkennen in ihrem Wesen. Esra ist ein Schatten seiner selbst. Ich habe daran mitgewirkt, dass es ihnen widerfahren ist.«

»Und wenn du dir noch zwei Eimer Asche aufs Haupt streust, damit ist niemandem geholfen. Chen Lu schläft zum ersten Mal seit Monaten in Freiheit, Esra sogar seit Jahren, und beide haben so etwas wie Hoffnung. Das hast du bewirkt, Bubi.«

»Macht das irgendetwas gut?«

Gitti lächelte ihn an. »Es macht einen Unterschied, und ich finde, das ist ein Anfang. Was wäre die Welt ohne Anfänge?«

»Wenn das stimmt, warum verspüre ich dann keine Aufbruchsstimmung? Keinen Mut? Nicht mal jetzt, mit dir neben mir.«

»Weil du in der Falle sitzt, Bubi.«

Er wusste genau, was sie damit sagen wollte. Trotzdem fragte er: »Was meinst du?«

»Du bist in der Zwickmühle. Gut, du hast dein Gewissen entdeckt und ein paar Dinge zurechtgerückt, hast etwas Gutes getan, etwas Richtiges. Zugleich hast du verraten, woran du seit mehr als drei Jahren glaubst, und damit auch dich selbst. Dein Opportunismus hat dir alles verschafft, die Villa samt Kaminfeuer im Hochsommer, den Mercedes und dein Rangabzeichen. Dabei hast du mitunter Methoden angewendet, die sich nur halbwegs von jenen unterscheiden, die mich ins Zuchthaus gebracht haben.«

Er wollte protestieren. Stattdessen stand er auf, schnappte sich die Flasche Margaux und trank daraus.

»Und jetzt stehst du da mit deinem Gewissen, dessen eine Hälfte loyal zu mir und Chen Lu ist, während die andere Hälfte sich Leuten wie deinem Freund Schimmi verpflichtet fühlt.«

»Ich bin einer von ihnen«, feuerte er reflexartig und

lautstark zurück. Im nächsten Augenblick konnte er kaum glauben, dass er so mit Gitti redete. Sie hatten nie gestritten, nicht auf diese Weise.

Gitti nahm seinen Ausbruch ungerührt hin. »Das habe ich damit gemeint. Du bist einer von ihnen. Wärst du es einhundertprozentig, säße ich jetzt nicht hier, um klug daherzuschwatzen. Ich wäre noch immer eine Asoziale, eine Missliebige.«

Zum zweiten Mal an diesem Tag stiegen Tränen in ihm auf, und zum zweiten Mal gewann er diesen Kampf, den einzigen, den er wirklich immer gewann.

»Was schafft dich mehr, Bubi? Die zwanzig Prozent Überzeugung, die du verloren hast, oder die achtzig, die noch übrig sind?«

Darüber wollte er nicht nachdenken. Tatsächlich hatte er sogar Angst vor seinen eigenen Gedanken.

Eindringlich sah er Gitti an. »Was … haben sie dort mit dir gemacht?«

»Du darfst mich alles fragen, nur das nicht.«

»Ich will es aber wissen.«

»Das willst du nicht. Danach wäre ich für dich nicht mehr dieselbe.«

»Das stimmt nicht.« Wieder war er zu laut.

»Sie haben mir dort alles genommen, jede Würde und jedes Geheimnis, und jetzt machst du genau da weiter, wo sie aufgehört haben. Was wollt ihr denn noch von mir, ihr Lumpen? Es genügt euch nicht, mich nackt zu machen und zu beschmutzen, ihr zwingt mich auch noch vor den Spiegel.«

Tankred saß da wie vom Donner gerührt. Für ihn war Gitti eine Walküre, die sich von nichts und niemandem unterkriegen ließ. Nur deshalb war sie in der Lage – im

Gegensatz zu den beiden anderen –, wenige Stunden nach ihrer Befreiung aus der Haft wieder ganz die Alte zu sein, lebenserfahren, vernünftig und doch einfühlsam.

Ihr Lumpen, hatte sie gesagt.

Unvermittelt rief sie: »Verdammt noch eins! Ich hasse Kaminfeuer, sie verleiten nur dazu, sich gehen zu lassen. Gib mir den Rotwein, ich habe dir zwei letzte Dinge zu sagen, bevor ich mich noch einmal an dem versuche, was brave Bürger Bettruhe nennen.«

Er hielt den Margaux über ihr Glas, doch sie schnappte ihm die Flasche aus der Hand und trank daraus.

»Ich habe zwei schlechte Nachrichten für dich. Eigentlich sind sie alle beide gut, aber du wirst das anders sehen.«

Ihm wurde plötzlich kalt, und er setzte sich nah ans Feuer, beinahe zu Gittis Füßen. Ihr Negligé roch nach Shuilians Parfüm, irgendetwas mit Paradies im Namen, schwer wie Damast. Ihre Haut jedoch roch nach Seife. Nach seiner Seife. Gitti hatte ihm vor Jahren, als er mal allzu natürlich gerochen hatte, eine schlichte Herrenseife geschenkt, deren Marke er noch immer verwendete. Diese hatte sie benutzt, nicht Shuilians oder jene für Gäste.

Er nahm ihr nun seinerseits die Flasche ab und trank daraus. In der Folge wanderte sie zwischen ihnen hin und her, und er fühlte sich an vergangene Zeiten in Gittis Frankfurter Mansardenwohnung erinnert.

»Bubi, du hast drei arme Seelen aus dem Feuer gerettet und dir dadurch wahrscheinlich mächtig Ärger eingehandelt. Meinen Glückwunsch.«

»Klingt atemberaubend.«

»Es ist eine Sache, in einem Augenblick persönlicher Betroffenheit das Richtige zu tun, und eine ganz andere, sich dauerhaft und entschlossen gegen seine eigene, über Jahrzehnte hinweg etablierte Denkweise zu stellen. Ich glaube, es gibt nichts Härteres, und ich weiß nicht, wie die Sache bei dir ausgeht.«

»Danke, du machst mir Mut.«

Sie strich ihm übers Haar, als wäre er das berühmte Schoßhündchen. Er hätte in dieser Nacht nirgendwo anders sein wollen.

»Du hast noch nicht einmal die Hälfte des Weges geschafft. Was sage ich, gerade mal ein paar Meter liegen hinter dir, mehr nicht. Zudem sind es die leichtesten.«

»Gut, dass du nicht unsere Olympiamannschaft trainierst.« Er bemühte sich um den alten vertrauten Tonfall zwischen ihnen, was ihm immer besser gelang. »Und welche gute Nachricht liegt darin verborgen, wenn ich fragen darf?«

»Immerhin hast du dich auf den Weg gemacht, und das in einer Zeit, in der einige andere Menschen in diesem Land dir entgegenkommen und stramm in die andere Richtung marschieren. Du bist kein Arschloch mehr.«

»Nur noch ein Lump, oder wie?«

Ihre Hand, die seinen Schopf kraulte, hielt inne, und er bedauerte die spitze Bemerkung. Was erwartete er eigentlich? Er hatte ja selbst festgestellt, dass er auf der Seite stand, die man getrost als die falsche bezeichnen konnte. Ja, er fand diese Lager und Zuchthäuser schrecklich, und die meisten seiner Kameraden taten dies auch. Die Art, wie die Menschen vor ihm, seiner Uniform und seiner Macht kuschten, gefiel ihm hingegen.

»Kraul weiter.« Seine Stimme drückte Bedauern aus, so gut sie es vermochte.

Gitti kam seinem Wunsch nach, mit noch mehr Eifer als zuvor.

»Warum sie mich verhaftet haben, weiß ich. Aber weshalb Chen Lu?«, fragte sie.

Er erzählte ihr vom Schmuggel der Anti-Opium-Pille, die in einer Lieferung mit Knochenasche versteckt gewesen war, die die Manufaktur Blankenburg zur Porzellanherstellung aus China importierte.

»Es gab irgendwo eine undichte Stelle. In Österreich ist ein Zeitungsartikel erschienen, der mir, Schimmi und Chen Lu hätte gefährlich werden können …«

»Also habt ihr Chen Lu über die Klinge springen lassen?«

Er zögerte. »Ja.«

»Alle beide oder nur Schimmi?«

Er zögerte erneut, log. »Wir.«

»Es war nie deine Art, anderen deinen Mist in die Schuhe zu schieben.«

»Diesmal war es so, in Ordnung?«

»Und wie ist Chen Lu ohne Gerichtsverfahren in ein Lager nach Bayern gelangt?«

Tankred zuckte die Achseln. »Keine Ahnung.«

»Das glaube ich dir sogar. Es würde wenig Sinn ergeben, wenn du Chen Lu irgendwo einsperren lässt, um sie wenig später unter größten Schwierigkeiten wieder herauszuholen.«

»Ich brauche sie, um Onkel Isaac aus dem Gefängnis zu holen. Warum willst du das alles wissen?«

»Sie brabbelt.«

Er sah sie an. »Was bitte?«

»Deine Tante Chen Lu, sie brabbelt.«

»Worauf willst du hinaus?«

»Manchmal spricht sie chinesisch, manchmal so etwas Ähnliches wie deutsch und manchmal sogar verständlich. *Der Stempel. Es war der Stempel.* Vor einer Stunde ist sie in mein Zimmer gekommen. Plötzlich stand sie vor meinem Bett und erzählte mir etwas von einem Stempel.«

»Von welchem Stempel?«

»Der, auf dem sie den Namen Dachau zum ersten Mal gelesen hat.«

»Dachau? Das ist ein Lager in Bayern, oder? Ich verstehe nicht, was das …«

»Nach ihrer Verhaftung hat Chen Lu tagelang in einem finsteren Gefängnis in Frankfurt gesessen, wo man sie schließlich verhört hat. Sie haben deine Tante überredet, eine Falschaussage zu machen.«

»Über Isaac?«

»Und über weitere Teile deiner angeheirateten jüdischen Verwandtschaft. Der verhörende Beamte, ein noch relativ junger Mann, hat ihr wohl versprochen, sie in ihre Heimat zurückzuschicken, wenn sie tut, was er sagt. Er hat ihre Lügen belohnt, indem er einen Stempel auf ein Dokument drückte.«

»Hör auf.«

»Dachau. Er hat zu ihr gesagt, das bedeute so viel wie Freiheit.«

Tankred riss sich von ihr los. »Du sollst aufhören.«

»Der Mann war von der Gestapo.«

»Nein. Nein. Nein.«

Gitti schrie noch lauter: »Es war dein Freund Schimmi.«

»Das ist eine verdammte Lüge.«

Stille nach dem Schrei.

Gitti hatte ihn nie angelogen, und Chen Lu hatte keinen Grund dazu. Er wusste das, und Gitti war klar, dass er es wusste.

Tankred schloss die Augen. Als er sie wieder öffnete, atmete er mehrmals hektisch ein, als wäre er eine Minute unter Wasser gewesen.

Schimmi.

»Lass mich raten. Dein Freund hat immer behauptet, er wüsste nicht, was mit Esra und Chen Lu passiert ist. Ich sage dir, was er dir verschwiegen hat. Sie ist in dieses Lager Dachau gekommen, wo sie fror und hungerte, aber irgendwann wurde es dort zu voll, also schickte man sie in das Zuchthaus, in dem ich sie kennengelernt habe.«

Tankred gab ihr ein Zeichen, dass er eine Pause brauchte. Doch mit einer Pause war es nicht getan. Zuletzt hatte er sich nach dem Tod seiner Mutter so gefühlt. So … allein. Damals hatte er sich ins Nachtleben gestürzt, exzessiver denn je. In was würde er sich diesmal stürzen?

Abstrakt hatte er geahnt, wenn nicht gefürchtet oder vielleicht sogar gewusst, dass Schimmi bereit war, ein, zwei, drei Schritte weiter zu gehen als er selbst. Doch hatte er sich nie bemüht, das Bild, das er von seinem Freund hatte, durch ein anderes, neueres zu ersetzen. Für ihn war Schimmi der junge Bursche geblieben, mit dem er sich in Zeiten der Armut die Brötchen geteilt und in einen Klecks Fischtunke getaucht hatte. Der, wenn er mit einem Kerl im Toilettenhäuschen verschwunden und eine halbe Stunde später mit drei Mark wieder herausgekommen war, Tankred und Dubbe jeweils ein Drittel abgegeben hatte. Der, weil er einen Kopf kleiner war als Tankred, immer unter seinem Schutz gestanden, mit dem er zahllose Niederlagen durchlebt und ein paar Siege gefeiert hatte.

Schimmi war seine Familie, er war wie ein Bruder.

Gewesen.

»Ich habe einen Menschen verloren, den …« Er schluckte. Ihm wurde sein Verlust in diesem Augenblick erst so richtig bewusst.

Gitti umarmte ihn. Mit dem Zeigefinger zeichnete sie seine Stirnfalten nach. »Den du geliebt hast, auf eine gewisse Art.«

Tankred küsste ihre Stirn, die Nase, die Schläfen und Lippen. Küsse wie kleine Windböen, vorüberziehend.

»Ich bin wieder da, Bubi.« Ihre Stimme vibrierte, als richte sie die Botschaft mehr an sich selbst als an ihn. »Ich bin wieder bei dir.«

Von seiner Familie verachtet, bestenfalls geduldet, von seinem Freund enttäuscht, fast schon entsetzt, und von der Idee angewidert, an die er zwar nie hundertprozentig geglaubt, in der er aber eine Art Heimat gefunden hatte, zog Tankred Bilanz. Dabei stellte er fest, dass ihm schon bald so gut wie nichts bleiben würde. Gitti war praktisch eine Frau auf der Flucht, sie hatte das bloß noch nicht erfasst, und Shuilian würde ihrer Mutter nach China folgen. Nur das Haus seiner Vorväter war noch übrig, um das er hart gekämpft hatte, und sein errungener Name: Blankenburg.

Allein – dieses Gefühl, vor dem er immer Angst gehabt hatte, löste erstaunlicherweise nichts in ihm aus. Er horchte in sich hinein, aber da war kein Laut, kein

Widerhall, kein Schmerz. Eine ganz natürliche Sache, wie Sterben. So, als wäre er darauf vorbereitet gewesen.

»Kopf hoch. Jetzt, wo Schimmi nicht mehr zwischen dir und deinem neuen Ich steht, wird dir der Weg leichter fallen. Deswegen habe ich es dir erzählt. Ich will dir helfen, Bubi.«

Gittis Stimme kämpfte vergeblich gegen die Stille in ihm an, wirkungslos wie ein Sonnenstrahl, der das dunkle Grau eines Januarnachmittags durchbrach, kurz bevor sich die Dämmerung über alles legte.

Manche sagten, das Gehirn des Dritten Reiches sei da, wo der Führer sich aufhielt, das Herz aber schlage in der Berliner Prinz-Albrecht-Straße. SS, Gestapo, SD, NSDAP – ein Prachtbau reihte sich an den anderen, und ein jeder versuchte, den benachbarten an Außenwirkung zu übertreffen. Noch vor ein paar Wochen hatte Tankred sich an diesem Wettbewerb beteiligt, als er die Fassade der Wirtschaftsabteilung der SS mit noch größeren Flaggen hatte ausstatten und einen neuen Reichsadler auf das Dach hatte setzen lassen: massiver Bronzeguss. Inzwischen glaubte er, dass das Herz des Dritten Reiches nirgendwo schlug, da es herzlos war.

Die Hausnummer neun beherbergte Heinrich Himmler und dessen Stab. Das ehemalige Nobelhotel Prinz Albrecht atmete den Charme der Kaiserzeit aus und die monströse Symbolik des Nationalsozialismus ein. Der Vorgang ließ sich am besten mit dem Wort hässlich umschreiben.

»Heil, Reichsführer.«

»Heil. Setzen Sie sich, Blankenburg. Sie haben es dringend gemacht. Kaffee, Tee?«

»Nichts, danke.«

Der Sessel war samten, groß und viel zu weich, bestens geeignet, um darin zu philosophieren. Absolut ungeeignet für Geständnisse.

Himmler schenkte zwei Tassen Kaffee ein. Das Porzellan – schwarz und braun, darauf eine Rune mit dem doppelten S der Schutzstaffel – stammte nicht von Blankenburg.

»Sie sehen aus, als könnten Sie eine Tasse vertragen. Was gibt es?«

Normalerweise sprachen sie nicht viel miteinander, auch nicht im Prinz Albrecht. Ihre Termine standen Wochen vorher fest, Himmler gab die Produktionsziele vor und erläuterte seine Vorstellungen, welche Wirtschaftsbetriebe er in die SS eingliedern wollte, um sie zu einem Staat im Staate zu machen. Tankred lieferte regelmäßig die entsprechenden Berichte. Besprechungen außer der Reihe schätzte der Reichsführer nicht. Allerdings schätzte er Tankreds Arbeit, das hatte er ihm mehrmals versichert.

Tankred hatte sich die Worte zurechtgelegt und holte tief Luft. »Ich …«

»Konfekt?«

»Danke, nein.«

Himmler schob die Schale über den Tisch direkt neben Tankreds Tasse. Notgedrungen griff er hinein und steckte das Gebäck im Ganzen in den Mund, spülte mit Kaffee nach. Klebrige Naschereien waren nicht sein Ding, doch er ließ sich nichts anmerken.

Das quadratische Arbeitszimmer war zu groß, um lediglich einen Schreibtisch und eine lederne Sitzgruppe am Kamin zu beherbergen. Eine Kassettendecke aus rot-braunen Tropenhölzern, der glatte Fußboden ein schimmernder Spiegel der Decke.

»Sie waren kürzlich in einem Zuchthaus bei Würzburg?«

Tankred hatte noch den Mund voll. Sein Blick übernahm das Sprechen für ihn: Das ging ja schnell.

»Irgendein Untersturmführer hat einen Obersturmführer angerufen und so weiter«, erklärte Himmler.

»Ich würde das, was ich dort vorgefunden habe, nicht Zuchthaus nennen. Ich weiß, wie Zuchthäuser aussehen, und dieser Ort war eine, wenn nicht gar zwei Nummern härter, Reichsführer.«

»Mein lieber Blankenburg, so ist es mir auch beim ersten Mal ergangen. Das ist nur natürlich. Menschen wie Sie und ich, Menschen von Kultur, uns widerstrebt das. Aber Sie wissen ja, bittere Medizin ist die beste und so weiter und so fort.«

Und so fort. Tankred spülte die Reste des Kekses hinunter.

»Diese drei Personen, die Sie entwendet haben … Möchten Sie mir das erklären?«

»Selbstverständlich, Reichsführer, es handelt sich um …«

»Ich weiß, um wen es sich handelt. Ich musste ja nur den Bericht eines gewissen Herrn Kümmerling oder so ähnlich mit Ihrer Personalakte vergleichen, da steht alles drin. Es geht um die Prostituierte, mit der Sie früher Umgang gepflegt haben, und das gegen meine ausdrücklichen Einwände. Um die Frau Ihres verstorbenen Onkels, eine Chinesin, die zugleich die Mutter jener Frau ist, mit der Sie seit langem eine intime Beziehung pflegen, ebenfalls gegen meine ausdrücklichen

Einwände. Und um den Stiefsohn Ihrer Tante, einen Kommunisten und Juden. Wie ich zu so einem stehe, muss ich wohl nicht erwähnen.«

»Er ist kein Kommunist.« Tankred seufzte. »Damit fängt alles an.«

»Was alles?«

»Das Lügengespinst.«

Stille.

Himmlers Löffel, der in der Tasse rührte. Das Knirschen des Biskuits zwischen seinen Zähnen.

Wieder Stille.

Schließlich deren Ende.

»Reichsführer, ich habe dabei geholfen, Drogen aus China nach Deutschland zu schmuggeln. Eine Anti-Opium-Pille, die hierzulande verboten ist, weil sie einen bedenklichen Wirkstoff enthält. Er nennt sich Heroin, man weiß noch wenig darüber. Und ich … ich wusste noch weniger als wenig darüber, ich habe mir bei alldem nichts gedacht. Es ist mir ums Geld gegangen. Ich habe es für den Kampf um die Manufaktur gebraucht, die mir allein rechtmäßig zustehen würde, wäre ich … Nein, ich bin dabei, mich zu rechtfertigen, doch das lasse ich lieber. Was ich eigentlich sagen will: Esra, der Stiefsohn meiner Tante, ist mir auf die Schliche gekommen und wollte mich verpfeifen. Verzeihung, melden. Daher haben wir die Geschichte erfunden, er wäre Kommunist.«

»Wir?«

»Kriminalrat Meining von der Gestapo und ich. Aber er hat es nur aus Freundschaft zu mir getan, mit dem Schmuggel hatte er nichts, aber auch gar nichts zu tun.«

Tankred konnte ihn nicht aufgeben, den Freund, der ihn belogen, der seine halbe Familie verhaftet oder anderweitig ins Unglück gestürzt hatte. Onkel Wido würde noch leben, Onkel Isaac wäre nicht im Gefängnis, Elise müsste nicht um ihren Mann bangen, Chen Lu und Esra wären nie ins Zuchthaus gekommen. Und nun auch noch Emma … Tankred empfand nichts mehr für ihn. Aber ihn zu verraten, das wäre gewesen, als würde er werden wie Schimmi, und zwar zu einem Zeitpunkt, als der Freund weiter von ihm entfernt war denn je.

Also hielt er Schimmi weitgehend aus der Sache heraus, stellte ihn als den besten Kameraden dar, den ein Mann haben konnte. So falsch war das nicht. Schimmi hatte ihm mehr als einmal den Hintern gerettet und ihn gewarnt, wenn seine Vorgesetzten wieder einmal seine Gesinnung in Frage stellten und ihn überwachen ließen. Dabei hatte Schimmi sich mehr als einmal selbst in Gefahr gebracht.

Ein weiterer Keks knirschte in Himmlers Backen. »Warum erzählen Sie mir das, Blankenburg?«

»Mein Onkel Isaac ist unschuldig. Nachdem der Enthüllungsbericht in einer österreichischen Zeitung erschienen ist, habe ich Kriminalrat Meining gebeten, ein Bauernopfer zu finden«, log Tankred, der vergeblich gegen Schimmis Plan protestiert hatte.

»Und was meine Tante Chen Lu angeht … Es stimmt, sie war das Bindeglied nach China, aber letztendlich ist sie nur das Opfer von kriminellen Banden, die sie dazu genötigt haben.«

Himmler lehnte sich zurück. »Ich bin auf die Moral von der Geschichte gespannt.«

»Ich bitte Sie, Reichsführer, lassen Sie Chen Lu in ihr Heimatland ausreisen. Was hat das große Deutsche Reich davon, eine Chinesin einzusperren, die nie wieder auch nur einen Fuß in unser Land setzen wird? Esra und Isaac wiederum haben Beziehungen nach Frankreich und Belgien. Gitti ... Sie wissen schon, die Prostituierte ... Gitti könnte, wenn Sie darauf bestehen, in die Schweiz oder nach Österreich gehen. Ich gebe ihr etwas Geld. Keiner der drei wird dem Deutschen Reich je wieder zur Last fallen. Das alles ist allein meine Schuld ...«

Damit war Tankred am Ende angekommen, dem der Worte, dem des Lügengespinsts und dem seiner Karriere.

Durch das geöffnete Fenster drang das Geräusch lauter, stechender Schritte. Wachablösung am Portal. Schlag sechs, pünktlich wie ein Chronometer.

Himmler sah trotzdem auf die Uhr. In einer Stunde fand die Schlussfeier der Olympischen Spiele statt. Die deutsche Mannschaft hatte als erfolgreichste geglänzt, Hitler war bester Laune. Dumm nur, dass ein Schwarzer der erfolgreichste Athlet der Spiele war: Jesse Owens. Dennoch war die Olympiade ein großer propagandistischer Erfolg für das Deutsche Reich, und auch Tankred hatte kürzlich eine Einladung zu einem Umtrunk im Stadtschloss erhalten, zu der die Größen des Reiches, darunter auch einige Wirtschaftsführer, erscheinen würden. Das hatte sich für ihn wohl erledigt.

Irgendwo hatte er mal gehört, dass Geständige sich besser fühlten, wenn sie es hinter sich gebracht hatten.

Für ihn galt das nicht.

»Ich nehme mal an, Sie haben sich im Anschluss an unser Gespräch nichts vorgenommen, Blankenburg?« Ein gewitzter Blick aus kleinen Augen.

»Das wäre vermessen gewesen, Reichsführer.«
»So ist es. Begleiten Sie mich zu meinem Wagen.«

Sie saßen im offenen Wagen und ließen sich die Berliner Luft um die Nasen wehen. Auf der Kühlerhaube flatterten zwei kleine SS-Flaggen, die jeden Verkehrspolizisten zum Salutieren brachten, bevor er in aller Eile die Kreuzung für sie freiräumte. Bei dieser Geschwindigkeit bräuchten sie von der Prinz-Albrecht-Straße bis zum Olympiastadion nur zwanzig Minuten. Der nagelneue Horch war so schwarz wie ihre Uniformen und die Kappen, die sie tief in die Stirn gezogen hatten.

»Haben Sie noch welche von diesen Pillen?«, fragte Himmler unverhofft.

Tankred warf ihm einen verwunderten Blick zu, der unter dem Schirm der Mütze verborgen blieb. »Ich selbst habe nie welche besessen, Reichsführer.«

»Begreiflich. Verstandesmenschen nehmen keine Drogen. Das ist etwas für schwache Naturen, Gefühlsduslige und …«

Er ließ offen, für wen noch.

Sie bogen auf den Kurfürstendamm ein, fuhren am *Kakadu* vorbei. Die berühmte Tanzbar lag im vorabendlichen Dämmerschlaf und würde erst in zwei, drei Stunden zum Leben erwachen. Tankred hatte dort wilde Nächte verbracht, Shuilian noch wildere. In das überladene Südseedekor hatte sie sich so nahtlos geschmiegt wie die Brokatvorhänge im Leopardenmuster. Es hieß, Himmler wolle das *Kakadu* schließen lassen – vergnügte Menschen waren ihm suspekt.

»Göring könnte gut ein paar von den Dingern gebrauchen. Aber vermutlich ist es besser, er bleibt der

Morphinist, der er ist, so haben wir ein Druckmittel, falls wir mal eines brauchen. Überrascht, Blankenburg? Meine halbe Dienststelle weiß um Görings peinliches Laster.«

»Somit habe ich bisher zur anderen Hälfte gehört.«

»Hess ist nicht besser. Er ist einigen Quacksalbern hörig, die ihm irgendein Hexengebräu zusammenrühren. Bäh! Sie wissen, warum ich Ihnen das erzähle?«

»Nein.«

»Ihr Drogenschmuggel ist mir gleich. Und Meining kann unbesorgt sein, wen hat er schon unrechtmäßig verhaftet? Irgendwelche Juden und Chinesen, meine Güte. Er ist ein guter Mann, Ihr Schimmi, zu gut, um ihn zu verlieren. Sie waren übrigens auch mal ein guter Mann.«

Der Fahrer hielt, um eine Mutter mit vier Kindern über die Straße zu lassen. Vier Söhne im Alter zwischen fünfzehn und fünf Jahren, Hakenkreuze auf dem Oberarm, Hitlergruß in Himmlers Richtung, bierernster Respekt, als sie ihn erkannten. Der Älteste stolperte vor Ehrfurcht über den Bordstein.

»Weiterfahren«, befahl Himmler. »Einen Zahn zulegen. Wir kommen sonst zu spät.«

Tankred betrachtete die rasch vorübergleitenden Passanten, einträchtige Paare, Frauen im eleganten Kostüm mit schicken, kleinen Einkaufstaschen, Pagen, die Türen aufhielten ... Himmlers Stimme drang wie durch eine dicke Glasscheibe zu ihm durch: *Wären Sie doch vorher zu mir gekommen ... ungeschicktes Verhalten ... eine gewisse Heimtücke ... Tja, was soll ich jetzt mit Ihnen machen?*

Tankred wünschte, er wäre einer dieser Ahnungslosen, an denen sie im Sekundentakt vorbeizogen: ein Eis schleckendes Kind, ein dienstbarer Verkäufer, ein Mann im Zweireiher mit Frau und Kinderwagen, ein amerikanischer Tourist im Sportsclub-Look. Das wirkte alles so wunderbar normal. Menschen zum Greifen nahe und dennoch weit weg. Getrennt von ihm durch eine unsichtbare Macht, die man Wissen nannte.

Er war nicht mehr ahnungslos. Zugleich war seine Empörung nicht stark genug, um ihn rebellieren zu lassen. Wogegen? Mit welchem Ziel, mit welcher Aussicht auf Erfolg? Er dachte nur an eines: Wie konnte er die vier Menschen, deren Schicksal in seiner Hand lag, in Sicherheit bringen? Und daran, dass er einmal ein guter Mann gewesen war.

Sonnenklar, was Himmler damit meinte. Tankred hatte seinen Anteil daran, dass der Reichstag in Flammen aufgegangen war. Später hatte er an der Ausschaltung der SA mitgewirkt. Er wünschte, er hätte es nicht getan.

»Ich bin bereit, die Konsequenzen zu tragen, und lege mein Amt und meinen Rang sofort nieder. Was meinen Anteil an der Manufaktur angeht …«

Himmler unterbrach ihn. »Sie werden Ihre Macht weiterhin behalten, ebenso Ihren Dienstrang.«

Damit hatte Tankred nicht gerechnet. »Reichsführer, ich …«

»Ich entbinde Sie von allen Aufgaben in der SS und beurlaube Sie bis auf Weiteres. Sie selbst sind es vielleicht nicht mehr, Blankenburg, aber Ihr Name ist noch immer zu wichtig, um ihn von der Besoldungsliste zu streichen. Herrje, Sie stehen einer der größten nichtjüdischen Manufakturen vor und gehören zu meiner

Truppe. Das hat eine nicht zu verachtende Sogwirkung auf die Unentschlossenen.«

Tankred fühlte sich unwohl in der Rolle als Sog, und je länger er dieses Bild vor Augen hatte, desto mehr war er der Meinung, sich selbst in einem solchen zu befinden.

»Wir lassen Ihren Onkel ohne großes Trara frei, unter der Bedingung, dass er umgehend das Land verlässt. Den Juden und die Chinesin, die Sie aus Dachau geholt haben … Nun denn, wir werden die beiden nicht noch einmal einsperren. Und die Prostituierte, an der Ihnen so viel liegt, darf unbehelligt ihrer Wege gehen, unter der Maßgabe, ihr Geschäft diskret zu betreiben. Wegen der öffentlichen Moral und so weiter.«

»Das ist … wirklich sehr großzügig, Reichsführer.«

»Ist es das?« Wieder dieser gewitzte Blick aus kleinen Augen. »Ihre Boni sind aufgebraucht, Blankenburg. Sie sind und bleiben einer von uns, aber der geringste Fehler, nur ein einziger weiterer Fehler, und Sie werden sich wünschen, niemals diese Uniform angezogen zu haben.«

Das wünschte sich Tankred schon seit dem Vortag, was er jedoch lieber für sich behielt.

Himmlers Warnung war unmissverständlich. Tankred hatte selbst erleben müssen, was mit in Ungnade gefallenen SA-Angehörigen passiert war. Man hatte sie niedergeschossen in ihren Käfigen wie tollwütige Hunde.

Der Wagen hielt vor dem Haupteingang des Olympiastadions. Ein Adjutant öffnete dem Chef die Autotür. Tankred blieb sitzen, er war gewiss nicht zur Abschlussfeier geladen.

Im Stehen wandte Himmler sich noch einmal um.

»Glauben Sie mir, Blankenburg, Ihre Loyalität wird auf die Probe gestellt werden, vielleicht morgen, vielleicht in einem Monat, vielleicht erst in einem Jahr. Sie täten gut daran, sich dann an meine Worte zu erinnern.«

# 4

*»Nach der Olympiade/schlagen wir die Juden zu Marmelade«, hatte die Hitlerjugend vor Beginn der Olympischen Sommerspiele gesungen. Kaum ist die Olympische Flamme erloschen, wird den Juden das Betreten öffentlicher Gebäude untersagt, und aus den vorläufig weggesperrten »missliebigen Personen« werden Dauerhäftlinge in den beständig wachsenden Konzentrationslagern. Hitler verkündet, dass ab 1940 alle Olympischen Spiele im Deutschen Reich stattfinden werden, unter Bedingungen, die man selbst definiere.*

Elise stand in der Morgenröte vor dem Gefängnistor unter einer defekten Laterne, die ihr Licht wie Blitze umherschleuderte. Die Hauptstadt war ausgenüchtert von den Feiern der Nacht. Reiner Morgendunst und schmutziges Konfetti wehten durch die Boulevards, die zu dieser Stunde nur von Straßenkehrern bevölkert waren. Sie wollte einfach nur weg. Während sich das ganze Land zwei Wochen lang dem Taumel hingegeben und die ausländischen Gäste mitgerissen hatte, war sie durch die Täler der Hölle gegangen. Nur mit Mühe und Not hatte sie ihre Tochter und ihren Mann aus den Krallen des Wahnsinns befreit. Emma war mit Caspar auf dem

Weg nach Ostpreußen in die eheliche Treue, hoffentlich.

Das kalte, harte Geräusch von Eisenriegeln, ein dunkles, fast klischeehaftes Knarren. Dann öffnete sich das Tor, und Isaac trat heraus, so unscheinbar und beiläufig, als wäre er an diesem Vorgang gar nicht beteiligt. Elise erschrak innerlich. Nach außen tat sie so, als wäre ihr Mann soeben aus dem Ei geschlüpft.

Eine lange Umarmung, ein Kuss auf die Wange, mehr ließ Isaac nicht zu. Er drehte sich leicht weg, so als schäme er sich für seinen Zustand. Der Anzug schlotterte an ihm, seine Haut war fahl und fleckig, die Augen und Hände waren ruhelos. Früher hatte er zerbrechlich gewirkt, heute zerbrochen.

Bei diesem Gedanken erschrak sie gleich noch einmal.

Tankred hielt ihm die Wagentür auf. »Es tut gut, dich zu sehen, Onkel Isaac.«

»Was macht der denn hier?« Isaacs erste Worte, grob wie der Gefängnisjargon.

»Das erkläre ich dir später, Liebster.«

Elise war einige Wochen zuvor mit der Bahn nach Berlin gereist, doch eine Bahnfahrt wollte sie Isaac nicht zumuten. Ein Mietwagen mit Chauffeur war nicht zu bekommen, die wegen der Olympiade angereisten Ausländer hatten den Markt leergefegt. Dann hatte Tankred sich angeboten …

Es war keine glückliche Kombination, den Juden und den Nazi, das Opfer und den Verursacher in dasselbe Auto zu pferchen. Immerhin saßen sie beide hinten und Tankred am Steuer.

»Dein Neffe sieht mich die ganze Zeit über den

Rückspiegel an«, sagte Isaac nach wenigen Minuten Fahrt. »Er soll es lassen.«

»Tankred, würdest du bitte damit aufhören?«

»Sei nicht so freundlich zu ihm.«

»Er ist freundlich zu uns, indem er uns schnellstmöglich nach Hause bringt.«

»Nur, weil er etwas von uns will.«

Es war Elise unangenehm, über Tankred zu sprechen, als wäre er nicht anwesend. Dennoch ließ sie sich darauf ein, weil Isaac sich an diesem Tag, genauso wie am nächsten und übernächsten und überhaupt bis auf Weiteres alles erlauben durfte.

Sie nahm seine Hand. »Wir haben nichts, Liebster, was sollte er also wollen?«

»Absolution. Das Einzige, was er nicht bekommen wird.«

Zu Elises Beruhigung arbeitete Isaacs scharfer Verstand noch immer tadellos, aber zu ihrer Beunruhigung benutzte er ihn als Kriegswaffe. Seine Milde war Streitlust gewichen.

»Erzähl mir von Esra«, bat er. »Geht es ihm gut?«

»Das würde ich liebend gerne tun, doch Tankred hat deinen Sohn gesehen, nicht ich.«

Diese Nachricht schien ihn erst recht niederzudrücken.

»Esra wird schon wieder«, meldete sich Tankred vom Fahrersitz zu Wort. »Dein Sohn ist hart im Nehmen, Onkel Isaac, viel härter, als ich dachte. Ich habe gestern Abend in der Villa angerufen, und meine Köchin sagt, er habe einen guten Appetit entwickelt und ganze drei Klöße …«

»Dein Neffe soll den Mund halten.«

»Ach, Isaac.«

»Seine Selbstzufriedenheit macht mich krank. Richtig krank!«

In ihrer Meinung über Tankred war Elise bei Weitem nicht so absolut wie Isaac. Ihr Neffe versuchte offenbar alles, um seine Fehler der Vergangenheit wiedergutzumachen. Aber wie Isaac richtig gesagt hatte: Es gab Fehler, die durch nichts abgegolten werden konnten. Wido, ihr Bruder, war tot. Esra, Chen Lu und Isaac waren durch die Schrecken einer Haft gegangen. Ohne ihm zu vergeben, war Elise jedoch bereit, Tankred eine zweite Chance einzuräumen.

»Dieser Nazi glaubt, er fährt uns in seiner Nobelkarosse durch die Gegend … jener Karosse, die eigentlich dir zustünde …, und schon singen wir Lieder mit ihm.«

Tankred widersprach leise: »Keineswegs.«

»Er glaubt, indem er Esra mit Klößen füttert, könne er die zwei Jahre ungeschehen machen, in denen mein Sohn …«

Tankred leise: »Du irrst dich, Onkel Isaac. Ich …«

»Er soll mich nicht Onkel nennen.«

»Tankred, würdest du bitte damit aufhören«, seufzte Elise ein weiteres Mal. »Vielleicht sollten wir uns ein wenig ausruhen, bevor wir …«

»Sieh ihn dir an, Elise, sieh genau hin. Diese Selbstgefälligkeit. Wie er die Begriffe unter das einfache Volk streut … Meine Villa, meine Köchin … Esra wird schon wieder …«

»Ich bin nicht selbstgefällig. Und Esra wird tatsächlich wieder. Das sollte dich froh stimmen.«

Isaac verzog das Gesicht. »Froh stimmen, hast du das

gehört, Elise? Er redet schon wie ein Kulturmensch, dieser Barbar. Und eigens für mich hat er sich umgezogen, trägt Zivil. Als Tarnkappe sozusagen.«

»Bitte, Liebster, lass es gut sein.«

Wo er einfach hätte schweigen sollen, erwiderte Tankred: »Ich bin beurlaubt.«

»Ein beurlaubter Verbrecher, kann es das geben? Wie nennt man solche Leute noch mal? Ach ja, ich weiß: Verbrecher auf Abruf.«

Keine Reaktion von Tankred.

»Auftragsmörder.«

Keine Reaktion.

»Die stinken auch in Zivil. Sogar noch mehr als in Uniform. Vor Falschheit und Heimtücke. Unerträglich.« Isaac spie die Worte mehr, als dass er sie sprach.

Sie hatten die Stadtgrenze passiert, waren bereits auf der Autobahn, als Tankred auf den Seitenstreifen fuhr und abrupt bremste. Er sprang aus dem Wagen, öffnete den Kofferraum und riss sich das Hemd vom Leib.

Elise stieg ebenfalls aus, ging zu ihm. »Was soll das, Tankred?«

»Wenn ich in Uniform weniger stinke, dann ziehe ich sie eben an.«

Ein Lastwagen donnerte nur einen Meter entfernt an ihnen vorbei, und Elise schrie gegen den Lärm an: »Du wusstest, dass die Fahrt nicht einfach wird.«

»Ich dachte, ich könnte mit ihm reden.«

»Das wird auch gelingen, in einigen Wochen oder Monaten.«

Tankred winkte ab. »Oder niemals.«

»Oder niemals. Dann ist es eben so.«

»Aber ich ... Ich will euch doch ... Ich will euch

zurückhaben, Tante Elise. Ich habe meine Karriere drangegeben, meine Vorgesetzten drohen mir, meine Freunde werden sich von mir abwenden, aber für euch bin ich immer noch ein Verbrecher. Was soll ich denn noch machen? Mich vor das nächste Auto werfen?«

»Ja.« Isaac stieß zu ihnen. »Das ist eine gute Idee. Den Leichenschmaus richte ich aus.«

Hektisch knöpfte Tankred das Uniformhemd zu, wobei er vor Erregung doppelt so lange dafür brauchte als sonst.

»Ich sehe es dir nach, Onkel Isaac, du bist nicht du selbst.«

»Und wer ist daran schuld, du elender Nazi? In sechs Monaten werde ich nicht anders über dich denken und in sechs Jahren auch nicht. Alles hast du mir genommen, meine Kinder, die Manufaktur, meine Gutmütigkeit ... Deinetwegen hasse ich zum ersten Mal in meinem Leben. Das ist allein dein Werk. Und nenn mich gefälligst nicht Onkel.«

Tankred zog Schuhe und Hose aus. »Ich wasche meine Hände nun wahrlich nicht in Unschuld, aber das alles lasse ich mir nicht anlasten. Deine Tochter beispielsweise ... Ich habe persönlich dafür gesorgt, dass Debora nach Belgien ausreisen durfte. Und Löwenkind gehört größtenteils nicht mir, sondern Elises Schwester.«

Ein Konvoi der Wehrmacht brauste an ihnen vorüber, Transportfahrzeuge, Artillerie, Schützenpanzer, an die einhundert Fahrzeuge.

Während Tankred sich weiterhin umzog und Isaac die flachen, knochigen Hände wieder und wieder auf die Motorhaube schmetterte, kam es Elise vor, als finde sie sich in einem anderen Leben wieder, in dem dieselben Menschen sich nicht mehr glichen.

Zuerst Emma, nun Isaac. Wie hatte der Mann, den sie über alles liebte, es noch mal ausgedrückt? Er fühlte sich seiner Gutmütigkeit beraubt. Ausgerechnet jener Eigenschaft, in die sie sich zuallererst verliebt hatte, noch vor seinem Einfühlungsvermögen, seinem Humor, seiner Zartheit. Das alles war versunken wie ein Stein in einem Waldsee.

*Deinetwegen hasse ich.* Ein Satz, der sie erschauern ließ, immerhin hätte sie noch vor wenigen Monaten alles darauf gesetzt, dass er Isaac nie über die Lippen kommen würde.

Noch immer donnerten die Armeelaster an ihnen vorüber. Elise stürzte auf Isaac zu, weil sie plötzlich fürchtete, er könnte sich kurzentschlossen das Leben nehmen.

»Was ist mit dir, Liebster? Was haben sie nur mit dir gemacht?«

Mit einem Mal war er ganz ruhig. Den Blick auf die silbrig glänzende Motorhaube gerichtet, versank er in seinem ergrauten Spiegelbild. Es zeigte einen alten Mann, dessen Angriffslust, hinter der allerdings keine Kraft steckte, sein einziger ärmlicher Schutz war.

»Allein. Stockdunkle, immerwährende Nacht. Geräusche, die nur von mir kamen.«

Isolation. Und das einem Feingeist, der mit Worten verzauberte, göttlich Klavier spielte, aus Büchern vorlas, Menschen liebte.

»Allein. Nacht. Stille.« Mit jedem Wort schlug er die Hände auf das Blech. »Allein. Nacht. Stille.«

»Isaac, du bist in Sicherheit.«

»Allein. Nacht. Stille.«
»Komm wieder in den Wagen, Isaac.«
»Allein. Nacht. Stille.«
»Tankred, bitte hilf mir mit meinem Mann.«

Er trug inzwischen wieder seine SS-Uniform sowie ein Gesicht zur Schau, das besagte, dass er auch den trotzigen Kleiderwechsel bereute, wie so manches andere davor. Sofort kam er herbei und fasste Isaac unter die Achsel, um ihn behutsam in den Wagen zu bugsieren.

Als Isaac ihn so vor sich sah, ganz in Schwarz, versetzte er ihm einen Stoß, sodass er auf die Fahrbahn taumelte und rücklings zu Boden fiel. Ein Lastwagen der Wehrmacht machte eine Vollbremsung, Elise schrie auf …

Gut Grietzwald lag idyllisch zwischen grünen Weiden und noch grüneren Wäldern. Hier und da ein kleiner See, ein Tümpel, ein Hügel. Alles in allem ein ostpreußisches Paradies für Pferde und Schafe und jene Menschen, die Pferde und Schafe liebten. Das Haus war aus rostbraunen Backsteinen errichtet, und als Emma dort eintraf, lag ein Schleier aus Nebel über den Wiesen, und die Sonne tauchte die verstreuten Gebäude in ein magisches Licht.

Das Personal war überwiegend polnisch. Der Diener war zugleich der Chauffeur, der Emma vom Bahnhof abgeholt hatte, außerdem seine Frau, die die Küche besorgte, drei Hausmädchen, alle sehr freundlich und bemüht.

Ein kurzer Blick auf das Haus, als Emma aus dem Wagen stieg. »Wo ist mein Mann?«

Jerzy, der Diener, machte eine ausholende Handbewegung. »Er erwartet Sie im Salon.«

»Ich möchte mich erst frisch machen. Zeigt mir bitte jemand mein Zimmer?«

Ein Händedruck für die Köchin und die Hausmädchen, dann ließ sie sich von Jerzy nach oben führen. Das Zimmer war stilvoll eingerichtet, vor allem, wenn man bedachte, dass Caspar einen nüchternen Geschmack hatte. Blumentapete, venezianische Vasen und Lampen, kunstvoll verzierte Schränke. Es gab nichts zu meckern. Sogar an einen Wildblumenstrauß hatte ihr Mann gedacht.

Emma ließ sich Zeit mit dem Frischmachen. Irgendwie erwartete sie, dass Caspar hereinkommen und sie stören würde, vielleicht hoffte sie es sogar, denn sie legte sich bereits die Worte zurecht, mit denen sie ihn ungeduldig bitten würde, sie in Ruhe ihre Toilette beenden zu lassen.

Doch nichts dergleichen geschah. Eher würde ein Stern vom Himmel fallen, als dass Caspar seine Manieren vergäße. Theo wäre längst hereingekommen und hätte sie einmal kräftig durchgekitzelt.

Nach einer Stunde sah Emma ein, dass sie die Begegnung mit ihrem Mann nicht länger hinausschieben konnte.

Der Salon war groß wie ein Ballsaal, und auch dort herrschte eine fein abgestimmte Balance vor: englische Tapete, italienisches Dekor und deutsche Gemütlichkeit. Das hässlichste Stück war der Globus mit den Grenzen der Jahrhundertwende, neben dem Caspar die Bar platziert hatte. Dort stand er und wartete mit Champagner auf sie.

»Emma.«

»Caspar.«

»Du siehst fantastisch aus.«

»Nun ja, wenn man bedenkt, dass ich gerade aus dem Gefängnis komme …«

Sie hielt ihm die linke Wange hin, auf die er sie küsste. Als er sie dabei an den Oberarmen berührte, warf sie ihm einen Blick zu, von dem sie hoffte, er wäre nicht zu streng, aber streng genug, um den Wink zu verstehen.

Er verstand ihn sofort.

»Lass uns auf deine Ankunft anstoßen.«

Emma nahm nur einen kleinen Schluck und stellte das Glas dann zur Seite. Mit gemächlichen Schritten durchmaß sie den Raum, betrachtete die Gemälde, die sich von den biederen Werken auf Schloss Lerch erheblich unterschieden. Auch was das betraf, hatte Caspar seine Hausaufgaben gemacht: Impressionismus gepaart mit Landromantik. Man konnte es schlechter treffen.

»Haben sie dich gut behandelt?«

»Du meinst die Frau, die für meine Zelle zuständig war? Ich hoffe, sie ist unverheiratet, denn der Mann täte mir leid, der dieses Gesicht tagein, tagaus ertragen muss.«

»Ich hatte nichts mit deiner Verhaftung zu tun. Ich hoffe, du glaubst mir das.«

»Ja, sicher.«

Er nahm das Glas von der linken in die rechte Hand. »Und es ist mir unangenehm, von deiner misslichen Lage zu profitieren.«

Sie wandte sich zu ihm um. »Tatsächlich?«

»Mir wäre es lieber, ich hätte dich aus eigener Kraft zurückgewonnen.«

Unwillkürlich stieß sie ein Lachen aus, woraufhin seine Gesichtszüge kurz entgleisten.

»Entschuldige, Caspar. Ich habe mir gerade vorzustellen versucht, wie du das wohl angestellt hättest.«

»Zum Beispiel mit diesem Gut. Du hast doch immer vom Landleben geschwärmt, und du hast dich über meine Familie beklagt, die dir ständig über die Schulter blickt. Dies ist unser neues Zuhause. Unseres, Emma. Niemandes sonst. Hier gibt es keine Lerchs und keine steifen Sitten, dafür viel Ruhe.«

»Ja, ruhig wird es wohl werden. Sehr ruhig.«

»Wir haben eine Pferdezucht, Stallungen, nette Nachbarn. Nach einer gewissen Zeit, wenn du das, was dir widerfahren ist, aus einer gewissen Distanz betrachtest, hoffe ich, dass wir uns wieder näherkommen.«

Ihre Augen verengten sich. »Das hast du dir ja fein ausgedacht.«

»Wie gesagt, ich habe mir gar nichts ausgedacht. Es ist bloß … Wir sind nun einmal Mann und Frau, Emma. Du musst doch spüren, dass ich dich liebe. Ich gebe dir alles, was du willst.«

»Was ich will, besitzt du nicht, Caspar.«

»Aber ich gebe dir doch alles.«

»Alles, was du hast. Es ist nicht deine Schuld und genauso wenig meine. Ich liebe einen anderen Mann. Punkt. Dass du mich liebst, ist tragisch, aber es ändert nichts daran, dass du von mir niemals mehr bekommen wirst als ein wenig freundschaftliche Zuneigung und Respekt. Ich werde hier mit dir leben, das hast du erreicht.«

Sie hielt inne. Es ging ihr nicht darum, Caspar zu verletzen. Nun gut, manchmal schon. Jetzt gerade aber nicht. Er tat ihr leid, doch ging dieser Tropfen Empathie in einem Teich voll Traurigkeit über Theos Verlust auf.

»Ich selbst habe mehr dazu beigetragen, dass es so gekommen ist, als irgendjemand sonst, und ich mache dir keine Vorwürfe, solange du mir die deinen ersparst.«

Die Empörung war ihm anzusehen. »Wann habe ich dir je einen Vorwurf gemacht? ... Dabei hätte es durchaus Gründe gegeben.«

Sie warf ihm einen zornigen Blick zu. »Mich daran zu erinnern, war absolut unnötig.«

Resigniert senkte er den Kopf und stellte das Glas an der Bar ab. »Ich habe mir unser Wiedersehen anders vorgestellt.«

»Das ist dein Problem, Caspar. Du stellst dir zu viele unrealistische Dinge vor.«

»Ist es denn unrealistisch, dass ein Ehepaar, wenn schon nicht glücklich, so doch zufrieden miteinander leben kann?«

»Wir drehen uns im Kreis, merkst du das nicht? Ich werde Theo immer lieben, immer, immer, immer. Und dich niemals. Ich habe mich nur auf dieses Arrangement und diese ... diese ostpreußische Gruft hier eingelassen, weil die ganze Welt gegen Theo und mich war. Alle standen und stehen auf deiner Seite, das werde ich nie vergessen. Und verzeihen werde ich es ihnen auch nicht.«

Sie griff sich an die Stirn. Wieder einmal war sie weitergegangen, als sie vorgehabt hatte. Caspars Nähe löste in ihr regelmäßig ein gewisses Aufbegehren aus, das sie sich nicht erklären konnte. »Lass uns fortan nicht mehr darüber sprechen«, bat sie. »Du hast dein Leben, ich habe meines, mehr ist dazu nicht zu sagen. Wir werden durchaus Zeit miteinander verbringen, also sollten wir einen friedlichen Umgang miteinander finden. Entschuldige mich jetzt bitte, die Zugfahrt hat mich erschöpft. Das Gut sehe ich mir gerne morgen an.«

Damit ließ sie ihn einfach stehen.

Als sie die Treppe nach oben ging, dachte sie: Das ist nun also übrig geblieben von meinem Leben: ein friedlicher Umgang.

Selbst vierzehn Stunden nach dem Sturz auf die Autobahn roch Tankred noch immer das Gummi des Vorderreifens, der nur eine Handbreit von seinem Kopf entfernt zum Stehen gekommen war. Danach war er eine Stunde lang weder fähig gewesen, etwas zu sagen, noch sein Blut dazu zu bringen, in den Kopf zu fließen. Elise hatte den Rest der Strecke fahren müssen, was bedeutete, dass sie mit vierzig Stundenkilometern über die Autobahn gerast waren. Isaac war den größten Teil der Fahrt von einem Weinkrampf erfasst worden, bis die Erschöpfung ihn verstummen ließ. Auch Elise und Tankred sprachen nur miteinander, wenn sie mal einen technischen Hinweis brauchte. »Links vom Lenkrad, unterer Hebel.« Das alles war surreal. Und es war ein Debakel.

Die Villa Vanora war mit eisblauem Vollmondlicht überzogen, als sie endlich eintrafen. Mitten in der Nacht warfen die Türme und Erker tiefe Schatten. Ein Tier, vermutlich eine Katze oder ein Marder, floh ins Gebüsch, als sie aus dem Wagen stiegen.

Jemand öffnete sogleich die Tür. Die Diener schliefen längst. Am Umriss, der sich vom matten Licht des

Hintergrunds abhob, erkannte Tankred Shuilian. Sie trug die Haare offen, ihr zwangloses Kleid warf lange Falten.

*Nichts ist selbstverständlich. Schon gar nicht dieser Anblick.*

Um ein Haar – im wahrsten Sinne des Wortes – wäre er nicht mehr am Leben. Die Uniform brachte ihm kein Glück, und er war froh, sie ausziehen und ganz hinten in den Schrank hängen zu können.

Er fiel geradezu in Shuilians Arme. Sein Zustand spiegelte sich in ihrem besorgten Blick, doch sie stellte keine Fragen.

»Wir sitzen noch bei Tisch.«

»Wir?«

»Meine Mutter, Esra und«, ein kurzes Zögern, »Gitti.« Als sie Isaac bemerkte, zuckte sie zusammen. »Mein Gott, ist das …? Wie geht es deinem Onkel?«

»Er ist inzwischen mehr dein Onkel als meiner.«

»Wenn etwas vorgefallen ist …«

»Das ist die Untertreibung des Jahres.«

»… dann beziehe ich mein Bett frisch. Die Gästezimmer sind alle belegt, und so wie Elise und Isaac aussehen, sollten sie jetzt nicht noch zu sich nach Hause fahren.«

»Sie können mein Zimmer haben, und ich schlafe bei dir.«

»Bei mir?« Es klang, als habe sie schon nicht mehr damit gerechnet. »Nicht bei ihr?«

»Können wir morgen darüber sprechen?«

»Also morgen. Übrigens, da ist ein Telegramm aus Frankreich für dich angekommen.«

Tankred öffnete es im Haus, wo drei Befreite im Esszimmer um den Tisch saßen. Rotweinflaschen, Zigarrenduft, Reste eines üppigen Mahls und irgendwo dazwischen Glück. Chen Lu sah ein wenig gesünder aus als noch vor einigen Tagen, allerdings schien seine Gegenwart sie zu strapazieren. Esra dagegen räkelte sich zufrieden wie ein satter Pfaffe auf seinem Stuhl und schmauchte, was das Zeug hielt. Gitti wiederum lächelte ironisch vor sich hin, und sein Instinkt sagte ihm, dass es Spannungen zwischen ihr und Shuilian gegeben hatte.

»Bubi, wir dachten, du bist uns was schuldig, und haben dich um geschätzt tausend Reichsmark ärmer gemacht.«

»Um zweitausend.« Esra umgab sich mit weißblauem Dunst. »Und die Nacht ist noch lang.«

Tankred nickte. »Ich habe dir deinen Vater ... Elise hat dir deinen Vater gebracht.«

»Meinen Vater? Du meinst, er ist ...«

Keine zwei Meter von Tankred entfernt fielen sich die beiden Männer in die Arme. Sie hatten früher kein gutes Verhältnis zueinander gehabt. Esra war ein Verschwender, ein untauglicher Kaufmann, Kulturbanause und Aufschneider gewesen, Isaac das genaue Gegenteil davon. Doch in jenem Moment spielte das keine Rolle, und Tankred überkam das Gefühl, als würde es das auch in Zukunft nicht. Überhaupt stellte er an Esra eine Veränderung zum Positiven fest, so als ob ihn die letzten Jahre etwas gelehrt hätten.

Wer könnte das besser verstehen als er, der auf der anderen Seite der Gefängnismauern seine Lektionen erhalten hatte.

Das Telegramm war von seiner Tante Ophélie. Sie

bezeichnete ihn darin zweimal als ihren Neffen und berief ihn zum stellvertretenden Geschäftsführer von Löwenkind & Blankenburg. Arabella hatte es tatsächlich erwirkt.

Nun, da alle Familienmitglieder – er zählte auch Gitti dazu – außer Gefahr und die Grundlagen für eine Versöhnung gelegt waren, berührte ihn tatsächlich etwas, das er so nicht kannte, eine innere Ruhe. Sie war nur ein kleiner, scheuer Schmetterling, der noch überlegte, ob er sich für längere Zeit niederlassen sollte. Aber es gab ihn und er war da.

Nachdem Tankred sich um das Gepäck gekümmert hatte, zog er etwas betont Legeres an. Weil es so warm war, ließ er sogar das Sakko weg, krempelte die Ärmel hoch und sah damit dem jungen Kerl, der diese Villa vor sieben Jahren als armer Schlucker betreten hatte, verdammt ähnlich. Es war wie eine neue alte Haut.

Als er in den Salon zurückkehrte, saßen sie alle beieinander, auch der kränkliche Isaac, und es herrschte ein Trubel, als ließen sie einen Picknicktag fröhlich ausklingen. Die erlittenen Torturen standen ihnen ins Gesicht und auf die Hände geschrieben, und doch trotzten sie ihnen. So leicht würde es nicht bleiben, womöglich nur bis zum nächsten Schlaf. Aber an diesem Abend triumphierte ihr Wille über die Banditen, die ihn hatten brechen wollen.

Tankred scheute sich, zwischen ihnen Platz zu nehmen. Er brachte mehr Wein, eine ganze Zigarrenkiste für Esra, Trauben aus der Küche, und weil er wusste, dass Chen Lu Süßes liebte, schnippelte er schnell einen Obstsalat mit Feigen, Äpfeln, Bananen und Honig zusammen, wobei er sich in den Finger schnitt. Die frisch gewaschene Haube eines Küchenmädchens diente ihm als Verband.

Von oben drang Gelächter herab, das ihm guttat.

Alles war wie ein Wunder. Ein ebenso unwahrscheinliches wie vergängliches. Es fiel ihm schwer, die Fassung zu bewahren. Vielleicht lag es nicht nur an den Geschundenen, die für ein paar Stunden Glückselige spielten, und seinem Anteil daran, sondern auch an dem Lastwagen, der beinahe seinen Kopf zermalmt hätte, dass seine Beine ihn plötzlich nicht mehr trugen. Langsam sackte er auf dem Küchenboden zusammen.

Nicht er war der Stärkere, wie er immer geglaubt hatte, sondern die Menschen im oberen Stockwerk. Und so überraschend diese Erkenntnis auch war, die nächste übertraf sie sogar noch, denn er fühlte sich mit einem Mal viel selbstbestimmter als zuvor.

An einem Tag wie diesem war alles möglich, sogar dass Tankred zum ersten Mal seit fünfundzwanzig Jahren weinte. Beim letzten Mal war er noch ein kleiner Junge gewesen, den die Nachbarskinder hänselten und einen Bastard nannten. Er war auf zwei ältere Jungen losgegangen, hatte gekämpft wie ein Tiger und dabei einen Zahn verloren, beinahe auch noch ein Auge. Sein Mund war voller Blut gewesen, und seine Mutter hatte geweint, woraufhin auch er nicht mehr an sich halten konnte. Blut und Tränen vermischten sich, ein Geschmack, den er nie wieder losgeworden war und den er zutiefst hasste.

Er hob den Kopf, als ihm ein spezieller Duft in die Nase stieg: Zigarren. Esra kam herein, setzte sich zu ihm.

Isaacs Sohn und er hatten sich vom ersten Moment an

nicht gemocht und waren dennoch dazu verdammt gewesen zusammenzuarbeiten, an einem Strang zu ziehen, um die beiden Manufakturen zu retten. Esra für Löwenkind, Tankred für Blankenburg. Feinde, wie sie im Buche stehen, mit allem Drum und Dran: prügeln, beleidigen, intrigieren. So lange war das gar nicht her, weniger als eine Handvoll Jahre. Eine Ewigkeit inzwischen.

Nun saß Esra neben ihm auf dem Küchenboden, beschwipst, aber mit ernster Miene. »Ich war ein Ekel. Ich wollte dein krummes Ding verraten, das ich selbst gerne gedreht hätte. Du hast dich nur gewehrt.«

»Diese Ausrede kann ich nicht bei jedem anbringen, der da oben am Tisch sitzt.«

»Aber wir sitzen an einem Tisch. Und morgen im selben Zug nach Frankreich, der uns in Sicherheit bringt. Das ist doch was.«

»Warum ist eigentlich jeder so verständnisvoll zu mir? Na ja, fast jeder.« Tankred rieb sich den Kopf, der noch immer dröhnte vom Aufprall auf die Fahrbahn.

»Vermutlich, weil wir wissen, dass nicht viel gefehlt hätte und wir selbst so ein Mistkerl geworden wären wie du.« Esra lächelte, als er das sagte, jedoch nur kurz. »Es gab Zeiten, da hätte ich meine besten Freunde bestohlen und meine Schwester für einen Suppenteller voller Jetons verkauft, um im Kasino den dicken Max zu mimen. Reiner Zufall, dass es nie dazu gekommen ist. Den meisten da oben geht es genauso.«

»Nur deinem Vater nicht.«

»Er ist ein Philanthrop, dessen Seifenblase zerplatzt ist. Er hat das, was er erlebt hat, nie für möglich gehalten. Wir beide schon, oder nicht? Wir wissen, was Menschen anderen Menschen antun können und wie wenig es manchmal dafür braucht. Gitti, deine Tante Chen Lu und die umwerfende Shuilian wissen es auch. Mein Vater braucht Zeit. Aber er hat bis jetzt noch jedem vergeben, mich eingeschlossen, also besteht Hoffnung. Und jetzt wisch dir die Backen trocken, nimm den Obstsalat und komm zu uns nach oben.«

»Meine Backen sind trocken.«

Esra schnitt ein Gesicht wie zu einer Geschichte mit langem Bart.

Tankred holte tief Luft. »Ich glaube, ich habe bei euch am Tisch nichts verloren.«

»Mein Vater und Elise sind schon schlafen gegangen. Und Chen Lu meinte, es gehe für sie in Ordnung. Sie redet nicht viel, aber das hat sie gesagt.«

Vielleicht war es doch nicht zu spät. Vielleicht hatte Tankred die Linie, jenseits von der es keine Absolution mehr gab, noch nicht überschritten. Und vielleicht – ein geradezu abenteuerlicher Gedanke – konnten Esra und er eines Tages sogar Freunde werden. Oder so etwas Ähnliches. An diesem seltsamen Abend schien alles möglich.

Am nächsten Morgen wurde Tankred schon früh von einem Tumult wach.

Sie hatten noch bis zwei Uhr zusammengesessen, einer nach dem anderen war in die Müdigkeit getropft, zunächst Chen Lu, dann Esra. Gitti und Shuilian hatten tapfer durchgehalten, vielleicht nur, weil keine vor der anderen weichen und ihr Tankred überlassen wollte. Möglicherweise bildete er sich das, gespeist von einer skurrilen Hoffnung, aber auch nur ein. Dennoch, bevor die Nacht in einer unwürdigen Verkrampfung enden konnte, löste er die Runde auf. Wach gehalten von den Geschehnissen des Tages, hatte er neben Shuilian gelegen und sich von ihrem katzenhaften Schnaufen beruhigen lassen, bis auch er gegen vier Uhr eingeschlafen war.

Zwei Stunden später hörte er erst ein Rumpeln, dann Stimmen, von denen eine dem Hausdiener gehörte. Es folgten schnelle Schritte auf der Treppe. Eine Tür wurde aufgestoßen, jemand schrie.

Tankred hatte sich ausnahmsweise, wie in ganz jungen Jahren, nackt ins Bett gelegt und zog sich nun rasch den Morgenmantel über. Shuilian schlief weiter, mit Lärm bekam man sie nie wach, eher schon mit Liebkosungen.

Ehe er an der Tür war, kamen sie ihm entgegen, und ein Uniformierter stand ihm gegenüber. Schwarz, aber nicht von der SS.

»Geheime Staatspolizei. Name?«, blaffte der Mann.

»Was soll das?«, empörte sich Tankred. »Ich bin Hauptsturmführer Blankenburg.«

Der Gestapo-Angehörige, ein Mann von niederem Rang, ging um ihn herum und stellte sich neben Shuilians Bettseite.

»Wer ist das?«

»Ich verlange eine Erklärung.«

»Die steht Ihnen nicht zu. Ich frage Sie noch mal: Wer ist das?«

»Sie befinden sich in meinem Haus. Ich warne Sie. Kriminalrat Meining ist mein persönlicher Freund, und ich werde ihn …«

»Zum letzten Mal: Wie heißt dieses Ausländerflittchen?«

Tankred griff den Eindringling am Kragen. »Du kannst froh sein, dass sie schläft und dich nicht gehört hat. Auf der Stelle wirst du dich dafür bei mir entschuldigen, Freundchen, oder ich schlage dir die Nase zu Brei, Gestapo hin oder her. Haben wir uns verstanden?«

Die Drohung und der feste Griff bewirkten zumindest, dass die Arroganz aus dem Gesicht des Polizisten wich. Er sagte nur ein Wort: »Anweisung.« So als sei das Entschuldigung und Erklärung genug.

Ein anderer Polizist kam hinzu. »Das ist sie nicht, Herbert. Zu jung.«

Tankred brüllte: »Verdammt, was ist hier los?«

»Wir haben sie.« Der Ruf kam vom Gang.

Shuilian wachte auf, zog sich die Bettdecke vor die Brust. »Tankred, was … wollen die hier?«

Er blickte sich zu ihr um. »Das werde ich sofort herausfinden.« Er ließ den einen Polizisten los, schubste den anderen zur Seite und stürmte hinaus.

Drei Männer hatten Chen Lu aus ihrem Gästezimmer auf den Gang gezerrt. Sie trug einen einfachen einteiligen Schlafrock aus weißem Leinen zum Überziehen, den sie ohne Not in ihrem Schoß zusammenraffte, so wie sie es mit der Kluft im Lager von Dachau gemacht hatte. Tankred zersprang fast das Herz, sie erneut so zitternd und kauernd zu sehen, zurück in jenem Grauen, aus dem er sie erst vor wenigen Tagen befreit hatte.

»Wer ist hier verantwortlich? Wo ist …?«

Er wandte sich um – und stand unmittelbar vor Schimmi. Sein Freund sah nicht gut aus, übernächtigt und, was selten vorkam, zerknirscht.

»Tut mir leid, Kumpel. Befehl von oben.«

»Von«, Tankred flüsterte, »Himmler? Das kann nicht sein, Schimmi. Ich habe erst vorgestern mit ihm gesprochen. Er sagte wortwörtlich, dass er die Chinesin, die ich aus Dachau geholt habe, nicht noch einmal einsperren lassen wird.«

»Das hat er gesagt?«

»Ja«, bestätigte Tankred nachdrücklich. »Lass mich mit ihm telefonieren. Das alles ist ein schreckliches Missverständnis.«

»Nicht nötig.«

»Dann glaubst du mir also auch so?«

»Na, aber sicher doch.«

Tankred schloss die Augen und atmete tief durch. »Danke, alter Freund.«

Mit regloser Miene sagte Schimmi: »Ich glaube dir, dass Himmler gesagt hat, er würde sie nicht noch einmal einsperren lassen.«

Er warf einen Blick über Tankreds Schulter und nickte einem seiner Untergebenen zu. Dieser zog eine Pistole, zielte auf Chen Lu, und in dem Moment, als Tankred »Nein!« brüllte, drückte er ab. Gleich danach noch einmal.

Shuilian schrie auf, rannte zu dem leblosen Körper ihrer Mutter und warf sich auf sie.

Gleich darauf fielen weitere Schüsse, diesmal in Tankreds Rücken. Ungläubig und schockiert wandte er sich um und sah gerade noch, wie Esra tödlich getroffen zu Boden fiel. Isaac und Elise, durch die Schüsse aufgeschreckt, traten aus ihrem Zimmer und starrten entsetzt noch auf den blutenden, durchlöcherten Leichnam Esras.

Durch Tankreds Fassungslosigkeit drang Schimmis

Stimme. »Himmler lässt dir ausrichten, dass dies der Preis ist, von dem er gesprochen hat, und dass du nicht vergessen sollst, was er als Letztes zu dir gesagt hat.«

*Ihre Loyalität wird auf die Probe gestellt werden, vielleicht morgen, vielleicht in einem Monat, vielleicht erst in einem Jahr. Sie täten gut daran, sich dann an meine Worte zu erinnern.*

# Zweiter Teil

## *Süßer Vogel Versuchung (1939/40)*

# 5

*Im Frühjahr und Sommer 1939 befindet sich Europa in Erwartung eines schweren politischen Gewitters. Hilflos sieht die Welt dabei zu, wie Deutschland das zu Litauen gehörende Memelgebiet besetzt, Tschechien zerschlägt und in der neu gebildeten Slowakei ein Marionettenregime installiert. Der Faschist Franco siegt in Spanien, Mussolinis Italien erobert Albanien. Die Briten und Franzosen sehen sich genötigt, Garantieerklärungen für Polen, Griechenland und Rumänien abzugeben.*

*Der Sommer ist lang und heiß, als wolle er nie enden …*

Arabella lief der Familie voran, den linken Arm auf einen Stock gestützt. Bei jedem achten oder zehnten Schritt verzog sie kurz das Gesicht, doch keiner sollte merken, dass es mit ihrer Gesundheit nicht zum Besten stand. Sonst wollten die anderen sie nur schonen – ein Wort, das sie am liebsten auf ewig aus ihrem privaten Königreich verbannt hätte.

Als sie dringend eine Pause brauchte, blieb sie stehen und rief: »Nun seht euch das mal an. Kinder, ist das nicht herrlich!«

Da war nichts, was nicht auch einen Kilometer zurück zu sehen gewesen war oder einen Kilometer weiter zu sehen sein würde. Und doch war es etwas Besonders, Einmaliges, das es vielleicht nur an diesem Ort am Ufer der Loire gab.

Die Flusslandschaft im Mai war eine Anhäufung von Widersprüchen. Hier der träge Strom, von alten grauen Brücken überspannt, und die behäbigen Kähne, die still und gespensterhaft aus dem müde aufsteigenden Morgendunst glitten und wieder darin verschwanden. Dort die üppig sprießenden Bäume, die frisch austreibenden Weinberge und die Sandbänke, auf denen sich Tausende von gierigen, lüsternen Möwen tummelten. Ewige Melancholie und junges Frühlingserwachen in zartbitterer Umarmung. All das gesprenkelt von den Häusern der Wohlsituierten, von Sprossenfenstern, die das Morgenlicht zurückwarfen, von Kletterrosen und Kugelbuchsbäumchen, von ehrwürdigen, mit gelben Flechten bewachsenen Mauern. Jede Menge *old money*, wie Arabella es nannte, eingebettet in die *jeunesse dorée* der Jahreszeiten.

»Was denn, Tante Arabella?« Ophélies gelangweiltes Stöhnen war nicht nur dem Gewicht geschuldet, das sie mit sich herumschleppte, sondern auch ihrer Unfähigkeit, sich für irgendetwas anderes als Geschäfte zu interessieren.

»Na, das hier.« Arabella breitete die Arme aus, als wolle sie einen Segen spenden oder empfangen. »Der Atem Frankreichs.«

»Du lieber Himmel.« Ophélie rollte mit den Augen. »Es hat Mundgeruch, dein Frankreich. Riechst du das nicht? Irgendwo sind hier Kühe. Erbärmlich.«

»Wozu lebst du in einem Landschloss, wenn du das Landleben verabscheust?«

»Man muss Französin sein, um das zu verstehen.«

»Du bist keine Französin.«

»Aber ich bin mit zwei Franzosen verheiratet. Der eine ist mein Mann, der andere mein Betrieb. Das ist mein Leben, Tante Arabella.«

Zu oft hatten sie schon darüber diskutiert, als dass es Arabella auf einen neuen Versuch hätte ankommen lassen. Sie war beinahe die einzige Bewohnerin von Schloss Villeny, die sich für das Anwesen und die Umgebung interessierte.

Der Rest der Spaziergänger schloss nur langsam zu ihnen auf. Wie üblich waren sie weit zurückgefallen, obwohl sie zwanzig, dreißig und sogar fünfzig Jahre jünger waren als Arabella. Ophélie war noch die Tapferste unter ihnen, aber auch nur, weil sie sich als Königin verstand. In gewisser Hinsicht war sie das auch. Arabella selbst sowie Elise und Isaac waren Flüchtlinge, Exilierte, die vor Jahren in Villeny Unterschlupf gefunden hatten. Nicht, dass dies Ophélie Umstände bereiten würde, im Gegenteil, sie genoss es, die Patronin zu sein.

Edmond trudelte als Nächster ein. Ophélies Mann war gesund und schlank genug, um Arabella locker zu überholen, doch wäre das mit Anstrengung verbunden gewesen, ein Wort, dessen bloße Existenz ihm zuwider war. Auf den wöchentlichen Spaziergang ließ er sich überhaupt nur ein, weil es in seinen Kreisen zum Status gehörte zu promenieren. Den Stock, mit dem er dabei durch die Gegend fuchtelte, trug er aus demselben Grund bei sich.

»Da drüben sehe ich das Haus der Roussets. Und das Weingut Chestain, dort oben, gleich hinter den Bäumen.«

Edmond de Fleury hatte gewiss schon die Hälfte aller Villen beiderseits der Loire einmal aufgesucht, entweder auf ein Glas Sauvignon, eine Tasse Schokolade oder ein Tête-à-Tête. Er war der Inbegriff eines Franzosen am Ende seiner mittleren Jahre – immerzu jagte er Kunstobjekten, Einladungen und Weiberröcken hinterher. Der Form halber »König«, also Schlossherr von Villeny und Mitbegründer der Manufaktur Blancbourg, eines Ablegers von Blankenburg, überließ er das Regieren und die damit verbundenen Mühen und Gemeinheiten seiner Frau.

Alles, was hinter ihm kam – ebenso das, was fehlte –, war eine Tragödie.

Elise lebte mit Isaac seit nunmehr fast vier Jahren bei ihrer älteren Schwester in Villeny, wo sie um acht Jahre gealtert war. Ihre ergrauenden Haare waren nicht nur die Folge der entsetzlichen Gewalt, deren Zeugin sie in der Villa Vanora geworden war, sondern auch der zerbrechlichen Gesundheit ihres Mannes. Isaac konnte den Tod seines Sohnes nicht verwinden. Wie auch? Nach zwei Jahren, in denen Esra in Lagerhaft gewesen war, hatten sich die beiden endlich wieder in die Arme schließen dürfen, und dann knallte die Gestapo ihn vor den Augen seines Vaters ab wie einen tollwütigen Hund. Das hätte jeden mitten ins Herz getroffen, und Isaac war zu sehr Gefühlsmensch, um sich gegen seine Emotionen zur Wehr setzen zu können.

Elise verschlimmerte ihren eigenen Zustand zusätzlich durch Untätigkeit. Arabella lag ihr vergeblich in den Ohren, sie beim Sammeln von Trödel zu unterstützen, der versteigert und mit dessen Erlös die französischen Kriegsvorbereitungen unterstützt werden sollten. Auch bei der Erziehung von Marie zu einer Dame hätte Arabella Unterstützung gebrauchen können …

»Wo ist deine Tochter denn nun schon wieder abgeblieben?«, fragte Arabella. »Wie vom Erdboden verschluckt ist sie.«

Ophélie hatte es aufgegeben, ihrem jüngsten Kind Manieren beizubringen. »Sie wird irgendwo ein Schlammloch gefunden haben oder einen Stein zum Umdrehen.«

Marie war inzwischen im heiratsfähigen Alter, doch schämten sich ihre Eltern, sie ins Spiel zu bringen. Als sie ein paar Minuten später aus dem Wald kam, konnte ein jeder sehen, warum. Mägde durften fleckige Röcke und zerzauste Haare haben, bei Bräuten mit Adelsprädikat war das hingegen nicht so gerne gesehen.

Arabella stierte auf Maries blaue Wildlederstiefel, an denen dicke Schlammkrusten in dreierlei braunen Farbnuancen klebten.

»Also hatte deine Mutter Recht, ja? Tatsächlich ein Schlammloch.«

»Nein, Großtante Arabella, ein Stein, genauer gesagt ein halbes Dutzend. Es soll hier in der Nähe unentdeckte keltische Hünengräber geben.«

Ophélie seufzte: »Hünengräber, hoffnungslos.«

Die Familie stellte sich darauf ein, dass Marie entweder eine alte Jungfer werden oder einen Beruf ergreifen würde, vermutlich Archäologin. Ophélies und Edmonds Meinungen darüber, welche Option die schlimmere wäre, gingen auseinander.

Arabella hatte als Großtante genügend Distanz, um in Maries ungewöhnlicher Neigung zu allem, was dreckig machte, auch etwas Positives zu sehen. Etwa, dass es Männer mit derselben Neigung gab und sich Maries Chancen auf eine Liebesheirat dadurch erhöhten. Doch auch Archäologen legten bei ihren Ehefrauen Wert darauf, dass sie nicht fluchten wie Kneipenschläger und aßen wie Holzfäller.

Zurück im Chateau, schichtete Marie beim Kaffee gleich vier Eclairs auf ihren Teller.

»Das sind zu viele.«

Der Einwand konnte nur von Arabella kommen, denn Maries Mutter aß meist das Doppelte, und Edmond hatte grundsätzlich keine Einwände gegen etwas, das keine Arbeit verursachte.

»Mama isst viel mehr als ich.«

»Aber sie nimmt sich ein Eclair nach dem anderen.«

»Ist doch viel praktischer, so, wie ich es mache.«

»Es wäre auch praktischer, das gesamte Diner zu einem Brei einzukochen und in einem Suppenteller zu servieren. Damit ließe sich viel Zeit sparen. Und, macht das jemand?«

Nach einem Moment des Überlegens ballte Marie die Hand zur Faust und zerschlug ihre Eclairs, deren Krümel sie danach in die Kaffeetasse bröselte, um einen großen Schluck daraus zu nehmen.

»Ja, ich, verdammt noch mal.«

Alle am Tisch hielten inne. Arabella und Marie sahen sich mit ernster Miene an, bis Arabella in Gelächter ausbrach und gleich darauf auch ihre Großnichte.

Ophélie schüttelte den Kopf. »Hoffnungslos.«

Arabella tupfte sich mit der Serviette die Lippen trocken. »Nun komm schon, Ophélie. Gib zu, das war wirklich lustig, und wir mussten alle dringend mal wieder lachen. Denn in letzter Zeit … Es ist recht einsam hier. Ich muss ehrlich gestehen, dass mir deine Söhne fehlen, und das ist eine geradezu schockierende Erkenntnis, die zu akzeptieren mir reichlich schwerfällt. Dennoch trifft sie zu.«

Damian hatte ein Sportstipendium in Paris erhalten, das er begeistert wahrnahm, und Maxim, sein wenige Minuten jüngerer Zwillingsbruder, studierte weiterhin ohne große Begeisterung Jura in Orléans, wobei er sich höchstens einmal im Monat im Chateau seiner Eltern blicken ließ. Edmond las entweder Zeitung oder war irgendwo eingeladen, Ophélie verbrachte sechs Tage in der Woche in der Manufaktur Blancbourg, und was Marie anging, scheute Arabella davor zurück, der jungen Frau die ständige Gegenwart ihrer nörgelnden Großtante aufzunötigen. Arabellas natürliche Gesellschaft wären ihr Neffe Isaac und ihre Nichte Elise gewesen, die sich jedoch immer häufiger in ihr Schneckenhaus zurückzogen, und zwar beinahe im wahrsten Sinne des Wortes. Schließlich verließen sie ihr Zimmer meist nur noch zu den Mahlzeiten. Auch jetzt fehlten sie, wie so oft.

Marie rülpste.

Ein strenger Blick von Arabella. »Das war nicht lustig.«

Maries Antwort war ein Schulterzucken. Die Tage, an denen die Neunzehnjährige bewusst provozierte, nahmen zu, und es dauerte gewiss nicht mehr lange, bis sie in Hosen oder rauchend bei Tisch erschien. Oder beides.

In einem Zug trank das Mädchen die mit eingeweichten Eclairs gefüllte Kaffeetasse leer und wischte mit dem Handrücken über Mund und Kinn. Ohne ein weiteres Wort rannte sie nach draußen, zweifellos, um einen Teil des Gartens umzugraben oder im Froschteich nach Überresten altrömischer Besiedelung zu forschen.

»Sie ist zu alt, um sie in ihr Zimmer einzuschließen«, seufzte Ophélie. Ihr erzieherischer Instrumentenkasten war bescheiden und altmodisch ausgestattet. »Das Einzige, was ihr helfen könnte, wäre ein Mann, in den sie sich verliebt. Das Dumme ist nur, dass alle Männer, für die sie sich benehmen würde, selbst über so gut wie kein Benehmen verfügen. Und von denen, die es haben, ist nun mal keiner bereit, jemanden ohne zu ehelichen. Wahrlich ein schweres Dilemma.«

Was Marie betraf, hatte Arabella kein Rezept zur Hand. Anders verhielt es sich mit Elise.

Arabella schenkte sich Tee nach, schob die Tasse dann jedoch wie eine Geschmacklosigkeit von sich weg. »Ich möchte mit dir über deine Schwester sprechen. Wir müssen etwas tun. So kann es nicht weitergehen.«

»Bedanke dich bei deinem deutschen Zögling, der unsere halbe Verwandtschaft abgemurkst hat«, erwiderte Ophélie bitter.

»Wenn er sie hätte umbringen wollen, hätte er das im Zuchthaus einfacher tun können.«

»Außerdem bestiehlt er mich. Die Gewinne von Blankenburg sind rapide gesunken, und ich bin aus der Ferne nicht in der Lage herauszufinden, welches fiese Spiel er mit mir treibt.«

»Wir sind schon wieder dabei, das Thema zu wechseln«, mahnte Arabella. »Es geht nicht um Tankred, sondern um Elise. Sie scheint mir nur aus Solidarität den Kopf hängen zu lassen. Esra hat ihr damals nur Kummer bereitet, genau wie mir, und mit Chen Lu ist sie nie wirklich warm geworden, wie keiner von uns. Gewiss, da war der Schock, den das Ereignis bei ihr auslöste … Das Einfachste wäre natürlich, Isaac aus seiner Gemütskrankheit zu holen, doch ich habe drei Jahre lang alles versucht, von Kuraufenthalten bis hin zu Sitzungen bei einem Rabbiner, und nichts hat seinen Zustand auch nur halbwegs verbessert.«

Ophélie nahm sich ein Eclair, das sie sezierte wie ein Coq au vin, während Edmond das Feuilleton aufschlug.

Allmählich riss Arabella der Geduldsfaden. »Vielleicht möchte jemand etwas dazu sagen, damit ich weiß, dass ich dieses Gespräch nicht nur träume.«

Ophélie schob sich eine große Gabel des süßen Gebäcks in den Mund und schmatzte. »Ich weiß nicht, was ich da tun könnte, Tante. Mit Elise ist darüber nicht zu reden. Ich habe ihr eine Arbeit bei Blancbourg angeboten, etwas Einfaches, aber sie hat abgelehnt.«

»Mit Blancbourg verbindet sie nichts, das ist ganz allein dein Kind. Sie muss wieder bei Blankenburg einsteigen, und zwar in einer verantwortungsvollen Position. Sie braucht eine echte Aufgabe.«

Nach der Tragödie von 1936 waren Elise und Isaac sofort nach Frankreich ausgewandert, eher geflohen. Sie hatten nur noch Esra beerdigt und die Wohnung in Bad Homburg verkauft. Seither war kein Mitglied der Familie mehr in Deutschland gewesen, um in der Manufaktur nach dem Rechten zu sehen. Tankred führte sie de jure als stellvertretender und de facto als alleiniger Geschäftsführer. Arabella hatte Ophélie mit Mühe davon abbringen können, ihn zu entlassen, da dies bedeutet hätte, einen Fremden an die Spitze des Unternehmens zu setzen. Und das wäre aller Wahrscheinlichkeit nach ein Nazi gewesen, denn kaum ein Ausländer wollte noch im Deutschen Reich arbeiten.

»Dazu müsste meine Schwester bereit sein, nach Deutschland zurückzukehren, und das nach all diesen, gelinde gesagt, verstörenden Erlebnissen. Sie müsste ihren Mann zurücklassen, vielleicht sogar ihr Kind. Ich sehe nicht, dass es dazu kommt.«

»Wenn der Anreiz groß genug ist …«

Ophélie vertilgte den Rest des Eclairs und nahm sich ein weiteres. »Anreiz … dass ich nicht lache. Sie bekäme es mit den beiden Minderheitseignern zu tun: ihrem widerlichen Neffen und dessen noch widerlicherem Freund. Sie wäre umgeben von Nazis und Nazi-Symbolen. Und wofür das alles? Für eine Verwaltungstätigkeit. Mich würde das nicht locken, und ich bin deutlich motivierter als Elise.«

»Weil dir Blancbourg gehört. Damit wären wir beim springenden Punkt. Du musst Elise deine Anteile an Blankenburg verkaufen.«

Ophélie, die gerade mit Kaffee nachgespült hatte, verschluckte sich und hustete derart heftig, dass sogar Edmond von seiner Zeitung aufblickte.

»Ich soll … ihr … Blankenburg … verkaufen? Meine … meine Firma?«, würgte Ophélie hervor.

Arabella klopfte ihr auf das Schulterblatt. »Sei mal ehrlich, meine Liebe. Du hängst an Blankenburg nicht in gleicher Weise wie an Blancbourg, und du hast die Firma unserer Vorfahren nur deswegen an dich gerissen, um es deinem toten Vater zu zeigen. Er hat dich schlecht behandelt, und du hast dich quasi post mortem an ihm gerächt. Außerdem könntest du frisches Geld gebrauchen, denn wie ich weiß, planst du zu expandieren.«

Ophélie hatte sich wieder gefasst. »Geld ist ein gutes Stichwort. Elise hat nicht genug davon, um mir einen adäquaten Preis für meine Anteile zu zahlen.«

»Sie alleine nicht, aber sie und ich zusammen schaffen das durchaus.«

Ophélie stutzte. »Gut, dass ich gerade nichts im Mund habe. Du willst …? Du, Tante Arabella?«

»Wieso denn nicht? Ich beobachte seit sechzig Jahren, wie mein Vater, mein Mann und meine Nichten eine Firma leiten. Ich war erst eine Blankenburg, dann eine Löwenkind, also wer wäre prädestinierter als ich, bei Löwenkind & Blankenburg mitzumischen? Wenn ich den Fonds auflöse, den mein Gatte seinerzeit für mich eingerichtet hat, müsste es reichen.«

Ophélie ließ sich mit einem Eclair in der Hand in den Stuhl zurückfallen. »Nun bin ich völlig geplättet. Ich hatte ja keine Ahnung, wie nahe du Elise stehst und dass du alles, was du hast, für sie herzugeben bereit bist.«

Arabella stand auf, nahm den Stock und ging ein paar Schritte über den Marmorboden. Vor einem der Spiegel, die zu beiden Seiten von Kandelabern eingerahmt waren, blieb sie stehen. »Ich tue es nicht nur für Elise«, sagte sie, halb an Ophélie und halb an sich selbst gerichtet. »Ich bin hier … Mein Dasein füllt mich nicht wirklich aus. Und ich habe, wenn ich es genau bedenke, ein wenig Sehnsucht. Meine letzten Lebensjahre wollte ich eigentlich nicht in der Fremde verbringen, und so schön die Loire sein mag, sie ist nicht meine Heimat.«

Arabella bezweifelte, dass ihre Nichte ihre Gefühle teilte. Ophélie hatte alles ausgemerzt, was mit ihrer Herkunft zusammenhing. Deutsch sprach sie nur noch, wenn es gar nicht anders ging, und dann tat sie jedes Mal so, als suche sie nach Vokabeln. Ihren leichten deutschen Akzent hatte sie komplett ausgemerzt. Das Sauerkraut wurde nicht mehr wie früher weichgekocht, sondern bissfest serviert. Die Grüne Soße wurde vom Speiseplan verbannt, die warme deutsche Unterwäsche aus dem Kleiderschrank. Und wäre es nicht mit zu großen Schmerzen verbunden gewesen, hätte sie gewiss auch den Goldzahn auswechseln lassen, den ihr einst ein Frankfurter Zahnarzt eingesetzt hatte.

»Mir war nicht bewusst, dass du Deutschland vermisst. Immerhin hast du zehn Jahre in Amerika zugebracht.«

»Da war ich noch jünger.«

Ophélie runzelte die Stirn. »Ich könnte ab und zu wieder Grüne Soße auf den Menüplan setzen.«

»Ein paar Löffel Soße werden mein Problem nicht lösen und Elises erst recht nicht.«

»Mitten hinein ins Nazi-Reich, das ist doch verrückt.«

»Einige unserer Vorfahren haben schlimmere Dinge auf sich genommen, um das Überleben der Manufaktur zu garantieren. Einer von ihnen hat eigenhändig ein Feuer gelöscht, ganz auf sich allein gestellt, mit nichts als einem Eimer und einer Wasserpumpe. Nur seine Frau hat ihm geholfen.«

Ophélie nahm sich ein weiteres Eclair, das sie jedoch, kaum dass es vor ihr auf dem Teller lag, verschmähte. »Immerhin habe ich hart um mein Erbe gekämpft.«

»Wir wollen fair bleiben, meine Liebe. Die meiste Arbeit haben Elise, Tankred und ich übernommen.«

»Dafür kann ich als Geschäftsfrau bereits einige große Erfolge vorweisen.« Die Geste, die sie mit der

Tasse in der Hand vollführte, reichte über das gesamte Geschirr auf dem Tisch hinweg.

Die Serie hieß *Le jardin secrète* – der geheime Garten – und war tatsächlich ein Triumph. Auf Arabellas Tasse prangte die weltberühmte Madame Pompadour, die Geliebte von Louis XV., auf Ophélies La Belle Ferronière, die Geliebte von François I. Im neuesten Katalog fand sich eigens der Hinweis, dass alle Könige der abgebildeten Mätressen gegen das Deutsche Reich Krieg geführt hatten, was kein Zufall war, sondern pure Mathematik. Immerhin hatten so gut wie alle französischen Könige und Kaiser gegen das Deutsche Reich Krieg geführt.

»Ich bin recht geschickt darin, neue Geschäftsbeziehungen aufzutun«, erläuterte Arabella. »Elise ist ein Zahlenmensch und könnte darüber hinaus an den neuen Entwürfen mitarbeiten. Und für Tankred finden wir schon etwas. Damit könnten wir fünf Fliegen mit einer Klappe schlagen. Elise und ich hätten eine Aufgabe, wir könnten herausfinden, was es mit den sinkenden Gewinnen auf sich hat, Tankred wäre besser unter Kontrolle, du wärst die Sorgen um Blankenburg los und könntest dich ganz auf Blancbourg konzentrieren.«

Mit einem Ruck, den man ihr kaum zugetraut hätte, stand Ophélie auf und ging ein paar Schritte zu der Vitrine in der Mitte des Raumes, wo das Opus 1 der Manufaktur Blankenburg, die im Jahr 1768 gefertigte Karolinenblume, auf einem roten Samtkissen ruhte: ein stricknadeldicker, etwa sechzig Zentimeter langer, gewundener Stiel im vornehmsten Eierschalenweiß, von dem sich fünf sattgrüne Blätter abzweigten, die in einen Blütenkopf mündeten – so schön und filigran wie eine kostbare Brosche. Die zwanzig Blüten des halbrunden Kopfes, alles winzige Edelsteine, schimmerten weiß und rosa, wie die natürliche, in tropischen Zonen beheimatete Blume.

Ihr identisches Gegenstück, die *Fleur de Louis*, mit der man sich einst Zugang zum Versailler Hof erschmeicheln wollte, war in den Revolutionswirren nach 1789 zerstört worden.

Die Karolinenblume war, so lange Arabella zurückdenken konnte, in einer Vitrine in der Villa Vanora ausgestellt gewesen, dann jedoch zum Streitobjekt zwischen Ophélie, Elise und Tankred geworden. Die drei hatten das gute Stück voreinander versteckt, es zu entführen versucht, sich gegenseitig erpresst, verhandelt … Ophélie hatte sie zunächst in der Manufaktur Blancbourg ausgestellt, nur wenige Kilometer von Villeny entfernt, und sie dann ins Chateau geholt, wo sie vom Atrium in die Bibliothek, von dort in den Salon und weiter in die *salle à manger* gewandert war, damit die Familie sie, wie Ophélie sagte, mindestens dreimal am Tag um sich habe. Viel Lärm um etwas, das beim geringsten Niesen auseinanderzubrechen drohte.

Dass Ophélie die Blume jedoch wie Kronjuwelen behandelte, sagte alles.

»Du verlangst sehr viel, Tante.«

Arabella verzog keine Miene. »Nur, weil ich weiß, dass du die Größe besitzt, dieses Verlangen zu erfüllen.«

»Versuchst du es etwa gerade mit Schmeicheleien?«

»Du hast deine Talente, Ophélie. Dein Vater war oft gemein zu dir, und die anderen Kinder haben dich wegen deines fehlenden Auges gehänselt. Du hast harte Zeiten überstanden und es trotzdem bis hierher geschafft, als Unternehmerin, Mutter, Schlossbesitzerin … Deine Schwester hatte es vermeintlich leichter als du, doch musste sie gerade deswegen selten Widerstände überwinden. Nun sieh sie dir an. Ihr Mann ist schwermütig, ihre Tochter meldet sich so gut wie nie, und sie selbst hat die wichtigsten Kämpfe in ihrem Leben verloren. Versage ihr nicht diese Chance, nur weil sie dir vor fast vierzig Jahren ein Auge ausgestochen hat.«

»Das hat nichts damit zu tun.«

»Wirklich nicht?«

Ophélie machte eine abwehrende Geste. »Ach, das ist sowieso alles müßig. Du bekommst sie ohnehin nicht dazu, mit dir nach Deutschland zu gehen.«

»Und wenn doch?«

Ophélie lächelte und nahm wieder Platz. Plötzlich verspürte sie erneut Appetit und ließ ein großes Stück Eclair auf der Zunge zergehen.

»Eine Wette? Also gut, wenn du es schaffst, Elise zu überzeugen, verkaufe ich euch Blankenburg. Aber wenn nicht, will ich nie wieder etwas davon hören, und du bekommst nichts als ein paar Löffel Grüne Soße dann und wann.«

»Einverstanden.«

Genüsslich vertilgte sie die letzten Krümel des Gebäcks. »Gut, ich spreche schon mal mit der Köchin.«

Dass Menschen bisweilen zu ihrem Glück gezwungen werden mussten, war nichts Neues für Arabella. Ihrer Erfahrung nach verharrten die meisten lieber in dem Elend, das sie kannten, als ein Wagnis einzugehen, das sie nicht zu kalkulieren vermochten. Und sie bildete sich nicht ein, Elise aus eigener Kraft dazu überreden zu können. Natürlich dachte sie kurz daran, auf ihre Großnichte zurückzugreifen, doch sie glaubte nicht, dass Emma, selbst wenn sie ihre Pläne unterstützen sollte, über genug Einfluss auf ihre Mutter verfügte. Mit Isaac war ebenfalls nicht zu rechnen, und so gab es nur eine Person, an die Arabella sich wenden konnte. Und zu der ging sie nun mit entschlossenen Schritten.

»Was machen Sie denn hier?«, fragte Biene, als sie auf Arabellas Klopfen hin die Tür ihres Dienstbotenzimmers unterm Dach öffnete.

»Überleben«, erwiderte Arabella schwer atmend. »Darf ich mich setzen?«

Biene räumte ein paar Kleider vom Stuhl. Sonst gab es in dem Zimmer nur ein Bett, dem man ansah, dass es bei jeder Bewegung knarrte, einen wurmstichigen Schrank, eine Kommode mit Waschschüssel und zwei Gaslampen. Das einzige Fenster war so klein, dass die korpulente Bewohnerin nicht hindurchgepasst hätte.

»Ja, so lebe ich«, deutete Biene Arabellas Blick richtig. »In der Villa Vanora hatte ich ein dreimal so großes Zimmer. Scheint hier aber der Normalzustand zu sein. Kein Wunder, dass es in Frankreich so viele Revolutionen gibt.«

Arabella trank einen Schluck von dem Wasser, das Biene ihr angeboten hatte.

»Ich denke, daran könnte man etwas ändern.«

»Lassen Sie nur, gnädige Frau, mir geht's gut, alles in allem. Ich habe nie viel Platz gebraucht.«

Die einzigen Fotos, die an der Wand hingen, zeigten Emma, Elise und Noah sowie eine Frau, die Arabella unbekannt war. Sie sah hübsch aus, aber auch ein bisschen müde und traurig.

»Ihre Schwester?«, fragte sie und deutete auf das Bild.

»Eine gute Freundin.«

»Im Hintergrund erkenne ich den Tiergarten in Berlin.«

»Ja, Paula hat ihn geliebt …«

Je länger sie das Bild betrachtete, umso mehr verstärkte sich Arabellas Eindruck, die Frau irgendwo schon einmal gesehen zu haben, ebenfalls auf einem Foto.

»In einer halben Stunde wecke ich Noah aus seinem Mittagsschlaf. Wenn Sie also bitte zur Sache kommen möchten, gnädige Frau.«

Arabella stellte das Wasserglas ab. »Vielleicht erinnern Sie sich an das Gespräch, das wir vor einigen Jahren in einem Zugabteil geführt haben. Sie meinten damals sinngemäß, Elise brauche ihre Ruhe und sei nicht für aufwühlende Tätigkeiten geschaffen.«

»Ja, so war es.«

»Mich würde interessieren, wie Sie heute darüber denken.«

Biene senkte den Kopf, spielte mit ihren Fingern und ließ sich schließlich langsam auf das Bett nieder, das wie angenommen laut ächzte.

»Was erwarten Sie von mir?«, fragte Biene ohne Vorwurf oder Ungeduld in der Stimme.

»Meiner Nichte geht es schlecht, Biene«, sagte Arabella und benutzte zum ersten Mal den Kosenamen des Hausmädchens. »Wir müssen ihr helfen.«

Dann schilderte sie ihrem Gegenüber, was sie vorhatte, und bemerkte in dieser Zeit keinerlei Reaktion in Bienes Mienenspiel, weshalb sie nicht einzuschätzen vermochte, wie diese darüber dachte.

»Zurück ins Nazi-Land?«, fragte Biene.

»Ich weiß, was Sie meinen. Ophélie hatte dieselben Bedenken. Doch haben Elise und ich dort nichts zu befürchten.«

»Tankred haben Sie zu fürchten. Er hat seine Tante noch jedes Mal in die Pfanne gehauen. Sie unterschätzen ihn und fallen auf seinen diabolischen Charme herein, wie so viele Frauen vor Ihnen.«

Das war eine gewagte, beinahe verbitterte Aussage, sehr ungewöhnlich für eine Dienstbotin. Ein flüchtiger Blick Bienes streifte das Foto an der Wand, das die Frau im Tiergarten zeigte. Plötzlich erinnerte Arabella sich wieder, wo sie das Bild schon einmal gesehen hatte: drei Jahre zuvor in der Villa Vanora, als sie schon Tankred gehörte. Er war ebenfalls darauf abgebildet, ein kleiner Junge neben seiner Mutter …

»Hier ist meine Herrin in Sicherheit«, resümierte Biene.

»Vögel im goldenen Käfig sind das gemeinhin. Sie leben freudlos und sterben früh.«

Biene erhob sich, ging zur Tür und öffnete sie einen Spalt breit. »Alles ist besser, als eine weitere Schlacht auf verlorenem Posten zu schlagen. Das wäre ihr Ruin.«

»Wer kämpft, kann verlieren. Wer nicht kämpft, hat schon verloren. Dieses Siechtum ist Elises Ruin.«

Biene öffnete die Tür ein Stück weiter. »Darüber gehen unsere Meinungen auseinander, gnädige Frau.«

Arabella seufzte und erhob sich, gestützt auf ihren Stock. »Schade. Wirklich sehr schade. Somit hat Tankred ein weiteres Mal gewonnen.«

Sie stand schon halb im Flur, als Biene fragte: »Was meinen Sie damit?«

»Nun denn, mein Großneffe hat inzwischen fast unbeschränkte Kontrolle über Löwenkind & Blankenburg, daher wird Ophélie ihre Anteile wohl schon bald an Tankred verkaufen.«

»Was? Das ist ja …«

»Unter Wert, vermutlich. Ich würde es liebend gerne verhindern und meinen Großneffen in seine Schranken weisen. Ich weiß, ich kann es schaffen, aber dafür brauche ich Elises Expertise. Tja, letztendlich wird er nun doch triumphieren. Nach allem, was ich höre, steht der Champagner bereits auf Eis. Entschuldigen Sie die Störung, meine Liebe. Es wird nicht mehr vorkommen.«

Arabella stieg die Treppe hinab, und erst, als sie außer Sichtweite von Biene war, gestattete sie sich ein Schmunzeln.

An manchen Tagen war Elise einfach alles zu viel. Selbst die Luft erhielt ein Gewicht, das sie daran hinderte, umherzugehen oder zu sprechen. Wenn der kleine Noah seinen Garten pflegte – ein kleines Eck im großen Park von Villeny –, wenn er mit einem Mini-Rechen und einem Mini-Eimer in seinen Stiefelchen herumlief, hätte sie lachen und sich zu ihm gesellen mögen, um eine Sandburg zu bauen oder einen Kuchen aus Erde zu formen. In seinem Matrosenanzug sah er so niedlich aus. Eine Einladung zum Knuddeln. Ab und an brachte sie es auch fertig, doch die sich eintrübende gesamtpolitische Lage schlug ihr zusätzlich aufs Gemüt, und die Gelegenheiten nahmen ab, zu denen sie noch die Mutter sein konnte, die sie sein wollte.

Zum Glück war Biene immer da. Sie machte ihre Sache so gut, dass Noah sich mit den meisten Fragen an sie wandte, statt an Elise, selbst wenn sie bei ihm war. Noah war das, was man ein unkompliziertes Kind nennt, mit einem sonnigen Gemüt und einem gewinnenden Charme. Im Handumdrehen steckte er jeden in die Tasche. Der Dreijährige verzauberte die Menschen, gerade so, als wolle er in allem, was er tat, das Gegenteil seiner Eltern sein.

»Er ist lieb zu mir, aber er sehnt sich nach Ihnen, gnädige Frau«, sagte Biene mit warmer Stimme.

Elise und Biene saßen auf einer weißen, geschwungenen Metallbank am Rande von Sansibar. So nannte Noah sein Paradies, weil er das Wort so schön fand. Im riesigen Park von Villeny mit seinen unermesslichen Grünflächen, den alten Eichen und Buchen, den verwitterten Brunnen und Statuen hatte er eine Ecke bekommen, in der er nach Herzenslust spielen und gärtnern durfte, ohne Rücksicht auf historische Rosenstöcke und penibel gepflegte Rasenflächen nehmen zu müssen. Er streute Samen, wühlte im Boden, sammelte Schnecken ein und setzte sie ein paar Meter weiter auf einem Haufen Grasschnitt wieder aus, so wie gestern, den Tag davor und gewiss auch am morgigen Tag, jedes Mal dieselben Schnecken.

»Das muss dir nicht unangenehm sein, Biene. Ich bin froh, dass er dich so gernhat.«

»Er will sie auch gernhaben … und seinen Vater.« Biene gab ein Grollen von sich. »So habe ich das nicht gemeint. Er hat sie ja gern. Aber … Was ist nur los, gnädige Frau?«

»Du musst mich doch bloß ansehen und weißt, was los ist.«

Biene war ein Phänomen. Als sie dreißig Jahre alt

war, hatte sie ausgesehen wie vierzig, was an ihrer Schwerfälligkeit lag und an den dicken Backen, die von unten gegen die Augen drückten. Als Biene vierzig war, hatte sie noch genauso ausgesehen, und nun, mit Ende fünfzig, wirkte sie jünger als ihre zehn Jahre jüngere Dienstherrin, obwohl sie ihre kräftige Statur beibehalten hatte. Seit sie in Villeny lebte, waren Elises Haare von Schwarz zu Grau changiert, nur vereinzelt trotzte eine Strähne dem unfreiwilligen Wechsel. Auch war sie dünner geworden, fast ein bisschen hager, und sie hatte Mühe, sich gerade zu halten.

»Ich gebe einen Fliegenschiss drauf, wie Sie aussehen. Entschuldigung, ich weiß, ich sollte gewählter sprechen, wir leben immerhin in einem Schloss, nicht wahr? Sogar in einem Chateau. Ihre Schwester ist ganz schön etepetete geworden, gnädige Frau, und Sie sind ganz schön … zahm und müde geworden. So, das musste mal gesagt werden.«

»War ich je anders?«

»Als Sie zum zweiten Mal geheiratet haben, war das gegen große Widerstände. Sie haben Ihren Neffen in der Manufaktur auf Normalmaß zurechtgestutzt und für die Freiheit Ihrer Tochter und Ihres Mannes gekämpft …«

»… und alle Kämpfe verloren, auf die eine oder andere Weise«, ergänzte Elise. Sie klang erschöpft.

»Ich gebe zu, Sie haben Schlimmes erlebt …«

Elise unterbrach sie. »Nein, das ist es nicht. Das dachte ich anfangs zwar auch, aber … Nein, so schrecklich es war mitanzusehen, wie dieser Polizist Esra und Chen Lu erschossen hat, wie Isaac sich danach verändert hat, wie mir und ihm nach und nach das Familienerbe abhandengekommen ist, wie wir zu Flüchtlingen verkommen sind. Nein, Biene, all das sind nur die Symptome, die Folgen der Krankheit, die mich wirklich niederdrückt.«

»Hat sie einen Namen?«

Noah kam angerannt und verschenkte das erste selbst gezogene Blümchen von Sansibar an Biene. Gleich darauf erhielt sie einen Kuss, nachdem er auf ihren Schoß gekrabbelt war.

»Und die Mama, kriegt die auch ein Blümlein und ein *bisou*?«

»Nein.« Er verschränkte die Arme vor der kleinen Brust, fest entschlossen, seine Weigerung durchzustehen. Nachdem er einen bösen Blick abgeschickt hatte, besann er sich jedoch so schnell eines anderen, wie es nur Kinder hinbekommen. »Na gut.« Er lief los und kehrte mit einer Schnecke zurück. »Die ist hübscher als die anderen, die braunen. Eine Zebraschnecke.«

Das Tier hatte tatsächlich eine Musterung, die an ein Zebra erinnerte, und Elise lächelte.

»Danke schön. Welchen Namen geben wir ihr?«

Noah wandte sich wortlos ab und kümmerte sich weiter um sein Gärtchen.

Elise zerriss es das Herz, und doch war sie außer Stande, ihre Müdigkeit zu bezwingen, um die Gunst ihres Sohnes zu erringen. Sie fand sich damit ab, wie es war. Sie betrachtete die Schnecke, die über ihre Handfläche kroch. »Ekel.«

»So wollen Sie das arme Tier nennen? Noah wird nicht einverstanden sein.«

»Die Krankheit, Biene, die Krankheit. Die Schnecke nennen wir Fridolin.« Sie setzte das Tier vorsichtig ins Gras und wischte ihre Handfläche mit einem Tuch ab.

»Was die Nazis aus dem Land gemacht haben, in dem ich mich einmal wohlgefühlt habe, und erst recht aus meinem Mann, dessen Güte und Humor seinesgleichen suchten, ekelt mich an. Am schlimmsten ist, dass ich manchmal glaube, die ganze Welt könnte so werden und Deutschland sei nur der Anfang.«

Noah hatte sich mit einem Rotkehlchen angefreundet, das um ihn herumhüpfte. Er warf ihm kleine Käfer zu, die das Vögelchen dankbar aufpickte. Alles hätte so schön sein können …

Biene bedachte Elise mit einem strengen Blick, wie nur sie es konnte. Ihre dunklen Augenbrauen wirkten dadurch doppelt so groß. »Ich bin eine ganz einfache Person. Über solche Dinge wie Sie zerbreche ich mir nicht den Kopf. Ich sorge mich um saubere Wäsche, ein anständiges Essen und um frische Luft im Schlafzimmer. Würde ich darüber nachdenken, welchen Sinn es hat, dass ich jeden Tag anderer Leute Kleider wasche, anderer Leute Fenster putze und so weiter, ginge es mir nach ein paar Wochen wie Ihnen.«

Elise sah sie überrascht an. »Das ist etwas völlig anderes, Biene.«

»Ach ja? Sie haben Aufgaben zu erledigen, wie jeder von uns, aber Sie lassen sie unerledigt. Wenn Sie dabei wenigstens Ihr Vergnügen hätten, wie der Mann Ihrer Schwester, würde ich gar nichts sagen. Aber Sie sind zu einem schrecklichen Trauerkloß geworden. Tut mir leid, das musste mal raus.«

»Ach, Biene …«

»Sehen Sie, da haben Sie es. Ihr Hausmädchen scheißt Sie zusammen, Verzeihung, putzt Sie herunter, und nicht einmal dagegen wehren Sie sich. Die Nazis haben

Ihnen die Villa weggenommen, Ihren Bruder, dessen Frau, Ihren Stiefsohn, sie haben Ihren Mann gedemütigt, und nicht zuletzt haben Sie die Verbindung zur Manufaktur verloren. Und alles, was Sie dazu sagen ist ›Ach‹ und ›Ekel‹. Anstatt sich Namen für Ihre Krankheit auszudenken und in einem fort zu seufzen, sollten Sie vielleicht endlich mal etwas tun.«

Elise erhob sich ohne ein Wort und entfernte sich ein paar Schritte. Von dort, wo sie stand, konnte sie den halben Park überblicken, dessen Grün jetzt im Mai gesprenkelt war von Wiesenblumen und blühenden Büschen. Das alles atmete Frieden und Wohlstand, doch war es nicht ihr Frieden, nicht ihr Wohlstand. Sie war hier nur Gast, eine gescheiterte Exilantin.

Biene tauchte nach wenigen Augenblicken neben ihr auf.

»Lass gut sein, Biene. Ich möchte nicht mehr darüber sprechen.«

»Gerade deswegen bin ich noch nicht fertig.«

Elises Ton verschärfte sich. »Ich sagte, lass gut sein!«

»Haben Sie eigentlich mal daran gedacht, wie es Noah eines Tages ergehen wird, wenn nichts mehr übrig ist vom Erbe seiner Vorfahren?«

»Was fällt dir ein, Biene? Für meinen Sohn ist gesorgt.«

Elise schritt ausladend über den Rasen. Biene hinterher, wobei sie Mühe hatte, zu ihrer Herrin aufzuschließen.

»Pah, mit Geld. Noah ist ein Blankenburg und ein Löwenkind, er ist Nachfahre von zwei Porzellandynastien und soll mit einem gefüllten Bankkonto abgespeist werden? Vielleicht interessiert er sich eines Tages für das Geschäft, vielleicht will er den Kampf gegen seinen Cousin aufnehmen. Nur wie soll das gehen, wenn seine Eltern vorher schon alle Waffen gestreckt haben?«

Biene keuchte, da sie kaum noch mithalten konnte.

»Dann wird er sich an seine Tante halten müssen«, sagte Elise.

Biene, völlig außer Atem, blieb stehen und rief: »Ophélie will alle Anteile an der deutschen Manufaktur an Tankred verkaufen.«

Elise wandte sich abrupt um. Bisher hatte sie der Verlust ihres eigenen Anteils an Löwenkind & Blankenburg zwar geschmerzt, aber nicht im Übermaß. Es gab andere Dinge, die ihr mehr abverlangten, und sie tröstete sich damit, dass Ophélie Noah eines Tages, wenn er erwachsen war, in irgendeiner Weise teilhaben lassen würde am Erbe seiner Vorfahren. Von Tankred war dergleichen kaum zu erwarten. Einmal unter seiner vollständigen Kontrolle, würde er die Firma gewiss nie wieder hergeben.

»Woher weißt du das?«, fragte Elise mit zitternder Stimme.

Biene schnaufte ein paarmal, bevor sie antworten konnte: »Ist doch egal. Ich weiß es eben.«

»Wieso … wieso tut meine Schwester das?«

»Haben Sie nicht gemerkt, dass Ihre Schwester alles Deutsche aus ihrem Leben verbannt hat? Das Essen, die Sprache … Wieso nicht auch die Manufaktur? Ihr größter Spaß bestand darin, die Firma in die Finger zu bekommen, und jetzt, da sie es geschafft hat, ist sie davon gelangweilt.«

»Aber sie … Ophélie kann Tankred nicht ausstehen.«

»Na und? Es ist doch sonst keiner da, der sich um

Blankenburg kümmert. Weder Sie noch Ihr Mann noch Ihre Tochter. Tankred ist der Einzige, und Ihre Schwester will das Spielzeug nicht mehr haben.«

Elise warf einen Blick zu Noah, der Ameisen und Käfer in einem kleinen Eimer sammelte, und dann einen zum Chateau, wo Isaac gerade Mittagsschlaf hielt.

Biene erriet ihre Gedanken. »Ihr Sohn, gnädige Frau, wünscht sich eine Mutter, die für seine Rechte einsteht, eine starke, mutige Frau. Und was Ihren Mann angeht ... wann gestehen Sie sich ein, dass er Sie in einen Strudel zieht?«

»Ich verbiete dir, so von Isaac zu sprechen.«

»Jemand muss es tun. Die anderen trauen sich nicht. Es nennt sich Pietät, wenn man etwas denken, aber nicht aussprechen darf. Und Sie selbst, gnädige Frau, denken es inzwischen auch.«

»Das ist nicht wahr!«

»Ich habe Sie schon vor Ihrer ersten Ehe gekannt, als Sie noch von einem ganz anderen Leben geträumt haben als jenem, das Sie später gelebt haben. Sie waren künstlerisch begabt und vielseitig interessiert, Sie wollten reisen ... Fliegen lernen, haben Sie es genannt. Eine schillernde Libelle. Und dann hat man Ihnen einen Flügel nach dem anderen ausgerissen. Ein Teil von Ihnen wollte jedes Mal davonfliegen, und dann haben Sie es doch wieder geschehen lassen. Ich sage Ihnen hiermit ins Gesicht, dass Sie in stillen Momenten weglaufen wollen aus Ihrem traurigen Dasein an der Seite eines gezeichneten Mannes. Das ist die Wahrheit. So, wenn Sie mich jetzt davonjagen wollen: bitte sehr.« Biene stemmte die Fäuste in die Seiten, beugte sich leicht vornüber und schöpfte Atem.

»Aber Isaac …«, begann Elise. »Ich muss doch … Er braucht mich.«

Biene kam ihr ganz nahe und berührte sie an beiden Schultern. »Gnädige Frau, es ist noch kein Gemütskranker dadurch geheilt worden, dass er andere Leute mit seiner Krankheit ansteckt. Am besten helfen Sie Ihrem Mann dadurch, dass Sie ihm seine Würde zurückgeben. Und was verkörpert seine Würde besser als jene Firma, die über acht Generationen seiner Familie Schatz und Schicksal war?«

Elise ließ sich in Bienes Arme fallen, und so standen sie einige Minuten stumm beieinander.

»Ich hoffe, ihr wisst, was ihr tut.«

Ophélie setzte ihre Unterschrift unter den Kaufvertrag, mit dem sie Arabella und Elise jeweils die Hälfte ihrer Anteile an Löwenkind & Blankenburg abtrat. Arabella konnte sich über die Konditionen nicht beschweren, der Preis war mehr als fair, dennoch kostete er sowohl sie als auch Elise so ziemlich alles, was sie besaßen.

»Natürlich nicht«, erwiderte Arabella, als sie an der Reihe war, den Kauf zu besiegeln. »Das habe ich selten gewusst, meine Liebe, und genau deshalb hatte ich immer viel Spaß im Leben.«

Schwungvoll setzte sie ihren Namen auf das Dokument und übergab den Füllfederhalter an Elise.

»Wir tun das Richtige«, murmelte sie ihrer Nichte zu.

»Was macht dich so sicher?«

»Allein Tankreds Gesicht, wenn wir beide in sein Büro spazieren, ist die Sache wert.«

Zum ersten Mal seit Monaten, wenn nicht seit Jahren,

lachte Elise auf, wenn auch nur kurz. Sie atmete tief durch, dann unterschrieb auch sie.

»Ich muss gestehen, dass mir bei dem Gedanken, wieder deutschen Boden zu betreten, die Knie zittern.«

Sie hatten alle erdenklichen Vorsichtsmaßnahmen ergriffen. Eine Vertragsklausel sicherte Ophélie ein Vorkaufsrecht zu, sodass sich jeglicher Versuch, ob von Tankred oder Himmlers SS, Arabella und Elise zu einem Verkauf zu nötigen, im Keim ersticken ließ. Arabella besaß zudem noch immer den diplomatischen Status, den ihr einst ihre amerikanischen Freunde verschafft hatten, und Elise hatte sich einen französischen Pass besorgt. Nicht zuletzt begleitete sie auf ihrer Reise nach Frankfurt Ophélies Sohn Maxim, der jüngst seinen Abschluss in Jura gemacht und sich ihnen freiwillig – sogar gegen die Bedenken seiner Mutter – als Eskorte angeboten hatte.

»Soso«, sagte Isaac, der der kleinen Zeremonie beiwohnte, an seine Frau gewandt. Er hatte die Hände in den Hosentaschen vergraben und starrte an Elise vorbei. »Du liebst mich also nicht mehr.«

»Wie kannst du nur so etwas sagen«, entgegnete Elise traurig.

»Sonst würdest du mich nicht im Stich lassen. Mich und dein Kind.«

»Ich tue das hier in erster Linie für euch. Um von deinem und Noahs Erbe zu retten, was zu retten ist.«

»Mach mir doch nichts vor. Du hältst es nicht länger aus mit … mit einem wie mir. Einem seelischen Krüppel.«

»Ein wenig tue ich es auch für mich«, sagte sie, wobei eine Spur – wirklich nur ein Hauch – Trotz in ihrer Stimme mitschwang.

Isaac nahm die Veränderung sofort wahr. »Du gibst es also zu.«

»Ich gestehe, dass wir uns seit geraumer Zeit nicht mehr guttun, Isaac. Keiner von uns ist daran schuld, aber ich denke, ein paar Monate Absenz könnten das wieder zurechtrücken.«

»Absenz. Jetzt weiß ich, wer dich beeinflusst hat. Das ist die Sprache unserer Tante. Du hast ihr das eingeflüstert, Arabella.« Er sah sie direkt an. »Schäm dich.«

Obwohl er sich abwandte, gab ihm Arabella einen Kuss auf die Wange, doch als Elise sich in ähnlicher Weise verabschieden wollte, verließ er den Raum. Mit Noah war es leichter, er ließ sich von Elise abküssen, zugleich war es aber auch schwerer, da er sich danach an Bienes Bein klammerte, als wolle er verhindern, von ihr weggeholt zu werden.

»Ich kann das nicht«, murmelte Elise Arabella zu. »Ich kann meine Liebsten nicht zurücklassen.«

»Der erste Schritt ist immer der schwerste, meine Liebe. Doch ohne ihn gibt es keinen zweiten und keinen dritten. Das nennt man dann Stillstand.«

»Das ist auch nur ein Wort.«

»Irrtum, es ist ein Zustand. Verzeih, wenn ich mal kurz derb werde. Aber wenn man bis zu den Knien in der Scheiße steht, ist Stillstand keine gute Idee. Gib uns wenigstens eine Woche in Deutschland, wenn du dann immer noch zurückkehren willst, werde ich dir persönlich ein Zugticket nach Frankreich kaufen.«

Der Anblick der Hallen und Schornsteine der Manufaktur Blankenburg in Bad Homburg zauberte ein Lächeln auf Elises Lippen. Sie hatte unterschätzt, wie sehr ihr dieses Stück Familiengeschichte gefehlt hatte. Letztendlich waren es ja nur Steine und Fenster, und besonders oft hatte sie sich nie dort aufgehalten. Und doch – ihr Vater und ihr erster Mann hatten für die Fabrik gelebt und waren in gewisser Weise auch für sie gestorben. Ihre erste Erinnerung an die Manufaktur war, wie sie im Alter von etwa vier Jahren eine Porzellanpuppe geschenkt bekommen hatte, frisch aus der Fabrikation, auf eben jenem Hof, wo fast ein halbes Jahrhundert später der Fuhrpark seinen Heimathafen hatte.

Die Backsteinfassaden waren allesamt erneuert, die Fugen frisch gestrichen, ebenso die großen Rundbogenfenster im ersten Stock, die den Hallen immer schon einen klerikalen Anflug verliehen hatten. Das Portal, die Lieferfahrzeuge, die Rampen – alles war neu und auf Hochglanz poliert, so als erwarte man kaiserlichen Besuch.

»In New York gibt es *living rooms*, die sind weniger sauber als diese Lagerhäuser«, musste Arabella zugeben.

Auch Elise fand, dass der erste optische Eindruck tadellos war. Das war ihnen bereits in der zweiten Produktionsstätte aufgefallen, bei Löwenkind in Wiesbaden, die sie zuvor besichtigt hatten. Dort stellten die Arbeiter das einfachere Porzellan her. Die edlere Bone-China-Produktion sowie die Geschäftsleitung befanden sich in Bad Homburg.

Maxim schoss diverse Fotos, die Elise Isaac schicken wollte, damit er sehen konnte, dass es seinem »Löwenkind« gut erging. Sie glaubte zwar nicht, dass es ihn trösten würde, aber zumindest fühlte sie sich dann besser.

Empfangen wurden sie von Henriette Deckel, einem

Faktotum der Manufaktur, ähnlich wie Biene ein Faktotum des Privathaushalts war. Sie war zur Produktionsleiterin aufgestiegen, eine Position, die üblicherweise Männern vorbehalten war.

»Schön, Sie zu sehen, Frau Deckel. Wie geht es Ihrem Sohn? Hat Peter die Aufnahmeprüfung für die Hotelfachschule geschafft?«

»Dass Sie sich daran erinnern! Ja, er arbeitet jetzt im *Hotel Augusta*, es geht ihm gut. Der Brief, den Sie vor fünf Jahren geschrieben haben, hat sehr geholfen.«

»Das freut mich. Darf ich Ihnen meine Tante Arabella Löwenkind vorstellen und meinen Neffen Maxim de Fleury?«

»Ich habe schon Ihrer Mutter die Hand geschüttelt, meine Liebe«, sagte Arabella. »Vor über vierzig Jahren war das, fast genau an dieser Stelle.«

»O ja, meine Mutter hat hier gearbeitet, bis sie einundsiebzig war. Ich habe von ihr alles über die Produktion gelernt, vom Mischen über das Brennen bis hin zum Bemalen. Sie ist praktisch mit dem Pinsel in der Hand gestorben. Wenn ich fragen darf … sind Sie gekommen, um den Chef zu besuchen?«

»Wir sind jetzt die Chefs«, korrigierte Arabella. »Genauer gesagt, meine Nichte Elise.«

Die Produktionsleiterin hob überrascht die Brauen. »Davon weiß ich ja gar nichts.«

»Ihr Chef weiß es auch noch nicht, das ist ja der Spaß. Ist er da? Natürlich ist er da. Wo sollte er sonst an einem Mittwochmorgen um elf Uhr sein?«

Henriette Deckels Blick wanderte von der Fertigungshalle hinauf in den Glaskasten, der wie eine Wolke über allem schwebte. »Nun denn, ich …«

»Gönnen Sie uns doch bitte eine kurze Führung, Verehrteste, bevor wir den Glaskasten entern«, bat Arabella.

So geschah es. Henriette Deckel führte sie emsig durch alle Abteilungen, wobei sie sich den Mund fusselig redete. Sie besaß die Ausstrahlung eines entzückenden Vogelweibchens, das immerzu von Ast zu Ast sprang und den Nestbau durch das Männchen penibel überwachte. Auf jeden Fehler innerhalb ihres Verantwortungsbereichs reagierte sie mit unmittelbarer, unmissverständlicher, jedoch stets herzlich vorgetragener Kritik. Während des zehnminütigen Rundgangs durch die Manufaktur bemerkte sie mehrere kleine Versäumnisse und Schnitzer, die alle nicht der Rede wert waren, etwa einen Eimer, der im Weg stand, oder eine randvolle Kaffeetasse in gefährlicher Nähe zu einem Schriftstück. Vom Personal hatte sie daher den Spitznamen »Entdecklerin« erhalten. Ihr Lieblingssatz lautete: »Vorsicht bitte.« Dicht gefolgt von: »Bitte nicht anfassen.«

Wenn ihre Hände nichts zu tun hatten, bekam Frau Deckel einen unglücklichen Gesichtsausdruck. Wirklich einer Tragödie gleich kam es jedoch, wenn sie einen Missstand entdeckte, der auf sie selbst zurückzuführen war.

Sie deutete in alle Richtungen. »Wie die Damen sehen, wurde umfassend modernisiert.« Es war typisch für sie, im Passiv zu sprechen und im Aktiv zu gestikulieren. »Die Brennöfen wurden erneuert. Hier bitte, größer und schneller. Da und da, nebenan noch einer. Die Menge der Öfen wurde verdoppelt. Moment mal, das hat hier nichts zu suchen. Seien wir nie unaufgeräumt, Fräulein Bartels. Behandeln Sie Ihren Arbeitsplatz stets, als wäre er Ihr Bett, darin liegt auch nichts herum, was da nicht hineingehört, oder etwa doch? Nur ein Scherz, meine Gute, nur ein Scherz. Ach, und hier, Frau Löwenkind, betrachten Sie doch bitte …«

Eines mussten Elise und Arabella Tankred lassen: Er hatte aus der im Jahre 1929 mehr als angestaubten Manufaktur innerhalb weniger Jahre ein wahres Schmuckstück gemacht. Alles war vom Feinsten, nicht nur die Maschinen und Werkzeuge. Neben der Manufaktur war ein vierstöckiges Mietshaus für die Belegschaft errichtet worden.

Fasziniert blätterte Elise im Katalog der für das Jahr 1940 geplanten Kollektionen. Die neuen Farben waren Kobaltblau, Kardinalsrot, sogar Schwarz und Gold – alles sehr gewagt, aber auch hoch spannend. Die Tendenz bei Blankenburg ging zur Oberklasse, anspruchsvolles Porzellan, extravagante Muster, also das genaue Gegenteil der von den Nazis propagierten klaren, nüchternen Formen.

Auf ihrem Rundgang lernten die Besucherinnen den Verantwortlichen dafür kennen, den neuen *créateur*, einen Italiener von zarten sechsundzwanzig Jahren, recht verschlossen und langweilig, bis er Stift und Pinsel in die Hand nahm. Vorher hatte er in der Modebranche gearbeitet, und Tankred hatte ihn engagiert, um frischen Wind ins Porzellangeschäft zu bringen.

»Es scheint, wir haben bei diesem Kauf das große Los gezogen«, sagte Arabella, als Henriette Deckel zu einem kleinen Problem eilte und sie alleine ließ. »Alles ist hochmodern, effektiv, fortschrittlich. Geradezu amerikanisch.«

»Wie du sagst, es scheint so«, erwiderte Elise.

»Hast du etwa schon ein Haar in der Suppe gefunden?«

»Vielleicht, vielleicht auch nicht. Mir fällt auf, dass Tankred mittels seiner enormen Investitionen die Aktiva beträchtlich erhöht hat, mehr noch, er hat die eigenbetrieblichen Einnahmen um fremdbetriebliche erweitert, wodurch ...«

»Ich verstehe nur Bahnhof«, unterbrach Arabella sie.

»Tante Elise will damit sagen«, mischte Maxim sich ein, »dass Tankred den Wert der Gebäude und des unbeweglichen Inventars wie den Öfen erheblich gesteigert hat, was zu Lasten des Gewinns und des beweglichen Vermögens geht. Man macht das, um Steuern zu sparen.«

»Das ist zumindest eine Möglichkeit«, sagte Elise. »Eine andere wäre, dass er mal wieder ein krummes Ding dreht. Er hat denselben Trick angewendet, um damals vor der Fusion mit Löwenkind den Wert von Blankenburg künstlich zu erhöhen.«

»Aber Blankenburg und Löwenkind sind inzwischen eins«, korrigierte Arabella. »Und alles, was Tankred investiert hat, kam bisher Ophélie zugute und nun uns.«

Elises Miene blieb skeptisch. »Ich glaube trotzdem, dass irgendetwas dahintersteckt.«

»Verständlicherweise bist du sehr misstrauisch bei allem, was Tankred angeht. Zumindest lässt sich sagen, dass seine Erklärung zutrifft, weshalb die Gewinne in den letzten Jahren stark gesunken sind. Er hat tatsächlich investiert.«

»Trotzdem möchte ich gerne die Bücher studieren.«

»Deswegen sind wir ja hier. Zeit, dem guten Tankred ein wenig auf den Zahn zu fühlen.«

Im Vorzimmer der Geschäftsführung stand eine drei Meter lange Vitrine, gefüllt mit den schönsten Stücken der beinahe zweihundertjährigen Firmengeschichte: eine Teekanne des Rokokos, eine Kaffeetasse des Klassizismus, eine romantische Kamee, eine Suppenterrine des Biedermeier, wilhelminische Sammelfiguren, Jugendstilvasen. Zwei Kreationen gingen auf Elise zurück – eine Kühlerfigur in Gestalt eines Phoenix sowie ein Artdéco-Porzellanbild mit der Silhouette von Berlin, das Tankred möglicherweise an seine frühe Jugend erinnerte.

Arabellas Blick fiel auf die silbern eingerahmten Fotos an der Wand, darunter auch eins von Elise und Isaac am Tag ihrer Hochzeit. Elise in einem cremefarbenen Kleid mit aprikosenfarbenem Hut, glücklich bis zum Überlaufen, genau wie Isaac. Daneben sie selbst, Arabella – auf den ersten Blick ein etwas steifes Porträt, wäre da nicht der ironische Zug um ihre Lippen. Damian während der Olympischen Spiele. Tankreds Freunde Schimmi und der verstorbene Dubbe, zu einer Zeit, als noch keiner von ihnen Uniform trug. Nicht zu vergessen Shuilian, die chinesische Göttin der Schönheit in Nahaufnahme. Sie alle wurden wartenden Besuchern vor Augen geführt, als eine bewusste, geradezu markante Demonstration von Familienbanden und freundschaftlicher Loyalität. Gleich daneben prangten Tankreds Mitgliedsausweis der NSDAP und ein Porträt des Führers.

Für Arabella war dies ein weiterer Beweis, dass Tankred ein ambivalenter, schwer einzuordnender Charakter war, dem zu vertrauen sich als Fehler, dem zu misstrauen sich als ungerecht erweisen konnte. Man wusste einfach nicht, woran man mit ihm war.

»Zu Tankred Blankenburg, bitte, und zwar umgehend«, wandte Arabella sich an die Sekretärin, deren Gesichtsausdruck so staubtrocken war wie ihre Stimme.

»Haben Sie einen Termin?«

»Schätzchen, wir brauchen keinen Termin. Betrachten Sie die Fotos an der Wand und dann uns. Vielleicht fällt Ihnen eine gewisse Ähnlichkeit auf. Bitte melden Sie uns an.«

»Herr Blankenburg empfängt nur montags zwischen neun und zwölf und freitags von vierzehn bis siebzehn Uhr.«

»Was Sie nicht sagen. Dummerweise habe ich jeden Montag Ballettstunden, und freitagnachmittags spielen wir Bridge bis zum Erbrechen. Machen Sie es uns nicht so schwer, *sweetheart*. Es wäre schade um Ihre schöne Frisur.«

»Selbst wenn ich wollte, ich kann Sie nicht bei jemandem anmelden, der nicht im Haus ist.«

»Ach ja? Und warum erkenne ich dann hinter der Milchglastür Bewegungen?«

Die Sekretärin ließ sich nichts anmerken. »Eine Besprechung.«

»Eine Besprechung im Büro des Geschäftsführers ohne den Geschäftsführer?«

»Das geht Sie nichts an. Ich mache Ihnen gerne einen Termin für Freitag.«

»Machen Sie auch gleich einen für sich selbst, und zwar einen Kündigungstermin.«

Arabella schob die erboste Sekretärin mit ihrem Stock zur Seite und öffnete die Tür. Drei Herren in feinen Anzügen standen wie eine Wand vor dem Schreibtisch des Geschäftsführers, und als sie sich zu ihr umwandten, gaben sie den Blick auf den Chefsessel frei.

Darin saß keineswegs der, den Arabella erwartet hatte.

Tankred nahm einen kurzen Anlauf und sprang kopfüber ins Wasser. Er hatte schon vor Jahren einen Swimmingpool in den Garten der Villa Vanora bauen lassen. Die Nachbarn waren wenig begeistert. Den einen war das nicht fein, den anderen nicht deutsch genug, und wieder andere meinten, es passe nicht zum alten Baumbestand. Dessen ungeachtet, zog er jeden Morgen eine Stunde lang seine Bahnen, nachmittags dann noch einmal eine halbe, und zwar bei jedem Wetter über fünfzehn Grad. In drei Jahren hatte er neun Kilo abgenommen. Nicht, dass er es nötig gehabt hätte, er war vorher schon schlank gewesen, und nun war eine gewisse Drahtigkeit hinzugekommen, fast schon Athletik. Zusammen mit den dunkelblonden Haaren, den energischen Wangenknochen und dem ernsten Gesichtsausdruck entsprach er dem propagierten Ideal seiner Zeit. Allerdings hatte er stillschweigend beschlossen, mit eben jener Zeit so wenig wie möglich zu tun zu haben.

Was gar nicht so einfach war. Praktisch waren alle, mit denen er gesellschaftlichen Umgang pflegte, auf die eine oder andere Art mit den Nazis verbandelt, weshalb er sich mehr und mehr aus dem öffentlichen Leben ins private zurückzog. Er vermisste eigentlich keinen von ihnen. Oder doch – einen. Der einzige wahre Freund in seinem Leben, Schimmi, war für ihn keiner mehr, seit er vor Tankreds Augen seine halbe Familie erschossen hatte. Auf Befehl zwar und nicht selbst, aber das machte die Tat nicht weniger schrecklich. Obwohl Schimmi sich sehr darum bemüht hatte, konnte Tankred ihm nicht vergeben und hatte den Kontakt zu ihm fast vollständig abgebrochen. Da Schimmi zehn Prozent der Anteile an Blankenburg gehörten, war es notwendig, ihm ab und zu einen Brief zu schreiben, den Tankred jedes Mal steif mit »Hochachtungsvoll T. Blankenburg« beendete, und das war's. Irgendwann hatte Schimmi eingesehen, dass er bei Tankred keinen Fuß mehr in die Tür bekam, und die Kontaktversuche eingestellt.

Auch Himmler und die SS ließen ihn in Ruhe – jedenfalls fast. Er war noch immer beurlaubt. Zwar erhielt er kein monatliches Salär mehr, aber eine Weihnachtsgratifikation und manchmal eine Sonderzahlung. Einmal hatte er den Scheck zurückgeschickt, fünf Tage später lag er wieder in der Post. Tankred löste die Beträge nie ein, doch es gab auch Zahlungen, die direkt auf sein Konto flossen. Dagegen war er machtlos, genauso wie gegen seine Mitgliedschaft in der Partei und der Schutzstaffel. Die beiden Organisationen waren wie die Mafia: einmal drin, konnte man die Mitgliedschaft nicht kündigen, außer durch das eigene Ableben. Für alle Zeiten hing er in dem Netz, in dem er sich Jahre zuvor aus Ehrgeiz und Übereifer verfangen hatte.

Vielleicht überprüften sie ihn von Zeit zu Zeit. Die Bestellung der SS etwa von vor zwei Jahren: zehntausend Bierkrüge mit dem Konterfei der sechzehn Blutzeugen, den erschossenen Teilnehmern des gescheiterten Hitlerputsches von 1923, in Erwartung eines Sonderangebots – ein Loyalitätstest? Tankred winkte die Bestellung samt den Sonderkonditionen durch, aber er nahm nie einen der Krüge in die Hand. Oder als sie vor einem Monat seinen Chauffeur und die beiden Hausdiener zur Wehrmacht einzogen, keiner von ihnen unter dreißig – eine Stolperfalle? Tankred umging sie, beschwerte sich nicht. Er vermied allzu eindeutige Distanzierungen ebenso wie jedwedes Engagement für irgendeine NS-Organisation. Mit den Nazis war er seit dem schockierenden Massaker in seinem Haus durch, ohne es an die große Glocke zu hängen. Und seltsamerweise, was er so nie von sich erwartet hätte, auch mit der Manufaktur, obwohl das eine mit dem anderen nichts zu tun hatte.

Er war Minderheitseigner. Gut, als stellvertretender Geschäftsführer konnte er, seit sich Elise mit Isaac nach Frankreich abgesetzt hatte, fast nach Belieben schalten und walten. Niemand schaute, keiner klopfte ihm auf die Finger. Ein kleiner Triumph, der ihm wenig bedeutete. Die Familie duldete ihn nur mit der geballten Faust in der Tasche auf seiner Position, einfach, weil die Alternativen noch schlechter gewesen wären. Er war ein Paria für sie, ein Schmarotzer der widrigen Umstände, von allen gleichermaßen verabscheut und verachtet. Das hatte er nie gewollt – einem Familienunternehmen vorzustehen, dem die Familie abhandengekommen war.

Gewissenhaft, aber ohne Enthusiasmus, hatte er zwei Jahre lang Blankenburg reformiert, modernisiert und die Grundlagen dafür geschaffen, dass die Manufaktur auch ohne ihn zurechtkam, oder wenigstens mit einem Minimum an persönlichem Einsatz seinerseits. Zunehmend zog er sich zurück und entschied nur noch die wirklich wichtigen Dinge. Alles andere überließ er der Produktionsleitung, der Buchhaltung, dem Vertrieb, der Werbeabteilung. Zweimal pro Woche ein paar Stunden genügten, um den Laden am Laufen zu halten. In der übrigen Zeit zog Tankred seine Bahnen im Pool, unternahm mit seinem Rennrad tagelange Touren durch Hessen und die angrenzenden Gaue, nahm Tennisstunden und wurde zu einem Experten im Mixen von Bargetränken jeder Art. Letzteres wusste auch Shuilian zu schätzen.

Sie waren sich sehr nahe gekommen in den vergangenen paar Jahren seit dem Tod ihrer Mutter. Die beiden hatten sich zwar nie nahegestanden, und vermutlich waren die Umstände von Chen Lus Tod weit schlimmer für Shuilian als die Tatsache, dass sie tot war. Doch hatte genau das Shuilians Schutzbedürfnis verstärkt. Sie hatte furchtbare Angst, man könnte sie nach China ausweisen, sie zurückschicken in den Moloch von Shanghai, der aus Armut, Gewalt und Prostitution bestand. Oder, noch schlimmer, sie einsperren wie einst ihre Mutter. Es gab Gerüchte über Lager, die deutlich größer waren als die von 1936 …

Zu Tankreds Überraschung interessierte sie sich seit einiger Zeit für die Manufaktur. Nicht für sämtliche Aufgaben, sondern vorwiegend für jene, die der Repräsentation dienten, also der Verschönerung und Aufwertung der Immobilien und des Inventars. Shuilian begeisterte sich für Innenarchitektur, und da ihr immer schon ein gewisses Stilempfinden eigen war, überließ Tankred ihr diesen Bereich bereitwillig.

Einzig Shuilian war übrig geblieben von all den Menschen, die er einmal geschätzt und geliebt hatte. Schimmi, Dubbe, Isaac und Elise, Arabella, sie alle hatte er auf die eine oder andere Art verloren. Dass Gitti nach dem traumatischen Erlebnis in seinem Haus erneut den Kontakt zu ihm abgebrochen hatte, schmerzte ihn besonders, doch um sie nicht in Gefahr zu bringen, hatte er ihre Entscheidung schweren Herzens akzeptiert.

Ihm nahezustehen, war gefährlich. So einfach war das.

Umso dankbarer war er für Shuilians Treue. Er betrachtete sie und sich selbst – unabhängig von ihrer Liebe zueinander – gerne als Schicksalsgemeinschaft und erfüllte ihr jeden Wunsch mit großer Begeisterung. Das war seine einzige wirkliche Freude. Der Rest waren nur Zeitvertreib und der Versuch, die dunklen Gedanken zu zerstreuen.

Als er Shuilian auf den Swimmingpool zukommen sah, langsam unter alten Buchen und über Sonnenflecken hinwegschreitend, in einem cremefarbenen Kleid, elegant und hüftbetont, überkam ihn ein seltenes Glücksgefühl. Er staunte immer wieder, wie schön sie war. Wie wandelbar auch. Sie konnte mühelos an die Grenze des Ordinären wechseln, die sie nie überschritt, sich aber immer diese Möglichkeit offenhielt. Etwa wenn ihre Zunge auf den Lippen spielte, wenn sie zu laut und ein wenig vulgär lachte oder Unterwäsche trug, die Frauen, die in Villen lebten, sonst nicht kauften.

Er schwamm an den Beckenrand, und Shuilian beugte sich zu ihm hinunter und küsste ihn. Einige Sekunden lang blickten sie einander tief in die Augen, dann zog er ihren Kopf noch einmal sanft zu sich nach unten und küsste sie erneut.

»Hat dich der Zerberus schon angerufen?«, fragte sie. So nannten sie insgeheim Tankreds Sekretärin.

»Ich habe dem Personal gesagt, dass ich nicht zu sprechen bin, für niemanden außer dich. Wieso, was gibt's?«

»Du hast heute Damenbesuch bekommen. Elise und

Arabella, die neuen … halte dich fest … Mehrheitseignerinnen der Manufaktur. Ophélie hat den beiden ihre Anteile verkauft.«

Er stieß sich in aller Ruhe vom Beckenrand ab und ließ sich auf dem Rücken zur anderen Poolseite treiben. Ein paar dünne Wolken zeichneten weiche Linien in den Azurhimmel, und Tankred tat vor Shuilian und sich selbst so, als interessiere ihn dies mehr als Shuilians Nachricht. Er gönnte Elise die Rückkehr ins Geschäft, und dass die alte Lady mit einem Mal mitmischte, fand er amüsant.

Er stieg aus dem Wasser und ging, ohne sich abzutrocknen, gemächlich um den Pool herum.

»Sie haben dein Büro in Besitz genommen«, sagte Shuilian, »und erwarten dich dort morgen früh um zehn.«

»Zum Rapport, ja? Nicht auf der Stelle und umgehend? Darf ich noch meine Sachen zusammenpacken, oder setzen sie mich wie einen Lump auf die Straße? Es würde mich nicht wundern, wenn ich genau das für sie wäre. Vielleicht habe ich mir all die Jahre nur etwas vorgemacht und war nie etwas anderes für sie.« Er fand, dass er sich verbittert anhörte, und bemühte sich um einen gelangweilten Tonfall. »Morgen passt es mir nicht. Waren sie wenigstens zu dir freundlich?«

»Sie haben mich gefragt, warum ich in deinem Büro am Schreibtisch sitze und Besprechungen abhalte. Es ging um die neuen Kataloge. Wir hatten ja beschlossen, die Druckerei zu wechseln, weil die alte unseren Qualitätsstandards nicht mehr genügt.«

»Ich erinnere mich.« Er umarmte sie.

»Du machst mich nass.«

»Gefällt dir das nicht?«

»Mir gefällt es schon, nur meinem Kleid nicht.«

»Dann zieh es aus.«

»Das geht nicht.«

»Komm schon, wir schwimmen ein paar Runden.«

Sie lachte. »Es geht nicht.«

Er fingerte an einigen Schlaufen auf ihrem Rücken herum. »Ich ziehe dich aus, du ziehst mich aus.«

»Tankred …«

»Was denn? Das ist lustig.«

»Tankred …«

»Zumindest ist es lustiger, als über irgendwelche Tanten zu sprechen, die vorhaben, mich morgen abzuservieren.«

Es gelang ihm, mehrere Schlaufen zu öffnen, und gerade als er Shuilian das Kleid von den Schultern streifen wollte, trat sie einen Schritt zurück.

»Tankred, wir haben Besuch.« Ihr Blick ging unter den Buchen und Eichen hindurch zum Haus, wo ein junger Mann wartete.

»Wer ist das?«

»Dein Cousin Maxim.«

»Ach, herrje. Was will der denn hier?«

»Das weiß ich nicht. Er hat mich gefragt, ob ich ihn mitnehmen könne.«

»Als ich ihn zuletzt gesehen habe, war er noch Pennäler. Wie ist er denn so?«

»Ein Salonlöwe mit unverhohlenen Ambitionen. Er weiß, wie man einer Dame die Hand küsst und sie dabei ansieht, als wollte man sie verspeisen.«

»Na, hoffentlich versucht er das nicht bei mir, sonst muss ich ihn in den Pool befördern.«

»Ich schicke ihn zu dir rüber und lasse euch allein. Bindest du mir das Kleid wieder zu?«

»Nö, er soll ruhig sehen, wie der Hase hier so läuft. Das piekfeine Chateau steht in Frankreich, hier gelten unsere Regeln, deine und meine.«

Sie küssten sich, und Shuilian ging mit ihrem rückenfreien Kleid zu Maxim, während Tankred sich nun doch abtrocknete.

Sein jüngerer Cousin hatte sich, trotz der für Zwillinge typischen Ähnlichkeit, zu einem ganz anderen Typ als sein sportlicher und eher salopper Bruder entwickelt: ein wie mit dem feinsten Pinsel gezogener schwarzer Oberlippenbart, der Ansatz eines Wohlstandsbauches, pomadierte, glänzende Haare und ein strenger Mittelscheitel. Sein Zwirn war vom Allerfeinsten.

Tankred, noch immer in der Badehose, streckte ihm die Hand entgegen. »Nett, dass du mich besuchst.«

Er bot ihm Platz in einem maritim anmutenden Liegestuhl an, in dem Maxim mit seinem Anzug so deplatziert wirkte wie eine Ballkönigin in einem Volkswagen.

»Möchtest du etwas trinken?« Tankred ging zu der Freiluftbar, die er neben dem Pool hatte aufstellen und mit allem bestücken lassen, was seiner Meinung nach in eine Hausbar gehörte. Vor allem das Allerneueste aus Amerika begeisterte ihn. »Was immer du willst.«

»Alles?«

»Alles, außer Buttermilch.«

»Beeindruckend. Dann gerne einen *French Seventy-Five* Ich finde, der passt am besten zu dem Gespräch, das wir gleich führen werden. Man nehme dafür …«

»Gin, Champagner und einen Spritzer Zitronensaft«, unterbrach ihn Tankred. »Und wenn du meinst, dass wir ein solches Gespräch führen werden, genehmige ich mir am besten auch einen.«

Eine Minute später drückte er Maxim das halb gefüllte Kristallglas in die Hand, in dem die Flüssigkeit leicht perlte..

»Dann lass uns mal anstoßen, auf was auch immer du mit mit besprechen willst.«

Sie ließen das kalte, alkoholreiche Getränk die Kehlen hinunterrinnen.

»Ich brauche Geld«, sagte Maxim frei heraus.

»Das ist mal ein originelles Anliegen«, konterte Tankred.

»Ich will es nicht zum Fenster hinauswerfen, sondern investieren.«

»Das wird ja immer origineller.«

»Ich meine es ernst. Einhunderttausend Reichsmark sollte man ernst nehmen.«

Tankred verschluckte sich fast an seinem Cocktail. Die Summe war so gewaltig, dass sein Interesse tatsächlich geweckt war. Doch nicht nur deswegen – Maxims unverblümte, fast schon unverfrorene Art, jemanden, den er kaum kannte, um ein derart stattliches Vermögen zu bitten, erinnerte ihn an seine eigene Jugend. Auch er hatte zehn Jahre zuvor eine bis dahin unbekannte Verwandte um Geld gebeten: Großtante Arabella.

»Worin willst du diese Summe denn investieren? In einen Wolkenkratzer? Einen Anbau für Versailles? Einen Rembrandt?«

»In einen Club.«

Tankred lachte. »Einhunderttausend Reichsmark in einen Club? Du könntest drei damit bauen.«

»Uns schwebt etwas absolut Großartiges vor, eine

Art Notre-Dame für Nachtschwärmer. Und bevor du nachfragst, mit uns meine ich eine Handvoll weitere Investoren, Geschäftsleute …«

»Welche Art Geschäftsleute?«

»Solche und solche.«

»Ich verstehe.« Es gab nur eine Art von Geschäftsleuten, die mit einem Jungspund von Anfang zwanzig, der selbst ohne Vermögen war, in ein Großprojekt investieren wollten, und zwar solche, nach deren Händedruck man sich am besten in den Waschraum begab. Noch bevor der Club die Tore öffnen würde, wären bereits ein halbes Dutzend Gesetze verletzt worden: Korruption, Geldwäsche, Glücksspiel. Tankred kannte solche Typen aus Gittis Etablissement zur Genüge, er roch sie Meilen gegen den Wind. Nicht einmal die Schärfe des Cocktails in seiner Hand konnte den Geruch überdecken, der nun auch an Maxim haftete.

»Das Einzige, was an deinem Vorschlag bedenkenswert ist, verehrter Cousin, ist die Chuzpe, mit der du ihn vorträgst.«

»Warte doch mal, was ich dir im Gegenzug anbiete.«

»Ich bin sehr gespannt.«

»Kann ich noch einen haben?« Maxim reichte ihm das leere Glas, und Tankred verließ seinen Liegestuhl, um einen weiteren *French Seventy-Five* zu mixen.

»Ich werde für dich Auge und Ohr auf Chateau Villeny sein und überall dort, wo meine Tanten und meine Mutter sich aufhalten. Du erfährst alles, was sie vorhaben, jeden Plan, dich aus dem Geschäft zu drängen, jede Absicht, dir zu schaden, überhaupt jede Aktion. Nicht lange, und du wirst mit meiner Hilfe etwas in der Hand haben, um die Kontrolle über Blankenburg zurückzugewinnen, vielleicht sogar sämtliche Anteile zu übernehmen. Hörst du? Sämtliche. Es ist nur eine Frage der Zeit.«

Und der Ruchlosigkeit, dachte Tankred. Zugegeben, er hatte manchmal davon geträumt, alleiniger Eigentümer der Manufaktur zu werden. Ein verlockender Gedanke, auch deswegen, weil es ihn endgültig und vollständig zum Erben und Nachfolger der Dynastie machte. Dieses Detail war ihm weit mehr wert als der monetäre Gewinn.

Doch der Preis, um das zu erreichen, war enorm.

Er gab Maxim das gut gefüllte Glas zurück, blieb vor ihm stehen und sah auf ihn herab, eine Position, die seine Meinung über diesen Wicht am besten zum Ausdruck brachte.

»Bist du nicht ein wenig jung für einen solchen hundsgemeinen Verrat an deiner Verwandtschaft?«, fragte er.

»Bei meinem ersten Verrat war ich noch viel jünger, und du hast mehr damit zu tun, als du glaubst. Ich war es, der damals die Informationen über deinen Schmuggel der Anti-Opium-Pillen an diese österreichische Zeitung verkauft hat. Meine Mutter hatte die Munition in der Schublade, wollte aber mit Rücksicht auf Tante Elise und Onkel Isaac damit zurückhalten. Und ich habe Geld gebraucht … Du siehst, es ist besser, mich zum Freund und Geschäftspartner zu haben, denn meinen Verbündeten stehe ich absolut loyal gegenüber. Du brauchst jemanden wie mich, und ich brauche jemanden wie dich.«

Das war wirklich ungeheuerlich! Tankred holte tief Luft. Dieses Jüngelchen hatte also die größte Krise in seinem Leben ausgelöst, ihn beinahe an den Galgen gebracht. Schlimmer noch, er hatte eine ganze Kette von Reaktionen und Ereignissen in Gang gesetzt, deren katastrophale Folgen bis zum heutigen Tag anhielten: Chen Lus Verhaftung, später ihr Tod, Isaacs Inhaftierung, Tankreds Zerwürfnis mit der Familie… Und dann besaß Maxim auch noch die Dreistigkeit, ihm die schamlose Wahrheit zwischen zwei Schlucken *French Seventy-Five* nonchalant und eiskalt zu servieren.

Tankred hatte eine Ahnung, wieso der Knabe das tat. Menschen wie Maxim, deren Ehrgeiz hemmungslos war, nahmen an, dass alle anderen ehrgeizigen Menschen ebenfalls keine Grenzen kannten und über Leichen gingen. Sie übertrugen ihre eigenen Methoden auf jeden, der auch nur im Ansatz ähnliche Ziele verfolgte wie sie.

Tankred wand Maxim das Glas aus den Händen. »Verschwinde.«

»Wie bitte?«

»Verlass auf der Stelle mein Grundstück und betrete es nie wieder.«

»Hey, hör zu, das war damals. Wenn wir miteinander ins Geschäft kommen, gehe ich für dich durchs Feuer. Du wirst zufrieden mit mir sein.«

Tankred umfasste mit beiden Händen Maxims Anzugkragen, zog ihn aus dem Stuhl auf die Füße und stieß ihn mit einer kraftvollen Bewegung von sich.

Maxim stolperte ein paar Meter über den Rasen. Zunächst überrascht, fasste er sich schnell wieder, ordnete sein verrutschtes Jackett und strich sich die Haare glatt.

»Wenn du irgendwem von unserem Gespräch erzählst, streite ich alles ab und lasse dich ganz schlecht dastehen. Das ist kinderleicht. Was glaubst du, warum Elise und Arabella hergekommen sind? Sie wollen dich abservieren. Dir traut keiner über den Weg, widerlicher Nazi, der du bist.«

Als Tankred einen Ausfallschritt nach vorne machte, nahm Maxim die Beine in die Hand und rannte, so schnell er konnte, bis zum Haus und die Auffahrt hinunter.

Nach ein paar Minuten, in denen Tankred reglos dagestanden hatte, sprang er in den Pool. Er tauchte auf, wischte sich das Wasser aus den Augen und blickte in die Richtung, in der sein Cousin verschwunden war.

Mir traut also keiner über den Weg, wiederholte er im Geiste Maxims Worte. Und damit nicht genug, er hatte nun einen Feind mehr.

Elise hatte wochenlang eine falsche Spur verfolgt und war doch erfolgreich gewesen. In dem Bemühen herauszufinden, warum die Gewinne der Manufaktur bei enorm gestiegenen Umsätzen rasant gesunken waren, hätte sie beinahe die Misere vergessen, in der sie noch vor Kurzem gesteckt hatte. Natürlich telefonierte sie fast täglich mit Chateau Villeny. Noah freute sich jedes Mal, ihre Stimme zu hören. Ständig fragte er, wann sie zurückkomme, dabei hatte er früher manchmal kaum ihre Gegenwart bemerkt. Sie bemühte sich, viel mit ihm zu lachen, und schickte ihm fast wöchentlich ein kleines Paket mit Spielzeug und Naschereien, die sie in dem letzten noch geöffneten jüdischen Laden Frankfurts erwarb.

Mit Isaac gestaltete es sich schwieriger. Anfangs ließ er sich oft verleugnen und ausrichten, er schlafe, er gehe gerade spazieren, er fühle sich nicht wohl. An Bienes und Ophélies Reaktion merkte sie jedoch, dass dem nicht so war, und Isaacs Trotz begann Elise zu ärgern. Das damit einhergehende Gefühl, ein banaler Unmut, hatte sie sich ihm gegenüber seit Jahren nicht erlaubt. Immer hatte sie ihm nachgegeben, stets Entschuldigungen für ihn gesucht. Doch diesmal blieb sie hart, was ihr nur gelang, weil sie weit von ihm entfernt war.

Arabella hatte Recht behalten, die Aufgabe und der Aufenthalt in der Ferne taten ihr gut, und nach einer Weile freute sich Isaac doch über ihre Anrufe. Sie schickte ihm regelmäßig Briefe mit Fotos der Manufakturen, den Belegschaften und reichlich Informationen zu Leuten, die er kannte. Lediglich eines verschwieg sie ihm, nämlich dass von den Juden, die für ihn gearbeitet hatten, kaum noch jemand bei Löwenkind & Blankenburg angestellt war. Sie waren alle verschwunden, von einem Tag auf den anderen einfach weg. Gleiches galt für die Hälfte des Firmennamens – man hatte Löwenkind als Marke ausradiert.

Gegen solche Entscheidungen war Elise machtlos. Mit den Gewinneinbrüchen der letzten Jahre wollte sie sich jedoch nicht abfinden und durchsuchte die Bücher nach Unregelmäßigkeiten. Sie war sich sicher, dass Tankred die Zahlen manipulierte, denn eines hatten ihre Überprüfungen bereits ergeben: Der wirtschaftliche Aufschwung der Jahre 1935 bis 1938 fand nicht den entsprechenden Widerhall in den Geschäftsberichten. Blankenburg verkaufte, was das Zeug hielt, war am Umsatz gemessen inzwischen der drittgrößte Porzellanhersteller Deutschlands und der neuntgrößte Europas. Angesichts der massiven Investitionen in den

Fuhrpark, die Produktionsmittel, die Immobilien, das Inventar und die Werbung hätten die Gewinne zumindest stagnieren müssen. Stattdessen schmolzen sie dahin.

Den Angestellten in der Buchhaltung, im Gegensatz zu denen in der Produktion, traute sie nicht, allein weil sie entweder kleine Hitlerbärte trugen oder NS-Devotionalien auf dem Schreibtisch stehen hatten. Am liebsten hätte Elise wenigstens Letzteres unterbunden, doch Arabella meinte, dass es besser sei, derartige Provokationen zu unterlassen, um nicht die Behörden auf den Plan zu rufen. Sie befanden sich gewissermaßen auf vermintem Gelände, und jede falsche Bewegung konnte eine Explosion zur Folge haben.

Eine frustrierende Erfahrung. Doch die beiden Frauen hatten gewusst, worauf sie sich einließen. Arabella unternahm unterdessen Schritte, die darauf abzielten, den Verwaltungssitz mittelfristig nach Metz in Lothringen zu verlegen. Denn die Stimmung, die sie im Deutschen Reich vorfanden, war noch argwöhnischer und rauer, als sie es erwartet hatten. Damit war klar, dass sie nicht dauerhaft dort bleiben konnten und es unter diesen Bedingungen auch gar nicht wollten. Für Arabella eine besonders herbe Enttäuschung, die sie dadurch kompensierte, dass sie zumindest die Zentrale und damit den Kopf des Unternehmens vor dem weiteren Zugriff der Nazis in Sicherheit bringen wollte, wohingegen die Produktion und damit das Herz weiterhin in Hessen schlagen sollte. Denn die Bossierer, also Porzellangestalter, die Keramiker, Modelleinrichter, Porzellanmalerinnen und Mechaniker waren zumeist weit weniger politisch als ihre Schlips-und-Kragen-Kollegen in der Verwaltung. Letztere galt es auszutauschen, was nur bei einem Sitz im Ausland funktionieren konnte.

»Ich habe ein hübsches kleines Gebäude in der Altstadt von Metz angemietet«, berichtete Arabella, als sie von einer Reise in die Lorraine zurückkehrte.

Sie saßen in der Manufaktur in Elises Büro, das früher Tankreds gewesen war. Trotz dreimaliger, unter anderem schriftlicher Aufforderung war er nicht in Bad Homburg erschienen, und Elise weigerte sich, die Villa Vanora zu betreten, mit der sie die traumatische Erinnerung an die mörderische Nacht von 1936 verband. Arabella wiederum wollte ihrem Großneffen nicht ohne Elise einen Besuch abstatten, und als sie Maxim vorschicken wollte, erklärte dieser, Tankred lehne ein Treffen mit ihm ab. Das war einerseits höchst seltsam und unbefriedigend, andererseits würde Tankred bei einer Verlegung des Firmensitzes ohnehin auf der Strecke bleiben.

Elise hatte das Büro kaum umgestaltet. Die größte Veränderung war die Entlassung der Sekretärin, die damit geprahlt hatte, Funktionärin beim Bund deutscher Mädel zu sein, wo sie mit ihrer Art sicherlich besser aufgehoben war als in einem Büro, das jedermann offenstand.

»Ich habe ebenfalls einen Erfolg zu berichten«, sagte Elise stolz. »Nachdem ich in den Büchern vergeblich nach einem Schwindel gesucht habe, bin ich die Rechnungen im Einzelnen durchgegangen. Hier, sieh dir das mal an.«

Elise hatte drei Beispiele mit Dutzenden, wenn nicht Hunderten Fällen der letzten Jahre herausgesucht. Für neue Fenster in den Fertigungshallen waren pro Stück stattliche eintausend Reichsmark berechnet worden. Der Fassadenanstrich schlug mit viertausend Reichsmark zu Buche. Und die Druckerei, deren Angebot Shuilian gerade akzeptiert hatte, als Elise und Arabella eintrafen, verlangte fast das Doppelte der vorherigen, bei nur geringfügig höherer Qualität.

»Ich habe bereits mit Henriette Deckel gesprochen. Sie sagt, dass im Grunde kaum eine der Modernisierungsmaßnahmen unbedingt notwendig gewesen wäre, und bei jenen, die unaufschiebbar waren, hätten sie zum halben Preis erfolgen können. Man hat Ophélie buchstäblich ausgenommen, ohne dass sie es bemerkt hat.«

Arabellas Miene wurde streng. »Wer steckt dahinter?«

»Dreimal darfst du raten, aber ich denke, einmal dürfte reichen.«

»Du nimmst natürlich an, dass Tankred der Schurke ist.«

»Ich weiß ja, dass du ihm, warum auch immer, nach wie vor gewogen bist. Deswegen habe ich mit einigen der Unternehmen telefoniert, die diese Aufträge erledigt haben. Die meisten sind meinen Fragen ausgewichen, aber ein paar Leute haben sich verplappert. Offenbar hatte Shuilian bei jedem einzelnen Auftrag die Hände im Spiel, was mir auch Henriette Deckel bestätigt hat. Letztendlich genehmigt wurden die Arbeiten jedoch von Tankred.«

»Aber wieso? Was hat er davon?«

»Tante Arabella, bitte stelle dich nicht dumm, das nimmt dir keiner ab. Natürlich steckt er mit den Auftragnehmern unter einer Decke, das ist doch offensichtlich. Er hat Ophélies Kassen unter dem Deckmantel der Modernisierung geplündert und sich die gigantischen

Aufschläge mit seinen Kumpanen geteilt. Der Gauner Schamitzke kommt bei ihm wieder durch … falls er überhaupt je weg war.«

Elise war zufrieden mit sich, da sie die Masche aufgedeckt hatte. Aber ihre Emotionen gingen weit über Zufriedenheit hinaus. Sie empfand eine unsagbare Genugtuung, ja, ein Glücksgefühl, dass sie Tankred endlich eins auswischen konnte, und mehr als nur das. Was er getan hatte, war eindeutig kriminell, und wenn es auch nur noch einen Funken von Rechtsempfinden im Deutschen Reich gab, würde man ihn dafür zur Rechenschaft ziehen. Zumindest wäre sein guter Name dahin. Jahrelang hatte Tankred so getan, als wäre er der wahre, würdige Nachfolger seines Großvaters, ein Geschäftsmann par excellence, und nun stellte sich heraus, dass er nichts weiter als ein krummer Hund war.

»Vielleicht hat Shuilian diese Mauscheleien ja alleine zu verantworten«, wandte Arabella ein. »Und Tankred war lediglich zu vertrauensselig. Liebe macht blind, eine alte Weisheit.«

Elise winkte ab. »Ich dachte mir schon, dass du deinem Liebling eine Brücke bauen wirst.«

»Ich baue keine Brücken, sondern ich bin eine. Von der anderen Uferseite lässt sich die Wahrheit nämlich schwer erkennen.«

»Glaubst du wirklich, dass ein chinesisches Häschen ganz auf sich allein gestellt Dutzende von Unternehmenslenkern zu einem solchen Betrug überreden kann? Wir sprechen hier von der Glaserei Humbert & Söhne, der größten in Süddeutschland. Von Opel in Rüsselsheim, Villeroy & Boch in Bonn. Von der Großdruckerei Kanther in München. Natürlich ist Shuilian ein raffiniertes Biest, aber das hier ist zwei Nummern zu groß für sie. Alles, was recht ist, liebe Arabella. Tankred hingegen hat allerbeste Verbindungen in die höchsten Firmenetagen.«

Für Elise war Tankreds Schuld erwiesen, und sie wollte ihm nicht noch einmal die Gelegenheit geben, mit einem brutalen Schlag die Aufdeckung einer Straftat zu verhindern, so wie damals, als er Isaac die Verantwortung für seinen Drogenschmuggel in die Schuhe geschoben hatte. Diesmal war sie vorbereitet. Sie hatte Ophélie bereits informiert und ihr Dokumente übersandt, die den Betrug bewiesen. Als Erstes würde die ausländische Presse davon erfahren, allen voran die britische und französische. Da ein SS-Offizier in die Mauscheleien verwickelt war, würden die Medien den Vorfall gewiss genüsslich ausschlachten. Am selben Tag wollte sie die deutschen Behörden informieren, denen dann nichts anderes übrig bliebe, als tätig zu werden.

»Ophélie wartet nur auf mein Zeichen. Unter einer Bedingung würde ich allerdings davon absehen, den Nepp öffentlich zu machen. Ich erwarte, dass Tankred jede einzelne Mark zurückzahlt, um die er uns geprellt hat. Schätzungsweise eine halbe Million. Plus eine halbe Million Strafgebühr, als Denkzettel.«

»Unmöglich«, sagte Arabella. »Ich kann mir nicht denken, dass er über solche Barmittel verfügt.«

Elise lächelte. »Dem stimme ich zu. Ich würde mich auch mit seinen Anteilen an der Manufaktur zufriedengeben, aber nur, wenn er die Villa Vanora noch obendrauf legt.«

»Dann bliebe ihm ja nichts mehr.«

»Ganz recht. Und genau so viel verdient er. Mein

Gott, Ophélie hatte die ganze Zeit Recht, und wir anderen waren viel zu nett zu ihm. Nun stoße ich ihn dorthin zurück, wo er ursprünglich herkommt … in den Schmutz. Und Shuilian mit ihm.«

Elises Erpressung war für den nächsten Morgen vorgesehen, und Arabella tat in der Nacht kein Auge zu. Was hatte sie da nur angerichtet! Durch ihre Bemühungen war Elise gewissermaßen reanimiert worden, als Geschäftsfrau, als Erbin und als Mensch. Sie war am Ende des Sommers kaum wiederzuerkennen, verglichen mit dem Häufchen Elend zu dessen Beginn. Doch was Arabella als sanften Regen geplant hatte, der die Lebensgeister wecken sollte, entwickelte sich zu einer wahren Sintflut. Aus der sanften, mitfühlenden Frau war eine zornige Rächerin geworden, aus einer Penelope eine Medea.

Natürlich ging diese Entwicklung nicht allein auf Arabella zurück, sondern gründete ebenso in Tankreds Ehrgeiz und seinen Tricksereien, in Ophélies Herablassung, mit der sie Elise viele Jahre lang behandelt hatte, in Isaacs Apathie und allgemein in den Umständen der Zeit. Nun vereinigten sich all diese Strömungen zu etwas Gewaltigem. Elise hatte tatsächlich vor, die Methoden derer anzuwenden, die sie an den Rand des Abgrunds geführt hatten.

Das war besorgniserregend genug. Doch der Gegenschlag betraf ein Familienmitglied, und Arabella hatte sich auf die Fahnen geschrieben, ihre Familie, die sie über dreißig Jahre lang entbehrt hatte, über die Grenzen von Nationen, Alter, Charakter und Weltanschauung hinweg zusammenzuhalten.

Um drei Uhr in der Nacht stand sie auf, kleidete sich an und rief die Rezeption an. Der verschlafene Portier des Hotels, in dem sie seit Monaten wohnten, versicherte ihr, dass er zu dieser Stunde im Kurstädtchen Bad Homburg kein Taxi auftreiben konnte. Der Chauffeur war leider erst für acht Uhr bestellt. Widerwillig weckte sie daher Maxim, der sich vor Wochen bereits einen sündhaft teuren Mercedes gemietet hatte, den er stolz wie ein Pfau sein Rad vorführte. Er stellte zwar eine Reihe – wie sie fand – törichter und überflüssiger Fragen, doch letztendlich tat er, wozu sie ihn ungeduldig aufforderte, und fuhr sie nach Königstein zur Villa Vanora.

Es war zehn nach vier, als Arabella die Schelle am Tor der Auffahrt betätigte, wieder und wieder, und fast halb fünf, bis sie sich endlich zum Portal des Hauses vorgekämpft hatte.

»Ich bleibe lieber im Wagen«, sagte Maxim.

Sie stutzte. »Was ist vorgefallen zwischen Ihnen und Tankred?«

»Etwas Privates.«

Nun gut, sie würde den Jungspund da drinnen nicht vermissen, denn ohnehin war das, was sie mit Tankred zu besprechen hatte, nicht für andere Ohren gedacht.

In jener Nacht, die bereits vom hellen Grau des Morgens durchbrochen wurde, hatte die Villa Vanora etwas von einem Spukschloss. Im Inneren war es recht frisch, und sowohl Tankred als auch Shuilian waren in dicke Morgenmäntel gehüllt.

»Schön, Sie wohlauf zu sehen, mein lieber Junge«, begann Arabella.

»Gleichfalls«, sagte Tankred und gähnte. »Dass ältere

Leute gerne früh aufstehen, ist mir bekannt. Aber hätten Sie nicht einfach eine Runde durch den Kurpark spazieren und zwei Stunden später hier aufschlagen können?«

»Um mich um das Vergnügen zu bringen, die neueste Morgenmantelmode zu bewundern? Sind Karos nicht ein wenig zu britisch für einen großdeutschen Haushalt? Guten Morgen, Shuilian. Sie sehen entzückend aus. Nervös, aber entzückend.«

»Ich bin nicht nervös.«

»Das sollten Sie aber sein, wie jede diebische Elster, die sich gefährlich weit vorgewagt hat, um an funkelnde Preziosen zu gelangen. Darf ich mich setzen?«

Der Salon der Villa, in der Arabella vor vielen Jahrzehnten aufgewachsen war, hatte sich stark verändert. Tankred hatte die alten, massiven Sitzmöbel im geknöpften Chesterfield-Stil durch luftigere, mit Hussen versehene Sofas ersetzt und sowohl die Orientteppiche wie auch die floral gemusterten Tapeten entfernt. Der Raum wirkte nun heller und größer. Shuilians Einfluss war es offenbar zu verdanken, dass trotz der neuen, moderneren Formen die Liebe zum Detail nicht völlig auf der Strecke geblieben war. Schmuckkästchen, Kandelaber und Blumengestecke schufen hübsche Blickfänge, während der vorsichtige Einsatz der kontrastierenden Farben Schwarz und Rot sowie einige asiatisch anmutende Landschaftsbilder einen Hauch von Fernost verströmten.

Eines musste man der jungen Frau lassen. Sie hatte ein Händchen für Innendekoration. Allerdings auch für Heimtücke.

Unumwunden drückte Arabella ihrem Großneffen eine Mappe in die Hand.

Tankred gähnte. »Was ist das?«

»Beweise für Niedertracht und Gier. Ein eher schwer verdauliches Frühstück, tut mir leid.«

Tankred blätterte die Papiere oberflächlich durch, und währenddessen erläuterte Arabella ihm das Geheimnis, das darin verborgen lag.

»Ist das Ihr Ernst?«, fragte er. »Sie legen mir in aller Herrgottsfrühe eine Rechnung zu einer Toilette vor?«

»Zu einer maßlos überteuerten.«

»Shuilian hat eben einen exklusiven Geschmack.«

»Um dreitausend Reichsmark für eine Toilette zu rechtfertigen, müsste sie aus Elfenbein geschnitzt sein und nebenher noch ein Lied trällern können. Überzeugen Sie sich gerne selbst, dass dem nicht so ist. Das Ding steht im Waschraum der Fertigungshalle. Der Pausenraum gleich daneben wurde ebenfalls neu gestaltet, für schlappe fünfzehntausend Reichsmark, bestehend aus einem vier Meter langen Holztisch und zwölf Holzstühlen. Ein solches Ensemble besorge ich Ihnen für ein Zwanzigstel davon.«

Er legte die Rechnungen in die Mappe zurück und warf sie über zwei Meter hinweg auf das Sofa, auf dem Arabella saß.

»Das ist wirklich ganz schlechter Stil, von Ihnen hätte ich etwas anderes erwartet, Großtante Arabella. Mir ist bewusst, dass Sie alle mich loswerden wollen, dass Sie mich verachten …«

»Kommen Sie mir bloß nicht mit der Leier«, unterbrach sie ihn. »Ich weiß, dass Männer zur Wehleidigkeit neigen, aber Sie treiben es wirklich auf die Spitze. Warum bin ich wohl hier, zu dieser unmöglichen Stunde, und gebe Ihnen die Möglichkeit, sich zu äußern? Weil ich nicht glaube, dass Sie diesen Betrug begangen haben.«

Er sprang auf. »So, warum denn nicht? Ich bin doch der Nazi, das Schlitzohr, der Mörder …«

Arabella erhob sich ebenfalls. »Ja, Sie sind ein Nazi«, rief sie und stieß die Spitze ihres Stocks auf den Boden. »Und vielleicht steckt auch etwas von einem Schlitzohr in Ihnen. Aber Sie haben mir vor einigen Jahren vor Augen geführt, dass Ihnen unsere Familie etwas bedeutet, genau wie mir, und ich kann einfach nicht glauben, dass Sie unsere Angehörigen derart hintergangen haben, verdammt noch mal.«

Auf den Fluch folgte Stille. Die Morgensonne brach durch die breiten Fenster und tauchte den Salon in ein friedliches orangefarbenes Licht.

Leise und sachlich fügte Arabella hinzu: »Was da vor Ihnen liegt, sind Fakten, und ich habe bisher angenommen, dass Sie Fakten gegenüber aufgeschlossen sind. Aus Gründen, die ich nur erahnen kann, haben Sie die Dinge in der Firma schleifen lassen, und irgendjemand hat sich das zunutze gemacht.«

Ihr Blick fiel auf Shuilian, die noch kein Wort zu der Diskussion beigetragen hatte, sich jetzt aber wehrte.

»Deine Tanten würden alles tun, um mich aus der Familie auszuschließen«, sagte sie traurig. »Auch Dokumente fälschen. Und mich verleumden. Jetzt, da mein Vater und meine Mutter tot sind, haben sie leichtes Spiel.«

Arabella lachte. »Mir scheint, meine Liebe, Sie nehmen sich zu wichtig. Keiner aus unserer Familie, außer Tankred, schenkt Ihnen Beachtung. Ich nehme an, das ist auch der Grund, weshalb Sie den Betrug angezettelt haben. Wenn Tankred Sie eines Tages fallen lässt, haben Sie nichts mehr. Da ist es besser, seine Schäfchen rechtzeitig ins Trockene zu bringen.«

»Shuilian würde so etwas nie tun«, verteidigte Tankred seine Geliebte. »Elise dagegen … sie hasst mich seit der Tragödie von vor drei Jahren.«

»Dieser Vorwurf ist albern. Die Fakten sprechen für sich, nur weigern Sie sich, dies zur Kenntnis zu nehmen.«

»Damit Sie es wissen, sobald die Zeiten es zulassen, werden Shuilian und ich heiraten. Sie sprechen also von meiner zukünftigen Frau, und ich werde nicht zulassen, dass Sie es in diesem Ton tun.«

»Wie ritterlich von Ihnen, aber völlig an der Sache vorbei. Es gibt nun einmal diese Dokumente.«

»Was das angeht … Shuilian besitzt überhaupt nicht das Netzwerk, um so etwas aufzuziehen.«

Diesen Einwand hörte Arabella nun schon zum zweiten Mal innerhalb von vierundzwanzig Stunden, und sie hatte nichts in der Hand, um ihn zu entkräften. Denn die Analyse traf zu. Shuilian konnte einen derartigen Riesenschwindel unmöglich alleine durchgeführt haben, dazu bedurfte es einer Person mit zahlreichen Kontakten und jeder Menge krimineller Energie.

»Ich kann Ihnen nicht die ganze Arbeit abnehmen«, entgegnete sie. »Ein wenig müssen Sie Ihren Kopf schon selbst anstrengen. Doch auch dann … Ich fürchte, die Maschinerie ist nicht mehr aufzuhalten. Diesmal sieht es wirklich übel für Sie aus. Weigern Sie sich, auf Elise zuzugehen, wird der Schwindel ans Licht kommen. Tun Sie es, verlieren Sie alles. Sie müssen Ihre Cousine davon überzeugen, dass Sie keine Ahnung von den Manipulationen hatten, doch die Voraussetzung dafür ist, dass Sie das Offensichtliche anerkennen.«

»Offensichtlich ist nur, dass Elise mir und meiner Verlobten schaden will.«

Arabella wurde ungehalten. »Dieses Hin- und Herschieben von Anwürfen ist geradezu kindisch. Wissen Sie eigentlich, was für ein Risiko ich eingehe, indem ich Sie warne, wenn man bedenkt, was mit meinem Neffen und Chen Lu geschehen ist?«

Tankred atmete laut aus. Fast klang er verzweifelt. »Sie glauben allen Ernstes, ich würde Ihnen etwas antun? Oder Tante Elise?«

»Ich gebe zu, dass ich mir mit nichts mehr sicher bin, mit gar nichts. Die letzten Jahre waren … Sie waren zehrend, einfach nur furchtbar.«

Plötzlich gaben ihre Knie nach, und fast wäre sie gestürzt, hätte Tankred sie nicht aufgefangen und zurück auf das Sofa gesetzt. Die Nacht war lang und schlaflos für sie gewesen, doch in letzter Zeit hatte sie häufiger solche abrupten Ermüdungserscheinungen. Sie spürte, dass etwas mit ihrem Körper nicht mehr stimmte, wollte aber lieber nicht wissen, was dahintersteckte.

Möglicherweise, dachte sie, verhielt es sich ähnlich mit Tankreds Scheuklappen und der Passivität im Hinblick auf die seltsamen Dinge, die in der Manufaktur vorgingen. Die Zeit seit 1936 war auch für ihn nicht einfach gewesen, und niemand außer Shuilian hatte ihm nahegestanden. Wenn man nur noch eine einzige Person zum Freund hatte, verschrieb man sich dieser mit Haut und Haaren.

Ein Hausmädchen trat ein. Zu dieser Stunde wurden die Vorhänge aufgezogen und die Räume durchgelüftet.

In der Küche war das Personal schon seit einer halben Stunde bei der Arbeit, da Tankred gerne schon um sechs Uhr frühstückte.

»Guten Morgen, Luise«, begrüßte er die Dienstbotin. »Würden Sie Frau Löwenkind bitte einen starken Kaffee und ein Glas Wasser bringen?«

»Sofort, gnädiger Herr. Es ist nur … Ich wollte Ihnen sagen …«

»Ja, Luise?«

»Im Radio behaupten sie, es ist Krieg.«

Während der Kaffee Arabellas Körper guttat, drückten die Nachrichten ihr aufs Gemüt. Der im Radio verkündete Krieg mit Polen würde auch Frankreich involvieren, und das bedeutete, vereinfacht gesagt, dass die Karten neu gemischt wurden. Die Betrügereien, die Elise aufgedeckt hatte und zu ihren Gunsten nutzen wollte, fielen nun nicht mehr ins Gewicht angesichts der sich anbahnenden Tragödie. Keine ausländische Zeitung würde die geplante Meldung noch drucken, und die deutschen Behörden würden die Anzeige einer Frau mit französischem Pass wohl kaum ernst nehmen. Im Gegenteil, der Krieg würde die Willkür im Deutschen Reich noch verstärken, und Arabella und Elise waren zur sofortigen Ausreise gezwungen, wollten sie dem nicht zum Opfer fallen.

Tankred brachte Arabella zur Tür. Der Morgen an diesem ersten September war von strahlender Schönheit. Klares Licht fiel auf die Rasenflächen, der Schatten der Bäume spielte auf dem Grün, die Astern öffneten ihre Knospen. Die beiden zogen jedoch Gesichter wie nach einer durchzechten Nacht.

Tankred fragte, der Uhrzeit und dem Lebewohl angemessen leise: »Darf ich Ihnen meinen Wagen anbieten? Der Fahrer bringt Sie rasch zur Grenze.«

»Danke, aber Elise würde lieber zu Fuß nach Frankreich zurückkehren als mit Ihrer Hilfe.«

»Das hatte ich für einen Moment vergessen«, seufzte er. »Ich fürchte, dies ist ein Abschied für länger.«

»Sind das etwa Krokodilstränen? Sie werden uns wohl kaum vermissen, nach allem, was passiert ist.«

»Doch, Sie schon.«

Arabella ließ die Sympathiebekundung unerwidert. Auch sie glaubte nicht mehr, dass eine Versöhnung ihrer Nichten mit ihrem Großneffen je stattfinden würde. Der Krieg würde die Gräben vertiefen, und müde, wie sie war, dachte sie mit einem Mal, dass es sinnlos war, sich gegen das Unvermeidliche zu sträuben.

»*You know, the war has saved your butt*«, raunte sie ihm zu. »Ihren Hintern verdanken Sie dem Kriegsausbruch. Damit haben Sie es also mal wieder geschafft, aber bei Gott, die ganze Welt wird darüber zusammenstürzen.«

Trotz der milden Luft fröstelte Arabella, und sie zog den Mantel enger um die Schultern. Was für ein grauenhafter Tag. Wie würde es nun weitergehen mit der Manufaktur, mit der Familie, mit ihr selbst? Genau wie Elise hatte sie alles, was sie besaß, in eine Firma gesteckt, die künftig im Feindesland lag.

»Ich bin kein Betrüger«, beharrte Tankred. »Richten Sie das Elise aus.«

»Das tue ich. Doch hat es noch eine Bedeutung?«

»Ja, für mich.«

»Nun gut. Leben Sie wohl. Und bitte, ich bitte Sie

eindringlich, behalten Sie Shuilian im Auge. Ihre Verlobte ist ein gefährliches Mädchen.«

»Ein solcher Vorwurf ist Ihrer unwürdig, noch dazu in einem Moment wie diesem«, konterte er. »Das Ganze entwickelt sich zur Posse.«

Arabella nickte. »In jeder Posse gibt es einen Narren.« Sie küsste ihn auf beide Wangen und wandte sich der Auffahrt zu, wo Maxim noch immer neben dem Automobil wartete, umringt von Zigarettenstummeln.

»Meistens sind es zwei«, sagte Tankred. »Zwei Narren, Großtante Arabella. Ich soll ein Auge auf Shuilian haben? Dann haben Sie eines auf Maxim. Und jetzt *adieu, ma grande tante*.«

# 6

*Am 3. September 1939 erklären Frankreich und Großbritannien dem Deutschen Reich den Krieg. Polen wird von der Wehrmacht in nur sechs Wochen besiegt. Den Winter über bleibt es an der Front im Westen ruhig, im Mai jedoch beginnt Hitler-Deutschland eine überaus erfolgreiche Großoffensive gegen Frankreich.*

*Am 22. Juni 1940 schließen Deutsche und Franzosen einen Waffenstillstand, der Frankreich in eine besetzte und eine unbesetzte Zone teilt. Deutschland kontrolliert die Nordhälfte und die gesamte Atlantikküste im Westen, wodurch es Zugriff auf große Teile der französischen Industrieproduktion erhält. Das »freie Frankreich« unter der Führung des Marschalls Pétain, mit Regierungssitz im Badeort Vichy, ist offiziell autonom, jedoch stark vom NS-Regime abhängig, weshalb es mit ihm kollaboriert. Frankreich hat außerdem täglich zwanzig Millionen Reichsmark an Deutschland zu zahlen.*

Tankred war gerade dabei, den Sonntagmorgen in eine Wäsche für seinen Mercedes zu investieren, und hantierte mit einem Putzlappen, als er ein Hupen hörte. Ein stahlgrauer offener Sportwagen kam die Auffahrt der Villa Vanora hochgefahren. Modell italienische Zigarrenkiste, zwei Meter langer Motorraum und hinten kaum Platz, um die Zahnbürste zu verstauen, und hinterm Steuer Schimmi, neben ihm eine Frau. Was davon war wohl die größte Neuigkeit?, überlegte Tankred.

Er hatte Schimmi seit der Blutnacht vor vier Jahren nicht mehr gesehen. So nannte er das Ereignis, das sein Leben auf den Kopf gestellt hatte. Es war zu keiner Konfrontation zwischen den beiden Männern gekommen, keiner Aussprache. Ihre Freundschaft war sang- und klanglos zu Ende gegangen, wie ein müdes Rinnsal, das im Boden versickert. Schimmi hatte nicht insistiert. Vermutlich war ihm der Vorfall im Nachhinein peinlich, weshalb er Tankred in Ruhe ließ. Bis zum Sommer 1940.

»Tag, Tanke, wie geht's?«

»Ging schon mal besser.« Er fragte Schimmi nicht, wie er es geschafft hatte, am Pförtner vorbeizukommen. Die Uniform, natürlich. Dazu dieses besondere Gestapo-Lächeln, halb gewinnend und halb drohend. »Mann, siehst du beknackt aus. In einem derart irren Auto trägt man Lederjacke, Schirmmütze und Fingerhandschuhe.«

Schimmi lächelte selbstgewiss. »Man schindet mehr Eindruck, wenn …«

»Ja, ich weiß.«

»Deiner ist übrigens auch nicht schlecht.«

»Was wird das, ein Altherrengespräch?«

»Ich meinte deinen Wagen. Darf ich dir Mathilde vorstellen, meine Frau.«

Tankred deutete eine Verbeugung an. Sehr viel anderes blieb ihm auch gar nicht übrig, wollte er nicht unhöflich werden.

»Denk dir, wir haben am einunddreißigsten August

letzten Jahres geheiratet, einen Tag vor dem Polenfeldzug.«

»Ja, am einunddreißigsten August«, echote sie.

Tankred verzog den Mund zu etwas, das man mit Fantasie als Schmunzeln bezeichnen konnte. »Zum Kriegsbeginn in die Ehe, wie passend.«

»Ja, wie passend.« Sie lachte. Brünett, brave Frisur, langer Faltenrock, BDM-Anstecker an der Bluse. Gewiss war sie vor ein paar Jahren noch in Ekstase geraten, wenn der Führer eine Rede hielt, und hatte danach mit anderen Mädels ihres Schlages gekichert, was das Zeug hielt.

»Darf ich aussteigen?«, fragte Schimmi.

»Werde ich verhaftet, wenn ich nein sage? Oder erschossen?«

Ein kurzer, verlegener Blick Schimmis zu seiner Frau. »Red keinen Blödsinn. Was ist nun?«

»Wenn es dir so viel bedeutet, dann steig halt aus.«

»Danke, zu freundlich.«

Seine Frau wollte es ihm gleichtun.

»Wer hat was von dir gesagt, Mathilde? Ich habe mit meinem alten Kumpel zu reden.«

»Aber ich kann doch trotzdem …«

»Warte im Wagen. Es geht ganz schnell.«

Mit Schmollmund sah sie noch unreifer aus.

Schimmi zog Tankred am Arm von ihr fort zu den Fahnenmasten. Früher waren sie imposant beflaggt gewesen, Hakenkreuz, natürlich. Seit vier Jahren waren es nur noch sechs rostende Stecken, die in den Himmel ragten.

Der Kies knirschte unter ihren Schuhen.

»Du bist ja ein echter Charmeur als Ehemann. Zum

Glück ist das Auto offen, und sie muss nicht darin ersticken.«

»Reden wir über Wichtigeres.«

»Du bist verheiratet. Ich halte das für wichtig. Vor allem, da deine … Präferenzen woanders liegen.«

»Es ging nicht anders. Eine Frau gehört nun mal dazu.«

»Wozu?«

»Leumund.«

Tankred presste die Luft durch die Zähne. »Du hast Recht, wechseln wir das Thema. Was hast du mir mitzuteilen? Und von wem stammt es?«

»Bevor ich zum Eigentlichen komme … Tanke, lass mich dir erklären, dass ich damals keine Wahl hatte. Ich meine, der Auftrag kam von ganz oben, da stand es mir nicht zu …«

»Das Eigentliche, was immer es ist, wäre mir lieber als dieses Geschwätz.«

»Was hätte ich denn tun sollen, deiner Meinung nach?«

»Ich sage dir, was du nicht hättest tun sollen. Schießen, zum Beispiel.«

»Das war ein Befehl.«

»Ich kann mir gut vorstellen, wie das gelaufen ist. Himmler hat dich nach meinem Gespräch mit ihm angerufen, weil er sich unsicher in Bezug auf mich war. Er wollte mich testen und vielleicht auch dich. Du hast das gespürt und ihm einen Vorschlag gemacht.«

»Na, was soll's, du hast den Test glorios bestanden.«

»Du mieses kleines Arschloch. Und ich habe dich vorher bei ihm sogar noch in Schutz genommen. Ich habe dir zehn Prozent von Blankenburg abgegeben, und du ballerst in meinem Haus herum …«

»Worüber regst du dich so auf? Esra war ein Lump, und die Frau ... Komm schon, reden wir jetzt wirklich über eine alte Chinesin?«

»Das waren Menschen. Meine Gäste, meine Familie, der Sohn und die Mutter meiner Verwandten. Menschen, die ich ein paar Stunden vorher aus einem miesen Loch geholt habe, gegen das jedes Zuchthaus ein Kurhotel ist.«

»Die beiden waren Gefangene des Staates, Tanke. Die kann man nicht einfach klauen wie Ölsardinen aus dem Laden.«

»Du müsstest dich mal reden hören, Schimmi. Das wirklich Schlimme dabei ist ... Weißt du, ich habe mich in den letzten Jahren immer wieder gefragt, ob es eine Zeit gab, in der ich mich genauso angehört habe wie du. Ist das so? Wenn ja ... Ein furchtbarer Gedanke.«

Schimmi seufzte kopfschüttelnd. »Tanke, Tanke, was ist nur mit dir passiert?«

»Danke, gleichfalls. Und jetzt komm endlich zur Sache, bevor ich mich vergesse und dich quer über den Kies in die Arme deines brünetten Leumundes schleife.«

»Ich finde es schade, dass unsere langjährige ...«

»Leg es nicht darauf an, Schimmi, ich warne dich.«

Ein letzter Seufzer, dann war diese Freundschaft tatsächlich, endgültig und offiziell begraben.

»Himmler will dich zurückhaben.«

»Zurückhaben?«

»Reaktivieren, die Beurlaubung aufheben.«

»Warum?«

»Frankreich.«

»Was ist mit Frankreich?«

»Besiegt.«

»Na und?«

»Du sollst dort das tun, was du vor deiner Beurlaubung in Deutschland gemacht hast: Unternehmen in die SS eingliedern.«

»Das können tausend andere auch.«

Schimmis Frau lenkte die Aufmerksamkeit kurz auf sich, als sie das Radio anstellte und so lange an dem Knopf drehte, bis Zarah Leander mit dunkler Stimme »Der Wind hat mir ein Lied erzählt« sang. Und natürlich sang sie mit.

Schimmi verdrehte die Augen und wandte sich wieder Tankred zu.

»Himmler will jemanden haben, der selbst ein Unternehmen führt. In den letzten Jahren hat das mit der Eingliederung wohl nicht mehr so gut geklappt wie noch zu deinen Zeiten. Einige der Unternehmen fahren Verluste ein, andere sind überfordert, wieder andere unterfordert. Er will in Frankreich nicht dieselben Fehler machen. Die SS soll wachsen.«

»Welcher Franzose würde sein Unternehmen schon der SS verkaufen?«

»Die passenden Unternehmen werden requiriert. Du weißt schon, kriegswichtig und so.«

»Das ist reiner Diebstahl.«

»Pass auf, was du da sagst. Ich gehöre inzwischen zu Himmlers Stab.«

»Gratulation, hast du dich hochgemordet?«

»Das Eis wird dünner und dünner, mein Freund. Du siehst, drohen kann ich auch. Und jetzt lass die dummen Sprüche und sag mir, dass du die Aufgabe übernimmst. Übrigens im Rang eines Sturmbannführers, das ist doch was.«

Bei einer Ablehnung konnte er Himmler auch gleich eine Ohrfeige verpassen, das liefe auf dasselbe hinaus. Rechtlich gesehen war Himmler all die Jahre sein Chef geblieben. Der Mann konnte ihn schicken, wohin er wollte. Und würde Tankred auf eigenen Wunsch ausscheiden, könnten sie ihn am nächsten Tag einberufen und in einen der Bomber setzen, die gerade zu Hunderten in der Luftschlacht um England vom Himmel geholt wurden. Doch die eigentliche Gefahr bestand für die Manufaktur. Ein zorniger Reichsführer SS wäre in der Lage, Blankenburg innerhalb eines Jahres zu vernichten und damit die Aufbauarbeit von Generationen mittels ein paar simpler Tricks niederzureißen.

In den letzten Jahren hatte Tankred die Firma modernisiert, und inzwischen sprudelten auch die Gewinne wieder. Nach der reichlich seltsamen Episode mit den überteuerten Rechnungen hatte er sich verstärkt in der Firma engagiert und die Ausgaben genau im Blick behalten, sich aber davor gehütet, der Sache nachzugehen. Stattdessen hatte er in neue Kollektionen investiert. Die Bauhaus-Reihe lief wie geschnitten Brot, und die Porzellanskulpturen waren nahe daran, Kultstatus in deutschen Vitrinen zu erreichen.

Das alles wäre gefährdet, nein, eher dem Untergang geweiht, wenn er Himmlers Ansinnen grundlos ablehnte. Denn mit Elise, Arabella und ihm stünden dann zwei Exilantinnen und ein SS-Abtrünniger der Firma vor, geradezu eine Einladung zur Beschlagnahmung.

»Wenn ich in Frankreich bin, kann ich Blankenburg nicht mehr leiten.«

»Du bekommst ein Flugzeug zu deiner alleinigen Verfügung. So was habe nicht einmal ich.«

»Mein Französisch ist miserabel.«

»Du bekommst einen Dolmetscher und einen Lehrer.«

»Ich bin seit Jahren raus aus dem Geschäft. Ich finde mich in dem Schutzstaffeldschungel doch gar nicht mehr zurecht.«

»Das ist wie Schwimmen, du wirst dich schnell erinnern.«

Ihm gingen die Ausreden aus. Und wenn er es mit der Wahrheit versuchte?

»Ich glaube nicht mehr daran«, sagte er und wurde sich erst nach dem Satz, in den Augenblicken, die schweigend vergingen, der Gefahr bewusst, in die er sich begab.

»Scheiße, Tanke, was soll das? Erst kündigst du mir die Freundschaft, und kurz darauf erzählst du mir so was. Bist du jetzt völlig verrückt geworden?«

Gut möglich. Heftiger Druck lastete auf ihm, und zwar schon seit Jahren. Er hatte immer gewusst, dass dieser Tag irgendwann kommen würde, in der einen oder anderen Form. Ein Moment, in dem eine Entscheidung anstand.

»Mit Durchmogeln kenne ich mich aus«, sagte er. »Überzeugungen sind mir fremd.«

»Überzeugt sein, das kann man lernen. Sieh mich an.«

Das tat Tankred. Er hatte sich schon oft gefragt, wie Schimmi das hinbekam – Gestapo hier, Spitzbube dort. Nichts anderes waren sie damals gewesen. Es hatte Tage gegeben, an denen sie recht nett und anständig waren, und Tage, an denen sie flunkerten. Und nie hatten sie darüber nachgedacht, ob das eine gut und das andere schlecht war.

»Mann, Tanke, denkst du denn, dass ich etwas auf mein Parteibuch gebe? Leg deines dazu, und wir machen ein Feuerchen. Einen Scheiß bedeutet mir das alles – eigentlich. Aber weißt du, ich muss Sachen tun … Sachen … Das kann man nur, wenn man ganz fest an etwas glaubt.«

»Und das wäre? Das Tausendjährige Reich etwa?«

»Macht, Tanke. Meine Macht. Unsere Macht. Simple, leicht zu verstehende Macht. Wenn ich früher etwas gesagt habe, dann war ich nur der kleine, nutzlose Wicht. Irgendwelche glatzköpfigen Bonzen haben mich ausgelacht, herumgeschubst, auf den öffentlichen Toiletten von ganz Frankfurt ausgenutzt und durchgewalkt. Und jetzt? Ich gebe einen Befehl, und die Leute befolgen ihn. Ich sage: Verhaftet den Stinker, und eine Stunde später sitzt er im Verhörraum. Keine unbedeutenden Leute, nein, Bürgermeister, Gutsbesitzer, alter Adel, reiche Schnösel, Doktoren … Das ist meine Überzeugung. Ein Sportwagen, eine schicke Wohnung, das ist alles nicht zu verachten. Aber Macht, Rang und Stärke, so sieht meine Götterwelt aus.«

Schimmis Blick streifte die Türmchen und Erker der Villa Vanora, die Auffahrt, den gepflegten Rasen, die Rhododendren …

»Tu nicht so, als hättest du keine Götter. Geltung, Reichtum, Prestige? Tu das, was Himmler von dir verlangt … nicht für ihn. Tu es weder für das Dritte noch für das Tausendjährige oder sonst irgendein beschissenes Reich. Tu es für dich.« Schimmi drückte seine kleine Faust auf Tankreds Brust. »Für dich ganz allein. Denn das Beste habe ich dir noch gar nicht gesagt. Für den Fall, dass du annimmst, gibt es eine Belohnung, und zwar einen echten Kracher. Ich sage dir, deine Götter werden sich die Finger lecken.«

Vier Uhr, und Tankred lag noch immer wach. Shuilian schlief mit weit geöffnetem Mund, aus dem kein Laut drang, die langen Haare wild über dem Gesicht verteilt und nackt wie Adams Braut. Ab und zu drang ein Hauch durch eines der Fenster hinein, streifte gnädig über seinen und ihren Körper und floh zum nächsten wieder hinaus. Die Nacht war warm, draußen sangen die ersten Vögel. Vier Uhr, in drei Stunden erwartete Schimmi seinen Anruf.

Ende der Bedenkzeit. Eine Entscheidung musste her. Die richtige würde ihn alles kosten, die falsche ihm alles einbringen. War deswegen die richtige nicht doch falsch und die falsche nicht doch richtig?

Shuilian regte sich. Sobald sich ihr Mund schloss, wusste er, dass sie so gut wie wach war. Denn schon im Halbschlaf versuchte sie, möglichst hübsch auszusehen.

Ein paar Minuten vergingen, der Mund schloss sich.

»Würdest du mich auch dann noch lieben, wenn ich ein armer Schlucker wäre? Ohne Villa, ohne alles?«

Sie schnaufte. »Das ist nicht fair.« Ihre Augen blieben geschlossen.

»Weil man so etwas um zehn nach vier nicht fragt?«

»Das auch.« Sie blieb reglos liegen, genau so, eine Hand auf dem Hinterkopf, die andere auf seinem Oberschenkel. Drei leise Atemzüge, vier, fünf. Dann endlich: »Würdest du mich denn noch lieben, wenn mir eine fette Warze zwischen Nase und Mund wachsen, die Brüste bis auf die Hüfte hängen und die Zähne aus dem Mund fallen würden?«

»Keine schlechte Reaktion für vier Uhr …«

»Vier Uhr zehn. Weck mich um sechs noch mal. Nein, um acht. Ihr Deutschen und euer Fimmel mit dem frühen Aufstehen …«

Sie war bei ihm geblieben. Schimmi hatte ihre Mutter in seinem Haus erschossen, in ihrem Beisein, er hatte nichts dagegen tun können, und trotzdem war sie bei ihm geblieben. In ihrer Logik hatte der kleine Schimmi ihn gewissermaßen entmannt. Ihm seine Stärke genommen. Und sie schlief trotzdem mit ihm. Dreimal, viermal in der Woche. Seit Jahren schon und diese Nacht wieder.

Gitti hingegen hatte ihn verlassen. Sie war zurück nach Frankfurt gegangen, schickte an Weihnachten und zum Geburtstag eine Karte, auf der kein Absender stand, darin ein paar liebe Zeilen, intimer als man einem Bekannten schrieb, aber weniger intim, als es ihr möglich gewesen wäre.

Gittis Antwort auf die Frage, die er Shuilian gestellt hatte, kannte er. Sie hatte ihn geliebt, als er nichts besaß, außer eine gewisse Keckheit. Wenn sie ihn mal nicht Bubi genannt hatte, also sehr selten, hatte sie ihn mit dem Namen des jüngsten Musketiers geneckt: d'Artagnan. Mehr hatte sie nie verlangt. Er sollte so sein, wie er war.

Und dann war er ein Blankenburg geworden.

»Es gibt ein neues Gesetz«, sagte er, ohne zu wissen, ob Shuilian ihn hörte oder schon wieder schlief. Ihr Mund stand leicht offen. »Es besagt, dass Angehörige einer feindlichen oder besetzten Nation keine deutsche Firma besitzen dürfen. Meine Tante Elise ist zwar Deutsche, aber auch Französin, und sie hat sich undeutsch verhalten, daher hat man sie als feindliche Ausländerin eingestuft. Sie wird ihre Anteile an Blankenburg verlieren. Und Arabella ebenso.«

Shuilians Hand auf seinem Schenkel bewegte sich leicht, rutschte ein wenig nach oben, doch das konnte eine unabsichtliche Regung sein, wie sie im Schlaf häufiger vorkam.

»Der Gauleiter entscheidet, was zu tun ist, und wenn der Gauleiter einen Anruf von Himmler erhält, tut er genau das, was Himmler ihm sagt. Also hat künftig entweder die SS das Sagen bei Blankenburg oder irgendein Wildfremder.«

Tankred strich Shuilian eine Haarsträhne aus dem Gesicht.

»Oder ich. Sie haben mir sämtliche Anteile meiner Tante und meiner Großtante angeboten. Wenn ich akzeptiere, halte ich neunzig Prozent und Schimmi zehn. Somit wäre ich …« Die Vorstellung war auch nach achtzehn Stunden noch so fantastisch und überwältigend, dass Tankred darüber den Kopf schüttelte. »Damit wäre ich nicht länger ein, sondern der Eigentümer. Ich wäre der Erbe meines Großvaters Adalmar. Der Nächste in der Reihe.«

Er griff nach dem Glas auf dem Nachttisch, trank einen Schluck Wasser, schüttete ein wenig davon auf seine Handfläche und benetzte sein heißes Gesicht.

»Ludwig Emanuel«, sprach er mit Blick zum Fenster in den grauenden Morgen. »Emanuel Friedrich, Friedrich Moritz, Moritz Christian, Ethelbert, Konrad, Albert, Siegfried, Adalmar.« Er machte eine Pause. »Tankred.«

Shuilians Kopf rückte ein wenig näher, sie räkelte sich, doch ihre Augen blieben geschlossen.

»Der Name passt gut in die Reihe. Anders, als würde ich Hans heißen. Oder Rolf. Nein, Tankred passt wirklich gut. Das Dumme ist nur, ich müsste nach Frankreich gehen und dort der SS dienen. Lasse ich mich darauf ein, gewinne ich alles, was mir zusteht, und wäre ehelich geboren. Damit wäre auch der letzte Schandfleck auf meiner Existenz getilgt.«

Die Aussichten waren verlockend, und hätten die Unternehmensanteile noch Ophélie gehört, würde ihn sein Gewissen nicht plagen. Tante Ophélie hatte ihn immer bekämpft. Aber Elise zu bestehlen, erst recht Arabella … Nein, das brachte er nicht fertig, nicht unter normalen Umständen.

Da Shuilian nichts sagte, redete Tankred einfach weiter.

»Wenn ich mich weigere, werde ich alles verlieren. Und nicht nur ich, auch die Kinder, die ich vielleicht einmal haben werde, und deren Kinder, wir alle. Zehn Generationen Blankenburg, im Handumdrehen weggewischt von einem kleinen, habgierigen Mann mit Bärtchen und Brille.«

Er beugte sich zu Shuilian hinunter und küsste sie auf die Stirn. Ein Wassertropfen fiel von seiner Nasenspitze auf ihre Lippen.

»Nun bist du dran. Was soll ich machen?«

Er küsste den Tropfen weg. Shuilians Mund öffnete sich, doch nur, um ein Schnaufen von sich zu geben.

»Schade«, flüsterte er. »Damit bleibt es an mir hängen, über die Zukunft von Blankenburg zu entscheiden.«

# 7

*Mit Beginn der Besatzung entsteht in Frankreich eine Widerstandsbewegung namens Résistance, die jedoch weder ein einheitliches Konzept noch eine gemeinsame Führung hat. Vielmehr besteht sie aus etlichen Untergrundorganisationen, die wiederum aus zahllosen Gruppen bestehen. Die Bewegung geht quer durch die Gesellschaft, sowohl Männer als auch Frauen, Jugendliche wie Greise beteiligen sich daran. Sie verüben Sabotageakte, zum Beispiel an Bahngleisen und Telefonleitungen, organisieren Fluchtwege, fälschen Papiere und begehen Attentate. Außerdem sammeln und übermitteln sie Informationen für die Alliierten.*

Die Manufaktur Blancbourg, unweit der Loire, war in einem ehemaligen Kloster der Karmeliterinnen untergebracht, das im Zuge der Revolution säkularisiert worden war. Zunächst hatte sich dort eine Weberei angesiedelt, später war daraus eine Schule für schwer erziehbare Jungen geworden. Ophélie hatte es Anfang der dreißiger Jahre günstig erworben, komplett instandgesetzt und dabei zahlreiche An- und Umbauten vorgenommen. Den ehemaligen Klostergarten zierte ein von Metallstreben gehaltenes Glasdach, unter dem emsige Porzellanmalerinnen die Porträts der königlichen Mätressen auftrugen. Im Dormitorium war die Verwaltung untergebracht, und das Allerheiligste, die Kapelle, beherbergte den ganzen Stolz der Eigentümerin. Die unlängst fertig gestellte Fleur de France ruhte inmitten einer Glaspyramide auf einem goldfarbenen Samtkissen. Sie war das französische Gegenstück zur Karolinenblume, die im Chateau Villeny das Esszimmer schmückte und angesichts der Entwicklungen ihre Bedeutung eingebüßt hatte.

Elise betrachtete die Fleur de France nicht ohne Bitterkeit. Ja, sie war bezaubernd: matt schimmerndes Bone China, eine leicht gewundene Form, detailliert ausgearbeitete Blätter und die Blütenform einer Lilie. Ophélie hatte blaue Smaragde, rote Rubine und klare Bergkristalle verwendet und nicht nur ein wahres Schmuckstück von groteskem Wert kreiert, sondern auch ein beeindruckendes Symbol ihres Erfolgs erschaffen. Elise besaß nicht einmal mehr ein Hundertstel dessen, was diese Blume in der Herstellung gekostet hatte.

Das Deutsche Reich hatte sie und Arabella enteignet. Der Plan, die Kontrolle über die Manufaktur zurückzuerobern, hatte lediglich ein Jahr gehalten, genau genommen sogar nur wenige Monate. Materiell war Elise auf das reduziert, was ihren Kleiderschrank füllte, noch nicht einmal das Gehalt für Biene konnte sie noch erübrigen. Ophélie kam inzwischen für alles auf, und obwohl die Schwestern sich versöhnt hatten, fühlte Elise sich in der deutlich unterlegenen Position unwohl.

Sie gab weder Biene noch Arabella die Schuld an ihrer misslichen Lage. Nun gut, die beiden hatte sie zu einem Abenteuer überredet, doch letztendlich war es ihre Entscheidung gewesen. Zumindest eines hatte sie erreicht: Sie fühlte sich nicht mehr als Gefangene eines feindlichen Schicksals. Die Episode in Deutschland kam ihr im Rückblick vor, als wäre sie von einem Sturm geküsst worden. Ein merkwürdiges Bild, doch es beschrieb am besten, was in ihr vorging. Sie hatte einen Betrug aufgedeckt und war nah, verdammt nah an einem Sieg über Tankred gewesen. Nur ein Weltkrieg hatte sie aufhalten können, und das war doch gar nicht so schlecht für eine Frau, die sich vor einem Jahr noch selbst aufgegeben hatte.

Um Ophélie wenigstens eine kleine Gegenleistung zu zollen und ihr Gesicht zu wahren, arbeitete Elise einige Stunden am Tag bei Blancbourg, meistens in der Buchhaltung. Als junge Frau hatte sie sich mit den Entwürfen für neue Kollektionen beschäftigt, doch lag diese Zeit lange zurück und inzwischen gaben ihr die Zahlen eine gewisse Sicherheit. Mathematik war universell, man musste dazu weder die Seele eines Landes verstehen noch dessen Sprache perfekt sprechen, und beides wäre nötig gewesen, um als Kreateurin oder im Vertrieb zu reüssieren.

Im August 1940 wandte Elise sich an ihre Schwester, um auch Isaac in einer Position bei Blancbourg unterzubringen. Sein Gemüt hatte sich ein wenig aufgehellt, und das trotz der katastrophalen Nachrichten. Seit dem vollständigen Kontrollverlust über Blankenburg war Löwenkind ebenfalls verloren. Und dann auch noch der Krieg … Trotzdem ließ er sich nicht mehr so gehen, las viel und beschäftigte sich mit Noah, den er auf kleine Wanderungen durch die Umgebung mitnahm. Außerdem schrieb er regelmäßig seiner Tochter Debora, die mit ihrem Ehemann, einem Diplomaten, im irischen Exil lebte. Sie hatte ihn – auf Elises Bitte hin – darin bestärkt, wieder eine Tätigkeit aufzunehmen.

»Isaacs Französisch ist exzellent«, pries Elise ihren Mann in Ophélies Büro an. »Zudem hat er zahlreiche Verbindungen in die jüdische Kommune von Paris. Er könnte Blancbourg einen neuen Kundenkreis erschließen.«

Ophélie stand am Spitzbogenfenster mit Blick auf die Loire und das reiche sattgrüne Umland. Den gleichen Blick hatten Jahrhunderte zuvor die Äbtissinnen des Klosters gehabt, residierte Ophélie doch in deren früherem Amtszimmer.

»Hörst du mir überhaupt zu?«, fragte Elise, als sie nach einer halben Minute noch immer keine Antwort erhalten hatte.

»Wie? Oh, entschuldige, ich war gerade ganz woanders. Isaac? Ja, natürlich, das soll mir recht sein. Aber lass es uns langsam angehen. Wie wäre es mit zehn Stunden in der Woche? Er ist immer noch klapperdürr.«

Damit war er das Pendant zu Ophélie. In guten Zeiten nahm sie stets einige Kilo ab, in schlechten wieder zu. Die Zeiten waren gerade sehr schlecht. Die französische Niederlage setzte Elises Schwester schwer zu, und das Einzige, was sie dem Debakel abgewinnen konnte, war die Tatsache, dass ihre Söhne unversehrt aus dem kurzen Feldzug heimgekehrt waren. Das milderte ihren Hass auf die Besatzer jedoch kaum.

»Fein«, sagte Elise. »Dann wäre das ja geklärt. Ich fahre zum Chateau und sage es ihm gleich. Ich denke, Isaac wird sich freuen.«

»Bitte geh noch nicht. Ich habe noch etwas anderes mit dir zu besprechen.«

Ophélie setzte sich an ihren monumentalen Schreibtisch, an dem sich zweifellos auch Napoleon Bonaparte wohlgefühlt hätte, und bot ihrer Schwester mit einer knappen Geste den Platz ihr gegenüber an. Elise saß nicht gerne dort, und zwar nicht nur, weil sie sich dann ihrer schwächeren, nein, schwachen Position besonders deutlich bewusst war. Sie musste auch ihrer Schwester fast ständig direkt ins Gesicht blicken, was sie gerne vermied. Ophélies Maske erinnerte Elise immerzu an ihren Wutausbruch als Kind, der ihrer Schwester ein Auge gekostet hatte.

»Was gedenkst du eigentlich gegen den Bastard zu unternehmen?«

»Tankred?«

»Das Berliner Frettchen, den Nazi, ja, den meine ich.«

Elise hob die Hände. »Was soll ich schon gegen ihn unternehmen?«

»Er hat dich und Arabella um eure Anteile gebracht. Zuvor hat er mich betrogen, um jede Menge Geld, wie du selbst ermittelt hast. Und damit geben wir uns zufrieden, oder wie?«

»Ich bin kaum in der Position, um ihm …«

»Natürlich bist du das. Du weißt etwas über ihn, das ihm erheblich schaden kann. Arabella hat es mir mal erzählt. Er hat quasi seinen Chef hintergangen, dieses widerwärtige Männchen mit der Schubertbrille.«

»Na ja, das hat er nur gemacht, damit die Anteile in der Familie bleiben. Mit seiner Hilfe hast du damals die Kontrolle über Blankenburg erlangt.«

»Richtig und euch hat er sie wieder abgejagt. Er ist ein Teufel, dem man am besten beikommt, indem man ihm einen noch größeren Teufel auf den Hals hetzt. Diesen Himmler nämlich. Wenn der erfährt, was sein Untergebener getan hat, macht er kurzen Prozess mit ihm. Denn eines muss man diesen Nazis lassen, kurzen Prozess können sie.«

Elise hatte einen solchen Schritt nie in Betracht gezogen. Tankreds Sturz brachte ihr die Manufaktur nicht zurück, im Gegenteil, er diente Himmler am Ende nur als Vorwand, um Blankenburg zu beschlagnahmen und es sich einzuverleiben. Ihr ganzes Streben hatte immer auf den Erhalt des Familienerbes abgezielt, selbst wenn sie selbst nicht die unmittelbare Nutznießerin war.

Natürlich spürte sie, wie die Versuchung wuchs. Der Wunsch nach Rache für die Blutnacht. Die Erinnerung an die Genugtuung, als sie den Manipulationen der Bilanzen auf die Schliche gekommen war. Das Bedürfnis, die Schmach der Flucht aus Deutschland zu tilgen.

Ophélie schien Elises Zweifel zu erkennen.

»Sieh den Tatsachen ins Auge, Schwester. Blankenburg ist vorerst verloren. Aber wenn die Zeit reif ist … und das wird sie eines Tages sein, wenn der Wind sich erst gedreht hat … und er wird sich drehen, dann … Wir haben nur eine Chance, unser Erbe zurückzuerhalten, wenn wir uns vorher mit allen Mitteln gegen die Nazis gestellt haben, und zwar auch die in unserer eigenen Familie.« Sie erhob sich, als wolle sie die Bedeutung ihrer nächsten Worte hervorheben. »Mal von allem anderen abgesehen, ist es auch eine Frage der Ehre. Wie könnten wir andernfalls noch in den Spiegel sehen?«

Es war ein recht gewagtes Spiel, das Elise und Ophélie da ausbaldowert hatten, und Elise war für ihren Teil nur mit halbem Herzen dabei. Auf der Fahrt zum Chateau – Elise hatte Autofahren gelernt und einen kleinen Peugeot zur Verfügung – kam ihr die Intrige niedrig vor, und Niedrigkeit entsprach nicht ihrem Wesen. Doch Ophélies Argumente waren ebenfalls nicht von der Hand zu weisen. Nur dann, wenn Blankenburg von der SS oder einer sonstigen NS-Organisation beschlagnahmt würde, bestand die reelle Möglichkeit, die Manufaktur eines Tages, wenn die Nazis besiegt wären, zurückzubekommen.

Es gab jede Menge Variablen bei dieser Kabale, und schon der Beginn war heikel. Denn an wen sollten sie den Brief mit der brisanten Information schicken? An Himmlers Büro? Zwei exilierte Frauen, eine davon mit jüdischem Nachnamen, die andere mit französischem, enthüllten dem Reichsführer SS die Illoyalität eines Untergebenen. Wie glaubwürdig konnte eine solche Beschuldigung sein? Am besten wendeten sie sich an eine Person, der Himmler zum einen vertraute und die zum anderen einen Vorteil für sich selbst darin erkannte. Am Ende kam nur einer dafür in Frage, und dass ausgerechnet diese Person in die Angelegenheit involviert werden sollte, machte Elise noch schwerer zu schaffen als die Aktion an sich.

Letztendlich hatte sie Ophélies Drängen nachgegeben, und sie hatten einen Brief verfasst, der jetzt nur noch seinen Adressaten finden musste. Doch der Klumpen in Elises Bauch wurde größer und größer.

Im Chateau erwartete sie eine Überraschung. Eines der Hausmädchen empfing Elise, schwarzes Kleid, weißer Kragen, die Hände artig gefaltet. Wie alle weiblichen Bediensteten von Villeny sah sie aus wie eine Novizin.

»*Pardon*, Madame Elise.« Sie knickste. »*Vous avez des visiteurs.*«

»Besuch? Für mich?«

»*Voilà la carte.*«

Frau von Lerch. »Emma!«

Fast vier Jahre lang hatten Mutter und Tochter sich nicht gesehen, nur ab und zu geschrieben und drei- oder viermal telefoniert, meist zu Weihnachten. Elise hatte oft an Emma gedacht und gebetet, sie möge ihren Frieden mit ihrer Ehe machen und so etwas wie Glück auf Gut Grietzwald finden.

Nun wartete ihre Tochter im Salon. Cremefarbenes Kleid, leichter gelber Sommermantel mit orangefarbenem Satinkragen, gleichfarbiger Hut – vor allem aber ein Lächeln auf den Lippen und in den Augen, so echt und lebensfroh, dass es Elise wie eine frische Brise entgegenwehte.

»Kind!«

»Mama!«

Elise zog die innige Umarmung in die Länge, um sie sich einzuprägen. Schließlich wusste man nie. So viel ungetrübte Herzlichkeit hatte es allzu selten zwischen ihnen gegeben.

»Wie gut du aussiehst.«

»Danke, ich war gestern in Paris einkaufen.« Ihre Hand fuhr die wichtigsten Kleidungsstücke ab. »Le Bon Marché, Galeries Lafayette, Printemps … Aber wer, um alles in der Welt, ist Coco Chanel? Andauernd hält einem jemand ein Kleid von ihr unter die Nase.«

Elise umarmte sie ein weiteres Mal. »Emma, ich bin so froh, dass du da bist. Mit Kriegsbeginn ist die Verbindung nach Deutschland komplett abgerissen, und ich habe mir schreckliche Sorgen gemacht.«

»Ich mir auch. Vor allem, nachdem die Sache entschieden war. Mein Gott, wie siegreiche Truppen sich benehmen, ist immer mehr als ungewiss. Doch wie ich sehe, geht es euch gut.« Emmas Blick glitt durch den Salon mit seinen Empire-Möbeln, den fünf Meter hohen Decken und Monumentalgemälden. »Nicht übel. Gegen das hier kann Gut Grietzwald einpacken.«

Elise umarmte sie ein drittes Mal.

»Wirklich alles in Ordnung, Mama?«

»Aber ja. Es ist nur … Der Krieg hätte auch Jahre dauern können, und ich hatte schon damit gerechnet, dass wir … dass wir uns vielleicht nie mehr … Und unser Abschied vor vier Jahren war nicht so, wie ich … wie ich ihn mir …«

»Herrje, ich erkenne dich kaum wieder. So viel Sentimentalität hat dir früher jedenfalls nicht gelegen.« Emma schüttelte den Gedanken sichtbar ab. »Wie dem auch sei, der Krieg ist vorbei, und dafür kannst du dich unter anderem bei meinem Mann bedanken. Caspar hat zu Rommels Stab gehört. Du weißt schon, *der* Rommel. Es heißt, seine Panzerdivision habe den Franzosen die Hölle heißgemacht.«

»Hast du ihn mitgebracht?«, fragte Elise.

»Caspar ist unabkömmlich. In Paris richten sie gerade ein Hauptquartier ein. Er lässt dich grüßen und will mich, also auch euch, bald besuchen. Ich darf doch eine Weile hierbleiben, oder?«

Elise hakte sich bei ihrer Tochter unter und zog sie

sanft zu dem großen steinernen Portal mit den Löwenköpfen, die majestätisch auf jeden Besucher herabblickten.

»Was für eine Frage, ich bestehe sogar darauf. Du wirst staunen, wie groß Noah geworden ist. Aber ich muss dich vorwarnen, derzeit sind Schnecken seine Lieblingstiere. Ich erinnere mich noch gut an deine, du auch? Es waren Grashüpfer. Bald sind davon mehr im Haus herumgesprungen als im Garten. Dein Vater hätte beinahe den Kammerjäger kommen lassen.«

Emma blieb abrupt stehen und blickte zurück zum Automobil.

»Bevor wir hineingehen, Mama … Ich habe jemanden mitgebracht, der dir seine Aufwartung machen möchte.«

Sie schlenderten zurück zum Wagen, und als sich die Tür öffnete, stand Elise vor Tankred, der ihr die Hand entgegenstreckte. Zu ihrer eigenen Verblüffung ergriff sie sie, mehr noch, sie brachte sogar den Abglanz eines Lächelns zustande und fragte sich, ob sie sich genauso verhalten hätte, wenn sie nicht den Brief, der Tankred das Genick brechen konnte, am Herzen tragen würde.

»Dieser Räuber! Dieser Schmarotzer! Dieses Wiesel!«

Es war später Abend, und Arabella und die übrige Familie hörten bei Cognac, Wein und Pralinen Ophélie dabei zu, wie sie im schummrigen elektrischen Licht des Salons von Villeny eine Beschimpfung nach der anderen ausstieß. Tankred war schon vor ihrer aller Rückkehr von einer Feier wieder abgefahren, hatte jedoch eine Karte hinterlassen, die ihn als neuen »Generalbevollmächtigten für wirtschaftliche Zusammenarbeit im Besatzungsgebiet Frankreich Nord« auswies.

»Was fällt ihm ein, hier zu erscheinen. In meinem Haus! Das ist eine ungeheuerliche Provokation. Eine Kriegserklärung«, wetterte Ophélie weiter.

»Man kann es auch einen Anstandsbesuch nennen«, widersprach Arabella. »Eine höfliche Geste.«

»Dazu müsste er wissen, was Anstand und Höflichkeit sind.«

»Du hast in deinem ganzen Leben höchstens ein Dutzend Worte mit ihm gewechselt.«

»Und du ein paar zu viele, Tante Arabella. Mich interessieren nur seine Taten. Du hast wohl schon vergessen, dass er dir und Elise eure Anteile an Blankenburg gestohlen hat. Wirf mal einen Blick auf deinen Kontostand, dann fällt es dir vielleicht wieder ein.«

»Diese Anspielung auf mein Alter und meine materielle Situation ist unpassend, meine Liebe.«

Tatsächlich war Arabellas finanzielle Lage desaströs, und allein Ophélies Großzügigkeit bewahrte sie davor, bei amerikanischen Freunden um Unterstützung bitten zu müssen. Glücklicherweise verlor ihre älteste Nichte kein einziges Wort darüber – bis eben. Tankreds Besuch hatte Ophélie sichtlich verstört, und dass er fortan jederzeit wieder hier auftauchen konnte, brachte sie fast um den Verstand.

Wie eine leere Hülle ließ Ophélie sich auf das Sofa neben ihren Mann sinken, den die Angelegenheit wie üblich völlig kalt ließ, ganz anders als der sündhaft teure Weinbrand, den er sich in großzügigen Schlucken einverleibte.

»Natürlich bedauere ich den Verlust meiner Anteile«,

sagte Arabella. »Aber es ist mir lieber, dass ein Blankenburg die Firma führt als ein x-beliebiger Lakai Himmlers, ein Parteisoldat und SS-Knecht.«

»Du hast es wohl immer noch nicht begriffen. Der Bastard ist ein Parteisoldat und SS-Knecht, und du bist auf weiter Flur die Einzige, die auch noch Verständnis für seine …«

Ophélie war etwas eingefallen, und sie wandte sich an Elise. »Ausgenommen natürlich Emma, die ihn adelt, indem sie sich mit ihm in ein Automobil setzt. Über deine Tochter müssen wir auch noch reden. Sie sitzt da oben, packt ihre Koffer aus … die Armada hatte nicht so viele Schiffe wie diese Frau Kleider … und hat die Frechheit, mir Grüße ihres Mannes zu übermitteln, eines Wehrmachtsoffiziers! Sie tut so, als gehöre ihr ganz Paris und womöglich bald auch noch Villeny, und sie ist …«

»Nun reicht es aber.« Arabella war es leid, dass Ophélie in ihrer schlechten Laune einen nach dem anderen verbal ohrfeigte.

Mit aller ihr noch zur Verfügung stehenden Kraft stieß sie ihren Stock so fest auf den Marmorboden des Salons, dass der Knall von den Wänden widerhallte wie bei einem Schuss. Sie hatte sich damit übernommen. Derselbe Schmerz, den sie vor einigen Jahren zum ersten Mal gespürt hatte, als er noch zurückhaltend, beinahe schüchtern die Hüfte hinauf bis zur Schulter gezogen war, traf sie wie ein Peitschenhieb. Wäre der Stock nicht gewesen …

Die anderen glaubten, ihre Empörung ließe sie die Augen schließen und bringe ihren betagten Körper ins Wanken, und Arabella ließ sie in dem Glauben.

Nach drei, vier tiefen Atemzügen sagte sie: »Du bist die Reichste von uns, Ophélie, und die Cholerischste, aber ich bin ganz sicher die Älteste, deswegen setzt euch jetzt bitte und hört mir zu. Ich habe etwas zu sagen, etwas außerordentlich Wichtiges, und wenn ich kurz dramatisch werden darf, vielleicht ist es sogar entscheidend für das Überleben unserer Familie. Einige von uns heißen Löwenkind, andere Fleury, aber wir sind alle Blankenburgs, auf die eine oder andere Art. Selbst du, Edmond, der du so lange mit den Blankenburgs gelebt und sie, das darf ich selbstkritisch sagen, allzu oft ertragen hast.«

Wie üblich hielt sich der Hausherr im Hintergrund, was in dem enorm großen, schlecht beleuchteten Salon nicht weiter schwer war. Er hatte sich einen weiteren Cognac eingeschenkt und saß längst, als Elise, Ophélie, Damian, Maxim und Marie Arabellas Bitte Folge leisteten und langsam auf die zahlreichen weichen Sitzgelegenheiten sanken, die überall herumstanden.

Arabella hob gerade an zu reden, als ein Donnerschlag den Raum samt der Deckenlampen erzittern ließ. Den ganzen Nachmittag schon hatte ein Gewitter in der Luft gelegen. Gewaltige Wolken hatten sich über der Loire aufgetürmt, doch hatten sie ein Einsehen mit den in den Feierabend Heimkehrenden gehabt und ihre schwere Last für sich behalten. Bis zu diesem Augenblick. Heftiger Wind rüttelte an den alten Fenstern des Schlosses, und bald verdrängte ein dunkles Rauschen die Stille der Nacht.

Arabella erteilte den anderen Anweisungen. »Marie, würdest du bitte die Vorhänge zuziehen? Damian und Maxim, wenn es euch nichts ausmacht, stellt ihr bitte das flackernde Licht ab und zündet ein paar Kerzen an, ja? Auch ein Gewitter wird mich nicht daran hindern, mit euch heute Abend eine Vereinbarung zu treffen.«

Nach und nach, wie auf einer Theaterbühne, erhellten Lichter den Raum, und die schweren Samtvorhänge verbannten die Geräusche nach draußen.

»Das ist ja fast wie in einem Krimi von Agatha Christie«, lachte Marie.

»In einem was von wem?«, fragte Ophélie.

»Eine englische Autorin von Kriminalromanen, bei der nicht selten Archäologie eine Rolle spielt. Sie liebte solche Szenerien und hat …«

»Marie«, unterbrach Arabella sie. »Das passt jetzt nicht, mein Kind.«

Arabella war nun die Einzige, die stand, und auch wenn sie sich lieber gesetzt hätte, fand sie es wichtiger, die Familie im Blick zu behalten.

»Zunächst einmal möchte ich, dass wir uns hier und jetzt ein Versprechen geben. Nichts von dem, was wir heute Abend erörtern, darf jemals diesen Raum verlassen. Das ist und bleibt eine Sache zwischen uns sieben. Sind alle einverstanden?«

Ein leises Murmeln und ein Nicken hier und da genügten Arabella nicht.

»Ich meine das sehr ernst. Wir geben uns gegenseitig dieses Versprechen, und ich möchte von jedem ein vernehmliches Ja oder Nein hören, kein Gemurmel.«

Alle stimmten zu.

»Elise«, sagte Arabella. »Die Geheimhaltung gilt auch gegenüber Isaac und Emma. Einverstanden?«

Elise nickte, und Arabella atmete tief durch.

»Und weil das so ist, werden wir uns die Wahrheit

sagen. Keine Lügen oder Ausflüchte, keine halben Sachen. Ja?«

Maxim kicherte. Marie verschränkte gelangweilt die Arme vor der Brust und schlug die Beine wenig damenhaft übereinander, Damian machte ein todernstes Gesicht, doch letztendlich erfüllte das Echo aus sechs Kehlen den Raum.

»Gut. Also, wo beginne ich? Wir leben in einem besetzten Land, das ist nun einmal so, und wir wissen nicht, wie lange dieser Zustand anhalten wird. Es sieht nicht danach aus, als wäre er nächste Woche, nächsten Monat oder nächstes Jahr ein anderer. Das ist das eine. Das andere ist, dass zwei der Besatzer zu uns gehören.«

Ophélie wollte protestieren, doch Arabella hob den Stock leicht an, was erfreulicherweise genügte, um ihr Einhalt zu gebieten.

»Tankred und Emmas Mann sind Teil unserer Familie, ob euch das nun passt oder nicht. Ich weiß nicht, wie lange Caspar in Frankreich verweilt, aber Tankreds Titel lässt darauf schließen, dass er sich häufiger in unserer Nähe aufhalten wird. Früher oder später wird er ins Chateau zurückkehren.«

Ophélie brauste auf: »Das werde ich verhindern.«

»Wirst du nicht, weil du es gar nicht kannst. Er hat eine ganze Armee hinter sich und du einen Mann, der lieber Zeitung liest. Willst du Tankred mit der Sonntagsausgabe verjagen? So, nun habe ich den Faden verloren. Wo war ich? Ach ja, also weiter.« Arabella seufzte. »Ja, ich bin alt. Ich habe gelegentlich Schmerzen in der Hüfte und Probleme beim Verdauen von rohem Gemüse. Verkalkt bin ich jedoch noch nicht, deshalb sind mir einige Dinge aufgefallen, die den meisten anderen hier verborgen geblieben sind. Vielleicht, weil sie zu beschäftigt waren.«

Gestützt auf den Stock, ging Arabella die Sessel und Sofas des Salons ab, vorbei an Ophélie, Maxim, Marie, Elise und Edmond, der nur mit halbem Ohr zuhörte.

»Beschäftigt entweder mit der Vermehrung des eigenen Vermögens und der Errichtung eines kleinen Königreiches. Oder damit, Geld aufzutreiben, um in dubiose Geschäfte zu investieren. Oder mit dem Lesen englischer Kriminalromane. Oder mit der Pflege eines körperlich und seelisch Kranken. Oder damit, das Leben in vollen Zügen zu genießen.«

Vor Damian blieb sie stehen. »Und so, meine Lieben, ist euch allen entgangen, dass einer von uns drauf und dran ist, zum Mörder zu werden.«

Damian hielt ihrem Blick stand, und sie sagte: »Ich habe ein Telefonat belauscht, das Sie geführt haben. Ich hoffte, Zeugin einer Romanze zu werden, stattdessen wurde ich Zeugin eines Mordplans.«

Edmond stellte den Cognac zur Seite, Marie richtete sich auf, Maxims Grinsen erstarb. Damian hielt weiterhin ihrem strengen Blick stand und sah sie unumwunden an.

Mit trotziger, fester Stimme widersprach er ihr. »Das ist kein Mord, sondern legitimer Lebensentzug, eine Art Hinrichtung.«

Arabella wiegte den Kopf. »Interessant, dass man dem Morden im Krieg einen anderen Namen gegeben hat. Geschieht das, um das Gewissen zu beruhigen?«

»Krieg?« Ophélie erhob sich keuchend. »Wovon redet ihr? Der Krieg ist vorbei.«

»Nur scheinbar, meine Liebe. Menschen wie Damian

setzen ihn fort, und ich muss sagen, dass ich rein abstrakt nichts dagegen habe.«

Damian klärte die übrigen Anwesenden auf. »Es ist wahr, ich habe mich einer Widerstandsgruppe angeschlossen. Überall bilden sich Zellen der Résistance, und wir werden dieses Land befreien.«

»Hey, das ist ja ein irres Ding«, sagte Marie begeistert.

»Irres Ding, das ist Wahnsinn«, rief ihre Mutter. »Das … kann dich das Leben kosten.«

»Das kann uns alle das Leben kosten«, korrigierte Arabella sie. »Dich, mich, den kleinen Noah … Deswegen müssen wir hier und heute darüber sprechen, wie wir uns gegenüber den Besatzern verhalten, wie weit wir gehen und was wir unbedingt unterlassen sollten. Andernfalls laufen wir sehenden Auges in die Katastrophe.«

Damians Züge verhärteten sich. »Tyrannen muss man die Stirn bieten. Die Nazis sind nationalistische, antikommunistische, antisemitische Rassisten, die man ausmerzen muss, wo man ihnen begegnet.«

Arabella lächelte. »Ich weiß, alle *boys* zwischen fünfzehn und fünfundzwanzig halten sich für Davids, die Goliaths umhauen, und dann gibt man ihnen eine Spatzenschleuder in die Hand, und sie schießen sich gegenseitig die Augen aus. Mein Lieber, Sie sind alt genug, um für sich selbst zu entscheiden, aber nicht alt genug, um für uns alle zu entscheiden. Jetzt sage ich euch mal was: Ich habe genau verfolgt, wie die Nazis vorgegangen sind, nachdem sie vor zwei Jahren Österreich vereinnahmt haben. Sie werden ihre Politik auch auf die besetzten Gebiete ausdehnen, und das bedeutet, dass hier bald jede Menge Menschen Hilfe und Zuflucht benötigen. Dafür brauchen wir dieses Chateau, als

Refugium für Verfolgte, und nicht als Stätte eines Blutbades.« Sie stützte die Hände auf beide Sessellehnen und beugte sich über Damian. »Das müssen Sie Ihrer Gruppe unbedingt sagen: keine Aktionen in unmittelbarer Nähe des Chateaus, ebenso keine konspirativen Versammlungen.«

Er zögerte, machte schließlich eine wegwerfende Bewegung mit dem Kopf.

»Ist gut.«

»Schwören Sie es.«

»Ja, ich schwöre es. Und wenn ich das sage, dann meine ich es auch so.«

»Guter Junge. Sie sind zwar Stabhochspringer und Kommunist, und Sie wissen, ich halte beides für ausgemachten Blödsinn, aber Sie haben das Herz am rechten Fleck. Ich wünschte, ich könnte das über jeden in diesem Raum sagen.«

Alle Augen ruhten auf Arabella, die sich nun aufrichtete und Maxim ansah.

»Der eine Zwilling will die Nazis erschlagen, der andere will sie bewirten, nicht wahr?«

Sie zog ein Flugblatt aus der Rocktasche, darauf eine Illustration. Fröhliche Farben, langbeinige Tänzerinnen, amüsierte Herren vor Champagnerflaschen, das alles umflirrt von musikalischen Noten und firmierend unter dem Namen *Club Surprise*.

Ungläubig blickte Ophélie auf den schrillen Handzettel, Edmonds Augen bekamen einen weichen Anflug, Marie warf es mit spitzen Fingern zurück auf den Tisch, und Damians Gesicht nahm einen rötlichen Ton an.

»Das ist dein Club, Max?«, fragte er seinen um wenige Stunden jüngeren Bruder.

»Clubs kommen groß in Mode«, rechtfertigte Maxim sich. »Die Leute wollen sich amüsieren.«

»Die Leute?« Damian sprang auf. »Die Leute!« Er hechtete auf seinen Bruder zu, packte ihn am Kragen und war drauf und dran, ihn zu schlagen. Nur mit vereinten Kräften konnten die anderen ihn davon abbringen.

»Was regst du dich so auf?« Maxim richtete seinen derangierten Anzug. In letzter Zeit trug er gerne *chic*, wohingegen Damian auf bretonische Kappen und saloppe Halstücher schwor. Nicht nur optisch entwickelten die Zwillinge sich völlig auseinander.

»Max, einer der Typen auf dem Flugblatt trägt Uniform, hältst du mich denn für blöd?«

»Das ist keine deutsche Uniform.«

»Es ist auch keine französische.«

»Die Franzosen halten ihr Geld momentan zusammen, die deutschen Soldaten dagegen geben es mit beiden Händen aus. Das muss man ausnutzen. Mensch, sie zahlen dafür, ich nehme sie aus. Das ist meine Art von Patriotismus.«

»Du bist ein ganz … mieser … verräterischer …«

»Ich denke, für heute sind genug Schimpfwörter in diesem Salon gefallen.« Mit ihren bescheidenen Kräften zog Arabella ihren Großneffen zurück auf seinen Platz. »So wenig, wie Villeny ins Visier der Besatzer geraten darf, so wenig darf es in den Ruf kommen, eine fünfte Kolonne des Reiches zu sein. Maxim, Sie sind genauso alt wie Ihr Bruder und treffen Ihre eigenen Entscheidungen. Bewirten Sie die Deutschen, unterhalten Sie sie. Doch eines darf nie passieren: dass Sie sich mit ihnen verbünden.«

»Soll ich jetzt etwa auch schwören?«

»Das wäre überaus freundlich von Ihnen.«

»Mit Blut? Oder soll ich die Familienbibel holen?«

»Wie wäre es, wenn wir Ihren Kopf in Eiswasser tauchen?«

»Also bitte, ich schwöre es feierlich.«

»Ich hoffe, Sie meinen es genauso ernst wie Ihr Bruder.«

»Mindestens doppelt so ernst.«

Arabella war erschöpft von ihrem Vortrag, von den Geschehnissen des Tages, dem Feiern und Streiten. Sie ließ sich auf eine Chaiselongue nieder.

»Was Tankred angeht…«

Ophélie blieb in diesem Punkt unbeugsam. »Ich weigere mich, ihn hier zu empfangen.«

»Meine Liebe, ich könnte mir vorstellen, dass er bereit ist, auf deine reizende Gesellschaft zu verzichten, wenngleich unter großem Bedauern. Ich gebe allerdings Folgendes zu bedenken. Einer, der den Namen Blankenburg trägt, egal, wie du darüber denkst, hat sich eines dubiosen Hilfsmittels bedient, um die Firma seiner Vorfahren unter seine Fittiche zu bekommen. Ehrlich gesagt, sehe ich keine Ethiker in diesem Raum versammelt. So gut wie jeder hier hat schon einmal etwas getan, worauf er nicht gerade stolz ist.«

Ihr Blick fiel auf Ophélie, die, als Elise ihre Hilfe gebraucht hätte, mit Sack und Pack nach Frankreich gegangen war. Auf Edmond, der seine Frau mehr als einmal betrogen hatte. Auf Elise, die Emma gedrängt hatte, einen anderen Mann zu heiraten als jenen, den sie liebte. Auf Damian, der sie alle beinahe in große Gefahr gebracht hätte. Auf Maxim, dem das Geld näherstand als seine Landsleute. Sich selbst wollte sie gar nicht ausnehmen, denn sie hatte zu oft tatenlos dabei zugesehen, wie ungute Dinge geschahen. Diese Zeiten waren jedoch ein für alle Mal vorbei.

Trotz ihrer pubertären Provokationen war Marie vermutlich die Einzige hier im Raum, die sich nichts vorzuwerfen hatte.

»Wir sollten Tankred mit Vorsicht begegnen, aber nicht mit Feindschaft, und schon gar nicht darf irgendeiner von uns daran mitwirken, dass ihm etwas geschieht, genauso wenig irgendeinem von uns. Wir alle sind Blankenburgs, ganze, halbe oder dreiviertel Blankenburgs, aber wir halten zusammen, und wenn ich Tankred das nächste Mal sehe, werde ich ihm das genauso ins Gebetbuch schreiben wie euch.«

Arabella war müde, und obwohl sie sich bemühte, würdevoll zur Tür zu schreiten, blieb den anderen ihr leichtes Humpeln sicher nicht verborgen.

»Sind wir uns einig?«, fragte sie zur Sicherheit noch einmal nach. »Keine Aktionen gegen Mitglieder der Familie.«

Zu ihrer großen Erleichterung stimmten alle zu.

»Zum Teufel mit dem Versprechen, zum Teufel mit dem Bastard«, schimpfte Ophélie.

Eine Stunde nach Arabellas Ansprache, es war fast Mitternacht, gingen Edmond, Maxim und Marie zu Bett, ermüdet vom Cognac und von den Diskussionen. Auf Ophélies Wunsch blieben Elise und Damian noch.

Elise ahnte, dass es gleich um den Brief gehen würde, der im Widerspruch zum gegebenen Versprechen stand, nicht aber, wieso ihr Neffe anwesend sein musste.

»Ophélie, ist das denn anständig, Tante Arabella so zu hintergehen?«

»Nein, ist es nicht. Aber kämpft der Bastard anständig? Dass du morgen ja den Brief aufgibst.«

Elise fühlte sich noch schlechter als schon den ganzen Tag über. Zwei innere Stimmen brüllten sie an, die eine fand, dass sie sich gegen Tankred wehren und die Zukunft der Manufaktur sichern mussten, während die andere sagte, dass das Mittel zum Zweck falsch war und der Preis zu hoch. Und nun noch die arglistig abgegebene Zusicherung …

»Wieso hast du Arabella nicht offen widersprochen, wenn es dir so ernst ist?«, fragte Elise.

»Man kann sich bei Arabella nicht ganz sicher sein«, erwiderte Ophélie, ging zur Bar und schenkte sich einen Crème de Menthe in ein kleines pyramidales Glas ein. »Sie hat etwas für Tank… für diesen Nazi übrig, Gott weiß, warum. Sie wäre in der Lage, eine Dummheit zu begehen, aus reiner Gefühlsduselei. Familie und so. Nominal ist er vielleicht ein Blankenburg, aber er hat weder unsere Erziehung noch unsere Kultur oder Geschichte. Er ist und bleibt ein Fremdkörper, Elise, eine Geschwulst, die wir herausschneiden müssen.«

Elise wurde plötzlich die Luft knapp, und sie öffnete ein Fenster, um die vom Gewitter gereinigte Nachtluft hereinzulassen. Die Liebesgesänge der Frösche und Zikaden erfüllten den Raum, und die Damaszener Rosen verströmten ihren sinnlichen Duft. So viel Liebe da draußen. Und drinnen so viel Hass.

»Ich weiß nicht«, sagte sie. »Ich bin mir nicht sicher, ob wir das Richtige tun.«

»So ist das also, du lässt mich hängen, ja?«

»Das habe ich nicht gesagt.«

»Dann erklär mir, was du gesagt hast.«

»Ich meine nur, dass wir …«

»Du besitzt nichts mehr, gar nichts, aus eigenem Übereifer. Und halte ich es nicht für meine Pflicht, dir dennoch zu helfen, wo ich kann? Findest du irgendeinen Tadel an meinem Verhalten?«

»Nein, ich …«

»Und hatte ich nicht vor acht oder neun Jahren Recht, als ich vorausgesagt habe, dass Deutschland vollständig von den Nazis übernommen wird? Ich bin damals gegangen, ihr alle seid geblieben.«

»Das war sicherlich …«

»Vor vielen Jahren hast du mich entstellt, hast eine Halbblinde aus mir gemacht, eine Frau, die kein Mann haben wollte, eine Frau, die sich vor Kummer gemästet hat und die bei jedem Blick in den Spiegel einen Moment des Schmerzes erlebt. Trotz allem habe ich mich mit dir ausgesöhnt. Und nun, da ich ein Mal, ein einziges Mal eine Loyalitätsbekundung von dir einfordere, zierst du dich?«

Elise fühlte sich erbärmlich. Alles, was Ophélie sagte, entsprach der Wahrheit. Natürlich konnte ihre Schwester den Brief auch alleine abschicken, nur mit ihrer Unterschrift, und falls nötig, würde sie es auch tun. Sie verlangte nichts weiter als schwesterlichen Beistand, und Elise sah keine Möglichkeit mehr, ihr diesen zu verweigern.

»Ich gebe den Brief morgen auf«, seufzte Elise.

»Du siehst deinen Irrtum also ein?«

Elise schluckte. »Ja.«

»Gut.« Ophélie begoss den kleinen Sieg mit einem weiteren Glas Crème de Menthe.

»Ich gebe dem Brief vier Wochen, um seine Wirkung zu entfalten. Falls dann noch immer nichts passiert ist, kommst du ins Spiel, mein Sohn.«

Damian war von dieser Ankündigung ebenso überrascht wie Elise.

»Wieso? Was habe ich damit zu tun?«

»Na ja, du bist doch im Widerstand, wie ich vorhin erfahren habe. Ich war zunächst schockiert, aber es hat auch sein Gutes. Denn sollte der Nazi-Bastard in vier Wochen noch immer auf seinem Posten sein, müssen wir schwerere Geschütze auffahren, und zwar im wahrsten Wortsinn. Ich beabsichtige, ihn um ein Treffen zu bitten, möglichst an einem neutralen Ort. Dort müssen du und deine Kameraden ihm auflauern und … du weißt schon.«

Elise konnte kaum glauben, was sie da hörte. Sie musste sich setzen. Auch ihr Neffe war empört.

»Ich habe Arabella vorhin mein Wort gegeben, ihm kein Haar zu krümmen, Maman.«

»Jetzt kommst du mir auch mit dem Gewäsch von Ehre und Gelübde. Dieser Kerl ist ein Nazi, ein SS-Offizier. Erzähl mir jetzt bitte nicht, dass die nicht ganz oben auf eurer Abschussliste stehen. Wenn du selbst es nicht tun willst, gib den Hinweis eben an wen anders weiter.«

Was war nur aus ihnen allen geworden?, dachte Elise. Dieselben Menschen, die vor zehn Jahren über Literatur und Gesellschaft diskutiert hatten, die es sich auf Soireen und in der Oper hatten gut gehen lassen, schmiedeten heute finstere, sogar tödliche Pläne. Lügen, Drohungen und Meineide waren selbstverständlich geworden, die Intrige eine zweite Haut, und nun schreckten einige von ihnen sogar vor Mord nicht zurück. Das hätte Elise ihrer Schwester niemals zugetraut, und noch schockierender wurde die Erkenntnis dadurch, dass Ophélie offenbar auch nicht davor zurückschreckte, ihre Familie – ihren eigenen Sohn! – dafür in Gefahr zu bringen. Auch Elise betrachtete Tankred als Gegner, jedoch nicht als Monster oder Todfeind. Was brachte Ophélie bloß dazu, ihren Neffen derart zu hassen? Lag es an seinem Vater Otto, ihrem Bruder, den ihre Eltern Ophélie stets vorgezogen hatten? An ihrem Hass auf alles Deutsche, seit die Nazis an der Macht waren? Oder daran, dass Tankred als Einziger und Letzter ihrem Anspruch, das Familienoberhaupt zu sein, im Wege stand?

Als Damian zusagte, mit seinen Kameraden in der Résistance darüber zu sprechen, wurden Elise zwei Dinge klar: Sie war nun, wenn auch widerwillig, Mitwisserin bei einem Attentatsplan, und der Erfolg des Briefes, den sie bei sich trug, war vielleicht Tankreds einzige Chance zu überleben.

Sie ging mit einem mulmigen Gefühl schlafen und gab das Schreiben wie zugesagt am nächsten Tag auf. Die Adresse lautete: Reichssicherheitshauptamt, Albrechtstraße 8, Berlin, zu Händen von Kriminalrat Jakob Meining – DRINGEND.

# 8

*Den Gegensatz zur Résistance bildet die Kollaboration. Darunter werden alle Formen der Zusammenarbeit mit den Besatzern verstanden, sowohl wirtschaftlicher als auch politischer Art, von der Waffenproduktion bis hin zu simplen Putzdiensten bei Wehrmachtsoffizieren. Intime Beziehungen zu Deutschen werden als »horizontale Kollaboration« bezeichnet. Schließt man die Amtshilfen der Behörden ein, beispielsweise der Polizei, ist die Zahl der Kollaborateure in den ersten Jahren der Besatzung deutlich höher als die Zahl der aktiven Widerstandskämpfer.*

Orléans, Quai de Châtelet, ein Café mit Blick auf den gemütlichen Fluss und dessen Inseln. Wo Tankred saß, hatte Jeanne d'Arc einst die Belagerung der Engländer durchbrochen, was den Anfang vom Ende der Fremdbesatzung bedeutete. Wo die blutigen Kämpfe getobt hatten, trank man fünfhundert Jahre später Kaffee und aß eine Madeleine dazu. In einem Reiseführer las Tankred, dass man sie eintauchte, doch das Ergebnis war ihm zu matschig, und so schob er den Reiseführer wie auch den verunstalteten Kaffee und das, was mal ein Gebäckstück gewesen war, von sich weg.

Drei Uhr zehn, seine Tante Ophélie verspätete sich. Kein Wunder, schließlich lebte sie schon viele Jahre in Frankreich.

Er bestellte einen neuen Kaffee, und zwar in der Landessprache. Zu mehr reichte es bei ihm allerdings noch nicht. Erwiderte jemand etwas darauf, lächelte er nur, nickte oder tat so, als müsse er unbedingt etwas im Reiseführer oder in einer Akte nachlesen. Überhaupt war er noch nicht angekommen, wie man so schön sagte. Es gelang ihm nicht, Frankreich zu genießen, wie die meisten anderen Kameraden, die vom Essen, vom Wein, von der Leichtigkeit und selbstverständlich von den Frauen schwärmten.

Er dachte oft an Shuilian, eigentlich unentwegt, sobald er Zeit dazu hatte. Einmal hatte er sich um sechs Uhr abends in das ihm zur Verfügung stehende Flugzeug gesetzt, war von Paris nach Frankfurt geflogen und mitten in der Nacht in der Villa Vanora angekommen. Er hatte sie schlafend vorgefunden, zwei Stunden lang angesehen und war vor dem Morgengrauen wieder abgereist, nachdem er die Blüte einer Teichrose aus dem eigenen Garten auf dem Kopfkissen hinterlassen hatte. Denn das bedeutete Shuilians Name: Teichrose.

Sie hatte ihn am nächsten Tag unter anderem Namen angerufen und sich bedankt.

»Danke, sie ist wunderschön.«

»Ich wäre fast reingefallen.«

»In den Teich? Du Kind, du. Warum hast du mich nicht geweckt?«

»Ich wollte dich nur ansehen. Und es ist einfacher, jemanden zwei Stunden lang anzustarren, der schläft.«

»Du bist verrückt.«

»Das habe ich sonst immer zu dir gesagt.«

»Wir werden uns ähnlicher.«

Sie hatte es natürlich nicht sehen können, aber er war sehr ernst geworden, als er sagte: »Nur das nicht, Shuilian.«

Tankred war sehr erfolgreich in dem, was er tat. Eine Motorenfabrik, vier landwirtschaftliche Großbetriebe, eine Keramikmanufaktur und ein Steinbruch – wie die Fangarme einer Krake griff sich die SS jede Beute, die sie erwischen konnte, und dies völlig wahllos. Einmal rief Himmler ihn persönlich an und sagte, er habe vergangene Nacht von Weinbergen geträumt. Tankred solle doch zusehen, möglichst bald etwas Passendes zur Eingliederung in die Schutzstaffel zu finden. Ein SS-Wein, es war grotesk. Das Blödeste, was er je in die Tat umsetzen musste. Zwei Wochen später meldete er Vollzug.

Drei Uhr fünfzehn, das akademische Viertel war vorüber, und Tankred bestellte den dritten Kaffee. Ophélie durfte sich sogar eine ganze Stunde Verspätung bei ihm erlauben. Am Telefon hatte sie angedeutet, die alten Geschichten endlich ruhen zu lassen, ihrer Kinder wegen, wie sie behauptete. Auf nichts anderes hoffte er seit Jahren. Bei der Gelegenheit wollte er ihr auch erklären, wieso ihm bei der Enteignung von Arabella und Elise im Grunde keine Wahl geblieben war.

Als der Kaffee kam, sagte er, ohne aufzublicken: »*Merci bien.*«

»*Pas de quoi*, Monsieur.«

Die Stimme kam ihm bekannt vor, und eine Sekunde später saß Schimmi neben ihm, falsch herum auf einem Stuhl, und lächelte ihn zufrieden an.

Tankred verdrehte die Augen. »Das gibt's doch nicht! Du schon wieder. Was willst du hier? Warum bist du in Frankreich?«

»Na, ich arbeite.«

»Als Kellner? Oder als Polizist in Zivil?« Schimmi trug einen französischen Anzug aus hellblauem, weiß gestreiftem Leinen, dazu ein rotes Einstecktuch und einen blau-weiß-rot karierten Binder. Er sah aus, als wolle er heute noch jemandem die Frage aller Fragen stellen.

»Tanke, du hast immer noch nicht verstanden, warum es Geheime Staatspolizei heißt. Ich bin eine Woche nach dir hier angekommen. Himmler meinte, vor dem nächsten Schritt auf der Karriereleiter solle ich erst mal ein Kommando übernehmen. Er hat mir Kopenhagen, Brest oder Orléans angeboten. Mit Dänemark habe ich es nicht so, und die Bretagne ist mir zu windig. Du weißt, ich friere schnell. Voilà, hier bin ich: der höchste Vertreter des Reichssicherheitshauptamtes im Departement Orléans.«

Tankred wandte sich demonstrativ von ihm ab. »Ich habe keine Zeit für dich und deine Geschichten.«

Schimmi überreichte ihm einen Brief. »Wenn du das hier liest, wirst du deine Meinung ändern.«

Die Handschrift kam Tankred gleich bekannt vor, und nach wenigen Zeilen erklärte sich auch über den Inhalt, wer die Verfasserin war. Neben Arabella war Elise die Einzige, die ursprünglich Kenntnis von dem hatte, was darin offenbart wurde. Er hatte mit den beiden gemeinsame Sache gemacht und die SS im Allgemeinen und Heinrich Himmler im Speziellen hintergangen.

Doch nicht nur sie.

Tankred faltete den Brief, der die Unterschriften von Elise und Ophélie trug, wieder zusammen und gab ihn Schimmi zurück. Er sah ihm in die Augen, versuchte, darin zu lesen. Erst, als er zu sprechen begann, bemerkte er, wie sehr die Angst ihn im Griff hatte.

»Bist du persönlich gekommen … Bist du hier, um mich zu verhaften?«

Schimmi grinste. »Das wäre naheliegend, oder? Immerhin hast du damals auch mich in die Pfanne gehauen. Ich war mit der Überwachung deiner Tante Elise beauftragt, und deine kleine … tja, nennen wir es mal Machenschaft … hat mich ziemlich schlecht aussehen lassen.«

Er bestellte zwei Calvados, einen für sich, einen für Tankred.

»Bringen wir es schnell hinter uns«, sagte dieser. »Muss ich jetzt nach Berlin oder … werde ich hier in Orléans verhört? Von … dir?«

Schimmi gab drei kleine Schmatzer von sich. »Hast du es wirklich so eilig, am Galgen zu baumeln? Wusstest du übrigens, dass ich neuerdings Zigarren rauche? Diese hier habe ich von einem wahren Kenner. Einhundert Franc das Stück, heißt es. Oder waren es einhunderttausend? Diese Fremdwährungen … Ich rauche gerne mal eine zu meinem Calvados. Und mit alten Freunden.«

Er entzündete ein Streichholz und hielt es unter die Zigarre, wobei er Tankred nicht aus den Augen ließ. Als der Apfelbrand kam, zischte er ihn in einem weg, und als Tankred seinen nicht anrühren wollte, trank er dessen Glas gleich hinterher.

»Du musst zugeben, das war nicht sehr nett von dir. Andererseits war ich auch nicht immer nett zu dir. Die Knallerei in deinem Haus, du weißt schon.«

Er nahm den Brief und hielt ihn unter die Zigarre, an der er heftig sog. Binnen Sekunden stand das Schriftstück in Flammen. Im Aschenbecher ging es in Rauch auf.

Tankred sah Schimmi verblüfft an.

»Es gibt keine Kopie davon, Tanke. Und keiner, auch Himmler nicht, weiß, dass dieser Brief je existiert hat. Nur du, ich und deine Tanten.«

Tankred war sprachlos. Er hatte sich bereits im Keller der Gestapo gesehen, am Ende all seiner Ambitionen, am Ende seines Lebens. Entgeistert starrte er abwechselnd auf den qualmenden Aschenhaufen und in Schimmis Gesicht, das ihm zum ersten Mal unergründlich vorkam.

»Wenn du ... diesen Brief ... Himmler ...«

»Wenn ich ihm den Wisch gezeigt hätte, wäre ich befördert worden, und vielleicht hätte ich noch ein paar Prozent von Blankenburg obendrauf bekommen. Ich nehme mal an, deine entzückenden Tanten haben genau darauf spekuliert. Und ich muss zugeben, etwa zehn Sekunden lang ist der süße Vogel der Versuchung durch mein Amtszimmer geflattert. Aber dann wurde mir klar, dass ich viel Spaß in Frankreich haben würde, und habe um meine Versetzung nach Orléans gebeten.«

»Schimmi, ich ... Du hast ...«

»Quatschen wir nicht lange drumherum, ich habe dir den Arsch gerettet, Mann. Und ich will hoffen, dass jetzt Schluss ist mit der beleidigten Leberwurst. Ich habe dich wirklich vermisst, Kumpel.«

Tankred konnte nicht anders, als beeindruckt, ja, gerührt zu sein von diesem Freundschaftsdienst. Schimmi verzichtete auf eine Belohnung und Belobigung durch seinen höchsten Vorgesetzten und gewann nichts anderes als Dankbarkeit. In diesem Moment schob Tankred alles andere beiseite, alles, was sie je getrennt hatte, und auch den Gedanken, welche Konsequenzen sich aus dem Brief seiner Tanten für ihr künftiges Verhältnis ergeben würden. Ja, er vergaß sogar, dass Ophélie ihn für diesen Tag zu dieser Stunde in dieses Straßencafé an der Loire bestellt hatte und noch immer nicht aufgetaucht war.

Er stand auf und streckte die Hand aus, die Schimmi ergriff und in eine Umarmung münden ließ.

»Freunde?«

»Freunde.«

In diesem Moment trat ein Mann auf Tankred zu. Er war etwa zwei Meter von ihm entfernt, sah ihm in die Augen und hob den rechten Arm. Im nächsten Moment starrte Tankred in den Lauf einer Pistole.

Ein paar Leute schrien auf, während Tankred an seine Mutter dachte. Sie briet ihm Reibekuchen, währenddessen sang sie: *In Rixdorf ist Musike, Musike, da tanzen Franz und Rieke, die letzte Polka vor. Auf den Sonntag freu ick mir…* Sie sang es ihm mit ihrem letzten Atem an jenem Tag vor, als sie an Tuberkulose starb, kurz nachdem sie ihm das Versprechen abgenommen hatte, ein anständiges Leben zu führen, was immer sie darunter verstand. Er sah auch Dubbe und Schimmi, die ersten Männer seines Lebens, denen er vertraute, und wie sie einer nach dem anderen von ihrem Chef entlassen wurden, dessen Launen sie nicht länger ertrugen und den sie vor der übrigen Belegschaft einen

Hanswurst mit Krawatte und zu enger Hose nannten. Er sah Shuilian, als er ihr das erste Mal begegnete und sich sofort verliebte, da war sie fast noch ein Kind gewesen und er nur wenig älter. Er sah Großtante Arabella, wie sie beim Weihnachtsessen verkündete, dass er, Tankred, fortan den Namen Blankenburg tragen durfte.

Das alles sah er.

Bevor der Schuss fiel.

Er war in ihrem Alter, etwa so groß und kompakt wie sie. Sehr gelenkig sah er nicht aus, aber er zeigte immerhin mittelmäßige Geschicklichkeit beim Erklettern der alten Eiche, Maries Lieblingsbaum. Etwa zwei Kilometer von Chateau Villeny entfernt, in der Mitte eines Wäldchens, warf der Baum seine mächtigen Äste zu allen Seiten aus, und stand man direkt unter ihm, war im Gewirr des Blattwerks weder die Krone zu erkennen noch jemand, der sich darin niederließ.

Marie, die auf einem breiten Ast etwa auf mittlerer Höhe den Schatten genoss, wartete, bis er nahe genug herangekommen war.

»Pass auf, wo du hintrittst, da kommt eine schwierige Stelle.«

Er blickte zu ihr hoch und lächelte. Ein Allerweltsgesicht, fand sie, brünetter Schopf, fröhliche blassgraue Augen, erhitzte Wangen. Sie hatte ihn noch nie zuvor gesehen.

»Danke für den Tipp.«

»Wenn du runterfällst, musst du selbst sehen, wie du nach Hause kommst. Ich helfe dir nicht.«

»Na, dann werde ich mir mal Mühe geben.«

Sein Akzent klang nach dem Süden, Jura oder Provence. Das war nicht weiter verwunderlich. Der verlorene Krieg, fand Marie, war wie ein Stromschlag für Frankreich gewesen. Alles war durcheinandergeraten, vibrierte und versagte. Etliche Züge fuhren nicht mehr. Einberufene hatten kein Geld, um nach Hause zu kommen, und wohnten notdürftig in Baracken. Aber eigentlich interessierte sie sich nicht für den kurzen Krieg und seine Folgen.

»Was habe ich gerade gesagt? Du musst aufpassen.«

»Tu ich doch.«

»Nicht genug. Du musst den linken Arm benutzen. Den linken. So wird das nichts.«

»Immerhin bin ich bis hierher gekommen, oder nicht?«

»Ja, genau, bis dahin. Und ins Hospital schaffst du es auch noch, vielleicht sogar auf den Friedhof, wenn du nicht endlich mit dem linken Arm … Na also, es geht doch.«

Er war jetzt nur noch zwei, drei Meter von ihr entfernt.

»Kann man dich auch abschalten?«, fragte er, während er sich ächzend weiter nach oben zog.

»Manche haben es versucht, geschafft hat es noch keiner. Noch nicht mal mein Bruder, und der ist dreimal so viel Mann wie du.«

»Liegt der Charme bei euch in der Familie?«

»Wir wohnen drüben im Chateau Villeny, und von Schlossbewohnern erwartet man eine gewisse Übellaunigkeit.«

Er war bei ihr angekommen und setzte sich auf einen Ast gleich neben ihrem. Hätten sie die Arme ausgestreckt, hätten sich die Fingerspitzen berührt.

Sie fragte: »Woher kommst du?«

»Aus Orange.«

»Da wollte ich immer schon mal hin. Wenn man lange genug gräbt, findet man dort römische Münzen. Name?«

»Michaud.«

»Ich meinte den Vornamen.«

»Das ist mein Vorname.«

»Klingt selten … und doof.«

»Und du?«

»Marie.«

»Nicht so selten. Und ziemlich gewöhnlich, was?«

»Wie viel wiegst du?«

»Wie viel ich …? Wieso?«

»Der Ast biegt sich ganz schön unter deinem Gewicht.«

»Deiner biegt sich auch.«

»Wenn er bricht …«

»Kümmert dich das einen feuchten Dreck, hast du schon gesagt.«

»Im Gegenteil. Der Baum hat eine Aura, man muss ihn mit Respekt behandeln. Wenn du ihn mit deinem breiten Hintern malträtierst, bekommen wir Ärger.«

»Der Baum ist dreihundert Jahre ohne dich zurechtgekommen. Vielleicht hältst du einfach mal die Klappe und bewunderst die Aussicht.«

»Welche Aussicht, du armer Irrer? Außer Blättern sieht man hier doch nichts.«

Er lächelte auf eine bestimmte Weise. »Ich meinte, innerhalb des Blattwerks.«

Als sie verstand, worauf er hinauswollte, war sie einen Moment lang sprachlos, was sie umso saurer machte.

»Was hattest du zum Frühstück, Popeye? Drei Dosen Spinat mit einem Klecks Realitätsverweigerung?«

»Ich würde dich gerne zum Tanzen ausführen.«

»Das wird in hundert Jahren nicht passieren.«

»Ich dachte an nächste Woche.«

»Du kannst dir deine Einladung …« Sie schnaufte. Dann machte sie sich an den Abstieg.

»Ich wollte dich nicht vertreiben«, rief er ihr nach.

Sie hielt kurz inne, zwei Füße auf zwei Ästen, zwei Hände, die dicke Zweige umklammerten.

»Keiner hat mich je von irgendwo vertrieben, wenn ich es nicht wollte. Geht das in deinen Amboss von Schädel?«

»Verstehe, du willst also vor mir abhauen?«

Sie war drauf und dran, sich auf einen Ringkampf mit ihm einzulassen, wollte aber so schnell wie möglich von hier weg.

»Du, Marie«, rief er zu ihr hinunter. »Ich steige jetzt ganz nach oben.«

»Gute Idee. Da oben sind die Äste ziemlich dünn. Es gibt also eine reelle Chance, dass wir uns nie wiedersehen.«

Unten angekommen, tauchte sie festen Schrittes in das Wäldchen ein. Als sie sicher war, dass er sie nicht sehen konnte, verfolgte sie, so gut es eben ging, seinen Aufstieg in die Krone. Nach ein paar Minuten war ein lautes Jauchzen zu hören.

Marie sagte leise: »Michaud.«

Einer war von rechts gekommen, ein zweiter von links, ein dritter von hinten, und ehe der Attentäter es sich versah, hatten sie seine Hände auf dem Rücken zusammengebunden und führten ihn ab. Der Mann war sichtlich schockiert – weniger von seiner Ergreifung als vielmehr von der Tatsache, dass der SS-Offizier, der eigentlich mit einem Loch im Kopf am Boden liegen müsste, noch immer aufrecht vor ihm stand.

Allerdings nicht mehr lange. Tankred fiel auf seinen Stuhl zurück, nach Luft schnappend wie auch nach einer Erklärung für das Geschehene suchend.

Schimmi blickte ihn gelassen an. »Ophélie«, sagte er nur.

Tankred war längst blass wie ein Leichentuch, aber jetzt fühlte er, wie auch das letzte Blut aus seinem Gesicht entwich. So etwas hätte er nie für möglich gehalten. Und doch, was Schimmi behauptete, passte zu den Fakten: Ophélies Wunsch, sich mit ihm zu treffen, ihr Nichterscheinen sowie der Umstand, dass Schimmi offenbar Kenntnis von dem bevorstehenden Anschlag gehabt hatte.

»Ich habe einen Tipp bekommen, von einem sehr zuverlässigen Informanten, der deiner Tante nahesteht. Soweit ich weiß, hat sie die Tat alleine geplant, ohne deine Tante Elise und deine Großtante Arabella. Was genau dahintersteckt, müssen wir noch herausfinden, und jetzt, da wir einen von denen haben, werden wir das auch. Am Ende reden sie fast immer.«

Tankred war immer noch sprachlos. Schimmi bestellte ihm einen Calvados und sagte zu dem Kellner: »Lassen Sie die Flasche da.«

Er schenkte ihnen ein. »Ach ja, wir haben vor der Tat die Munition ausgetauscht. Wie, fragst du dich? Nun denn, wir haben es geschafft, jemanden einzuschleusen. Prost.«

Beide tranken. Tankreds Kehle brannte von dem Apfelschnaps. »Und das alles … warum? Was will Ophélie damit erreichen?«

»Das werden wir herausfinden.«

»Du willst … sie verhaften lassen?«

Schimmi verzog das Gesicht und bediente sich am Calvados. »Nein«, brummte er. »Das gehört zu der Abmachung, die ich mit unserem Informanten getroffen habe. Deine Familie ist sozusagen sakrosankt. Wohlgemerkt nur die Familie, nicht ihr Besitz. Wir sollten uns beizeiten mal Blancbourg ansehen, das wäre eine schöne Ergänzung zu Blankenburg, findest du nicht?«

Tankred war nicht in der Lage, sich in dieser Stunde über so etwas Gedanken zu machen.

Er trank einen zweiten Calvados und danach gleich noch einen, und erst mit der Wärme breitete sich in seinem Bauch auch die Beruhigung aus.

»Puh.«

»Alles in Ordnung?«

»Es geht wieder. Ich … ich war noch nie ein Köder.«

»Zu keinem Zeitpunkt warst du in Gefahr. Wir hatten die Situation unter Kontrolle.«

»Das weiß ich jetzt, vor zwei Minuten wusste ich es nicht. Schau du mal in die Mündung einer Pistole.«

»Trink noch einen.« Schimmi schenkte ihnen beiden noch einmal nach. »Die Franzosen machen tolle Schnäpse, findest du nicht? Ich konnte dich leider nicht einweihen, du hättest dich dann anders verhalten. Und wir mussten den Täter in flagranti schnappen. Außerdem … eine klitzekleine Abreibung hattest du verdient, *d'accord*?«

»Ich dachte, ich würde sterben, du blöder Affe.«

Schimmi fummelte ihm ein paar Flusen von der Uniformjacke und lächelte ihn dabei auf eine jungenhafte Weise an, mit der er früher schon um Verzeihung gebeten hatte, wann immer er Mist baute. Meistens sagte er dann etwas Lustiges oder Albernes. »Du weißt, ich stehe total auf dich.«

Tankred schüttelte den Kopf und musste kurz auflachen. Er wollte es eigentlich nicht, aber da waren der Schock, der nachklang, und der Calvados, der den Schock betäubte. Da waren auch die Jahre, die sie sich kannten. Und die Tatsache, dass Schimmi in dem Film vorgekommen war, der ablief, als Tankred geglaubt hatte, dem Tod ins Auge zu blicken.

»Sieh mich an, Schimmi«, sagte er und trank einen weiteren Calvados. »Nein, nicht so feixend. Sieh mir mal richtig in die Augen. So etwas wie vor vier Jahren wird nie wieder passieren. Nie wieder. Sobald irgendetwas im Busch ist, warnst du mich.«

»Hand drauf.«

»Nicht so schnell. Ich will, dass du das verinnerlichst.« Er hatte Mühe, dieses Wort auszusprechen. Trotzdem war er bei klarem Verstand. »Du warnst mich.«

Sie gaben sich die Hand. »Und du mich«, sagte Schimmi.

»Das ist nur fair.«

Schimmi gab Tankred einen Klaps auf die Schulter und drückte ihm einen Schlüssel in die Hand.

»Paris, Rue de Liège fünfzehn, Hofeingang, Mansarde. Fahr da gleich mal hin. Letzte Überraschung des Tages. Aber keine Sorge, eine angenehme. Mach's gut, Kumpel. Ach ja und zieh dir was anderes an.«

Unter der angegebenen Adresse traf er Shuilian, die ihn mit einem Abendessen bei Kerzenlicht erwartete. Schimmi hatte ihr die Wohnung über Mittelsleute zur ständigen Benutzung verschafft, und es war klar, er würde dafür sorgen, dass keiner von Tankreds Vorgesetzten davon erfuhr.

Für Arabella glich Damians Zimmer einem Museum für Kuriositäten. Kricketschläger, Diskusse und Trikots hingen neben sowjetischen Propagandapostern, auf denen Kolchosebäuerinnen mit langen Zöpfen und Arbeiter mit erhobenen Fäusten paradierten. Auf ein Porträt Trotzkis folgte eines des schwarzen Sprinters Jesse Owen. Dort, wo früher das Stalin-Poster gehangen hatte, klaffte eine Lücke.

»Nanu, wo ist es hin, das Väterchen Josef?«, fragte Arabella, als sie am späten Abend noch ihren Großneffen aufsuchte.

Damian lag auf dem Bett, ein Buch in den Händen und zwei Hanteln neben sich. Er war der einzige Mensch in Arabellas Umfeld, der sich die Zeit abwechselnd mit Krafttraining und der Lektüre von Zola vertrieb.

»Stalin hat einen Nichtangriffspakt mit den Nazis geschlossen. Er ist ein Verräter an der Sache.«

Arabella seufzte. »Das Problem mit dem Kommunismus ist, dass jeder Kommunist ein Verräter an der Sache ist. Die Ansprüche, die ihr an euch selbst stellt, könnten selbst Jesus und Buddha nicht erfüllen. Wie soll es da Stalin gelingen?«

Er zog es vor, missmutig weiterzulesen, statt zu antworten. Sie nahm einen Tennisball und anschließend einen Pingpongschläger in die Hand. Eine rote Flagge mit Hammer und Sichel war wohl dafür vorgesehen, die entstandene Lücke an der Wand alsbald zu füllen.

»Kurios, ich bin keinem dieser Gegenstände jemals näher als hundert Meter gekommen, und nun bin ich von ihnen umringt.«

Damian klappte das Buch zu. »Was wollen Sie, *grande tante*?«

»Sie waren recht schweigsam beim Diner.«

»Das ist meine Natur.«

»Bei der Selleriesuppe hätten Sie fast geweint. So schlecht war sie nun auch wieder nicht.«

»Es tut mir leid, ich bin heute für Ihre Witze nicht empfänglich.«

»Was ist passiert?«

»Das wollen Sie nicht wissen.«

»So, und warum setze ich mich dann freiwillig diesem Horrorkabinett an den Wänden aus? Und dem Geruch von Schweißsocken, der Ihrem Bett entströmt?«

»Sie sollen das lassen.«

Arabella hob überrascht den Kopf. »Was?«

»Das Scherzen.«

»Es erleichtert das Leben, mein Junge.«

Er warf das Buch quer durch das Zimmer. »Heute nicht. Heute … nicht.«

Über den Graben von beinahe fünfzig Jahren hinweg sahen sie sich an. Auf der einen Seite die Frau, die zu einer Zeit geboren worden war, als es weder Telefone noch Automobile oder Flugzeuge gab, als Frauen noch Korsette und Männer noch steife Kragen trugen, die beiden fast die Luft abschnürten, und auf der anderen Seite der Mann, der viel zu jung war, um schon mit dem ganzen Wahn einer Zeit konfrontiert zu werden.

»Sie sind alle tot. Oder gefangen, was noch schlimmer ist.«

»Wer?«

»Leute wie ich, fünf Männer, zwei Frauen.«

»Erzählen Sie es mir, mein Junge.«

»Es gab zwei Gruppen in der Gegend von Orléans. Seit drei Stunden gibt es nur noch eine.«

»Résistance?«

Er nickte.

Arabella setzte sich auf die Bettkante. »Sie haben die Leute aus den anderen Gruppen gekannt?«

Damian schluckte mehrmals. »Flüchtig. Aber darauf kommt es nicht an.«

»Das ist wahr. Wie ist das passiert?«

Sie spürte, dass er etwas zurückhielt. Es kam ihr vor wie ein inneres Tauziehen, und es war unklar, ob es zu ihren Gunsten oder Ungunsten ausging. Wenn er ihr jetzt nicht vertraute, würde er es nie tun.

»Man könnte sagen, *grande tante* … Man könnte sagen, dass Sie schuld daran sind.«

Vor Schreck stand sie wieder auf, doch als der Schmerz wie ein Blitz in ihre Hüfte fuhr, sank sie zurück auf die Matratze. »Wie? Ich?«

»Sie haben mir das Versprechen abgenommen, Tankred kein Haar zu krümmen. Deswegen habe ich abgelehnt, an der Aktion teilzunehmen. Verstehen Sie? Mich hätte es erwischen müssen. Ich hätte fallen sollen für das Vaterland. Ich, verflucht noch mal, ich.«

Er wandte Arabella den Rücken zu, sie wusste nicht, ob vor Trauer oder Zorn. Nach einer Weile berührte sie ihn an der Schulter und war fast erleichtert, als sie seine Tränen bemerkte.

»Wem wäre damit geholfen, wenn Sie tot wären, statt irgendwer anders? Sie sind Soldat in einem Krieg, und Kriege sind nun mal kalt und ungerecht, sie kennen weder Ordnung noch Rücksicht. Etwas anderes zu verlangen, wäre hirnverbrannt, denn einen ordentlichen, rücksichtsvollen, guten Krieg hat es noch nie gegeben. Es geschehen abertausende Tragödien, jeden Tag, jeden Augenblick, auch während wir hier reden. Wenn Sie anfangen, Schuld zu verteilen, sei es an mich, an Sie selbst, an Tankred oder sonst wen, dann wird vielleicht der Résistance-Kämpfer Damian de Fleury diesen Krieg überleben, aber Sie werden es nicht, und das wäre verdammt schade.«

Wieder sah er sie an, als stecke ein Klumpen in seiner Kehle.

Arabella atmete zweimal tief durch. »Aber da ist noch etwas anderes, richtig?«

Ophélies Boudoir stand im heftigen Gegensatz zu ihrer Persönlichkeit. Wer hätte gedacht, dass eine anpackende Geschäftsfrau, die ein erfolgreiches Unternehmen gegründet hatte und leitete, in einem Raum voller Plüsch schlief? Ein Himmelbett wie aus einem Orientroman des neunzehnten Jahrhunderts, dazu ein Schminktisch wie der von Madame Pompadour, das Nachtgewand Kleopatras …

Arabella arbeitete sich durch mehrere Schichten Gaze, bevor sie vor der schlafenden Ophélie stand. Ohne Rücksicht zu nehmen, schrie sie das ganze Chateau zusammen.

Was sie von Damian erfahren hatte, war ungeheuerlich, geradezu unverzeihlich. Um einen billigen Rachedurst zu stillen, hatte ihre Nichte das Leben mehrerer Menschen zerstört und viele weitere in Gefahr gebracht. Doch nicht nur das. Sie hatte einen Mord in Auftrag gegeben. Einen Mord! In ihren schlimmsten Vorahnungen und Albträumen hatte Arabella einen solchen Auswuchs, ja, Sittenverfall nicht für möglich gehalten. Und dass diese Untat auch noch ein Familienmitglied zum Ziel gehabt hatte …

»Ist dir klar, dass du ein halbes Dutzend Menschenleben auf dem Gewissen hast?«, schrie sie ihre Nichte an, die aus dem Tiefschlaf hochgeschreckt und noch halb benommen war.

Ihr Mann Edmond, der gewöhnlich im Zimmer nebenan schlief, ihre Söhne, Marie, ihre Schwester sowie deren Mann und Tochter standen allesamt um ihr Bett herum. Und obwohl die meisten nicht wussten, wovon die Rede war, spürten sie, dass etwas Außergewöhnliches, vielleicht Entscheidendes passierte.

Die kleine Gaslampe in Arabellas Händen, bisher die einzige Lichtquelle im Raum, wurde durch eine weitere neben Ophélies Bett ergänzt.

»Du bist wohl von allen guten Geistern verlassen«, rief die Gescholtene.

»Wenigstens bin ich nicht von bösen Geistern besessen. Wie konntest du nur so etwas Niedriges, Gemeines, Abscheuliches tun!«

Ophélie schob die dünne Seidendecke zur Seite, stand auf und warf sich ihr Negligé über. Nachts trug sie die Gesichtsmaske nicht, die das verunstaltete Auge verdeckte, und mit wirrem Haar verlor sie zusätzlich von der Imposanz, die sie sonst ausstrahlte.

»Ich verbitte mir diesen Tonfall!«

»Einen anderen verdienst du nicht.«

»Ich muss dich wohl daran erinnern, Tante Arabella, dass du Gast in diesem Hause bist.«

»Nicht mehr lange, meine Liebe. Ich gedenke, Villeny zu verlassen, sofern du keine Reue zeigst und dich mit Tankred versöhnst … Falls er darauf überhaupt noch Wert legt.«

»Dann müssen wir dich wohl künftig entbehren, denn ich fresse lieber deinen Stock, als bei diesem Wicht Abbitte zu leisten. Was ich getan habe, war für die Familie.«

»Nein, es war für dich und niemanden sonst«, erwiderte Arabella mit einer eisigen Herablassung, die ihr sonst nicht zu eigen war. Sie wandte sich Elise zu, ohne ein Wort zu sagen. Damian hatte ihr von dem Brief erzählt, und die Scham in Elises Miene bestätigte seine Worte.

»Wenn Tante Arabella geht, dann gehe ich auch«, sagte Elise, die sich nun wiederum an Isaac wandte. Nach einem Augenblick des Zögerns nickte er. »Und mein Mann ebenfalls.«

»Oh«, rief Ophélie, »drei Esser weniger. Bitte, wie ihr wollt.«

Es war sonst nicht Edmonds Art, sich in die Händel seiner Frau einzumischen. Er war das Gegenteil eines Geschäftsmanns, ein Privatier aus Überzeugung, und seine moralischen Werte waren so diffus wie der Milchkaffee, den er sich jeden Tag um Punkt fünfzehn Uhr gönnte. Vor zehn Uhr morgens war er normalerweise nicht ansprechbar, deshalb war es umso erstaunlicher, dass er sich zu nachtschlafender Zeit in die Diskussion einbrachte.

»*Chérie*, wenn du hinnimmst, dass deine Familie dich verlässt, läuft etwas völlig falsch.«

Mehr musste er nicht sagen, es genügte, um Ophélie zu verunsichern.

Damian trat an sie heran. »Wir sind zu weit gegangen, Maman. Meine Kameraden sind tot.«

»Sie … sie sind als Helden in einem gerechten Kampf gestorben.«

»Nein, Maman. Sie dachten, sie töten einen SS-Mann. Tatsächlich sollten sie einen Neffen töten, einen Rivalen um die Macht bei Blankenburg, einen deutschen Cousin. Seien wir mal ehrlich, wir haben sie benutzt, und nun … Wer weiß, was sie jetzt mit uns machen werden. Vielleicht haben wir es sogar verdient, du und ich. Aber die anderen?«

Ophélie wankte leicht, ihr Sohn stützte sie. Abwechselnd blickte sie in die Gesichter ihrer Familienmitglieder. »Es … tut mir leid. Ich dachte, ich könnte … Oh mein Gott. Wir hätten alle sterben können durch meine Schuld.«

Arabella legte ihre Hände auf Ophélies und Damians Schultern, sodass die drei Generationen ein Dreieck bildeten.

»Dazu wird es nicht kommen«, versprach sie. »Wir werden mit Tankred reden, und zwar als vollwertiges Mitglied unserer Familie. Gleich morgen.«

Das *Le Maurice* in der Rue de Rivoli gehörte zu den besten Adressen in Paris, und es war eines der wenigen Luxushotels, die noch nicht vollständig von deutschen Militärs requiriert worden waren. Einst hatten in dem Haus spanische, britische und montenegrinische Könige, afrikanische Sultane sowie indische Maharadschas bei ihren Besuchen der Hauptstadt residiert. Tschaikowski hatte dort eine Oper geschrieben und der Herzog von Windsor mit seiner Geliebten Wallis Simpson heiße Liebesnächte verbracht. Nun waren es zumeist die polierten Stiefel hoher Generäle, die über die flauschigen blauen Teppiche zu den exklusiven Suiten marschierten, und statt gepflegter Konversation gab es Diskussionen über Divisionsstärken und Luftschlachten.

Mit der gelblichen Sandsteinfassade, den schattigen Arkaden, weißen Fensterläden und grünen Sonnensegeln vermittelte das Gebäude ein so harmonisches Bild, dass man fast nicht glauben konnte, drinnen gehe es um Leben und Tod.

In einem Zimmer, das Tankred für Treffen zur Verfügung stand, hatten sich Arabella, Ophélie, Damian, Elise und Isaac eingefunden. Edmond, Maxim und Marie waren im Chateau geblieben, da sie kaum in die Angelegenheit involviert waren. Auf einem Tisch standen Erfrischungen, die an diesem heißen Augusttag sehr willkommen waren, umso mehr, als die Fenster auf Tankreds Anweisung hin geschlossen blieben. Was hier drinnen besprochen wurde, war nichts für fremde Ohren.

Arabella hatte sich vorgenommen, nicht über das Kleinklein der vergangenen Missetaten zu konferieren. Wenn sie anfingen aufzurechnen, wer was zu welcher Zeit in welcher Reihenfolge und warum getan hatte, wären sie zum Jüngsten Gericht noch nicht fertig.

Zunächst bedankte sie sich bei Tankred, dass er dem Treffen zugestimmt und es umgehend anberaumt hatte, auch wenn es gewissermaßen auf seinem Hoheitsgebiet und nicht auf neutralem Boden stattfand.

»Als Älteste«, begann sie, »darf ich sicher zuerst das Wort ergreifen. Wir alle waren und sind Einflüssen unterworfen, die wir nicht ablegen können wie ein klammes Kleidungsstück. Teilweise stammen diese noch aus dem letzten Jahrhundert, steif und behäbig, teilweise sind sie neu und gewaltig. Tradition, Moral und Religion oder was wir dafür halten, haben manchen von uns die Sicht auf das Wesentliche versperrt. Aber auch große Ansprüche, Ängste und Trotz haben ihr schlechtes Werk getan. Das Wesentliche, meine Lieben, sind wir, die Menschen. Wie können wir erwarten, dass die Welt eines Tages zu einem besseren Ort wird, wenn es uns noch nicht einmal gelingt, mit unserem eigenen Fleisch und Blut in Frieden zu leben?«

Tankred, dem auffiel, dass sein Onkel Isaac als Einziger noch kein Getränk hatte, brachte ihm ein Glas kühler Limonade. Zunächst versuchte Isaac, so zu tun, als bemerke er die Geste nicht, doch als dies nicht länger möglich war, sah er Tankred an wie ein in die Ecke getriebener Kater, der zwischen Furcht und Attacke schwankte.

»Ich kann nicht vergessen, was meinem Sohn in deinem Haus widerfahren ist«, sagte er schließlich.

»Mein Haus«, bestätigte Tankred leise und vorsichtig. »Aber nicht mein Wille. Ich habe mich erst wenige Stunden vorher mit Esra ausgesprochen, wir hatten uns versöhnt. Was dann geschah … Du hast Recht, keiner von uns kann das vergessen. Trotzdem können wir ein Glas Limonade zusammen trinken, meinst du nicht?«

Isaac überlegte dreimal, ob er das angebotene Glas ergreifen sollte, so als ginge es dabei um ein ganzes Schicksal. Sein hageres Gesicht zitterte bis in die Tiefe der Augenhöhlen.

Würde er ablehnen, wäre dieses Treffen obsolet, bevor es richtig begonnen hatte. Schließlich nahm er die Limonade wortlos aus Tankreds Händen entgegen.

»Was die Geschichte mit den Anteilen angeht«, fuhr Tankred beinahe übermütig fort, »könnte ich mir vorstellen, dir, Tante Elise, und Ihnen, Großtante Arabella, einen gewissen Betrag zu zahlen, eine Entschädigung für euren Verlust sozusagen.«

Elise erhob sich. »Das könnte ich niemals annehmen«, presste sie mit nur halbherzig unterdrücktem Ärger hervor. »Das hat etwas von einem … einem Knochen, den man dem Hund hinwirft, nachdem man ihn vor die Tür gesetzt hat.«

Tankred war überrascht. »So war das nicht gemeint, Tante Elise. Ich wollte nur …«

Arabella griff ein. »Mein lieber Junge, Sie meinen es gut. Doch Ihr Angebot ist nicht akzeptabel, auch für mich nicht. Ich bitte Sie hier um ein wenig Nachsicht.«

Tankred zögerte. »Woher ich die nehmen soll, weiß ich ehrlich gesagt nicht. Immerhin wollte man mich eurerseits um die Ecke bringen, zweimal sogar, zuerst mittelbar und dann unmittelbar. Ich halte mein Angebot daher für besonders großzügig. Und was passiert? Ich werde barsch abgekanzelt.«

Genau diese Situation hatte Arabella vermeiden wollen, doch bevor sie eingreifen konnte, stand auch Damian auf.

»Ja, wir haben einen Fehler gemacht, einen großen sogar, den ich für meinen Teil sehr bereue. Wir hätten das nicht tun dürfen. Unsere Motive waren falsch, die ganze Sache war falsch. Wenn dieses Treffen allerdings darauf hinauslaufen soll, dass wir von unserem neuen

Familienoberhaupt generös begnadigt und abgefunden werden und ihm auch noch huldigen sollen…«

Er schaffte es, seine Wut im letzten Augenblick herunterzuschlucken, auch weil Arabella ihn sanft am Arm berührte.

»In Ordnung, in Ordnung«, gab er nach.

Es war so viel Emotionalität im Raum, dass Arabellas Vorhaben darin kaum Platz hatte. Zu viele Menschen waren gestorben, zu viel Hoffnung war zerstört, zu viel Stolz aufgebaut worden. Insgesamt waren zu viele widerstreitende Interessen entstanden, als dass mehr möglich wäre als ein kleiner Waffenstillstand.

»Wir haben bisher nur über das gesprochen, was nicht geht«, stellte Arabella fest. Sie wandte sich an Tankred. »Wird es Repressalien geben wegen dem, was Ihnen beinahe passiert wäre?«

»Die Frage ist unverschämt und Ihrer nicht würdig, Großtante Arabella«, entgegnete Tankred beleidigt.

»*O please, come down from the horse*«, schimpfte sie. »Ich weiß, so etwas wäre nicht Ihr Stil, aber wie ich eingangs schon festgestellt habe… wir haben nicht alles in der Hand.«

Er ließ sich von Arabellas wütender Reaktion beeindrucken. »Nein, natürlich wird es keine Repressalien geben. Jedenfalls keine physischen, wenn ich es mal so umschreiben darf.«

»Sondern?«

»Ich verlange ein Viertel von Blancbourg als Entschädigung für das Attentat auf mich.«

Nun platzte auch Ophélie der Kragen, und sie stieß sich wutentbrannt aus ihrem Stuhl hoch, womit bereits mehr als Hälfte der Anwesenden stand, statt zu sitzen.

»Das werde ich niemals …«

»Oh doch, das wirst du!«, brüllte Arabella sie an. »Du wirst nicht ablehnen, weil du gar keine andere Wahl hast. Tu endlich einmal etwas für die Familie und nicht nur für dich.« Sie wandte sich an Damian. »Wenn Tankred garantiert, dass die Familie unbehelligt bleibt, können Sie dann damit leben, dass er diese Uniform trägt?«

Nach einem Moment des Überlegens, sagte er: »Verflixt schwer, aber ich kann es.«

»Und Sie, Tankred, können Sie damit leben, dass Damian … nun ja, auf der anderen Seite steht?«

Er dachte nach und nickte.

»Und werden Sie, im Rahmen Ihrer Möglichkeiten, die Familie beschützen?«

»Das habe ich bisher getan und werde es auch weiterhin tun.«

Immerhin ein Fortschritt, dachte Arabella. Trotzdem hatte sie ein ungutes Gefühl. Wieso verlangte Tankred ein Viertel von Blancbourg? Ihm war es stets um die Kontrolle über die Manufaktur Blankenburg gegangen, weil er sich als deren wahren Erben betrachtete. Mit Blancbourg verband ihn rein gar nichts, und Anzeichen blinder Raffgier hatte sie an ihm nie bemerkt.

»Vielleicht«, seufzte sie, »sind wir seit heute, seit diesem Augenblick, zum ersten Mal eine Familie.«

»Was waren wir denn bisher?«, maulte Ophélie, die mit dem Verlust eines Viertels ihres selbst aufgebauten Unternehmens haderte, obgleich sie begriff, dass ihr keine Wahl blieb. »Wir waren immer eine Familie.«

»Eine Ansammlung von Verwandten«, entgegnete Arabella, »ist so wenig eine Familie wie ein Haufen

Baumaterial ein Haus ist. Wenn Menschen gleichen Blutes trotz unterschiedlicher Meinungen füreinander einstehen und über die Fehler der anderen hinwegsehen, wenn sie sich gegenseitig aus der Patsche helfen und sich als Bollwerk gegen alle begreifen, die auch nur gegen ein einziges Mitglied vorgehen wollen … das ist eine Familie. Und welche andere Institution könnte uns besser durch diese wilden, unüberschaubaren Zeiten bringen, meine Lieben?«

Nachdem die anderen gegangen waren, blieb Arabella mit Tankred allein zurück.

»Heute war noch jemand im Raum, habe ich Recht?«, fragte sie ihren Großneffen geradeheraus.

»Ich habe niemanden gesehen.«

»Bitte beleidigen Sie nicht meine Intelligenz, indem Sie es abstreiten. Ein Viertel von Blancbourg, meine Güte.«

»Also schön, und wenn schon.«

»Wer? Himmler hätte sich die ganze Manufaktur geschnappt. Also steckt vermutlich kein großer Fisch dahinter, sondern eher eine kleine Ratte. Ihr Freund Schimmi vielleicht? Das ist genau seine Kragenweite.«

Tankreds Augen wurden schmal. »Wenn Sie es schon wissen, warum fragen Sie dann noch?«

»Dieser Mann ist Ihr böser Geist, das haben Sie sich hoffentlich klargemacht.«

»Um es *à l'Américaine* auszudrücken: *he saved my ass*. Ohne ihn würden wir jetzt nicht hier miteinander Limonade trinken, sondern ich läge bei sechzig Grad Celsius mit einem Loch im Kopf in einem Sarg. Ihm liegt etwas an mir.«

»Möglich. Aber ihm liegt auch etwas am Geld und an der Macht, die er über Sie bekommt. Es fragt sich nur, was davon ihm am wichtigsten ist, und es wird der Tag kommen, an dem Sie es erfahren.«

Ohne es zuzugeben, war Arabella am Ende ihrer Kraft. Die Tatsache, dass sie zwölf Stunden auf den Beinen war, dazu eine unterbrochene Nachtruhe und die zehrenden Verhandlungen hatten sie geschwächt, und nun fiel sie wie ein leerer Sack auf den Stuhl zurück.

Tankred brachte ihr ein Glas Wasser und tauchte ein Taschentuch in ein zweites, damit sie sich die Stirn kühlen konnte.

»Das ist nicht nur die Hitze, Sie sind krank«, sagte er. »Wie Sie sich bewegen … Ich habe diese schiefe Körperhaltung schon vergangenes Jahr an Ihnen bemerkt, und es ist schlimmer geworden.«

»Sie haben gute Augen.«

»Mehr haben Sie nicht dazu zu sagen?«

»Morbus Paget.«

»Noch nie gehört.«

»Wenn man diesen Begriff kennt, ist man entweder Arzt oder ein armes Schwein. Eine erbliche Verdickung der Muskeln im hohen Alter, könnte irgendwann gefährlich werden. Aber das mit dem hohen Alter bleibt unter uns, verstanden?«

»Was kann man dagegen tun?«

Arabella schüttelte den Kopf. »Gar nichts.«

»Das akzeptiere ich nicht.«

»Bewegungstherapien, Spritzen. Das zögert es allerdings nur hinaus.«

»Ich werde mich informieren«, versprach er und setzte sich neben sie, sah ihr direkt in die Augen.

Sie grinste. »Sollten Sie Ihre Hände auf meine legen wollen, bekommen Sie eine gescheuert.«

»Das würde ich nie wagen. Sie … sind für mich sakrosankt.«

Als sie auflachte, wurde er sehr ernst. »Ihnen Ihre Anteile wegzunehmen, war das Schwerste, was ich je tun musste, und beinahe hätte ich es gelassen.«

»Wenn ich die Wahl habe zwischen einem Großneffen, der idiotisch genug war, sich mit dem Teufel ins Bett zu legen, und dem Teufel höchstselbst, ist mir der Idiot lieber.«

Tankred schmunzelte. »Wie üblich haben Sie die Lage überaus charmant umrissen.«

# 9

*Unter der Ägide des SS-Standartenführers Helmut Knochen wird der innenpolitische Terror des NS-Regimes auch auf das besetzte Frankreich ausgedehnt. Alle des Widerstands verdächtige Personen dürfen ins Reichsgebiet verschleppt und in Konzentrationslager geschickt werden. Wer als verdächtig gilt, entscheiden die Sicherheitsbehörden, unter anderem die Gestapo. Juden gelten generell als verdächtig. Es kommt zu umfangreichen Verhaftungen und Deportationen. Menschen verschwinden von einer Minute zur nächsten, ohne dass die Zurückgebliebenen etwas über deren Schicksal erfahren.*

Das Bett quietschte, die Matratze war durchgelegen, und es roch, als hätte das Zimmer ein ganzes Jahrhundert im Schlaf gelegen und sei dann nur einmal kurz gelüftet worden. Am schlimmsten fand Emma die Tapete, eine braune Melange mit einem seltsam verstörenden, sich tausendmal wiederholenden Ornament, das sie an einen Krebs erinnerte und es bis in ihre unruhigen Träume schaffte. Von der Zimmerwirtin, einer mürrischen, beleibten Frau mit alten Strümpfen und einem leichten Oberlippenbart, gar nicht erst zu reden. Aber das Haus lag zentral, nicht weit von den Galeries Lafayette entfernt, und so konnte Emma leicht beides tun: Theo treffen und trotzdem mit Alibi-Einkäufen nach Villeny zurückkehren.

»Ich hasse diese Heimlichtuerei«, sagte sie, während ihr Zeigefinger über seine stark behaarte Brust wanderte, als beschreibe er einen Weg.

»Du hasst dieses Etablissement, nicht die Heimlichtuerei.« Wie üblich, nachdem sie miteinander geschlafen hatten, lag Theo mit hinter dem Kopf verschränkten Armen im Bett und himmelte abwechselnd Emma und die Zimmerdecke an. »Wenn wir in ein schönes Hotel gehen würden …«

»In den vornehmen Pariser Hotels wimmelt es nur so von deutschen Offizieren, ebenso wie in Caspars Adressbuch. Da könnten wir uns auch gleich auf der Champs-Élysées vergnügen.«

»Du, das wäre was«, rief er ausgelassen.

Es gefiel ihr, ihn zum Lachen zu bringen. Sie fand seine Art so amüsant. Ein Giggeln, dann, nach einem Moment des Innehaltens, etwas lauteres Gelächter, dann wieder ein ausklingendes Giggeln. Und nicht selten, nach einem verliebten Blick von ihm, ging alles wieder von vorne los. Wenn Theo belustigt war, dehnte er den Moment gerne aus. Das war eines der Dinge, die sie an ihm so liebte und weswegen sie seit zehn Jahren nicht von ihm loskam. Er konnte Augenblicke zu Stunden werden lassen. Ganz gleich, wo sie waren und was sie taten, er gab ihr das Gefühl, dass die Zeit nicht zählte. Zwei Stunden machten dann die zwei Monate wieder wett, die sie sich nicht sahen. Nach ihrem Einzug auf Gut Grietzwald waren es sogar zwei Jahre gewesen.

Zwei Jahre, in denen sie die Gutsherrin und Offiziersgattin gespielt hatte, was war ihr auch anderes übrig geblieben? Sie ging zu den Hinrichs und den Heinrichs, den Kaufmanns und den Webers und lud sie für den darauffolgenden Samstag zum Kaffee ein. Sonntags dann der Kirchgang. Ab und zu blieben Gäste über Nacht, zumeist Offiziere mit ihren Familien. Einmal küsste Erwin Rommel ihre Hand, und sie zeigte seiner Frau die Pferde, für die das Gut berühmt war. Die Winter waren schrecklich in ihrer Tristesse, aber die Sommer waren noch schrecklicher, weil Emma immer wieder dachte, wie schön sie sein könnten, wenn nur Theo bei ihr wäre.

Caspar benahm sich vortrefflich, und manchmal dachte sie, es wäre ihr lieber, er würde sie schlecht behandeln. Wenn sie sich sehr allein fühlte, kam es vor, dass sie Caspar auch als Lebenspartner zu mögen begann. Wie es bei jenem Ausritt der Fall gewesen war, als er sie zu einem Hügel lotste, von wo aus sie eine wunderbare Aussicht über das von Wiesen, Seen und Wäldern geprägte Land hatten. Doch es dauerte nicht lange, und sie dachte: Theo hätte hier ein Picknick für uns arrangiert.

Zu Beginn eines jeden Monats, als vorweggenommener Höhepunkt sozusagen, fuhr sie nach Berlin, wo sie einkaufte, als stünden ihr mehrere Jahre in einer abgelegenen afrikanischen Missionsstation bevor. Bei einer dieser Einkaufstouren begegnete sie 1938 Theo wieder. Wobei – begegnete, das klang so zufällig. Tatsächlich hatte sie dafür gesorgt, dass er auf der Treppe fast über sie stolperte, als er nach einem Vortrag die Akademie der Künste verließ.

Ihre Treffen waren riskant. Theo setzte seine Gastprofessur aufs Spiel, sie ihre Freiheit und ihr Ansehen. Im Schlafwagen von Berlin nach Königsberg hielten sie sich zum ersten Mal seit zwei Jahren wieder in den Armen. Von da an einmal im Monat.

Das Verbotene hatte durchaus seinen Reiz. Sie erlebten ihren dritten Frühling, nachdem sie ja schon einmal getrennt worden waren, damals durch Emmas Eheschließung, ja, fast Zwangsverheiratung. Nun stellte ihre Ehe keinen Hinderungsgrund mehr dar.

Sie bauschte ihr Kopfkissen mit einer energischen Bewegung auf und ließ den Kopf darauf zurücksinken.

»Hattest du eigentlich Frauen in den zwei Jahren, die wir uns nicht gesehen haben?«, fragte sie ihn.

Er küsste sie auf die Stirn, genau zwischen die Augen, und zog sie näher an sich. »Das fragst du mich zwei Jahre später? In einer Bruchbude in Paris?«

»Hattest du?«

»Also, mal sehen … Da war diese Rothaarige in Kiel, die immer an der Mole auf und ab spazierte, sie hieß Molly. Dann die Sekretärin des Museumsleiters in Karlsruhe, die hatte Beine, ich kann dir sagen …«

»Du Schuft.«

Er lachte. »Ich mache nur Spaß.«

»Jaja.«

»Und du?«

Sie richtete sich halb auf. »Was denkst du von mir? Ich bin eine verheiratete Frau.«

Sie kringelten sich so sehr vor Lachen, dass das Bett quietschte wie eine ganze Kompanie schlecht geölter Fahrräder. Als sie sich wieder beruhigten, lag er in ihren Armen.

»Selbst wenn ich gewollt hätte, in Ostpreußen lebst du wie auf dem Präsentierteller. Caspar muss mich gar nicht bespitzeln, da erfährt jeder alles über jeden. Worüber soll man auch sonst reden als über die vermeintlichen oder tatsächlichen Heimlichkeiten der Nachbarn? Zwischen Gut Grietzwald und der nächsten Behausung liegen vier Kilometer, aber ich sage dir, die Nachbarn bekommen mehr mit als die Leute hier im Zimmer nebenan. Seit ich in Ostpreußen lebe, weiß ich, wie sich Effi Briest gefühlt hat.«

»Ich habe deinen Mann damals in Berlin kennengelernt, als deine Mutter eine Art Hilfskomitee zu deiner Befreiung gründen wollte. Ein Stock, zweifellos.«

»Ein Stock? Steif wie ein Obelisk ist er.«

»Alles an ihm?«, fragte Theo und grinste tiefgründig.

Sie gab ihm mit ernster Miene einen Klaps. Nach einem Moment lächelte sie. »Siehst du, so ein Satz würde ihm nie über die Lippen kommen, nein, er würde es noch nicht einmal denken. Er ist so geradlinig, so ordentlich und sauber …«

»Bin ich etwa dreckig?«

Sie dachte kurz darüber nach. »Du liegst mit einer verheirateten Frau im Bett. Das käme Caspar nie in den Sinn. Eher würde er Mönch werden, als einer Versuchung nachzugeben. Ich meine, prinzipiell ist das ja eine positive Eigenschaft, ich wollte keinen Mann, der mich betrügt. Aber dass er … so gar keine Fantasie hat. Seine Tugenden sind allüberall. Kann so jemand lieben?, frage ich dich. Wirklich lieben? Mit ganzer Kraft und Seele? Ich denke, er liebt mich wie sein Lieblingspferd. Oder seine Amme. Irgendetwas, das er in Bronze gießen und auf eine Stele stellen kann.« Sie fröstelte kurz. »Müssen wir in den wenigen Minuten, die uns noch bleiben, wirklich über ihn reden? Sag mir lieber, wie es mit uns weitergehen soll.«

»Es läuft doch gerade sehr gut mit uns. Seit du in Villeny bei deinen Verwandten wohnst, müssen wir uns nicht mehr im Schlafwagen einschließen.«

»Ich kann nicht ewig in Villeny bleiben. Und du auch nicht. Ein Maler in Paris, ich bitte dich, willst du etwa zum Klischee werden? Du musst dich weiterentwickeln, du musst reisen, Aufträge annehmen.«

»Französische Landschaften, wie wäre das? Und du fährst mir hinterher. Sommerfrische in Rouen, ein Kuraufenthalt in der Champagne, dagegen kann keiner etwas haben.«

»Das fällt doch auf. Die Gestapo hat mich schon einmal verhaftet, beim nächsten Mal läuft das nicht mehr so glimpflich ab.«

»Und wenn du deinen Cousin um Hilfe bittest? Tankred hat uns doch schon einmal wieder zusammengebracht.«

»Ja, das könnte ich tun«, erwiderte sie ohne Begeisterung. »Aber ich dachte an eine … grundsätzliche Lösung.«

Er zwinkerte. »Was denn? Soll ich, der Maler, etwa deinen Mann, den Panzerfahrer, erwürgen? Er hat das Eiserne Kreuz, oder?«

»Was du da wieder redest. Wir könnten in die Schweiz gehen, du und ich. Ich meine, du bist doch Schweizer. Zumindest warst du es, bevor du Deutscher geworden bist.«

Er richtete sich auf. »Was?«

»Dort wären wir in Sicherheit.«

»Dort wären wir im Nichts, Emma. Meine ganze Reputation beruht auf meiner Arbeit in Deutschland. In der Schweiz kennt mich kein Mensch.«

»Dann ändern wir das eben.«

»Und wie? Gerade hast du noch vom Vermeiden von Klischees gesprochen, und jetzt soll ich als Schweizer den ganzen Tag Berge malen.«

»Meine Güte, es wird sich schon etwas finden. Man braucht nicht viel, um glücklich zu sein.«

»Doch, Glück.« Er stand auf und zog sich die Unterhose an. »Was hatte ich für ein Glück, dass man mich in Deutschland ausstellt. In der Schweiz noch einmal dasselbe zu versuchen, dort ganz neu anzufangen, einen weiteren Erfolg zu erwarten … Emma, das heißt, dem Glück gehörig auf die Nerven zu gehen.«

»Du hast etwas Geld, ich auch, außerdem hast du Talent, bist noch keine vierzig. Und, nicht zu vergessen, ich habe einen Namen.«

Er schlüpfte in Hose und Hemd. »Ja, du hättest den Namen einer Frau, die ihren Ehemann verlassen hat, einen hochdekorierten Offizier und direkten Untergebenen des Helden der Maas. Hast du überhaupt eine Vorstellung davon, wie schwierig es für dich sein wird, in die Schweiz zu gelangen? Die Grenzer lassen dich als Frau Oberst doch nicht einfach so ausreisen. Die bringen dich auf direktem Wege zurück nach Grietzwald, sperren dich in die Kemenate und ziehen den Schlüssel ab. Und sollte es dir, wie durch ein Wunder, gelingen …«

»Uns.«

»Gut, sollte es uns gelingen, sind wir in allen Himmelsrichtungen vom Faschismus umgeben. Sie werden mir von deutscher Seite aus das Leben zur Hölle machen. Verzeihung, uns. Übrigens … die konservativen Schweizer werden uns das übelnehmen. Mir, dass ich Deutscher geworden bin, und dir, dass du deinen Mann verlassen hast. Du hast gerade von Effi Briest gesprochen. In der Schweiz wärst du Anna Karenina.«

»Puh, das war ja mal ein Vortrag …« Sie stand ebenfalls auf und kleidete sich an. »Ich bin immer noch der Meinung, wo ein Wille ist, da ist auch ein Weg.«

»Stimmt. Nur wohin er führt, darüber schweigt dieser großartige Spruch sich aus.«

Schon wieder Schuhe unter den Füßen, sahen Emma und Theo sich über das Bett hinweg an. Die Sonne fiel durch ein schlieriges Fenster in einen Raum voll tanzender Staubflocken.

»Wir haben gestritten«, sagte sie.

»Ich erinnere mich nicht, dass wir schon einmal …«

»Ich auch nicht. Das ist schrecklich.«

Er ging auf sie zu und nahm sie in die Arme. »So schrecklich nun auch wieder nicht. Es ist normal, oder?«

»Darum geht es ja. Zwischen uns soll nichts Normales sein. Wir sind anders. Wir sind verliebt. Getrennte Verliebte. Wir sollten uns trösten, küssen, trösten. Und wenn wir schon reden müssen, dann von der Liebe. Streiten kann ich jederzeit mit wem anders.«

Ein dreimaliges dumpfes Klopfen von nebenan riss das Paar auseinander.

»Die Concierge«, sagte Theo. »Die zwei Stunden sind vergangen.«

Emma stampfte mit dem Fuß auf und schickte ein Stoßgebet zur Zimmerdecke. »O, diese grässliche Alte, ich werde sie eines Tages umbringen. Andere Leute haben einen Wecker, wir haben den Besenstiel von Satans Tante.«

»Sie ist nicht wichtig.«

Emma machte eine hilflose Geste. »Vermutlich nicht. Aber ich fühle mich hier so ... so ... Mir fehlt das Wort.«

»Schmutzig?«

»Ja, das kommt hin. Ich hasse diesen Ort und diese Alte. Aber in Ostpreußen stehe ich gewissermaßen unter Dauerbeobachtung, selbst wenn Caspar nicht dort ist, und in einem anderen Pariser Hinterhof ist es auch nicht anders.« Sie sah auf die Uhr. Ihr Zug ging in dreißig Minuten, und ihr war zum Heulen zumute. »Wann ...?«

»In vier Wochen etwa. Ich habe in München zu tun, danach in Linz.«

»Vier Wochen. Meine Güte.« So durften sie jetzt nicht auseinandergehen. Irgendeinen Hoffnungsschimmer brauchte sie. »Wie wäre es, wenn wir uns das nächste Mal in der Nähe von Villeny treffen? Es gibt dort mehrere kleine Pensionen.«

»Ja, gut.«

Als hätte ein Windstoß die Wolke vertrieben, hellte ihre Stimmung sich auf. »Gut, ich arrangiere alles. Du rufst mich eine Woche vorher an, wie immer, ja?«

»Natürlich. Herr Schroth, der Verwalter von Gut Grietzwald.«

»In Wirklichkeit kann er mich nicht leiden, und er würde mich nur anrufen, wenn das Gut abgebrannt wäre.«

Wieder wackelte die Wand unter einem dreimaligen Klopfen, doch diesmal ballte Emma die Faust und schlug zurück.

»Wir sind ja nicht taub, du biestige, alte …« Mühsam unterdrückte sie weitere Beschimpfungen.

Theo drapierte den seidenen Sommerschal um ihren Hals und fand nach einem prüfenden Blick, dass es gut aussehe, ihn halb über ihren Kopf zu ziehen.

»Wie die Frauen auf Monets Gemälden«, sagte sie.

»Nein, Monets Frauen wirken alt, selbst wenn sie es nicht sind. Du bist jung und modern und wirst nie anders aussehen als heute.«

»O doch, das werde ich.«

»Nicht für mich.«

Sie lächelte. »Ja, so sollten unsere Treffen verlaufen.« Ein neuerliches, noch lauteres, sechsmaliges Klopfen ließ Emma die Augen schließen und tief durchatmen. »Und so nicht enden.«

Um sechs Uhr abends sagte Marie zu ihrer Familie, dass man mit dem Abendessen nicht auf sie warten solle, sie treffe sich noch mit einer Freundin, es könne spät werden. Niemand glaubte ihr, weil jeder wusste, dass sie keine Freundinnen hatte. Den feinen Mädchen war sie zu derb und den einfachen Mädchen aus zu reichem Hause. Es störte Marie nicht weiter, da sie mit den dummen Gänsen, die über nichts anderes als Kleider, Männer und das Heiraten sprachen, sowieso nichts anfangen konnte.

»Wo gehst du hin?«, wollte Damian wissen.

»Das geht dich einen Sch…« Sie unterdrückte es.

»Warum sagst du nicht Scheißdreck, du stellst dich doch sonst nicht so an?«

»Es geht dich einen Scheißdreck an, warum ich nicht Scheißdreck sage. Und jetzt lass mich in Ruhe.«

Damian feixte. »Du gehst zu dem Tanzvergnügen in Dhuizon.«

»Mach dich nicht lächerlich. In diesem Aufzug?« Sie trug ein kariertes Hemd, einen alten Rock und Schuhe wie zum Wandern. Ihre Frisur ähnelte nichts, was jemals in einer Damenzeitschrift abgebildet worden wäre.

»Ich will ihn kennenlernen«, sagte Damian.

»Such dir gefälligst deine eigenen Männer, wenn du jemanden kennenlernen willst.«

»Jetzt hör mir mal zu, Mademoiselle.«

»Tut mir leid, ich habe eine Verabredung mit meinem Pferd. Ach ja, und noch etwas, Damian. Du bist ein so netter Kerl, kehr hier bitte nicht den Macker raus. Als ich zehn war, ging das in Ordnung. Inzwischen finde ich es zum Kotzen.«

Natürlich wollte sie zu dem Tanzvergnügen. Zuvor hatte sie sichergestellt, dass niemand aus der Familie denselben Plan hatte. Damian traf sich mit seinen neuen Freunden der Résistance, Maxim war in Paris, ihre Mutter lehnte alle Veranstaltungen ab, in denen das Wort Vergnügen vorkam, und ihr Vater verkehrte ausschließlich in der Bourgeoisie. Tante Elise und Isaac verließen so gut wie nie das Haus, und Großtante Arabella, der es durchaus zuzutrauen gewesen wäre, ihre Nase in Maries Angelegenheiten zu stecken, ging in letzter Zeit früh zu Bett. Blieb nur Emma übrig, doch die wusste nicht einmal, dass ein Tanzvergnügen im Nachbarort stattfand, und Marie erzählte es ihr ganz gewiss nicht.

Unter einem baufälligen Hochsitz im Wald lag das Bündel mit ihren Sachen: ein blaues Kleid, das sie sich aus Emmas unüberschaubarem Fundus »geliehen« hatte, elegante, nicht zu hohe Schuhe, die ihr Maxim ebenso wie den Lippenstift in Paris besorgt hatte, sowie ein Handspiegel und ein Kamm, um ihre Haare in Ordnung zu bringen.

Den letzten Kilometer ging sie zu Fuß. Schon von Weitem hörte sie die Akkordeons. Gängige Volkslieder und Gelächter hallten durch Wald und Flur, die Sterne funkelten, und Marie verspürte eine fremde, wilde Lust, den Abend zu etwas Besonderem zu machen.

Man hatte eine große Tanzbühne auf dem Dorfplatz errichtet. Die Leute wollten sich den Sommer nicht durch die politischen Ereignisse verderben lassen und trotzten der Schwermut. An die fünfhundert Menschen kamen zusammen, zumeist Bauern der Umgebung, dazu ein paar Kaufleute, Viehhändler …

Michaud wartete bereits auf sie. Es war Maries erstes Rendezvous, von dem Mittagessen im Speisewagen des Zuges von Berlin nach Paris vier Jahre zuvor einmal abgesehen. Sechsmal noch war sie zu der Eiche gegangen und hatte auf ihn gewartet, fünfmal davon vergeblich. Sie dachte schon, er käme nicht wieder, sei zurückgegangen nach Orange. Ungern gestand sie sich ein, dass sie es bedauert hätte, ihn nicht wiederzusehen. Aber dann war er irgendwann doch gekommen und hatte sie erneut gefragt, ob sie mit ihm zu dem Tanzvergnügen in Dhuizon gehen wolle.

»Das ist was für dumme Gänse.«

»Dann lass uns einen Abend lang Gans und Gänserich sein.«

»Hat dir schon mal jemand gesagt, dass du …«

»Ja, schon oft. Aber das hat mich nicht eingebildet werden lassen.«

»Man müsste dir eine scheuern, um dich zur Vernunft zu bringen.«

»Tritt mir stattdessen auf die Füße, am Sonntag in Dhuizon.«

Da waren sie nun. Michaud trug einfache Kleider, sauber, aber sehr rustikal. Die Hose war ihm zu kurz. Bei dem Aufwand, den er betrieben hatte, um Marie hierherzulocken, war das recht dürftig. Dann fiel ihr ein, dass er ein Flüchtling im eigenen Land war und vermutlich keine anderen Sachen besaß als jene, die er bei seinen Klettertouren auf die Eiche getragen hatte. Und die er diesmal trug, waren von einem Kameraden geliehen.

»Du siehst wunderschön aus«, sagte er.

»Scheiße, ich habe befürchtet, dass du so etwas sagst.«

Er grinste breit. »Hatten wir nicht vereinbart, das Fluchen sein zu lassen?«

»Ja. Wir werden trotzdem keine Kinder zusammen machen.«

»Heute nicht. Aber wer weiß, was die Zukunft bringt.«

»Armer Irrer.«

»Darf ich bitten, Mademoiselle?«

»Deine Hände bleiben oberhalb der Gürtellinie.«

»Wo sitzt bei dir der Gürtel?«

»Knapp unterhalb der Schultern.«

Sie tanzten drei Tänze, zwei schnelle und einen langsamen. Zum Glück hatte sie nicht alles vergessen, was ihr dieser parfümierte Tanzlehrer vor vier Jahren versucht hatte beizubringen. Ihre Mutter hatte darauf bestanden, dass sie Tanzstunden nahm, und sie musste zugeben, dass das einer ihrer besseren Einfälle gewesen war. Sie kam ganz gut zurecht, profitierte aber vor allem von Michauds engagierter Führung. Mit sanfter Gewalt durchbrach er jene Borstigkeit, die ihr zur Natur geworden war.

Der vierte Tanz war noch langsamer als der dritte, etwas für Verliebte.

Marie stöhnte. »Runter hier. Schnulzen sind nicht so meins.«

»Bei diesem Lied haben sich meine Eltern kennengelernt.«

»Du hast wenig Ahnung davon, wie man Menschen überzeugt, habe ich Recht?«

»Wenn du mir diesen Tanz schenkst, darfst du dir etwas wünschen.«

»Dann wünsche ich mir einen Knoten in deiner Zunge.«

»Einverstanden. Machst du ihn mir mit deiner?«

»Du bist pervers.«

»Das heißt dann also, ja?«

»Hoffnungslos.«

Er griff nach ihr, und sie tanzten.

»Wo siehst du denn hin?«, fragte sie nach einer Minute. »Lernt man so etwas in Orange?«

»Wenn ich dir in die Augen sehe, verdrehst du sie. Wenn ich auf deinen Mund schaue, streckst du mir die Zunge heraus. Und deine Nasenspitze, na ja, die ist nicht so toll wie deine …«

»Sieh meinetwegen den Mond an.«

»Bin ich denn der einzige Mann, der nicht versteht, wieso Frauen Kleider mit Ausschnitt anziehen, und das Einzige, was man nicht angucken soll, ist der Ausschnitt?«

»Damit fängt es an, und als Nächstes willst du sie befummeln, oder was?«

»Wenn du schon so fragst …«

»Soso. Dann darf ich aber auch mal bei dir. Eine Hand wäscht die andere.«

Er grinste. »O ja, das sollten wir danach dann aber auch wirklich tun.«

Marie blickte ihn ratlos an. Plötzlich verstand sie und brach in lautes Gelächter aus, von der Sorte, die ihre Mutter zutiefst missbilligte. Mehr noch, sie brach vor Lachen auf offener Bühne beinahe zusammen. Die Leute schüttelten die Köpfe.

»Freut mich, dass du meinen Humor magst«, sagte er.

Doch sie hörte ihn kaum. Wie sie von der Bühne herunterkam, konnte sie später nicht mehr sagen. Michaud hatte sie wohl geführt. Als der Lachanfall vorüber war, standen sie vor dem Ausschank.

»Bowle?«

Marie hatte sich wieder im Griff. »Wie alt bist du? Zwölf?«

»Zwei Bier, bitte.«

»Bier an der Loire?«

»Zweimal Rotwein, bitte.«

»Hallo Michaud, aufwachen! Loire!«

Er sah sie ratlos an

»Zweimal Muscadet«, bestellte sie.

Sie gingen zu einem Tisch, an dem noch niemand saß, und prosteten sich zu. Der Weißwein schmeckte blumig, fruchtig und ein wenig süß, er stieg schnell zu Kopf. Eine warme Nacht, die Musik, vier Tänze und die Aufregung – Marie fühlte sich bald wie im siebten Himmel. Alkohol war sie nicht gewöhnt. Zu Hause trank sie nur Wasser, obwohl ihre Eltern jeden Abend die besten Weine auf den Tisch stellten.

»Erzähl mir von dir.« Für ihre Verhältnisse war das eine geradezu biedere Frage.

»Da gibt's nicht viel. Ich bin der fünfte von sechs Söhnen.«

»Du liebe Zeit. Hast du auch Schwestern?«

»Zwei. Aber die sind schon lange weg.«

»Wohin?«

»Na, verheiratet.«

Marie wedelte mit der Hand. »Tschuldigung, eine blöde Frage. Und deine Brüder?«

»Helfen auf dem Hof.«

»Was baut ihr an?«

»Hauptsächlich haben wir Tiere.«

»Ziegen?«

»Nein, Schweine.«

»Eine Schweinezucht in der Provence. Man lernt nie aus.«

»Stört dich das? Ich meine, dass ich auf einem Bauernhof groß geworden bin.«

»Weil ich in einem Chateau lebe? Ich verstehe, dass du mich das fragst. Es ist in Ordnung. Aber frag mich so etwas nie wieder. An dem Tag, an dem ich anfange, Menschen nach ihrem Besitz oder ihrer Herkunft zu beurteilen, darfst du mir mit der Mistgabel in den Hintern stechen.«

Er lächelte bei dem Gedanken.

»Ich mache dir dieses Angebot nur, weil das niemals passieren wird, klar?«

»Klar. Aber falls doch, dann … in den bloßen Hintern?«

Sie stieg amüsiert darauf ein. »Abgemacht. Und jetzt hätte ich gerne noch einen Muscadet.«

»Ist das das, was du gerade getrunken hast?«

»Mit Getränken hast du es nicht so, was?«

Sie sah ihm nach, als er davonging. Vor zwei Wochen hätte sie den Gedanken, einem Mann hinterherzuschauen, als Ausgeburt eines bösen Fiebertraums abgetan. Wenn sie sich schon eines Tages mit Männern abgeben würde, so dachte sie, müssten es Wissenschaftler sein, am besten Archäologen, die sich gerne die Hände schmutzig machten. Zumindest Letzteres war bei Michaud der Fall. Um zu verstehen, was sie an ihm fand, hätte sie wissen müssen, worauf sie Wert legte. Darüber hatte sie aber noch nie nachgedacht. Nur feige sollte er nicht sein. Und sich nicht von ihr einschüchtern lassen.

Oh nein, dachte sie. Und sprach es dann auch aus. »Oh nein. Was macht die denn hier?«

Sie hatte ihre Cousine entdeckt, und Emma sie. Ein fröhliches Winken, ein aufgesetztes Grinsen.

»Scheiße.«

Emma schlenderte um die Tanzfläche herum, wobei sie alles genau betrachtete, wie die Gauguins in einem Museum, und kam langsam näher.

»Du hier?

»Du auch?«

Wieder ein Grinsen. Marie hätte ihre Cousine am liebsten in einen Weißkohl verwandelt oder einen Gartenzwerg, in irgendetwas Deutsches, das nicht sprechen konnte.

»Man hat mir von diesem Fest erzählt, und da dachte ich, ich schaue mal vorbei.«

»Wer?«

»Großtante Arabella.«

*Das war ja klar.* »Gibt es eigentlich irgendetwas, mit dem man die Neugier der alten Dame stoppen kann?«

»Ich schätze, ihr Interesse lässt erst nach, wenn man in alle Atome zerfallen ist.« Emma setzte sich, ohne zu fragen. »Bist du alleine hier?«

*Was geht dich das an?* »Nein.«

»Mit einem Mann? Oder einer Freundin?«

*Nein, ich trinke gerne Weißwein mit einem Tisch.* »Mit einem Mann.«

»Dann will ich nicht lange stören.«

*Warum überhaupt?* »Hat sie dich geschickt?«

»Tante Arabella? Nein, sie meinte nur, es wäre eine gute Idee, mal hier vorbeizusehen. Ich sei ja noch jung und solle mich amüsieren, meine Fremdsprachenkenntnisse trainieren. So sieht also ein typisch französisches Landfest aus.«

»Tja, ist nicht so schick wie in Berlin, Madame.« Marie hatte den Satz nicht aussprechen wollen, nur denken, doch war er ihr aus dem Mund gefallen wie ein zu heißes Stück Kartoffel.

»Ich lebe in Ostpreußen.«

»Ah.«

»Da geht es auch ländlich zu.«

»Soso.«

»Akkordeons, Tanzbühnen ... Nun gut, dort gibt es Schmorkohl und Steckrübensuppe statt Coq au vin und Cassoulet. Aber im Prinzip ... Mein Mann mischt sich gerne mal unter das Landvolk und ich sowieso.«

»Sogar unter zwei Landvölker, das eigene und das unterworfene, ist das nicht toll?«

Emma lächelte müde. »Ich weiß, du magst mich nicht. Und egal, was ich sage oder tue …«

Weiter kam sie nicht, denn Michaud brachte Wein und zwei Teller mit Coq au vin. Notgedrungen musste Marie die beiden vorstellen, und weil sie nicht wollte, dass der Abend in einer Katastrophe endete, beteiligte sie sich minutenlang an dem, was man allgemein Konversation nannte, sie aber als Gleis ins Nichts bezeichnete.

»Sie haben ja gar nichts zu trinken, Madame.«

Michaud wollte aufstehen, doch Marie hätte lieber einen großen, runden Stein den Hügel hinaufgerollt, als das Gespräch mit Emma dort fortzusetzen, wo es unterbrochen worden war.

»Ich erledige das.«

Am Getränketisch herrschte reger Betrieb, und während Marie wartete, ließ sie Emma und Michaud nicht aus den Augen. Worüber unterhielten die beiden sich denn so angeregt? Und warum lachte Emma plötzlich und Michaud ebenfalls? Dann waren sie wieder ganz ernst. Und wieso steckten sie die Köpfe zusammen?

»Hier, bitte. Wein.«

»Wie lieb von dir, Marie.«

*Nur, weil ich kein Zyanid mit mir führe. »Pas de quoi, chère cousine.«*

Dann geschah ein Wunder: Emma nahm das Glas und stand auf.

»Wenn ich hier noch länger mit euch herumsitze, noch dazu mit einem gutaussehenden jungen Mann wie Ihnen am Tisch, Michaud, fordert mich nie jemand zum Tanzen auf. Habt euren Spaß, ihr zwei. Ach so, Marie, ich werde niemandem sagen, dass ich dich hier getroffen habe.«

Weg war sie.

»Weg ist sie«, ächzte Marie befreit. »Mit dem Kleid, das sie anhat, fordert sowieso niemand sie zum Tanzen auf. Balenciaga, die hat sie ja nicht mehr alle. Sie sieht aus wie eine Baronesse. Eigentlich ist sie auch so etwas wie eine Baronesse.«

Er zuckte mit den Achseln. »Ich finde sie nett.«

»Sie ist Deutsche, und ihr Mann ist …« Marie erinnerte sich an den Abend, an dem Arabella ihnen diverse Schwüre und Versprechen abgenommen hatte. »Egal. Tja, zur Hälfte bin ich auch Deutsche. So, jetzt ist es raus.«

Er wischte mit dem verbliebenen Stück Brot die Soße auf und steckte es sich in den Mund.

»Tanzen wir?«

»Ist das dein Kommentar dazu?«

»Zu was?«

»Na ja. Ein Mädchen aus dem Chateau, eine halbe Deutsche … So langsam wird es kompliziert zwischen uns, oder nicht?«

»Dann machen wir es eben wieder einfach. Lieber Tanzen? Oder Knutschen?«

»Sind alle Provenzalen so direkt?«

»Nein, alle Schweinebauern. Überleg mal, meine Eltern haben acht Kinder. Das sagt ja wohl alles.« Er zwinkerte ihr zu, wurde dann ernst. »Du, hör mal, lass uns verschwinden. Nicht, was du denkst. Wir gehen zu unserer Eiche und klettern rauf.«

»Jetzt? Es ist schon dunkel.«

»Wir haben fast Vollmond. Warst du schon mal nachts da oben? Ich zeige es dir. Das wirst du dein ganzes Leben nicht vergessen.«

Eine Stunde später saßen sie tatsächlich in der alten Eiche. Maries Kleid war nur noch ein Fetzen, die Haare klebten ihr auf der Stirn, und ein paar Ameisen zeigten wenig Verständnis für ihren nächtlichen Ausflug. Aber sie fühlte sich so gut wie lange nicht mehr. Wie noch nie.

Das milchige Licht ruhte nicht auf den Blättern, es fiel auf sie herunter. Jedes Mal, wenn eine Wolke sich vor den Mond schob und sich langsam wieder verzog, senkte es sich vom Himmel auf die Erde. Michaud hielt Marie von hinten umklammert. Sie saßen auf einer breiten Astgabel und lauschten. Ein paar Grillen zirpten, ein Nachtvogel sang, das Blattwerk säuselte.

»Scheiße, das hat was.«

»Hey.«

»Nicht fluchen, ich weiß. Wieso eigentlich nicht? Bist du religiös?«

»Ein bisschen. Ja doch, ich bin schon religiös. Bei mir zu Hause geht man regelmäßig in die Kirche.«

»Ich weiß nicht viel über dich und du nicht viel über mich. Wenn du keine Schweine fütterst oder Kirchenbänke scheuerst, was machst du dann?«

»Es gibt da ein paar Felsen, auf die ich gerne klettere.«

»Felsen.«

»Höher als die Eiche, viel höher. Ich klettere da rauf und … denke an nichts anderes als das Klettern. Ich und der Stein. Mehr kann ich dazu nicht sagen.«

»Interessierst du dich für Archäologie?«

»Du meinst, Burgen und so?«

Sie ließ einen Moment verstreichen und kuschelte sich noch enger an ihn, so gut das in fünfzehn Metern Höhe eben möglich war. »Ja, Burgen und so.«

»Ich bin mal auf eine geklettert.«

Wieder verstrich ein schweigender Moment. Marie fing als Erste an zu lachen, und Michaud stimmte ein.

Sie kamen zu fünft. Ein Offizier, ein Unteroffizier, drei Mannschaftsgrade. Am Sonntag zur Frühstückszeit. Sie läuteten die Glocke, bis sie abfiel, schoben das Hausmädchen zur Seite und umstellten den Tisch, an dem die Familie mit vollen Backen saß.

»Der da.«

Sie ergriffen Isaac und schleppten ihn hinaus, warfen ihn auf den Rücksitz eines Wagens, setzten einen Mann links und einen rechts von ihm. Dann fuhren sie so schnell davon, wie sie gekommen waren. Natürlich versuchten Ophélie, Arabella, Elise, die Kinder und sogar Edmond lautstark, die Gefangennahme zu verhindern, doch für die Besatzer kam das dem Geschrei von Möwen gleich. Noah begann zu weinen, Marie verschluckte sich an ihrem Croissant und hustete wie verrückt.

Ratlos blickten sie dem Auto nach, wie es in der Staubwolke verschwand, die bald den ganzen Platz vor dem Chateau einhüllte, gemeinsam mit Noahs Geschrei und Maries Husten.

»Was machen wir denn jetzt?« Elise blickte einen nach dem anderen an, und aus einem Grund, den sie selbst nicht verstand, blieb ihr Blick schließlich an ihrem Neffen hängen. »Wohin bringen sie ihn? Kann man denn da gar nichts machen?«

Mit einer ruckartigen Bewegung steckte Damian die Hände in die vorderen Hosentaschen. »Da gibt es mehrere Möglichkeiten, Tante Elise.« Er ließ offen, auf welche der beiden Fragen er Bezug nahm.

»Also?«

»Ich spreche mal mit meinen Kameraden.«

Man hörte so einiges, etwa über Transporte ins Reichsgebiet, wo die Menschen, vor allem Juden, in einem dunklen Loch verschwanden, im Nirgendwo. Alles war ungenau, spekulativ. Es hieß, man lasse sie Straßen bauen. Andere meinten, sie bauten an neuen Geheimwaffen, mit denen Hitler England erobern wolle. Wieder andere sagten, sie würden auf entfernte Inseln gebracht. Dies waren jedoch nur die harmlosesten Theorien.

Die ganze Familie machte sich Vorwürfe. Damian meinte, er hätte Isaac in einer Höhle verstecken sollen, und Arabella fand, sie habe sich zu sehr auf den Schutz durch Tankred verlassen. Ein Anruf bei ihm ergab, dass er rein gar nichts über die Verhaftung wusste. Sie nahm ihm seine Betroffenheit ab und auch, dass er alle Hebel in Bewegung setzen wollte, um etwas über Isaacs Verbleib zu erfahren.

Mit ihrem Vertrauen stand sie weitgehend allein. Vor allem Ophélie ätzte gegen ihren Neffen, nach dem Motto: Ich habe es ja gleich gesagt. Sogar Marie, die den Kopf in letzter Zeit völlig woanders zu haben schien, bedrückte dieser plötzliche Einbruch der Besatzungswirklichkeit in ihr ansonsten unpolitisches Leben. Zu Damian sagte sie, dass sie endlich verstehe, warum er sich dem Widerstand angeschlossen hatte.

Natürlich litt Elise am meisten. Von der Stunde an, in der man ihr Isaac entrissen hatte, glich sie einem flügellahmen Vogel. Von ihrer ersten Depression Ende der dreißiger Jahre hatte sie sich recht gut erholt. Sie hatte sich erneut aufgeschwungen, war Risiken eingegangen und hatte unter Beweis gestellt, dass eine würdige Kaufmannstochter in ihr steckte, die den Vergleich mit ihren männlichen Vorfahren nicht scheuen musste. Nur der Krieg hatte sie bremsen können. Seither war sie in ihren Möglichkeiten immer weiter eingeschränkt worden, und nun hatten ihr diejenigen, die sie zutiefst hasste, drastisch vor Augen geführt, wie ohnmächtig sie im Grunde war. Es gab nichts, was sie tun konnte. Keine Behörde half ihr weiter, und von Tankred hörte sie nichts als Phrasen: Er versuche alles, er laufe gegen eine Wand …

Von ihm hatte sie nichts anderes erwartet, nun ja, vielleicht ein wenig mehr, aber auch das bisschen war enttäuscht worden. Weit schlimmer war jedoch für sie, dass der Alltag in Chateau Villeny einfach weiterging. Ophélie arbeitete in der Manufaktur, Edmond besuchte reihum seine Freunde, Emma kaufte ein, als wäre sie Marie-Antoinette. Es wurde gegessen, Wein getrunken, gesprochen und nach zwei, drei Wochen auch wieder gescherzt. Das langsame Einsickern der Normalität in die Ungeheuerlichkeit, dass ihr Isaac erneut genommen worden war, tat derart weh, dass sie es bald nicht mehr aushielt.

Auf einem einsamen Spaziergang, umgeben von der grausamen Gleichgültigkeit der Natur, blieb Elise mitten im Wald stehen. Junge Vögel hüpften von Zweig zu Zweig. Wasser rieselte über einen bemoosten Felsen. Ein Eichhörnchen sondierte die Lage. Dunkelgrüne, an einigen Stellen gelbe Blätter zitterten im Wind. Da und dort ein Knarren, ein Rascheln.

Über wie viele kalte Schlachtfelder waren satte Hunde gelaufen? Wie viele Vögel hatten Hinrichtungen beigewohnt oder Gefangene am Zellenfenster besucht, nur um gleich wieder davonzufliegen. Diese emotionale Achtlosigkeit hatte etwas Unbarmherziges, aber auch etwas Tröstliches. Das Leben ging weiter. Diese Binse führte die Natur den Menschen jeden Tag eindrücklich vor Augen, doch nur selten waren sie bereit, es zu akzeptieren.

Elise fror. Es wurde einsamer und dunkler um sie.

Was hatte Biene vor Jahren zu ihr gesagt? Sollte ihr Sohn eines Tages wirklich so auf sie blicken? Sich zurückerinnern an eine verdrießliche Frau, einen grauhaarigen Schatten, der seinem Heranwachsen nur beigewohnt hatte?

Also kämpfen? Sich ein weiteres Mal aufschwingen? Das war so leicht beschlossen. Gegen wen sollte sie denn kämpfen? Für wen? Wie und wo anfangen?

Mitten in der Stille des Waldes und jenes Menschen beraubt, an dem sie sich in den letzten Jahren festgehalten hatte, stellte Elise fest, dass dies nicht der Ort war. Ihr Ort. Ein Platz zum Leben. Sie konnte nicht länger in Villeny bleiben. Es war schon mit Isaac nicht leicht gewesen. Ohne ihn würde sie es nicht schaffen, und er kam gewiss nicht zurück. Es war nicht wie vor vier Jahren. Mit jeder Faser spürte sie, dass sie ihren Mann nicht noch einmal aus den Krallen der Nazis befreien konnte. Und doch wollte sie für ihn weiterleben. Für ihn und für Noah.

Weiterleben – das durfte nicht bedeuten, die Vasallin ihrer Schwester, das Ziel von Arabellas Fürsorge oder das Opfer mitleidiger Blicke zu bleiben. Das durfte nicht bedeuten, eine Ehefrau ohne lebendigen, eine Witwe ohne toten Mann zu werden.

Es bedeutete, für sich selbst einzustehen.

Immer, wenn Elise Emmas Zimmer im Chateau betrat, hatte sie den Eindruck, ihre Tochter lebe schon seit vielen Jahren darin und beabsichtige, nie wieder fortzugehen. Die Schränke quollen über von Kleidern, die Schatullen von Schmuck, die Möbel von kleinen Preziosen, etwa Harlekine aus Stoff, Elfenbeinschnitzereien und Kristallflakons mit sündhaft teuren Flüssigkeiten. In dem Raum roch es immer nach frischen Rosen, die in fünf Vasen verteilt ihren köstlichen Duft verbreiteten. Ophélie hatte sich schon über die Plünderung ihres Gartens beklagt und nur aus Rücksicht auf Elise bisher nicht hart durchgegriffen.

Emma las viel, vor allem Liebesromane, die schon ein paar Jahre auf dem Buchrücken hatten. Gelegentlich ritt sie aus, die meiste Zeit jedoch verbrachte sie in Orléans oder Paris. Mit ihrem Mann, der sich beim Oberkommando der Wehrmacht in Berlin befand, telefonierte sie in der Regel einmal pro Woche, manchmal auch zweimal. Wer sie nicht so gut kannte wie Elise, hätte meinen können, ihre Stimme am Telefon sei die einer glücklich verheirateten Frau. Emma gab sich wirklich alle Mühe, schwebend leicht zu klingen, und bisweilen gelang es ihr so gut, dass vermutlich sogar Caspar darauf hereinfiel.

»Ich komme, um mich zu verabschieden«, sagte Elise.

Emma, die quer auf dem Bett lag, packte ihren Schmöker beiseite und stand auf. »Du ziehst das wirklich durch? Wenn es dir hier nicht mehr gefällt, kannst du gerne in Grietzwald wohnen.«

»Um dort was zu tun? Einen Bauerngarten anzulegen? Gurken zu züchten und einzulegen?«

»Wenn du magst.«

Elise lächelte mild. »Ich will endlich etwas tun, verstehst du? Arbeiten. Mich beschäftigen. Für meinen Sohn da sein. Für ihn kochen. Ich erwarte nicht, dass du das verstehst.«

»Weil ich kinderlos bin?«

»Das hast du gesagt. Aber ganz falsch ist es sicherlich nicht.«

Emma wedelte hilflos mit den Armen. »Wo willst du wohnen?«

»Biene hat für uns eine saubere kleine Wohnung in Paris gefunden, und Ophélie hat mir für meine Arbeit der letzten Monate ein Salär ausbezahlt. Es wird schon irgendwie gehen. Meine glücklichsten Tage hatte ich mit Isaac in Petersdorf auf Fehmarn, wo wir in einer ganz einfachen Behausung gewohnt haben.«

»Ich kann das noch immer nicht glauben.«

»Dann warte zehn Minuten, der Chauffeur lädt bereits die Koffer ein. Natürlich schreibe ich dir sehr oft. Und Ophélie hat mir versichert, dass du bleiben darfst, solange du möchtest, auch wenn …«

Elise seufzte. Sie hatte sich vorgenommen, das Thema nicht zur Sprache zu bringen, allein deshalb, weil nicht der kleinste Funken Hoffnung bestand, dass ihre Mahnung irgendetwas brachte. Sie war nur eine von zahllosen Müttern auf der Welt, die dabei zusehen mussten, wie ihr Kind einen gefährlichen Weg einschlug. Doch als sie nun vor Emma stand und in ihre großen braunen und ein wenig naiven Augen schaute, da musste sie einfach etwas sagen.

»Er hat vorgestern angerufen, als du ausgeritten bist, und sich als Verwalter von Grietzwald ausgegeben.«

»Wer?«

»Theo Schatt. Er dachte, ich wäre Ophélie. Du kannst ihm ausrichten, dass er, trotz aller Bemühungen, den letzten verstohlenen Rest seines Schweizer Akzents einfach nicht loswird.«

Emma ließ sich zurück aufs Bett fallen und griff nach dem Buch, als wolle sie es im nächsten Moment an der Stelle aufschlagen, wo Elise sie unterbrochen hatte. »Müssen wir diese Diskussion schon wieder führen?«

»Nein, das müssen wir nicht. Es ist dein Weg, den du gehst. Ich wünschte nur, du könntest verstehen, wie mir dabei zumute ist.«

»Und weil ich kinderlos bin, kann ich das natürlich nicht.«

»Falsch. Ich habe nur manchmal das Gefühl, dass du mit dem Kind damals auch deine Fähigkeit zur Empathie abgetrieben hast.«

»Du warst damals auch nicht gerade empathisch, als du mir die Ehe mit Theo verbaut und stattdessen jene mit Caspar arrangiert hast.«

»Du glaubst gar nicht, wie oft ich das schon bereut habe. Gerade deswegen …«

Demonstrativ schlug Emma das Buch auf, und Elise, die darüber irgendeine Art von Enttäuschung oder Schmerz hätte spüren müssen, stellte überrascht fest, dass da nur ein dumpfes Gefühl war, vergleichbar mit einem Geräusch auf der anderen Seite einer Tür.

»Leb wohl, Emma.«

Im Atrium verabschiedete sie sich von ihrer Familie, und jeder sagte ihr etwas Liebenswürdiges und Tröstliches, vor allem Arabella und Ophélie. Obwohl sie ihre Tante und ihre Schwester stets im Herzen trug, fiel es Elise nicht schwer, die beiden zu verlassen.

Biene und Noah stiegen zuerst in den Wagen. Elises Blick, bevor sie ihnen folgte, wanderte noch einmal nach oben zu Emmas Fenster, wo sie die Silhouette ihrer Tochter zu erkennen hoffte, aber nichts anderes sah als den Vorhang, der sich leicht bewegte.

# 10

*Mehr und mehr wird die französische Wirtschaft für Rüstungs- und Kriegsleistungen herangezogen. Dies geschieht entweder durch freiwillige Kooperation, wie im Fall der Automarke Renault oder des Lastwagenherstellers Berliet, oder durch Beschlagnahme. Letzteres betrifft vor allem das Eigentum ethnischer Minderheiten. Das besetzte Frankreich wird zunehmend zur Geisel Himmlers und der SS. Der Einfluss der Wehrmacht und der zivilen Behörden hingegen schwindet.*

Autoteile, Flugzeugmotoren, Zement – Tankred empfing fast jeden Tag Vertreter der französischen Industrie, die mit den deutschen Besatzern zusammenarbeiten wollten oder mussten. Es handelte sich zumeist um jüngere Herren in Zweireihern mit Aktentaschen aus schimmerndem Kalbsleder, von älteren Herren mit altmodischem Schnurrbart und Glatze an ihrer statt zu den Verhandlungen geschickt. Einige wurden vorgeladen, andere bemühten sich um einen Termin, wobei Letztere überwogen. Tankred war der Meinung, dass freiwilliger Gehorsam einem erzwungenen überlegen war. Und tatsächlich: Unzufrieden gingen die wenigsten davon. Sobald Tankred ihnen vorrechnete, was es bei einer

Kollaboration zu verdienen gab, bröckelte ihre aus Nationalstolz errichtete Verteidigungsmauer. Zweifler verunsicherte er mit dem Satz: »Wenn Sie nicht wollen, ich finde jemanden, der will.« Letztendlich wollten sieben Komma fünf von zehn, eine höhere Quote schaffte keiner seiner Kameraden in den anderen besetzten Ländern.

Mit Frauen hatte er nur selten beruflich zu tun, erst recht, wenn sie noch ein Kind bei sich hatten. Doch genau einen solchen Fall kündigte seine Sekretärin ihm eines Tages an.

»Eine Frau Kant mit ihrem kleinen Sohn Norbert wünscht vorgelassen zu werden. Ich habe ihr gesagt, Sie hätten keine Zeit, aber …«

Den Namen hatte er eine halbe Ewigkeit nicht gehört: Kant. »Ich lasse bitten.«

Die Sekretärin war verblüfft. »Aber Monsieur Patrice von den Renault-Werken wartet bereits. Er hat einen Termin.«

»Bieten Sie ihm ein Glas Rotwein an, dann fühlt er sich selig, und eine Zigarre dazu, dann fühlt er sich außerdem auch noch wichtig. In diesem Zustand hält er es bequem eine halbe Stunde aus.«

An die fünfundzwanzig Jahre war es her, dass seine Mutter ihm Frau Kant in Berlin vorgestellt hatte. Er war damals noch ein Bengel gewesen, schmutzig vom Fußballspielen, und vorzeitig wegen einer Knieverletzung nach Hause gekommen. Die Wohnung war klein, Parterre, im Grunde nur ein Raum, der mit Vorhängen unterteilt war. Hinter einem davon standen Tankreds Mutter und eine fremde Frau in inniger Umarmung und tauschten Zärtlichkeiten und Liebesschwüre aus.

Zu jener Zeit sprach Tankred die andere Frau mit ihrem Nachnamen an. Sie war, was er damals noch nicht wusste, Hausmädchen in einem vornehmen Haus in Hessen, dem seines leiblichen Vaters Otto Blankenburg, dem ältesten Sohn der Blankenburg-Dynastie. Er selbst war Tankred Schamitzke, der Sohn einer Wäscherin, ein Niemand. Frau Kant brachte regelmäßig Geld vorbei, Schweigegeld, Trostgeld oder wie man es auch nennen wollte. Nicht besonders viel und noch weniger, nachdem Otto im großen Krieg gefallen war.

Nach dem Tod seiner Mutter sah er Frau Kant lange Zeit nicht mehr. Er begegnete ihr erst mehrere Jahre später in der Villa Vanora wieder, wo sie nicht Frau Kant war, sondern entweder Eberhardine oder, vertraulicher, Biene.

»Setz dich doch.«

Sie betrachtete den Stuhl wie einen Hochverräter. »Ich stehe lieber.«

Tankred nahm den kleinen Jungen an der Hand, führte ihn zu einem Regal, wo einige Modellautos von Renault und Flugzeuge von Juncker standen, und gab sie ihm zum Spielen.

Er sah Biene verwundert an. »Norbert?«

»Ich kann ja schlecht mit einem Noah an der Hand zur SS spazieren.«

»Da ist leider was dran.« Er setzte sich. »Du kommst im Auftrag von Tante Elise, ja? Ehrlich, ich erkundige mich jeden zweiten Tag bei meinem Freund nach Isaac, aber er weiß immer noch nichts.«

Vor acht Wochen war Elises Mann verschleppt worden, und Schimmi schwor bei allem, was ihm heilig war, dass er noch nichts Näheres in Erfahrung gebracht hatte. Tankred glaubte ihm. Noch eine Bosheit durfte Schimmi sich nicht bei ihm erlauben, und das wusste er. Außerdem ging es bei den Deportationen ins Reich weit weniger geordnet zu, als man der Öffentlichkeit glauben machte. Immer wieder wurden Namen verwechselt oder Daten durcheinandergeworfen.

»Deswegen bin ich gar nicht hier.« Biene blickte fest und undurchdringlich auf ihn herab. Sie war einer der ganz wenigen Menschen, die ihm allein durch ihre Persönlichkeit Respekt einflößten. Die anderen hatten große Namen, bedeutende Stellungen, Geld oder Macht. Biene besaß nichts davon. Nicht mal Schönheit oder Charisma. Als kleiner Junge hatte er nicht verstanden, warum seine bildhübsche Mutter sich ausgerechnet in eine korpulente, reizlose Matrone mit einer Warze im Nasenwinkel verguckte. Dass sie eine Frau war, störte ihn nicht weiter. Die Nutten, mit denen er schon als Siebenjähriger herumalberte, erzählten ihm Geschichten, oh Mann … Aber Biene – das leuchtete ihm nicht ein.

Inzwischen verstand er es. Biene war resolut, willensstark, absolut zuverlässig und loyal. Ihr großes Herz versteckte sie hinter einer bärbeißigen Fassade, die, wenn man sie einmal durchschaut hatte, einen seltsamen Charme versprühte.

An diesem Tag jedoch war etwas anders. In ihren Augen – und das war eine kleine Sensation – entdeckte er ein Flackern der Verunsicherung.

»Wenn ich es nicht besser wüsste, würde ich sagen, du zierst dich, mit der Sprache herauszurücken.«

Dass sie mit diesem Wort nicht einverstanden sein würde, hatte er schon vorher gewusst, aber dass sie es so schnell schlucken würde …

»Die gnädige Frau weiß nicht, dass ich hier bin. Sie denkt, ich gehe mit Noah im Bois de Boulogne spazieren. Das gleich mal vorneweg.«

Er nickte. »Du bist auch nicht hergekommen, um mich umzubringen, denn das würdest du nicht im Beisein des Jungen tun. Erkläre mir also, was dein Auftritt hier soll. Und bitte tu mir den Gefallen und setz dich, du wirkst wie eine Volksschullehrerin auf mich.«

»Na, meinetwegen.« Biene ließ sich auf den Stuhl fallen, als wolle sie ihm wehtun. Sie sprach leise. »Es geht um Geld.«

»Um Geld?«

»Scht, nicht so laut.«

»Du lieber Himmel. Dass du mich mal um etwas bitten würdest, und dann ausgerechnet um Geld …«

»Nicht für mich, du Hornochse.«

»Du hast eine originelle Methode, Leute anzupumpen, das muss ich dir lassen.«

»Jetzt halt einfach mal die Klappe.« Sie sprach noch leiser, damit Noah sie keinesfalls verstand. »Madame, also die gnädige Frau, hat ein paar Dutzend Briefe an Leute in Deutschland verschickt. Solche aus der besseren Gesellschaft, die sie von früher kennt, Kinder von Freunden ihres Vaters, ehemalige Geschäftspartner und so weiter. Aber auch an einfachere Leute, wie den früheren Chefbuchhalter der Manufaktur Blankenburg. Die wenigsten antworten ihr, und wenn, schicken sie bloß eine verklausulierte Absage.«

»Eine Absage zu was? Einer Matinee, einer Geburtstagsfeier?«

»Ach, ich habe ganz vergessen zu erwähnen, dass sie eine Bleibe sucht.«

»Was denn für eine Bleibe?«

»Eine Unterkunft.«

»Eine …« Ihm stand buchstäblich der Mund offen. »Wieso? Wo wohnt ihr denn jetzt?«

»In einem kleinen Hotel im sechzehnten Arrindo…«

»Arrondissement.«

»Bezirk, genau. Unser Geld reicht noch für zwei Wochen, dann … Tja, dann stehen wir auf der Straße.«

Tankred warf den Stift hin, den er die ganze Zeit zwischen den Fingern jongliert hatte. »Ich habe ihr Geld angeboten, aber sie hat abgelehnt.«

»Na, warum wohl. Weil es von dir kam. Von ihrer Schwester und ihrer Tochter will sie ebenfalls nichts annehmen. Da habe ich mir gedacht, bei dir ist das Geheimnis am sichersten, weil ihr ja sowieso nicht miteinander redet.«

»Nicht dumm.«

Tankred stand auf und ging zum Fenster. Er liebte den Blick auf die ganz normale Pariser Straße, nun gut, ein wenig breiter und prächtiger als viele andere, unweit des Arc de Triomphe gelegen. Ein Mann mit zwei riesigen Baguettes, der nach Hause eilte, zwei Frauen in schicken Mänteln, die sich gegenseitig ihre frisch manikürten Hände zeigten, ein Kind, das nicht wusste, von welcher Seite es die riesige Eiskugel angehen sollte, ein Greis, der im Gehen die Zeitung aufschlug – alles so schön normal.

So einfach sollte die Welt sein, dachte er. So oder so ähnlich.

»Ich habe versucht, eine Arbeit anzunehmen, aber hier klappt das irgendwie nicht. Zurück zu ihrer Schwester will die gnädige Frau nicht, sie hofft immer noch auf ein Wunder. Ich brauche ein bisschen Reisegeld, sagen wir zweihundert Mark. Einhundertfünfzig reichen sicher auch. Sobald wir in Deutschland sind, mache ich mich auf die Suche nach einer Stelle. Hausmädchen mit Erfahrung sind begehrt, und die gnädige Frau war immer recht geschickt mit den Händen, sie könnte Näharbeiten übernehmen. Ich zahle dir das Geld so schnell es geht zurück.«

Tankred sah noch immer zum Fenster hinaus. »Das musst du nicht.«

»Ich will es aber.«

Er wandte sich ihr zu. »Das war ein schwerer Weg für dich.«

Sie schluckte, und ihre Augen sagten: der schwerste.

Die ganz frühen Jahre ausgenommen, war das Verhältnis der beiden stets angespannt gewesen, in Abstufungen hinauf bis zu kriegerisch. Tankred war ein jugendlicher Herumtreiber gewesen, der seiner Mutter nur Kummer bereitete – jener Frau, die Biene liebte. Das hatte sie ihm nie verziehen und ihm später sogar eine Mitschuld am Tod seiner Mutter gegeben. Dabei war sie an Tuberkulose gestorben. Lange Zeit fühlte er sich ungerecht von Biene beurteilt, doch am meisten hatte er ihr übelgenommen, dass sie immer wieder, auch in ihren Liebesbriefen an seine Mutter, gegen ihn Stellung bezog und ein düsteres Bild von seinem Charakter zeichnete. Das war ein Grund, weshalb er diese Briefe nie gegen sie verwendet hatte, obwohl sich ihm mehrere Gelegenheiten geboten hatten. Allzu oft war sie ihm in den letzten zehn Jahren in die Quere gekommen, und allein ihr Anblick hielt ihm den Spiegel vor Augen, was für ein Mann er einst gewesen war. Noch schwerer wog allerdings, dass er felsenfest glaubte, es seiner Mutter schuldig zu sein, diese Briefe nie öffentlich zu machen und damit ihre Liebe in den Dreck zu ziehen.

Er setzte sich zurück an den Schreibtisch. »Ich werde dich gewiss nicht mit zweihundert Mark hier durch die Tür gehen lassen.«

»Nicht mal das?«, stöhnte sie. »Wie rachsüchtig du bist. Deine Mutter würde sich im Grabe umdrehen.«

Tankred zuckte zusammen, entspannte sich wieder. »Lassen wir die Toten ruhen, Biene.« Er schrieb einen Scheck aus, den er über den Tisch schob.

»Eintausend Mark?«

»Fürs Erste.«

»Das ist viel zu viel. Wir sind keine Huren, kapierst du das?«

»Glaub mir, Huren verdienen weit weniger.«

»Ich habe zweihundert gesagt.«

Er zerriss den Scheck und schrieb einen neuen aus. »Bitte sehr.«

Als würde sie ein Bäuerchen machen, murmelte sie: »Danke. Und wie gesagt, ich gebe es dir alsbald zurück.«

Gerade, als sie den Scheck an sich nehmen wollte, legte er die Hand darauf. »Unter einer Bedingung.«

»Ich wusste es«, sagte sie. »Ich wusste, dass du nichts aus reiner Freundlichkeit tust und immer eine Gegenleistung erwartest.«

Er schob ihr Zettel und Stift zu. »Die Adresse des Hotels, in dem ihr wohnt. Ich bekomme sie sowieso heraus, du begehst also keinen Verrat.« Er legte ein paar Franc-Münzen dazu. »Kauf dem Jungen ein Eis im Bois de Boulogne, und lasst euch Zeit.«

Es war ein typisches Hotel für Handelsvertreter, Durchreisende. Die meisten Urlauber und Geschäftsleute waren betucht genug, sich etwas Besseres zu leisten, den meisten Stundengästen war es zu teuer. Uniformierte Deutsche tauchten dort wohl nur auf, um Verhaftungen vorzunehmen, jedenfalls blieb dem Laffen an der Rezeption die Stulle im Hals stecken, als Tankred nach der Zimmernummer von Madame Löwenkind fragte.

»Elf«, brachte er zusammen mit einem halben Dutzend Brotkrümeln heraus. Als er keine weiteren Deutschen hereinkommen sah, fügte er hinzu: »Aber wir gestatten keine Herrenbesuche auf dem …« Er schluckte. »Zweiter Stock.«

Als Elise Tankred die Tür öffnete, bekam sie einen Schreck und gleich danach noch einen zweiten. »Isaac?«, fragte sie nur.

Er verneinte, und sie atmete erleichtert durch. Daraufhin schien sie unsicher, ob sie Tankred die Tür vor der Nase zuschlagen oder ihn anschreien sollte. Er konnte nicht ermessen, was es bedeutete, vier Jahre Zorn in sich zu tragen. Sehr gut verstand er hingegen, wie es war, sich in einer Abwärtsspirale zu befinden. Auf Elise traf vermutlich beides zu, und sie war schon so tief gesunken, dass ihr schlicht die Kraft fehlte, ihrem Zorn Ausdruck zu verleihen. Daher ließ sie Tankred in der offenen Tür stehen, ging ins Zimmer, setzte sich auf das Sofa, legte ihr Kinn auf der Hand ab und die zweite Hand an die Stirn, sodass ihre Augen fast bedeckt waren.

Sie sagte kein Wort, und dass sie schluchzte, erkannte er nur am leichten Beben ihres Körpers.

Er schloss die Tür und setzte sich auf die andere Seite

des scheußlichen grünen Sofas, bei dem die Stahlfedern schon an der Oberfläche kratzten. Dabei erzeugten sie ein eigentümliches Geräusch, das er aus seiner Jugend kannte, ein Geräusch von Kargheit, Armseligkeit. Ihm kam der Gedanke, dass Elise ihn vielleicht nicht nur wegen der Tragödie vor vier Jahren mied und verurteilte, sondern weil sie die Diskrepanz zwischen ihnen beiden nicht ertrug. Er war erfolgreich, wohlhabend und unter seinesgleichen angesehen. Sie war verarmt, ihres geliebten Mannes beraubt und wurde von ihresgleichen bemitleidet. Dass es Tage gab, an denen er sich, wenn auch aus anderen Gründen, kaum anders fühlte als sie, konnte sie nicht wissen. Sie sah bloß ihren jungen Neffen, der den Platz ihres mächtigen Vaters eingenommen hatte, des Familienpatriarchen Adalmar. Aus dem ehemaligen Bastard war der Kronprinz und damit der Nachfolger geworden, während ihr Leben, ohne aktives Zutun, abschüssig verlaufen war. So etwas war schwer zu ertragen, vor allem, wenn es nichts mehr gab, das es einem erträglich machte.

Tankred bemerkte, dass ihre Fingerspitzen wund gekaut waren. Das schwarze Kleid, die ergrauten Haare, die strenge Frisur – neben ihm saß eine Frau, die in zehn Jahren um zwanzig Jahre gealtert war.

»Wenn ich für dich eine Wohnung anmieten würde, egal wo, würdest du dann mein Angebot in Fetzen reißen?«

Sie zeigte ein verächtliches Lächeln, das ihr nicht stand. Mit einer Kopfbewegung deutete sie an, er möge zur Sache kommen.

»Vielleicht gibt es ja einen Ort, einen einzigen auf der ganzen Welt, den du von mir annehmen würdest. Gewissermaßen. Möglicherweise. Hoffentlich.« Er sprach nun deutlich schneller. »Ich möchte, dass Noah in der Villa Vanora aufwächst, und bevor du jetzt ablehnst, bedenke bitte erst die Vorteile. Es ist seit achtzig Jahren das Haus der Blankenburgs, deine Großmutter hat dort schon *shortbread* gebacken oder was immer sich die Schotten zum Tee in den Mund schieben. Deine Mutter hat die roten Rosen an der Südflanke gepflanzt, dein Vater und Arabella haben dort als Kinder gespielt, später du und Ophélie. Es ist nur natürlich, dass die nächste Generation sich dort genauso zu Hause fühlt. Ich hätte nie darauf bestehen sollen, die Villa zu bekommen, aber jetzt habe ich sie, und keine Menschenseele wohnt dauerhaft darin. Das ist nicht gut, das ist auch nicht richtig, daher würde ich mich sehr freuen. Noah würde sich bestimmt auch freuen und Biene erst, ich meine, es ist quasi ihre Küche. Und wenn du nicht willst, dass ich mal eben so vorbeikomme, na gut, dann lasse ich es und wohne im Hotel. Na ja, ich dachte mir, wenn du ohnehin vor Ort bist, dann könntest du auch in der Manufaktur nach dem Rechten sehen, da bleibt einiges liegen, seit ich die meiste Zeit in Paris bin.«

Am liebsten hätte er endlos weitergesprochen, denn er fürchtete die Stille danach und das Echo, das sie bei ihm hinterlassen würde. Elise verzog noch immer keine Miene.

»Wenn du ablehnst«, sagte er, »dann bitte nicht aus Stolz, das wäre einfach nur dumm, und auch nicht, weil du mir keinen Gefallen tun willst oder weil du meinst, ich biete es dir nur aus schlechtem Gewissen an. Vielleicht ist das so, na und? Tu es für Noah. Wir alle haben mehr als einmal leidvoll erfahren müssen, wie eingeschränkt mein Einfluss ist, aber eines kann ich dir versprechen, er ist groß genug, um Noah zu beschützen.«

Zum ersten Mal, seit sie ihm an der Tür den Rücken gekehrt hatte, sah sie ihn an.

»Du wirst meinen Sohn beschützen?«

Er schluckte. »Mit Zähnen und Krallen.«

»Kannst du ihn denn beschützen?«

Er presste die Luft aus der Lunge, atmete ein. »Die Villa Vanora wird für ihn der sicherste Platz im ganzen Dritten Reich sein.«

»Gegen Isaacs Verschleppung hast du auch nichts tun können.«

»Schon richtig, aber … Er ist nur …« Tankred zögerte.

»Sprich es aus.«

»Ein schreckliches Wort. Aber in den Augen der Nazis …«

»Deiner Kameraden und Freunde«, wandte Elise ein.

»… ist er nur Halbjude«, beendete Tankred den Satz. »Das ermöglicht es mir, die Hand über ihn zu halten. Ich tausche das Personal komplett aus, die Neuen werden eure Vorgeschichte nicht kennen, und wenn ihr ein paar einfache Dinge beherzigt …«

»Ich höre.«

»Dein Sohn sollte das Grundstück möglichst selten verlassen. Und Noah ist als Name … ein bisschen riskant. Vielleicht nennt ihr ihn fortan Norbert. Oder gebt ihm einen Spitznamen. Wie wäre es mit Nono?«

»Nono.«

»Ist bloß ein Vorschlag.«

»Ich habe verstanden. Wenn der Gefängnisdirektor einen Vorschlag macht, übernimmt man ihn besser.«

»Ich wünschte, du würdest mich nicht so sehen.«

»Das wünschte ich mir auch, Tankred.« Sie ließ einige Sekunden verstreichen. »Ich habe keine Wahl. Wenn das Schicksal deines Kindes am seidenen Faden hängt und die einzige helfende Hand einem Feind gehört, dann fragst du nicht lange, ob er sie gewaschen hat. Du ergreifst sie.«

»Ich bin nicht dein Feind, Elise.«

»Dann sag mir, Tankred: Wie bezeichnest du einen Menschen, bei dem du jedes Mal, wenn du mit ihm zu tun hast, um etwas Kostbares ärmer wirst?«

In mancherlei Hinsicht hatte Chateau Villeny etwas von Hamlets Burg – es gab dort zahlreiche Vorhänge, Erker und nutzlose Ausbuchtungen, die bestens zum Verstecken geeignet waren. Zudem trug der Schall oft vom einen Ende des Flurs bis zum anderen. Beides zusammen ergab hervorragende Bedingungen zum Lauschen, und das Gespräch, das Arabella an jenem Novemberabend vor Maries Tür mithörte, war es wert. Es ging um nicht weniger als Leben und Tod.

»Marie, du bist unsere letzte Rettung«, zischte Damian. »Du musst nicht schießen, das tun Gilbert, Thomas, Sylvain und ich. Manchmal muss man scheußliche Dinge tun, oder wie soll Frankreich sonst befreit werden? Wenn ich die Deutschen durch Kitzeln vertreiben könnte, wäre das meine erste Wahl.«

Da Marie sich nicht äußerte, hob er erneut an.

»Hör zu, unser Plan sieht vor, dass alle vier deutschen Soldaten, die das Waffenlager bewachen, möglichst dicht zusammenstehen, nur dann werden wir sie gleichzeitig erwischen. Stehen sie zu weit auseinander, kriegen wir sie nicht alle, und das wäre fatal.«

Noch immer gönnte sie ihm offenbar keine Reaktion außer, dass sie die Arme vor der Brust verschränkte.

»Sylvains Schwester ist ein nettes Mädchen, aber rein optisch betrachtet … Von ihr lassen sich junge Männer bestimmt nicht ablenken, wenn du verstehst, was ich meine. Und Gilberts Verlobte ist neulich vom Fahrrad gefallen, als wir ihren Part geübt haben.«

»Glorreiche Partisanen seid ihr, die nicht mal Fahrrad fahren können.«

»Mach dich nur lustig, aber außer dir gibt es weit und breit keine Frau, der wir vertrauen und die hübsch genug ist, um genügend Aufmerksamkeit zu erregen. Außerdem … ich hatte in letzter Zeit den Eindruck, dass du … na ja, dass du hinter meiner, also unserer Sache stehst. Und du hast Recht: Die Zeiten, in denen ich dich zu beschützen hatte, sind vorbei.«

Arabella hatte genug gehört und kam hinter dem Vorhang hervor. Zufällig trug sie an diesem Tag ein etwas festlicheres Kleid mit einer prunkvollen Halskette, was ihren Auftritt noch theatralischer machte, als er ohnehin schon war.

»Das ist ja ungeheuerlich.« Sie wandte sich ausschließlich an Damian. »Gerade von Ihnen hätte ich mehr Reife und Verantwortungsgefühl erwartet.«

Damian stellte sich schnell auf ihren Überfall ein. »Seit wann denn das, *ma grande tante*? Bei jeder Gelegenheit geben Sie mir zu verstehen, dass ich ein naiver Junge bin.«

»Was Ihr eigenes Leben angeht, ja. Aber auf Ihre Schwester haben Sie stets gut aufgepasst. Sie waren der Einzige, auf den Marie wenigstens gelegentlich gehört hat, und ausgerechnet das machen Sie sich nun zunutze, um sie in Todesgefahr zu bringen. Ich bin schwer enttäuscht von Ihnen.«

»Marie ist Französin, ich habe jedes Recht, sie zu fragen, ob sie sich am Kampf gegen die Besatzer beteiligt.«

»Sie ist noch ein Kind«, empörte sich Arabella.

»Das bin ich nicht«, rief Marie.

»Lass das die Erwachsenen entscheiden.«

»Sie hat Recht«, stellte Damian sich auf die Seite seiner Schwester, die bald volljährig war. »Vor ein paar Wochen hätte ich das auch noch gesagt, aber … Sie hatte schon Sex, und zwar mehrmals.«

»Was hatte sie?«

»Körperliche Liebe. Geschlechtsverkehr. Ich musste es ihr aus der Nase ziehen, aber schließlich hat sie es zugegeben. Mit einem Schweinebauern aus der Provence. Im Wald.«

Arabella schnaufte. »Also wirklich! Als Erstes werde ich veranlassen, dass diese Vorhänge wegkommen. Das geht ja auf keine Kuhhaut, was ich heute alles erfahre.«

»Ich entscheide selbst, ob ich erwachsen bin«, meinte Marie.

»Dann können wir ja künftig auch die Angeklagten entscheiden lassen, ob sie schuldig sind, was meinst du, Marie? Sosehr ich mich auch anstrenge, vermag ich keinen Ausdruck von Reife darin zu erkennen, wenn eine Fabrikantentochter sich mitten im nasskalten Oktober mit einem Schweinezüchter auf dem Waldboden wälzt, anstatt ihn, wie sich das gehört, selbstbewusst ihrer Familie vorzustellen. Was aber dem Fass den Boden ausschlägt, ist der Gedanke, eine Frau sei dann erwachsen, wenn ein Mann sie genommen hat. Wäre mir mein Stock nicht heilig, lieber Großneffe, würde ich ihn auf

Ihrem chauvinistischen Schädel zertrümmern, in der Hoffnung, er möge ein paar Dinge darin geraderücken.«

Dass die beiden jungen Leute schwiegen, nahm Arabella zum Anlass, das eigentliche Thema wieder aufzugreifen. Ihre erste Erregung war verflogen, und wie es ihre Art war, wollte sie Damians Vorhaben mit vernünftigen Argumenten verhindern.

»Waren wir uns nicht einig, Aktionen im Umfeld des Chateaus zu unterlassen?«

»Das Waffenlager ist achtzehn Kilometer entfernt. Wo endet für Sie das Umfeld des Chateaus, Großtante Arabella? In Australien?«

»Wenn Sie Erfolg mit Ihrer Aktion haben, werden Menschen sterben. Junge Menschen, Einberufene, Unschuldige.«

»Selbst wenn es tatsächlich irgendeinen Besatzungssoldaten irgendwo auf der Welt gibt, der unschuldig ist … im Krieg ist Rücksichtnahme gegenüber Feinden pure Idiotie. Haben Sie mir nicht selbst einmal gesagt, dass Kriege grausam und ungerecht sind? Entweder führe ich einen Kampf, oder ich lasse es bleiben. Beides geht nicht.«

»Warum führen ausgerechnet Sie diesen Kampf, mein Junge?«

»Weil es irgendjemand tun muss. Es gibt drei Möglichkeiten, Großtante Arabella. Das tyrannische Nazi-Reich und seine Besatzung haben Bestand. In einem solchen Land will ich nicht leben, ich würde mir wie ein Sklave oder Mitläufer vorkommen. Oder es wird früher oder später von seinen Feinden, unseren Freunden, besiegt. Können wir denen überhaupt noch in die Augen blicken, wenn wir davor die Hände in den Schoß gelegt haben? Damit bleibt nur Möglichkeit drei: der Widerstand.«

»Widerstand kann man auf vielfältige Weise leisten.«

Sie wussten alle, wovon Arabella sprach. Vier Wochen zuvor war ein älteres Ehepaar nach Villeny gekommen, Kommunisten aus Köln, die 1935 nach Frankreich geflohen waren und nun ihre Gefangennahme befürchten mussten. Die Familie war sich schnell einig, die beiden im Keller zu verstecken. Dieser war weitläufig und ebenso verschachtelt wie der oberirdische Teil des Chateaus. Sie richteten einen abgelegenen Raum neben dem Weinkeller notdürftig ein und rollten ein großes, halb gefülltes Fass davor. Einem glücklichen Umstand war es zu verdanken, dass es sogar eine Latrine gab, da das Chateau in ferner Vergangenheit schon einmal als Asyl gedient hatte, zu Zeiten der Jesuitenverfolgung unter dem Sonnenkönig Louis XIV.

Etwas später war eine dreiköpfige jüdische Familie aus Orléans hinzugekommen und vor wenigen Tagen noch ein greiser Journalist, der in französischen Zeitungen jahrelang gegen die Nazis gewettert und zu einiger Berühmtheit gekommen war, die ihm nun zum Verhängnis zu werden drohte.

Von den Familienmitgliedern, die im Chateau lebten, waren alle eingeweiht, außer Emma. Es war ein Rätsel, warum sie noch in Villeny blieb, nun, da ihre Mutter fort war und das Chateau keine offensichtlichen Vorzüge gegenüber ihrem eigentlichen Zuhause Gut Grietzwald in Ostpreußen hatte. Doch die anderen tolerierten ihre Anwesenheit stillschweigend. Bei Emmas Abreise wäre die Lage nicht einfacher geworden, da nur die Köchin, der Majordomus und eine Küchenhilfe wussten, was sich im Keller abspielte, das übrige Personal jedoch nicht.

»Ich respektiere und unterstütze diese Art von Widerstand«, sagte Damian. »Aber mit Verlaub, Großtante Arabella, das genügt mir nicht. Es ist Ihr Weg und der meiner Mutter, vielleicht auch der meines bequemen Vaters, weil er dafür keinen Finger krumm machen muss. Meiner ist es, mit der Waffe in der Hand zu kämpfen.«

»Zu töten.«

»Ja, auch zu töten. Dennoch bitte ich Sie um denselben Respekt, den ich Ihrer Form des Widerstands entgegenbringe. Um Ihnen zu beweisen, dass dies keine leeren Worte sind, werde ich die Aktion nur mit Ihrem Segen durchführen.«

Von dieser Wendung überrascht, ging Arabella noch einmal in sich und wog ab. Einerseits hatte sie durchaus Verständnis für den Wunsch nach Freiheit, andererseits ging für sie alle genau davon große Gefahr aus. Hier das Leben der jungen Menschen, die eine Zukunft wollten, dort das Leben der Leute im Keller, die darauf vertrauten, dass sie bei ihnen in Sicherheit waren. Hier das Überleben Frankreichs, dort ein Haufen blutjunger, ahnungsloser Soldaten, die an einem grauen, kalten Novembermorgen ihren Müttern und Vätern, ihren Frauen und Kindern genommen wurden, und das nur, um der Ehre Genüge zu tun.

»Aus der Gewalt heraus kann nichts Gutes entstehen. Ihr seid zu jung, um das zu verstehen. Den Segen, mein Junge, müssen Sie sich woanders holen, vielleicht bei Trotzki oder Charles de Gaulle, von mir bekommen Sie ihn nicht.« Sie wandte sich ab und ging, schwer auf den

Stock gestützt, langsam den langen Flur entlang in Richtung ihres Zimmers.

Damian rief ihr nach: »Es geht immer nach Ihrem Willen, Großtante Arabella, ist Ihnen das schon einmal aufgefallen?«

Sie hielt inne, ohne sich umzudrehen.

»Sie sprechen gerne vom Zusammenhalt der Familie, aber letztlich meinen Sie damit Ihr Verständnis von Zusammenhalt. Sie bestimmen die Richtlinien und Bedingungen, Sie entscheiden über richtig oder falsch. Wir sind naiv oder unvernünftig, voreilig oder leichtsinnig. Nur Sie haben den Überblick. Warum? Weil Sie die Älteste sind? Bitte werfen Sie einen Blick auf das, was Ihre Generation zu verantworten hat, und dann sagen Sie mir noch einmal, dass meine Generation die Zusammenhänge nicht versteht. Ihre Einigkeit ist in Wahrheit ein Diktat. Das Argument der anderen ist immer nur die Hälfte des eigenen wert.«

Der Stock zitterte in Arabellas Hand, und ein heißer, grausamer Schmerz breitete sich in ihrer linken Körperhälfte aus. Waren es Schweißtropfen oder Tränen, die ihre Wangen benetzten?

»Viel Glück«, sagte sie.

»Verdammte Saukälte. In dem Scheißkleid hole ich mir noch den Tod.«

Im Kalender war der sechste November aufgeschlagen, und Marie trug ein luftiges Etuikleid, rot und mit kleinen gelben Früchten gesprenkelt.

»Wenn ich schon sterben muss, will ich nicht aussehen wie ein Obstsalat.«

»Du wirst nicht sterben.« Damian war bitterernst, als

er das sagte. »Wenn ich mir nicht sicher wäre, dass es eine hundertprozentige Sache ist, würde ich dich da nicht mit hineinziehen, das weißt du doch, oder? Sieh mich an, Marie. Wenn du aussteigen willst, dann ist das kein Problem. Ich bin dir nicht böse.«

»Hör auf, du machst mich ganz verrückt mit deinem Geschnatter. Und noch mehr mit deinem ernsten Gesicht. Hattest du eigentlich schon immer so große Augen, oder kommt mir das nur so vor?«

Er lächelte. »Gehen wir alles noch mal durch?«

»Nur, wenn du willst, dass ich erfriere, bevor ich bei dem Wachtposten ankomme. Jetzt geh schon.«

»Uhrenvergleich. Es ist drei Minuten vor zehn.«

»In acht Minuten fahre ich los.«

Damian küsste sie auf beide Wangen. »Bis später.«

Er war schon fast von Wald und Nebel umhüllt, als sie ihm nachrief: »Damian!«

»Ja?«

»Ich wollte dir noch sagen … Also, ich bin nicht nur dir zuliebe dabei. Ich mache es, weil ich es machen will. Ich will es inzwischen genauso sehr wie du. Das sollst du wissen, falls … falls irgendwas schiefgeht. Du hast mich zu nichts gedrängt. Es ist mein eigener Entschluss.«

»Ich liebe dich, Marie.«

»Ich liebe dich auch.«

»Und ich bin sehr stolz auf dich.«

»Es fängt an, nach Schmalz zu stinken. Verzieh dich, großer Bruder.«

Sie gab es nicht gerne zu, aber als Damians Schritte nicht mehr zu hören waren, machte sie sich fast ins Höschen vor Angst. Es konnte aber auch an der feuchten Kälte liegen. Inzwischen bereute sie, dass sie darauf bestanden hatte, keinen Mantel zu tragen. Der Mantel verdeckte nun mal zu viel Haut, und was als weibliche Haut vermochte es, Männer zu verführen? Französische Mädchen trugen schicke Kleider, die gerade mal bis zu den Knien reichten, offene Haare, Lippenstift und leichtes Schuhwerk, und im Idealfall saßen sie auf einem Fahrrad und hielten an. Marie erfüllte ein Klischee, zu dem ein langer Mantel nicht gepasst hätte. Ebenso wenig wie eine rote Nase, und die bekam sie allmählich, weshalb sie sie schnell puderte.

Noch zwei Minuten.

Den Schnupfen hatte sie sich am Tag zuvor geholt, mit Michaud unter der Eiche. So reizvoll das Plätzchen auf der Wiese unter dem Baum im Sommer war, für den Spätherbst taugte es nicht. Der Oktober war mild gewesen, da hatten eine Decke und eine Flasche Burgunder genügt, um sich warm zu halten, ganz abgesehen von den »Turnübungen«, wie Marie das nannte, was sie inzwischen zweimal wöchentlich taten. Doch bei fünf Grad half nichts mehr. Nackt war nackt, Decke hin oder her. Und es mit Michaud im Pullover zu machen, also oben mit, unten ohne, das machte keinen Spaß. Warum, wusste sie nicht. Es war einfach so.

Eine Minute.

Bei Regen gingen sie immer in eine verfallene Jagdhütte. In den Sägespänen wimmelte es von Ameisen und Spinnen. Außer kuscheln unter zwei Wolldecken und Wein trinken war da drinnen nichts zu machen. Marie hatte Michaud Arabellas Anregung unterbreitet, ihn ins Chateau mitzubringen, worauf er eher reserviert reagiert hatte.

»Na ja, wenn du unbedingt willst.«

»Überhaupt nicht. Ich möchte bloß nicht, dass du denkst …«

»Das denke ich nicht.«

»Du musst dich nicht schämen, nur, weil du Schweine züchtest. Das ist eine anständige Arbeit, viel anständiger beispielsweise als das, was mein Bruder Maxim macht. Er betreibt ein Vergnügungsparadies für deutsche Offiziere. Nicht nur für sie, aber eben auch.«

»Das findest du unanständig?«

»Du nicht? Er serviert den Leuten, gegen die du gekämpft hast, Austern und Veuve Clicquot.«

»Der Krieg ist vorbei. Feindschaft war gestern.«

»Hast du denn nie …? Ich meine, ist dir mal der Gedanke gekommen, wieder zur Waffe zu greifen?«

Die Frage war ihm sichtlich unangenehm gewesen. »Kennst du solche Leute?«

Diese Frage war wiederum ihr unangenehm gewesen. »Nein. Aber wenn ich … Ich meine, falls ich … Ach, vergiss es einfach.«

Eine grässliche Stille war eingekehrt, die nichts mehr von den lauschigen Stunden der letzten Monate hatte. Nicht mal die Eiche spielte mit: kein Rascheln, kein Wogen, kein Vogel, der sang.

Fünf nach zehn. Es war so weit. Marie trat in die Pedale. Der breite Waldweg war nass vom Regen der Nacht und schmatzte laut unter den Reifen.

Nach einer Kurve kam eine lange Gerade. Mittlere Geschwindigkeit, nicht zu schnell.

Vor ihren Augen stob der Nebel auseinander.

Wieder und wieder gingen ihr Michauds Worte durch den Kopf, mit denen er die unsägliche Stille zwischen ihnen beendet hatte.

»Ich verstehe, dass man das Land verteidigen will, das man liebt. Ich liebe Frankreich auch. Aber dieser Kampf ist aussichtslos, die Schlacht ist geschlagen, und wir müssen nach vorne blicken.«

Sie war froh, das Thema elegant wechseln zu können. »Und was sehe ich, wenn ich nach vorne blicke?«

»Mich.«

»Was soll das heißen, dich?«

Seine Augen glänzten in einer Weise, die nur eines bedeuten konnte.

»Nein«, entschlüpfte es ihr.

»Ich habe ja noch nicht mal gefragt.«

»Ich habe auch noch nicht geantwortet. Mein Nein bezieht sich auf meine …. Ach, egal. Also, willst du mir jetzt endlich diese vermaledeite Frage stellen, bevor mir graue Haare wachsen?«

»Heirate mich.«

»Das ist eine Forderung, keine Frage.«

»Ich bin nervös.«

»Dazu hast du allen Grund. Den Antrag hast du nämlich völlig vergeigt.«

»Habe ich nicht.«

»Das hast du nicht zu beurteilen.«

»Was denn nun? Darf ich dich zum Altar führen?«

»Nein.«

»Also doch nein.«

»Nein. Mein Vater wird mich zum Altar führen, du Esel. Du wartest dort.«

»Ich warte dort?«

»Unglaublich, was für einen Blitzmerker von Ehemann ich bekommen werde. Wo ist der Ring?«

Sein Zeigefinger deutete in das Geäst der Eiche.

»Eigentlich hatte ich vor, dir, du weißt schon, die Frage da oben zu stellen.«

Sie war vermutlich die einzige Braut in der Geschichte der Menschheit, die sich ihren Verlobungsring erklettern und aus dem Wipfel eines Baumes holen musste.

Beim Gedanken daran musste Marie grinsen, während sie zügig fuhr, um nicht ganz auszukühlen.

Die letzte Kurve. Knapp hundert Meter noch, dann war sie da. Ein paar Dutzend Mal hatten sie geübt, was zu tun war. Ein Wachtposten würde Marie anhalten: »Hallo, schönes Mädchen, wohin die Reise?« Ein zweiter Wachtposten saß hinter Sandsäcken an einem Maschinengewehr, zwei weitere in einem kleinen Verschlag. Das verirrte Mädchen war Maries Rolle. Frauen verfahren sich nun mal gerne – noch so ein Klischee, in diesem Fall ein nützliches. Die Karte, die sie dabeihatte, verstand sie nicht zu lesen, und der Ort, den sie suchte, war ganz woanders, recht klein und zudem so weit entfernt, dass die Soldaten ihn sehr wahrscheinlich nicht kannten. Einer würde den nächsten zu Hilfe rufen und so weiter. Wenn sie von allen vier Wachmännern umringt war, würde sie völlig unverhofft in den Graben neben dem Waldweg springen. Er war tief genug, damit die Kugeln sie nicht trafen. Nach ein paar Sekunden wäre alles vorüber.

Es klang so simpel. Das Schwierigste war, die Soldaten heranzulocken. Dafür musste sie womöglich improvisieren und dabei ja nicht nervös wirken – so hatte Damian es ihr eingebläut. Unter gar keinen Umständen durfte sie in den Wald gucken, in die Richtung, wo er und seine drei Freunde sich verbargen.

Keller. Das stand auf dem Aufnäher der Uniformjacke des ersten Soldaten. Er war kaum älter als Marie, ein Milchbubi und schüchtern dazu.

»*Pardon*, Mademoiselle, Sie dürfen hier nicht weiterfahren.« Sein Tonfall klang entschuldigend, beinahe traurig.

Marie, die perfekt und ohne Akzent deutsch sprach, musste so tun, als verstehe sie maximal die Hälfte und könne sich kaum ausdrücken.

»Braye-sous-Faye«, nannte sie als Ziel und wiederholte den Ortsnamen gleich noch einmal. »Braye-sous-Faye?«

»*Non*, ich spreche kein Französisch. Kannst du Deutsch?«

Sie lächelte breit. »O lala.«

Es fing gut an. Der zweite Soldat, ein wenig älter und erfahrener, aber auch höchstens Ende zwanzig, kam amüsiert hinter seinem Maschinengewehr hervor, um seinem Kameraden beizustehen. Roloff, hieß er.

Marie packte die Karte aus.

»Ist dir nicht kalt?« Mit einer Geste beschrieb Roloff, was kalt bedeutete.

Sie verneinte trotz der Gänsehaut und fing ein wenig an zu flirten. Lachte, als Roloff seine Arme um ihre spärlich bekleideten Schultern legte, vermeintlich um sie aufzuwärmen.

»Hier geht es nicht weiter, schönes Kind. *Non, ici ne possible pas.*«

Marie stellte sich dumm, als sie ihr zu erklären versuchten, dass sie umdrehen musste.

Der dritte Soldat war durch das Herumalbern aufmerksam geworden und trat aus dem Verschlag. Wittmann. Ein Streifen mehr auf den Schulterklappen als die anderen beiden, noch keine dreißig, blond, stahlblaue Augen, mit denen er Marie anstrahlte. Doch er hielt sich zurück, fasste sie nicht an.

Wittmann suchte die Karte ab, während Roloffs Hände auf Maries Körper Walzer tanzten. Keller blickte sie mitleidig an, ihm war das Verhalten seines Kameraden sichtlich unangenehm, aber er hatte nichts zu melden, stand nur dabei.

Den vierten Mann nahm Marie nur als Schemen hinter der Glasscheibe des Verschlags wahr. Im schlechtesten Deutsch, zu dem sie fähig war, fragte sie: »*Le* Kamerad, er wissen?«

»Sonneberger«, rief Wittmann. »Hey, Sonneberger, komm mal her.«

»Was?«

»Eine schöne Frau braucht deine Hilfe. Du kennst dich doch einigermaßen aus.«

»Lass mich.«

»Jetzt komm schon. Braque irgendwas.«

»Braye-sous-Faye«, korrigierte Marie.

»Braye-sous-Faye. Bring ihm mal die Karte«, sagte Wittmann zu Keller, woraufhin der Jüngste die Gruppe wieder verließ.

Das entsprach nun so gar nicht Maries Plan.

»Wie heißt du denn, meine Hübsche?«, fragte der tatschende Roloff. Er gab sich sehr viel Mühe, den nächsten Satz korrekt auszusprechen, vermutlich der einzige auf Französisch, den er beherrschte: »*Comment tu t'appelles?*«

»*Justine, et tu?*«

»Friedrich. Aber alle nennen mich Fritz.« Er wiederholte die Kurzform seines Namens, und Marie tat so, als fände sie es lustig, ihn auszusprechen.

»Frittes? Frittis? Ah, Fritz. Fritz, Fritz.«

»Ja, jetzt hast du den Bogen raus.«

»Fritz.«

»Richtig.«

»Fritz, Fritz, Fritz.« Es war ihr nicht möglich, die ganze Zeit den Verschlag im Auge zu behalten, denn die ständigen Schulterblicke hätten die drei leicht als Nervosität deuten können.

»So, die Rettung naht«, sagte Roloff. »Sonneberger weiß alles, auch wo dein Dorf liegt.«

Den Kopf tief über die Karte gebeugt, kam der vierte Soldat gemeinsam mit Keller auf sie zu.

Es war so weit. Alle vier standen beisammen. Marie machte unauffällig einen Schritt zur Seite, dann noch einen. Ein schneller Blick in den Graben. Ja, er war tief genug. Noch einmal hob sie kurz den Kopf – und blickte direkt in das erstaunte Gesicht von Michaud.

Tankred konnte Maxim nicht leiden, seit sein Cousin sich ihm im Sommer 1939 in Deutschland als Ränkeschmied und Spitzel angeboten hatte. Doch eines musste er ihm lassen: Maxim verstand es, einen Club zu führen. Das *Surprise* wurde seinem Namen gerecht, da man etwas anderes bekam als erwartet, nämlich alles. Schon aufgrund seiner schieren Größe bot der Club die Möglichkeit, ein vielfältiges Publikum anzusprechen, dessen Verständnis von Amüsement so weit auseinanderging wie seine jeweilige Erziehung.

Unterteilt war das Lokal in vier Sektionen. Da gab es den großen Tanzclub, im eleganten, aber auch leicht anrüchigen Stil der Berliner Zwanziger gehalten, mit Tischen rund um die Tanzfläche, livrierten Kellnern, Jugendstillampen und einer gemischtrassigen Kapelle. Ein zweiter Bereich lockte mit Spieltischen und einer Handvoll »Glücksfeen«, bei denen es sich, wie Tankred vermutete, um Edelnutten handelte. Der dritte Sektor war denjenigen vorbehalten, die es ein wenig handfester mochten, dort gab es Wodka, Bier und robuste Kellnerinnen im Überfluss. Das Kontrastprogramm hierzu bildete der Sportsclub nach amerikanischem Vorbild: Whisky in Kristallgläsern, Möbel im jungen Design. Twens diskutierten dort die Ergebnisse im Tennis und Rudern, Ältere die Weltlage. Allen Bereichen gemeinsam war, dass die Gäste jeder eine Schubkarre voll Geld dort ließen und das Doppelte in den vier *chambres separées*, in denen alles Mögliche möglich war.

Zwischen den voneinander abgetrennten Bereichen konnte man jederzeit wechseln, allerdings achteten Türsteher darauf, dass keine schwankenden Wodkatrinker den Tanzclub unsicher machten oder Glücksspieler mit ihren freizügigen Feen im Sportclub auftauchten. Das erforderte oft Fingerspitzengefühl, und im Grunde war genau das Maxims abendfüllender Job. Er war der Chefdiplomat des *Surprise*, der eine Krise nach der anderen löste. Natürlich gehörte ihm der Club nicht allein, aber er war dessen Gesicht.

Seit geraumer Zeit erhielt Tankred regelmäßig Einladungen von Maxim, doch bitte mal im Club vorbeizuschauen. Tankred verstand nicht, warum. Sie waren zwar verwandt, hatten aber in etwa so viel miteinander zu tun wie zwei Goldfische, die in zwei Gläsern auf demselben Tisch nebeneinanderstanden. Doch neuerdings hatte Shuilian das *Surprise* für sich entdeckt, und als auch sie ihm deswegen in den Ohren lag, wurde er neugierig.

Nicht nur, dass die Türsteher vor Shuilian salutierten, auch drinnen war sie bekannter als ein bunter Hund. Einerseits freute Tankred das. Nicht erst in Frankreich, auch vorher schon war sie ihm ein bisschen zu ruhig, manchmal beinahe lethargisch. Ihre Ausgaben sanken monatlich, und das in einer Stadt wie Paris. Früher war nicht eine Woche vergangen, in der sie ihm kein neues Kleid oder neue Wäsche vorgeführt hatte. Als er neulich einen Blick in ihren Kleiderschrank geworfen hatte, hatte er gerade mal zwei französische Modelle darin entdeckt. Immerhin, das Kleid, das sie an diesem Abend trug, war nagelneu und ziemlich gewagt. Flieder und rückenfrei standen ihr besonders gut.

Weniger begeistert war Tankred davon, dass Shuilian sich ausgerechnet das *Surprise* als Betätigungsfeld ausgesucht hatte, denn als sie ihn wie eine Fremdenführerin von einem Raum in den nächsten zog, wurde ihm bewusst, dass sie an der Ausgestaltung des Clubs mitgewirkt hatte.

»Warum hast du mir nicht gesagt, dass du Innenarchitektin geworden bist?«

»Ich wollte dir die *surprise* nicht verderben und warten, bis alles perfekt ist. Gefällt es dir?«

»Ja, ganz hübsch.«

»Du bist wirklich zu freundlich. Darf ich diesen Satz einrahmen und an die Wand hängen?«

»Hat er dich dazu überredet?«

»Wer?«

»Der schleimige Denunziant.«

»So redest du über deine Freunde?«

»Freunde kann man sich aussuchen, Cousins nicht.«

»Ach, du meinst Maxim. Nein, nein, das war Schimmi.«

Tankred war nur eine Sekunde lang überrascht und dann eine weitere, weil er überhaupt überrascht gewesen war. Dass Schimmi seine Finger in diesem Club und dessen Goldschatulle hatte, war beinahe ein Naturgesetz. Sein alter Freund war gierig geworden, nach Geld und Macht und wer weiß, wonach noch. Nur gut, dass Frauen nicht in diese Aufzählung gehörten. Wenigstens in dieser Hinsicht konnte Tankred ihm noch vertrauen.

Sie tanzten einen braven Foxtrott. Danach wünschte Shuilian sich einen Lindy Hop von der Kapelle und bekam den Wunsch prompt erfüllt. Vor acht Jahren, als Tankred sie zum ersten Mal ausgeführt hatte, wollte man Shuilian nach ihrer wilden Lindy-Hop-Darbietung noch aus dem Lokal werfen, jetzt beklatschten die anderen Gäste sie. Besonders ausgiebig genoss sie ihren kleinen Triumph jedoch nicht, im Gegenteil, er schien ihr nichts zu bedeuten. War das Nonchalance oder ihr chinesisches Blut? Oder etwas ganz anderes. Langeweile vielleicht?

»Sie warten in der Sportbar auf uns«, sagte Shuilian und riss ihn aus seinen Gedanken.

Da saßen sie in der Tat einträchtig beisammen, der pomadisierte Kollaborateur und der Gestapo-Chef von Orléans.

Maxim begrüßte Tankred, als wären sie alte Kriegskameraden, denen das unbeschreibliche Glück zuteilwurde, sich wiederzutreffen. Er orderte eine Flasche vom besten Moët & Chandon, und als er mit dem Finger schnalzte, brachte ein Kellner eilig eine Platte mit köstlichen Häppchen. Jedes einzelne davon hatte es im wahrsten Sinne des Wortes in sich: Hechtklößchen, spanischer Schinken, persischer Kaviar und das bei der nicht ganz unkomplizierten Versorgungslage im Reich, wo bereits das Schwarzbrot rationiert war.

Tankred sparte sich die Frage, woher das alles stammte. Über das Kaviarhäufchen in seiner Hand hinweg warf er einen Blick auf Schimmi.

»Was bekommst du dafür?«

»Einen Anteil.«

»Mir scheint, du sammelst neuerdings Anteile.«

»Ist aufregender als Teetassen, lukrativer sowieso.«

»Ist das alles, ein Anteil?«

»Nein.«

Einer der Kellner, der im Hintergrund herumscharwenzelte, konnte seine Augen kaum vom Tisch lassen.

»Verstehe.«

Sie stießen an. Tankred war klar, dass sie ihn nicht in den Club gelockt hatten, damit er seine Bewunderung für Hechtklößchen und Champagner zum Ausdruck brachte, und er wusste auch, dass Shuilian mit den beiden im Bunde war. Seiner Liebe zu ihr tat das keinen Abbruch. Es machte ihm nichts aus, von Zeit zu Zeit manipuliert zu werden, solange es nicht zu seinem Nachteil war.

»Ich hatte einen harten Tag. Wenn wir also bitte zur Sache kommen könnten«, eröffnete er das Gespräch.

Sie hatten offensichtlich vereinbart, dass Schimmi das Reden übernahm. Ein kluger Einfall, denn für Maxim hatte Tankred nicht genug übrig, für Shuilian zu viel. Außerdem kannte Schimmi ihn am längsten.

»Die Versorgungslage ist übel. Es wird sogar für mich immer schwieriger, gutes Essen zu bekommen. Dasselbe gilt für Kohlen, Papier, alles Mögliche. Die Luftschlacht um England zieht sich …«

»Die Luftschlacht um England ist verloren«, unterbrach Tankred ihn.

»Wir brauchen deine Kontakte zu produzierenden Unternehmen, vor allem im Lebensmittelbereich. Davon hast du jede Menge.«

»Stimmt.«

»Die Bude hier ist ja auch deswegen voll, weil wir das Beste vom Besten zu bieten haben. Wenn wir den Gästen nur noch Baguette mit Mayonnaise und ein Glas Landwein vorsetzen, bleiben sie weg.«

»Und weiter?«

»Es geht lediglich darum, ein paar Extralieferungen zu organisieren, und das in schöner Regelmäßigkeit. Eine Palette mit Oliven hier, eine Kiste Datteln dort.«

»Dafür kann man erschossen werden.«

Schimmi lächelte. »Ich bitte dich, das machen doch alle.«

»Alle, die es können, vielleicht.«

»Das meine ich ja. Du kannst es, mein Freund. Und es soll dein Schaden nicht sein.«

»Ich bin bestens versorgt. Blankenburg-Porzellan geht zurzeit weg wie warme Semmeln. Ich brauche keine Anteile.«

Schimmi warf Maxim einen Blick zu. Der räusperte sich.

»Ich … habe meine Eltern so weit, dass sie dir anbieten, mit ihnen im Chateau zu wohnen. Das würde dir doch gefallen, habe ich Recht?«

Dieser Schweinehund kannte seinen wunden Punkt ganz genau. Sich mit der gesamten Familie zu versöhnen, und zwar nicht nur oberflächlich, von ihr anerkannt zu werden, war – neben der Übernahme von Blankenburg – sein ältester und innigster Wunsch. Ophélie hatte ihn stets mit Verachtung gestraft und nur äußerst widerwillig Frieden mit ihm geschlossen, und Arabella hatte ihn, bei aller Sympathie, immer wieder für seine Nazi-Karriere kritisiert. Dass beide mit ihm unter einem Dach leben wollten, war ein großer Fortschritt.

Tankred versuchte erst gar nicht, den Gleichgültigen zu mimen. Maxim war ein schlaues Bürschchen, charakterlos zwar, aber gut angepasst an die Verhältnisse seiner Zeit. Sein Cousin erinnerte ihn an den jungen Mann, der er selbst einmal gewesen war.

»Wie hast du das geschafft, Maxim?«

»Meine Sache.«

»Er ist eben gut«, sagte Schimmi.

»Er hätte uns fast an den Galgen gebracht.«

»Das meine ich ja.«

»Falls ich etwas dazu sagen darf …«, begann Maxim, doch Tankred fuhr ihm über den Mund.

»Halt bloß die Klappe, Blaubart. Du weißt vielleicht, wie man Menschen gegeneinander ausspielt, aber nicht wie man sich Freunde macht, echte Freunde. Er wird uns bei der nächstbesten sich bietenden Gelegenheit ausbooten, Schimmi, das ist dir hoffentlich klar.«

»Ich bin kein Idiot.«

»Aber ich anscheinend, denn ich verstehe dich nicht.«

»Er hat dieses Schriftstück hier unterschrieben.«

Tankred nahm das Schreiben und las. Aus dem

Dokument ging eindeutig hervor, dass Maxim mit Schimmi geschäftlich unter einer Decke steckte. Solange Maxim mit der SS und der Gestapo im Bett lag, wäre er verrückt, sie austricksen zu wollen, und sollten die Verhältnisse sich wenden, aus welchen Gründen auch immer, konnte Schimmi das Dokument der Résistance zuspielen. Dann wäre Maxim am Ende. Tankreds Cousin hatte sich ausgeliefert. Umgekehrt hatte er nichts in der Hand, denn es verstand sich von selbst, dass Schimmi die Spuren seiner und Tankreds Beteiligung sorgfältig verwischte.

Tankred dachte einen Moment darüber nach. Sein Blick suchte den von Shuilian, doch sie vertiefte sich in ihr Glas.

Was Maxim ihm anbot, war der Einstieg in ein normales familiäres Verhältnis zu Tante Ophélie, Onkel Edmond und ihren Kindern, und alles, was Tankred dafür zu leisten hätte, wären ein paar Anrufe. Trotzdem, letztendlich war das nichts anderes als eine Form von Korruption, und jeder Camembert, der hier verzehrt würde, fehlte irgendwo auf dem Markt.

Er war kurz davor abzulehnen, als Schimmi sagte: »Übrigens, ich habe deinen Onkel Isaac ausfindig gemacht.«

»Was? Wo?«

»Er befindet sich in einem Lager in Thüringen, irgendwo bei Weimar.« Schimmi kramte einen Zettel hervor. »Buchenwald.«

»Kannst du ihn da rausholen?«

»Keine Chance, ich habe es versucht und kann dir nur raten, die Finger davon zu lassen.«

»Aber ich muss …«

Schimmi unterbrach ihn. »Ich habe mit dem Lagerkommandanten gesprochen, Karl Otto Koch, ein guter Mann. Das ist einer von denen, die mit sich reden lassen, wenn du verstehst ... Ich habe ihm ein paar Versprechungen gemacht, und ihm, damit er sieht, dass ich es ernst meine, zwanzig Flaschen vom besten Cognac geschickt. Ein kleines Vermögen wert. Dein Onkel arbeitet jetzt in der Wäscherei, leichte Arbeit.«

»In so einem beschissenen Lager gibt es keine leichte Arbeit.«

»Ich kann Koch mehr von dem Zeug schicken, dann bekommt dein Onkel Schreibarbeiten. Nur Rausholen, mein Freund, das geht nicht.«

»Elise braucht wenigstens ein Lebenszeichen von ihm.«

»Ich rufe Koch morgen an. Isaac darf deiner Tante sicher einen Brief schreiben und von da an jeden Monat einen, in Ordnung? Und was unser kleines Geschäft angeht ... ich denke, das begießen wir mit einer zweiten Flasche.«

»Weißt du, wie man ihn nennt?«

»Wen?«

Sie saßen in Tankreds Dienstwagen, er und Shuilian, und die Millionen Lichter von Paris flogen an ihnen vorüber. Anders als so manche deutsche Stadt, blieb die besetzte französische Metropole von englischen Bombenangriffen verschont, und so wohnte der gemächlichen Fahrt durch die Straßen ein besonderer Zauber inne. Ein Zauber, der den beiden Passagieren vielleicht schon zu selbstverständlich geworden war, denn sie gähnten beide gleichzeitig. Allerdings war es für Tankred ein mit zu vielen Besprechungen und zum Schluss auch zu viel Alkohol angefüllter Tag gewesen.

»Schimmi«, sagte Shuilian. »Weißt du, wie man ihn nennt?«

»Wer?«

»Die Leute.«

»Ich mag jetzt nicht über ihn und die Leute sprechen.«

»Das Ungeheuer von Orléans.«

Tankred legte die Stirn in Falten. »Das ist mir noch nie zu Ohren gekommen.«

Sie kicherte. »Jemand, der so etwas einem deutschen Offizier erzählt, muss entweder sterbenskrank oder völlig verblödet sein. Die Leute denken, ich wäre aus Hanoi, Indochina oder so. Nur deswegen bekomme ich das mit. *Le monstre d'Orléans*, das ist inzwischen ein geflügelter Begriff.«

»Ich nehme mal an, dass so ziemlich jeder befehlshabende Deutsche inzwischen einen bösen Beinamen hat ... Teufel, Henker, Bluthund und so weiter.«

»Dich nennen sie *chevalier filou*, was sehr viel netter ist.«

»Ehrlich?«

Sie lachte und schmiegte sich an seinen Arm. »Nein, das habe ich mir ausgedacht. Du hast keinen Namen. Aber gänzlich unpassend ist er nicht, das musst du zugeben.«

Sie lachten gemeinsam, und ein paar Augenblicke lang waren sie ganz unbeschwert, während sie eine Seine-Brücke überquerten, in deren nächtlich schwarzem Wasser sich Notre-Dame spiegelte.

»Er spielt mit dir«, sagte Shuilian.

»Ich weiß.«

»Das stört dich nicht?«

»Mal mehr, mal weniger, mal gar nicht«

»Und heute Abend?«

»Irgendwas dazwischen.«

»Er benutzt das Schicksal deines Onkels, um ein krummes Geschäft unter Dach und Fach zu bringen, und du findest das … irgendwas dazwischen?«

Tankred ließ die Frage sacken. Mehrere Minuten vergingen. Dann sagte er: »Ich denke dabei an Isaac. Schimmi hat Kontakt zu diesem Lagerkommandanten, nicht ich.«

»Er spielt mit dir«, erneuerte sie ihre Kritik.

»Stört dich das?«

»Mal mehr, mal weniger.«

»Und heute?«

Zwei junge Burschen auf dem Bürgersteig streckten ihnen den Hintern entgegen, als sie das Fahrzeug mit der Hakenkreuzbeflaggung erkannten, und rannten davon.

Shuilian redete einfach weiter: »Er hat in deinem Haus meine Mutter und Isaacs Sohn erschießen lassen, ohne dass du eingeschritten bist.« Sie korrigierte sich. »Hättest einschreiten können. Heute benutzt er deinen Onkel. Er zeigt keine Skrupel, du zeigst keinerlei Gegenwehr.«

»Also bist du ihm näher als mir, nicht wahr?«

Sie verschränkte die Arme vor der Brust und ließ die Frage unbeantwortet. Natürlich hielt sie ihn für schwach, oder zumindest schwächer als Schimmi. Lieber wäre sie mit einem Mann liiert, der ihre Mutter hingerichtet hatte, als mit jemandem, der sie auf Händen trug. Was sie wirklich liebte, war der Sieg oder zumindest der Siegeswille. Tankred dagegen liebte einfach nur sie. Wenn das Schwäche war, so war er der Schwäche überführt.

Vielleicht, weil er sich selbst eine Erklärung schuldig war, unterbrach er die Stille zwischen ihnen.

»Ich habe versucht, mich von ihm zu lösen. Glaub mir, Shuilian, ich habe es wirklich versucht. Aber wenn du einmal einen echten Freund hattest, in einer Zeit, in der niemand sonst dein Freund war …«

»Oh, ich verstehe, eiserne Bande«, lachte sie ironisch.

»Besser, *chérie*. Es ist ein Band aus Gummi, stabil und äußerst dehnbar.«

Die Limousine näherte sich der Straße, in der sich Shuilians Wohnung befand.

»Mit der Liebe ist es übrigens genauso«, fügte er hinzu, ohne sie anzusehen.

Der Wagen hielt. Der Chauffeur öffnete Shuilian die Tür.

»Kommst du noch mit rauf?«, fragte sie ihn in einer Weise, als erkundige sie sich nach der Uhrzeit.

»Ich bin sehr müde.«

»Das merkt man dir an.«

»Du bist beleidigt.«

»Ich bin zu nichts gut. Nicht mal …« Sie zögerte. »Nicht mal …«

»Mich in die Schlacht gegen meinen einzigen Freund zu führen, den Mörder deiner Mutter? Von dem du dich nach Paris hast bringen lassen. Der dir die Wohnung besorgt und das Bett gekauft hat, in das du dich gleich legen wirst.«

Eine Kirchenglocke schlug Mitternacht, als Shuilian ausstieg und im Dunkel des Hauseingangs verschwand.

Eine ferne Kirchenglocke schlug Mitternacht, als Marie endlich leise Schritte auf dem Waldboden vernahm. Seit dem Morgen wartete sie nun schon unter der Eiche, manchmal auch auf einem der Äste, und war bisher niemandem begegnet. Da sie noch immer das leichte Kleid vom Morgen trug, hatte sie sich aus dem nahen Verschlag, ihrem Liebesnest, ein paar Decken geholt. Den ganzen Tag lang hatte sie nichts gegessen und nur einmal kurz aus einem Bach getrunken. Etwas anderes als Wasser hätte sie ohnehin nicht bei sich behalten, denn ihr war so elend zumute wie noch nie zuvor in ihrem Leben.

»Marie?«

»Michaud?«

Ihr war bewusst, dass das nicht sein richtiger Name sein konnte. Sie kam hinter dem Baumstamm hervor. »Ich bin hier.«

Seine Silhouette hob sich kaum vom finsteren Hintergrund ab, geschweige denn, dass sie sein Gesicht erkannte, und doch ging eine Welle des Trostes und des Glücks durch sie hindurch, als sie auf ihn zuging und er auf sie.

Sie hatte genügend Zeit gehabt, sich ihre Worte zurechtzulegen, es waren an die tausend, und keines passte zum anderen.

Er stellte sich vor sie, mit hängenden Armen, so als warte er ihre Ohrfeige ab.

Mit beiden Händen hielt sie die Decken umklammert, die von ihren Schultern herabhingen. Ein Glitzern in seinen Augen, vom schwachen Mondlicht, sein schneller Atem, dann die Hitze auf seinen Lippen, die sich auf ihre kalten übertrug.

»Marie.«

»Michaud.«

»Michel«, stellte er richtig.

Ohne es zu wissen, traf sie sich also seit drei Monaten mit einem Michel.

»Ich konnte nicht eher kommen.«

Sie trat ihm gegen das Schienbein.

»Au!«

»Und ich konnte das nicht eher tun.«

Gemeinsam sanken sie am Stamm der Eiche zu Boden, er vor körperlicher Erschöpfung nach der weiten Strecke, sie vor mentaler.

Natürlich hatte sie sich am Morgen vor dem Waffenlager nicht in den Graben geworfen. Nur deswegen lebte Michaud noch – Michel – und ebenso seine Kameraden. Stramm und unverrückbar wie ein Berg war sie stehen geblieben, wohl wissend, dass Damian so lange das Feuer nicht eröffnen würde, wie sie in der Schusslinie stand.

»Kameraden, das ist mein Mädchen«, hatte Michel gesagt, Hauptgefreiter Michel Sonneberger.

Und sie gleich danach zu ihm: »Komm, sobald du kannst. Heute Nacht? Du weißt, wo.«

Sie hatte gewartet, bis die Gruppe der vier Soldaten sich zerstreute, und war erst danach davongeradelt, am ganzen Körper zitternd, und diesmal nicht nur vor Kälte.

Gewiss suchte ihr Bruder sie schon den ganzen Tag, halb verärgert, halb besorgt.

»Bis ich elf Jahre alt war, habe ich bei meiner Großmutter Georgette in Orange gelebt und bin erst nach ihrem Tod nach Deutschland gekommen, zu meinen einzigen entfernten Verwandten, den Schweinezüchtern«, erklärte sich Michel. »Deswegen spreche ich deine … unsere … Sprache so gut.«

»Es ist meine«, korrigierte sie ihn, was nichts weiter als ein hilfloser Versuch war, ihm irgendwie wehzutun, ohne ihn zu verletzen. Denn für das, was er war, konnte sie ihn nicht mehr verurteilen, über diesen Punkt war sie emotional längst hinaus. Allenfalls das Schweigen über seine wahre Identität nahm sie ihm übel.

»Ich wollte mich in meiner Freizeit normal unter euch bewegen. Auf Feste gehen, mit Leuten reden, über deren Witze lachen. Das alles kann man als Deutscher nicht, schon gar nicht als deutscher Soldat. Und nachdem ich dich erst mal richtig kannte … Na ja, ich habe mich nicht mehr getraut.«

»Wann wolltest du es mir sagen, Herr Sonneberger? Vor dem Traualtar?«

»Was hättest du dann getan?«

»Dir in den Hintern getreten, was denn sonst? Es gibt ein paar Dinge, die man seiner Braut vor der Hochzeit nicht verheimlichen darf. Impotenz, zum Beispiel. Eine Mutter, die ihre Schwiegertöchter frisst. Und dass man Angehöriger des meistgehassten Volkes des Universums ist.«

»In Japan schätzt man uns sehr.«

»In Japan und im Hades, sonst nirgendwo.«

»In Irland auch, habe ich mir sagen lassen.«

»Ja, weil ihr London bombardiert.«

»Ich bin ziemlich nahe an der Wahrheit geblieben. Du kennst meinen Beruf, und in Orange habe ich auch gelebt.«

»Michel, das ist so, als würde ich dir sagen, dass ich

Kinder bekommen kann, aber verschweigen, dass ich schon drei habe.«

»Du warst auch nicht ganz ehrlich zu mir. Oder wann wolltest du mir erzählen, dass du der Résistance angehörst?«

Sie zuckte zusammen, bekam keinen Ton heraus.

»Ich hatte den ganzen Tag Zeit, darüber nachzudenken. Du musst nicht nach dem Weg nach Braye-sous-Faye fragen, Marie. Und dann das Kleid … gelbe Früchte, also wirklich. Da war mir alles klar. Hätte ich dich damals nicht hier auf dem Baum getroffen, wäre ich jetzt durchlöchert, oder?«

Sie zog die Decke noch enger um sich. »Ich bin nicht wirklich … Es war das erste Mal, dass ich …« Sie seufzte. »Scheißkrieg.«

Er wuschelte ihr durch die Haare. »Und jetzt?«

Sie sahen sich an.

Zwei Worte mit einer Sprengkraft, die ein ganzes Leben zerfetzen konnten.

Es war zwei Uhr, als Marie ins Chateau heimkehrte. Sie hatte Michel ohne Antwort zurückgelassen, aus dem einfachen Grund, dass sie keine hatte. Sie wollte nur noch ins Bett und eine Woche lang schlafen, wusste aber, dass die Welt im Allgemeinen und ihr Bruder im Speziellen etwas dagegen hatten. Und das war keine Sache, an der man lange Tüfteln durfte.

Damian wartete vor dem fast schon erloschenen Kamin im Salon, vertrieb die Kälte mit einer heißen Schokolade und sich die Zeit mit einem Buch über Trotzki, für das ihm das Licht einer einzigen Kerze genügte.

»Mach dir keine Sorgen«, sagte er leise. »Ich habe es den anderen erklärt.«

»Was?«

»So etwas kann schon mal passieren.«

»Was?«

»Kalte Füße.«

Maries Füße waren tatsächlich kalt. Sie legte zwei Scheite nach, setzte sich auf einen Sessel neben Damian und streckte die Beine aus.

»Michaud«, sagte sie.

»Ich dachte mir schon, dass du dich bei ihm ausweinst. Es ist in Ordnung, Marie. Es ist nichts passiert, wir sind alle gesund.«

Sie wusste nicht viel in dieser Nacht, aber sie wusste, dass sie nicht dort weitermachen wollte, wo Michel aufgehört hatte. Keine Lügen. Sie alle hatten genau das einige Monate zuvor, auf Arabellas Wunsch hin, in genau diesem Salon gelobt. Damals hatte sie es albern gefunden, inzwischen erkannte sie den Sinn dahinter. Eine Lüge in diesen Zeiten war doppelt schlimm, war verheerend.

»Michaud heißt Michel. Michel Sonneberger. Er ist Hauptgefreiter der Wehrmacht. Ich weiß es erst seit heute Morgen, als ich ihm plötzlich gegenüberstand.«

Es sprach für Damian, dass er nicht aufsprang, wild mit den Armen fuchtelte und sie anschrie. Die meisten Brüder, die in der Résistance waren, hätten das vermutlich getan.

Nach einer Weile sagte er: »Das tut mir leid.«

Sie trank einen Schluck Kakao aus seiner Tasse. Er nahm die Kanne und schenkte ihr nach.

»Und jetzt?«

»Scheint so, als hätten alle Männer dieselbe Frage.«

Damian seufzte. »Nur erwarten wir unterschiedliche Antworten, nehme ich an.«

Sie trank in kleinen Schlucken noch mehr Kakao. »Du würdest ihn mögen.«

»Schon möglich.«

»Er ist sportlich, klettert gerne.«

»Bravo.«

»Michel tut mir gut. Ein netter Kerl, aber auch nicht zu nett. Und nicht auf den Mund gefallen.«

»Freut mich.«

»Er will mich heiraten.«

Damian geriet immer noch nicht außer sich. Spätestens da wusste Marie, dass er taktisch vorging. Als sie noch Kinder waren, hatte er allein es vermocht, sie von etwas abzubringen, das sie sich in den Kopf gesetzt hatte, und zwar indem er so tat, als interessiere es ihn nicht die Bohne.

»Wir gehen nach ... na ja, wo immer er in Deutschland wohnt und züchten Schweine. Oder wir ziehen in das Häuschen in Orange, das er von seiner Oma geerbt hat. Bei Orange sind die Kimbern im Jahre einhundertfünf vor Christus auf ein römisches Heer getroffen, es kam zu einer großen Schlacht. Ich könnte bei den Ausgrabungen helfen und Archäologin werden.«

Nun nahm Damian die Tasse wieder an sich und trank Kakao in der gleichen Manier wie sie, in kleinen Schlucken.

»Ich weiß, Michel ist noch Soldat. Aber bestimmt nicht mehr lange. Die Deutschen haben, außer den Engländern, alle ihre Feinde besiegt, und der Rest Europas betrachtet sie mit wohlwollender Neutralität. Ewig wird der Krieg gegen die Briten nicht dauern.«

Damian stellte die Tasse ab und schlug stattdessen das Trotzki-Buch auf.

»Verdammt, sag endlich was«, fuhr sie ihn an. »Wirf mich in den Froschteich, nenn mich eine Schlampe, sperr mich in meinem Zimmer ein.«

»Warum?«

»Weil ich vernünftigen Argumenten nicht zugänglich bin, das wissen wir beide.«

Damian sank tiefer in den Sessel und verdrehte die Augen. »Das ist ja wohl nicht mein Problem.«

»Dazu wird es aber, wenn bekannt wird, dass deine Schwester eine horizontale Kollaborateurin ist. Und was wird Mama dazu sagen? Sie wird dir die Schuld geben, weil du es mir nicht ausgeredet hast.«

»Das ist kein Spiel, Marie. Tu einmal im Leben etwas aus Überzeugung und nicht, um andere zu provozieren.«

»Aber ich bin überzeugt.«

»Wovon?«

»Von der Liebe.«

Er klappte das Buch wieder zu. »Heute Morgen warst du überzeugt davon, im Widerstand zu sein.« Er äffte sie nach: »O Damian, ich will es auch, ich tue das Richtige.« Er sprach normal weiter: »Und was ist nach vierzehn Stunden davon übrig geblieben?«

»Das ist ein schlechtes Beispiel.«

»Ich habe einen ganzen Sack davon, lass uns mal reingreifen. Du willst Archäologin werden, aber schreibst du dich an der Universität ein? Nein.«

»Ich bevorzuge die Praxis.«

»Du bevorzugst es, Menschen auf der Nase herumzutanzen und ihnen patzige Antworten zu geben. Deine persönliche Meinung ist ein Glücksrad, an dem du dreimal am Tag drehst. Keiner verlässt sich auf das, was du sagst. Niemand nimmt dich als Person ernst, nur deine Mätzchen. Jeden von uns vor den Kopf zu stoßen, das ist dein größter Spaß. Ich wiederhole mich: Deine Affäre mit Michel, das ist kein Spaß.«

Sie lachte. »Manchmal schon. Also wenn ich dir sage, was er mit seinem Stößel so alles …«

»Marie!«, schrie er. »Verdammt noch mal!«

Er stand kurz vor einer Explosion, aber wenn sie darauf gehofft hatte, wurde sie enttäuscht. Irgendwie gelang es ihm, die Bombe im letzten Moment zu entschärfen. Nach einigen Sekunden war er wieder die Ruhe selbst, perfekt eingefügt in die Szenerie: eine Kerze, eine Kanne Kakao, ein Kaminfeuer und ein Buch.

»Du hilfst mir nicht weiter«, sagte sie und stand auf. »Dann gehe ich eben ohne Entscheidungshilfe zu Bett. Was meinst du, wann wäre der beste Zeitpunkt, den anderen von Michel zu erzählen? Wenn sie ihr Frühstücksei köpfen vielleicht?«

Als sie den Salon schon beinahe verlassen hatte, sagte Damian ruhig und ohne den Blick von seinem Buch zu nehmen: »Es könnte passieren, dass ich Michel erschieße, nächste Woche, nächsten Monat, nächstes Jahr. Ich ziele nicht auf ihn im Besonderen, sondern auf eine Uniform. Und er schießt zurück. Es könnte sein, dass ich dich zur Witwe mache. Genauso gut könnte es sein, dass ich vor einem Exekutionskommando ende, und das Letzte, was ich sehe, sind seine Augen.«

Erstarrt sah sie dabei zu, wie er vom Kakao trank.

»Du wolltest eine Entscheidungshilfe. Hier hast du sie. Gute Nacht, Marie.«

Emma träumte gerade von schneebedeckten Bergen und jeder Menge schwarzer Vögel, die zwischen ihnen kreisten, als eine Stimme, die nicht dorthin gehörte, und ein Rütteln sie aufweckten. Als sie die Augen aufschlug, war das Zimmer stockdunkel, so wie sie es nachts gerne hatte, und die Bettwäsche duftete nach Lavendel und Seife. Zuerst glaubte sie, sich die Berührung nur eingebildet zu haben, bis sie den Atem einer Person hörte, die ihr ganz nahe war.

»Du hast es gewusst«, sagte eine tiefe Frauenstimme.

»Marie? Bist du es? Ist etwas geschehen?«

»Du wusstest, dass er Deutscher ist. Auf dem Sommerfest, als ich Getränke holen war, da habt ihr deutsch miteinander gesprochen, richtig?«

Emma, die noch halb im Traum gefangen war, richtete sich ein wenig auf. »Machst du bitte das Licht an?«

»Nein.«

»Dann zieh wenigstens die Vorhänge auf, damit ich …«

»Nein.«

Emma seufzte in die Dunkelheit. »Ja, ich wusste es. Es war purer Zufall. Mir ist etwas runtergefallen, und er hat Hoppla gerufen. Ein Franzose hätte …«

»… *oups* gesagt. Dumm, dass mir nie etwas runtergefallen ist. Warum hast du es mir nicht erzählt?«

»Er meinte, dass er selbst den Zeitpunkt bestimmen will, und das habe ich respektiert. Ihr kanntet euch ja noch nicht so lange.«

»Da hast du es dir aber einfach gemacht.«

»Im Gegensatz zu dir, die du die Dinge ja immer bis zur allerletzten Konsequenz sorgfältig durchdenkst.«

Mit dieser Parade gewann Emma ein wenig Zeit, die

sie dafür nutzte, ihre Haare zu sortieren, nach dem Glas Wasser zu greifen, von dem sie ungefähr wusste, wo es stand, und ihre trockene Kehle zu befeuchten. Als Nächstes spürte sie, wie die Matratze an ihren Füßen nachgab.

»Ich war noch nie, auch nicht als kleines Kind, der Typ, der sich mitten in der Nacht auf jemandes Bettkante setzt. Fieber, ins Nachthemd pinkeln, Kotzen müssen … ich habe immer alles mit mir selbst ausgemacht. Vielleicht war ich ein paarmal kurz davor, Hilfe bei Damian zu suchen. Es ist nie dazu gekommen.«

Emma hätte Marie erzählen können, dass sie als Kind ganz anders gewesen war und mindestens einmal im Monat jemanden aus dem Bett geholt hatte, bevorzugt ihre diversen Kindermädchen, die sie regelmäßig in den Wahnsinn trieb. Doch es ging bei dieser nächtlichen Konversation nicht um den Austausch von Anekdoten. Dass Marie zu ihr kam – ausgerechnet zu ihrer ungeliebten Cousine –, hatte etwas zu bedeuten.

»Was du gerade erlebst, ist etwas Großes, vielleicht das Größte in deinem ganzen Leben.«

»Und das wäre? Etwa die Liebe?«

»Die verbotene Liebe. Du entscheidest dich nicht nur für jemanden, so wie die meisten Frauen, sondern auch gegen etwas. Gegen ein System, eine vorherrschende Meinung, eine Familie, ein Land, was auch immer. Man muss mutig sein, um diesen Schritt zu gehen, und wohl auch ein wenig egoistisch. Ich würde sagen, du bringst beide Eigenschaften dafür mit, *ma chérie*.«

Marie stöhnte. »Nenn mich nie wieder so. Ich weiß gar nicht, warum ich hier bin.«

»Von den anderen in der Familie weißt du, was sie dir

raten werden. Arabella, deine Mutter, dein Bruder … Wir müssen kein Wort darüber verlieren, sie haben eine ganze Wundertüte voller Argumente, die gegen deine Liaison sprechen. Bei mir weißt du es nicht. Im Grunde bin ich für dich eine Fremde, noch dazu eine, die du nicht übermäßig magst. Außerdem … Darf ich vorher das Licht anmachen?«

»Tu es, und du brauchst morgen eine neue Lampe. Außerdem was?«

»Aber eine Zigarette darf ich mir anstecken, oder?«

»Ich habe dich nie rauchen sehen.«

»Eine vor dem Zubettgehen und eine nach dem Aufwachen. Diese Angewohnheit hat mir mein Liebhaber beigebracht.«

Da sie keinen weiteren Widerspruch erntete, zog Emma die Schublade des Nachttischs auf, fummelte das Zubehör hervor und zündete ein Streichholz an. Für einen Moment leuchtete Maries Gesicht auf, steinern, verschlossen. Emma blies die kleine Flamme aus und pustete den ersten Zug in die neuerliche Dunkelheit, zusammen mit einem einzigen Wort: »Vorsehung.«

Marie schwieg.

Emma sagte: »Wie wahrscheinlich ist es, dass du dich an deine einzige Cousine wendest, mit der du noch nie etwas besprochen und so gut wie nichts gemeinsam hast, und sie sich allzu gut mit der Materie auskennt? Ich weiß, wie es ist, jemanden zu lieben, den man nicht lieben darf. Und ich habe meine Antwort darauf gefunden.«

Marie schwieg weiterhin. Es war ein seltsames Gefühl, mit jemandem in einem finsteren Raum zu sein, der eine Minute lang weder sprach noch sich regte.

»Weiß dein Mann, dass du …?«, fragte Marie.

»Früher wusste er es. Ich habe Besserung gelobt, lange Geschichte, ziemlich dramatisch, und heute … Keine Ahnung, was er weiß. Mir tut es leid für ihn. Ich wünschte, es gäbe einen anderen Weg, einen anständigen, aufrichtigen.«

Einen Zug nach dem anderen blies Emma in die Luft, in immer schnellerer Folge.

»Gibst du mir eine ab?«, fragte Marie.

Emma warf das Etui und die Streichhölzer ans Fußende des Bettes, spürte eine Hand, die danach tastete, und einen Augenblick später leuchtete Maries Gesicht noch einmal kurz auf, bevor es wieder erlosch.

»Du warst im Gefängnis, heißt es.«

»Ja, wegen Ehebruchs.«

»Und dann?«

Zwei schnelle Züge. »Ich habe noch eine Chance bekommen.«

»Wie?«

»Ich habe einen Schwur geleistet. Daran halten wollte ich mich aber schon damals nicht.« Zwei schnelle Züge. »Ich würde noch ganz andere Dinge für Theo tun. Wir sind füreinander bestimmt, weißt du?«

Emma drückte den glimmenden Stummel in der Schublade aus, fingerte nach dem Etui und zündete sich eine weitere Zigarette an. Sie lag nun bäuchlings mit dem Kopf am Fußende des Bettes und spürte Maries Nähe.

Marie hörte nur noch zu und rauchte, sagte nichts mehr.

»Ich habe lange darüber nachgedacht, und ich bin mir sicher, ja, felsenfest davon überzeugt, dass ich das Recht habe, den Mann zu lieben, den ich will, und das in jeder Hinsicht. Nur er und ich haben darüber zu entscheiden, nicht meine Mutter, nicht die Gesellschaft, kein Richter und auch nicht mein Ehemann, der mir die Scheidung verweigert. Wenn ich gezwungen werde, gegen festgeschriebene Gesetze und ungeschriebene Regeln zu verstoßen, dann tue ich das. Und wenn ich jemandem wehtun muss …« Zwei schnelle Züge. »So etwas tut niemand gerne, dem ein Herz in der Brust schlägt. Theo weiterhin zu treffen, ihn zu lieben, das ist meine Form des Protests gegen das ungerechte System. Und wenn man protestiert, bleibt es nicht aus, dass man hin und wieder jemandem auf die Füße tritt.« Erneut zwei schnelle Züge. »Letztendlich geht es bei uns beiden, bei dir und mir, um die gleiche Sache, nämlich um Vorurteile, sogenannte zwingende Gründe. Weil angeblich irgendetwas wichtiger ist als die Liebe … das Gesetzbuch, die guten Sitten, die Nation oder einfach die Umstände. Wenn Gott die Wahl hat, wen er segnet, werden es die Nationen sein oder die Liebenden?«

Emma hatte alles gesagt, was ihr einfiel, ehrlich und offenherzig. So verschieden sie und Marie waren, im inneren Kampf gegen das, was die Gesellschaft so tiefsinnig als »höhere Moral« bezeichnete, waren sie vereint.

Marie stand auf, und wie auch immer sie das in der Dunkelheit machte, war sie im nächsten Moment an der Tür. Fahles Licht aus dem Flur fiel auf ihren Körper, der Emma zum ersten Mal verletzlich vorkam und irgendwie auch verzagt.

»Die ganze Welt wird gegen euch sein«, sagte Emma. »Es wird ein harter Kampf. Aber er lohnt sich, und verlieren wirst du ihn nur, wenn du ihn nicht führst. Also nimm ihn an und gewinne.«

»Was macht dich so zuversichtlich?«

Emma lächelte. »Die Liebe ist wie das Wasser, sie findet immer einen Weg.«

# 11

*Das Verbergen von Juden, Kommunisten und abgeschossenen alliierten Piloten, um nur einige Verfolgte zu nennen, wird zu einer üblichen Praxis in Frankreich. Die Leute reichen sie von Partisanengruppe zu Partisanengruppe weiter, um sie schließlich irgendwo über die Grenze zu bringen. Die deutschen Gegenmaßnahmen werden ständig härter, und im Falle der Entdeckung droht den Helfern der Tod. Vereinzelt kommt es zu furchtbaren Exzessen durch die Wehrmacht oder Himmlers Sicherheitsdienste.*

Am nächsten Tag machte Arabella die zutiefst bedrückende Erfahrung, dass auch ihr alles über den Kopf wachsen konnte. Es begann noch vor dem Frühstück damit, dass drei junge Frauen vor der Tür des Chateaus standen und bibbernd vor Angst und Kälte darum baten, aufgenommen zu werden, »wie all die anderen, die schon da sind«. Eines der Hausmädchen, das nicht informiert war, hatte ihnen geöffnet, und da noch niemand von der Familie wach war, einen Diener hinzugezogen, der ebenfalls nicht wusste, was im Keller vor sich ging. Ophélie und Edmond blieb gar nichts anderes übrig, als die Katze vor dem gesamten Personal aus dem Sack zu lassen, wodurch sich der Kreis der Eingeweihten sowie die Gefahr, verraten zu werden, schlagartig verdreifachten. Zudem erfuhr in diesem Zuge auch Emma von dem Geheimnis, und wenngleich es sie nicht weiter zu interessieren schien, hatte Arabella kein gutes Gefühl, was ihre Großnichte anging.

Die drei schwarzhaarigen Mädchen gehörten, wie sie behaupteten, einem fahrenden Volk an, das von den Nazis verfolgt wurde. Doch irgendetwas stimmte nicht mit ihnen. Ihr Französisch war zwar simpel, aber akzentfrei, und sie sprachen es auch dann, wenn sie sich untereinander unterhielten. Im Keller versuchten sie nicht, es sich gemütlich zu machen, und ihre schlechten Zähne hinderten sie nicht daran, unmäßig viel zu lächeln und zu kichern, was eher untypisch war für Verfolgte.

Beim Frühstück sagte Maxim: »Vorgestern hat es bei den Beauchamps eine Razzia gegeben.«

»Was, in aller Welt, ist eine Razza?«, fragte Arabella.

»Razzia, Großtante Arabella, eine Hausdurchsuchung.«

»Davon habe ich gehört«, sprang ihm Edmond bei. »Kürzlich auch bei den Vernons und den Prevosts. Die Vernons konnten gerade noch rechtzeitig die versteckten Leute in Sicherheit bringen. Die Prevosts hatten weniger Glück. Man hat sie allesamt verhaftet.«

»Ogottogott«, murmelte Ophélie. »Da haben wir uns ja auf etwas eingelassen.«

»Das ist das Werk des Ungeheuers von Orléans«, schimpfte Damian. »Seine Spione sind überall. Wenn ich seine Gurgel zwischen die Finger kriege, dann quetsche …«

»Wir sitzen beim Frühstück, mein Junge«, erinnerte ihn Arabella. »Wir dürfen die Menschen, die sich uns anvertraut haben, nicht im Stich lassen. Wenn wir sie fortschicken, sind sie erledigt, und wir reden inzwischen von einem Dutzend Personen, das ist euch doch hoffentlich klar.«

»Danke, Tante Arabella, wir können alle zählen«, sagte Ophélie. »Aber du hörst selbst, wie es den Nachbarn ergangen ist. Es ist doch nur eine Frage der Zeit, wann sie auch zu uns kommen.«

»Wir haben alle denkbaren Vorsichtsmaßnahmen getroffen«, wandte Arabella ein.

»Und warum, liebe Tante, wussten die drei Mädchen dann von unserem geheimen Keller?«

»Das ist mir ein Rätsel.«

»Dafür gibt es eine ganz einfache Lösung.« Maxim köpfte sein Frühstücksei. »Wir laden Tankred ein, bei uns zu wohnen. Und bevor ihr nun alle gleichzeitig auf mich einprügelt, denkt bitte einen Augenblick darüber nach. Weder die Wehrmacht noch die Gestapo wird das Haus eines hochrangigen SS-Offiziers durchsuchen.«

Arabella konnte kaum glauben, dass Maxim ein einziges Mal einen intelligenten Vorschlag machte.

Natürlich waren Ophélie und Damian dagegen.

»Ich werde mir doch nicht die SS ins Haus holen«, sagte die Hausherrin. »Was werden die Nachbarn sagen? Man wird mich der Kollaboration verdächtigen. Mich! Wo ich immer gegen die Nazis war, als ich noch in Deutschland gelebt habe.«

»Und was ist mit den Menschen im Keller?«, fragte Arabella. »Setzen wir die auf die Straße, wo man sie sogleich verhaften wird? Ist dir dein Ruf wichtiger als zwölf Menschenleben? Wenn wir, die wir die Nazis verabscheuen, ihren Opfern nicht helfen, wer soll es dann tun? Eins sage ich euch allen hier am Tisch: Wenn ihr unsere Schutzbefohlenen aufgebt, kehre ich dieser Familie den Rücken.«

Damian ergriff das Wort. »Ihr selbst, Großtante Arabella, habt euch vor einigen Monaten dafür eingesetzt, dass wir bei Streitfragen abstimmen und sich anschließend alle daran halten.«

In der Erregung hatte Arabella ihr gegebenes Versprechen ganz vergessen. Diese Sache ging ihr wirklich nahe, und die Vorstellung, hilflose Menschen im Stich zu lassen, war für sie das schlimmste denkbare Szenario – schlimmer, als es eine Verhaftung gewesen wäre. Sie war es ihrem vor langer Zeit verstorbenen Mann schuldig, der Zeit seines Lebens Humanist gewesen war. Sie war es auch Ephraim Goldmann schuldig, dem jungen Biologiestudenten, den die Nazis vor einigen Jahren auf der Straße direkt neben ihr zu Tode geprügelt hatten, ohne dass sie in der Lage gewesen wäre, ihn zu retten.

»Na gut, stimmen wir ab.«

Arabella hob die Hand für Tankreds Aufnahme in das Chateau, Maxim ebenso. Ophélies und Edmonds Hände blieben unten. Da Marie sich der Stimme enthielt, hing nun alles von Damian ab, dem Widerstandskämpfer, dem schon der Kamm schwoll, wenn er einen deutschen Offizier auch nur von Weitem sah.

Doch an diesem Morgen geschahen verwirrende Dinge. Damian hob tatsächlich die Hand für Tankred. Drei zu zwei.

Maxim verlor keine Zeit. »Gut, ich fahre ohnehin

gleich nach Paris und kann Tankred persönlich mitteilen, dass er willkommen ist und am besten noch heute Abend einziehen soll. Je eher, desto besser, nicht wahr? *Salut.*«

Einige Minuten lang herrschte Schweigen. Arabella überlegte, was Damian bewogen haben könnte, sich den Erzfeind ins Nachbarzimmer zu holen. Hatten ihre Argumente ihn überzeugt? Fühlte er mit den Elenden? War sein Herz nicht nur kämpferisch, sondern auch weich?

In die Stille sagte Damian: »Übrigens, Marie ist mit einem deutschen Rekruten verlobt, mit dem sie schon seit ein paar Monaten turtelt.«

Arabella neigte nicht zu Schluckbeschwerden, Maries Vater nicht zu einem offenen Mund und ihre Mutter nicht zu Sprachlosigkeit, doch all das trat ein.

»Hey, du blöder Affe, ich wollte es ihnen selbst sagen.«

»Wann denn? Wenn die Kirchenglocken schon für euch läuten?«

»Anschwärzer.«

»Verräterin.«

»Mörder.«

»Germanenschlampe.«

Marie verpasste ihm eine Ohrfeige, die er regungslos hinnahm, danach lief sie davon.

Es war, als zögen dunkle Gewitterwolken von allen Seiten auf das Chateau Villeny zu. Im Haus würden künftig also die Frau eines hohen Wehrmachtsoffiziers, die Verlobte eines deutschen Rekruten, ein Résistance-Kämpfer, ein kollaborierender Clubbesitzer, ein SS-Offizier, die Witwe eines Juden und ein Haufen im Keller zusammengepferchter Verfolgter zusammenleben.

Ein Käfig der Verrückten. Und vor allem: ein Käfig voller Hühner, die den Fuchs einluden, mit ihnen im selben Stall zu schlafen.

Damit nicht genug, waren die drei Mädchen des angeblich fahrenden Volkes seit dem Mittag verschwunden. Sie blieben es auch, und Arabella wurde den Verdacht nicht los, dass sie irgendwem auf den Leim gegangen war. Wenn es ein Gefühl gab, das sie auf den Tod nicht ausstehen konnte, dann dieses.

Sie dachte den ganzen Tag darüber nach, leider nicht sehr effektiv, da ihr zu viele andere Dinge in die Quere kamen: Maries Entscheidung, sich mit einem deutschen Soldaten einzulassen, Damians überraschende Zustimmung zu Tankreds Einzug und schließlich Tankreds Einzug … Zwar hatte sie selbst dafür gestimmt, obwohl sie sich des Risikos bewusst war, einen SS-Offizier nur ein Stockwerk über mehreren Verfolgten des Regimes einzuquartieren. Doch es gab noch einen weiteren Aspekt, der ihr zu schaffen machte oder vielmehr ein schlechtes Gewissen verursachte, was beileibe nicht oft vorkam. Sie rang deshalb während des ganzen Nachmittags mit sich.

Die Sonne neigte sich bereits dem Horizont zu, als Tankred auf dem Chateau eintraf. Sie empfing ihn zusammen mit Ophélie, Edmond und Damian im Atrium.

Kaum hatten sie ihn willkommen geheißen und einige mehr oder weniger ehrlich gemeinte Freundlichkeiten ausgetauscht, drückte Arabella ihm einen fünfarmigen Leuchter mit brennenden Kerzen in die Hand. Zur Verwunderung Tankreds und dem Entsetzen der anderen sagte sie: »Ich bitte Sie, den Weinkeller aufzusuchen, das Fass Nummer fünfzehn zu bewegen und den Raum dahinter zu inspizieren. Schauen Sie mich nicht an wie ein Nachtwächter, dem das Petroleum ausgegangen ist. Machen Sie sich auf den Weg, und lassen Sie sich Zeit.«

Ihre Familie war fassungslos, dass sie das getan hatte. Arabella selbst wusste zwar um das Warum, nicht jedoch, woher sie die Courage genommen hatte. Im Grunde betrachtete sie sich nicht als mutige Frau. Zwar hatte sie im Laufe ihres Lebens nicht selten das Heft des Handelns in die Hand genommen und war auch vor klaren Worten nicht zurückgescheut, aber sie hatte nie ohne Sicherheitsnetz agiert. Ihre Stellung, das Geld, der Name, die amerikanische Staatsbürgerschaft – mindestens eine dieser unsichtbaren Hände hatte sich stets schützend über ihr Haupt gelegt, wenn sie Risiken eingegangen war.

Nichts davon vermochte ihr in dieser Situation zu helfen. Doch das Schlimmste war, dass nicht nur sie und ihre Liebsten, sondern viele andere Menschen darunter leiden würden, falls sie sich irrte.

Als Tankred nach einer halben Stunde noch immer nicht zurückgekommen war, beschloss sie, die siebenundzwanzig Stufen nach unten zu gehen. Damian wollte sie begleiten, doch sie ließ lediglich zu, dass er sie bis zum Fuß der Treppe führte und stützte. Bei jeder Stufe zuckte ein Peitschenhieb durch ihren Körper.

Das letzte Stück Weg ging sie allein, langsam wie eine Schildkröte.

Vier Räume musste sie passieren, kalt und klamm, verkleidet mit Ziegelsteinen, die weiß angelaufen waren, als litten sie unter einer zersetzenden Hautkrankheit. Dann endlich betrat sie den Weinkeller. Das Fass mit der Nummer fünfzehn verbarg, wie üblich, den Eingang zum Versteck. Dahinter hörte sie aufgeregte Stimmen. Tankred war nirgends zu sehen. Erst, als sie mit ihrer Kerze eine Ecke des riesigen Raumes ausleuchtete, entdeckte sie ihn. Wie ein kleiner Junge saß er regungslos auf einem Weinfass. Der fünfarmige Leuchter lag ein paar Meter von ihm entfernt auf dem Boden, die Kerzen waren erloschen, teils gebrochen.

Seine Stimme klang so dunkel und kalt und verlassen wie der Raum, in dem sie sich befanden. »Sie müssen wahnsinnig sein, mir das zu zeigen.«

Arabella suchte nach einer Sitzgelegenheit und fand sie, ein paar Meter von ihrem Großneffen entfernt, in ein paar gestapelten Weinkisten. Den einarmigen Kerzenhalter stellte sie auf den Boden, genau in die Mitte zwischen ihm und ihr.

»Manchmal ist die Wahrheit nichts anderes als Wahnsinn.«

»Erklären Sie es mir?«

»Warum wir diese Menschen aufgenommen haben, muss ich Ihnen sicher nicht erklären. Sie haben vor einigen Jahren selbst gesehen, wozu das Regime, dem Sie dienen, fähig ist. Warum ich Sie mit der Nase auf das Geheimnis stoße? Nun ja, das geschieht wohl …« Sie seufzte. »Es geschieht in einer Mischung aus Moral und Kalkül.«

Sie zog ein Spitzentaschentuch hervor, das sie von ihrem Ehemann Samuel geschenkt bekommen hatte, so alt war es. Damit wischte sie sich eine Träne aus dem linken Auge, die nichts, aber auch gar nichts mit dem zu tun hatte, worüber sie gerade sprachen. Es war der Schmerz in der Hüfte, der ihr, trotz heftiger Gegenwehr, die Augen feucht werden ließ. Tankred beobachtete sie stumm.

»Ich war immer der Meinung, dass man nur für Dinge bestraft werden sollte, die man auch getan hat. Gut möglich, dass man Sie eines Tages für das, was Sie im Auftrag des Nazi-Regimes getan haben, zur Rechenschaft ziehen wird. Doch sollten die Besatzer dieses Versteck entdecken, dann sind wir alle dran, auch Sie, obwohl Sie gar nichts davon wussten. Das darf nicht sein.« Sie wischte sich eine zweite Träne aus dem anderen Auge. »Haben Sie mit den Leuten da drinnen gesprochen?«

Er nickte. »Ein Barbier, eine Tortenbäckerin, ein Antiquitätenhändler, sogar ein Friedhofsgärtner. Unpolitischer geht es kaum. Sie alle haben mich gesehen, meine Uniform, und hatten schreckliche Angst.«

»Sogar ich habe bisweilen Angst beim Anblick dieser Uniform.«

»Von welchem Kalkül haben Sie gerade gesprochen?«

»Noch ist das Geheimnis unter Verschluss, aber der Druck im Kessel steigt. Das Personal ist im Bilde, immerhin leben hier unten neun Frauen und Männer. Früher oder später wird es zum Verrat kommen und damit zur Katastrophe. Falls allerdings jemand wie Sie hier wohnt, und die Leute wissen, dass Sie das Geheimnis kennen …«

»Sie meinen, ich bin der Felsbrocken, der den Deckel auf dem Kessel hält?«

»Exakt.«

»Die Sache hat nur einen Haken.«

Arabella seufzte. »Einen besonders großen, an dem wir alle schon sehr bald baumeln können, das ist mir bewusst. Ein Anruf von Ihnen genügt, und in einer halben Stunde wimmelt es hier von Henkersknechten.«

»Sie begeben sich in meine Hand.«

»Jede Alternative würde uns lediglich ein wenig Zeit verschaffen, mehr nicht. Allein wenn Sie mitmachen, kann das Werk gelingen.«

»Wissen Sie, was Sie da von mir verlangen?«

»Loyalität.«

»Verrat.«

»Woran? An einer Ideologie, die auf Gewalt gründet? An einer Regierung, die keine andere Meinung als die ihre duldet? An einem Land, das … helfen Sie mir bitte … wie viele Länder überfallen hat, die es nicht bedroht haben? Acht? Neun? Sie waren schon ein Verräter, als Sie nach Bayern gefahren sind, um Chen Lu und Esra aus dem Lager zu holen. Ebenso jedes Mal, wenn Sie die Manufaktur vor dem Zugriff des Staates geschützt haben. Leider sind Sie diesen Weg nie zu Ende gegangen, doch hier und heute können Sie ihn wieder aufnehmen. Das ist eine einmalige Chance.«

»Sie hören sich an wie ein levantinischer Teppichhändler.«

»Oder wie die Tochter eines Porzellanfabrikanten, dessen Urenkel Sie sind.«

Tankred ließ sich von dem Fass gleiten und lief richtungslos in dem riesigen Weinkeller umher, der so gut wie leer war. Kaum, dass das flackernde Kerzenlicht die Wände erreichte.

»Ich weiß, der Plan ist aberwitzig«, nuschelte Arabella ihm hinterher. »Einen SS-Offizier umzudrehen. Genauso gut könnte ich versuchen, die Hölle wegen Überfüllung zu schließen. Sie können Ophélie, Edmond, Ihre

Cousins und mich mit einem einzigen Schlag aus dem Weg räumen und sich zum Alleinherrscher über Blankenburg und Blancbourg aufschwingen. Oder Sie werden endlich und endgültig Teil von uns, von dieser ein bisschen verrückten, ein bisschen schmutzigen und ein bisschen liebenswerten Familie.«

Als er noch immer schwieg, erhob sie sich.

»Mein Appell an Ihre Verbundenheit und Menschlichkeit war mein letzter Schuss. Mein Magazin ist leer. Es gibt keine Worte mehr.«

Arabella hatte bei Tankred niemals Anzeichen von Radikalität bemerkt. Die langjährige chinesische Geliebte, die Befürwortung der Hochzeit seiner Tante Elise mit einem Juden, die Tatsache, dass er deren gemeinsamen Sohn in der Villa Vanora untergebracht hatte – das alles sprach dafür, dass er nicht rassistisch verblendet, also kein waschechter Nazi war.

Andererseits war er in den zwanziger und frühen dreißiger Jahren in Berlin und Frankfurt groß geworden. Er hatte erlebt, dass die Leute mit einer Million Reichsmark gerade mal so ein Brot erwerben konnten. Dass Menschen zehn Stunden lang für eine Arbeit anstanden und schließlich weggeschickt wurden. Dass seine bettelarme Mutter, die kein Hospital aufnehmen wollte, an Tuberkulose starb. Und dass die geschickte rechte Propaganda die Schuld an allen Missständen allein dem Versailler Vertrag gab, den maßgeblich die Franzosen verfasst hatten. Wie tief saß dieser Stachel?

»Und?«, fragte Ophélie einige Minuten später, als Arabella, auf Damians Arm gestützt, die Treppe wieder heraufkam.

»Er überlegt.«

»Was hast du ihm gesagt?«

»Dass wir ihn alle lieben.«

»O Gott, wir sind verloren.«

»Hör endlich mit dem Gejammer auf, Ophélie, und lass uns einen Tee servieren.«

»Einen Tee um kurz vor sieben? Warum das denn?«

»Es ist vielleicht mein letzter.«

Eine Viertelstunde später wurde der Tee serviert, und kaum hatte Arabella den ersten Schluck getrunken, erschien Tankred. Unmöglich, in seinem Gesicht zu lesen.

»Das Telefon?«, fragte er nur.

Zögerlich deutete Ophélie auf eine Nische im Atrium.

Zielstrebig ging Tankred darauf zu, verfolgt von drei Augenpaaren, und hob den Hörer ab, um eine Nummer zu wählen.

»Reichssicherheitshauptamt? Hier Sturmbannführer Blankenburg. Geben Sie mir die Zweigstelle Orléans, Kriminalrat Meining.«

Arabella glitt die Teetasse aus den Händen. Sie zerschellte auf dem Marmorboden, wobei sie ihren braunen Inhalt über das gesamte Atrium verspritzte.

»Schimmi? Ich bin im Chateau. Es ist genau so, wie ich dachte. Wie bitte? Ja, alle miteinander. Großtante Arabella, Tante Ophélie, Damian … Wann? Ja, das ist in Ordnung. Ich halte solange die Stellung.«

Er legte auf.

Die barocke Spieluhr auf der Kommode schlug sieben, woraufhin sich ein daumengroßer Galan vor einer errötenden Mademoiselle verbeugte.

Tankreds Blick fiel auf die Scherben am Boden. »Ein Missgeschick, Großtante Arabella? Halb so schlimm, denn wie wir alle wissen, sind Tassen leicht ersetzbar.«

»Ich bin … ich bin sehr von Ihnen enttäuscht.«

»Sie haben mich überrumpelt, nun überrumpele ich Sie. Das ist nur gerecht.«

Er knöpfte seine Uniformjacke auf, wodurch eine Pistole im Halfter sichtbar wurde. »Ich bitte um Entschuldigung«, sagte er. »Neue Dienstanweisung. Die Résistance ist bekanntlich überall.«

Während er am Halfter fingerte, wandte er sich an Ophélie. »Schimmi will spätestens um acht Uhr hier sein. Er kommt allein und freut sich auf ein Diner mit uns. Ich habe ihm schon heute Mittag gesagt, dass ihr gewiss nichts dagegen habt. Übrigens, er bevorzugt Weine aus Pauillac, je gehaltvoller, desto besser.« Er schnallte das Halfter ab und drückte es Damian in die Hand. »Kannst du das bitte irgendwo für mich deponieren? Und veranlassen, dass die Koffer aus dem Wagen in mein Zimmer gebracht werden? Danke.«

Als Damian davoneilte, zwinkerte Tankred der sichtlich verwirrten Arabella zu. Alle anderen saßen da wie vom Donner gerührt.

»Wenn wir Schimmi einmal im Monat einladen, ist dieses Chateau gewissermaßen unantastbar. Ich weiß, er ist euer Feind und ihr hasst ihn, aber das ist kein zu großes Opfer für die Rettung von so vielen Menschenleben, oder? Wenn wir schon tricksen, dann richtig.«

Arabella wusste auch nicht, was in sie fuhr, denn entgegen ihrer Erziehung und Gewohnheit warf sie sich an Tankreds Brust und umarmte ihn mit inniger Heftigkeit.

An diesem Abend ließ sich Arabella von ihren drei Großneffen bis zu ihrem Zimmer begleiten. Marie hatte es vorgezogen, nach der Suppe noch einmal aus dem

Haus zu gehen. Alle konnten sich denken, weshalb, und niemand verlor ein Wort darüber. So würde es auch bleiben, solange dieser Zustand anhielt, der sich ebenso Liebe wie auch Kollaboration mit dem Feind nannte.

»Ihr seid die nächste Generation«, sagte Arabella zu Tankred, Damian und Maxim. »Auf euch kommt es an. Wenn ihr es schafft, euch in die Situation des jeweils anderen zu versetzen, wenn ihr Rücksicht aufeinander nehmt und zusammenhaltet, dann wird diese Familie mehr als nur überleben. Denkt dagegen jeder von euch nur an sich, werdet ihr scheitern. Das gilt auch für Marie und ... den dürft ihr keinesfalls vergessen ... euren Cousin Noah in Deutschland.«

»Das hört sich verdammt final an, *ma grande tante*«, stellte Damian fest.

»Das liegt nur an dem Streich, den euer Cousin uns vorhin gespielt hat. Mir ist bewusst geworden, wie vergänglich ich bin, als mein Herz beinahe stehen blieb. Doch keine Sorge, lieber Tankred, für solche Späße mit gutem Ausgang habe ich Verständnis. Andere hingegen ... Nun gut, lassen wir das.«

Sie waren vor ihrer Zimmertür angekommen, und Arabella wandte sich an Damian, der gleich neben ihr stand.

»Ich schlage vor, mein Junge, Sie freunden sich, so gut Sie können, mit Tankred an. Er steht jetzt auf unserer Seite.«

»Vorläufig«, korrigierte Damian mit einem argwöhnischen Seitenblick auf seinen Cousin.

»Mein lieber Junge, wenn Sie mir einen irdischen Zustand nennen können, der nicht vorläufig ist, fresse ich einen Hut.«

»Den mit den schwarzen Federn?«

»Genau den. Und tun Sie nicht so, als hätten Sie nicht längst Ihre eigenen Pläne, was Tankred angeht. Immerhin haben Sie für seine Aufnahme ins Chateau gestimmt und das gewiss nicht, um Ihrer alten, wackligen Großtante einen Gefallen zu tun. Ich schlage vor, Sie sprechen noch heute Abend mit ihm, jetzt gleich.«

Tankred blickte sie und Damian fragend an, doch Arabella wollte nicht näher darauf eingehen. Damian würde Tankred bitten, Maries Verlobten – im wahrsten Sinne des Wortes – aus der Schusslinie zu nehmen. Gewiss war er enttäuscht von seiner Schwester, doch wirklich böse konnte er ihr nicht sein, und er würde alles tun, um sie zu beschützen.

»Sie wissen, ich bevorzuge das offene Wort«, sagte sie dann an Tankred gewandt. »Es mag gute Gründe geben, weshalb Sie noch immer mit diesem … diesem Schimmi freundschaftlich verbunden sind. Und leugnen Sie es nicht, denn es ist so.«

Tankreds Augen verengten sich kurz, was Arabella nicht entging. Das Diner mit Meining war, sofern man alle Umstände berücksichtigte, glimpflich verlaufen. Zwei deutsche Uniformen am Tisch, die zwei der gefürchtetsten Institutionen des Dritten Reichs verkörperten, doch alle rissen sich zusammen und machten Konversation. Sie sprachen über italienische Sportwagen, französische Austern, alten Cognac, Stabhochsprung sowie die Faszination von Roulette und kamen nicht einmal in die Nähe eines heiklen Themas. Ophélie wirkte zwar, als könnte sie jeden Moment platzen, doch unterschied sich das kaum von ihrem sonstigen Auftreten. Damian ballte unter dem Tisch zwar die Faust, klemmte sie jedoch zwischen den Oberschenkeln ein, und Edmond tat das, was er am besten konnte, und schleimte den Gestapo-Mann mit bedeutungsloser Galanterie zu. Fast ein normaler Abend.

Arabella fuhr fort: »Doch ich will Ihnen klipp und klar sagen, dass Ihr Freund ein kleiner Scheißer ist, ein Opportunist ohne Werte, der nur ein Bestreben hat: der Klassenprimus zu sein, ohne sich dafür anstrengen zu müssen. Hätte er Großeltern, wären sie längst verkauft, damit er sich einen schönen Urlaub machen kann. Falls dieser Mensch jemals ein Gewissen hatte, so hat er es im Schlaf erdrosselt. Für ein Glas Cognac, da bin ich mir sicher, begeht er einen Mord.« Sie seufzte. »Gebe Gott, dass Sie sich nie zwischen ihm und uns entscheiden müssen. Und nun gute Nacht.«

Damit schickte sie Tankred und Damian fort und bat, zur Verwunderung aller, ausgerechnet Maxim, noch zu bleiben. Von allen jungen Leuten im Chateau mochte sie ihn am wenigsten, und das beruhte auf Gegenseitigkeit. Daher war ihr Verhalten ein absolutes Novum.

»Kommen Sie noch auf ein Wort mit herein?«, fragte sie.

Er nickte nur.

Kaum hatte er die Tür hinter sich geschlossen, streckte sie die linke Hand aus und wies auf einen sehr alten, prunkvollen Ring.

»Er hat einen kleinen Hohlraum. Sehen Sie, man kann ihn aufklappen. Früher hat man allerlei Pülverchen darin verborgen … um ein wenig Feuer in die Liebe zu bringen, um jemanden zu betäuben oder … zu töten. Ich habe ihn heute eigens für Sie an den Finger gesteckt.«

»Wieso für mich, Großtante Arabella?«

Ihr Gesicht verhärtete sich, und jede Freundlichkeit, sogar jede Vornehmheit schwand. »Ich weiß, dass Sie es waren, der die drei Geschöpfe mit einem Schauermärchen auf den Lippen heute Morgen an unsere Pforte geschickt hat. Sie wollten, dass Tankred bei uns einzieht. Warum, weiß ich nicht. Aber das ist mir auch egal.«

Er grinste in seiner üblichen Manier, als hätte gerade jemand an einem seiner Spieltische ein Vermögen verloren.

Arabella redete einfach weiter. »Sollten Sie mich oder ein anderes Familienmitglied noch ein einziges Mal hintergehen, indem Sie uns je wieder für Ihre Ränkespiele benutzen, dann werde ich nicht zögern, diesen Ring zu füllen. Und glauben Sie mir, ganz gewiss nicht mit einem Liebespülverchen. Besser, Sie geben gut auf Ihren Wein acht.«

Sein Grinsen erstarb.

Arabella öffnete ihm die Tür. »Raus jetzt! Und setzen Sie nie wieder einen Fuß in dieses Zimmer.«

*Liebste Elise …*

So begann der Brief, den am Morgen nach dem ersten Advent jemand in der Villa Vanora vorbeibrachte. Der Umschlag war verschmutzt, kein Absender, die Königsteiner Adresse mit Schreibmaschine verfasst. Sie erkannte Isaacs Handschrift sofort, und doch war sie es nur halb. So als hätte er die nötige Kraft aus den allerletzten Winkeln zusammenkehren müssen, um den Federhalter führen zu können. Die letzten Buchstaben waren klein und undeutlich, gleichsam untergehend.

*Ein Wort befreit uns von all dem Gewicht und den Schmerzen des Lebens: Das Wort lautet Liebe.*

Ein Satz von Sophokles. Isaac knüpfte damit an eine Angewohnheit aus besseren Zeiten an, als er ihr jeden Tag ein neues Liebeszitat aufgeschrieben hatte. Mal fand sie einen Zettel auf dem Frühstücksteller, mal auf dem Kopfkissen, dann wieder auf ihrem Sekretär, in ihrer Handtasche, auf dem Rücksitz des Automobils … Manchmal hatte nicht sie selbst, sondern eine Zofe die Briefchen gefunden oder der Chauffeur oder Biene, einmal sogar eine Parfümverkäuferin, als es Elise beim Bezahlen aus dem Portemonnaie fiel. Ihr war der Moment sehr peinlich gewesen, da einige der Zitate durchaus pikant waren, in jedem Fall aber persönlich. Und jetzt hätte sie diesen Satz von Sophokles am liebsten an die Haustür genagelt.

Isaac hatte die Aussprüche berühmter Persönlichkeiten stets mit Bedacht ausgesucht. Schwebten Elise und er im siebten Himmel, waren sie romantischer, als wenn sie eine kleine Krise durchlebten, in der es eher auf Geduld und Toleranz ankam. Standen große Entscheidungen an, vermittelten sie Mut, und während Elises Schwangerschaft waren sie von besonderer Zärtlichkeit.

Dass die Begriffe »Gewicht« und »Schmerzen« in dem gewählten Spruch vorkamen, war gewiss kein Zufall. Isaac verfügte über ein phänomenales Gedächtnis, er kannte Hunderte, wenn nicht Tausende Zitate auswendig. Mit ein paar Worten nur – und aus mehr bestand der Brief nicht, bis auf seine Unterschrift – gelang es ihm auszudrücken, was er fühlte: Gewicht, Schmerzen, Liebe und die Erleichterung durch die Liebe. Kein fünfseitiger Brief hätte es besser vermocht, Elise die Wahrheit zu sagen und zugleich Trost zu spenden.

Sie schob das Blatt Papier Biene diskret über den Frühstückstisch zu.

»Ein fabelhafter Mann«, kommentierte Biene, was nicht wenig bedeutete, da sie kaum ein gutes Haar an Männern ließ, vor allem nicht an jenen in Elises Leben.

»Haben will«, rief der kleine Noah mit seiner Marmeladenschnute.

»Du willst den Brief haben?«, fragte Elise lächelnd. »Kannst du denn schon lesen?«

Noah nickte beflissen.

»Gut, dann buchstabiere mir Papa.«

»P.A.P.P.P.A.«

Biene und Elise lachten.

»Und jetzt Mama.«

»N.A.N.A.«

»Nicht zu glauben, du kannst ja wirklich lesen.« Elise beugte sich über den Tisch und holte sich ein Marmeladenküsschen von Noah ab.

»Apropos«, sagte Biene und deutete auf die Uhr an der Wand. »Unterricht, junger Mann. Das Einmaleins. Brötchen aufessen, mit Kakao nachspülen, Mund abwischen, auf geht's.«

Noah verdrehte die Augen, aber er gehorchte. »Tschüss, Mama.«

»Tschüss, mein Kleiner. Bis zum Mittagessen. Es gibt heute Germknödel.«

»Hurra!«

Elise wartete, bis die beiden fort waren, bevor sie Isaacs Brief noch einmal las und dann immer wieder.

Die versiegende Handschrift – das tat weh. Und doch: Er schrieb, also lebte er. Mehr noch, er dachte auch, und er liebte. Vielleicht interpretierte sie zu viel in diese wenigen Zeilen hinein, aber es schien ihr, als habe Isaac sogar seine Mitte wiedergefunden, die ihm in den Jahren vor seiner Verschleppung abhandengekommen war. Denn zwischen 1936 und diesem Spätnovembertag im Jahr 1940 hatte er ihr, halb verbittert und halb verzagt, keine Liebeszitate mehr geschrieben. Elise hatte sie vermisst. Sie hatte auch den Mann vermisst, der die Sprüche auswählte, zu Papier brachte, deponierte, der sie damit überraschte und manchmal verlegen machte.

Elise küsste das Papier. »Wo bist du?«

Tankred hatte ihr orakelhaft mitgeteilt, Isaac sei an einem schlimmen Ort, aber dort am sichersten Platz. Sie glaubte ihm. Ihr blieb auch gar nichts anderes übrig, wollte sie nicht verzweifeln.

»Nanu.« Shuilian kam herein und setzte sich ans andere Ende des Frühstückstisches. Ihr Kommentar bezog sich darauf, dass sie beide wirklich zum ersten Mal seit ihrer Ankunft aus Paris zur selben Zeit am selben Tisch saßen. Elise, Biene und Noah frühstückten in der Regel um acht Uhr, Shuilian um zehn, und bei den übrigen Mahlzeiten verhielt es sich ähnlich.

»Na, verschlafen?«

Elise hatte gar nicht bemerkt, dass sie eine Stunde lang nichts anderes getan hatte, als auf den Brief zu starren und an Isaac zu denken.

»Gewissermaßen. Ich habe endlich eine Nachricht von Isaac erhalten.«

»So?«

Die erste Unterhaltung zwischen ihnen binnen drei Wochen. Elise hatte sich mehrfach bemüht, mit Shuilian ins Gespräch zu kommen, doch das war gar nicht so einfach. Ihre Nichte hatte einen völlig anderen Rhythmus, fuhr oft schon morgens nach Frankfurt zum Einkaufen, blieb lange fort, kam erst spätabends oder mitten in der Nacht zurück. Sie schien ihr altes, vom Vergnügen geprägtes Leben wieder aufgenommen zu haben. Traf sie Shuilian in der Villa an, war diese kurz angebunden und hatte fast immer »zu tun«, wie sie es nannte, obwohl Elise keine Tätigkeit feststellen konnte. Oft saß sie dann in ihrem Zimmer und hörte laut Musik vom Grammophon: Josephine Baker, Billie Holiday, die Andrews Sisters, Fred Astaire, ganze Musicals … Im Garten sah Elise sie nie, und auch dem allabendlichen Kaminfeuer blieb sie fern.

Das Personal beklagte sich bei Elise immer wieder über die Unberechenbarkeit von Shuilians Kommen und Gehen, über ihre erratischen Essenswünsche und die launigen Kommentare. Doch Elise hielt sich, was den Haushalt anging, aus allem heraus. Sie war zu Gast in der Villa, nicht deren Prinzipalin.

»Ja, denk dir nur, er hat Sophokles zitiert, aber das Wichtigste ist, dass er überhaupt …«

»Gibst du mir mal die Erdbeermarmelade? Warum steht die so weit hinten?«

Elise schloss kurz die Augen. »Vermutlich steht sie hier, weil Noah sie auf sein Brötchen getan hat. Außerdem ist es Brombeermarmelade.«

»Zu sauer. Wo ist die Erdbeermarmelade?«

»Ich kann sie hier nirgends entdecken.«

Shuilian verzog den Mund. »Muss ich denn alles selbst machen?«

»Nein, das wollen wir doch nicht. Übrigens, wie schön du die Böden geschrubbt hast. Und wie die Fenster blinken …«

»Für Sarkasmus ist es zu früh.«

»In deinem Fall wohl eher zu spät.« Elise seufzte. »Wie wäre es stattdessen mit Aprikosenmarmelade, Orangenmarmelade, Apfelgelee, Lindenblütenhonig?«

»Bäh.«

»Bergkäse und Ziegenbrie.«

»Käse vertrage ich nicht.«

»Gekochter Schinken.«

»Ich hasse Schweinefleisch.«

»Quark mit Kresse.«

»Kresse! Ich bin doch keine Giraffe. Außerdem vertrage ich Quark nicht, überhaupt keine Milch, wann geht das endlich in deren Schädel? Sieht mir ganz danach aus, als würde das Personal neuerdings das Frühstück speziell für dich und deinen lieben Kleinen servieren, und ich muss nehmen, was übrig bleibt.«

»Ja, wir sind wirklich eine rücksichtslose, gefräßige Bande. Weißt du, was? Ich klingele nach dem Hausmädchen und …«

»Mir ist der Appetit vergangen. Bekomme ich wenigstens eine Tasse Tee?«

»Aber sicher, gnädiges Fräulein müssen dazu nur den Arm ausstrecken und die Kanne ergreifen. Einen schönen Tag noch, ich bin dann in der Manufaktur.«

Shuilian fluchte auf Chinesisch, während sie die Tasse füllte. Obwohl übernächtigt und übel gelaunt, war sie von einer Schönheit, die den Neid so mancher gleichaltrigen Frau erregte, aber wenn sie so ein Gesicht machte, hätte Elise ihr am liebsten eine Pampelmuse im Gesicht zerdrückt. Trotzdem betrachtete sie es als ihre Pflicht, mit Shuilian auszukommen. Die Villa Vanora war inzwischen mehr ihr als Elises Haus.

Keine Frage, dass Shuilian es einem leicht machte, mit ihr zu streiten, und schwer, Streitigkeiten aus dem Weg zu gehen. Und dennoch, mit etwas gutem Willen … Vielmehr konnte Elise Shuilian eines noch immer nicht verzeihen, nämlich, dass diese einst Emma an eine dubiose chinesische Greisin vermittelt hatte, um eine Abtreibung vorzunehmen, und dass die Frau bei dem Eingriff gepfuscht hatte. Deswegen konnte Emma keine Kinder mehr bekommen und, so oft sie wollte, ihren Ehemann betrügen. Und auch sonst spielte Shuilian keine rühmliche Rolle. Elises Bruder Wido hatte sie immer als seine Tochter betrachtet, obwohl er wusste, dass sie es nicht war, und Shuilian hatte es ihm mit einer Geringschätzung vergolten, die hart an der Grenze zur Verachtung war. Allein das Gedenken an Wido sowie Shuilians schwere Kindheit in Shanghai lagen zu ihren Gunsten in der Waagschale – genug, um Elise im persönlichen Umgang mild zu stimmen, wenngleich zu wenig, um Shuilians Rolle bei dem Rechnungsbetrug im vergangenen Jahr nicht noch einmal neu zu beleuchten.

Eine mühsame Arbeit. Aktenordner waren verschwunden, Verantwortliche zum Kriegsdienst einberufen worden. Und sobald Elise mit den Mitarbeitern anderer Unternehmen sprechen wollte, blieben ihr sämtliche Türen verschlossen. Ihr selbst wuchsen die Nachforschungen bald über den Kopf, und sie war immer mal wieder versucht, die Sache auf sich beruhen zu lassen. Immerhin ging es nicht um ihr Geld, das war ohnehin passé, und Tankred hätte ausreichend Zeit und Mittel gehabt, um die Vorgänge aufzuklären, tat es aber nicht. Was also brachte sie dazu, eine Schweizer Kanzlei zu beauftragen, den Dingen auf den Grund zu gehen?

Neugier? Oder doch Rache? Vergeltung an Shuilian, die geholfen hatte, ihr ungeborenes Enkelkind zu ermorden. Und vielleicht auch an Tankred, den es sicherlich schmerzte zu erfahren, dass seine Geliebte ihn hintergangen hatte.

Als einige Wochen später das Ergebnis vorlag, war es noch weit brisanter, als Elise vermutet – und gehofft – hatte. Gerade deshalb nahm sie sich vor, ihr Wissen erst dann einzusetzen, wenn es zu ihrem Vorteil wäre.

# Dritter Teil

## *Der Abgrund (1944/45)*

# 12

*Rund fünf Jahre nach Kriegsbeginn hat sich die militärische Lage völlig geändert. An allen Fronten muss die Wehrmacht zurückweichen. Mit einer Ausnahme: Frankreich ist noch fest in der Hand Nazi-Deutschlands. Für den 6. Juni 1944 planen die Alliierten daher das größte militärische Unternehmen der Geschichte: Operation Overlord, ein gigantisches Landungsunternehmen in der Normandie unter Einsatz von 6.400 Schiffen, 326.000 Mann, 104.000 Tonnen Material und 54.000 Fahrzeugen.*

Anfang Juni 1944 waren die Schmerzen für Arabella kaum noch auszuhalten. Opiate waren wegen des auf vier von fünf Kontinenten ausgetragenen Krieges immer schwieriger zu bekommen, und Damians Massagen, denen sie nach Jahren des Zögerns zugestimmt hatte und die eine Zeit lang Linderung gebracht hatten, erzielten kaum noch Wirkung. Seit sechs Monaten saß sie im Rollstuhl. Hatte sie anfangs noch den Traum gehabt, das Gefährt irgendwann mit Triumphgeschrei aus dem Fenster werfen zu können, musste sie inzwischen einsehen, dass sich ihr Zustand nie wieder bessern würde.

Sie hasste Kapitulationen. Je näher ihre eigene rückte, erkannte sie jedoch auch das Befreiende daran.

»*Bonjour*, Großtante Arabella. Blendend sehen Sie heute aus.«

»*Bonjour*, mein Junge. Die neue Mütze steht Ihnen wirklich gut. So, nun sind wir beide Lügner. Setzen Sie dieses Ding ab, man könnte glauben, Sie laufen mit einem Klingelbeutel auf dem Kopf herum.«

»Bester Laune, wie üblich?«

»Das letzte Mal, dass ich blendende Laune hatte, war am Morgen nach meiner Hochzeitsnacht.« Sie saß in einem viel zu tiefen Sessel in ihrem Zimmer, in dem sie zwei Stunden gelesen hatte. »Bitte helfen Sie mir in den Rollstuhl.«

»Aber die morgendliche Massage …«

»Ich weiß etwas Besseres als eine Massage. Eigentlich fallen mir tausend bessere Dinge ein, als mir von meinem Großneffen den Hintern rubbeln zu lassen.«

»Die Lendenwirbelsäule«, korrigierte Damian, während er sie in den Rollstuhl hievte.

»In meinem Alter ist das dasselbe. Wie dem auch sei, ich möchte das Meer sehen.«

»Puh, wenn es weiter nichts ist. Wie wollen Sie dort hinkommen?«

»Auf meinem Besen. Wenn Sie die Güte hätten, ihn mir aus der Garage zu holen.« Sie verdrehte die Augen. »Wie habe ich mir das wohl vorgestellt? Sie bringen mich mit dem Automobil hin.«

»Das geht nicht.«

»Atlantik, Kanal, ganz egal, Hauptsache Meer. Am Ende fließt sowieso alles zusammen.«

»Es geht nicht.«

»Für jemanden, der sich mal an einem Stab in die Luft geschraubt hat, um eine mehr als vier Meter hohe Latte zu überspringen, sind Sie recht faul.«

»Mit Faulheit hat das nichts zu tun. Die Deutschen haben überall Straßensperren errichtet. Traurig, aber man kommt in seinem eigenen Land ohne Passierschein nicht mehr von A nach B.«

Arabella schüttelte den Kopf. »Ich meinte denkfaul, mein Bester. Lassen Sie sich etwas einfallen.«

»Glauben Sie mir, ich habe es vor ein paar Tagen versucht.«

»Sie wollten ans Meer? Warum?«

»Warum wollen Sie denn hin?«

»Ich habe Sie zuerst gefragt.« Seit einigen Wochen spürte sie, dass Damian nervös war, wie immer, wenn eine Aktion seiner Partisanengruppe bevorstand. Diese Aktionen waren wegen des brutalen Zugriffs der Gestapo deutlich seltener geworden und mittlerweile fast vollständig zum Erliegen gekommen.

»Es ist bald so weit«, murmelte er leise, als hätte selbst Arabellas Rollstuhl feindliche Ohren. »*Jour* J.« Als sie nicht verstand, ergänzte er: »*D-Day.*«

»Was bedeutet das? *Dentist day*?«

»Tag X, die Landung, die Befreiung.«

»Wann?«

»Unbekannt. Wir warten noch auf das finale Codewort, das die BBC uns übers Radio durchgibt. Vor fünf Tagen haben wir allerdings eine andere Losung erhalten, die besagt …«

»Ja?«

»Mehr darf ich wirklich nicht verraten.«

»Sie sollten Romane schreiben, mein Guter. Zuerst

Spannung aufbauen und mich dann hängen lassen. Nun gut, sei's drum. Und wegen dieses *D-Days* wollen Sie unbedingt ans Meer?«

Er nickte.

»Wohin?«

»Nach Cherbourg.«

»Fabelhaft. Dort gibt es ein exquisites Hotel, in dem ich immer schon mal absteigen wollte. Ich atme das Meer, und Sie atmen die Zukunft.«

»Sie haben mir nicht zugehört, Großtante Arabella. Wir werden niemals dort ankommen, die Straßen sind gesperrt. Wenn ich überhaupt eine Chance haben will, muss ich mich durch die Wälder schlagen, was ein bisschen schwierig wird, wenn ich mit einem Gewehr in der einen und einem Rollstuhl in der anderen Hand hantieren muss.«

»Sagen Sie mir bitte nicht, Churchill wartet mit seiner Invasion darauf, dass Sie in Cherbourg ankommen.«

»Ich will dabei sein. Ich will helfen. Hatten Sie denn nie das Gefühl, an etwas teilhaben zu müssen, etwas, das größer ist als Ihr Leben?«

»Sie meinen, eine Bahnschiene zu sabotieren?«

Traurig erwiderte er: »Zwecklos, Sie verstehen es nicht.«

Arabella verstand ihn nur allzu gut. Seit Jahren machte sie tagein, tagaus nichts anderes, als an der Zukunft zu bauen, einer Zukunft, die sie selbst nicht mehr erleben würde. Seit vier Jahren hielt sie die Familie nun schon zusammen, durch die gleich mehrere Risse gingen. Seit vier Jahren versteckte sie Menschen und besorgte ihnen falsche Dokumente, mit denen sie nach Spanien, Portugal oder Mexiko gelangten. Was sie bei ihrem eigenen Blut, was sie bei Isaac nicht vermocht hatte, versuchte sie seither, an anderen wiedergutzumachen. Mehr als dreißig waren es nun schon, die den Keller des Chateaus durchlaufen hatten und mit Papieren versorgt worden waren, ohne dass Arabella jemals erfuhr, ob ihre Flucht gelungen war. Das war ihr Beitrag, er ging auf leisen Sohlen.

Arabella dachte nach, wie sie zwei Fliegen mit einer Klappe schlagen und sowohl Damian als auch sich selbst helfen konnte. Ihr Blick fiel auf die Lektüre der letzten Stunden, die Memoiren von Talleyrand, eines Staatsmannes, der sowohl den Revolutionären als auch Napoleon Bonaparte und schließlich dem wiederhergestellten Königreich als Außenminister gedient und alle drei Regime überlebt hatte. Seine Mittel waren List und eine, nun ja, gewisse Beweglichkeit gewesen.

»Gehen Sie schon mal Ihren Koffer packen«, sagte sie. »Ich gedenke, uns einen Passierschein zu verschaffen.«

Damian versuchte, in ihren Augen zu lesen. Er lächelte. »Tankred wird ihn ausstellen?«

»Nicht ganz. Tankred wird der Passierschein sein.«

Zwei Tage später, am 5. Juni, war es so weit. Zu dritt fuhren sie Richtung Cherbourg, Tankred selbst saß am Steuer seines Dienstwagens. Arabella hatte ihn mit ein paar halb erstickten Seufzern aus der tiefsten Grube ihrer Brust überredet, sich ein paar Tage freizunehmen und sie und Damian an die See zu begleiten. Ihre Lunge, sagte sie, mache es sonst nicht mehr lange.

Als Tankred an einem Kontrollpunkt der Wehrmacht ausstieg, um nachzutanken, sagte Damian: »Er wird merken, dass wir ihn täuschen. Spätestens, wenn ich nicht mit Ihnen zurückfahre. Haben Sie das bedacht?«

Arabella lächelte verschmitzt. »Das habe ich.«

»Er wird stinkwütend sein.«

»Das wird er.«

»Haben Sie nicht ihm und uns allen das Versprechen abgenommen, nicht gegeneinander zu arbeiten und uns immer die Wahrheit zu sagen?«

»So ist es.«

»Dann werden Sie ja Ihren eigenen Grundsätzen untreu, Großtante Arabella.«

»Treu bis in den Tod sind nur Dummköpfe. Die Treue hat ihre Grenzen im Verstand, und mein Verstand sagt mir, dass bald alle Dummköpfe tot sein werden. Ich hoffe, dass Sie und er weiterleben. Wir werden sehen.«

Damian ließ eine Minute verstreichen. Dann sagte er: »Sie haben mir noch nicht erzählt, warum Sie unbedingt ans Meer wollen.«

»Wieso sollte ich?«

»Ich habe Ihnen meine Beweggründe enthüllt, nun sind Sie dran.«

»Wo steht das?«

»Sie sagten, Sie hätten zuerst gefragt, und daraufhin habe ich …«

»Entschuldigen Sie, diese Konversation hat mich sehr müde gemacht. Ich möchte gerne etwas ruhen. Wecken Sie mich bitte in Cherbourg?«

Cherbourg war eine altehrwürdige Hafenstadt an der Spitze einer ins Meer ragenden Landzunge, eingebettet in eine wilde, sturmerprobte Küste, umgeben von bäuerlichen Steinhäusern, sattgrünen Weiden, barocken Schlössern und normannischen Abteien. Die Sicht von dem auswärts gelegenen Hotel auf den Strand war beeindruckend, doch hielt sich Arabella nicht lange damit auf, sie zu genießen.

»Zeit, sich zu verabschieden, mein Junge«, sagte sie, kaum dass Damian sie ans Fenster geschoben hatte. »Tankred wird sich von nun an um mich kümmern. Das heißt, sobald er sich aus seiner grässlichen Uniform geschält hat.«

»Ich kann auch noch eine Stunde bleiben.«

»Seit wie vielen Jahren gehe ich Ihnen nun schon auf die Nerven? Acht sind es, nicht wahr? Warum wollen Sie noch eine Stunde dranhängen?«

»Sie sind mir nie auf die …«

»*Tittle tattle*«, unterbrach sie ihn auf Englisch. »Warme Worte, die auszusprechen Sie zu jung sind und die zu glauben ich zu realistisch bin. Passen Sie auf sich auf. Ich weiß, Sie werden es nicht tun, aber ich möchte zum Abschied etwas Nettes sagen, und etwas anderes fällt mir gerade nicht ein.«

Er beugte sich zu ihr und umarmte sie. »Ich weiß so wenig von Ihnen. Das fällt mir erst jetzt auf.«

Mit dieser Bemerkung überraschte er Arabella, und unter anderen Umständen hätte sie sich vielleicht darauf eingelassen. Dafür, fand sie, war es jedoch zu spät.

»Ich weiß auch nicht alles über Sie. Haben Sie ein Mädchen?«

Er lächelte. »Louise. Sie ist in meiner Gruppe. Ich wollte sie demnächst meinen Eltern vorstellen. Und Ihnen natürlich. Nach dem Krieg wollen wir heiraten, in einer besseren Welt.«

»Nach dem Krieg in einer besseren Welt«, wiederholte sie, als wäre es ein Sehnsuchtsort in weiter Ferne. »Gehen Sie, mein Lieber. Und hören Sie nicht damit auf, bis Sie dort sind.«

Einige hundert Meter westlich der Stadt ragten malerische Klippen auf, hellgrau, von buschigen dunkelgrünen Bändern durchzogen. Darunter das schäumende Meer, darüber der endlose Himmel in einem sterbenden Blau.

»Als Kind bin ich jedes Jahr mit meiner Mutter an die See gefahren. Sie war Schottin, wie Sie wissen, und hat wilde Küsten geliebt. Am Meer war sie ein anderer Mensch. Zum Beispiel hat sie bei Strandspaziergängen ihr Haar offen getragen und die Schuhe und Strümpfe ausgezogen. In den achtzehnhundertsiebziger Jahren, stellen Sie sich das mal vor. Manche Mütter haben ihren Söhnen die Augen zugehalten, wenn wir vorübergingen.«

Arabella hatte sich von Tankred auf die höchste Klippe der Gegend schieben lassen, echte Schwerarbeit, da kein Weg hinaufführte. An guten Tagen, so hieß es, konnte man von dort die englische Küste sehen, doch schien es, als sei der fünfte Juni kein guter Tag, denn ihr Blick verlor sich in der Ferne in einem weißlichen Dunst.

»Mein Vater hätte ihre Aufmachung natürlich als libertär abgelehnt, aber er hat uns nie begleitet. Er glaubte, die Manufaktur nicht einen einzigen Tag verlassen zu können. Ich fand das damals natürlich schade, aber heute denke ich, es war gut so.«

Sie seufzte. Der Wind zerrte an ihrem Hut und ließ

den langen Rock flattern, während Tankred, der hinter ihr stand, den Rollstuhl mit beiden Händen festhielt.

»Diese Zeit mit meiner Mutter gehört zu meinen schönsten Erinnerungen, und ich habe es stets bedauert, nicht am Meer gelebt zu haben. Die zehn Jahre in New York zähle ich nicht mit. Es ist etwas ganz anderes, in einem Country Club an der Great South Bay auf Long Island einen Martini zu schlürfen, als von einer Klippe aus auf einen tosenden Ozean zu blicken, finden Sie nicht auch?«

»Ich weiß es nicht«, schrie er gegen den Wind an. »Ich habe nie an der Great South Bay auf Long Island Cocktails geschlürft. Ich weiß nicht mal, wo das ist.«

»Wenn Sie hinter mir stehen, verstehe ich fast nichts.«

»Ich würde mich nur ungern vor Sie stellen, denn bis zur Kante sind es nur zwei Meter. Wollen wir vielleicht ein Stück ...?«

»Nein, wollen wir nicht. Setzen Sie sich dort drüben hin. Nun machen Sie schon.«

Tankred setzte sich zu ihrer Linken in das kurze Gras, und sie lächelte zufrieden auf ihn hinab wie auf einen folgsamen Hund. Sein Aussehen hatte sich in den fünfzehn Jahren, die sie ihn nun kannte, erheblich verändert. Aus dem Herumtreiber war optisch ein braver Bürger geworden, mit Geheimratsecken, ersten silbrigen Haaren an den Schläfen und adretten Anzügen. Seine Bewegungen waren weit weniger plump als damals, fast schon elegant, und seine Gesichtszüge hatten sich verfeinert. Nur in seinen Augen war das erhalten geblieben, was ihn schon als jungen Mann gekennzeichnet hatte: eine harmlose Schläue, die von einem zum anderen Augenblick von der heischenden Suche nach was auch immer abgelöst werden konnte. Auch jetzt wieder beobachtete er den Horizont, als sei dort etwas zu finden, für das er keine Bezeichnung hatte.

Arabella drehte den Kopf zu ihm um. »Ich frage mich, was aus Ihnen geworden wäre, wenn Sie Amerikaner wären. Ich denke, ein Geschäftsmann.«

»Das bin ich jetzt auch.«

»Aber kein waschechter. Ihnen gehört eine Firma, doch das meine ich nicht. Nein, ich sehe Sie als gewitzten New Yorker Händler, der drei Deals pro Woche abschließt, ständig in Bewegung ist ... Als Engländer wären Sie der geschickte Verwalter eines Lords, der es hinter seinem Rücken mit dessen Ehefrau treibt. Und in Frankreich ... Nein, um in Frankreich etwas zu werden, waren Sie nicht auf der richtigen Schule.«

»Ich bin in Frankreich etwas.«

»Ja, verhasst.«

»Das ist nicht wahr. Ich behandle jeden Franzosen mit Respekt und so fair wie möglich.«

»Wie möglich, ja. So fair wie eine Katze eine Maus behandelt. Davon abgesehen, die Leute hassen die Uniform, die Sie tragen. Und sie hassen Sie für Ihre Freundschaft mit einem Ungeheuer.«

»Ich fahre Sie nach Cherbourg und schiebe Sie sechzig Meter eine Klippe hinauf, ich ruiniere meinen Anzug und hole mir vermutlich einen Schnupfen in diesem Wind, und was ist der Lohn dafür?«

»Die nackte Wahrheit. Niemand soll behaupten, ich wäre undankbar.«

»So schlecht, wie Sie es darstellen, bin ich nicht.«

»Sie selbst sind es nicht. Aber was Ihr Urteilsvermögen angeht ...«

Tankred klang genervt. »Könnten wir bitte das Thema wechseln?«

Arabella hatte ihn in den letzten Jahren von Gardinenpredigten verschont, und das aus gutem Grund. Er sah weg, wenn es um die Flüchtlinge ging, er hatte einen Schutzschirm über Haus und Familie gespannt und Maries deutschen Freund Michel in einem SS-Panzerbataillon untergebracht. Damit war dieser ein gutes Stück entfernt von Damian im Speziellen und Partisanenangriffen im Allgemeinen. An den Wochenenden, wenn er im Chateau wohnte, trug er konsequent zivile Kleidung. Der Kriegsverlauf war kein Thema, und Politik galt als so grässlich, dass sie im Salon nichts zu suchen hatte. Kurz, er machte es ihnen so leicht wie möglich, ihn zu akzeptieren, und sowohl Damian als auch Ophélie, seine größten innerfamiliären Gegner, hatten – zumindest oberflächlich – einen Waffenstillstand mit ihm geschlossen. Doch man durfte sich nicht täuschen, diese Konstruktion war fragil und lief beständig Gefahr, eines Tages zusammenzubrechen, und zwar viel schneller und brutaler, als Tankred das wahrhaben wollte.

»Die Familie steht am Abgrund«, sagte Arabella mit Blick auf die wütende Gischt, die gegen die Felsen schlug.

»Wovon reden Sie? Wir sind uns einiger denn je, was übrigens auch Ihr Verdienst ist.«

»Womit wir wieder bei Ihrem Urteilsvermögen wären. Ich habe es geschafft, die Risse in der Brücke mit jeder Menge Sand zuzuschütten, und Ihnen fällt nichts Besseres ein, als fröhlich darauf zu tanzen.«

»Sie sind in hundsmiserabler Stimmung.« Er riss einen langen Halm von dem Küstengras ab und steckte ihn sich in den Mund. »Und ich dachte, der Ausflug würde Ihnen guttun.«

Sie bemerkte sein enttäuschtes Gesicht. »Ich rechne es Ihnen hoch an, dass Sie sich meinetwegen Urlaub genommen haben.«

»Jaja.«

»Die Rolle des Beleidigten steht Ihnen nicht. Was wollen Sie eigentlich? Immerhin habe ich Sie gebeten, mich hierher zu begleiten, auf diese Klippe.«

»Es ist also eine Auszeichnung, für Sie ins Schwitzen zu geraten?«

»Allerdings. Davon abgesehen …« Sie zögerte, es auszusprechen.

»Ich höre.«

»Das, was ich von Ihnen verlange, können nur Sie tun.«

»Was denn, gibt es etwa eine noch höhere Klippe, auf die ich Sie schieben soll?«

»Nirgendwohin sollen Sie mich schieben, das ist es ja gerade.«

Er kaute unverdrossen auf dem Grashalm und sah sie an. »Wir finden morgen eine Promenade, auf der Sie ein paar Schritte gehen können. Hier liegen zu viele Steine herum, und das Gras ist rutschig. Sie könnten stürzen.«

»Sie bleiben noch eine Weile bei mir, und dann gehen Sie. Sie gehen fort, verstehen Sie?«

»Nein.«

»Sie lassen mich hier zurück.«

»Was soll denn das? Allein da runter? Das schaffen Sie niemals.«

»Oh doch, das schaffe ich. Ich muss nur zwei Meter nach vorne rollen.«

Tankred entglitten die Gesichtszüge, und für eine Weile war er sprachlos. Dann sagte er: »Ihr Humor wird immer makabrer. Ich glaube, ich muss mal mit Ihrem Arzt über die Pillendosis sprechen.«

»Damian konnte ich nicht darum bitten. Er ist sehr mutig, aber hierfür braucht man etwas anderes als Mut, nämlich Kaltschnäuzigkeit. Meine Nichten sind zu religiös oder moralisch eingestellt, und was Edmond angeht, möchte ich mein letztes Gespräch nicht mit jemandem führen, der doppelt so lange für die Ankleide benötigt wie ich selbst.«

Tankred schleuderte den Grashalm zur Seite und sprang auf. »Sie meinen das ernst, oder? Dann sind Sie von allen guten Geistern verlassen.«

»Sie kennen meinen Zustand, aber Sie wissen nicht, wie es sich damit lebt. Ich kann vor Schmerzen nicht mehr lesen, nichts schmeckt mir, und sogar Musik ist mir zuwider. Die Schmerzen nehmen alles ein, selbst die kleinste Freude machen sie zunichte, bevor sie aufkommen kann.«

»Dass es so schlimm ist, habe ich nicht gewusst. Daran ist Ihre verdammte Contenance schuld.«

»Wenn es etwas gibt, auf das ich stolz bin, dann meine Contenance.«

Er rollte mit den Augen. »Die SS hat noch Bestände an Opiaten, die ich …«

»Davon werde ich benommen, halb bewusstlos. So möchte ich meine letzten Jahre nicht verbringen. Genauso wenig wie meine letzte Stunde nicht mit einer Nackenversteifung. Setzen Sie sich wieder ins Gras.«

Tankred verschränkte die Arme vor der Brust. »Erst, wenn ich Ihnen diesen Schwachsinn ausgeredet habe.«

»Nun machen Sie schon. Schnappen Sie sich einen Grashalm, und fangen Sie an zu kauen.«

»Gut, ich setze mich. Aber das war es dann auch schon. Alles andere können Sie sich von der Backe putzen, wenn ich mal kurz deutlich werden darf.«

»Glauben Sie mir, Sie werden es tun, und zwar aus einem einzigen Grund, dem besten, den es überhaupt gibt.«

»Jetzt bin ich aber mal gespannt.«

Eine Böe schlug ihr ins Gesicht. Sie trug zunächst ein paar Spritzer Meerwasser und den Geschmack von Salz mit sich, und im Gefolge eine Fülle von Erinnerungen: die Urlaube mit ihrer Mutter Vanora an der Nordsee, die Spaziergänge mit Samuel in Nizza und auf Capri, die tröstende Sonne von Long Island in ihrer Zeit als Witwe. Viel zu lange hatte sie ohne Familie gelebt, daher empfand sie die letzten fünfzehn Jahre seit dem Tod ihres Bruders, der sie verstoßen hatte, als großes Geschenk. Alles in allem war es ein gutes Leben gewesen, in dem sich Gewinne und Verluste, Glück und Unglück die Waage hielten. In letzter Zeit allerdings neigte sich die Waagschale zu Letzterem, und was die Verluste anging, gab es mehr und mehr Anzeichen, dass sie sich schon sehr bald häufen würden.

Arabella war der Verluste müde.

»Sie werden es tun. Sie werden mich hier zurücklassen, weil ich Sie darum bitte.«

Tankred schluckte. Ein dicker Kloß in seinem Hals hinderte ihn am Sprechen.

»Nun mal die Karten auf den Tisch«, sagte sie. »Aus irgendeinem Grund, den wir beide nicht verstehen, haben wir einen Narren aneinander gefressen. Nicht umsonst habe ich vorhin fantasiert, welchen Beruf Sie wohl in Amerika ergriffen hätten. Ich glaube, wäre ich Ihnen dort begegnet, ich wäre eine große Förderin für Sie geworden. Hier war ich es nur insoweit, wie ich es verantworten konnte, weil Sie nun einmal einen Weg eingeschlagen haben, den ich zutiefst missbillige.«

Die Sonne neigte sich dem Meer entgegen, doch nicht bloß aus diesem Grund setzte Arabella eine Sonnenbrille auf. Tankred regte sich nicht.

»Sie haben mich damit verletzt, sehr sogar. Aber Sie haben auch immer wieder bewiesen, dass man die Hoffnung bei Ihnen nicht aufgeben darf. In ein paar Monaten, einem Jahr, möglicherweise auch erst später, werden Sie für Ihre Fehler die Zeche zahlen. *That's life, pretty boy.* Sie werden bedeutende Entscheidungen treffen müssen, für Ihr Leben und das vieler anderer, und ich hoffe inständig, dass Sie dann die nötige Kraft aufbringen, um über Ihren Schatten zu springen.« Sie schnäuzte ins Taschentuch. »Sie haben Recht, man bekommt hier oben rasch einen Schnupfen. Gehen Sie nun, mein Lieber. Ich bitte Sie inständig.«

Noch immer zweifelnd, erhob er sich. »Das … ist Irrsinn. Ich möchte das nicht tun. Einfach weggehen, während Sie hier oben alleine … Wollen Sie wirklich, dass es so … endet? Auf einem Felsen? Da gibt es doch andere, weit weniger brutale …«

»Es wird schnell gehen, das ist das Wichtigste. Es wird nur eine Sekunde dauern. Und eine Seebestattung habe ich mir sowieso gewünscht.«

»Habe ich Ihnen schon einmal gesagt, dass Sie Ihren Sarkasmus manchmal übertreiben?«

»Es ist meine Art, mit den Dingen fertigzuwerden.

Andere weinen, kauen sich die Finger wund oder stricken einen Pullover nach dem anderen, den sowieso niemand anzieht. Ich mache Witze, so bin ich eben. Auf die Art habe ich mein Leben geführt. Es ist nicht an Ihnen, über mich zu entscheiden, weder über meinen Sarkasmus noch über meinen Tod. Ich habe Briefe an Ophélie und Elise hinterlassen, die alles erklären und Sie von der Verantwortung freisprechen. Zumindest dafür soll keiner Sie beschuldigen. Weiß Gott, es gibt genug anderes. So, und jetzt fort mit Ihnen. Leben Sie wohl. Gehen Sie endlich. Gehen Sie.«

»Ich möchte das nicht.«

Sie gab ihm die Hand. »Ich weiß. Und jetzt hauen Sie ab.«

Als die Sonne das Meer berührte, zog Arabella aus dem Mantel einige Fotos, von denen sie jedes einzelne lange betrachtete.

Sie selbst mit ihrer Mutter beim Ponyreiten im Garten, daneben ihr Vater, der Pfeife rauchend zusah. Onkel Konstantin, sportlich und strahlend im Tennisdress. Ihre erste Liebe war gleich eine verbotene und zugleich so geheim gewesen, dass sie auch sechzig Jahre später mit niemandem darüber sprechen konnte.

Samuel – sehr adrett, doch nie ohne das ironische Schmunzeln in den Mundwinkeln und die geliebte Schnupftabakdose in den Händen. Keine zwanzig Jahre waren sie verheiratet gewesen, viel zu kurz. Als er im Großen Krieg gefallen war, dachte sie, die Welt gehe unter, und es war seither kein Tag vergangen, an dem sie ihn nicht vermisste. Lange Zeit hatte sie vergeblich nach einem neuen Sinn im Leben gesucht und zwischenzeitlich damit aufgehört, bis sie schließlich zu ihrer Familie zurückkehrte.

Ophélie, Edmond und ihre drei Kinder – nicht mit allen war Arabella warm geworden. Und doch: So ging Familie. Verschiedene Temperamente, Charaktere, Hoffnungen und Methoden. Letztendlich versuchten alle Menschen nur, sich zu behaupten.

Elise, würdig und still, ein wenig zu beherrscht für Arabellas Geschmack – nie würde sie das entsetzte Gesicht ihrer jüngeren Nichte vergessen, als sie in ihrer Gegenwart absichtlich eine Teekanne zertrümmerte. Anfangs waren sie sich fremd gewesen. Arabella hatte überreich gehabt, woran es Elise mangelte: Selbstbewusstsein. Und doch war Elise später mutige Schritte gegangen. Sie kämpfte, wie sie litt und wie sie liebte: würdig und still.

Isaac in seinem Lesesessel, den er mehr schätzte als den Bürostuhl in der Manufaktur. Er war das Kind, das sie nie geboren hatte. Mehr konnte man einen Neffen nicht lieben. Noch immer erhielt Elise jeden Monat ein handschriftliches Liebeszitat von ihm, und Arabellas letztes Gebet galt ihm.

Es war dunkel geworden.

Sie drückte die Fotos an ihr Herz, dann warf sie sie in den Wind.

Die Sonne des 5. Juni war gerade untergegangen, als Tankred im Hotel eintraf und sich rücklings auf das Bett fallen ließ. Wann hatte er sich zuletzt so miserabel gefühlt? Schuldig, obwohl ja nicht er diese fatale Entscheidung getroffen hatte. Verlassen, wie zuletzt nach dem Tod seiner Mutter. Hilflos, da er keine Worte gefunden hatte, um Arabella von ihrem Freitod abzuhalten.

Mehrmals tauchte er sein Gesicht in das kalte Wasser des Waschbeckens. Doch danach ging es ihm nicht besser.

Hatte sie es schon getan?

Allein die Vorstellung … Er mochte nicht daran denken. Dachte trotzdem daran.

Saß sie noch da oben, allein mit ihren Erinnerungen? Traurig? Ängstlich? Schmerzerfüllt?

Jahrelang hatten sie nach Therapien gesucht. Es hieß, eine Operation am Rückenmark sei eine neue Möglichkeit, und Tankred hatte von Norwegen bis Italien in ganz Europa herumgefragt, ohne positive Antwort. Nur in Boston und London waren schon einmal erfolgreiche Eingriffe durchgeführt worden, in Ländern also, mit denen Deutschland im Krieg war.

Nun hatte er das Gefühl, nicht genug getan zu haben.

Arabellas verdammte Selbstbeherrschung – noch im Rollstuhl hatte sie ihren trockenen Humor nicht verloren. Eine bewundernswerte Frau.

Und er ließ sie im Stich. Aber er konnte schlecht danebenstehen, während sie sich in den Abgrund stürzte. Es wurde für ihn unerträglich, mit seinem Wissen über das, was genau in diesem Moment nur ein paar Steinwürfe vom Hotel entfernt passierte, allein zu bleiben.

»Damian?« Er wartete nicht ab, bis sein Cousin auf das Klopfen hin öffnete, sondern platzte einfach ins Zimmer, um ihn einzuweihen und nicht die ganze Last allein tragen zu müssen.

Das Licht war aus, Damians Koffer standen ungeöffnet neben dem Bett.

Tankred ging in den Speisesaal. Der Raum war fast leer, nur ein paar ältere Leute und drei Wehrmachtsoffiziere saßen darin.

An der Rezeption sagte man ihm, dass Damian vor einer Stunde ausgegangen sei, gekleidet wie zu einer Wanderung.

Eine Wanderung im Dunkeln und ohne vorherige Ansage?

Tankred setzte sich verzagt an die Bar. »Einen Schnaps bitte. Was trinkt man hier in der Normandie?«

»Calvados, Monsieur.«

Der Apfelbrand erinnerte ihn zu sehr an die Begebenheit in Orléans, als Schimmi ihn als Lockvogel für die Résistance benutzt und ständig Calvados geordert hatte.

»Armagnac.«

Er trank.

»Noch einen.«

Draußen war es finster geworden, als plötzlich die Gläser im Barschrank zu klirren begannen. Zaghaft zunächst, dann immer lauter. Der Kronleuchter wackelte, die Tischlampe bewegte sich vibrierend auf die Kante zu. Im letzten Moment fing er sie auf.

Tankred lief nach draußen. Über ihm, in der Dunkelheit, ein Dröhnen wie aus tausend Hörnern, so laut, als könnte es Mauern zum Einsturz bringen.

Augenblicke später mehrere Detonationen in nicht allzu großer Ferne. Luftangriffe der Alliierten auf militärische Ziele im Hinterland waren alltäglich, aber dass sie auch den Strand unter Feuer nahmen …

Die Verteidigungsanlagen. Die Minenfelder, Landungssperren, Bunker, Maschinengewehrposten. Das konnte nur eins bedeuten.

»Scheiße.«

Tankred rannte, was Beine und Lunge hergaben. Zunächst quer über den Strand, die Dünen rauf und runter. Nur das Licht des dünnen Sichelmondes erhellte dürftig seinen Weg.

Er stürzte über Treibholz, schlug sich das Knie auf. Als er nach oben blickte, sah er die Sterne und wie sie immer wieder mal hier und mal dort für einen winzigen Augenblick verschwanden, verdeckt von unsichtbaren, donnernden Phantomen mit breiten Schwingen, die eine tödliche Last trugen.

Fünfzig Meter von Tankred entfernt schlug eine Bombe ein. Erde, Sand und Grasnaben regneten auf ihn herab. Er schützte den Kopf mit beiden Händen, stand auf und rannte, bis ihn die nächste Bombe zu Boden zwang.

Endlich machte sich der militärische Grundkurs bezahlt, den er bei Kriegsbeginn hatte absolvieren müssen. Doch nicht lange – wie ein Anfänger lief er in einen Stacheldraht hinein.

Er schrie auf. Sein linkes Bein brannte höllisch, doch es war so dunkel, dass er nicht erkennen konnte, wie schwer er verletzt war.

Eine weitere Explosion war so nah, dass er die Druckwelle spürte. Mit bloßen schmerzenden und blutenden Händen befreite er sich irgendwie aus dem Stacheldraht. Taumelnd gelang es ihm, die Dünen zu verlassen.

Vor ihm lag der Aufstieg zu den Klippen, ein Kalvarienberg, den er aus tausend blutenden Wunden erklomm, mehr kriechend als gehend. Die Beine schwer wie Granit, auf den Lippen der Geschmack von Eisen.

Als der Boden flacher wurde, tastete er sich langsam

vorwärts. Auf der Klippe war das Dröhnen der Maschinen noch lauter, und Tankred meinte, sogar den Sog zu spüren, der von ihnen ausging, so tief flogen sie.

Er war an der Kante angelangt, tastete ins Leere. Vorsichtig richtete er den Oberkörper auf.

»Arabella? Sind Sie hier?«

Keine Antwort.

Dann wurde es still. Der letzte Bomber hatte die Küste passiert, die Detonationen entfernten sich, am Horizont blitzten die Einschläge auf, begleitet von leisem Donnergrollen.

Tankred lag auf dem Rücken, atmete schwer. »Arabella?«

Es war so unfassbar dunkel. Nur die Brandung, die unter ihm toste, gab ihm eine Ahnung von den Himmelsrichtungen. War er überhaupt richtig?

Da sah er, nur wenige Meter von ihm entfernt, Metall im kärglichen Mondschein aufblitzen. Es war der Rollstuhl.

Er war leer.

# 13

*Mit der erfolgreichen Landung der Alliierten in Nordfrankreich wird den deutschen Eliten die hoffnungslose Lage deutlich. Die inzwischen beinahe ungehinderte Bombardierung deutscher Städte durch amerikanische und britische Luftflotten, der Zusammenbruch der Ostfront mit dem sowjetischen Vorstoß in Richtung Ostpreußen, das Ausbleiben der von der Propaganda angekündigten »Wunderwaffen« und der Abfall Italiens aus dem Bündnis sind die Vorboten des nahenden Untergangs.*

*Nur unbedarfte Jugendliche und ganz hartgesottene Nazis glauben noch an den Endsieg. Zugleich wird jeder offen geäußerte Zweifel als Verrat gewertet und immer häufiger mit dem Tod bestraft.*

Emma tauchte die Unterarme in das steinerne Becken, in das unaufhörlich kaltes Wasser aus einer dünnen Leitung plätscherte. Eine wahre Wohltat an diesem warmen Junitag. Die Kneippanlage lag nicht weit von Königstein entfernt im ruhigen Kronthal, umgeben von Wald, und außer einem alten Paar beim Wassertreten waren Emma und Theo dort ganz für sich. Sämtliche Sanatorien und Hotels des Städtchens hatte man in Lazarette umgewandelt, der Kurbetrieb ruhte fast völlig, und noch nicht einmal sonntags waren die Anlagen frequentiert.

»Gut?«

»Unbeschreiblich gut«, seufzte Emma und benetzte die Wangen mit dem kühlen Nass. »Mir fällt nur eins ein, auf das ich jetzt mehr Lust hätte, aber dafür müssten die beiden Alten da hinten verschwinden.«

Theo umfasste von hinten ihre Taille. »Vorfreude ist die schönste Freude.«

Sie lachte. »Mit diesem Spruch konnte ich noch nie etwas anfangen.« Erneut tauchte sie die Arme in das Becken. »Aber ich will nicht jammern, kneippen im Sommer ist wirklich nett.«

Sie genoss Theos Umarmung, überhaupt jede Berührung, jedes Wort von ihm. In letzter Zeit sahen sie sich nicht mehr sehr oft, zuletzt im Januar, davor im September und davor im März … Er hielt sich viel in Linz auf, wo der Führer nach dem Endsieg seinen Ruhestand zu verbringen gedachte. Theo hatte die aus ganz Europa herbeigebrachten Kunstwerke zu sortieren, zu klassifizieren und auf Museen zu verteilen, die noch gar nicht gebaut waren. Man ließ ihn kaum noch fort. Und ihr war es unmöglich, dorthin zu fahren – viel zu offensichtlich und deswegen zu gefährlich für sie.

»Es waren zwei Königskinder, die hatten einander so lieb«, sang sie verträumt die ersten beiden Zeilen der berühmten Volksballade, während Theo das Gesicht in ihrem Nacken vergrub.

»Ich bin hier«, sagte er.

»Ja, für ein paar Tage. Und wenn ich nicht die Idee gehabt hätte …«

»Die geniale Idee.«

»Die geniale Idee gehabt hätte, meine Mutter zu besuchen und dir dein altes Zimmer in Mammolshain zu mieten …«

»Wo wir uns ineinander verliebt haben.«

»Wo ich mich, wenn ich mich recht erinnere, zunächst in dich verliebt habe«, korrigierte sie ihn. »Dann bliebe uns nichts als ein Ausflug zur Kneipp-Anlage.«

»Das hat aber doch auch etwas Romantisches. Zurück zu den Anfängen und so. Spaziergänge an den Orten, wo alles begann. Ich war damals noch ein bedeutungsloser Maler, du ein Backfisch.«

»Ein Backfisch?«

Emma riss sich von ihm los und bespritzte ihn mit Wasser aus dem Becken. Mit einer weiteren Handvoll jagte sie lachend hinter ihm her, verfehlte ihr Ziel und ließ sich bereitwillig von ihm einfangen.

»Wildfang, ist dir das lieber?«, fragte er keuchend, wartete die Antwort jedoch nicht ab und küsste sie.

Während sie eng umschlungen dastanden, ging Emmas Blick zu dem greisen Paar, das sich, aneinander festhaltend, gegenseitig die Beine abtrocknete. Wie lange sie schon verheiratet sein mochten? Fünfzig, gar sechzig Jahre? Sie selbst dagegen war nach vierzehn Jahren noch immer nicht mit Theo vereint, jedenfalls nicht richtig.

»Sie konnten zusammen nicht kommen, das Wasser war viel zu tief, das Wasser war viel zu tief«, komplettierte sie singend die erste Strophe der Ballade.

Die meiste Zeit fühlte Emma sich tatsächlich wie auf einer einsamen Insel. Nichts anderes war Gut Grietzwald. Seit dem Frankreichfeldzug im Jahr 1940 war Caspar nur dreimal für jeweils eine Woche zu Hause gewesen. In der übrigen Zeit befand er sich, zum Generalleutnant avanciert, auf Feldzügen in Jugoslawien, Griechenland, Afrika und Italien. Seltsam, sie vermisste ihn tatsächlich, jedenfalls von Zeit zu Zeit. Und wenn er kam, tat er so frisch, als kehre er von einem Kuraufenthalt zurück, während sie in der Zwischenzeit in Arbeit erstickt wäre. Dabei verhielt es sich im Grunde genommen genau andersherum. Emma hatte so gut wie nichts zu tun, außer sich bei der Kleiderspende für die Ostfront zu engagieren, was höchstens zwei Stunden am Tag in Anspruch nahm. Wohingegen Caspars dunkle Augenringe Bände sprachen.

»Entschuldigung, wenn wir Sie ansprechen«, wandte sich die ältere Dame an Theo und sie. »Aber bevor wir gehen, wollten mein Mann und ich Ihnen sagen, dass es sehr schön war, Ihnen zuzusehen.«

»Wie merkwürdig, mir ist es mit Ihnen genauso ergangen«, erwiderte Emma entzückt.

Sie reichten sich die Hände.

»Solche Lebensfreude in diesen Tagen«, sagte die Unbekannte. Sie hatte ein gütiges, knittriges, leicht verzweifeltes Gesicht. »Das tut gut.«

»Boseck, Hans und Edelgard«, stellte ihr korpulenter Mann seine Frau und sich selbst ein wenig steif vor. »Ehemals Reichspost. Erster Inspizient des Bezirks Süd…«

»Das interessiert doch niemanden«, unterbrach sie ihn und wandte sich erneut an Emma. »Haben Sie Kinder?«

»Äh, nein. Wir … noch nicht.«

»Oh.« Die Antwort schien sie zu betrüben. »Kinder sind ein solches Geschenk.«

»Wir haben fünf«, sagte Herr Boseck stolz. »Einer ist in Russland geblieben.«

»Unser Ältester«, ergänzte Frau Boseck. »Morgen wäre sein sechsundzwanzigster Geburtstag.«

»Der Jüngere war auf der *Bismarck*. Aber unseren drei Töchtern geht es gut, sie leben auf dem Land, und eine arbeitet sogar bei der Post.«

So, wie er es ausdrückte, hörte es sich an, als hätte er mit drei von fünf keinen schlechten Schnitt gemacht.

»Na ja, wir wollen Sie nicht länger stören«, sagte Herr Boseck.

Das Ehepaar stellte sich, so kerzengerade es den beiden in ihrem Alter und mit ihrer Statur möglich war, vor Emma und Theo hin und hob die Hand zum deutschen Gruß.

»Heil Hitler.«

Die Begegnung deprimierte Emma. Nur halbherzig ließ sie sich von Theo zum Wassertreten überreden. Während sie sich die Schuhe und Strümpfe auszog, wurde ihre Kinderlosigkeit zu einem verdorbenen Lebensmittel, das ihr auf den Magen schlug. Und so würde es auf ewig bleiben. Tausendmal noch würde man ihr im Laufe ihres Lebens diese Frage stellen, und selbst wenn es ihr gelingen sollte, äußerlich souveräner damit umzugehen, bliebe doch die Übelkeit. So, als wäre sie ein unsterbliches Überbleibsel des Aborts.

Diese verdammte chinesische Hexe hatte damals, vor zehn Jahren, alles verpfuscht. Nie wieder konnte Emma schwanger werden, niemals ein Kind mit Theo haben. Hätte sie sich mit ihrem Problem doch bloß nicht an Shuilian gewandt, diese flatterhafte, oberflächliche Person. Emma hatte fast vergessen, dass es Shuilian überhaupt gab, bis sie ihr vor ein paar Wochen in der Villa Vanora wieder begegnet war. Da hatte sie plötzlich ein

Gefühl verspürt, das sie bis dahin nicht gekannt hatte: Hass.

»Wir sollten fortgehen.« Theo absolvierte bereits seine fünfte Runde in dem Kneippbecken, während Emma gerade erst die Füße eintauchte. »Aus Deutschland, meine ich.«

Im Schneckentempo kroch der Satz in Emmas Bewusstsein. Sie hatten mal vor Jahren darüber gesprochen, seither nicht mehr. Theo sah seine Zukunft in Deutschland, wo man ihn schätzte. Er hatte eine Position im Reichskulturministerium, diverse Aufträge für Porträts und ganze Landschaftsausstellungen, hinzu kam die Arbeit für die künftige »Führerstadt Linz«.

Sie verharrte, wohingegen er unverdrossen Wasser trat.

»Der Krieg ist verloren. Spätestens, seit die Alliierten vor fünf Tagen in der Normandie gelandet sind, ist das eine beschlossene Sache. Im Osten, im Süden, überall ziehen die Deutschen sich zurück. Dieses Land versinkt in Schutt und Asche. Da ist es besser, wir sitzen nicht mittendrin.«

»Ja, und … deine Arbeit? Sagtest du nicht …?«

Er stakste an ihr vorbei. »Ich muss halt zusehen, dass ich mir etwas in der Schweiz aufbaue. Dabei hilft mir sicherlich«, er flüsterte ihr ins Ohr, »dass ich den Schlüssel zum Depot habe.«

»Welches Depot?«

Er setzte die Umrundung des Beckens fort. »Wegen der Bombenangriffe wurden Hunderte Gemälde in einem Stollen eingelagert und etliche weitere in einem gut gesicherten Häuschen. An die im Stollen komme ich nicht heran, aber die in dem Haus … Ich habe mir bereits einen Klimt und einen Moll reserviert, damit dürften wir eine ganze Weile gut über die Runden kommen … Willst du nicht Wassertreten?«

Halbherzig begann sie, durch das Becken zu stapfen. »Du willst sie … stehlen?«

»Wo denkst du hin? Ich rette sie vor den Rotarmisten. Diese kulturlosen Banausen wären imstande, alles kurz und klein zu hauen, nur um sich an uns zu rächen. Du musst die Füße aus dem Wasser heben, Liebling, sonst ist es kein richtiges Kneippen.«

In der Ferne waren Sirenen zu hören, Frankfurts Vororte bereiteten sich auf einen weiteren Luftangriff vor. Königstein war bisher verschont geblieben, als Lazarettstadt am Südrand des Taunus fiel es unter die Genfer Konvention.

»Aber wie? Und wann?« Ganze Sätze waren plötzlich eine Herausforderung für Emma. So lange schon wünschte sie sich ein Leben mit Theo, und nun, da es zum Greifen nah war, wollte sich keine Begeisterung einstellen.

»Ich habe Kontakt zu einigen Freunden in der Schweiz aufgenommen, sie bereiten alles vor. In vier Wochen fahren wir nach Bregenz. Ich habe es so arrangiert, dass ich dort offiziell etwas zu erledigen habe. Dort erhalten wir weitere Instruktionen. Dann geht alles ganz schnell.«

»Schon in vier …?«

»Ja, Mitte Juli. Das ist doch kein Problem, oder? Dein Mann wird gar nicht wissen, wo du bist, außerdem hat er gerade andere Sorgen. Wo ist er gerade, in Italien? Die Wehrmacht hat unlängst am Monte Cassino den Hintern versohlt bekommen, er muss den Rückzug organisieren, neue Stellungen beziehen.«

»Gestern ist ein … Er hat geschrieben. Er klang sehr … irgendwie düster.«

»Er ist ein düsterer Mensch, wie alle Preußen.«

»Nein«, sagte sie halb abwesend. »Ich glaube, da ist noch etwas anderes.«

Theo hielt inne, ergriff freudestrahlend ihre Arme und sagte: »Das wird ein wunderbares Leben, Emma. Mit dem Klimt kaufen wir uns ein Haus in der Nähe von Zürich. Oder wäre dir Genf lieber? Oder gar das Tessin? Du hast vier Wochen Zeit, um es dir zu überlegen. Und der Moll sichert uns ein feines Leben. Was meinst du, soll ich vielleicht noch einen Macke einpacken? Ich will es nicht übertreiben, weißt du? Der Direktor macht andauernd Bestandsaufnahmen.«

In großer Höhe überflog eine gewaltige Luftflotte den Taunus südwärts. In Emmas Ohren kam davon nur ein Summen an, wie das einer niedlichen Hummel, aber in zwei, drei Minuten würden Menschen sterben, Gebäude brennen, Existenzen einstürzen. Und das alles, während sie kneippten, den Diebstahl von Gemälden diskutierten und ihre goldene Zukunft planten.

Sie verließ das Tretbecken und ließ sich auf den kurz geschorenen Rasen fallen.

Theo legte sich neben sie, den Kopf seitlich auf die Hand gestützt. »Das wolltest du doch immer.«

»Stimmt.«

»Jetzt etwa nicht mehr?«

»Doch, natürlich. Einerseits.«

Er lächelte, spielte mit einer ihrer Locken. »Und andererseits?«

»Vor vier Jahren wäre es etwas anderes gewesen, als es das heute ist.«

»Ja, sicher. Dumm wäre es gewesen. Damals ist es gut für uns gelaufen.«

»Du meinst wohl für dich.«

»Dann eben für mich. Erst meine jetzige Position ermöglicht es mir, auch in Zukunft für uns zu sorgen. Wären wir vor vier Jahren abgehauen, hätten wir nichts besessen. Ja, ich weiß, darauf legst du keinen Wert«, erwähnte er den Einwand, der ihr bereits auf der Zunge lag. »Ich dagegen schon. Ich bin Künstler. Ich will mir nicht, wie van Gogh, meine Paletten, Leinwände und Farben zusammenbetteln müssen.«

Ich, ich, ich, dachte Emma und war zum ersten Mal seit langer Zeit verärgert über Theo. Oder überhaupt zum ersten Mal? Sie erinnerte sich nicht.

Er seufzte. »Frei heraus, was passt dir nicht? Dass ich Kunstwerke davor bewahre, als Klopapier für halbwüchsige Vandalen zu dienen? Oder dass ich dir vor vier Jahren etwas verweigert habe, das ich nun selbst vorschlage?«

Eher Letzteres, dachte Emma. Wären sie 1940 geflohen, zur Blütezeit des Dritten Reiches, hätte sie danach stolz in den Spiegel blicken können. Sie hätte Caspar, ihrer Mutter und überhaupt allen damit bewiesen, worum es ihr ging, immer schon gegangen war, und dass man Liebe nicht mit Traditionen und Trauscheinen erzwingen konnte.

Würde sie jetzt fliehen, im Jahre 1944, könnte sie danach nicht mehr stolz in den Spiegel blicken. Nur halb verstand sie, warum. Aus der Flucht in die Freiheit würde eine Flucht vor dem Abgrund. Das eine geschah aus Überzeugung, das andere aus Angst. Das eine war heroisch und romantisch, das andere kleinmütig und billig.

Das Sterben begann. Aus weiter Ferne rollte das dunkle Stakkato der Einschläge heran.

»Ich möchte zurück nach Königstein.«

»Jetzt schon? Was ist mit dem Picknick? Sieh mal, ich habe Champagner dabei. Frag mich nicht, wie ich an den rangekommen bin, das ist eine lange und irgendwie schmutzige Geschichte.«

»Mir ist jetzt nicht danach. Können wir bitte zurückgehen?«

Sie wollte aufstehen, doch Theo hielt sie zurück.

»Emma, es ist doch alles in Ordnung, oder?«

»Was ist heutzutage schon in Ordnung?«

»Keine Spitzfindigkeiten bitte. Sag mir offen und ehrlich, ob du einverstanden bist, dass wir in die Schweiz gehen. Wenn nicht …«

»Dann was?« Sie blickte ihn hilfesuchend an. »Dann bleiben wir?«

Theo atmete tief durch. Er nickte. »Ich verstehe zwar nicht, was das bringen soll. Aber wenn du es so haben willst … Nichts wird sich dadurch für uns ändern. Wir wären weiterhin getrennt, müssten ein Geheimnis leben. Es sei denn, dein Mann fällt.«

»Ich will nicht, dass er fällt.« Der Gedanke erschreckte sie. Seltsamerweise hatte sie nie in Betracht gezogen, Caspar könnte auf dem Feld sterben, obwohl er auf den gefährlichsten Schauplätzen des Krieges Dienst tat. Und schon gar nicht hatte sie es gehofft.

»Ich muss es jetzt wissen, Emma, denn meine Freunde in der Schweiz wollen ihre Vorbereitungen treffen. Fliehen wir Mitte Juli über die Grenze oder nicht?«

»Ich kann das nicht sofort entscheiden.«

»Du musst, Emma.«

»Mein Gott, auf ein paar Tage wird es ja wohl nicht ankommen.«

»Und ob. Die Bilder können jederzeit woanders deponiert werden, ohne dass ich dann noch Zugriff auf sie hätte.«

»Die blöden Bilder sind mir völlig egal. In erster Linie geht es um unsere Zukunft.«

»Von nichts anderem spreche ich die ganze Zeit.«

»Mir scheint, durchaus.«

»Nun gut, ich sage alles ab. Wir bleiben. Wir gehen mit allen anderen in diesem Land zugrunde. Und das, obwohl du mir nicht einen einzigen Grund genannt hast, noch nicht einmal einen unvernünftigen, warum wir nicht in die Schweiz ziehen sollten. Dort sind wir sicher. Dort sind wir frei. Dort sind wir zusammen. Ich sehe nichts als Vorteile.«

Hastig packte er das Picknick wieder ein, das er gerade erst ausgepackt hatte, während Emmas Herz in die Magengrube rutschte.

»Bist du wütend?« Es war eine jener dummen Fragen, deren Antwort man vorab schon kannte und die man nur stellte – ja, warum eigentlich? Vielleicht, um den eigenen Rückzug einzuleiten.

»Ist dir schon mal der Gedanke gekommen, dass ich von den Russen aufgeknüpft werden könnte? Ja, Emma, ich bin wütend.«

Sie zuckte zusammen, so wie einige Minuten zuvor, als sie über die Gefahren für Caspar nachgedacht hatte. »Du bist Maler. Die werden doch keine Künstler antasten.«

»Ich bin auch Kulturfunktionär. Ein Repräsentant des Dritten Reiches und damit zum Abschuss freigegeben.

Aber das soll deine Meinungsfindung nicht weiter beeinflussen.«

Der Kloß in ihrem Hals wurde so dick, dass sie das Gefühl hatte, kaum noch atmen zu können. »Sag deinen Freunden, sie sollen alle Vorbereitungen treffen.«

Von einer Sekunde zur anderen änderte sich seine Stimmung. Er freute sich wie ein Kind, öffnete den Champagner und stieß mit ihr an.

Ihn wieder lachen zu sehen, fühlte sich gut an, aber irgendwie nicht richtig.

Ihre Rückwege trennten sich, und Emma ging die letzten Kilometer allein. Der steinige Feldweg, vorbei an früh tragenden Kirschbäumen, duftete mineralisch. Der Gesang der Zikaden mischte sich mit den Sirenen der fernen Stadt, die Entwarnung gaben.

Jetzt, dachte sie. Genau in dem Augenblick, als sie in den kühlen Wald eintauchte, strömten die Menschen aus den Luftschutzkellern und löschten die Brände, die ihre Häuser zerstört hatten. War es falsch, an ihr persönliches Glück zu denken, während um sie herum eine Welt in Stücke zerbrach? Was war das überhaupt, ihr persönliches Glück? Die Vorstellung von einem Leben mit Theo in der Schweiz, fernab vom Krieg, von albernen Konventionen und sonstigen Niedrigkeiten?

Ja.

War das alles? Was war mit ihrer Familie, ihrer Mutter und ihrem Halbbruder Noah, mit Biene? Durfte sie die einfach so zurücklassen, sie ihrem Schicksal überlassen? Menschen, die sie liebten, die ihr in schweren Zeiten geholfen, sich um sie bemüht hatten. Ob sie wollte oder nicht – und wie viele Konflikte hatte sie mit ihrer

Mutter ausgetragen? –, sie war mit ihnen verbunden, ein Teil von ihnen, so wie diese ein Teil von ihr waren.

Vor vier Jahren hatte sie solche Bedenken nicht gehabt. Nun gut, die Kriegslage war heute eine andere. Dennoch kam es ihr vor, als wäre da noch etwas anderes.

Viel zu schnell durchschritt sie ein Tal mit hüfthoch wachsenden Gräsern und vereinzeltem Klatschmohn, flirrend unter der Hitzeglocke. Der Champagner tat ein Übriges, und so blieb sie inmitten der dörrenden Landschaft stehen.

Eines der Gemälde, die Theo von ihr angefertigt hatte, war an diesem Ort entstanden, ebenfalls an einem heißen Sommertag: eine junge Frau im weißen Kleid, Hunderte von strohgelben Strichen, vereinzelte rote Punkte, verwaschen, impressionistisch, zehn Jahre nach dem Tod des letzten großen Impressionisten. Theo hatte sich selbst gelobt, als er von diesem Bild behauptete, dass der Betrachter die Hitze des Tages geradezu physisch spüre.

Emma hatte sie nicht gespürt. Sie hatte sie allerdings spüren wollen, und wo ein Wille war …

Einst hatte sie sich in einen aufstrebenden Maler verliebt, der in einer dörflichen Mansarde lebte, das Hemd einen Knopf zu weit offen trug, Farbkleckse an den Fingern hatte und das Leben eines Vagabunden führte. Sein Heiratsantrag hatte aus einem spontan aus Wiesenblumen angefertigten Ring bestanden, den er ihr in einer Wachholderheide an den Finger steckte.

In die Schweiz würde sie mit einem Kulturfunktionär des Dritten Reiches fliehen. Und mit einem Dieb.

»Die Liebe trägt die Seele, wie die Füße den Leib tragen«, murmelte Elise in die Sprechmuschel des Telefons. »Das ist das Letzte, was ich von Isaac gehört habe. Vor neun Wochen. Zwischen seinen Briefen, ich meine, zwischen den Zitaten, lagen nie mehr als fünf Wochen. Und jetzt mache ich mir Sorgen. Ich wusste mir nicht anders zu helfen, als dich anzurufen. Ich kann mir denken, dass es bei dir bestimmt gerade drüber und drunter geht, wegen der Landung der Alliierten. Aber ich mache mir wirklich schreckliche Sorgen, Tankred.«

Das Schweigen am anderen Ende der Leitung erhöhte ihre Angst noch. Wieso führte Tankred nicht die Bombenangriffe an, die den Betrieb der Reichspost beeinträchtigten? Oder den Mangel an Treibstoffen, an Briefpapier, an eigentlich allem? Nicht, dass es etwas genutzt hätte, sie derart billig zu vertrösten. Doch versuchte er es erst gar nicht.

»Du weißt etwas.«

»Nein, ich weiß nichts.«

»Doch. Tankred, wenn es so ist, dann …« Sie lauschte dem Rauschen in der Leitung, darauf gefasst, das Schlimmste zu erfahren.

Vom Garten der Villa Vanora drang Noahs Lachen herüber. »Tooor, Tooor. Zwei zu null.« Dann wieder helles, unbekümmertes Kinderlachen. Das Geräusch eines Balles, der über den Rasen kullerte. Eine Trillerpfeife.

»Ehrlich, Tante Elise, ich weiß wirklich nichts über Onkel Isaac.«

»Warum klingst du dann so zögerlich?«

»Weil …« Er schnaufte. »Ich habe Dinge gehört, nichts Konkretes, wie gesagt. Aber die Zustände in diesen Lagern … Es ist wohl so, dass … Es gibt wohl viele Tote. Sehr viele Tote.«

»O mein Gott.« Er berichtete ihr nur, was die Leute schon seit Jahren munkelten. Sogar Elise, die sehr zurückgezogen lebte, hatte durch Biene von den Gerüchten erfahren, die im Umlauf waren. Allerdings hatte sie in all den Jahren ihr Herz davor verschlossen. Solange sie die Liebeszitate bekam, war alles gut. Und jetzt, ganz plötzlich, ohne ein Wort, ging ihre Welt unter.

Langes Schweigen.

»Ich hänge mich gleich dran, Tante Elise. Ich werde …«

»Das hättest du längst tun können.« Sie erschrak über ihre eigene rasierklingenscharfe Stimme. »Du hättest ihn da herausholen müssen.«

»Mir wurde versichert, dass ich …«

»Von wem? Etwa deinem Bluthund von Kumpel? Du hast es ja noch nicht einmal versucht.«

»Ich muss auch an euch denken. Falls ich …«

»Du meinst an dich.«

»An dich und Noah. Gehe ich einen Schritt zu weit, bin ich dran, und am nächsten Tag ihr.«

»Ich habe es so satt, dir zuzuhören. Immer und immer wieder höre ich dir zu, und irgendwie schaffst du es jedes Mal, dass ich dir glaube. Schluss damit, Tankred. Schluss. Ich kann nicht mehr.«

Sie knallte den Hörer so fest auf die Gabel, dass das Telefon umfiel, ebenso die Blumenvase mit den Pfingstrosen daneben und beinahe sogar der kleine runde Tisch in der Eingangshalle, auf dem es stand. Nicht nur ihre Hände, auch ihre Arme zitterten, ja, der ganze Oberkörper, und nur allmählich beruhigte sie sich.

Lange starrte sie auf das zerstörte Stillleben.

Als sie wieder alle Sinne beieinanderhatte, ertönte erneut die Trillerpfeife im Garten, und Noah rief: »Vier zu null.« Ein Tor hatte sie gewissermaßen verschlafen.

Während Elise erneut das Malheur auf dem Tisch vor ihr betrachtete, vor allem das Telefon, zog sich ihre Kehle zusammen. Nur unter größten Schwierigkeiten und dank ihres penetranten Beharrungsvermögens war es ihr gelungen, die Telefonvermittlung von der Dringlichkeit eines Anrufes ins Reichssicherheitshauptamt nach Paris zu überzeugen. Sie hatte so viel Hoffnung in dieses Telefonat gesetzt …

»Mama, ich habe schon vier Tore geschossen.«

Sie wischte sich mit beiden Händen rasch das Gesicht trocken, bevor sie sich umdrehte.

»Bravo, mein Großer. Immer mit dem linken Bein?«

»Fuß, Mama, mit dem Fuß.«

»Oh, pardon.«

»Dreimal mit links und ein Kopfball.« Wie so viele kleine Kinder konnte Noah von einer Sekunde zur anderen den Gesichtsausdruck wechseln, von jauchzend zu grimmig. »Und du hast wieder nicht zugeguckt. Das blöde Telefon. Komm jetzt nach draußen.«

Um sicherzugehen, zog er sie an der Hand hinter sich her. Obgleich noch keine zehn Jahre alt, war er ziemlich resolut, wenn es darum ging, seinen Willen zu bekommen, jedoch auf eine Weise, die ihm niemand übelnahm. Dafür war sein Lächeln viel zu gewinnend. Alle Bewohner der Villa liebten ihn. Fast alle. Außer Shuilian, natürlich.

Alle, das war seit einiger Zeit auch Kurt Gieseking, genannt Kuku, der letzte männliche Auslieferer der Manufaktur Blankenburg. Wegen einer Rückenverletzung, die er als junger Mann im Großen Krieg davongetragen hatte, war er bisher nicht eingezogen worden. Sein Haus war seit einem Jahr ausgebombt, und Elise hatte ihn, nach Rücksprache mit Tankred, in die Villa aufgenommen. Dasselbe galt für Henriette Deckel, die vor fünf Monaten, mitten im Winter, vor den Ruinen ihrer Frankfurter Mietwohnung gestanden und weder ein noch aus gewusst hatte. In ihrem Fall hatte Elise ganz allein die Entscheidung getroffen, ihr ein Zimmer in der Villa zu geben.

Tankred ließ sie gewähren. Seit er sie vor vier Jahren darum gebeten hatte, die Geschicke der Manufaktur zu lenken, hatte sie nahezu freie Hand. Das Gros der Neuerungen Tankreds hatte sie fortgeführt und durch eigene Akzente ergänzt. Ein Familienunternehmen, davon war sie überzeugt, musste familiär geführt werden, und so hatte sie einen Rat eingeführt, der sich allmorgendlich zu einem halbstündigen Frühstück zusammensetzte.

Was die Villa anging, hatte Tankred sie und Shuilian gebeten, sich zusammenzuraufen – eine Formulierung, die Shuilian als Schlag ins Gesicht auffasste. Sie war fest davon ausgegangen, die Hausherrin von Vanora zu sein. Wochenlang war sie mit einem Gesicht herumgelaufen, so lang, dass sie darüber hätte stolpern können. Als es endlich kürzer wurde, musste sie feststellen, dass Elise auch die Haushaltsführung übernommen hatte. Falls sie sich bei Tankred darüber beschwert hatte, war sie nicht erhört worden. Jedenfalls herrschte seither ein unausgesprochener Waffenstillstand, oder, anders formuliert, die beiden Frauen ließen die Messer stecken, stets griffbereit.

Vorbei an Shuilian, die sich auf einer Gartenliege

sonnte, zog Noah Elise auf den Rasen, wo Biene, Kuku und Henriette mit dem Ball warteten.

»So«, sagte Noah. »Du stellst dich hierhin.«

»Und mache was?«

»Du bist der Torpfosten, Mama.«

»Oh, wie galant. Und der andere Pfosten?«

»Biene, das bist du. Und ich treffe mit einem Schuss von da hinten ins Tor. Also zwischen euch rein. Alles klar?«

Während Noah wie ein gestandener Spieler mit dem unter den Arm geklemmten Ball zu seiner Position ging, versuchte Biene, in Elises Blick zu lesen.

»Er konnte nicht helfen?«

Elise schüttelte leicht den Kopf. »Ich glaube, ich war zu hart zu ihm.«

»Kann man zu hart zu einem Sandsack sein?«

»Ach, ihr beide, wie Öl und Wasser. Was mache ich denn jetzt, Biene? Wen kann ich denn sonst noch fragen? Ich fürchte, ich muss es einfach aushalten, so wie die vielen anderen Frauen, denen es nicht besser ergeht. Die arme Henriette, zum Beispiel. Manchmal hört sie drei, vier Monate lang nichts von ihrem Sohn.«

»Henriettes Sohn ist in einem norwegischen Hafen stationiert, gnädige Frau. Das Einzige, worum er sich im Sommer sorgen muss, sind die Stechmücken, und im Winter um die Löcher in seinen Socken. Die meiste Zeit wird er im Fjord angeln.«

Der von Noah geschossene Ball landete weit daneben.

»Mama, du hast dich bewegt«, protestierte er.

»Habe ich nicht.«

»Dann Biene. Noch ein Versuch.«

Sie warf ihm den Ball zu.

»Es könnte an der Post liegen«, schlug Biene als Grund für das Ausbleiben eines Lebenszeichens von Isaac vor, was Elise mit verkniffenem Gesicht quittierte.

»Wenn nur dieses Zitat nicht wäre: Die Liebe trägt die Seele, wie die Füße den Leib tragen. Es stammt von Katharina von Siena, einer Mystikerin des Mittelalters, die sich so sehr kasteite, dass sie schließlich an Unterernährung starb. Vielleicht muss er hungern. Vielleicht bringen sie so die Leute um.«

Nun war es an Biene, ein verkniffenes Gesicht zu machen. »Fangen Sie schon wieder damit an! Wissen Sie, wie Sie mir vorkommen? Wie ein Hypochonder, der eine Falte auf dem Handrücken entdeckt und meint, er müsse bald an einer tödlichen Krankheit sterben, die durch Austrocknung voranschreitet.«

»Aber ...«

»Kein Aber. Diese Hirngespinste machen Sie verrückt, und vor allem ... sie bringen nichts.«

Der Ball traf Biene am Kopf. Ihr passierte nichts, außer dass ihre Brille verrutschte. Die anderen amüsierten sich köstlich auf ihre Kosten, vor allem Noah. Doch insgeheim, das wusste Elise, lachte Biene mit ihnen.

»Na warte, kleiner Mann«, rief Biene und stapfte mit ausgefahrenen Krallen auf Noah zu, der sofort kichernd Reißaus nahm. Sie würde ihn niemals erwischen, außer er ließ es zu. Auch Kuku schloss sich spaßeshalber der Jagd an, nur war er wegen seines Rückens noch langsamer als Biene.

»Emma.«

Elise entdeckte ihre Tochter, die sich, von einem Spaziergang zurückgekehrt, im Haus nach oben schleichen wollte. Sie spürte sofort, dass etwas nicht stimmte.

»Wir haben dich beim Mittagessen vermisst. Es gab Forelle blau, ich habe sie selbst zubereitet. Na ja, mit Bienes Hilfe.«

»Ich war im Kronthal. Wasser treten.«

Elise ahnte, dass Emma ihr nur die halbe Wahrheit servierte. Sie hatte ihr keine Fragen gestellt, als Emma vor einigen Tagen urplötzlich in der Villa aufgetaucht war, angeblich, weil sie sich auf Gut Grietzwald vor der anrückenden Roten Armee fürchtete. Dabei war diese noch weit von Ostpreußen entfernt.

»Fein. Wenn du Hunger hast, lasse ich …«

»Er will mit mir in die Schweiz fliehen, Mama.«

Wie elend Emma sich fühlte, erkannte Elise daran, dass ihre Tochter sie schon seit einer Ewigkeit nicht mehr Mama genannt hatte, sondern immer Mutter. Eigentlich hatten sie sich stillschweigend darauf geeinigt, Theo Schatt nicht zu erwähnen, und Elise hatte sich darüber hinaus vorgenommen, keinerlei Reaktion zu zeigen, sollte es doch einmal passieren. Sie war mit Emma an einem Punkt, an dem sie, um ihr Kind nicht zu verlieren, ein wenig schauspielern musste.

Sie schluckte. »Das kommt überraschend.«

»Ich habe es schon vor ein paar Jahren von ihm verlangt, aber er war bisher zu vernünftig.«

»Dann musst du ja jetzt ziemlich … Du bist sicher froh, mein Kind.«

Sie standen sich am Fuß der Treppe gegenüber, Emma eine Stufe höher, und plötzlich fiel sie Elise schluchzend in die Arme.

»O Mama. O Mama, ich werde nicht mit ihm gehen.«

»Was?«

»Ich kann nicht, Mama.« Emma vergoss bittere Tränen auf Elises Schulter. »Ich will es ja, ich will nichts sehnlicher, als mit ihm zusammen sein, aber es geht nicht. Nicht so, Mama. Nicht so. Er ist … Er hat sich … Mir kommt es vor, als wäre er irgendwie nicht mehr …«

Emma brachte den Satz nicht zu Ende, doch Elise glaubte zu wissen, was sie sagen wollte. So war es ihr einst mit Emmas Vater ergangen, ihrem ersten Mann Richard, mit dem sie sechs Monate einigermaßen glücklich gewesen war und danach nur noch im selben Zimmer mit ihm schlief. Er war ihr sozusagen abhandengekommen. Um wie viel heftiger musste die Erkenntnis, dass so etwas möglich war, Emma treffen, eine seit Jahren zutiefst liebende Frau, die so viel riskiert, so viel aufgegeben, so hochfliegende Träume gehabt hatte.

»Mein armes Kind.« Sie setzten sich auf die Stufen, wo Elise ihre Tochter an sich drückte. »Ich kann mir vorstellen, wie hart dir diese Entscheidung gefallen ist. Loszulassen ist das Schwerste an der Liebe.«

Lange blieben sie eng beieinander sitzen, und Emma weinte so viele Tränen, wie ihre Zeit mit Theo Schatt Tage gehabt hatte. Erst, als sie sich halbwegs beruhigte, sahen sich Mutter und Tochter wieder in die Augen.

»Ich bin stolz auf dich.«

»Nein, ich auf dich«, erwiderte Emma, noch immer schluchzend. »Ich war oft ungerecht zu dir, aber du hast mich nie aufgegeben.«

»Was du da redest! Wie könnte ich? Mütter geben doch nicht ihre Kinder auf.«

Der Satz blieb ihr halb im Halse stecken, und sie hoffte, dass Emma ihn nicht auf sich und die Entscheidung bezog, die sie vor einigen Jahren getroffen hatte.

Leider geschah genau das. »Zu dem, was ich getan

habe, stehe ich. Nur waren die Gründe falsch, aus denen heraus ich es getan habe.«

»Liebe ist niemals falsch«, widersprach Elise.

»Manchmal aber dumm, nicht wahr? Weißt du, Mama, ich liebe Theo immer noch, jedenfalls den Theo von früher, und ich glaube, in der Schweiz könnte er mit meiner Hilfe wieder zu dem werden, der er mal war. Bloß habe ich keine Kraft mehr, daran zu arbeiten.«

Emma lachte bitter auf. »Ich bin fürwahr eine dumme Person. Was ich da fasele, versteht kein Mensch, noch nicht einmal ich selbst.«

»Nun hör endlich auf, dich zu geißeln«, mahnte Elise. »Als wärst du an allem schuld. Wenn ich dich damals nicht gedrängt hätte, Caspar zu heiraten, um die Manufaktur zu retten … Lassen wir das.«

»Nein, das wollte ich dir schon lange sagen, Mama. Im Grunde war es Papa, der mich dazu gedrängt hat, noch aus dem Grab heraus. In seinem Kalender stand es schwarz auf weiß, was er mit mir und Caspar vorhatte, und ich habe ihn viel zu sehr geliebt, um ihm diese letzte Bitte abzuschlagen.«

Diese Sache quälte Elise schon seit vielen Jahren, gerade weil sie den Anspruch an sich hatte, stets nach bestem Wissen und Gewissen zu handeln. Damals hatte sie das nicht getan. Vielleicht hatte sie es sich eingeredet, das mochte sein, sie erinnerte sich nicht mehr genau. In den halbjährlichen Beichten jedenfalls hatte sie die Verzweiflungstat verschwiegen. Dreißig Beichten und kein Wort. So geheim war ihr Schuldgefühl, dass sie es noch nicht einmal gegenüber Gott eingestehen konnte.

Eine Reue, die etwas taugte, kannte nur eine Adressatin: die verletzte, getäuschte, gekränkte Person.

»Ich habe diesen Kalendereintrag damals gefälscht.«

Emma löste sich langsam von Elises Brust. »Was sagst du da?«

»Es stimmt, dass dein Vater Caspar sehr geschätzt und als Schwiegersohn in Betracht gezogen hat.«

»Du meinst …? Du willst sagen …?«

»Ich denke, wenn dein Vater sich nicht das Leben genommen hätte …«

»Er hat das nie geschrieben?«

»Diesen speziellen Eintrag nicht. Aber ich bin mir ziemlich sicher …«

»Du hast den Eintrag verfasst?«

Es gab keinen Grund, auch noch Biene in das Geständnis einzubeziehen. Das Kindermädchen hatte auf Elises dringende Bitte hin Richards Handschrift gefälscht, da sie dafür ein Talent hatte, und dem Wunsch auch nur entsprochen, um zu verhindern, dass Tankred die Manufaktur übernahm. Das Schicksal hatte den beiden Frauen ein Schnippchen geschlagen, indem es mit einiger Verzögerung doch noch seinen Lauf genommen hatte.

»Ein Fehler. Ein schlimmer Fehler, der mir sehr leidtut.«

»Es tut dir leid?« Emma stand auf. »Es tut dir leid? Ich habe fünfzehn Jahre meines Lebens verloren! Ich habe meine Jugend verloren! Wenn ich damals Theo statt Caspar geheiratet hätte, wäre alles ganz anders gekommen. Ich wäre … Ich würde mit Theo … Er wäre jetzt ein berühmter Maler, hätte in der Schweiz Karriere gemacht, und ich wäre seine Muse geworden, statt die Mätresse des Assistenten eines Linzer Museumsdirektors.«

»Mit gutem Grund bist du wütend auf mich, mein

Kind. Ich hatte kein Recht, derart in dein Leben einzugreifen. Aber für die Entwicklung, die Herr Schatt genommen hat, bin ich nun wirklich nicht verantwortlich. Wenn ein mittelmäßiger Künstler in ihm steckte, wäre er so oder so zum Vorschein gekommen.«

Emma starrte sie mit weit aufgerissenen Augen an, und Elise wusste, dass es nun nichts mehr gab, das die Situation hätte entspannen können. Sie hatte auch gar nicht erwartet, dass Emma das Geständnis gut aufnehmen würde, im Gegenteil, sie hatte die Vorwürfe ihrer Tochter beinahe Wort für Wort vorausgesehen.

Eine Reue, die nicht schmerzte, war wohlfeil.

Emma rannte die Treppe hinauf in ihr Zimmer und knallte die Tür hinter sich zu.

Sowohl für die Mutter als auch die Tochter hätte es durchaus einen besseren Zeitpunkt für ein solches Bekenntnis gegeben, und Elise wurde den Gedanken nicht los, dass er dennoch nicht zufällig gewählt war. Nämlich ausgerechnet an jenem Tag, an dem ihre Hoffnung schwand, Isaac jemals wiederzusehen. So als ob das eine mit dem anderen zusammenhinge. Als ob sie sich selbst bestrafen müsse.

Als es im Garten ein großes Geschrei gab, hatte sie keine Lust, nach dem Rechten zu sehen. Doch sie fürchtete sich vor der Woge der Resignation, die sie schon einmal unter sich begraben und aus der sie sich nur mühsam wieder befreit hatte. Sie musste sich dem widmen. Sie musste sich für die Zubereitung von Forelle blau interessieren, ebenso für die Beschaffung neuer Reifen für die Lastwagen der Manufaktur, für Henriette Deckel, die keine Briefe von ihrem Sohn erhielt, für Fußball und Geschrei.

Oder sie würde untergehen.

»Was ist denn los, um Himmels willen?«

»Ich sage dir, was los ist«, rief Shuilian und deutete auf ihre kurzen Hosen. »Die fette Kuh von deiner Dienerin hat mir meinen Cocktail übergeschüttet, und zwar absichtlich.«

»Sie hat Noah so fest geschubst, dass er hingefallen ist«, rechtfertigte sich Biene.

»Weil er über mich drübersteigen wollte. Wo gibt's denn so was?«

»Ja, wo gibt's denn so was, dass Kinder herumtoben? Ganz was Schlimmes. Sei froh, dass überhaupt noch jemand über dich drübersteigt, du Bohnenstange. Tankred ja wohl nicht mehr. Oder warum war er schon seit einem Jahr nicht mehr hier, hm?«

»So, das reicht!«

Elise ging dazwischen. »Wir kühlen uns nun alle wieder ab. Shuilians Hose kommt in die Wäsche und sieht morgen aus wie neu. Noah wird künftig nicht mehr über Shuilians Liege steigen, nicht wahr, mein Junge? Und …«

»Und die fette Kuh wird sich bei mir entschuldigen.«

»Darauf kannst du lange warten, Bohnenstange.«

»Dann will ich, dass sie geht. Sie verlässt noch heute das Haus.«

»Shuilian …«

»Nein, ich will, dass sie geht.«

»Shuilian …«

»Hör auf, mich zu belabern, Tante Elise. Sie wird gehen!«

Elise sah ihrer langjährigen Vertrauten an, dass sie eher Shuilians verunstaltete Hose aufessen würde, als sich bei ihr zu entschuldigen. Das brachte sie in eine Zwickmühle. Einerseits gehörte Shuilian, strenggenommen, zur Herrschaft und Biene zum Personal. Durch den Krieg und die Zeiten, die sich änderten, verschwammen diese Grenzen jedoch.

»Wir sprechen morgen noch mal darüber, wenn sich alle beruhigt haben.«

»Ich habe mich wohl nicht klar ausgedrückt, Tante Elise. Wenn du sie nicht vor die Tür setzt, dann tue ich es.«

»Na, darauf bin ich gespannt.« Biene verschränkte die Arme vor der Brust, was sie doppelt so mächtig aussehen ließ.

»Ich werde Tankred anrufen.«

»Das würde ich an deiner Stelle nicht tun, meine Liebe. Er hat sich schon einmal gegen dich entschieden, falls du dich erinnerst.«

»Ja, aber was die fette Kuh angeht, hat sie bei ihm keinen Stein im Brett, um es mal vorsichtig auszudrücken.«

Elise blieb ruhig. »Du wirst sie nicht noch einmal so nennen, sonst bist du es, die hier die Koffer packt. Und jetzt schlage ich vor, du wechselst die Kleidung, denn im Moment riechst du wie eine ganz billige Bar.«

»Das war es dann also mit uns?« Shuilians ferne Stimme, durch das Rauschen in der Leitung zusätzlich gedämpft, klang mittelmäßig betroffen, das Maximum dessen, wozu sie fähig war, ohne unglaubwürdig zu werden. »Wenn du mir nicht einmal diesen kleinen Gefallen tust. Jedes Mal, wenn ich um etwas bitte, das man nicht mit Geld kaufen kann, stellst du mich in die Ecke.«

Tankred widersprach nicht. Wozu sich noch gegen die Wahrheit stemmen? Eigentlich war ihre Beziehung schon vor Jahren zu Ende gegangen und von Shuilian und ihm nur pro forma aufrechterhalten worden, so, wie ein Strom, der mit Majestät und Lebenskraft gleichgesetzt wird, auch im Versiegen noch seinen Namen behält.

Sie brachte es ungewollt auf den Punkt, als sie sagte: »Du bist ein ganz anderer Mann als früher.«

Es musste so sein, denn Shuilian war noch dieselbe wie vor fünfzehn Jahren: unglaublich schön, abgebrüht, leicht dekadent, ein klein wenig ordinär und oberflächlich. Genau so hatte er sie geliebt. Wenn er jetzt an sie dachte, liebte er nicht mehr sie, sondern die Erinnerung an sie, verbunden mit der Wehmut und der Fremdheit, die er gegenüber dem jungen Mann empfand, der sich vor Jahren in sie verliebt hatte.

Er hätte ihre Beziehung fortführen können, allein deshalb, um Shuilian eine Heimat zu geben. Denn wirklich weh taten sie einander nicht. Doch die Zeiten verlangten nach Ehrlichkeit, wie alles, was stirbt.

»Wann soll ich ausziehen?«

»Sei nicht dumm.«

»So bin ich eben.«

»Biene ist der Villa Vanora seit Jahrzehnten verbunden, und du willst sie rauswerfen, weil sie einen Drink verschüttet hat.«

»So war das nicht.«

»Es spielt keine Rolle, wie es war. Ich kenne dich, und ich kenne Biene.«

»Ich kann dir wohl gar nichts mehr recht machen.«

»Jetzt hörst du dich an wie der beleidigte Part eines

alten Ehepaars. Ich kann mir nicht vorstellen, dass dies die Rolle ist, die du anstrebst.«

»Früher bist du den Leuten auf der Nase herumgetanzt, du hast sie manipuliert, du warst frech und stark. Was ist bloß für ein Bedenkenträger und Langweiler aus dir geworden? Damit du es weißt, nicht du verlässt mich. Ich verlasse dich.«

Das Knacken in der Leitung und die Stille danach waren die Schlussstriche unter eine Liebe, für die Tankred früher einmal Kopf und Kragen riskiert hatte. Weder fühlte er sich von Shuilians Beschimpfungen verletzt noch war er erleichtert, dass es vorbei war. Er fühlte sich einfach nur mies, ohne genau zu wissen, warum.

»Was hat sie gesagt?«

Er wandte sich um. Die Eingangshalle von Chateau Villeny war menschenleer. Ganz am anderen Ende, in der Tür eines provisorischen Aufzugs, der vor einiger Zeit eingebaut worden war, saß Arabella in ihrem neuen Rollstuhl. Der alte war in Cherbourg kaputtgegangen.

»Zusammengefasst, dass ich ein Jammerlappen bin.«

»Gratulation. Die meisten Ehefrauen warten mit so einem Kompliment bis nach der Silberhochzeit.«

Er ging zu ihr. »Sie sollten doch noch im Bett bleiben.«

»Wann habe ich zuletzt getan, was ich tun sollte?«

»Als ich Ihnen vor vier Tagen gesagt habe, dass Sie nicht von der Klippe springen sollen.«

»Ich bin aber gesprungen. Nur in die falsche Richtung. Dieser dumme Tiefflieger, der auf mich zugerast ist, hat alles verdorben. Statt nach vorne, bin ich nach hinten gekippt und bewusstlos geworden. Wenn der

Krieg vorbei ist, schreibe ich einen Beschwerdebrief an die Royal Air Force.«

»Sie haben also beschlossen weiterzuleben?«

»Nicht ich, sondern das Schicksal. Unter Ihrer tätigen Mithilfe. Warum haben Sie mich nach Cherbourg getragen?«

»Das frage ich mich auch. Der Rücken tut mir heute noch weh.«

»Und wie geht es Ihrem Herzen?« Sie blickte an ihm vorbei zum Telefon.

»Gar nicht mal schlecht. Genau das macht mir Kopfzerbrechen.«

»Mein Lieber, wenn alles, was von einer fünfzehnjährigen Liebesaffäre übrig bleibt, Kopfzerbrechen ist, gibt es keinen Grund, um sich den Kopf zu zerbrechen.« Sie verzog das Gesicht vor Schmerzen, nur weil sie ihr Gewicht leicht verlagert hatte.

»Ich haben Ihnen Opium besorgt. Sie erhöhen einfach die Dosis …«

»Damit ich wie eine grinsende Schaufensterpuppe den Unterhaltungen der anderen beiwohne und mich dabei zum Gespött der Leute mache? Wissen Sie, ich habe nichts dagegen, dass man über mich redet. Nur möchte ich dabei nicht anwesend sein.«

»Sie laufen Gefahr, quengelig zu werden, wissen Sie das?«

»Sehr viele andere Freuden sind mir nicht geblieben.«

»Sie werden sich ein anderes Opfer suchen müssen. Man hat mich abberufen. Es gibt hier nichts mehr für mich zu tun. Die Kollaboration hat sich schon bald erübrigt, denn dieses Land wird frei sein. Ich reise noch in diesem Sommer ab.«

»Wohin?«

»Das hat man verabsäumt, mir mitzuteilen. Sehr undeutsch, finden Sie nicht? In Berlin spüren sie schon die Schlinge um den Hals, so etwas macht vergesslich.«

Die Türschelle bimmelte. Bevor Tankred oder das Hausmädchen zur Stelle sein konnte, kam Ophélie angerannt, wie so oft in den letzten Tagen. Jedes Mal, wenn sie die Tür aufriss, hoffte sie, dass Damian vor ihr stand. Sie hatten seit der Invasion nichts mehr von ihm gehört.

Ophélie hatte Tankred mit Vorwürfen überschüttet, weil er ohne Damian zurückgekehrt war. Doch erstens war Arabella bei ihrem Sturz aus dem Rollstuhl lädiert worden, zweitens flogen ihnen die Bomben und Granaten nur so um die Ohren, und drittens hatte er keine Ahnung gehabt, dass Damian im Widerstand war. Erst im Chateau hatte er davon erfahren. Nicht, dass er jemals geglaubt hatte, Damian sei jemand, der angesichts der Besetzung seines Landes einfach die Hände in den Schoß lege. Doch hatte nie jemand darüber gesprochen, zumindest nicht in Tankreds Gegenwart.

Vorsichtig hatte er in den letzten Tagen bei entsprechenden Dienststellen der Wehrmacht nachgefragt, ob eine Person, auf die Damians Beschreibung passte, aufgegriffen worden sei. Auch Maxim hatte ein paar Kontakte aktiviert. Ohne Ergebnis.

Als Ophélie zum x-ten Mal seit dem Verschwinden ihres Sohnes die Tür aufriss, stand er ihr tatsächlich gegenüber – in Handschellen und in Begleitung eines Offiziers sowie zwei Mannschaftsrängen der Gestapo.

Ophélie fiel ihrem Sohn um den Hals, wurde aber sogleich wieder von ihm getrennt.

»Madame de Fleury? Wir haben Ihren Sohn in einem Wald in der Normandie aufgegriffen. Er hat sich verdächtig gemacht. Nun behauptet er …«

»Lassen Sie ihn sofort los!«, befahl sie in gebieterischem Ton, wie es ihre Art war.

»Nun behauptet er …«

»Verdächtig, das ist ja lächerlich. Er ist fast noch ein Kind.«

»Nun behauptet er …«

»Sieht so ein Verbrecher aus? Er ist Sportler, und wenn Sie nicht in dieses Land gekommen wären, wäre er längst Weltmeister.«

Der Offizier holte Luft für einen weiteren Versuch, der erst gar nicht zustande kam.

»Haben Sie nichts Besseres zu tun, als Kinder im Wald aufzulesen? Kein Wunder, dass Sie diesen Krieg verlieren.«

»Madame …«

»Händigen Sie mir sofort meinen Sohn aus.«

»Wir hätten längst kurzen Prozess mit ihm gemacht, wenn er nicht … Ich bin überhaupt nur hier, weil Ihr Sohn eine Referenz angegeben hat.«

In diesem Moment trat Tankred neben sie. Er vermutete, dass Damian versuchte, sich von ihm ein Alibi geben zu lassen, und die Augen seines Cousins bestätigten seine Ahnung.

»Was gibt es, Kriminalsekretär? Sie haben meinen Cousin gefangengesetzt?«

Der Offizier nahm Haltung an. »Jawohl, Sturmbannführer.«

»Rühren.«

»Er hat sich in der Nähe von Bahngleisen herumgetrieben, auf denen Nachschub an die Front geliefert wird. Ein beliebtes Feld für Partisanen. Als wir ihn aufgriffen, behauptete er jedoch, auf Ihren Wunsch dort zu sein.«

»Ja, und?«

»Mehr wollte er nicht sagen, was höchst verdächtig ist. Wir glauben, er will sich nur herausreden.«

Tankred sah an dem Kriminalsekretär vorbei zu seinem Cousin. »Hast du sie?«

Damian, von zwei Gestapo-Männern eingerahmt, erwiderte den Blick. »N-nein.«

»Wovon sprechen Sie?«, fragte der Kriminalsekretär, wurde aber von Tankred ignoriert.

»Du hast keine gefunden? Warum denn nicht?«

»Ich bin nicht dazu gekommen. Bevor ich sie …«

Der Kriminalsekretär fragte: »Was sollte er finden?«

Tankred sprach weiterhin mit Damian. »Und der Hund?«

Damians Zunge spielte auf der Oberlippe. »Weggelaufen. Die Gestapo hat einen Höllenlärm veranstaltet.«

»Jetzt haben wir also weder den Hund noch … Verdammt.«

Der Kriminalsekretär wurde unruhig. »Worum geht es überhaupt?«

»Das wird ihm nicht gefallen«, sagte Tankred, an Damian gewandt.

»Ich weiß. Aber was hätte ich denn machen sollen? Stell dir vor, um ein Haar hätten die mich erschossen.«

»Wem wird was nicht gefallen?«

»Er wird außer sich sein vor Wut. Wenn er sie nicht bis Mitte Juli hat …«

»Ohne Hund, wie soll das gehen, Tankred?«

»Gehen, was?« Der Kriminalsekretär verzweifelte. »Wenn Sie mich jetzt bitte aufklären würden, Sturmbannführer. Wer verlangt wonach?«

Tankred steckte die Hände in die vorderen Hosentaschen und sah den Gestapo-Mann fest an. »Göring. Trüffel.«

Für die Dauer von etwa fünf Sekunden wurde nicht gesprochen noch bewegte sich jemand.

Tankred blieb todernst. »Der Reichsmarschall wartet dringend darauf. Er will sie dem Duce servieren, wenn der im Juli zu Besuch in die Wolfsschanze kommt.«

Die Kinnlade des Kriminalsekretärs machte sich selbständig. »Trüffel?«

»Normannische Sommertrüffel. Sie wachsen besonders gerne an Waldrändern in der Nähe von Bahndämmen. Die strahlen Wärme ab, wissen Sie? Das lässt ihn gedeihen, den Tuber aestivum normannicum. Es braucht jedoch geschulte Hunde, um … Das ist ein Desaster, Kriminalsekretär … äh, wie war noch Ihr Name?«

Tankreds Gegenüber schluckte. »Wir könnten zurückfahren, um den Hund zu suchen.«

»Das könnten Sie. Noch besser wäre es, Sie würden ihn finden. Denn wenn es ums Essen geht, versteht Göring keinen Spaß.«

Eine halbe Minute später war Damian von den Handschellen befreit, weitere drei Minuten danach fuhren die Männer davon. Tankred, Damian, Ophélie und Arabella warteten, bis der Wagen nicht mehr zu sehen war, bevor sie aus vollen Hälsen lachten.

Damian gab Tankred die Hand. »Danke«, sagte er, und Ophélie schloss sich an.

»Wenn er eins kann, der Lausbub«, sagte Arabella in ihrem Rollstuhl, »dann Bluffen.«

Diesmal wartete Marie vergebens. Wie ein nicht flügges Adlerküken saß sie auf einem der oberen Äste ihres Baumes und starrte traurig hinab ins Geäst, blickte dann und wann in die Weite. Die Stunden verstrichen, ein Eichhörnchen kam vorbei, später zwei Tauben, die sich neckten. Nur Michel, der kam nicht.

Sie sah auf die Uhr. Armbanduhren für Damen seien der letzte Schrei, hatte er gesagt, als er ihr das Geschenk bei ihrem letzten Treffen am Handgelenk befestigte. Es war zwei Uhr fünf am Nachmittag gewesen. Das war ihre Zeit, jeden Mittwoch und Sonntag zwischen zwei und fünf.

Es war Mittwoch, es war fast drei, aber Michel kam nicht. Marie würde ihn an diesem Tag nicht mehr sehen, am Sonntag ebenso wenig und auch nicht am nächsten Mittwoch und Sonntag.

Er hatte es prophezeit, zwei Tage nach der alliierten Landung: Alarmbereitschaft, Ausgangssperre, er hatte sich heimlich fortschleichen müssen, um Marie noch einmal zu treffen. Morgen rücken wir aus, hatte er gesagt, denn unser SS-Panzerbataillon ist die Speerspitze des Gegenangriffs.

Damit meinte er eigentlich, dass die kämpfenden Verbände der SS die höchsten Verlustraten aufwiesen, egal an welcher Front. Jahrelang hatte er im verhältnismäßig sicheren Frankreich Dienst getan, in ewiger Reserve, bestens versorgt, nur dann und wann eine Übung, während überall sonst die deutschen Fronten zusammenschrumpften und die eingezogenen Rekruten immer jünger wurden. Von den Kameraden seiner früheren Kompanie, mit der er vier Jahre zuvor ins Land gekommen war, lebte nur noch eine Handvoll, fünf von zweiundfünfzig. Völlig aufgerieben am ersten Tag der Landung.

Michel hatte geweint, als er davon sprach. Er hatte ihr eine elegante Uhr geschenkt, viel zu teuer für ihn, und geweint. Sie geküsst und geweint. Sich verabschiedet und geweint.

Und Marie? Ihr waren es zu viele Tränen geworden. »Jetzt hör halt mit dem Geflenne auf, sonst verstolperst du den Rückweg und brichst dir die Nase.« Das waren ihre letzten Worte an ihn gewesen.

Sie hatte noch hinzufügen wollen: »Der Vater meines Kindes soll nicht mit einer platten Nase zum Gespött der Leute werden.«

Seit einer Woche wusste sie es erst und hatte Michel damit überraschen wollen. Aber als er davon redete, die Speerspitze eines Angriffs zu werden, da … Sie glaubte, es wäre besser, er wüsste es nicht, zumindest noch nicht. Sie befürchtete, er könnte desertieren oder den Kampf scheuen und von seinen eigenen Leuten erschossen werden. Sie wollte es ihm später sagen.

Und nun würde er es nie erfahren.

Michel war tot.

Sie wusste es. Kein Telegramm, kein Telefon, kein Mund hatte es ihr mitgeteilt. Sie wusste es einfach. Es war drei Uhr fünf, und Michel war tot.

Marie nahm die Armbanduhr vom Handgelenk und schlug das zarte Gebilde mehrmals gegen einen Ast, bis das Gehäuse einen Sprung bekam.

Das Ticken hörte auf. Drei Uhr fünf und neunundvierzig Sekunden. Für immer.

Zurück im Chateau, kam ihr Damian entgegen.

Sie lächelten sich an, sie umarmte ihn. »Du lebst. Alle haben sich große Sorgen gemacht, aber ich wusste, dass dir nichts passiert.«

»Woher?«

»Nur so ein Gefühl.«

»Bin dem Tod mal wieder von der Schippe gesprungen, diesmal mit der tatkräftigen Hilfe unseres Cousins. Alles in Ordnung bei dir?«

»Ich bin schwanger.«

»Oh. Das ... kommt plötzlich.«

»Ja, so läuft das nun mal, Bruderherz. Eben noch ist man nicht schwanger, und plötzlich ist man es.«

»Wolltet ihr nicht vorsichtig sein?«

»Wollten wir. Und dann auch wieder nicht. Wer immerzu vorsichtig ist, der stirbt, ohne je gelebt zu haben, nicht wahr?«

»Marie, das stellt uns vor neue Probleme. Ich meine, wie sollen wir das Kind verheimlichen?«

»Ich stehe zu ihm.«

»Natürlich. Hier zu Hause, in aller Stille.«

»Nein, öffentlich.«

»Weißt du, was du da sagst? In ein paar Monaten wird Frankreich frei sein, und jeder, der mit den Besatzern paktiert hat, wird den Zorn des Volkes zu spüren bekommen.«

»Ich habe gesagt, ich stehe dazu. Das Volk kann mir den Buckel runterrutschen. Mein Kind ist alles, was zählt, und wer sich daran vergreift, der bekommt es mit mir zu tun. Das schließt ausdrücklich auch Mama und dich ein.«

Sie schob ihren muskulösen Bruder beiseite und stieg

die Treppe hinauf. Auf halbem Weg rief Tankred ihren Namen. Er stand mit Damian am Fuß der Treppe, mit einem Gesicht, das nach Worten suchte.

»Ich habe eben einen Anruf erhalten. Es geht um … Man hat mir soeben mitgeteilt, dass Michel … in einem Panzer saß, der getroffen wurde. Niemand hat überlebt.«

Er senkte den Kopf. »Es tut mir leid, Marie. Michel ist gefallen.«

Sie blickte lange zu Tankred hinab, etwa so, wie sie einst auf Michels Haupt geblickt hatte, als der den Baum hinaufgeklettert kam. Ein paar Minuten später hatte sie sich in ihn verliebt.

Vier gute Jahre. Bessere würde es nicht geben.

»Ich weiß«, sagte sie. »Er ist gegen drei gestorben.« Sie wandte sich um und setzte den Weg zu ihrem Zimmer fort.

# 14

*19 Generäle, 26 Oberste, etliche Diplomaten, Staatssekretäre und Polizeipräsidenten, insgesamt etwa zweihundert Personen, verschwören sich im Sommer 1944, um Hitler und das NS-Regime zu beseitigen. Der Diktator soll durch eine Bombe, die Oberst Graf Stauffenberg am 20. Juli in dessen Hauptquartier zünden wird, getötet werden. Unmittelbar darauf soll die gesamte Führungsriege entmachtet werden.*

*Etwa zur selben Zeit planen die französischen Partisanen den großen Befreiungsschlag für Paris, noch bevor die alliierten Truppen eintreffen. Die Hauptstadt soll aus eigener Kraft zurückerobert werden.*

Theo und Emma stellten den Wagen auf einem Waldparkplatz in der Nähe von St. Corneli ab, unweit der Grenze zur Schweiz und nach Liechtenstein, so als hätten sie vor zu wandern. Entsprechend waren sie gekleidet. Emma hatte sich die Taschen mit Schmuck vollgestopft, und Theo trug die drei entwendeten Gemälde zusammengerollt in einem Rucksack mit sich. Zusammengenommen kamen sie auf einen Wert von etwa einer Million Schweizer Franken.

Obwohl der Grenzübertritt für die Nacht geplant

war, gingen sie schon morgens los und verbrachten die Stunden rastend auf einer Wiese, die Wildblumen, Hummeln und Grashüpfer beherrschten. Sie sprachen nicht viel. Was Theo anging, war seine Nervosität daran schuld. Alles war bis ins letzte Detail geplant, seine Freunde waren gestern noch einmal den Ablauf telefonisch mit ihm durchgegangen, und das Risiko, erwischt zu werden, ging nach deren Aussage gegen null. Sie hatten jemanden geschmiert, der jemanden geschmiert hatte … Trotzdem machte sich Theo fast in die Hose, und zwar buchstäblich. Andauernd musste er austreten, er aß seit zwei Tagen nur noch Zwieback und war zappelig.

»Sieh nicht ständig auf die Uhr«, mahnte Emma ihn.

»Tu ich ja gar nicht.«

»Doch, minütlich. Das fällt auf.«

»Wem? Den Grashüpfern?«

»Einem Förster vielleicht, der uns sieht, wir aber ihn nicht.«

Eine halbe Stunde lang folgte er ihrem Ratschlag, dann fiel er in die Angewohnheit zurück.

Wieder sprachen sie lange nicht, bis er sagte: »Ich hätte vielleicht doch nicht den Macke mitnehmen sollen. Der Direktor hat einen Narren an dem Bild gefressen, er wird es bald vermissen.«

Es war ein heißer Tag, die Sonne brannte unbarmherzig, und selbst im Schatten glühten Emmas Wangen.

»Na und? Dann vermisst er ihn eben.«

»Wenn er heute Morgen eine Bestandsaufnahme gemacht hat, riecht er am Ende den Braten. Möglicherweise fahnden sie bereits nach uns.«

Emma hätte nie gedacht, dass dieser Tag einmal kommen würde, aber Theo ging ihr tatsächlich ein wenig auf die Nerven. Irgendwann, nach einer weiteren Stunde und dem tausendsten Blick über die Wiese, fragte sie sich: Was, zum Kuckuck, mache ich eigentlich hier?

Die Frage führte zu nichts. Sie war nun einmal hier. Sie wollte mit Theo, einem Bilderdieb, in die Schweiz fliehen, wo sie mit ihm leben würde. Er machte sich etwas vor, denn er glaubte tatsächlich, die Menschen würden ihn mit offenen Armen begrüßen und er könnte sich dort etwas aufbauen. Emma hatte an ihrer Verwandtschaft in Frankreich studieren können, wie schwer es war, akzeptiert zu werden, wenn man zwei Nationalitäten mitbrachte. Den Schweizern wäre Theo eine Art Verräter, ein Opportunist, der sich den Nazis zuerst angebiedert und beizeiten wieder von ihnen abgewendet hatte. Die paar Freunde, die er in seinem Heimatland noch hatte, würden sich eines Besseren besinnen, sobald sie bemerkten, wie sehr er sich verändert hatte, was aus ihm geworden war.

Warum also ging sie dennoch mit Theo? Warum blieb sie nicht einfach Emma Freifrau von Lerch, die Gattin eines Generals?

Weil es zu spät war. Vor Wochen schon hatte sie ihrer Mutter einen Brief geschrieben, so gallig böse, dass danach keine Versöhnung mehr möglich war. Abgeschickt hatte sie ihn allerdings erst an diesem Morgen. Die Heimtücke, mit der ihre Mutter sie mit Caspar damals verkuppelt hatte, war unverzeihlich. Sie hatte ihr Leben ruiniert, und wofür? Für eine Firma, einen Namen, eine Tradition. Für das Alte, Gestrige. Das schwere seelische Gepäck, das Emma mit sich herumschleppte, war auf diese eine niederträchtige Tat zurückzuführen:

die Abtreibung, der prosaische Alltag, die Einsamkeit in Grietzwald. Sogar Theos Veränderung kreidete Emma ebenfalls ihrer Mutter an. Wäre sie damals seine Frau geworden, wäre sie gleich mit ihm in die Schweiz gegangen, und alles wäre ganz anders gekommen.

In anderer Hinsicht war es ebenfalls für eine Umkehr zu spät, denn auch ihren Ehemann hatte sie vor vollendete Tatsachen gestellt. Nicht nur den Schmuck, den er ihr geschenkt hatte, trug sie in den Taschen, sondern auch den seiner verstorbenen Mutter, sozusagen den Familienschmuck der Lerchs, der seit dreihundert Jahren von einer Generation zur nächsten weitergegeben wurde.

»Wie spät ist es?«

Theo hätte die Zeit eigentlich auswendig wissen müssen, so oft wie er auf die Taschenuhr sah, doch er zog sie ein weiteres Mal hervor.

»Vier Uhr fünfundzwanzig.«

Für vier Uhr hatte Caspar sein Eintreffen in Grietzwald avisiert. Sonderurlaub. Morgen hatte er Geburtstag. Etwa in diesem Moment bemerkte er, dass sie nicht zu Hause war, und vermutlich nur wenig später, dass der Schmuck fehlte.

Sie schloss die Augen, geblendet von der Helligkeit des Tages und beschämt von der Dunkelheit ihrer Seele.

Theo hatte sie nicht um den Diebstahl gebeten, es war ihre eigene Idee gewesen. Vielleicht wollte sie sich auf eine Stufe mit ihrem Geliebten stellen, vielleicht wollte sie sich und ihm beweisen, dass sie ihn tatsächlich liebte, ganz und gar, und dass sie jedes Schicksal mit ihm teilen wollte. Den Funken des Zweifels hatte sie energisch ausgetreten, da sie den Brand fürchtete, der all ihre Gewissheiten und Träume in Asche verwandeln konnte. So wollte sie nicht leben – im ewigen Zwiespalt. Sie hatte sich entscheiden müssen, also hatte sie sich entschieden.

»Die Schiffe verbrannt«, murmelte sie.

»Was sagst du?«

»Ich sagte, jetzt sind wir endlich zusammen, für immer.«

Die Geräusche des Waldes bei Nacht waren Emma neu und fremd, fast ebenso wie die Frau, die ihnen ausgesetzt war. Ein Rascheln hier, ein Knarren dort. Der dunkle, kurze Ruf eines Vogels, sich endlos wiederholend wie ein Signal. Das Knistern ihrer eigenen Schritte auf dem Waldboden. Dem Ungewissen entgegen.

»Du darfst nicht loslassen«, flüsterte Theo und ergriff ihre Hand, die sie eben erst aus seiner schweißnassen gezogen hatte. »Was auch immer passiert, lass nicht los, bis wir drüben sind.«

Drüben, das war das andere Ufer des Rheins. Man hörte den Fluss schon rauschen, zusammen mit dem Wind, der gleichmäßig von den Bergen herüberwehte, ihnen ins Gesicht. Eine frische Brise Freiheit.

Sie verharrten am Waldrand, in völliger Finsternis. Der Fluss, nurmehr einen Steinwurf entfernt, spiegelte keine Lichter der Nacht, keine Sterne und Planeten. Er war schwarz und rauschte wie ein unermesslicher Abgrund.

Da, endlich! Am anderen Ufer eine Laterne! Wie ein Glühwürmchen, zappelnd in der Dunkelheit, wieder erlöschend.

»Es ist so weit.« Theo zog Emma auf die Beine und hinter sich her. Dass sie bereits am Ufer waren, bemerkte Emma erst, als sie umknickte und auf die Knie sank, wo sich ihr Wanderrock voll Wasser sog. Es war eiskalt. Der Rhein an der Grenze zur Schweiz war jung, schnell und wild. Dort, wo sie ihn überquerten, reichte er ihnen bis zur Hüfte, er sprudelte und gurgelte zwischen Kiesbänken und Felsbrocken. Seine Kälte tat weh.

»Schneller.«

»Theo, ich kann nicht schneller.«

»Du hast die falschen Schuhe an.«

»Wanderschuhe. Die bin ich nicht gewöhnt.«

»Sage ich ja.«

»Wollen wir das wirklich in der Mitte eines Flusses diskutieren?«

»Komm jetzt.«

Sie kamen schlecht voran. Der Grund war kiesig und voller Stolperfallen, und die Strömung zerrte an ihren Beinen.

Plötzlich sank Emma ein. Ihr linker Fuß steckte in einem Loch, sie bekam ihn nicht mehr heraus, er hatte sich verkeilt. Bis zur Brust stand sie im Wasser.

Theo zerrte nach Kräften an ihrem Arm, zweimal, dreimal, viermal, und so weh es tat, langsam schien sie freizukommen.

»Halt! Stehen bleiben!«

Ein Scheinwerfer vom deutschen Ufer richtete sich in die Flussmitte. Der Lichtkegel kreiste zunächst um sie herum und blieb dann auf ihnen haften.

»Verdammt, Emma, krieg den Fuß endlich frei.«

»Ich weiß nicht, wie. Er tut höllisch weh.«

Theo zerrte nun so stark an ihrem Arm, dass sie die

Schmerzen nicht mehr aushielt und sich aus seinem Griff wand.

Ein Warnschuss peitschte durch die Nacht.

Panisch schrie Emma auf.

»Theo, du musst tauchen, wenn du beide Hände benutzt, bekommst du den Fuß bestimmt frei.«

Nur eine Handbreit von ihr entfernt stand er da und sah sie mit weit aufgerissenen Augen an. »Die Gemälde, Emma. Wenn ich tauche, werden sie nass. Sie ... sind dann zerstört.«

»Ich halte den Rucksack in die Höhe.«

»Er ist zu schwer, und du steckst zu tief.«

»Ich muss hier raus. Ich kann nicht mehr. Ich ... Ich ... Hilf mir, Theo.«

Ihr Geliebter blickte zum deutschen Ufer, dem Scheinwerfer ins große Auge.

»Da kommt jemand. Nein, da kommen sogar zwei. O mein Gott. Emma, sie haben uns gleich.«

Ihre Hände krallten sich in seine Jacke. »So hilf mir doch.«

»Emma.«

»Theo.«

Er riss sich von ihr los.

Wich zurück.

Wurde im nächsten Moment von der Nacht verschluckt.

»Theo. Theo!«

Einen Atemzug später legten sich mehrere Hände auf ihre Schultern.

Emma saß in einem Raum, einer Amtsstube, wie es so viele gab: leicht verschlissener Schreibtisch, einfache

Holzstühle, Dienstpläne an den Wänden. Der Führer blickte streng auf sie herab. Neben dem Telefon ein Kalender zum Abreißen. Der achtzehnte Juli. Demnach waren vier Tage vergangen, seit man sie nach Bregenz gebracht und eingeschlossen hatte, nicht direkt in einer Zelle, aber einem spartanisch eingerichteten Zimmer mit Toilette. Sie hatte im Fieber gelegen, so viel wusste sie noch. Die Zeit war, wie alles Übrige, gewissermaßen an ihr vorbeigeflogen.

Sie erwartete, von einem Grenzkommandanten verhört zu werden, einem vom alten Schlag, der es persönlich nahm, wenn jemand »seine« Grenze ohne Erlaubnis überschritt, in welcher Richtung auch immer. Oder von einem blutjungen Leutnant, der hoffte, das Eiserne Kreuz verliehen zu bekommen, weil er die Frau eines Generals an der Flucht gehindert hatte.

Emma war das alles egal. Mochten sie mit ihr machen, was sie wollten. Sie war von nun an eine Frau, die nicht mehr liebte. Niemanden. Es gab keine Liebe mehr in ihrem Leben. Also war sie tot. So empfand sie es.

Sie war so gleichgültig allem und jedem gegenüber, dass sie, als sich ein bekanntes Gesicht in ihr Blickfeld schob, noch nicht mal mit der Wimper zuckte.

»So sieht man sich wieder.«

Schimmi Meining ließ sich hinter dem Schreibtisch nieder und lächelte sie an. Er roch nach Branntwein, und irgendwie sah er mit seinen roten Backen und den glasigen Augen auch danach aus.

»Man hat mich benachrichtigt, da ich Sie vor einigen Jahren wegen Ehebruchs verhaftet habe. Und nun hat man Sie aufgegriffen, wie Sie mit einem unbekannten Mann, die Taschen voll mit Gold und Perlen, das Deutsche Reich verlassen wollten. Ich will es mir nicht nehmen lassen, diese Angelegenheit persönlich zu regeln, obwohl ich genug anderes zu tun habe. Französische Partisanen jagen, die Morgenluft schnuppern, zum Beispiel. Aber das hier, das ist wie ein Kurzurlaub für mich. Tankreds Familie ist schließlich wie meine eigene.«

Er blätterte in Unterlagen, die er gewiss schon auswendig kannte.

»So, was haben wir hier denn alles? Illegale Reichsflucht, wiederholter Ehebruch, Diebstahl ... Oder gehören das Diadem, die fünfreihige Perlenkette und der Rubinklunker etwa Ihnen? Scheint mir nicht Ihr Stil zu sein.« Da Emma nicht antwortete, sagte er: »Macht nichts, wir können Ihren Mann fragen, wenn er eintrifft.«

Sie erschrak. »Ich will ihn nicht sehen. Bitte, ich möchte nicht, dass er ...«

Bei dem Gedanken, Caspar ins Gesicht zu blicken, schauderte sie. Denn was sie ihm angetan hatte, war so niederträchtig, dass sie es nur ertrug, wenn sie ihm nie wieder unter die Augen treten musste.

»Tja, Emma, wenn Sie mir keine Antworten liefern, was bleibt mir da anderes übrig, als ihn zu konfrontieren?«

Ihre Hände rangen miteinander. Wie kühl sie waren. Kalt wie die Augen ihres Gegenübers. Und diesen Mann hatte sie einmal harmlos, ja, sogar recht nett gefunden.

»Theo Schatt«, sagte sie, und als sie den Namen aussprach, empfand sie plötzlich gar nichts mehr dabei. Auf einer Wiese hatte sie sich vor vielen Jahren in Theo verliebt, und in einem Fluss war ihre Liebe zu Grabe getragen worden.

»Er hat Bilder gestohlen, aus einem Linzer Museum. Mehrere Werke, die irgendwo eingelagert waren.«

»Das weiß ich inzwischen alles schon. Erzählen Sie mir etwas Neues, dann sehen wir weiter, was wir mit Ihnen und Ihrem Mann machen.«

»Mit meinem Mann? Wieso?«

»Er gibt keine glückliche Figur in diesem Schwank ab. Wenn der Führer davon Wind bekommt, ist es vorbei mit seiner Karriere. Man könnte sogar, mit etwas bösem Willen, auf die Idee kommen, Sie hätten in seinem Auftrag gehandelt.«

»Was?«

»Er wollte sich absetzen, und da man Häuser und Ländereien, von denen er bekanntlich jede Menge besitzt, nicht in einen Koffer packen und mit in die neutrale Schweiz nehmen kann, hat er eben seine Frau mit dem Familienschmuck losgeschickt.«

»Sie sind ja verrückt!«

»Gut möglich, aber diejenigen, denen ich diese Version vorsetzen werde, sind es auch. Und das bedeutet, General von Lerch wird wegen Landesverrat erschossen.«

»Kein Gericht …«

»Heutzutage geht so etwas auch ohne Gericht, sozusagen im Handumdrehen. Wissen Sie, Emma, an der Front sterben jeden Tag so viele Generäle, da kommt es auf einen mehr oder weniger nicht an.«

»Warum tun Sie das? Aus reiner Lust an der Grausamkeit?«

»Wie schon gesagt, ich habe einen Narren an Ihrer Familie gefressen, den Blankenburgs und Fleurys, den Lerchs und Löwenkinds und wie sie alle heißen. Ich selbst hatte als Kind keine Familie.«

»Die haben Sie auch jetzt nicht«, platzte es voller Verachtung aus ihr heraus. Doch wenn sie Meining damit hatte treffen wollen, verfehlte sie ihr Ziel.

»Mir genügt es völlig, Zaungast zu sein. So gerne ich weiter mit Ihnen plaudern würde, Ihr Gatte ist eingetroffen und wartet sehnlichst darauf, zu Ihnen vorgelassen zu werden. Gibt es denn nun etwas, das Sie mir erzählen könnten, oder soll ich ihn an Ort und Stelle verhaften?«

Das konnte sie Caspar nicht antun. Niemals. Sie hatte vor Jahren sein Kind in ihrem Leib vergiftet, sie hatte ihn betrogen, verlassen, bestohlen. Doch dass er entehrt und womöglich sogar hingerichtet werden würde für etwas, das allein ihre Schuld war – unmöglich!

Schimmi klatschte beide Hände auf die Tischplatte und stand auf. »Also gut, das war's.« Er griff zum Hörer.

»Warten Sie! Ich habe da etwas … Vielleicht. Ich weiß nicht, ob …«

»Versuchen wir's.«

»Im Keller des Chateaus Villeny …«

»Ja?«

»Sie verstecken dort Menschen. Flüchtige und Kommunisten, glaube ich. Und Juden.« Emma stützte das Gesicht in die Hände. »O mein Gott«, schluchzte sie, »was habe ich getan?«

Lächelnd legte Schimmi auf. »Das Richtige, liebe Emma, das einzig Richtige.« Er öffnete die Tür und rief: »Herr General, bitte kommen Sie herein.«

»Nein, nein«, bettelte Emma. »Sie haben es mir versprochen.«

»Keine Sorge, ich halte mein Versprechen. Ihr Fluchtversuch hat, was die Behörden angeht, nie stattgefunden. Aber eine kleine Strafe muss sein, so leid es mir tut.«

Caspar trat neben sie, und Emma wagte nicht, zu ihm aufzublicken. Das Schlimme war, dass sie genau wusste, was sie ihm angetan hatte. Lieber wäre sie vom Charakter her die Diebin gewesen, die sie gespielt hatte, dann würde sie nun nicht so sehr leiden. Zu allen Verletzungen und Demütigungen, die sie Caspar zugefügt hatte, konnte sie ihm diese letzte nicht ersparen, ihm vor aller Welt Hörner aufzusetzen.

Und was tat ihr Mann? Er schob seine Hand in ihre und half ihr aufzustehen.

Caspar wandte sich an Schimmi. »Die Angelegenheit ist erledigt, Herr Kriminalrat?«

»Das ist sie, Herr General. Übrigens, ich wurde kürzlich zum Kriminaldirektor befördert.«

»Ich nehme an, Sie erwarten eine Gegenleistung für Ihre … Hilfsbereitschaft.«

»Ihre Frau hat bereits bezahlt.«

Emma kannte Caspar gut genug, um zu wissen, dass er einen derart unverschämten Satz, noch dazu von einem süffisanten Lächeln begleitet, normalerweise mit einer Ohrfeige quittiert hätte. Es musste ihm unsagbar schwerfallen, höflich zu bleiben, zumal er mit einem Angehörigen der Gestapo sprach, die er – zusammen mit SS und SA – in vertrauter Runde gerne als »Bande von ehr- und schamlosen Taugenichtsen« bezeichnete.

»Darf ich fragen …?«, begann er.

»Sagen wir, Ihre Frau ist, nach einer kleinen Ermunterung durch mich, ihrer vaterländischen Pflicht nachgekommen. Und das Vaterland revanchiert sich mit Vergesslichkeit.«

Emma spürte Caspars Blick in ihrem Nacken, doch sie starrte lieber die nackte Wand an, als sich ihm zuzuwenden.

Das Telefon klingelte. Schimmi nahm ab.

»Für Sie, Herr General.«

»Wer?«

»Ein gewisser Oberst Graf Stauffenberg.«

Emma bemerkte in Caspars Stimme eine leichte Veränderung der Tonlage. Der Anruf war ihm peinlich.

»Ich rufe zurück.«

»Er sagt, es sei äußerst dringend.«

Caspar griff zum Telefon. »Lerch ... Ja ... Nein ... Ja, eine dringende private Angelegenheit ... Wann? ... Übermorgen? Ja, bis dahin bin ich zurück auf meinem Posten. Ich habe verstanden. ... Sicher, ich bin über den Ablauf im Bilde. Danke.«

Er legte auf, sah Schimmi an und sagte: »Guten Tag, Herr Kriminaldirektor.«

»Heil Hitler, Herr General.«

Das Zugabteil mussten sie sich bis Innsbruck mit zwei Geistlichen teilen, offenbar höhere Chargen, da sie in der ersten Klasse fuhren. Emma und Caspar sprachen kein Wort miteinander. Sie vermied es weiterhin, ihn anzusehen, und da er gut erzogen war und einen für seinen Berufsstand recht einfühlsamen Charakter hatte, suchte er nur von Zeit zu Zeit ihren Blick.

Neben ihm lag der Beutel mit dem Schmuck, ein beträchtliches Vermögen in einem unscheinbaren Baumwollsack. Als er bemerkte, wie unangenehm ihr die Präsenz dieses Corpus Delicti war, verstaute er es in einer Tasche.

Ab Innsbruck waren sie allein, und nun gab es keinen Grund mehr für ihn zu schweigen. Dennoch behielt er es bei.

»Wohin fahren wir eigentlich?«, fragte sie, ohne dass sie sich besonders dafür interessierte. Sie war nicht in der Schweiz, das allein zählte, und was nun kam, war nicht wichtig.

»Nach Wien. Freunden von Freunden gehört dort eine Wohnung in der Nähe des Naschmarkts. Sie ist möbliert, aber nicht bewohnt. Dort bist du sicher.«

Emma kümmerte sich nicht weiter um den seltsamen letzten Satz. Wieso sollte sie woanders nicht sicher sein? Doch war es ihr recht, an einem Ort zu sein, wo niemand sie kannte. Wem konnte sie noch ohne Scham gegenübertreten?

»Das hier ist die Adresse.« Er gab ihr einen Zettel. »Sag erst einmal keinem, wo du bist.«

»Kommst du denn nicht mit?«

»Mein Sonderurlaub geht zu Ende. Ich fahre gleich weiter nach Mailand ins Hauptquartier.«

Ihre Unterhaltung war so normal, dass es zum Himmel schrie. Herrje, sie hatte ihn verlassen, beklaut, betrogen, beschämt, und er machte einfach weiter, als wäre nichts gewesen. Wenigstens jetzt könnte er darüber nachdenken, sich scheiden zu lassen. Schlimmer konnte es zwischen ihnen nicht werden, sie waren ganz unten angekommen.

»Ich würde es wieder tun«, sagte sie zu ihrer eigenen Verwunderung, den Blick auf die vorüberziehenden Berge geheftet. »Nicht mit ihm. Aber ich bin noch nicht zu alt, um mich erneut zu verlieben, und wenn der Krieg vorbei ist, wird die Welt eine andere sein. Dann werden Frauen wie ich Gehör finden.« Wenn sie sich selbst zuhörte, erschrak sie. Daher schränkte sie das Gesagte ein: »Nur das mit dem Schmuck, das war ein Fehler, schlimmer noch, eine Bosheit, das sehe ich ein. Sonst nichts. Hörst du? Sonst nichts.«

Caspar ging nicht darauf ein, und wieder einmal dachte sie, dass er ihr absolut fremd war. An seiner Stelle hätte sie ihm eine schreckliche Szene gemacht, ihn mit Vorwürfen und Bitterkeit überschüttet.

Etwas später, sie waren fast schon in Wien, sagte er: »Es gibt Überzeugungen, die Vorrang vor allem anderen haben. Man weiß, dass man damit jemandem wehtut und dieser Person gegenüber ungerecht handelt, und doch geht es nicht anders. Liebe ist wahrscheinlich so eine Überzeugung. Liebe in all ihren Facetten.«

Zum ersten Mal sah sie ihm wieder in die Augen – und war überrascht. Caspars Gesicht, das sonst immer ernst wie das eines Leichenbestatters wirkte, sah plötzlich weichgezeichnet aus, fast friedlich.

»Du verstehst mich?«

Er nickte langsam. »Ich denke, schon.«

»Und du stimmst einer Scheidung zu?«

»Lass uns später darüber sprechen.«

»Wann?«

»Bei meinem nächsten Urlaub.«

Emma konnte ihre Ungeduld nicht verbergen. »Wann ist der?«

»An Weihnachten.«

»Das ist eine lange Zeit.«

»Ja.«

»Na gut, einverstanden. Ich nehme dich beim Wort, Caspar.«

Als sie sich auf dem Bahnsteig verabschiedeten, sagte er: »Du kennst sicherlich den Roman *Sinn und Sinnlichkeit* von Jane Austen. Darin verliebt sich eine der Schwestern in einen Mann, der sie später schwer enttäuscht, und wendet sich danach jenem Mann zu, der sie, von ihr unbeachtet, die ganze Zeit über zutiefst geliebt hat.«

»Ich werde das Buch noch einmal lesen. Zwischen uns ändert das jedoch gar nichts. Unsere Geschichte ist eine andere, Caspar.«

»Ich weiß. Es war einfach nur meine Art, dir zu sagen, dass ich dich noch immer liebe. Ich werde nie damit aufhören, bis zum letzten Tag. Lebe wohl, Emma.«

Er streichelte ihre Wange, wandte sich um und ging fort.

Als Emma in der Wohnung in der Wiener Innenstadt ankam, entdeckte sie in einer Tasche zwischen ihren Sachen den Schmuckbeutel.

»Das ist das Hinterhältigste, Boshafteste, Hundsgemeinste, was jemals irgendwer von mir verlangt hat, und dass ausgerechnet du damit ankommst, ein Sportler, ein ehrlicher Zweikämpfer, setzt an Abscheulichkeit noch eins obendrauf.«

Tankred stand im August 1944 mit Damian am Froschteich des Chateaus, der in der Sommerglut dampfte, und hätte seinen Cousin am liebsten mit dem Kopf voran zwischen die Seerosen geworfen. Er war nun fast schon mittleren Alters, aber er hatte körperliche Auseinandersetzungen noch nie gemieden, auch nicht gegen Stärkere.

»Du bist es uns schuldig.«

»Ich euch?« Seine Faust landete, allerdings ohne großen Druck, auf Damians Brust. »Ich habe dir vor zwei Monaten den Arsch gerettet, Damian, nicht umgekehrt. Ich habe jahrelang weggesehen, wenn ihr Flüchtige versteckt habt, ich habe sogar mit euch in diesem Haus gelebt, das auf einem Keller voller Hinrichtungsgründen steht.«

»Das sind Menschen, Tankred.«

»Ja, und jeder Einzelne von ihnen war, wäre er entdeckt worden, ein Todesurteil für dich, für mich und für deinen Vater. Glaubst du, ich weiß nicht, dass ihr mich hauptsächlich wegen dem, was in eurem Keller passiert, im Chateau aufgenommen habt?«

»Hauptsächlich vielleicht, aber nicht nur.«

»Oh ja, Entschuldigung, ich habe ganz vergessen, dass ich Maries Verlobten auf eure Bitte in eine sichere Einheit verlegt habe, damit du ihn nicht versehentlich umbringst, außerdem habe ich Opium für die leidende Arabella besorgt …« Er hielt mitten in seinem Wutausbruch inne und wurde leise. »Tut mir leid, das Letzte war nicht … Es war nicht anständig, das zu sagen. Was ich für die Familie getan habe, das habe ich gerne getan.« Er ließ einen Moment verstreichen und fügte dann, mit ärgerlichem Unterton hinzu: »Trotzdem, ich bin euch gar nichts schuldig.«

»Ich habe sowieso nicht die Familie gemeint.« Damian setzte sich an den Teichrand und hielt die Füße ins Wasser. »Mit ›uns‹ meinte ich das französische Volk.«

Tankred erkannte an, dass Damian ihn mit seiner Geste beschwichtigen wollte, und setzte sich neben ihn ins Gras. Er zog die Schuhe und Socken aus und tat es seinem Cousin gleich.

Er sah Damian an. »Es war Krieg zwischen unseren Ländern, und Frankreich hat verloren. Es hätte auch gewinnen können, und weißt du, was es dann getan hätte? Es hätte Deutschland irgendwie bestraft, mit Geldzahlungen, mit dem Verlust von Regionen, mit Gesichtsverlust … Für Letzteres war ich zuständig. Ich habe eure Industrie dazu gebracht, für uns zu arbeiten. Das ist kein Kriegsverbrechen, Damian.«

Sie sahen einem Frosch zu, der nur einen Meter von ihnen entfernt aus dem Gebüsch kroch und mit einem Riesensprung in den Teich eintauchte.

»Es geht nicht um Kriegsverbrechen.«

»Worum dann?«

»Um richtig oder falsch.«

»Nun hörst du dich an wie Arabella.«

Er lächelte. »Ich glaube, von Zeit zu Zeit hören wir uns alle an wie Tante Arabella. Sie hat uns ihren Stempel aufgedrückt.«

»Der Fluch der Pharaonin.«

Sie lachten gemeinsam, und für einen Moment wurde die Sympathie sichtbar, die sie durchaus füreinander empfanden, gegenseitige Achtung und Verständnis für den Humor, die Talente, den Mut, die Lebensweise des anderen. Sie hatten es geschafft, ihre unterschiedliche Herkunft und Erziehung zu überwinden, ja, sogar ihre abweichenden Weltanschauungen. Aber noch immer schienen Berge zwischen ihnen zu stehen, deren Namen Krieg, Nation und Vergeltung waren.

»Ich habe mein Land bereits verraten«, sagte Tankred. »Und zwar mehrmals, noch dazu aus voller Überzeugung. Wenn ein Land zum Verbrecher wird, dann muss man es verraten. Aber du verlangst von mir, einen

Freund zu verraten, schlimmer noch, ihn umzubringen.«

Damian und seine Kameraden planten, Schimmi, die derzeitige Nummer zwei in der Hierarchie der Gestapo in Frankreich, bei einem Bombenattentat zu töten, und Tankred sollte die Bombe platzieren.

Damian zog die Füße aus dem Wasser und wandte sich Tankred zu. »Er lässt praktisch niemanden mehr an sich heran, ist vorsichtiger als ein Sumpfhuhn und ein Fuchs zusammengenommen.«

»Das ist mir scheißegal.«

»Er plant etwas … irgendetwas Großes. Eine Art letzten Schlag.«

»Ich will das nicht wissen.«

»Wir werden uns in wenigen Tagen in Paris versammeln, alle Partisanengruppen im Umkreis von einhundert Kilometern, und einen Aufstand anzetteln.«

»Sag mal, spinnst du, mir das zu erzählen? Ich höre mir das nicht länger an.« Tankred sprang auf die Füße.

Damian stand ebenfalls auf. Er griff in die Hosentasche und hielt Tankred einige Fotos vor die Nase. »Hier, schau hin! Das alles hat dein Freund zu verantworten.«

Auf einigen Bildern waren Erhängte zu sehen, die an Galgen baumelten, darunter auch Frauen und sogar zwei Kinder. An ihnen waren Schilder angebracht, auf denen zynische Sprüche zu lesen waren. Andere Bilder zeigten lichterloh brennende Häuser, an Kirchenmauern erschossene Jugendliche, nackte, hungernde, in der Winterkälte zusammenpferchte Menschen, weitere die Posen völlig enthemmter Schlächter …

Tankred hatte bisher – im wahrsten Wortsinn – die

Augen vor den Gräueltaten verschlossen, die seine Kameraden anrichteten, vor allem Schimmis Leute. Er hatte sich gesagt, dass er … Nein, das stimmte nicht, er hatte sich gar nichts gesagt, sondern jedem Gedanken daran einfach die Tür vor der Nase zugeschlagen. Etwas nicht zu wissen, weil man es nicht wissen will – darin hatte er es zur Meisterschaft gebracht.

»Das ist nur eine kleine Auswahl, Tankred. Und jetzt stell dir vor, dass noch einmal mehrere hundert, wenn nicht mehrere tausend Menschen auf diese Weise sterben werden. Du bist der Einzige, der das verhindern kann. In zwei, drei Wochen erreichen die Alliierten Paris, aber bis dahin wird es zu spät sein.«

Tankred setzte sich wieder, doch diesmal aus einer großen Ermattung heraus. »Ich kann das nicht, Damian«, schaffte er es gerade noch zu antworten.

»Dein Freund ist nicht mehr der, der er vielleicht mal war.«

»Trotzdem, ich kann das nicht.«

»Er tötet völlig willkürlich. Juden, Katholiken, junge Leute, die Durchhalteparolen und sarkastische Nazi-Karikaturen an Wände malen, Homosexuelle, Zigarettenschmuggler. Keiner ist vor ihm sicher, und jeder erhält die Todesstrafe.«

»Ich kann es nicht.«

»Verdammt noch mal, hör auf, das zu wiederholen, Ich weiß, dass dich die Fotos anwidern, so, wie sie mich anwidern.«

»Du weißt nicht, was du da von mir verlangst.«

»Doch, ganz genau sogar.«

»Nein, das weißt du nicht.«

Damian setzte sich nun ebenfalls wieder, sah ihm

direkt in die Augen, sprach leise. »Es gibt nur noch zwei Orte, wo dein Freund sich aufhält. Der eine ist das Gestapo-Hauptquartier in Paris, gesichert wie eine Festung. Nicht einmal du würdest dort unkontrolliert hineinkommen, schon gar nicht nach dem, was eurem Führer widerfahren ist.«

Tankred sah Damian lange an. Er hatte Schimmi in all den Jahren nur drei- oder viermal im Pariser Hauptquartier besucht, obwohl es in der Nähe seines eigenen lag. Abgesehen von zwei Treffen in Cafés, die lange zurücklagen, war er dem Freund immer im *Surprise* begegnet.

»Dorthin geht er immer noch, das lässt er sich nicht nehmen«, sagte Damian. »Er hat sein eigenes Séparée, wo er säuft, bis ihm der Alkohol zu den Ohren rauskommt, und sich mit einem der Kellner amüsiert. Früher vier, mittlerweile acht Gestapo-Leute stehen Wache, und die Wehrmacht bezieht draußen Posten. Ein Überfall wäre aussichtslos. Wenn wir aber jemanden, dem er vertraut, mit einer Bombe in das Séparée schicken können …«

»Und ich sage dir, dass ich das nicht mache. Du hast leicht reden. Du sollst nicht deinen besten Freund zur Hölle schicken.«

»Nein, aber meinen Bruder.«

Tankred starrte Damian ungläubig an. »Deinen Bruder? Du willst, dass ich Maxim …?«

»Nur, wenn es nicht anders geht. Die beiden hängen ständig beieinander, wenn Schimmi im *Surprise* ist. Da haben sich zwei kriminelle Genies gefunden … Gerade jetzt, da alles den Bach hinuntergeht, stopfen sie sich noch mal so richtig die Taschen voll.«

»Ich soll meinen Freund und meinen Cousin pulverisieren?«

Tankred wandte sich um und ging über den Rasen zum Chateau zurück, aber Damian blieb an ihm dran, redete weiter auf ihn ein.

»Mir wäre auch lieber, es gäbe einen anderen Weg. Aber welchen denn?«

»Er ist dein Zwillingsbruder, verdammt.«

»Feiner Zwillingsbruder. Er hat sich jahrelang bereichert.«

»Das habe ich in seinem Alter auch gemacht.«

»An der Anti-Opium-Pille.«

Tankred wandte sich Damian abrupt zu. »Du weißt es also.«

»Wir wissen es inzwischen alle. Gut, du hast mit verbotenen Substanzen gehandelt, im Auftrag windiger Chinesen. Aber durch diese Pillen konnten Millionen von Menschen ihre Opiumsucht besiegen.«

»Du hast keine Ahnung, wovon du redest. Sei lieber still.«

Tankred setzte seinen Weg langsamer als zuvor fort.

»Du warst kein Engel«, sagte Damian. »Und bist es noch immer nicht, na und? Vor einem halben Jahr, bei einer Aktion gegen ein Treibstoffdepot, ist eine ältere Frau ums Leben gekommen. Wir konnten es leider nicht verhindern. Sie war mit ihrem Hund dort, und bevor wir sie warnen konnten … Es ist schon eine Weile her, da hat Tante Arabella etwas zu mir gesagt. Dass es keine guten und gerechten Kriege gebe und dass Rücksicht im Krieg Idiotie sei.«

»Hier geht es um mehr. Um Freundschaft und Familie.«

»Wie viele Menschen habe ich schon umgebracht, weil es nötig war? An die zwei Dutzend? Und bei wie vielen Untaten deiner SS-Truppe hast du quasi mit deiner Arbeit Pate gestanden? Aber wir beide, du und ich, sind trotzdem nicht mit denen vergleichbar. Der eine ist gleichgültig und unsinnig brutal, berauscht sich sogar an seinen Grausamkeiten, und der andere, ein geldgieriger Voyeur, sieht seinem bestialischen Pendant bei der Arbeit zu. Du hast ein Herz, Tankred. Und weil das so ist, musst du es tun.«

Als Tankred ihn noch immer nicht erhören wollte, hielt Damian ihm im Gehen weitere Fotos vor die Nase. »Sieh sie dir an, die Kinder und Frauen.«

Er fuhr herum und schlug Damian die Fotos aus der Hand, sodass sie sich über den Boden zerstreuten.

»Ich warne dich. Lass mich in Ruhe!«

»Es gibt für dich keine Ruhe. Jetzt nicht mehr. Hunderte werden sterben und dich aus ihren Massengräbern anschreien.«

Tankreds Schlag traf Damian mitten ins Gesicht. Er strauchelte und fiel rücklings zu Boden. Seine Nase blutete. Tankred setzte sich auf ihn und spannte den rechten Arm, um zu einem weiteren Schlag auszuholen.

»Na, mach schon, hau mir die Fresse zu Brei. Das bringt dir gar nichts. Du kannst die Wahrheit so wenig zerschmettern wie das Meer.«

Mit geballter Faust verharrte Tankred. Weniger was Damian sagte, ließ ihn innehalten, als das Foto, das neben dem Kopf seines Cousins lag. Es zeigte Schimmi neben einem Haufen kreuz und quer übereinandergeschichteter Leiber, fünf oder sechs, hüfthoch gestapelt.

Schimmi hatte einen Fuß auf den Kopf der untersten Leiche gestellt und hielt den Daumen hoch. In der anderen Hand umfasste er eine offene Champagnerflasche am Hals.

Das Ungeheuer von Orléans. Die Gerüchte, die Tankred immer als Verleumdungen abgetan hatte, um sich vor der Wahrheit zu schützen, trafen also doch zu.

Auf Damians Körper brach er zusammen und weinte. Er konnte nicht damit aufhören, auch nicht, als er wieder und wieder vier Worte wiederholte. Worte, die er hasste, für die er sich schämte und die ihn dennoch im Griff hielten: »Ich kann es nicht, ich kann es nicht …«

»Nicht einmal jetzt?«, flüsterte Damian verblüfft. »Nicht einmal nach diesen Bildern?«

Tankred gab ihm keine Antwort, da er keine hatte. Schimmi war ein Scheusal, ein Unmensch, und er wusste das nun. Aber Schimmi war auch, neben Dubbe, der einzige Freund, den er jemals gehabt hatte. Er verdankte ihm sein Leben, und niemals hatte Schimmi gegen Tankred gehandelt. Wie konnte er da nun gegen ihn handeln?

»Dann lies das hier«, sagte Damian und ging in Richtung Chateau davon.

Als Tankred nach einer Weile aufsah, lag ein Brief auf dem sattgrünen Rasen. Er war von Elise an Arabella gerichtet. Anbei lag der Untersuchungsbericht einer Schweizer Kanzlei, die im Jahre 1940 die Umstände des Rechnungsbetrugs in der Manufaktur Blankenburg ermittelt hatte.

Vor ein paar Jahren noch hätte Tankred den Bericht ungelesen zerrissen, und seine Tante hatte das wohl auch vermutet, weshalb er ihn erst viel später zur Kenntnis erhalten hatte, zu einer Zeit, als Shuilian und er bereits getrennt waren. Im Grunde hatte Tankred schon damals geahnt, dass seine Geliebte trickreich in die Kasse der Manufaktur gegriffen hatte. Es passte zu dieser Person, die arm und ohne moralische Werte aufgewachsen war, so, wie es auch zu ihm gepasst hätte, wäre er in ihrer Situation gewesen. Für den Fall, dass Tankred sich von ihr trennte, wollte sie versorgt sein, und so seltsam es in anderen Ohren womöglich klang, er nahm es ihr nicht wirklich übel.

Darüber hinaus legte der Bericht jedoch noch etwas offen, nämlich die Tatsache, dass Shuilian lediglich ein kleines Rad in der Maschinerie der über Jahre sich hinziehenden Betrugsmasche gewesen war. Sie hatte zwar die Aufträge für die zahlreichen Renovierungen und Ankäufe erteilt, doch deren Nutznießer war letztendlich jemand anderes, jemand, der über den Einfluss verfügte, andere zum Mitmachen zu zwingen: der Gestapo-Offizier Jakob Meining.

Sein Freund Schimmi hatte die Manufaktur – und damit Tankred – um sage und schreibe dreihundertzwanzigtausend Reichsmark betrogen, ein mehr als stattliches Vermögen.

Alles war genau so, wie Damian es beschrieben hatte. Die Wehrmacht stand auf der Straße vor dem *Surprise*, und mehrere finstere, in Zivil gekleidete Gestapo-Männer warteten an der Tür. Im Inneren herrschte eine ausgelassene Atmosphäre, die Musik und das Gelächter lauter, die Tänzer wilder, die Säufer trinkfester denn je. Auf den ersten Blick sah es nach purem Vergnügen aus, aber wer länger in die Gesichter der deutschen Offiziere und französischen Mitläufer blickte, der bemerkte die Verzweiflung hinter der Fassade.

Auf das Klopfen eines Wächters hin öffnete ein Kellner die Tür des Séparées. Der Kellner. Der Favorit. Kurze, dunkle Haare, Schimmis Körpergröße, noch keine fünfundzwanzig. Zum Oberkellner befördert.

»Tankred«, nannte er ihn einfach beim Vornamen, trat zur Seite und gab den Blick frei auf Schimmi. Der lungerte in einer schief sitzenden Uniformjacke mit vier offenen Hemdknöpfen und halb liegend auf einem breiten Sessel. Vor ihm auf dem Tisch diverse Flaschen mit Flüssigkeiten in fünf verschiedenen Farben.

»Hey, Tanke, mein bester Kumpel. Komm rein, mein Freund, und trink mit uns.«

In seiner Uniform wirkte er deplatziert inmitten der Einrichtung des Séparées, die zwischen Orient und Okzident, Neoklassizismus und Moderne schwankte. Ein wenig Bauhaus hier, ein wenig Harem dort.

Neben Schimmi saß Maxim. In der schummrigen Beleuchtung sah er jugendlicher aus als am helllichten Tag im Chateau Villeny, wo er seine dunklen Augenringe nicht verbergen konnte.

»Worauf trinken wir?« Tankred stellte den Koffer unter den Tisch und ließ sich in den freien Sessel sinken, in dem zuvor der Kellner gesessen hatte. Der nahm nun auf der Armlehne seines Gönners Platz und legte den Arm um ihn. Schimmi schien nichts dagegen zu haben. Früher war er in Tankreds Gegenwart – in jedermanns Gegenwart – diskreter gewesen.

Tankred sah auf die Uhr. Noch zwölf Minuten bis zur Explosion.

Schimmi hob das Glas, in dem irgendetwas Bronzefarbenes schwamm. »Auf den morgigen Tag.«

»Was ist morgen?«

»Das Ende der Welt … für die anderen.« Er kicherte albern. »Hey, du hast ja noch gar nichts zu trinken. Maxim, gib meinem allerbesten, längsten und treusten *copain* einen Schluck von diesem hervorragenden Tropfen.«

»Was ist das?«

»Armagnac. Starkes Zeug.«

»So, nach Calvados, Cognac und Champagner vernichtest du nun die Armagnac-Bestände Frankreichs?«

»Ja, mit C war nichts mehr übrig, außer Cassis, und der ist mir zu süß. Also mache ich bei A weiter. Nächste Woche ist Averna dran. Was ist jetzt, trinken wir?«

Der Armagnac schmeckte verdammt teuer.

»Starkes Zeug«, wiederholte Schimmi. »Napoleons Lieblingsmarke, sagt Maxim.«

»Die Lieblingsmarke Napoleons des Dritten«, korrigierte dieser.

Schimmi kicherte. »Na ja, irgendein Napoleon halt. Die haben alle einen deutschen Tritt in ihren französischen Arsch gekriegt.«

Vor fünfzehn, zwanzig Jahren hatte Tankred seinen Freund öfter in diesem Zustand erlebt und ihn dann vor Ärger beschützt, manchmal auch davor, sich zu verirren. Er war immer für ihn da gewesen, wie für einen kleinen Bruder, obwohl sie beide gleich alt waren, und Schimmi seinerseits hatte zugelassen, eine Art älteren Bruder zu haben, einen Aufpasser. Viele Jahre lang hatte er nichts Wichtiges ohne Tankreds Rat entschieden.

Was ist passiert, alter Freund?, dachte Tankred traurig. Wie konnte aus dir nicht besonders talentiertem, aber immer sympathischem Fratz ein verhasstes Ungeheuer und ein derart untreuer Kumpel werden?

Tankred sah auf die Uhr. Noch zehn Minuten.

»Hast du es eilig?«, fragte Schimmi.

Er musste vorsichtiger sein. »Ich breche morgen in aller Früh auf, bin versetzt worden. Neuer Wirkungsbereich. Ich soll die beweglichen Wirtschaftsgüter der SS aus Belgien, den Niederlanden und Luxemburg ins Deutsche Reich schaffen, bevor sie den Alliierten in die Hände fallen.«

»Den Feinden, meinst du?«

»Ja, den Feinden.«

»Dann ist das also dein Abschiedsbesuch?«

Tankred blickte lange in Schimmis glasige Augen. »So ist es, mein Freund.«

Auch Schimmi sah ihn lange an. »Schade. Da wird deine Familie in Villeny aber mächtig traurig sein.«

»Es geht so. In wenigen Tagen werden sie bef… Ich meine, die Alliierten werden sie … Der Feind steht schon kurz vor der Loire.«

»Befreit, das wolltest du sagen.«

»Aus ihrer Sicht ist das so.«

»Und du siehst es anders?«

»Ich war immer der Meinung, dass der Versailler Vertrag korrigiert gehört, er war zutiefst ungerecht, fast grausam, und ich war einverstanden, dass wir uns die verlorenen Gebiete zurückholen. Aber ganz Frankreich zu besetzen, war ein Fehler.«

»Es steht weder dir noch mir zu, das zu beurteilen.«

»Wollen wir wirklich in den letzten Minuten unseres Zusammenseins über Politik sprechen?«

Schimmi grinste. »Du hast Recht. Maxim, lass uns allein.«

Tankred war heilfroh, dass sein Cousin das Séparée verließ und somit außer Gefahr war. Er mochte ihm von allen Fleurys am wenigsten nahestehen, fand ihn sogar grässlich, und doch hätte er in ihm ein unschuldiges Opfer gesehen. Außerdem, wie hätte er jemals wieder Ophélie und Edmond unter die Augen treten können, als Mörder ihres Sohnes?

Schimmi berührte sanft die Hand des Kellners. »Du auch, Cyril.«

Der Kellner nickte ihm zu und ging hinaus, nicht ohne ihn noch einmal anzulächeln.

Schimmi, der sich kurz in seinem Sessel aufgerichtet hatte, sank wieder zusammen. Mit der rechten Hand schenkte er sich Armagnac nach und reichte die Flasche dann an Tankred weiter. Plötzlich wirkte er melancholisch, verletzlich. Ein betrunkener, verirrter, anlehnungsbedürftiger kleiner Junge auf der Suche nach jemandem, der ihn an die Hand nahm.

Noch acht Minuten.

»Du hast vorhin vom Ende der Welt gesprochen. Was hat es damit auf sich?«, fragte Tankred.

Schimmi trank. »Eine große Aktion, sozusagen der finale Schlag.« Er hörte sich nicht begeistert an, eher routiniert. »Ich habe noch einmal alle Kräfte dafür mobilisiert, sogar die SS hilft mit. Siebenhundert Namen stehen auf der Liste, sie werden alle liquidiert.«

Siebenhundert! Tankred schluckte. »Menschen, Schimmi, keine Namen. Und sie werden sinnlos ermordet. Wofür noch? Den Widerstand willst du ausrotten? Selbst, wenn das möglich wäre, was es nicht ist, in einer

Woche sitzt ein amerikanischer Colonel in deinem Sessel und trinkt die Flasche Armagnac leer.«

»Kommt nicht in Frage.« Er schenkte sich erneut nach. »Die gehört mir.«

»Du weißt, was ich meine.«

»Es spielt keine Rolle, dass Paris fallen wird.«

»Was spielt denn dann eine Rolle?«

»Pflichterfüllung. Ich werde der verdammt noch mal beste Gestapo-Mann des ganzen Deutschen Reiches werden.«

»In einem Jahr gibt es keine Gestapo mehr.«

»Das weißt du nicht.«

»Es ist zumindest sehr wahrscheinlich. Du, ich, unsere Vorgesetzten, die Kameraden, wir werden die meistgehassten Menschen in Europa sein, und wir werden alles verlieren. Einfach alles. Das Einzige, was wir retten können, ist ein kleines bisschen Selbstachtung. Aber nur, wenn wir jetzt das Richtige tun.«

»Weglaufen, oder wie?«

»Das wäre eine Möglichkeit. Es gibt aber noch eine bessere. Anstatt siebenhundert Widerstandskämpfer abzuknallen, könntest du sie in die Lage versetzen, die Stadt zu übernehmen. Die Wehrmacht ist so gut wie abgezogen, es könnte also gelingen, und wir würden ein Blutbad verhindern.«

Noch sechs Minuten. Die Bombe zu entschärfen, wäre eine Sache von Sekunden, und nun, da sein Gegenüber ernsthaft über den Vorschlag nachzudenken schien …

»Ich will aber nicht alles verlieren«, sagte Schimmi bekümmert, trank das Glas leer und schenkte sich nach.

»Wir fangen noch einmal bei null an, so wie früher,

du und ich. Wir hatten nichts, und wir werden nichts haben. Ist uns piepe. Wir finden einen Weg. Es gibt tausend Möglichkeiten. Mit meinem Charme und deiner niedlichen Fresse, die kein Wässerchen trübt, wickeln wir jemanden um den Finger, der uns eine zweite Chance gibt. Du wirst sehen, das wird großartig.«

»Meinst du wirklich?«

»Ich bin mir ganz sicher.« Tankred griff nach der Tasche und zog sie unter dem Tisch hervor.

»Ich kann es nicht glauben«, sagte Schimmi.

»Was denn?«

»Was für eine Flasche du geworden bist. Was für ein armseliger Verlierer. Dass du dich als Verräter betätigst, weiß ich schon seit ein paar Wochen. Aber ich hätte nicht gedacht, dass so eine Lusche in dir steckt. Mit nichts neu anfangen und so weiter, das ist nur noch bemitleidenswert. Dummerweise bin ich kein mitleidvoller Mensch.«

Tankred schob die Tasche unter den Tisch zurück.

»Aber mit einem hast du Recht, Tanke. Du wirst wirklich alles verlieren, nein, sogar noch viel mehr als alles. Nicht nur deine Firma, dein Geld, dein Haus, sondern als Bonus obendrauf auch noch deine gesamte Familie.«

Schimmi schenkte Armagnac in Tankreds Glas und drückte es ihm in die Hand.

»Ich weiß von eurem vielköpfigen Geheimnis im Keller des Chateaus. Noch heute Nacht, in genau zwei Stunden, werde ich den Befehl geben, das Schloss zu durchsuchen. Sie werden deine Tante Ophélie, deinen Onkel Edmond, Damian, Marie und sogar die arme alte Arabella an die Wand stellen. Wer nicht mehr stehen kann, wird im Sitzen erschossen.«

Vier Minuten.

Schimmi zündete sich eine Zigarre an, die fast länger war als sein kleines Gesicht.

»Ach ja, deine Königsteiner Verwandtschaft habe ich nicht vergessen. Morgen werde ich telegrafisch die Anweisung geben, deine Tante Elise zu verhaften, die Judenschlampe, der du erlaubt hast, mitsamt ihrem halbjüdischen Sohn in der Villa zu leben. Noah kommt in ein Lager. Leider ist deine Cousine, die Frau des Volksverräters Lerch, noch immer flüchtig. Aber die finden wir noch, keine Sorge.«

Tankred wusste auch nicht, wo Emma sich befand. Caspar von Lerch, einer der Verschwörer des Umsturzversuchs vom 20. Juli, hatte sich nach dem Scheitern des Putsches in einem norditalienischen Wald erschossen.

»Und wenn wir schon mal in Königstein sind, nehmen wir auch gleich noch das Hausmädchen mit. Diese Biene, von der du wusstest, dass sie andersherum ist. Ich habe mir sagen lassen, dass man das bei Frauen eine sapphische Veranlagung nennt. Seltsames Wort, findest du nicht?«

Schimmi zog die Liebesbriefe hervor, die Biene vor sehr langer Zeit Tankreds Mutter geschrieben hatte.

»Woher …?« Die Briefe waren in seinem Tresor eingeschlossen gewesen. »Hast du etwa die Villa Vanora durchsucht?«

»Das Haus eines hochrangigen SS-Offiziers? Nicht doch. Jemand hat sie mir gebracht.«

Schimmi blies einen Stoß blauen Dunstes in das Séparée und rief: »Cyril, jetzt!«

Die Tür öffnete sich, und Shuilian kam herein.

Drei Minuten.

»Shuilian.«

»Tankred.«

»Was tust du hier?«

»Ich habe sie eingeladen«, sagte Schimmi. »Sie wusste nicht wohin, und Maxim meinte, er könnte sie gut im *Surprise* gebrauchen. Jetzt mal unter uns, Kumpel, ich glaube, er hat sich damals in sie verguckt, als sie ihm hier geholfen hat, und nur auf seine Chance gewartet. Er ist schon eine kleine Ratte. Aber ich mag ihn. Ratten sind zuverlässig, denn sie bleiben immer, was sie sind.«

Tankred ergriff ihren Arm. »Lass uns draußen sprechen, Shuilian.«

»Wir beide sind fertig miteinander. Du hast mir deutlich zu verstehen gegeben, wie wenig ich dir wert bin. Sogar ein abgetakeltes lesbisches Hausmädchen stellst du über mich.«

»Bitte, Shuilian, lass uns kurz vor die Tür gehen.«

Sie wehrte sich. »Lass mich los. Ich sagte, ich will hierbleiben.«

»Komm jetzt, Shuilian. Sofort!«

Schimmi ging dazwischen. »Immer mit der Ruhe, Kumpel. Sie gehört dir nicht mehr, verstanden?«

Tankred hätte den kleinen, dünnen besoffenen Schimmi mühelos zu Boden schlagen und Shuilian aus dem Séparée zerren können. Doch vor der Tür standen die schweren Kaliber der Gestapo. Entweder entschärfte er die Bombe, oder …

Unschlüssig, was er tun sollte, ließ er zu, dass Schimmi ihn zurück zum Sessel drängte, in den er sich widerstandslos fallen ließ.

Wenn er doch nur mehr Zeit hätte, um über alles nachzudenken.

Zwei Minuten.

Schimmi blickte triumphierend zu ihm hinab. »Ich sagte doch, ich nehme dir alles, jeden einzelnen Menschen, an dem dir etwas liegt.«

Tankred fuhr sich nervös durch die Haare. »Warum, Schimmi? Warum tust du das?«

»Das fragst du noch? Mich? Allen Ernstes?«

»Ja.«

»Du warst mein Freund, Tanke, mein Bruder, mein Vater, mein ... Es gab mal eine Zeit, da habe ich dich mehr geliebt als jeden anderen Menschen auf dieser Welt, unseren Kumpel Dubbe eingeschlossen. Für dich wäre ich über glühende Kohlen gegangen, hätte mir einen Finger abschneiden lassen ...« Er kippte sich einen großen Schluck Armagnac in den Rachen. »Das hättest du nicht tun dürfen, Tankred. Ich habe über alles hinweggesehen, über deine Zweifel am Dritten Reich, über deine Sympathie für Juden und Widerstandskämpfer. Aber als ich neulich erfahren habe, was im Chateau Villeny vor sich geht, da wusste ich gleich, dass du da mit drinsteckst. Und das nehme ich dir persönlich übel. Du bist nicht nur ein Verräter am Reich, sondern vor allem an mir. Maxim hat es auch gewusst, die ganze Zeit, und mir nichts gesagt. Aber Maxim ist eine Ratte, ein Denunziant, der sein eigenes Spielchen treibt. Er war es, der damals das geplante Attentat auf dich verraten hat. Man sollte so etwas nicht bei offenen Fenstern besprechen.« Schimmi kicherte. »Ja, er ist eine Ratte, und ich werde ihn mitsamt seiner und deiner übrigen Familie abknallen. Aber von dir hätte ich einen Verrat nicht erwartet. Niemals.«

Ich den deinen auch nicht, lag es Tankred auf der

Zunge, doch er hielt sich zurück. Dass er davon wusste, hätte Schimmi argwöhnisch gemacht.

»Das sind meine Delinquenten, die ihr gemeinsam im Chateau versteckt, mein Gesindel, das ich …«

»Das du ermordet hättest, abgeschlachtet.«

»Ja, abgeschlachtet!«, schrie Schimmi. »Das ist meine Arbeit, verdammt noch mal.«

Tankred leerte sein Glas. Der Armagnac, aber mehr noch heiße Galle brannten in seiner Kehle. Er ging an Schimmi vorbei zu Shuilian. Als er ihr tief in die Augen blickte, war es sofort wieder da, dieses unsterbliche Gefühl für sie. Denn unter der gepanzerten Schicht aus Oberflächlichkeit, bisweilen Kälte, war sie eine Suchende, genau wie er. Sie dürstete nach Beachtung und Bewunderung, und je älter sie wurde, desto mehr brauchte sie davon. Das Trauma einer Kindheit ohne Liebe hatte sie und ihn verbunden und zumindest, was ihn anging, abhängig gemacht. Er konnte nicht ohne sie sein, doch war sie bei ihm auch nicht mit ihr. An manchen Tagen war sie seine Kraftquelle gewesen, an anderen sein Abgrund.

»Ich bitte dich, Shuilian, komm mit mir. Nur für fünf Minuten. Willst du mir nicht mal fünf Minuten geben, nach all den Jahren?«

Sie setzte sich auf den Sessel, auf dem er zuvor gesessen hatte, direkt vor die Tasche mit dem Sprengstoff, und zündete sich eine Zigarette an.

»Lass mich in Ruhe.«

Tankred öffnete die Tür.

Schimmi prostete ihm zu. »Meine Leute sorgen dafür, dass du den Rest der Nacht im *Surprise* verbringst. Reine Vorsichtsmaßnahme, Kumpel. Nicht, dass du mir meinen großangelegten Schlag durch ein paar Warnrufe vermasselst. Amüsiere dich, spiele Karten, nimm dir eine Hure …« Er grinste ihn an. »Du wirst sterben, Tankred. In zwei, drei oder vier Wochen. Mein Bericht an Himmler liegt schon fertig in der Schublade. Peng, peng und ein Verräter weniger auf der Welt.«

»Ja«, sagte Tankred. »Das ist alles, was von unserer Freundschaft übrig bleibt: Peng, peng.«

Nachdenklich verließ er das Zimmer, und Cyril ging hinein.

Er sah auf die Uhr. Fünfzig Sekunden.

Nach ein paar Schritten begegnete er Maxim, der auf dem Weg in das Séparée war.

Tankred verspürte den kurzen Reflex, ihn aufzuhalten. Dann aber sah er ohne weiteres Wort dabei zu, wie Maxim sich zu seinem Kumpan und seiner Mätresse begab.

Noch zwanzig Sekunden.

Tankred ging zum Rand der Tanzfläche. Die Wände des angrenzenden Séparées waren so dick wie die eines Bunkers, die Türen aus Stahl. Ursprünglich war der ganze Komplex eine Chemikalienfabrik gewesen. Alles bombenfest gebaut, im wahrsten Sinne des Wortes. Keiner der Gäste würde verletzt werden.

Der Moderator kündigte Edith Piaf an, die Gäste begrüßten sie mit viel Applaus, und die Kapelle spielte die ersten Takte eines brandneuen Chansons: *La vie en rose.*

Die Zeit war abgelaufen.

Tankred schloss die Augen. »Es tut mir leid, Shuilian.«

In den Sekunden nach der Explosion machte sich

Panik breit, in deren Verlauf Tankred den Club unbehelligt von Schimmis Schergen verlassen konnte.

Am nächsten Tag brach in Paris der Aufstand los.

## 15

*Noch aus dem Exil heraus erklärt der künftige französische Staatschef Charles de Gaulle, dass Frankreich in seiner Gesamtheit ein Land des Widerstands gewesen sei und dass die Kollaboration nur aus einer Handvoll »Armseliger und Unwürdiger, die der Staat aburteilen wird« bestanden habe. Damit beginnt die Rache an den »Verrätern«. Hilfspolizisten, Reinigungskräfte, Dienstpersonal und sogar Menschen, die lediglich durch Gerüchte verunglimpft werden – sie alle treibt man durch die Dörfer und stellt sie zur Schau. Die etwa zweihunderttausend Kinder, die aus intimen Verbindungen von Französinnen und Deutschen hervorgegangen sind, werden als »Parasiten« und »Quadratköpfe« beschimpft und wachsen als Parias auf.*

Arabella lag auf dem Bett, nahezu paralysiert. Zwar ließen ihre Gelenke durchaus Bewegungen zu, doch waren diese mit so starken Schmerzen verbunden, dass sie sie unterließ, wann immer es möglich war. An ihrem Fußende saß Ophélie mit aufgedunsenem Gesicht, endlos schluchzend, was jedoch nichts mit Arabellas Zustand zu tun hatte. Wenige Stunden zuvor war die Nachricht von Maxims Tod eingetroffen, überbracht von einem Mitarbeiter seines Clubs, der auch die Todesumstände geschildert hatte.

Edmond war nicht erreichbar. Die Telefonverbindungen waren zusammengebrochen, und Damian kämpfte in Paris um die Befreiung der Hauptstadt. Gut möglich, dass Ophélie ihre beiden Söhne innerhalb eines Tages verlieren würde. Marie befand sie wohl nicht für würdig, die Trauer und die Sorge mit ihr zu teilen, und so blieb Arabella übrig, bei der sie sich ausheulen konnte. Bloß, dass die alte Dame keine Kraft mehr hatte, noch nicht einmal für ein tröstendes Wort.

Und so weinte eine Mutter einsam um ihre Kinder, Stunde um Stunde.

Bis Tankred eintraf. Er klopfte gegen die offen stehende Tür und blieb, angesichts der erschütternden Szenerie aus Siechtum und Kummer, wie angewurzelt stehen.

Ophélie erhob sich, wischte sich ein paar Tränen aus den Augen und wankte langsam auf ihren Neffen zu.

»Warst du das?«, fragte sie.

Er nickte.

Daraufhin gab sie ihm eine schallende Ohrfeige. Unter lauten Schluchzern, zwischen denen sie nach Luft schnappte, ging sie gebeugt an ihm vorbei und verließ den Raum.

Arabella winkte ihn zu sich. »Sind Sie gekommen, um sich zu verabschieden?«

Sie merkte es seinem Blick an, als er neben ihrem Bett stand.

»Nun gut, sehr anständig von Ihnen, mir eine letzte Aufwartung zu machen. Vor allem unter diesen Umständen. Sie mussten wissen, was Ihnen hier blüht.«

»Wird sie mir je verzeihen?«

»Ophélie? Niemals. Sie ist eine Mutter. Mütter verzeihen ihren Söhnen alles, und denen, die ihnen etwas antun, nichts.«

»Und Sie?«

»Ich habe Ihnen nichts zu vergeben. Sie haben gegen so ziemlich jede Regel verstoßen, die die Gesellschaft und ich ganz besonders in Bezug auf die Familie aufgestellt haben. Aber es gibt Fälle, wo es Wichtigeres gibt als die Familie. Wenige, zugegeben. Aber es gibt sie.« Sie ergriff seine Hand. Die Berührung durch einen jungen, starken Muskel tat ihr gut, so als würde ein wenig Kraft davon auf sie übergehen. »Drücken Sie nur zu, ich bin nicht aus Glas.«

Er tat es, und sie lächelte ihn an. »Sie hätten Maxim nicht umgebracht, wenn es sich hätte vermeiden lassen, oder?«

»Er wäre unser aller Verderben gewesen.«

»Ja, gut möglich. Ach bitte, setzen Sie sich. Wenn Sie da so stehen, erscheinen Sie mir vier Meter groß.«

Kaum saß er, drangen Motorengeräusche durch das Fenster, die von irgendwo hinter den Wäldern kamen, grollend, aufheulend.

»Amerikanische Panzer«, erklärte er. »Sie stehen nur noch zwei Kilometer entfernt.«

»Ich sage der Köchin Bescheid, sie soll für heute Abend *cole slaw* und Hot Dogs zubereiten.«

Er schmunzelte, doch sie bemerkte die Traurigkeit dahinter. Nicht weniger als sie selbst, war er erschüttert über die Verfassung, in der sie sich befand.

»Sie sehen heute nicht viel besser aus als ich selbst.«

»Ich habe gestern zwei Menschen umgebracht, die

das Wichtigste in meinem Leben waren, obwohl ich mich von beiden schon ein gutes Stück entfernt hatte.«

»So wie früher von Ihrer Mutter«, erwiderte sie und löste damit eine Reaktion in seinem Gesicht aus. »Es scheint so, als ließen Sie niemanden ganz nahe an sich heran. Daran müssen Sie arbeiten, mein Lieber. Es gehört Überwindung dazu, verletzlich zu sein, und es lohnt sich nicht immer. Aber die Alternative ist Einsamkeit, und die lohnt sich nie.«

»Seit heute bin ich einsam, wirklich einsam.«

»Damit sind Sie nun endgültig in diesem Haus angekommen, denn es ist voller einsamer Menschen.«

»Und gerade jetzt muss ich gehen.«

»Ziehen Sie es nicht in die Länge.«

Er zögerte. »Ich habe mir lange überlegt …«, begann er, hielt jedoch inne.

»Was haben Sie sich überlegt?«

»Sie sollen das bitte nicht falsch verstehen.«

»Ach, mein Guter, wir haben uns schon so viele Gemeinheiten gesagt, und nun sehen Sie uns an, wir halten Händchen zum Abschied.«

»Das ist gut, weil …« Er stockte, schluckte.

»Heute würde ich Ihnen nur eine einzige Sache übelnehmen, und das wäre, wenn Sie zu weinen anfangen. Und nun reden Sie endlich.«

Er faltete die Finger ihrer Hand auf und legte etwas hinein. Es war eine silbrige Kapsel, noch feucht, weil er sie lange festgehalten hatte.

Beide blickten sie ehrfürchtig auf den kleinen, unscheinbaren Gegenstand.

Arabella leckte sich die trockenen Lippen. »Ich nehme mal an, das ist nicht gegen Verstopfung.«

»Es ist gegen alles, auch gegen das Leben.«

»*The end?*«

Er schloss ihre Finger wieder. »Ein Biss genügt. Jeder höhere SS-Offizier hat zwei von den Dingern bekommen, eines für sich, eines für die Ehefrau. Ich wünschte, ich hätte etwas Schöneres für Sie zum Abschied. Nehmen Sie sie, wenn es gar nicht mehr anders geht. Aber nicht früher, versprochen?«

Sie sahen sich lange an.

»Schön ist es nicht«, sagte sie ernst. »Passend durchaus.«

Die Kapsel verschwand in einer Tasche ihres Nachtkleides. »Versprochen. Und was ist mit der zweiten?«

Er deutete auf die Uniformjacke. »Immer am Mann.«

»Haben Sie mal überlegt, sich zu ergeben?« Ihr Finger wies zum Fenster. »Zwei Kilometer.«

»Ich habe noch einige bedeutende Dinge zu erledigen, bevor die Sache ein Ende hat, so oder so. Schimmi ist nicht mehr dazu gekommen, seinen Bericht über mich an Himmler zu schicken. Trotzdem kann ich jederzeit von meinen eigenen Leuten aufgeknüpft werden, ich biete einfach zu viele Angriffspunkte. Oder mir fällt eine Bombe auf den Kopf.«

»Ihre Art, Kranke mit Optimismus zu versorgen, werde ich sehr vermissen.«

Sie lächelten sich an, doch ein lautes Brummen, der grollende Motor eines Panzers, unterbrach die Harmonie.

»Ich muss gehen.«

Er stand auf. Blickte sie noch einmal lange an. Seine Hand glitt aus ihrer.

»Leben Sie wohl«, sagte sie. »Das meine ich ernst.«

Als er schon an der Tür war, rief sie ihm nach: »Sechsunddreißig.«

Er wandte sich um, ein Fragezeichen in den Augen.

»Sechsunddreißig Menschen haben wir im Laufe der Jahre im Keller versteckt und in Sicherheit gebracht. Ich, Sie, wir alle. Denken Sie daran, bevor Sie zu Ihrer Kapsel greifen.«

Als Arabella allein war, zog sie die Kapsel hervor, die nicht größer war als ein Daumennagel. Ein verlockender Gedanke, sie jetzt gleich in den Mund zu stecken, zumal die Schmerzen in ihren Beinen, nur durch eine leichte Veränderung ihrer Lage, kaum mehr auszuhalten waren. Ein kurzer Biss nur …

Es hätte schon vor zwei Monaten passieren sollen, in Cherbourg. Ein bewusster Sturz in den Tod entsprach weit eher ihrem Wesen als ein Siechtum, das zur Einnahme von Opiaten zwang, die einem die Sinne benebelten, zu Schweigsamkeit, wo man reden wollte, zum Dämmern, wo die Natur zum Spazieren lockte. Alles, was Arabella am Leben schön fand, war nun da draußen, irgendwo hinter diesem Rechteck des Fensters, durch das für eine Stunde am Tag ein Sonnenstrahl auf ihr Bett fiel, und dem gegenüberliegenden Rechteck, das die meiste Zeit leer blieb.

»Versprochen ist versprochen«, sagte sie zu sich selbst. Wenigstens die Befreiung wollte sie noch miterleben. Und das Ende des Dritten Reiches. Es sollte ihr letzter Triumph werden.

»Großtante Arabella?«

»Marie, du bist es.«

»Hast du geschlafen?«

»Gedöst. Aber ich hasse dieses Wort, also habe ich geträumt. Nett, dass du mich mal besuchen kommst. Der Weg von deinem Zimmer vier Türen weiter muss für eine Frau im dritten Monat sehr beschwerlich sein.«

»Tut mir leid. Ich denke die ganze Zeit an Michel. Nein, nicht nur. Ich denke auch an das Kind. Und ich denke darüber nach, Frankreich zu verlassen, sobald die Häfen wieder offen sind. Ich liebäugele mit den Kolonien. Indochina vielleicht.«

»Mein Gott, das sind tatsächlich viele Gedanken, vor allem für dich. Mir scheint jedoch, dass die Quantität deiner Überlegungen auf Kosten der Qualität geht. Aber schön zu erfahren, dass du dich nicht mehr nur für Dinge interessierst, die unter der Erde liegen, sondern für solche, die oberirdisch stattfinden.«

»Hier habe ich nichts Gutes zu erwarten und mein Kind auch nicht.«

»Soso.«

»Mich werden sie eine horizontale Kollaborateurin schimpfen, und mein Sohn oder meine Tochter wird ein *enfant maudit* sein, ein verdammtes Kind. In Indochina sehen die Leute das nicht so eng.«

»Tatsächlich?«

»Ja, ich könnte zum Beispiel in der Kolonialverwaltung arbeiten, immerhin spreche ich zwei Fremdsprachen. Das gäbe mir andererseits auch die Möglichkeit, nach Amerika zu gehen. Was meinst du?«

»Was ich meine?«

»Ja.«

»*Bullshit.*«

Marie stemmte die Arme in die Hüften. »Wie bitte?«

»Wo bleiben deine Fremdsprachenkenntnisse? *Bullshit*, Kuhmist, Quatsch, *absurdité*. Such dir was aus.«

»Ich hätte damit nicht zu dir kommen sollen. Du bist …«

»Was? Was bin ich?«

»Überfordert.«

»So, Mademoiselle, du setzt dich jetzt auf diesen Stuhl. Wird's bald! Du wirst doch keine Angst vor einer überforderten, bettlägerigen Frau haben. Hinsetzen!«

Arabella richtete sich einige Zentimeter auf, was genügte, um gleich mehrere Blitze durch ihren Körper zu jagen. Unwillkürlich stöhnte sie auf. Marie wollte ihr helfen, was sie barsch zurückwies.

»Ich sagte, hinsetzen!« Sie holte tief Luft. »Erste Bemerkung: Dein Bruder Maxim ist tot.«

»Ich weiß, aber was soll ich dazu sagen? Das ist schade.«

»Mein Kind, schade ist, wenn es keinen Nachschlag zum Vanillepudding gibt.«

»Wir standen uns nicht sehr nahe.«

»Er und ich auch nicht, dennoch bin ich traurig und habe ein Gebet für ihn gesprochen.«

»Ich bete nie.«

Arabella verdrehte die Augen. »Sing eine Ballade, stell eine Kerze in sein Zimmer, vollführe ein schamanisches Ritual, was auch immer, aber zolle dem Tod ein wenig Respekt. Zweite Bemerkung: Deine Mutter ist völlig verzweifelt.«

»Ich weiß, aber …«

»Jetzt hör gefälligst mit deinem ewigen ›Ich weiß, aber‹ auf, das ist unerträglich. Bemühe dich gefälligst um deine Mutter und deinen Vater, die beiden haben einen geliebten Menschen verloren. Dein Bruder Damian kämpft den Kampf seines Lebens, und ich liege hier ohne Sinn und Nutzen herum und wäre dankbar für ein wenig Gesellschaft. Aber alles, woran du denkst, bist du selbst, Michel und dein Kind. Michel ist tot, dein Kind kommt in einem halben Jahr zur Welt, doch hier und jetzt gibt es für dich Dinge zu tun, verdammt noch mal.«

Die Stille, die daraufhin eintrat, war nicht von langer Dauer, sie hielt genau so lange an, wie Arabella brauchte, um nach der Tasse zu greifen und einen Schluck von dem kalten Tee zu trinken. Marie harrte wie eine beim Abschreiben ertappte Schülerin der Maßregelung.

»Dritte Bemerkung: Weglaufen kann jeder, und weil es die einfachste Methode ist, erfreut sie sich großer Beliebtheit. Doch selbst, wenn man erfolgreich wegläuft, erfährt man in Wahrheit eine Niederlage. Denn was einmal funktioniert hat, praktiziert man immer wieder, und die Flucht wird zur Gewohnheit. Solche Menschen, die sich ihren Herausforderungen, Verantwortungen und, ja, auch ihren Fehlern nicht stellen, werden bald kleinmütig, und zwar auf jedem Gebiet.«

Marie brauste auf: »Michel war kein Fehler. Meine Schwangerschaft ist auch keiner.«

»Sehr gut«, parierte Arabella. »Dann sag das der Welt, anstatt ihr Recht zu geben, indem du dich in das Verwaltungsbüro einer Provinzhauptstadt im indochinesischen Dschungel verkriechst. Stell dich hin und rufe: ›Das bin ich, Marie de Fleury, die einen deutschen Soldaten, einen guten Mann, geliebt hat und ihr Kind lieben wird, wie jeder von euch sein Kind liebt. Weder ist es verdammt noch verlassen. Es ist da, und es hat eine Zukunft.‹«

In ihrem Enthusiasmus, Marie den rechten Weg zu weisen, hatte Arabella sich übernommen. Der nächste Blitz durchfuhr sie so unbarmherzig, dass ihr die Tasse aus den bebenden Händen glitt und zu Boden fiel.

»Großtante Arabella! Ich rufe den Arzt!«

»Lass bleiben, mein Kind, es geht schon wieder. Der Arzt kann nichts tun, außer mir Morphium zu geben. Im Übrigen habe ich etwas Besseres.«

Während Marie die Scherben aufsammelte, kramte Arabella die Kapsel hervor und hielt sie zwischen Daumen und Zeigefinger ins hereinströmende Licht wie eine funkelnde Perle.

»Das Ding hier hat magische Kräfte. Es erlöst binnen einer Sekunde von allen Leiden.«

»Ist das …?«

»Das ist der Tod, Marie. Der Beweis, dass auch kleine Dinge oftmals eine große Wirkung haben. Bitte sag niemandem etwas davon.«

»Mache ich nicht, aber … hast du vor, sie bald zu schlucken?«

»Nun ja, ich würde sagen, die Hot Dogs heute Abend warte ich noch ab.«

Marie setzte sich zu ihr. »Ich war in letzter Zeit wirklich sehr mit mir selbst beschäftigt. Ehrlich gesagt, habe ich geglaubt, dass du mit deiner Krankheit übertreibst, wie so viele alte Menschen.«

»Und ich habe geglaubt, du hättest dich nur aus Trotz in einen Michel verliebt und dir von ihm ein Kind andrehen lassen, wie so viele ungezogene Töchter. Wir haben uns beide geirrt.«

Marie richtete Arabellas Frisur, die unter den Blitzen gelitten hatte. »Soll ich öfter bei dir vorbeischauen?«

»Ich würde es sehr zu schätzen wissen und wäre dir überaus verbunden.«

»Ach, Großtante Arabella, kannst du nicht einfach Ja sagen?«

»Das wäre viel zu einfach. Eine nackte Sprache ist wie eine billige Hafendirne. Die Sinnlichkeit entsteht erst durch das Verhüllen derselben.«

Die beiden Frauen, durch ein halbes Jahrhundert getrennt, lächelten sich zu. Arabella wusste schon, warum sie Marie in ihr Geheimnis eingeweiht hatte. Mit jemandem musste sie es teilen, und ihre Großnichte schien ihr dafür die Richtige zu sein. Sie hatte eine Zukunft, vielleicht als Einzige in diesem Haus, in dieser Familie. Sie um sich zu haben, sie ein wenig zu formen, ihr durch schwere Zeiten zu helfen, würde ihr ein letztes Vergnügen sein.

»Marie?«

»Ja?«

»Sorgst du dafür, dass die Kapsel immer in meiner unmittelbaren Nähe ist?«

»Ich werde auf sie achten wie auf das Kind in meinem Schoß. Was meinst du, sollten wir ihr ebenfalls einen Namen geben?«

Sie sahen sich einige Sekunden lang erstarrt an und begannen dann gleichzeitig zu lachen.

Vier Türen wurden fast gleichzeitig aufgerissen. Es war der 2. Februar 1945 um halb sechs am Morgen, und Elise starrte auf ein Gebilde in Form eines Walfischbabys, hellgrau metallen. Es trug die Aufschrift *Vengeance* – Rache. Die Bombe hatte den Turmgiebel auf der Nordseite der Villa Vanora durchschlagen, ohne zu explodieren, und war im oberen Flur auf der Galerie liegen geblieben.

Henriette Deckel begann im Zimmer nebenan, hysterisch zu schreien, daher ging Elise zu ihr, nahm sie in die Arme und konnte sie tatsächlich beruhigen.

Der Weg zur anderen Hälfte der Galerie und der Treppe war von der Bombe abgeschnitten, sie hätten gewissermaßen über sie hinwegklettern müssen, um nach unten zu gelangen. Für Kurt Gieseking und Tankred, deren Zimmer auf der anderen Seite lagen, war es hingegen kein Problem, nach draußen zu gelangen.

»Tankred.«

Mehr musste Elise nicht sagen, um ihn in das einzige Zimmer zu schicken, dessen Tür nach dem ohrenbetäubenden Lärm nicht aufgerissen worden war. Noah hatte bekanntermaßen einen tiefen Schlaf. Ein paar schwere Atemzüge Elises später trat ihr Sohn mit Tankred aus dem Zimmer.

Tante und Neffe nickten sich zu.

»Ich bringe ihn in Sicherheit, und dann kümmern wir uns um euch.«

Kurt Gieseking versuchte indessen, Henriette aus der Ferne zu beruhigen. Was auch dringend nötig war, denn sie zitterte wie Espenlaub in Elises Armen. Die beiden hatten sich seit einiger Zeit mehr als liebgewonnen, und Elise hatte bereits über eine nahe Verlobung spekuliert.

»Ganz ruhig, Henni, das machen wir mit links. Keine Panik. Wozu gibt es Leitern und Fenster? Wird eine romantische Sache, wenn ich gleich zu dir hochsteige wie Romeo.«

»Ich hole ein paar warme Mäntel, der Morgen ist kalt.« Elise eilte zum Kleiderschrank.

Sie hatte erst ein paar Meter zurückgelegt, als ein unheimliches Heulen, das von allen Seiten zu kommen schien, ihr eine Gänsehaut bereitete. Gleich darauf wurde die Villa Vanora auf der Südseite von einer gewaltigen Explosion erschüttert. Wände barsten, es regnete Mörtel und Ziegel, der Boden unter Elise brach weg, und sie konnte sich gerade noch an einem Bettpfosten festhalten, um nicht in die Tiefe zu stürzen.

Der erste Schock hatte sich gerade gelegt, Elise hatte sich auf das Bett gerettet, und der erste schwere, staubige Atemzug war getan, als die Bombe auf der Galerie detonierte. Das halbe Haus kam ihr entgegen, sie wurde von einer Woge aus Druckluft erfasst und verlor jede Orientierung.

Als sie wieder bei Sinnen war, lag sie buchstäblich im Freien. Das Bett stand auf Trümmern, überzogen von Gestein und Holzsplittern, und Elise starrte auf die Morgendämmerung hinter den Bäumen des Gartens.

Sie flüsterte: »Noah.« Ihre Stimme schwoll an: »Noah?« Und noch einmal, aus voller Kehle: »Noah?«

Erst, als sie aufzustehen versuchte, bemerkte sie, dass ihr Nachtrock blutdurchtränkt war. Ein Splitter hatte sich in ihren Oberschenkel gebohrt und ragte wie ein Nagel aus der Haut. Kaum, dass sie aufstehen konnte. Seltsamerweise war der Schmerz dennoch auszuhalten.

»Noah! Tankred!«

Mehr kriechend als gehend, arbeitete sie sich durch die Trümmer voran. Es gab weitere Explosionen, allerdings in einiger Entfernung, Sirenen und Martinshörner heulten.

»Uah!«, rief sie, als sie auf den Kopf von Henriette stieß, die sie mit weit aufgerissenen Augen aus den

Trümmern anstarrte. Kurt Gieseking lag nur wenige Meter von ihr entfernt mit dem Gesicht zur Erde, auch er leblos.

»Mama, Mama!« Noah rannte weinend in ihre Arme, warf sie beinahe um. Überglücklich, dass er lebte, versuchte sie, ihm den Anblick der Toten zu ersparen. Vergeblich. Es waren zu viele. Denn auch den Dienstbotentrakt hatte es getroffen.

»Biene! O mein Gott.« Sie fragte Noah: »Hast du Biene gesehen?« Und als der Junge verneinte: »Wo ist Tankred?«

Noah deutete in Richtung des Rosengartens, der jetzt, da das halbe Haus in Trümmern lag, plötzlich ganz nah war. Mit dem Rücken zu ihr saß ihr Neffe auf den Resten eines Bauernschranks.

Sie schleppte sich mit Noah an der Hand zu ihm. Sein Gesicht war aschfahl.

»Tankred, hast du Biene gesehen?«

Er starrte sie wortlos an, dann Noah, danach wieder sie. Sein verneinendes Kopfschütteln war so schwach und begleitet von einem ruhigen, düsteren Blick, dass Elise sofort verstand. Er hatte Biene gesehen. Ihre Leiche.

»Bist du sicher? Ich meine, vielleicht …«

»Nein.«

»Ich will sie sehen. Ich will …«

»Geh da nicht hin, Elise. Tu es nicht.«

Elise und Noah umklammerten sich so heftig, wie sie es noch nie getan hatten, und so verharrten sie, bis die Sonne aufging und ihr helles Licht über den Tod und das Leben ergoss.

Sechs Menschen waren in der Villa Vanora gestorben, sechs Beerdigungen an einem Tag. Kurt und Henriette wurden in ihren Heimatorten in der Umgebung von Frankfurt bestattet, die Köchin und die beiden Hausmädchen übergab man ihren Familien. Biene, die fast ihr ganzes Leben im Kreise der Blankenburgs verbracht hatte, wurde auf Elises ausdrücklichen Wunsch in die Familiengruft gelegt. *Unserer treuen Freundin* schrieben sie auf Bienes Grab und setzten ihre Namen darunter: Elise, Noah und Tankred. Denn zuletzt hatten auch Biene und Tankred, was immer die beiden entfremdet hatte, ihren Frieden miteinander gemacht.

Drei Viertel der Villa Vanora lagen in Schutt und Asche, ein weiteres Viertel war unbewohnbar und nur noch als Reservoir für Gegenstände des Alltags zu gebrauchen. Einzig der Salon und das Esszimmer waren, mit Ausnahme der geborstenen Fenster, noch intakt, was bedeutete, dass ihnen auch der große Kamin erhalten geblieben war. Brennholz hatten sie ja nun genug.

Elise schlief mit Noah im Salon, Tankred bezog das Esszimmer. Er besserte notdürftig die Fenster aus und setzte den alten Abort am Rande des Grundstücks wieder in Betrieb, der seit fünfzig Jahren nicht mehr benutzt worden war. Damit waren sie noch immer besser dran als Millionen andere Menschen, die gar nichts mehr hatten. Seit Tankred kurz vor Weihnachten 1944 zurückgekehrt war, hielt er nur noch sporadisch Kontakt zu seiner Dienststelle, da er ohne Aufgabenbereich war. Dennoch konnte er einige Vergünstigungen in Anspruch nehmen, die Offizieren der SS zuteilwurden, vor allem, was die Beschaffung von Lebensmitteln anging. Elise legte keinen Einspruch mehr gegen diese

Bevorzugung ein, unter der Maßgabe, dass auch andere davon profitierten. Sie verteilte das, was sie nicht unbedingt benötigten, an weniger privilegierte Einwohner Königsteins.

In den Wochen, in denen sie sich einen relativ eng bemessenen Raum teilten, sprachen Elise und ihr Neffe sehr wenig miteinander. Die Verluste auf beiden Seiten waren einfach zu groß und zu erschütternd, als dass sie zu einer auch nur annähernden Normalität übergehen konnten. Dennoch wuchsen sie in dieser Zeit als Familie zusammen. Tankred verstand es, Noah zum Lachen zu bringen, er lehrte ihn mehrere Kartenspiele und vergaß auch nicht, ihm zu erklären, woran man Falschspieler erkennt. Außerdem kümmerte er sich um alles Handwerkliche sowie den Nachschub, Elise hingegen übernahm das Kochen und die Verteilung jener Güter, die sie im Übermaß hatten. Ein bisschen waren sie wie ein altes Ehepaar, das Tür an Tür lebte und recht gut funktionierte, längeren Gesprächen jedoch aus dem Weg ging.

Die Manufaktur Blankenburg existierte praktisch nicht mehr. Im Herbst und Winter waren mehrere Bomben auf die Fertigungshallen in Bad Homburg gefallen, hatten vier Menschen in den Tod gerissen sowie die Öfen wie auch den Fuhrpark zerstört, der wegen des Treibstoffmangels ohnehin nicht mehr arbeitete. Was an Waren übrig war, gab Elise den Ausgebombten, die fortan billigen Malzkaffee aus fürstlichen Tassen tranken. Tankred hatte sich schon seit langem in keine Entscheidung mehr eingemischt und beteiligte sich, ohne einen Kommentar, an der Schenkungsaktion. Mitte Januar waren sie zum letzten Mal die fünfzehn

Kilometer nach Bad Homburg gefahren, danach ging ihnen das Benzin aus, und es gab auch sonst keinen Grund mehr, die Ruinen zu betreten. Um das, was noch da war, sollten sich die Wölfe streiten.

Weder Tankred noch Elise schien beim Gedanken an den ruhmlosen Untergang des Familienunternehmens das Herz zu bluten. Eineinhalb Jahrzehnte hatten sie darum gefeilscht und gekämpft, um nun zu erkennen, dass es weit Wichtigeres gab: das nackte Überleben. Der tägliche Kampf um das Dasein ließ vieles andere in den Hintergrund treten.

Elise fürchtete die Melancholie, in die sie schon einmal geraten war. Für Noah, aber auch für sich selbst, musste sie so leben, als würde sie Isaac nie wiedersehen, und zugleich den Funken Hoffnung am Leben erhalten, er kehre eines Tages zurück. Tankred hatte sich bemüht, etwas in Erfahrung zu bringen, doch es war aussichtslos. Sie sahen ja am Beispiel ihrer unmittelbaren Umgebung, dass es drüber und drunter ging im Reich und die Behörden nur noch das Chaos verwalteten. Isaac konnte sonst wo sein – oder längst tot. Auch wie es Emma ging, von der Elise nach dem bösen Abschiedsbrief neun Monate zuvor nichts mehr gehört hatte, ließ sich nicht ermitteln.

Elise hatte nie ganz mit dem Beten aufgehört, aber in diesen Wochen größter Ungewissheit schlief sie nie ein, ohne Gott um Schutz für ihre verschollenen Liebsten zu bitten.

Am 12. März 1945 öffnete Emma auf ein Klopfen hin die Tür ihrer kleinen Beletage-Wohnung in der Kärtnerstraße in Wien. Sie erwartete, einen der Nachbarn zu erblicken, mit denen sie sich ein wenig angefreundet hatte. Links neben ihr wohnten hochbetagte Pensionäre, alteingesessene Wiener, die sie dann und wann zum Kaffee eingeladen hatten. Zur Rechten lebte eine Kriegswitwe in Emmas Alter mit ihrem elfjährigen Sohn, die seit vier Jahren Schwarz trug und ebensolche Stimmung verbreitete. Ihr Sohn, Harry, kaufte zweimal wöchentlich Lebensmittel für Emma ein, weshalb sie nur selten aus dem Haus gehen musste. An diesem Tag, zu dieser Stunde, hatte sie ihn erneut losgeschickt, und wunderte sich über seine schnelle Rückkehr.

Doch statt des Jungen standen zwei Männer in schwarzen Ledermänteln vor der Tür. Gestapo.

»Frau Laffert? Emma Laffert?« Das war der Name, den sie sich gegeben hatte.

»Ja?«

»Bitte weisen Sie sich aus.«

»Meine Papiere sind … Sie sind verloren gegangen.«

Die beiden Männer holten einige Listen hervor mit etlichen Abbildungen von Frauen, Fotos oder Zeichnungen.

»Die da«, sagte der eine. »Emma von Lerch.«

»Ziehen Sie sich etwas über, und kommen Sie mit uns«, sagte der andere.

Emma reagierte mechanisch. Wie in Trance nahm sie ihren schönsten Mantel vom Haken, einen aus flauschigem fliederfarbenem Vlies, den ihr Caspar zu ihrem dreißigsten Geburtstag hatte schicken lassen. Er hatte weiße Knöpfe und einen violetten Saum und passte somit hervorragend zu ihren Schuhen. Seit sie von Caspars Tod erfahren hatte – sein Name und der Selbstmord hatten im Zusammenhang mit dem Verrat des

20. Juli in einer Zeitung gestanden –, trug sie ihn mehrmals in der Woche, auch dann, wenn sie die Wohnung nicht verließ.

Die Männer nahmen Emma in ihre Mitte und führten sie zur Treppe. Sie sah, wie die Türen ihrer Nachbarn sich öffneten, die der Kriegerwitwe weit, mit ihr mitten im Türrahmen. Ein fester, mitleidiger Blick in Emmas Augen, dann hob sie die Hand zum Abschied. Die Tür des älteren Ehepaares stand nur einen Spalt weit offen, zwei Gesichter im Halbdunkel, in die der Verrat geschrieben stand. Wie die beiden dahintergekommen waren, dass sie eine Gesuchte war, ob sie ihre Lügen durchschaut oder in ihrer Wohnung herumgeschnüffelt hatten – es interessierte Emma nicht.

Während sie die Stufen nach unten ging, überkam Emma eine seltsame, fremdartige Ruhe, die dem Augenblick nicht angemessen schien. Man würde sie der Mitwisserschaft beschuldigen, so wie man es mit den Frauen der anderen Verschwörer getan hatte, und sie fand, das hatte seine Richtigkeit. Dabei hatte Caspar sie weder in seine Pläne um die Konspiration eingeweiht noch in seine Zweifel am Regime. Über Politik hatten sie niemals gesprochen, allenfalls über den Kriegsverlauf.

Sie war ihm eine schlechte Ehefrau gewesen, genau genommen nicht einmal das. Er hingegen hatte ihr nie ein Leid zugefügt, jedenfalls nicht durch Worte oder Taten. Allein seine Existenz hatte sie ihm übelgenommen. Doch nun, da sie seine Witwe und die Erbin all dessen war, woran er geglaubt oder auch nicht mehr geglaubt hatte, empfand sie beinahe Stolz darüber. So, als könne sie ein wenig von dem wiedergutmachen, was sie ihm an Unglück gebracht hatte.

Als sie mit den beiden Männern ins Freie trat, begannen die Sirenen zu heulen. In letzter Zeit gab es vermehrt Luftangriffe auf Wien.

»Beeilen Sie sich, Frau Laffert oder Lerch oder wie immer Sie heißen.«

Sie blieb stehen. »Mein Name ist Emma von Lerch, und mein Mann ist als Held gestorben. Ihre Namen, meine Herren, werden Ihre Nachkommen dagegen schamvoll verschweigen.«

Die Männer ergriffen ihre Arme und zogen Emma mit einiger Gewalt zu einem schwarzen Automobil, in das die beiden sie hineinquetschten.

Einer setzte sich neben sie auf den Rücksitz. »Passen Sie bloß auf, was Sie sagen.«

»Ich habe von allem gewusst, hören Sie? Von allem. Und das Einzige, was ich bedaure, ist die Tatsache, dass die Bombe ihr Ziel verfehlt hat.«

In dem Moment, als der Gestapo-Mann hinterm Steuer losfuhr, schlug die Fliegerbombe nur ein paar Meter von ihnen entfernt ein. Durch die Druckwelle wurde der Wagen in die Luft geschleudert und schlug mit dem Dach auf der Straße auf. Alle drei Insassen waren sofort tot.

Am 29. März 1945 zogen alliierte Truppen in Königstein ein. Natürlich war es Elise eine große Beruhigung, dass der Krieg und damit der Nationalsozialismus für Noah und sie vorbei waren. Endlich konnte ihr Sohn mit anderen Kindern spielen, ohne dass sie fürchten musste, er würde ihr weggenommen. Glücksgefühle jedoch wollten sich bei ihr nicht einstellen, und auch an ihrem Alltag änderte die Befreiung zunächst wenig.

Einige Tage später kam Tankred zu ihr. Im Garten der Villa Vanora blühten die Narzissen, an denen er sich nicht hatte sattsehen können, und nun hielt er einen Strauß davon in den Händen.

»Nanu, sind die für mich? Oder hast du eine Angebetete?«

»Ich dachte, die bringe ich Biene.«

Seit der Beerdigung waren sie nicht mehr an ihrem Grab gewesen. Der Alltag war zu herausfordernd, vor allem für Menschen wie sie, die immer Hausmädchen, Köche und Lebensmittellieferanten gehabt hatten. Nun mussten sie die einfachsten Dinge lernen, etwa, wie man aus Kartoffeln einen Salat machte, der nicht einer Suppe ähnelte, oder wie man eine Kartoffelsuppe zubereitete, die nicht einem Salat gleichkam.

»Eine schöne Idee. Zu Lebzeiten hätte sie sich nicht träumen lassen, dass du ihr mal Blumen bringst.«

»Vermutlich hätte sie mir einen Kaktus hinterhergeworfen.«

Elise lachte, sagte aber nichts weiter dazu.

Tankred übergab ihr einen Zettel mit einer achtstelligen Zahlenfolge.

»Lerne sie auswendig und vernichte den Zettel danach. Ich habe in den letzten Tagen meinen früheren Tresor aus den Trümmern gezogen. Er ist noch völlig intakt. Kruppstahl.«

»Was ist denn darin?«

»Vorher nutzloses Zeug. Jetzt …« Er atmete tief durch. »Ich war heute Morgen beim Notar. Für drei Dutzend Eier war er bereit, eine Urkunde anzufertigen.«

»Drei Dutzend Eier hätten wir gut gebrauchen können.«

»Ja, aber das war mir wichtiger.«

Er übergab ihr die Urkunde, in der festgehalten war, dass die Manufaktur Blankenburg nun komplett Elise gehörte. Tankred hatte sämtliche Anteile, die er besaß, an sie überschrieben.

»Ausgenommen natürlich die zehn Prozent, die Schimmi gehört haben. Keine Ahnung, wer sein Erbe ist. Gratulation, du bist nun die erste Alleinherrscherin an der Spitze des Unternehmens.«

Es war lediglich ein symbolischer Akt, das war sowohl Tankred als auch ihr bewusst. Die Manufaktur lag danieder, bestand nur noch aus Trümmern, vor denen ein Firmenschild stand.

Elise nickte ihm anerkennend zu. »Sie hat mir schon einmal gehört, sogar zweimal, wenigstens zum Teil. Damals konnte ich kaum etwas mit diesem Erbe anfangen, so unbedarft war ich. Und heute, da ich nicht mehr unbedarft bin, kann ich wieder nichts damit anfangen, wenn auch aus anderen Gründen.«

»Blankenburg-Porzellan wird weiterleben.«

»Wieso bist du dir da so sicher?«

»Weil ich dich kenne.«

»So? Na ja. Im Moment bin ich froh, wenn ich den Salon warm bekomme. Wie auch immer, ich weiß, dass dir dieser Schritt schwergefallen ist.«

»Leichter, als ich dachte. Aber wenn wir schon bei Schritten sind … Ich gehe fort, Elise.«

»Fort? Aber ich dachte … Meinetwegen musst du nicht weggehen, Tankred. Wir haben zwar in den letzten Monaten nicht darüber gesprochen, aber ich bin schon lange nicht mehr böse auf dich. Im Gegenteil, ich wüsste gar nicht, was ich ohne dich tun sollte.«

»Der ganze Tresor ist voll mit Zigaretten, so viele, wie ich besorgen konnte. Das derzeit beste Tauschmittel. Ihr kommt damit gut ein halbes Jahr über die Runden, und die Amerikaner werden bestimmt bald Lebensmittelmarken ausgeben.«

»Das habe ich nicht gemeint. Du warst mir seit Bienes Tod eine enorme Hilfe … und ein Halt. Ich brauche jeden Freund, den ich zu fassen bekomme. Bitte geh nicht.«

»Es tut mir leid, Elise. Es gibt da etwas, das ich erledigen muss.«

»Und was?«

Tankred schüttelte den Kopf. »Wenn Noah vom Spielen zurückkommt, sag ihm, dass ich ihn liebhabe.«

»Er wird sehr traurig sein.«

»Eines Tages wird er es verstehen. Und du auch.«

Wie einer Mutter gab er ihr einen Kuss auf die Stirn, was er noch nie getan hatte.

Er ging die Auffahrt hinunter, genau so wie vor sechzehn Jahren bei seinem ersten Besuch in der Villa Vanora: in einer schmuddeligen Hose mit leeren Taschen.

Eigentlich hatte er gedacht, dass die Amerikaner ihn sofort nach dem Einzug in Königstein verhaften würden. SS-Offizier, mittelhoher Rang. Alle wussten, dass die Alliierten Listen hatten. Drei, vier, fünf Tage lang hatte er auf diesen Moment gewartet, der nicht gekommen war.

Nachdem er die Blumen auf den Friedhof gebracht hatte, nahm er denselben Weg nach Frankfurt wie im Jahr 1929, als er bei seinen Tanten Elise und Ophélie vorstellig geworden war, um sich als illegitimer Neffe zu präsentieren. Sie hatten ihn abgewiesen, und er war die fünfundzwanzig Kilometer noch am selben Tag zurückgegangen. Nur, dass damals zwei Freunde auf ihn gewartet hatten. Heute war da keine Menschenseele. Nichts als die Kleidung auf dem Körper besaß er noch.

Nicht nur sein Herz, auch seine Füße waren schwer wie Blei, als er nach einem Tagesmarsch am Mainufer ankam. Im Westen näherte sich die Sonne genau dem Punkt, an dem der Fluss am Horizont verschwand. Ein paar kümmerliche Sträucher blühten zwischen den Ruinen. Da und dort spross der Flieder, in ein paar Tagen würde er nachziehen.

In ein paar Tagen, dachte Tankred und holte die Kapsel hervor.

Ob Arabella ihre schon genommen hatte? Ob sie in die gleiche Hölle kommen würde wie er?

Nein, gewiss nicht. Seine Sünden waren um das Tausendfache zahlreicher, da fiel ein Selbstmord kaum ins Gewicht.

Er wandte sich nach allen Seiten um. Dort, wo er stand, spukten überall Geister. Das Mainufer war vor vielen Jahren sein, Schimmis und Dubbes liebstes Revier gewesen, dort hatten sie sich herumgetrieben und so manche Albernheit begangen, für die sie eigentlich schon zu alt gewesen waren. Wie zum Beispiel, die Eigenarten vorübergehender Passanten zu imitieren. Das Bier hatte sie dazu verleitet, vielleicht aber auch die Leichtigkeit derer, die nichts besitzen, außer ihrer Jugend.

Er hörte noch immer ihr albernes Gekicher von damals, drei ausgelassene Stimmen …

»Genug«, sagte er, als mit der Sonne auch die restliche Wärme verging. Ihm war kalt, überall, auf der Haut und tief drinnen. Seit Monaten focht er einen Kampf mit sich aus, der ihn zutiefst erschöpfte.

Er steckte die Kapsel in den Mund. Seine Backenzähne berührten das dünne Material, das ihn vom Tod trennte, doch als er zubeißen wollte, stellte er fest, dass er es nicht konnte. Drei Versuche, vier … Es ging einfach nicht. Fast hätte er deswegen geweint.

Er spuckte das Ding auf die Handfläche zurück. Da lag es, vom Schleim umhüllt. Eine ganze Weile.

Wieder steckte er die Kapsel in den Mund.

Wieder spie er sie aus. Steckte sie zurück in die Hosentasche.

Hing er denn so sehr am Leben, wie kümmerlich es auch sein mochte? So schätzte er sich nicht ein.

Oder war da noch etwas anderes?

Er spürte seine Füße nicht mehr, als sie ihn in die Gassen von Frankfurt trugen, vorbei an den Resultaten der zwölfjährigen Nazi-Herrschaft, die er mitgestaltet hatte. Die Überzeugung hatte ihn schon lange verlassen, nun verließ ihn auch das Selbstmitleid. Beides vermisste er nicht. Beide Verluste waren ein Auftrag an ihn.

Es war kein Zufall, dass er irgendwann vor Gittis Bordell stand. Weniger sein Wille als vielmehr sein Instinkt hatte ihn zu ihr geführt.

Das Haus war ausgebrannt, die Trümmer allerdings sorgfältig zur Seite geräumt, und die erleuchtete Kellertreppe lud zum Nähertreten ein.

Tankred hätte sich denken können, dass die Freudenhäuser schon wieder funktionierten, wo selbst Bäckereien und Barbiere noch unter Schuttbergen begraben waren. Da hatten sich wohl viele fleißige Helfer gefunden …

Gitti bemerkte ihn nicht. Er hatte sich hinter zwei jungen GIs und zwei deutschen Pensionären in die Schlange gestellt. Dort, wo früher Kohlen und Kartoffel lagerten, brachte Gitti heute Kunden und Nutten zusammen. Es dauerte mehrere Minuten, bis er an die Reihe kam, und Tankred genoss jede Sekunde davon. Seine alte Freundin, Ratgeberin, Vertraute und Geliebte in Aktion zu sehen wie eh und je, war Balsam für sein Herz.

»Na, mein Hübscher, was kann ich für dich tun?«, fragte Gitti, während sie noch Notizen auf ihren Schreibblock kritzelte. Als sie keine Antwort erhielt, blickte sie auf.

Natürlich war sie älter geworden. Sie färbte sich die Haare mit irgendetwas, das sie rot machte, und auch das Rouge trug sie üppiger auf als früher. Ihre Rubensfigur hatte sie allerdings behalten, ebenso ihre Augen, die so warm blicken konnten wie keine anderen, wenn sie es denn so wollte.

Sie standen sich gegenüber, eine Armeslänge voneinander entfernt, und Tankred hatte keine Ahnung wie sie auf sein Erscheinen reagieren würde. Zweimal hatte sie ihn schon aus ihrem Leben geworfen.

»Bubi?«

»Ja.«

Sie ging um den kleinen Kassentisch herum. Ihr Mund öffnete, die Augen schlossen sich. Dann war es andersherum.

Umarmen war kein Ausdruck für das, was sie als Nächstes tat. Sie riss ihn geradezu an sich und wollte ihn gar nicht mehr loslassen, so lange, bis die Kunden, die hinter Tankred in der Schlange standen, ungeduldig wurden.

»Was denn, Jungs?«, maulte sie mit rauer Stimme. »Vorfreude ist die schönste Freude. In diesem Sinne: eine Minute Klappe halten, klar?«

Sie winkte eine ihrer Frauen heran und nahm Tankred zur Seite.

»Bubi, ich wusste nicht, ob du … ob du …«

»Ich auch nicht von dir.«

»Ist alles in Ordnung?«

»Nein, so ziemlich gar nichts.«

»Shuilian?«

»Sie ist tot. Schimmi auch. Ich habe sie beide umgebracht.«

Gitti schluckte. »Wir können zu mir gehen, da ist es ruhiger, da können wir sprechen.«

»Nein, Gitti, ich bin hier, weil ich dich brauche. Für etwas ganz Konkretes.«

»Was immer du willst.« Ihr Blick glitt an seinem ärmlichen Erscheinungsbild hinab und wieder hinauf. »Du kannst bei mir wohnen. Es ist nur ein kleines Nebenzimmer hier im Bordell, aber irgendwie wird es schon gehen. Ich kann dir auch Geld geben oder …«

»Nein, das ist es nicht. Du sollst mir bei etwas helfen, das ich nicht alleine tun kann.«

Sie forschte in seinen Augen nach etwas, das ihr einen Anhaltspunkt gab, fand jedoch nichts.

Eine Stunde später betrat Tankred in Gittis Begleitung die provisorische Kommandantur der amerikanischen Streitkräfte in Frankfurt. Dort sprach er beim diensthabenden Offizier vor.

»Mein Name ist Tankred Blankenburg, ich bin Sturmbannführer und Mitglied der Wirtschaftsabteilung der SS. Hiermit möchte ich mich Ihnen stellen.«

Ein wenig verblüfft sah der Amerikaner auf seiner Liste nach und wurde schließlich fündig. Er winkte zwei GIs heran.

»Tankred Blankenburg, Sie sind wegen des Verdachts auf Kriegsverbrechen und Verbrechen gegen die Menschlichkeit verhaftet.«

Tankred sah Gitti an. Sie nahm sein Gesicht in beide Hände und küsste ihn lange auf den Mund.

Es war ein windiger Apriltag in Orléans, als man Marie und zwei weitere Frauen, die sie nicht kannte, aus dem Gefängnis holte, in dem sie zwei Monate lang in Einzelhaft verbracht hatte, und auf dem Markt am Quai du Roi auf ein Podest führte. Drei kräftige, bewaffnete Männer, ehemalige Résistance-Kämpfer, stießen sie die letzten Stufen hinauf und zwangen sie auf Stühle. Tausende sahen zu, Männer, Frauen, Greise, auch ein paar Kinder. Die verbissensten Gesichter aber hatten die Frauen. Keine von ihnen war Marie jemals begegnet, und doch verabscheuten sie sie. Die Lippen zusammengepresst, die Arme vor der Brust verschränkt, hielten sie sich nur zurück, weil der offizielle Teil des Spektakels noch in vollem Gange war.

Ein vierter Kämpfer, der sich als Vorsitzender irgendeines Komitees bezeichnete, verlas Anklage und Schuldspruch: Sie waren *filles à boche,* Deutschenflittchen, und damit Kollaborateurinnen.

Auf ein Zeichen trat ein Friseur heran, und während er der ersten Frau die langen Haare schor, verlas der

Vorsitzende ihren Namen und ihr Vergehen. Es bestand darin, einen Unteroffizier geliebt und ihm nach seinem Tod in der Schlacht Blumen aufs Grab gelegt zu haben. Sie wirkte lethargisch, bekam kaum mit, dass ihr Zopf in ihren Schoß fiel.

Marie beneidete sie. Ihr war es nicht vergönnt gewesen, zu Michels Grab zu gehen. Man hatte ihr nicht gesagt, wo es sich befand. Die Normandie war groß, und der Toten gab es viele.

Die zweite Frau weinte unentwegt, schon seit sie gemeinsam auf dem Eselskarren zum Quai du Roi gefahren waren. Sie wurde dem versammelten Volk als besonders verwerflich beschrieben, da sie einen Deutschen geheiratet hatte. Zudem sei er noch am Leben, in Kriegsgefangenschaft, so hieß es, und man hoffe, dass die Kirche diese schändliche Ehe annulliere.

Marie beneidete auch diese Frau, da ihr Mann noch am Leben war. Denn das hier ging vorbei, und dann konnten die beiden neu anfangen, irgendwo.

»Marie de Fleury, Tochter von Ophélie und Edmond de Fleury. Sie war vier Jahre lang das Flittchen eines deutschen SS-Mannes«, tönte der Vorsitzende über den Platz.

Ein Raunen ging durch die Menge, vereinzelt ertönten Buhrufe. SS – der Name genügte, um die schlimmsten Bilder ins Bewusstsein der Leute zu spülen, denn inzwischen lag das volle Licht auf dem grausamen, dunklen Nazi-Geheimnis: Todeslager, Todesmärsche, Todesschwadronen. So, wie es sich anhörte, war Michel ein enthemmter Schlächter gewesen, unbarmherzig und ohne Liebe. Dabei hatte er bei dem SS-Bataillon jahrelang hauptsächlich Panzer gewaschen und gewartet.

»Um ihn zu schützen, hat Marie de Fleury einen Anschlag auf ein Wehrmachtsdepot vereitelt. Danach hat sie die Résistance verlassen. Vor einigen Wochen hat sie zwei Kinder von dem *boche* geboren, der zum Glück in der Normandie gefallen ist.«

Die Leute starrten Marie an, als hätte sie Ratten in die Welt gesetzt. Dabei waren Charlotte und Marcel das Beste, was sie je hervorgebracht hatte. Natürlich suchte sie auch Michel und sich selbst in den Zwillingen, doch vor allem waren sie, jedes Kind für sich, etwas Eigenes und Besonderes. Marcel war ein Strahlemann, Charlotte sehr fordernd.

Als der Friseur beginnen wollte, wandte Marie sich an den Vorsitzenden des Komitees. »Ich möchte, dass mein Bruder mir die Haare abschneidet. Sein Name ist Damian de Fleury, einer von Ihnen, einer der Tapfersten. Er wurde beim Kampf um Paris verwundet, und jetzt steht er dort unten, in der ersten Reihe.«

Die Blicke von Schwester und Bruder trafen sich. Sie hatte Damian darum gebeten, dem Ritual beizuwohnen. Zunächst hatte er sich geweigert, denn er lehnte die öffentlichen Erniedrigungen, die nun überall in Frankreich stattfanden, generell ab. Am Ende war er doch gekommen.

Mit einem Nicken und einem Lächeln ermunterte sie ihn, das Podest zu besteigen.

»Willst du das wirklich, Marie?«, fragte er mit zitternder Stimme.

»Wenn du es tust, ist es nur halb so schlimm.«

Die Anwesenden stimmten zu, dass der Bruder seiner Schwester die Haare schor, und Damian begann sein Werk.

Leise sprach er währenddessen mit ihr. »Charlotte und Marcel lassen dich grüßen.«

Sie lächelte. »Dafür sind sie doch noch viel zu klein.«

»Aber ich bin ihr Pate und kann sie jetzt schon verstehen.«

»Danke, dass du das für mich tust.«

»Deine Haare hätten längst mal geschnitten werden sollen. Sieh sie dir an, ganz spröde.«

»Ich spreche von den Zwillingen. Es war sehr mutig von dir, die Patenschaft für die beiden zu übernehmen. Du wirst einiges von deinem guten Ruf einbüßen.«

Nachdem der Scherenschnitt abgeschlossen war, kamen die Stoppeln dran.

»Wie geht es Mutter?«

»Du weißt, wie sie ist. Am Anfang ist alles ein schreckliches Desaster, aber wenn sie sich erst einmal daran gewöhnt und ein paar Nächte mit ihm im Bett verbracht hat, wird sie immer ruhiger und schließlich kämpferisch. Das ist ein Prozess in zehn Phasen.«

»In welcher Phase ist sie gerade?«

»Phase neun. Wenn man dich in ein paar Tagen aus der Haft entlässt, triffst du auf eine Mutter, die alles daransetzen wird, um dich zu rehabilitieren. Und ich werde ihr selbstverständlich dabei helfen.«

»Und Papa?«

»Hat einen Fonds für deine Kinder eingerichtet. Es wird ihnen an nichts mangeln. Aber vor allem werden sie in einer Familie aufwachsen, Marie. In einer echten Familie. Wir haben viel durchgemacht und schreckliche Verluste erlitten. Aber letztendlich, irgendwie, haben wir das alles nicht schlecht gemeistert, finde ich.«

»Was hört man aus Königstein?«

»Nichts. Die Russen marschieren auf Berlin zu, in einem Monat ist alles vorbei.«

Damian war fertig, Marie stand auf. Als sie sich ihm zuwandte, sah sie ihm an, dass er alles daransetzte, sich nichts anmerken zu lassen. Er machte seine Sache gut, doch nicht gut genug.

Vorsichtig tastete Marie über ihren kahl geschorenen Kopf. Es fühlte sich fremd an.

»Ich habe dich nicht gefragt, weil …« Sie zögerte. »Was ist mit Großtante Arabella?«

Damian nahm Marie in den Arm und murmelte ihr ins Ohr. »Zuletzt hat sie die Tränen nicht mehr zurückhalten können. Du weißt, wie sehr sie es immer verabscheut hat zu weinen. Wir waren abwechselnd bei ihr, jeder von uns, sogar Papa. Und dann ist etwas passiert.«

»Hat sie es genommen?«

»Genommen? Was?«

Marie wollte das Geheimnis nicht preisgeben, auch nicht nach Arabellas Tod. »Wie ist sie denn gestorben?«

Er drehte Marie zu der Menge um, die sie angaffte, und deutete auf eine Stelle am Rande des Platzes, wo weniger Leute standen. Dort parkte eine Limousine, und daneben saß Arabella im Rollstuhl.

»Aber das ist ja … Ist sie …? Geht es ihr besser?«

Damian nahm seine Mütze ab und winkte. Daraufhin erhob sich Arabella, nur auf einen Stock gestützt, aus dem Rollstuhl und trat einen Schritt auf sie zu.

Marie konnte es kaum glauben.

»In England gibt es eine neuartige Operationsmethode, mit der man die Krankheit eindämmen kann. Als Papa davon hörte, haben wir Arabella sofort dorthin gebracht. Sie musste danach ein paar Wochen liegen.

Das heute ist ihr erster Ausflug. Sie wollte unbedingt mitkommen. Nur deswegen bin ich auch da.«

»Genug jetzt«, unterbrach der Vorsitzende.

Damian neben ihr und Arabella aus der Ferne nickten Marie zu. Ein schwieriger Weg stand ihr jetzt noch bevor, denn sie musste durch das Spalier der wütenden Menge zurück zum Eselskarren laufen. Die anderen beiden Frauen gingen voran, gestoßen von den bewaffneten Résistance-Kämpfern, bespuckt und beschimpft vom Mob.

»Bist du bereit?«, fragte Damian. »Du schaffst das.«

Es war die Hölle. Die Leute rissen an ihren für den April viel zu dünnen Kleidern, betatschten ihre Glatze, gaben ihr die grässlichsten Namen, verwünschten sie und ihre Kinder.

Irgendwo mitten auf diesem Kreuzweg erinnerte Marie sich an die Worte, die Arabella auf dem Krankenbett einst zu ihr gesagt hatte.

Sie blieb stehen und rief: »Das bin ich, Marie de Fleury, die einen deutschen Soldaten, einen guten Mann, geliebt hat und die ihre Kinder lieben wird, wie jeder von euch seine Kinder liebt. Weder sind sie verdammt noch verlassen. Sie sind da, und sie haben eine Zukunft.«

# 16

*In den letzten Kriegsmonaten 1944/45 sterben mehr Deutsche als in den fünf Jahren zuvor zusammengenommen. Vielerorts gibt es keinen einheitlichen Frontverlauf mehr. Die Lufthoheit der Alliierten ist absolut, im Deutschen Reich herrscht Chaos, die Nahrungsmittelversorgung bricht zusammen. Erst mit dem Selbstmord Hitlers am 30. April und der deutschen Kapitulation am 8. Mai endet der einzige Krieg in der Geschichte, in dem mehr Zivilisten als Militärs gestorben sind, mehr als 60 Millionen Menschen.*

Vier Tage nach Kriegsende kehrte Elise das Haus oder vielmehr das, was davon übrig geblieben war, mit einem einfachen Strohbesen aus. Wegen des schönen Wetters hatte sie tagelang die Türen offen stehen lassen, und so lag auf allem eine Schicht Blütenstaub. Noah wischte die Möbel ab. Allerdings zog es ihn immer wieder nach draußen zu seinem Ball. Neuerdings probierte er allerlei Kunststücke aus, die er mit dem Ball vollbrachte, und Elise staunte, was mit dem runden Leder alles möglich war.

»Sehr gut, Noah. Aber hast du das Bücherregal schon fertig abgestaubt?«

»Och, Mama. Wozu brauchen wir denn eine Bibliothek? Wir haben ja noch nicht mal eine Küche.«

»Ein Haus ohne Bücher ist wie ein Körper ohne Seele.«

»Ja, aber die Seele muss man wenigstens nicht abstauben.«

»Sieh mal an, nun werden wir spitzfindig, wie? Erst die Arbeit, dann das Vergnügen.«

Murrend kehrte Noah zu Wischtuch und Staubwedel zurück, und Elise wusste genau, dass es ihn schon bald wieder in den Füßen jucken würde. Von wem er das wohl hatte? Von Isaac jedenfalls nicht. Tatsächlich dauerte es nur zehn Minuten, bis sie den Ball wieder über den Kies der Auffahrt kullern hörte. Diesmal ließ sie Noah jedoch gewähren und griff selbst zum Staubwedel.

»Mama.«

»Ja.«

»Mama!«

»Was denn?«

»Komm mal schnell raus.«

»Noah, ich sehe mir deine Kunststücke später an, wenn ich …«

Noch in der Tür hielt sie inne. Ein junger amerikanischer Offizier in einem offenen Jeep hielt in der Auffahrt, und sein ganzer Habitus, mit dem er auf sie zukam, offenbarte Elise, was er ihr zu sagen hatte. Er sprach gut Deutsch, wenn auch mit starkem amerikanischem Akzent, wie es bei vor langer Zeit Ausgewanderten der Fall war.

»Ich muss Ihnen die traurige Mitteilung machen, dass Ihr Mann verstorben ist.«

Verstorben. Das Wort klang falsch, ein besseres fand

Elise dennoch nicht. Etwas im Grunde zu wissen, es dann aber gesagt zu bekommen, sind zwei unterschiedliche Dinge. Elise hatte zuletzt keine Hoffnung mehr gehabt. Man hörte zu viele schreckliche Dinge. Und dann hatte sie auch noch den abstrakten, schwer zu fassenden Gedanken gehabt, dass das Schicksal ihr nicht jeden geliebten Menschen zurückgeben würde. So gnädig war das Schicksal leider nicht, diese Erfahrung hatte sie allzu oft gemacht.

Trotzdem brach im selben Moment eine Welt in ihr zusammen. Sie erinnerte sich an die schönen Tage von Petersdorf auf Fehmarn und fragte sich, wieso dieser Abgrund in den Menschen war, der sie von anderen Menschen trennte, die ein wenig anders waren als sie, und manchmal nicht einmal das.

»Wann?«

»Vor achtzehn Tagen, Madam.«

Sie hielt den Atem an. »Vor achtzehn Tagen! O mein Gott.«

»Er hat sehr lange durchgehalten. Wir haben ihn in einem Lager namens Buchenwald gefunden. Wollen Sie das wirklich hören, Madam?«

»Nein, aber ich muss.«

»Er war völlig entkräftet. Wie die meisten Insassen dort, konnte er nicht mehr gehen und auch nicht sprechen. Wir haben alles versucht, um ihn durchzubringen, aber oft vertragen fast schon verhungerte Menschen noch nicht einmal Gemüsebrühe. Er hat es nicht geschafft. Über die auf seinen Arm tätowierte Nummer konnten wir ihn identifizieren und …«

Sie bat den Mann mit einer Geste aufzuhören. Die Erkenntnis, dass Isaac bis vor wenigen Tagen noch in

Gedanken bei ihr gewesen war, obwohl sie ihn bereits aufgegeben hatte, steckte wie ein Messer in ihrer Brust.

»Wenn ich noch irgendetwas für Sie tun kann, zögern Sie nicht, es mir zu sagen.«

Sie ging zum Fenster, blickte in den Frühling hinaus. Wandte sich wieder dem Lieutenant zu. »Ja, das können Sie tatsächlich.«

Elise und Noah fuhren mit Lieutenant Jake Bertram in einem offenen Jeep nach Wiesbaden, dorthin, wo einst die Manufaktur Löwenkind gestanden hatte. Sie war bereits im Januar 1942 schwer getroffen worden und hatte den Betrieb einstellen müssen. Seit drei Jahren war Elise nicht mehr dort gewesen. Inzwischen hatten weitere Bomben das gesamte Areal in Schutt und Asche gelegt, es stand buchstäblich kaum mehr ein Stein auf dem anderen. Dafür war das Gelände von Porzellanscherben übersät, bisweilen fand sich der Arm oder der Kopf einer Figur dazwischen.

*Aus dem Staub bist du gekommen, und zu Staub wirst du werden*, dachte Elise.

Sie bat die anderen, sie allein zu lassen, und irrte durch die Trümmer, bestieg deren Hügel, versank in ihren Tälern. Setzte sich schließlich auf einen großen Zementblock, der einmal das Fundament eines Schornsteins gebildet hatte. Versuchte erst gar nicht, eine bestimmte Stelle wiederzufinden. Auch der Horizont war ein anderer, verwüsteter.

Da war nichts mehr. Das Alte war tot, erledigt. Zweihundert Jahre Firmengeschichte waren aus dem Leben geschieden.

Alles, was davon übrig war, war der Name.

Auf der Rückfahrt war Elise schweigsam. Auch Noah sprach nicht. An seinen Vater hatte der Junge kaum eine Erinnerung, und dass er gestorben war, war für ihn weniger ein Ereignis als eine Nachricht. Dennoch suchte er instinktiv und viel stärker als sonst die körperliche Nähe seiner Mutter.

Über diesem Tag, dieser Stunde schwebte der Niedergang der Häuser Blankenburg und Löwenkind sowie, damit untrennbar verknüpft, die Frage, wie es weitergehen sollte. Weder besaß Elise viel, noch verfügte sie über Fähigkeiten, die ihnen eine auskömmliche Zukunft böten. Die Männer der Familie waren tot, verhaftet, lebten in der Ferne oder waren zu jung. Und wenn erst einmal die Zigaretten im Tresor und einige kärgliche Reste des Familienschmucks aufgebraucht waren …

Zurück in Königstein, erwartete sie ein Brief mit einem imposanten Reichsadler auf der Vorderseite. Er lag einfach nur auf einem Schemel vor der Haustür, beschwert mit einem Backstein, von denen etliche über das Grundstück verteilt lagen. Wenige Tage vor Kriegsende war er von irgendeiner Behörde abgeschickt worden, der Adressat war Tankred.

*Wir bedauern, Ihnen mitteilen zu müssen, dass Ihre Cousine Emma von Lerch bei einem Luftangriff feindlicher Streitkräfte auf Wien ums Leben gekommen ist.*

Kraftlos sank Elise auf den Schemel, beugte sich dem Schoß entgegen und weinte eine Stunde in ihre schmutzige Schürze. Noah drückte sich an sie, eng umschlungen saßen sie beieinander. Er war nun wirklich alles, was sie noch hatte. Ihre Tochter, ihr Mann, das Haus, das Erbe, die Heimat, alles war vergangen, sogar Gott war ihr abhandengekommen, der Gott, der ihre Gebete nicht erhört hatte. Nichts und niemand war mehr übrig, nur noch Noah und sie selbst.

Und ihr Stolz.

Ausnahmsweise war Arabella sich mal einig mit Ophélie. Nun, da der Krieg vorbei und die Nazis entmachtet waren, wollten sie in die alte Heimat fahren und dort, wie man das ein wenig zimperlich umschrieb, nach dem Rechten sehen. Vor allem Ophélie bestand auf dieser Floskel, da sie dem Eindruck entgegenwirken wollte, dass es in Wahrheit ein Brief war, der sie zu dieser Deutschlandreise animierte. Nicht irgendein Brief, sondern der ihres Neffen Tankred, mit dem sie nie wieder ein Wort zu wechseln gedachte. Aus dem Gefängnis schilderte er ihr die Lage, in der er Elise zurückgelassen hatte, und danach war klar, dass sie nicht untätig in Frankreich verharren durfte, während zwei Familienmitglieder in Deutschland vor die Hunde gingen.

»Für meine Schwester und den kleinen Noah«, betonte Ophélie immerzu. »Ich wäre sowieso gefahren.«

Arabella spielte mit und ließ Tankreds Brief beharrlich unerwähnt. Zwei Wochen später waren die Koffer gepackt. Marie saß ihre Strafe ab und konnte daher nicht mitkommen, aber sonst waren alle dabei, sogar Edmond, der die Unannehmlichkeiten langer Autoreisen kaum ertrug.

Um es ihm zu erleichtern, reisten sie mit zwei Autos. Ophélie und Edmond hatten einen Chauffeur, Arabella fuhr mit Damian, der selbst am Steuer saß und dies offensichtlich genoss.

»Ich habe nicht die Nazis, die Invasion der Alliierten und eine Operation überlebt, um dann von meinem

Großneffen auf der Autobahn erledigt zu werden«, ermahnte sie ihn nach einem aus ihrer Sicht waghalsigen Manöver.

Er grinste. »Ich fahre achtzig.«

»Sind Sie wahnsinnig? Zu meiner Zeit war vierzig bereits ein atemberaubendes Tempo.«

»Zu Ihrer Zeit ist man mit zwei Pferdestärken gefahren, wenn es hochkam. Ich will unbedingt den albernen Chauffeur meiner Eltern abhängen.«

Was ihm kurz darauf auch gelang.

Am späten Abend trafen sie zwei Stunden vor den anderen im Rheingau ein, wo sie sich verabredungsgemäß in einem Rüdesheimer Hotel wiedersahen. Am nächsten Morgen fuhren sie, diesmal in Kolonne, nach Königstein weiter.

Der Anblick der zerbombten Villa erschütterte alle, vor allem jedoch die Frauen. Fassungslos standen Arabella und Ophélie vor den Trümmern, die einmal ihre Kindheitserinnerungen gewesen waren. Immerhin waren die mächtigen Buchen und Eichen unversehrt geblieben, von denen die meisten schon hoch gestanden hatten, als die Villa Vanora entstand.

»Ophélie! Tante Arabella!« Elise schoss aus einem kleinen, fast höhlenartigen Nebeneingang hervor, der junge Noah hinter ihr her. »Mein Gott, das ist wie Besuch aus einer anderen Welt.«

Lange lagen sie sich in den Armen, erzählten sich Neuigkeiten, die guten wie die schlechten und die besonders schlimmen. Sie sprachen über Marie und Emma, über Isaac, Biene, Maxim und Tankred. Es flossen viele Tränen in dieser Stunde, aber als gäbe es ein unausgesprochenes Einverständnis, wollte keiner es zulassen, dass die Trauer um all die Menschen und vergangene Zeiten sie völlig gefangen nahm.

Irgendwann sagte Elise: »Dass ihr gekommen seid! Ich weiß nicht, ob ich den Weg zu euch geschafft hätte. Ich meine nicht nur physisch. Ich habe vor, die Manufaktur wieder aufzubauen. Keinen blassen Schimmer, wie das gehen soll, aber …«

»Deswegen sind wir ja hier«, unterbrach sie Ophélie. »Wir helfen dir.«

»Ich möchte keine Almosen, Schwesterherz.«

»Kredite, für den Anfang. Gemeinsam bekommen wir das hin, glaub mir.«

Glücklich sah Arabella dabei zu, wie die Schwestern sich die Hände reichten und Küsse tauschten. Und als Elise verkündete, dass der neue Name der Manufaktur Löwenkind sein solle, war sie derart überwältigt, dass sie sich für eine Weile in den Park zurückzog.

Wie gut der Rasen und die Blätter rochen. Wie schön die Sonnenstrahlen durch die Äste rieselten. Vor einer Ewigkeit hatte sie mit dem gutaussehenden Onkel Konstantin hier Tennis gespielt, gleich dort drüben, zwischen den Duftschneebällen und Rosenbüschen. Sie war so verliebt gewesen. Sicher einer der schönsten Tage ihres Lebens, so perfekt, dass er einmalig bleiben musste. Der Höhepunkt ihres ersten Lebens.

Das zweite Leben hatte sie mit Samuel geführt, das dritte nach seinem Tod in Amerika und das vierte bei Ophélie in Frankreich. Der Tod war beständig um sie herumgeschlichen, und sie hatte sich ihm schon in die Arme werfen wollen. Unerwartet war ihr nun ein Aufschub vergönnt. In ihrem fünften Leben wollte sie an dessen Ursprung zurückkehren.

Sie würde hier nicht mehr weggehen, nie wieder. Sie würde Elise nach Kräften helfen, die Villa, die Manufaktur und ihren Namen wieder aufzubauen, um alles eines Tages den Erben zu übergeben. Etwas Schöneres konnte sie sich für die ihr verbleibende Zeit nicht vorstellen.

»Hier bist du«, sagte Elise und kam langsam näher. »Sieh mal, was Ophélie mir mitgebracht hat.«

Sie hielt die Karolinenblume in Händen, jenes kostbare und kunstvolle Opus 1, das zum Inbegriff der Tradition, aber auch der Zerbrechlichkeit der Dynastie geworden war.

»Seltsam, Tante Arabella, aber mit einem Mal glaube ich, dass es gelingen kann. Dies alles aufzubauen, meine ich. Bin ich naiv?«

»Keineswegs. Steine lassen sich neu aufschichten, Maschinen im Nu aufstellen. Menschen und Bäume dagegen sind unersetzbar. Ich denke, wir alle haben dem Schicksal unseren Blutzoll entrichtet, und von nun an geht es bergauf.«

Arabella sah ihre Nichte lange an. Die Zeit und die Verluste hatten sich in ihr Gesicht eingegraben, und dennoch – oder gerade deshalb – wohnte ihm plötzlich eine Festigkeit inne, die sie nicht von Elise kannte.

»Ich bin sehr stolz auf dich, meine Liebe. Und ich kenne noch eine Person, die es wäre, würde sie noch unter uns weilen. Deine liebe Biene. Vor vielen Jahren hatten wir ein Gespräch, sie und ich, in dem sie mir einiges preisgegeben hat. Glaub mir, sie hätte voller Bewunderung, Hochachtung und Liebe auf die Frau geblickt, die du heute bist: die wahre Erbin von Blankenburg.«

Das schrille Reiben von Metall auf Metall lief Arabella wie ein kalter Schauer über den Rücken. An einem Tisch aus Blech, in einem Raum, der wie das Wartezimmer zur Vorhölle wirkte, verfolgte sie, wie Tankred hereingeführt wurde. Der Wärter nahm ihm die Fußketten ab, nicht aber die Handschellen. In einem seltsamen karamellfarbenen Arbeitsanzug saß er vor ihr und blickte sie voller Verlegenheit an, vielleicht sogar Scham.

Eine Minute lang, also eine Ewigkeit, sagte keiner von ihnen etwas.

Da die Wände stark hallten, begann er leise: »Ich bin sehr froh, Sie gesund zu sehen. Aber ich bin weniger froh, Sie überhaupt zu sehen.«

»Warum?«

»Ein Verbrecher zu sein, ist schlimm genug. Sich als Verbrecher zu fühlen, ist unbeschreiblich.«

Wieder sahen sie sich nur an.

Arabella atmete schließlich tief durch. »Sie haben sich also aufgegeben?«

Er hielt die aneinandergeketteten Hände hoch. »Betrachten Sie mich. Kann man tiefer sinken?«

»Allerdings kann man das. Ich finde, dass die Uniform, die Sie jetzt tragen, weniger Schande mit sich bringt als Ihre vorherige. So gesehen, sind Sie aufgestiegen.«

»Sie verspotten mich.«

»Nur in dem für mich üblichen Maße. Meine Güte, Sie kennen mich, ich bin eine böse alte Frau.«

Er wirkte erstaunt. »Was wollen Sie mir sagen?«

»Vor einem Jahr war ich ein Wrack, und auch eine Kranke kann glauben, sie könne nicht tiefer sinken. Wenn Sie jetzt auf mich schauen, werden Sie bemerken, dass ich wieder laufen kann. Meine Schmerzen sind fast verschwunden. Das verdanke ich einer Operation. Und ich verdanke es Ihnen. Hätten Sie mich damals nicht von den Klippen geholt, wäre ich schon längst verdautes Fischfutter, anstatt Ihnen hier munter auf die Nerven zu gehen.«

Erneut schwiegen sie.

Ein paar Meter weiter wurde ein anderer Gefangener hereingeführt. Die Gemeinheit stand ihm ins Gesicht geschrieben.

»Ihre Reue spricht für Sie«, sagte Arabella. »Einige Ihrer Handlungen tun es auch. Dass Sie uns diesen Brief geschrieben haben, war sehr nett.«

Tankred sagte nichts.

»Ein Bekannter, der für die amerikanische Administration im besetzten Deutschland arbeitet, hat mir berichtet, dass es noch nicht entschieden ist, ob man Sie vor Gericht stellt. Sie und Ihre Taten sind einfach zu unbedeutend. Wer hätte gedacht, dass Ihnen diese Tatsache einmal zum Vorteil gereicht. Sie am allerwenigsten, nehme ich an. Aber sollte es dennoch zu einem Prozess kommen, werde ich … Nun ja, ich werde für Sie aussagen.«

Sie sahen sich lange an.

»Bitte, machen wir keine große Sache daraus, Tankred. Es ist nur eine kurze Aussage, eine Einlassung gewissermaßen, die …«

Tankreds Kopf sank auf die gefesselten Hände, die auf dem Blechtisch ruhten. Sein Körper zuckte rhythmisch.

Mit einem Kloß im Hals sah Arabella lange auf ihn, zugleich verlegen und angerührt von seinem Verhalten.

Sie zögerte, die Hand auszustrecken. Als sie es schließlich tat, legte sie sich auf seinen Hinterkopf, die zerwühlten Haare, die angespannten Nackenmuskeln.

»Draußen wartet schon die nächste Besucherin, Ihre Freundin Gitti. Sie ist … interessant.«

Er hob ganz leicht den Kopf und blickte Arabella zwischen den in die Stirn gerutschten Haaren und den feuchten Handoberflächen hindurch an.

Arabella lächelte. »Sie sind ein Blankenburg. Sie sind nicht allein.« Und nach einem Augenblick wiederholte sie den Satz leicht verändert. »Du bist nicht allein.«

## *Liste der handelnden Personen*
(in alphabetischer Reihenfolge ihrer Vor- oder Rufnamen)

*Arabella Löwenkind*
Geborene Blankenburg; über die Seite ihres verstorbenen Mannes Samuel Löwenkind die Tante Isaacs; über die Seite ihres verstorbenen Bruders Adalmar Blankenburg die Tante Elises und Ophélies

*Biene*
Eigentlich Eberhardine; Hausangestellte und Vertraute Elises

*Caspar von Lerch*
Emmas Ehemann; Offizier der Wehrmacht

*Chen Lu*
Mutter von Shuilian; Witwe Wido Blankenburgs, des jüngeren Bruders von Elise und Ophélie

*Damian de Fleury*
Ältester Sohn Ophélies und Edmonds; Bruder von Maxim und Marie

*Edmond de Fleury*
Verheiratet mit Ophélie; Vater von Damian, Maxim und Marie

*Elise Löwenkind*
Geborene Blankenburg; Ehefrau Isaacs; Ophélies Schwester; Mutter von Noah

*Emma von Lerch*
Mit Caspar verheiratet; Tochter Elises aus ihrer ersten Ehe mit Richard Dobel

*Esra Löwenkind*
Isaacs Sohn; Arabellas Großneffe

*Gitti*
Bordellbesitzerin; Freundin von Tankred

*Heinrich Himmler*
Reichsführer SS; Tankreds oberster Vorgesetzter

*Henriette Deckel*
Produktionsleiterin bei der Manufaktur Blankenburg; zeitweise Mitbewohnerin in der Villa Vanora

*Isaac Löwenkind*
Elises Ehemann; Neffe von Arabella

*Kurt Gieseking*
Lieferfahrer bei der Manufaktur Blankenburg; zeitweise Mitbewohner in der Villa Vanora

*Marie de Fleury*
Jüngstes Kind Ophélies und Edmonds; Schwester von Damian und Maxim

*Maxim de Fleury*
Ophélies und Edmonds zweitältester Sohn; Bruder von Damian und Marie

*Michaud*
Maries Freund

*Noah Löwenkind*
Sohn von Elise und Isaac

*Ophélie de Fleury*
Geborene Blankenburg; verheiratet mit Edmond; Elises Schwester; Mutter von Damian, Maxim und Marie

*Schimmi*
Eigentlich Jakob Meining; Tankreds Freund; Gestapo-Offizier

*Shuilian*
Tankreds Cousine und Geliebte; Tochter von Chen Lu

*Tankred Blankenburg*
Ursprünglich Tankred Schamitzke; unehelicher Sohn Otto Blankenburgs, des verstorbenen Bruders von Elise und Ophélie; SS-Offizier

*Theo Schatt*
Maler; Emmas Geliebter

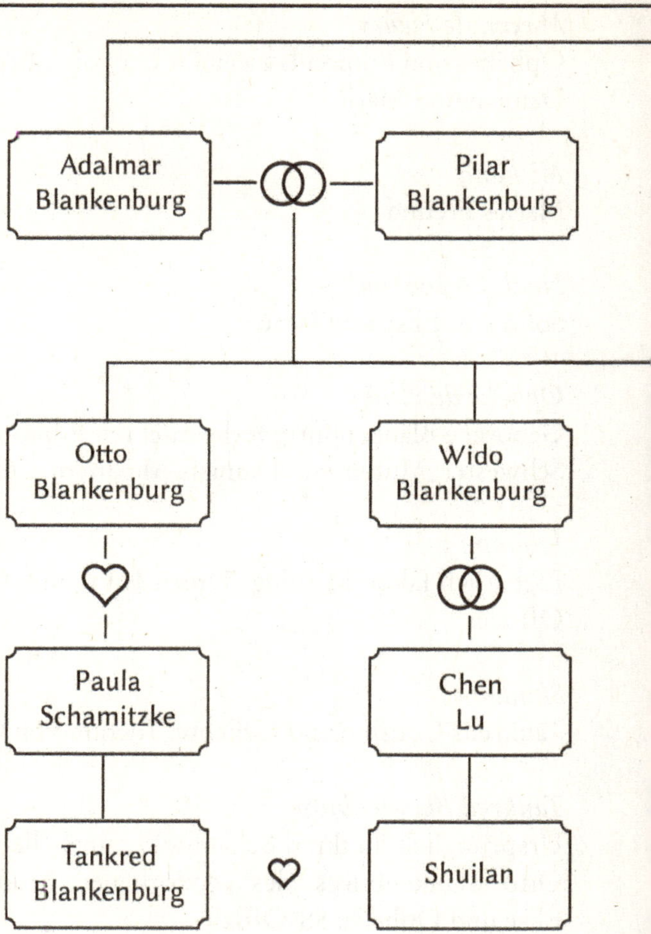
Adalmar Blankenburg
Pilar Blankenburg
Otto Blankenburg
Wido Blankenburg
Paula Schamitzke
Chen Lu
Tankred Blankenburg
Shuilan

# DIE BLANKENBURGS

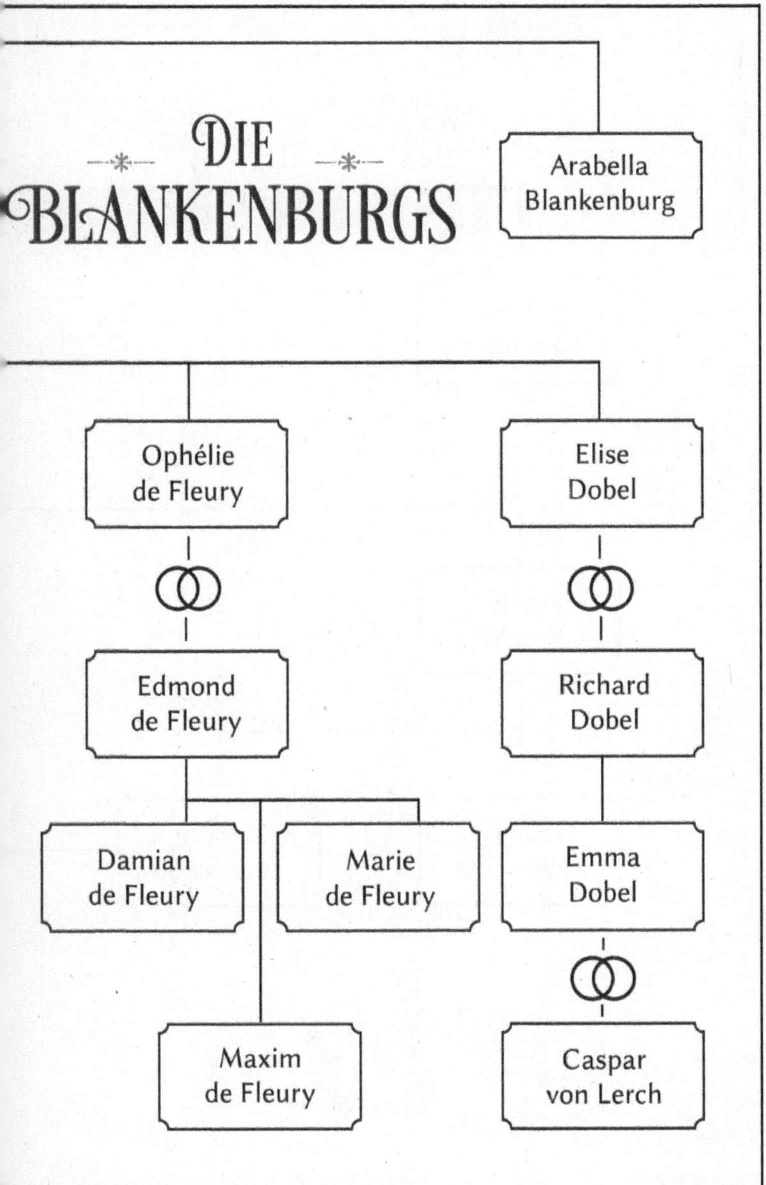

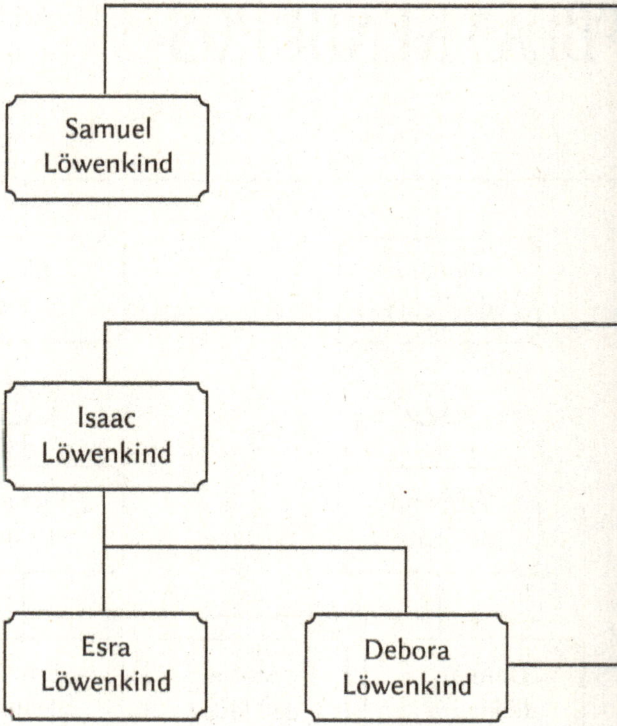
Samuel Löwenkind
Isaac Löwenkind
Esra Löwenkind
Debora Löwenkind

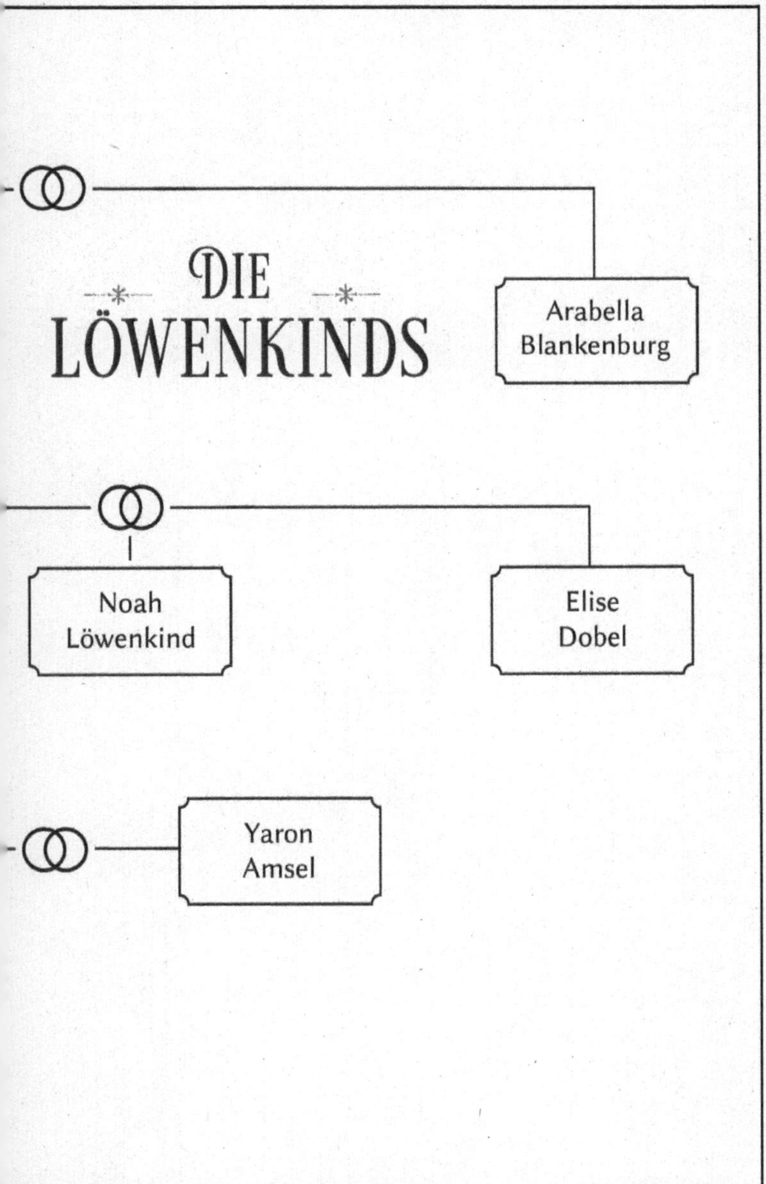
Die Löwenkinds
Arabella Blankenburg
Noah Löwenkind
Elise Dobel
Yaron Amsel

# Der Auftakt der großen Münsterland-Saga

## Die junge Köchin Fabienne Durant kämpft für sich und ihre Träume und verändert so die ganze Welt!

512 Seiten, ISBN 978-3-7341-1308-6

Wenn Fabienne die Gäste des Schleusenwärterhauses bewirtet, ist sie glücklich. Schließlich gibt es bei ihnen das beste Essen am ganzen Canal du Midi. Nur der Gedanke an ihren Geliebten Eric lässt Fabienne zuweilen von der großen weiten Welt träumen. Als ihre Mutter unerwartet stirbt, brennt die Minderjährige mit Eric durch. Schon bald lässt der sie bedenkenlos im Stich, und Fabienne muss allein für sich sorgen: Mit großem Glück findet sie Arbeit als Küchenhilfe in einem Weingut. Mit Stéphanie, der Tochter des Hauses, verbindet sie schnell eine ungewöhnliche Freundschaft. Fabiennes Zukunft scheint rosig, doch dann schlägt das Schicksal grausam zu – und nichts ist mehr, wie es war …

Lesen Sie mehr unter: **www.blanvalet.de**